Excalibur

Herausgegeben von
Melissa Andersson
und
Gerd Rottenecker

DIE CHRONIKEN VON DEVERRY im Knaur Verlag:

1. *Der Wanderer von Deverry*
2. *Die Ausgestoßenen von Deverry*
3. *Dämmerung über Deverry*
4. *Der Magier von Deverry*
5. *Zeit der Omen*
6. *Zeit des Dunkels*
7. *Zeit des Feuers*
8. *Der rote Drache*

Weitere Bände in Vorbereitung

Katharine Kerr

DIE CHRONIKEN VON DEVERRY 1

Der Wanderer von Deverry

Ins Deutsche übertragen von
Regina Winter

Knaur

Die amerikanische Originalausgabe erschien 1986
unter dem Titel »Daggerspell« bei Ballantine Books, New York

Besuchen Sie uns im Internet:
www.droemer-knaur.de

Deutsche Erstveröffentlichung 11/98

Umschlagkonzept: Melissa Andersson
Umschlaggestaltung: Agentur Zero, München
Umschlagillustration: Keith Parkinson, »Yvgenie«
Karte: Dieter Jüdt, Trier
Lektorat: Michael Ballauff
Satz: Pinkuin Satz und Datentechnik, Berlin
Druck und Bindung: Clausen & Bosse, Leck
Printed in Germany
ISBN 3-426-70121-9

2 4 5 3

Für meinen Mann Howard,
der mir mehr geholfen hat, als er je wissen wird.
Ohne seine Unterstützung und liebevolle Ermutigung
hätte ich dieses Buch nie zu Ende bringen können.

KARTE

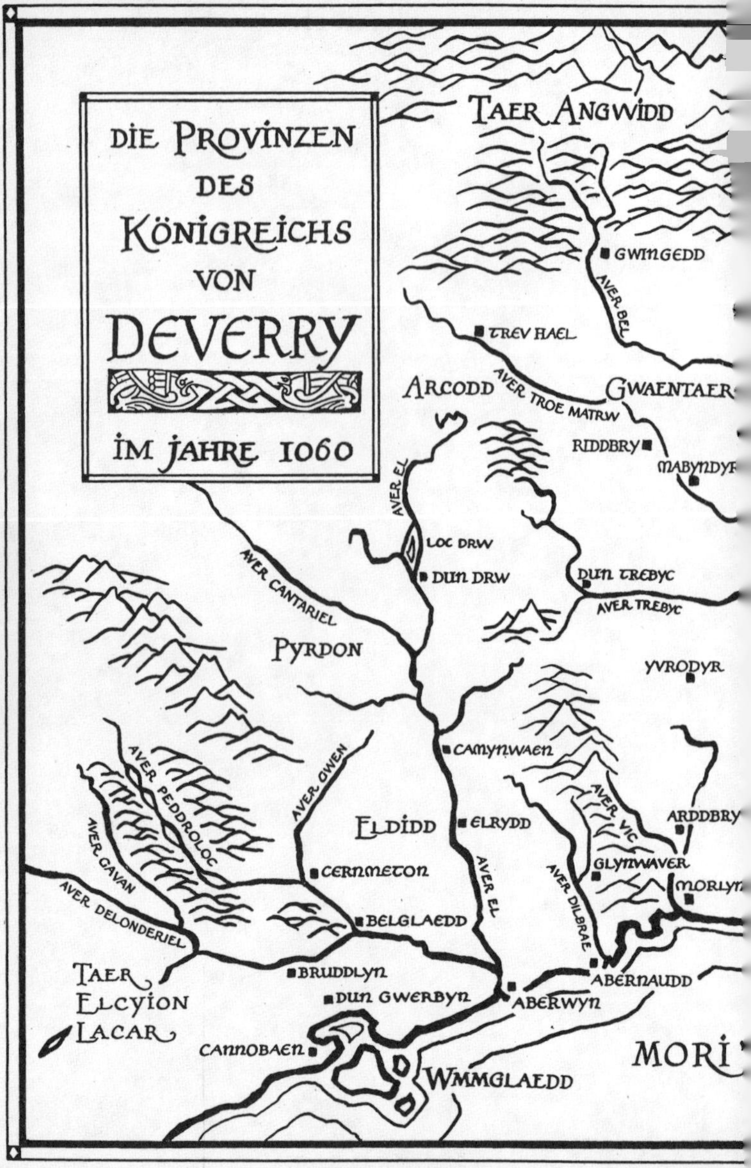
DIE PROVINZEN
DES
KÖNIGREICHS
VON
DEVERRY
IM JAHRE 1060
TAER ANGWIDD
GWINGEDD
AVER BEL
TREV HAEL
ARCODD
AVER TROE MATRW
GWAENTAER
RIDDBRY
MABYNDYR
AVER EL
LOC DRW
DUN DRW
DUN TREBYC
AVER TREBYC
AVER CANTARIEL
PYRDON
YVRODYR
CAMYNWAEN
AVER OWEN
AVER PEDDROLOC
AVER GAVAN
AVER DELONDERIEL
ELDIDD
ELRYDD
AVER VIC
ARDDBRY
GLYNWAVER
AVER DILBRAE
MORLYN
CERNMETON
BELGLAEDD
AVER EL
BRUDDLYN
ABERNAUDD
TAER
ELCYION
LACAR
DUN GWERBYN
ABERWYN
CANNOBAEN
WMMGLAEDD
MORI

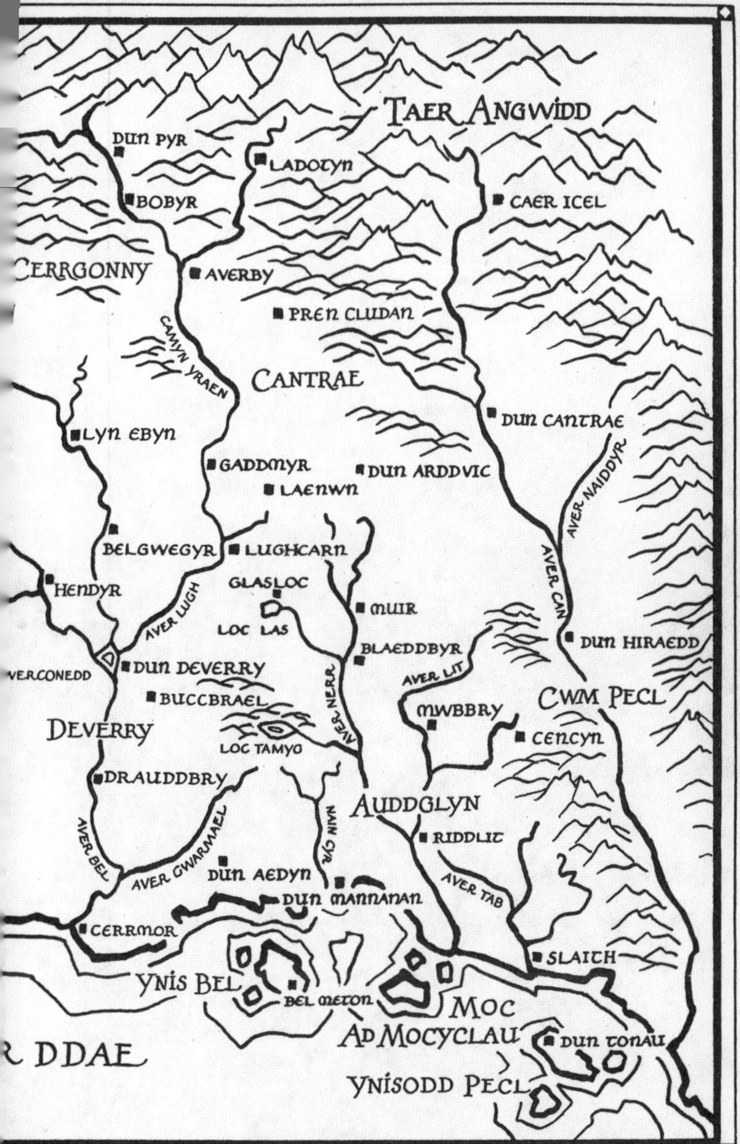

TAER ANGWIDD
DUN PYR
LADOTYN
BOBYR
CAER ICEL
CERRGONNY
AVERBY
PREN CLUDAN
CAMYN YRAEN
CANTRAE
DUN CANTRAE
LYN EBYN
GADDMYR
DUN ARDDVIC
LAENWN
AVER NAIDDYR
BELGWEGYR
LUGHCARN
AVER CAN
HENDYR
GLASLOC
MUIR
AVER LUGH
LOC LAS
DUN HIRAEDD
BLAEDDBYR
DUN DEVERRY
AVER LIT
VERCONEDD
BUCCBRAEL
MWBBRY
CWM PECL
AVER NERR
DEVERRY
CENCYN
LOC TAMYO
DRAUDDBRY
NAIN GYR
AUDDGLYN
AVER GWARMAEL
RIDDLIT
AVER BEL
DUN AEDYN
AVER TAB
DUN MANNANAN
CERRMOR
SLAITH
YNIS BEL
BEL METON
MOC
AD MOCYCLAU
DUN TONAU
R DDAE
YNISODD PECL

PROLOG
IM JAHR 1045

Menschen betrachten das Leben als Dunkel, das dunkler wird. Götter sehen Leben als einen Tod ...

Aus dem Geheimbuch Cadwallons des Druiden

In der Halle des Lichts erinnerten sie sie an ihr Schicksal. Dort war alles Licht, ein pulsierender goldener Schein wie das Herz einer Kerzenflamme, das die Ewigkeit erfüllte: Die Sprechenden waren Feuersäulen inmitten des feurigen Lichts, und ihre Worte waren Funken. Sie, die großen Herren von Wyrd, hatten weder Gesichter noch Stimmen, denn alles so Menschliche hatte das Licht längst weggebrannt. Auch sie hatte kein Gesicht und keine Stimme, denn sie war schwach, eine flackernde, bleiche Flamme. Aber sie hörte sie von ihrem Schicksal sprechen, von der wichtigen Aufgabe, die vor ihr lag, ihrem langen Weg, der Last, die sie willig auf sich nehmen mußte.

»Viele Tode haben dich zu dieser Wendung gebracht«, sagten sie zu ihr. »Es ist Zeit, den Wyrd in deine Hand zu nehmen. Tief drinnen gehörst du dem Dweomer. Wirst du dich daran erinnern?«

In der Halle des Lichts gibt es keine Lügen.

»Ich werde es versuchen«, sagte sie. »Ich werde mein Bestes tun, mich an das Licht zu erinnern.«

Sie spürte ihr Lächeln.

»Man wird dir helfen, dich zu erinnern. Geh jetzt. Es ist an der Zeit für dich, zu sterben und ins Dunkel einzugehen.«

Als sie sich vor ihnen niederwerfen wollte, eilten sie vor und verboten es ihr. Sie wußten, daß sie nur Diener des einen wahren Lichts waren, armselige Diener, verglichen mit dem Glanz, dem sie dienten, dem Licht, das über allen Göttern leuchtet.

Als sie das graue Nebelland betrat, weinte sie und sehnte sich nach dem Licht. Dort gab es nur Nebelschwaden, tausend Geister und Visionen, und die Sprechenden waren wie Wind, warfen sie mit ihren Worten hin und her: Sie beweinten mit ihr ihren Absturz ins Dunkel. Diese Windgeister hatten Gesichter, und sie bemerkte, daß nun auch sie ein Gesicht hatte, denn sie waren alle menschlich und weit vom Licht entfernt. Als sie zu ihr von fleischlichen Dingen sprachen, erinnerte sie sich an die Lust, an die Ekstase von Haut, die sich an Haut drückt.

»Aber vergiß nicht das Licht«, flüsterten sie ihr zu: »Halte dich ans Licht und folge dem Dweomer.«

Der Wind blies sie durch den grauen Nebel. Rings um sie herum spürte sie Lust aufflackern wie Blitze in einem Sommergewitter. Plötzlich erinnerte sie sich an Sommergewitter, an Regen auf einem fleischlichen Gesicht, kühle Feuchtigkeit in der Luft, warme Feuer und an den Geschmack von Essen. Diese Erinnerungen fingen sie ein wie einen kleinen Vogel und zogen sie abwärts, immer weiter abwärts. Dann spürte sie ihn, und seine Lust, seine Männlichkeit, die sie einmal geliebt hatte; sie spürte ihn ganz nah, wie ein Feuer. Seine Lust zog sie tiefer und tiefer, wie ein totes Blatt, das in einem kleinen Strudel am Flußufer gefangen ist. Dann erinnerte sie sich an Flüsse, an Wasser, das in der Sonne glitzerte. Das Licht, sagte sie sich, erinnere dich an das Licht, dem zu dienen du geschworen hast. Plötzlich hatte sie Angst: Ihre Aufgabe war wichtig, und sie war schwach und menschlich. Sie wollte sich losreißen und zum Licht zurückkehren, aber es war zu spät. Der Mahlstrom der Lust wirbelte sie immer wieder herum, bis sie spürte, daß sie selbst schwer, dick und fühlbar wurde.

Dann war nur noch Dunkelheit, warm und sanft, ein träumendes Wasser-Dunkel: das weiche, sichere Gefängnis des Mutterleibs.

In jenen Tagen erstreckten sich wilde Weiden entlang der Küste von Eldidd, durchzogen von kleinen Bächen. Bauern ließen ihr Vieh dort grasen, ohne Anspruch auf das Land zu erheben. Da die Weiden für einen Kräutermann ein guter Sammelplatz für neue Ware waren, ging der alte Nevyn regelmäßig dorthin. Er war ein heruntergekommener Mann mit wirrem, weißem Haar, das einen Kamm gebraucht hätte, schmutzigen braunen Gewändern, die immer flickbedürftig waren, aber etwas im Blick seiner eisblauen Augen weckte selbst bei hohen Herrschaften Respekt. Jedem, der ihm begegnete, fiel auch auf, wie kräftig er noch war, daß er einherschritt wie ein junger Fürst, obwohl sein Gesicht so faltig war wie altes Leder und seine Hände von dunklen Flecken übersät. Niemals schien er müde zu werden, wenn er zu Pferd, das Maultier hinter sich, lange Meilen zurücklegte, um die Krankheiten der Armen in Eldidd zu behandeln. Er ist ein wahres Wunder, sagten die Bauern, mehr als ein Wunder, wenn man bedenkt, daß er über achtzig sein muß. Niemand kannte das tatsächliche Wunder, daß er nämlich mehr als vierhundert Jahre alt war und der größte Meister des Dweomer, den das Königreich kannte.

An diesem Sommermorgen war Nevyn draußen im Weideland, um Schwarzwurz zu sammeln, und die weißen Blüten tanzten an dünnen Stielen, wenn er die Pflanzen mit einem Silberspaten ausgrub. Die Sonne war so heiß, daß er sich hinhocken und die Stirn mit dem alten Lappen, den er als Taschentuch benutzte, abwischen mußte. In diesem Augenblick sah er das Omen. Draußen über der Wiese stiegen zwei Lerchen mit einem herzzerreißend schönen Lied auf, das eigentlich ein Kriegsruf war. Zwei Männchen, die einander umkreisten und jagten. Aber noch während sie kämpften, flog das Weibchen, um das es ging, ebenfalls auf und flatterte gleichgültig davon. Mit der eiskalten Klarheit des Dweomer-Wissens konnte Nevyn sagen, daß er bald zwei Männer sehen würde, die um eine Frau kämpften, die keinem von ihnen rechtmäßig gehören konnte.

Sie war wiedergeboren.

Irgendwo im Königreich lag sie als kleines Kind in den Armen ihrer erschöpften Mutter. Im Spiegel des Himmels erkannte er sie mit seinen Dweomer-Sinnen.

In einem sonnigen Zimmer stand eine Hebamme und wusch sich die Hände. Auf einem Bett aus Stroh und Lumpen lag eine hübsche junge Frau, die Mutter, das Gesicht von der Geburt noch schweißgebadet, aber sie lächelte das Kind an ihrer Brust an. Als Nevyn den Blick auf das Baby richtete, öffnete das winzige Geschöpf, noch ganz feucht und rot, die blauen Augen und schien ihn direkt anzusehen.

Nevyn sprang aufgeregt auf. Die Herrn des Wyrd waren freundlich gewesen. Diesmal hatte sie ihm mitgeteilt, daß sie irgendwo auf ihn wartete, irgendwo im ausgedehnten Königreich von Deverry, daß er sie zum Dweomer brachte. Er konnte suchen und sie finden, solange sie noch ein Kind war und bevor die Umstände es ihm unmöglich machten, die Knoten ihrer miteinander verbundenen Schicksale zu entwirren. Diesmal würde sie sich vielleicht erinnern und ihn anhören. Vielleicht. Wenn er sie finden konnte.

CERRGONNEY, 1052

Der junge Narr sagt seinem Meister, daß er leiden will, um den Dweomer zu erwerben. Warum ist er ein Narr? Weil der Dweomer ihn bereits hat bluten und bluten und bluten lassen, bevor er auch nur an seiner Schwelle stand ...

Aus dem Geheimbuch Cadwallons des Druiden

Kalter Nieselregen fiel. Das letzte Zwielicht kam näher wie kalter Stahl. Jill schaute zum Himmel, und plötzlich machte es ihr angst, draußen zu sein. Sie eilte zum Holzstapel, um Feuerholz zu holen. Ein grauer Gnom mit langen, dürren Beinen und einer spitzen Nase hockte auf einem Scheit und pulte zwischen seinen Zähnen herum, während er sie beobachtete. Als sie ein Scheit fallen ließ, griff er danach und weigerte sich, es wieder herauszurücken.

»Mistkerl!« fauchte Jill. »Dann behalte es doch!«

Der Gnom verschwand und ließ nur einen Hauch kalter Luft zurück. Halb in Tränen huschte Jill über den schlammigen Hof zurück in das runde Steinhaus, eine Schenke, durch deren Fensterladenritzen Licht schimmerte. Das Feuerholz fest umklammernd, rannte sie den Flur zur Kammer entlang und schlüpfte hinein, nachdem sie einen Augenblick lang an der Tür gezögert hatte. Neben Mamas Bett kniete die Priesterin in ihrem langen Gewand. Als sie aufblickte, konnte Jill die blaue, halbmondförmige Tätowierung sehen, die die Hälfte ihres Gesichts bedeckte.

»Leg jetzt ein wenig Holz aufs Feuer, Kind. Ich brauche mehr Licht.«

Jill suchte die dünnsten Scheite aus und legte sie auf das Herdfeuer. Die Flammen flackerten höher und ließen Licht und Schatten durchs Zimmer tanzen. Jill setzte sich in eine Ecke auf den strohbedeckten Boden, um der Priesterin zuzusehen. Mama lag ganz reglos auf ihrem Strohbett, das Gesicht leichenblaß, und Schweißtropfen glitzerten auf ihrer fieberheißen Haut. Die Priesterin griff nach einem Silberkrug und half Mama, das Kräuterwasser darin zu trinken. Mama hustete so sehr, daß sie das Wasser nicht bei sich behalten konnte.

Jill klammerte sich fest an ihre Stoffpuppe. Sie wünschte sich, Heledd wäre lebendig und würde weinen, so daß Jill ganz tapfer sein und sie trösten könnte. Die Priesterin stellte den Silberkrug wieder hin, wischte Mamas Gesicht ab und begann dann zu beten, flüsterte Worte in der alten heiligen Sprache, die nur Priester und Priesterinnen kannten. Auch Jill betete, in ihrem Kopf, und flehte die Heilige Mondgöttin an, ihre Mama am Leben zu lassen.

Macyn kam herein und blieb wartend an der Tür stehen, das dickliche Gesicht voller Sorge, die Wurstfinger um den Saum seines Oberhemds aus schwerem Leinen gekrampft. Macyn war der Besitzer dieser Schenke, in der Mama arbeitete, und hatte sie und Jill aus reiner Freundlichkeit gegenüber einer Frau mit einem Bastard in dieser Kammer wohnen lassen. Jetzt griff er nach oben und rieb sich die kahle Stelle inmitten seines grauen Haars, während er wartete, daß die Priesterin ihr Gebet beendete.

»Wie geht es ihr?« fragte er schließlich.

Die Priesterin sah ihn an und richtete dann den Blick auf Jill.

»Ihr könnt es ruhig sagen«, rief Jill. »Ich weiß, daß sie sterben wird.«

»Weißt du das, Mädchen?« Die Priesterin wandte sich Macyn zu. »Hat sie einen Vater?«

»Nun ja – er ist ein Silberdolch, wißt Ihr, und er kommt

hin und wieder hier vorbei und gibt ihnen alles Geld, das er entbehren kann. Viel Zeit ist vergangen, seit er das letztemal hier war.«

Die Priesterin seufzte gereizt.

»Ich werde das Mädchen weiterfüttern«, fuhr Macyn fort. »Jill hat immer schon mitgearbeitet, und ich würde sie ohnehin nicht auf die Straße werfen, wo sie Hunger leiden müßte.«

»Dann ist es ja gut.« Die Priesterin streckte Jill die Hand hin. »Wie alt bist du?«

»Sieben, Euer Heiligkeit.«

»Nun, das ist noch sehr jung, aber du wirst tapfer sein müssen, wie ein Krieger. Dein Vater ist ein Krieger, nicht wahr?«

»Ja. Ein großer Krieger.«

»Dann mußt du so tapfer sein, wie er es von dir erwarten würde. Komm und sag deiner Mama Lebewohl, und dann nimmt Macyn dich mit nach draußen.«

Als Jill ans Bett trat, war Mama wach, aber ihre Augen waren rot, geschwollen und trüb, als könnte sie ihre Tochter nicht richtig sehen.

»Jill?« Mama atmete keuchend. »Hör auf das, was Macco dir sagt.«

»Das werde ich. Ich verspreche es dir.«

Mama wandte den Kopf ab und starrte an die Wand.

»Cullyn«, flüsterte sie.

Cullyn – das war Vaters Name. Jill wünschte sich, er wäre hier – in ihrem ganzen Leben hatte sie sich noch nie etwas so heftig gewünscht. Macyn hob Jill hoch, sie und die Puppe, und trug sie aus dem Zimmer. Als er die Tür schloß, drehte Jill sich um und sah gerade noch, wie sich die Priesterin wieder zum Gebet niederkniete.

Da niemand in eine Schenke kommen wollte, in deren Hinterzimmer eine Fieberkranke lag, war das große Halbrund der Gaststube leer, die Holztische standen verlassen im trüben Feuerschein. Macyn setzte Jill neben dem Feuer ab, dann ging er, um ihr etwas zu essen zu holen. Direkt hinter ihr lag ein Stapel Bierfässer ganz besonders tief im Schatten. Jill war plötzlich sicher, daß der Tod hinter ihnen lauerte. Sie zwang sich dazu, sich umzudrehen und hinzusehen, weil Vater immer sagte, ein Krieger müsse dem Tod ins Gesicht sehen können. Sie entdeckte nichts. Macyn brachte ihr einen Teller mit Brot und Honig und einen Holzbecher mit Milch. Als Jill versuchte zu essen, wurde alles in ihrem Mund sauer und trocken. Seufzend rieb Macyn seine kahle Stelle.

»Nun ja«, sagte er. »Vielleicht wird dein Vater ja bald vorbeikommen.«

»Hoffentlich.«

Macyn nahm einen großen Schluck aus seinem Zinnkrug.

»Will deine Puppe nicht einen Schluck Milch?« sagte er.

»Nein. Sie ist nur aus Stoff.«

Dann hörten sie die Priesterin in einen langgezogenen, schluchzenden Gesang ausbrechen und um die Seele der Toten klagen. Jill versuchte, tapfer zu sein, dann legte sie den Kopf auf den Tisch und weinte laut.

Sie begruben Mama im heiligen Eichenhain hinter dem Dorf. Eine Woche lang ging Jill jeden Morgen dorthin, um neben dem Grab zu weinen, bis Macyn ihr schließlich sagte, das sei, wie Öl ins Feuer zu gießen – ihre Trauer würde so niemals ein Ende nehmen. Da Mama ihr gesagt hatte, sie solle auf ihn hören, ging Jill nicht mehr zum Grab. Als wieder Kunden in die Schenke kamen, hatte sie genug zu tun, um nicht mehr an Mama zu denken – von den Nächten abgesehen. Die Leute aus der Gegend kamen, um den neuesten Klatsch zu hören, Bauern machten auf dem Weg zum Markt hier halt, und hier und da zahlten Kaufleute und Hausierer dafür, um auf dem

Boden schlafen zu können, weil es im Dorf kein richtiges Gasthaus gab. Jill spülte Bierkrüge, erledigte Botengänge und half zu servieren, wenn die Gaststube voll war. Wann immer jemand von außerhalb vorbeikam, fragte Jill, ob er je von ihrem Vater gehört habe, Cullyn von Cerrmor, dem Silberdolch. Aber niemand wußte irgendwelche Neuigkeiten.

Das Dorf lag in der nördlichsten Provinz des Königreichs Deverry, des größten Königreichs in der ganzen Welt von Annwn – das hatte man Jill jedenfalls immer erzählt. Sie wußte, daß unten im Süden die herrliche Stadt Dun Deverry lag, wo der Hochkönig in einem gewaltigen Palast wohnte. Bobyr allerdings, wo Jill ihr ganzes Leben verbracht hatte, bestand nur aus fünfzig Rundhäusern, gebaut aus grob behauenen Feuersteinbrocken und mit Erde beschmiert, um den Wind abzuhalten. Am Hang eines der steilen Hügel von Cerrgonney klammerten sie sich an enge gewundene Straßen, so daß das ganze Dorf aussah wie eine Handvoll Felsen, die man zwischen eine Reihe verkümmerter Fichten geworfen hatte. In den engen Tälern rangen Bauern dem felsigen Land ihre Ernten ab und umgaben ihre Felder mit Steinmauern.

Etwa eine Meile entfernt stand das Dun – die Festung – von Lord Mevyn, zu dessen Lehen das Dorf gehörte. Man hatte Jill immer erzählt, es sei jedermanns Wyrd zu tun, was die Adligen sagten, denn die Götter hätten es so eingerichtet. Das Dun war zweifellos beeindruckend genug, um Jill glauben zu machen, daß seine Bewohner göttlichen Beistand genossen. Es erhob sich auf dem höchsten Hügel, umgeben von einem Erdwall und einer Steinmauer. Ein runder Steinturm, ein Broch, erhob sich in der Mitte und überragte die anderen Gebäude innerhalb der Wälle. Von der höchsten Stelle des Dorfes aus konnte Jill das Dun und Lord Mevyns blaue Flagge, die vom Broch wehte, sehen.

Erheblich seltener sah sie den Lord selbst, der nur hin und

wieder durchs Dorf ritt, normalerweise, um über jemanden, der das Gesetz gebrochen hatte, Recht zu sprechen. Als Lord Mevyn also an einem besonders drückend heißen Tag in die Schenke kam und um ein Bier bat, war dies ein wichtiges Ereignis. Obwohl der Lord dünnes graues Haar, ein rotes Gesicht und einen Bauch hatte, war er ein beeindruckender Mann, der sich kerzengerade hielt und stolzierte wie ein Krieger, der er ja auch war. Bei ihm waren zwei junge Männer seines Kriegshaufens, denn ein edler Herr ging niemals allein irgendwohin. Jill fuhr sich durch ihr wirres Haar und knickste vor dem Lord. Macyn kam herbeigeeilt, die Hände voller Krüge; er stellte sie ab und verbeugte sich vor dem Herrn.

»Verflucht sei diese Hitze«, sagte Lord Mevyn.

»Wahrhaftig, Herr«, stotterte Macyn.

»Ein hübsches Kind.« Lord Mevyn warf Jill einen Blick zu. »Deine Enkelin?«

»Nein, Herr, sie ist die Tochter eines Mädchens, das für mich gearbeitet hat.«

»Die Mutter ist am Fieber gestorben«, warf einer der Reiter ein. »Armes Ding.«

»Wer ist ihr Vater?« fragte Lord Mevyn. »Weiß man das überhaupt?«

»Oh, daran besteht kein Zweifel, Herr«, antwortete der Reiter mit unangenehmem Lächeln: »Cullyn von Cerrmor, und niemand sonst hätte gewagt, diese Frau anzurühren.«

»Fürwahr.« Lord Mevyn lachte. »Du hast also einen berühmten Vater, wie?«

»Ja?«

Wieder lachte Lord Mevyn.

»Nun, der Ruhm eines Kriegers mag einem kleinen Mädchen wenig bedeuten, aber dein Vater ist der beste Schwertkämpfer in ganz Deverry, Silberdolch oder nicht.« Der Lord griff in den Lederbeutel an seinem Gürtel und holte ein paar

Kupferstücke heraus, um Macyn zu bezahlen; dann reichte er Jill eine Silbermünze. »Hier, Kind, ohne Mutter hast du wohl auch nicht viel Geld für ein neues Kleid.«

»Untertänigsten Dank, gütiger Herr.« Als sie knickste, fiel Jill auf, daß ihr Kleid tatsächlich schrecklich schäbig war. »Mögen die Götter es Euch lohnen.«

Nachdem der Lord und seine Männer die Schenke verlassen hatten, legte Jill die Silbermünze in eine kleine Holzschachtel in ihrer Kammer. Zuerst hatte sie jedesmal, wenn sie das schimmernde Silber sah, das Gefühl, selbst eine reiche Dame zu sein; dann wurde ihr plötzlich klar, daß der Lord nur Mitleid mit ihr gehabt hatte. Ohne diese Münze würde sie sich kein neues Kleid leisten können, genau wie sie ohne Macyns Freundlichkeit nichts zu essen und keinen Platz zum Schlafen hätte. Der Gedanke brannte sich in ihren Kopf. Blind rannte sie nach draußen, zu den Bäumen hinter der Schenke, und warf sich ins schattige Gras. Als sie nach ihnen rief, kam das Wildvolk – ihr grauer Lieblingsgnom, ein paar warzige blaue Burschen mit langen, spitzen Zähnen und eine Fee, die wie die Miniaturausgabe einer schönen Frau ausgesehen hätte, wären nicht ihre Augen gewesen, die schräg wie die einer Katze standen und einen vollkommen seelenlosen Blick hatten. Jill setzte sich, und der graue Gnom kletterte auf ihren Schoß.

»Ich wünschte, du könntest reden. Wenn Macyn etwas Schlimmes passieren würde, könnte ich dann mitkommen und bei euch im Wald leben?«

Der Gnom kratzte sich nachdenklich in der Achselhöhle.

»Ich meine, ihr könntet mir zeigen, wie man Essen findet und wie man sich warm hält, wenn es schneit.«

Der Gnom nickte auf eine Weise, die offenbar Ja bedeutete, aber es war immer schwer zu sagen, was das Wildvolk meinte. Jill wußte nicht einmal, wer oder was sie waren.

Obwohl sie plötzlich auftauchen oder verschwinden konnten, fühlten sie sich ganz wirklich an, und sie konnten Gegenstände aufheben und die Milch trinken, die Jill abends für sie rausstellte. Der Gedanke, mit ihnen im Wald zu leben, war ebenso tröstlich wie furchteinflößend.

»Ich hoffe natürlich nicht, daß Macco etwas passiert, aber ich mache mir Sorgen.«

Der Gnom nickte und tätschelte ihren Arm mit einer dürren, irgendwie verbogenen Hand. Da die anderen Kinder im Dorf sich immer über Jill lustig machten, weil sie ein Bastard war, waren die vom Wildvolk die einzigen Freunde, die sie hatte.

»Jill?« Macyn rief im Hof nach ihr. »Komm rein und hilf mir beim Kochen.«

»Ich muß gehen. Ich bringe euch heute abend eure Milch.«

Alle lachten und tanzten im Kreis um sie herum, dann verschwanden sie spurlos. Als Jill zurückging, kam Macyn ihr entgegen.

»Mit wem hast du da draußen gesprochen?« fragte er.

»Mit niemandem. Ich habe einfach nur so geredet.«

»Ich nehme an, mit dem Wildvolk?«

Jill zuckte nur die Achseln. Sie hatte sehr schnell gelernt, daß niemand ihr glaubte, wenn sie ihnen erzählte, daß sie das Wildvolk sehen konnte.

»Ich habe ein schönes Stück Schweinefleisch für heute abend«, fuhr Macyn fort. »Wir sollten am besten bald essen, denn an einem warmen Abend wie heute werden alle noch auf ein Bier vorbeikommen.«

Das erwies sich als richtig. Sobald die Sonne unterging, füllte sich die Gaststube mit Dorfbewohnern, sowohl Männern als auch Frauen, die noch einen Schwatz halten wollten. Niemand in Bobyr hatte viel Geld; Macyn schrieb die Schulden auf einer Holztafel auf: Wenn sich genügend Punkte unter jemandes Zeichen angesammelt hatten, bekam Macyn Essen oder Stoff oder Schuhe von dem Betreffenden, dann eröffnete er die Rechnung von neuem. An diesem Abend verdienten sie allerdings auch ein paar Kupferstücke von einem Hausierer, der einen großen Rucksack schleppte, in dem er Stickwolle, Nadeln und sogar ein paar Bänder hatte. Als Jill ihn bediente, fragte sie wie jedesmal, ob er von Cullyn von Cerrmor gehört hatte.

»Gehört? Ich habe ihn vor noch nicht einmal zwei Wochen selbst gesehen!«

Jills Herz begann schneller zu schlagen.

»Wo?«

»Oben in Gwingedd. Dort ist so etwas wie ein Krieg ausgebrochen, zwei Herren und ihre elenden Blutfehden, und das ist auch der Grund, wieso ich bis hierher nach Süden gekommen bin. An meinem letzten Abend dort sitze ich in einer Schenke, und da sehe ich diesen Burschen mit einem Silberdolch im Gürtel. Das ist Cullyn von Cerrmor, sagt einer zu mir, und komm ihm bloß nicht in die Quere.« Er schüttelte vielsagend den Kopf. »Diese Silberdolche sind üble Kerle.«

»He! Er ist mein Vater!«

»Ach! Das ist allerdings ein hartes Wyrd für so ein kleines Mädel – einen Silberdolch zum Vater zu haben!«

Obwohl Jill spürte, wie sie rot wurde, wußte sie dennoch, daß es keinen Zweck hatte zu widersprechen. Alle verachteten die Silberdolche. Die meisten Krieger lebten im Dun eines adligen Herrn und dienten ihm als Angehörige seines eingeschworenen Kriegshaufens, aber Silberdolche reisten im Königreich umher und kämpften für jeden, der genug Geld hatte, sie zu bezahlen. Manchmal, wenn Vater Jill und ihre Mutter besuchte, brachte er viel Geld mit, manchmal kaum ein Kupferstück, je nachdem, welche Beute er auf einem Schlachtfeld gemacht hatte. Jill wußte zwar nicht warum, aber wenn ein

Mann erst einmal zum Silberdolch geworden war, durfte er nichts anderes mehr sein. Cullyn hatte nie die Chance gehabt, ihre Mutter zu heiraten und mit ihr in einem Dun zu wohnen, so wie es ehrenhafte Krieger und ihre Frauen taten.

In dieser Nacht betete Jill zur Mondgöttin, ihren Vater in dem Krieg in Gwingedd zu beschützen. Dann fiel ihr noch ein, den Mond zu bitten, diesen Krieg schnell zu beenden, damit Cullyn sie bald besuchen konnte. Aber offenbar waren für Kriege andere Gottheiten zuständig, denn es dauerte zwei Monate, bis Jill den Traum hatte. Hin und wieder träumte sie auf lebendige und wirklichkeitsnahe Weise. Diese Träume wurden dann immer wahr. Wie bei dem Wildvolk, hatte sie gelernt, diese Träume für sich zu behalten. In diesem besonderen Traum sah sie, wie Cullyn ins Dorf ritt.

Jill erwachte fiebernd vor Aufregung. Der Länge der Schatten im Traum nach zu schließen, würde Vater gegen Mittag eintreffen. Den ganzen Morgen arbeitete Jill, so schwer sie konnte, damit die Zeit schneller verging. Schließlich rannte sie zur Schenkentür hinaus und hielt Ausschau. Die Sonne hatte beinahe ihren Höchststand erreicht, als sie Cullyn ein großes braunes Streitroß die Straße hinaufführen sah. Erst jetzt fiel Jill ein, daß er noch nichts von Mama wußte. Rasch rannte sie wieder ins Haus.

»Macco! Vater kommt! Wer wird es ihm sagen?«

»Oh, bei der Hölle!« Macyn rannte zur Tür. »Warte hier.«

Jill versuchte, im Haus zu bleiben, aber ihr wurde schmerzlich bewußt, daß die Männer, die dort am Tisch saßen, sie bemitleideten. Ihre Mienen erinnerten sie so lebhaft an den Abend, an dem Mama gestorben war, daß sie wieder hinausrannte. Unten an der Straße stand Macyn und redete mit ihrem Vater. Er hatte ihm eine Hand auf die Schulter gelegt. Vater starrte mit grimmiger Miene zu Boden und sagte kein Wort.

Cullyn von Cerrmor war mehr als sechs Fuß groß und hatte breite Schultern, wie es sich für einen Krieger gehörte. Sein Haar war blond, die Augen eisblau: Eine Narbe auf der linken Wange ließ ihn furchteinflößend aussehen, selbst wenn er lächelte. Sein einfaches Leinenhemd war schmutzig von der Reise, ebenso seine Brigga, die weite Wollhose, die alle Männer in Deverry trugen. An seinem schweren Gürtel hing in einer abgenutzten Lederscheide sein einziger wertvoller Besitz – und das Zeichen seiner Schande: der Silberdolch. Der silberne Griff mit den drei kleinen Kugeln glitzerte, als wollte er die Leute vor seinem Besitzer warnen. Als Macyn fertig war, legte Cullyn die Hand an den Schwertgriff. Macyn nahm die Zügel des Pferdes, und zusammen gingen sie zur Schenke.

Jill rannte zu Cullyn und warf sich in seine Arme. Er hob sie hoch und drückte sie fest an sich. Er roch nach Schweiß und Pferden – der tröstlich vertraute Geruch ihres geliebten Vaters.

»Mein armes Kleines!« sagte Cullyn. »Bei den Höllen, was für einen schlechten Vater du hast!«

Jill weinte zu sehr, um sprechen zu können. Cullyn trug sie in die Schenke und setzte sich, Jill auf dem Schoß, an einen Tisch nahe der Tür. Die Männer an dem anderen Tisch setzten ihre Krüge ab und starrten ihn kalt an.

»Weißt du was, Vater?« schniefte Jill. »Das letzte, was Mama gesagt hat, war dein Name.«

Cullyn warf den Kopf zurück und stieß einen klagenden Schrei aus, ein langgezogenes Trauergeheul. Macyn, der neben ihm stand, wagte es, ihm die Schulter zu tätscheln.

»Komm schon, Junge«, sagte er. »Schon gut, schon gut.«

Cullyn klagte weiter, ein langgezogenes Stöhnen nach dem anderen. Die anderen Männer kamen herüber, und Jill haßte ihr angespanntes Lächeln, als verspotteten sie ihren

Vater wegen seines Schmerzes. Ganz plötzlich wurde sich Cullyn ihrer Anwesenheit bewußt. Er ließ Jill von seinem Schoß gleiten, und als er aufstand, sprang sein Schwert wie durch einen Zauber in seine Hand.

»Und wieso sollte ich sie nicht betrauern? Sie war eine ebenso anständige Frau wie die Königin selbst, ganz gleich, was ihr Hunde von ihr gedacht habt. Gibt es etwa jemanden in diesem stinkenden Dorf, der mir etwas anderes ins Gesicht sagen will?«

Die Männer wichen zurück, einen vorsichtigen Schritt nach dem anderen.

»Keiner von euch hätte es auch nur verdient, getötet zu werden, damit Blut auf ihr Grab fließt. Gebt es zu.«

Alle murmelten: »Nein, haben wir nicht.« Cullyn trat einen Schritt vor, und das Schwert blitzte im Sonnenlicht, das durch die offene Tür hereinfiel.

»Schön und gut. Also geht und sauft weiter.«

Statt dessen drängten sie eilig hinaus. Cullyn steckte das Schwert mit einem Klatschen von Metall auf Leder wieder ein. Macyn wischte sich den Schweiß vom Gesicht.

»Schon gut, Macco. Du und die im Dorf, ihr könnt von mir denken, was ihr wollt, aber meine Seryan hatte Besseres verdient als so einen ehrlosen, elenden Kerl wie mich.«

»Äh, hm, nun gut ...«, sagte Macyn.

»Und nun bist du alles, was mir von ihr geblieben ist.« Cullyn wandte sich Jill zu. »Wir haben einen seltsamen Weg vor uns, meine Süße, aber wir werden es schon schaffen.«

»Was? Willst du mich etwa mitnehmen, Vater?«

»Da hast du verdammt recht. Und zwar heute noch.«

»Moment mal«, warf Macyn ein. »Solltest du nicht lieber noch mal darüber nachdenken? Du bist jetzt ganz außer dir, und ...«

»Bei allem Eis in sämtlichen Höllen!« Cullyn fuhr herum,

die Hand am Schwertgriff. »Ich bin so sehr ich selbst, wie ich es sein muß.«

»Schon gut.« Macyn trat zurück. »Schon gut.«

»Hol deine Sachen, Jill. Wir gehen zum Grab deiner Mutter, und dann machen wir uns auf den Weg. Ich will dieses stinkende Kaff niemals wiedersehen.«

Gleichzeitig erfreut und entsetzt, rannte Jill in ihre Kammer und begann, die wenigen Dinge, die sie hatte, in eine Decke zu packen. Sie konnte hören, wie Macyn versuchte, mit Cullyn zu reden, und wie Cullyn zurückfauchte. Sie wagte es, leise nach dem Wildvolk zu rufen. Der graue Gnom erschien mitten in der Luft und schwebte auf den strohbedeckten Boden herunter.

»Vater nimmt mich mit. Willst du mitkommen? Wenn ja, dann solltest du uns lieber folgen oder dich aufs Pferd setzen.«

Als der Gnom verschwand, fragte sich Jill, ob sie ihn wohl jemals wiedersehen würde.

»Jill!« rief Cullyn. »Hör auf, mit dir selbst zu reden, und komm hier raus.«

Jill ergriff ihr Bündel und rannte aus der Schenke. Cullyn packte ihre Sachen zu seinen eigenen, die er hinter dem Sattel festgeschnallt hatte, dann hob er Jill darauf. Als er aufgestiegen war, schlang Jill die Arme um seine Taille und lehnte ihr Gesicht gegen seinen breiten Rücken. Auf seinem Hemd waren überall Rostflecken in Form verschwommener Ringe, vom Schwitzen im Kettenhemd: Seine Hemden sahen immer so aus.

»Also gut«, sagte Macyn. »Lebe wohl, Jill.«

»Lebe wohl.« Auf einmal hätte sie weinen mögen. »Und meinen Dank dafür, daß du so gut zu mir gewesen bist.«

Macyn winkte betrübt. Jill drehte sich um und winkte zurück, als sich das Pferd in Bewegung setzte.

Im unteren Teil des Dorfes standen die heiligen Eichen, die Bel, dem Gott der Sonne und König aller Götter geweiht waren: Dort wurden die Toten des Dorfes begraben. Obwohl Seryans Grab nicht mit einem Stein gekennzeichnet war wie die der reicheren Leute, so wußte Jill doch, daß sie niemals vergessen würde, wo es lag. Sobald sie ihren Vater dorthin geführt hatte, begann Cullyn wieder zu klagen und warf sich auf den Boden, als versuchte er, seine Geliebte durch die Erde an sich zu ziehen. Jill zitterte, bis er schließlich schwieg und sich wieder aufsetzte.

»Ich habe deiner Mama von dieser Reise ein Geschenk mitgebracht«, sagte Cullyn. »Und bei den Göttern, sie soll es haben.«

Cullyn zog ein Stück Grasnabe heraus, dann grub er mit dem Silberdolch ein kleines Loch. Er holte ein Armband aus seinem Hemd und zeigte es Jill: ein dünnes Bronzeband, so gedreht, daß es wie ein Seil aussah. Er legte es in das Loch, schob die Erde wieder hinein und steckte das Stück Gras zurück.

»Lebe wohl, meine Liebste«, flüsterte er. »Bei all meinen Wanderungen habe ich doch nie eine andere geliebt als dich, und ich bete zu jedem Gott, daß du mir geglaubt hast, als ich dir das sagte.« Er stand auf und wischte den Dolch an der Seite seiner Brigga ab: »Mehr Trauer wirst du von mir nicht sehen, Jill, aber vergiß niemals, wie ich deine Mutter geliebt habe.«

»Das werde ich, Vater. Ich verspreche es.«

Den ganzen Nachmittag ritten sie die Straße nach Osten entlang, vorbei an steilen Hügeln und durch Fichtenwälder. Hin und wieder kamen sie an Feldern vorbei, auf denen das Gras jung und grün stand. Die Bauern drehten sich um und starrten ihnen nach, wenn sie den Krieger mit dem Kind hinter sich im Sattel sahen. Jill war bald steif und wund, aber Cullyn war so in finsteres Brüten versunken, daß sie es nicht wagte, ihn anzusprechen.

In der Abenddämmerung überquerten sie einen seichten Fluß und erreichten die von einer Mauer umschlossene Stadt Averby. Cullyn stieg ab und führte das Pferd durch die engen Straßen, während Jill sich am Sattel festklammerte und sich mit großen Augen umsah: Noch nie im Leben hatte sie so viele Häuser gesehen – es waren mindestens zweihundert. Am anderen Ende der Stadt fanden sie ein heruntergekommenes Gasthaus mit einem großen Stall dahinter, wo der Wirt Cullyn mit Namen begrüßte und ihm einen freundlichen Schlag auf die Schulter versetzte. Jill war zu müde, um noch etwas essen zu können. Cullyn trug sie nach oben in eine staubige, enge Kammer und machte ihr aus seinem Umhang ein Bett auf einem Strohsack. Sie schlief ein, bevor er auch nur die Kerze gelöscht hatte.

Als sie erwachte, war die Kammer voller Sonnenlicht und Cullyn nirgendwo zu sehen. Jill setzte sich erschrocken auf und versuchte sich daran zu erinnern, wie sie in diese fremde Kammer gekommen war. Bald schon kehrte Cullyn zurück, eine Messingschüssel mit dampfendem Wasser in der einen und ein großes Stück Brot in der anderen Hand.

»Iß das, meine Süße«, sagte er.

Erfreut machte sich Jill über das mit Nüssen und Rosinen durchsetzte Brot her. Cullyn setzte die Schüssel ab, suchte in seinen Satteltaschen nach Seife und einer Spiegelscherbe, dann kniete er sich auf den Boden und begann sich zu rasieren. Er rasierte sich immer mit dem Silberdolch. Als er ihn herausholte, konnte Jill sehen, was in die Klinge graviert war: ein zuschlagender Falke, Cullyns Zeichen, mit dem alles, was er besaß, gekennzeichnet war.

»Dieser Dolch sieht schrecklich scharf aus, Vater.«

»Das ist er auch.« Cullyn begann, sich das Gesicht einzuseifen. »Er ist nicht aus reinem Silber, weißt du, es ist eigentlich eine Legierung. Er läuft nicht so schnell an wie reines Silber, und der Schliff ist beständiger als bei Stahl. Nur wenige Silberschmiede im Reich kennen das Geheimnis, und das verraten sie nicht weiter.«

»Warum nicht?«

»Woher soll ich das wissen? Sie sind ein mißtrauischer Haufen, diese Schmiede, die dem Silberdolch dienen. Ich sage dir, nicht jeder entehrte oder ausgestoßene Mann kann eine dieser Klingen kaufen. Man muß einen anderen Silberdolch finden und eine Weile mit ihm reiten – sich prüfen lassen –, und dann nimmt er einem den Eid ab.«

»Mußt du ihm zeigen, daß du ein guter Kämpfer bist?«

»Ja.« Cullyn begann, sich mit präzisen Strichen zu rasieren. »Das ist ein Teil der Sache, aber nur ein Teil. Wir Silberdolche haben eine eigene Ehre. Wir sind Abschaum, alle miteinander, aber wir stehlen und morden nicht. Die edlen Herren wissen, daß wir das nicht tun, und daher vertrauen sie uns genug, um uns in ihre Dienste zu nehmen. Wenn ein paar falsche Leute Mitglieder der Bande würden und uns schadeten, würden wir alle hungern müssen.«

»Vater, warum wolltest du Silberdolch werden?«

»Sprich nicht mit vollem Mund. Ich wollte es nicht. Es war meine einzige Wahl, das ist alles. Ich habe noch nie von einem Mann gehört, der so dumm war, sich uns aus freiem Willen anzuschließen.«

»Das verstehe ich nicht.«

Cullyn überlegte und wischte sich mit dem Handrücken einen Rest Seife von der Oberlippe.

»Nun«, sagte er schließlich. »Kein Kämpfer schließt sich den Silberdolchen an, wenn er statt dessen die Möglichkeit hat, ein anständiges Leben im Dun eines Lords zu führen. Manchmal sind Männer Narren, und wir tun Dinge, die dazu führen, daß kein Lord uns je wieder in seinem Kriegshaufen reiten läßt. Wenn so etwas passiert, nun, dann ist man als Silberdolch immer noch besser dran als ein Stallknecht oder so. Immerhin kann man für sein Geld kämpfen wie ein Mann.«

»Du kannst nie etwas Dummes getan haben!«

Cullyns Lippen zuckten in einem knappen Lächeln.

»Doch, das habe ich, wahrhaftig. Vor langer Zeit war dein alter Vater hier in einem Kriegshaufen in Cerrmor und hat sich einigen Ärger eingehandelt. Laß es niemals so weit kommen, daß du dich entehrst, Jill. Hör auf mich. Ehrlosigkeit bleibt länger an dir kleben als Blut an deinen Händen. Also hat mein Herr mich rausgeworfen, und damit hatte er auch ganz recht. Für mich blieb nichts anderes als der lange Weg.«

»Der was?«

»Der lange Weg. So nennen wir Silberdolche unser Leben.«

»Aber Vater, was hast du denn getan?«

Cullyn drehte sich um und warf ihr einen so kalten Blick zu, daß Jill Angst hatte, er werde sie schlagen.

»Wenn du fertig gegessen hast«, sagte er statt dessen, »gehen wir auf den Markt und kaufen dir ein paar Jungenkleider. Röcke sind nur hinderlich, wenn man reiten und am Straßenrand sein Lager aufschlagen muß.«

Und Jill erkannte, daß sie nie wieder den Mut haben würde, ihm diese Frage zu stellen.

Cullyn hielt sein Versprechen, was die neuen Kleider anging. Tatsächlich kaufte er ihr so viele Sachen, Stiefel, Brigga, Hemden, einen guten Wollumhang und eine kleine Ringbrosche, um diesen zusammenzuhalten, daß Jill auffiel, daß sie ihn nie zuvor mit so viel Geld gesehen hatte, echten Münzen, und alle aus Silber. Als sie ihn danach fragte, erzählte Cullyn, er habe auf dem Schlachtfeld den Sohn eines großen Herren gefangengenommen, und dieses Geld sei das Lösegeld, das seine Familie für ihn gezahlt habe.

»Das war ehrenhaft, Vater. Ihn nicht zu töten, meine ich, sondern wieder heimzuschicken.«

»Ehrenhaft? Ich sagte dir, meine Süße, jeder Silberdolch träumt davon, einmal einen großen Herrn zu erwischen. Es geht uns um das Geld, nicht um den Ruhm. Und bei den Höllen, so mancher dieser Herren ist selbst reich geworden, indem er dasselbe tat.«

Jill war ehrlich schockiert. Einen Gefangenen zu nehmen, weil das Geld einbrachte, gehörte nicht zu den Heldentaten, die in den Liedern der Barden und den ruhmreichen Kriegslegenden erwähnt wurden. Aber sie war froh, daß ihr Vater Geld hatte, vor allem, als Cullyn ihr ein Pony kaufte, einen Grauen, den sie nach dem großen Helden der alten Zeit Gwyndyc nannte. Als sie ins Gasthaus zurückkehrten, nahm Cullyn Jill mit in die Kammer, wies sie an, sich umzuziehen, und schnitt ihr dann mit dem Silberdolch die Haare ab.

»Dieses lange Haar ist zu unpraktisch. Mögen die Götter mich strafen, wenn ich meine Zeit damit verschwende, dich wie ein Kindermädchen zu kämmen.«

Jill nahm an, er habe wohl recht, aber als sie sich in seiner Spiegelscherbe betrachtete, hatte sie das Gefühl, nicht mehr so recht zu wissen, wer sie war. Das Gefühl dauerte an, als sie zum Mittagsmahl in die Gaststube gingen. Sie wollte aufstehen und Blaer, dem Wirt, bei der Arbeit helfen, und nicht dasitzen und mit den anderen Kunden Eintopf essen. Es war Markttag, und die Schenke war voller Kaufleute, die alle die karierten Brigga ihres Standes trugen. Sie beäugten Cullyn mit einem Schauder und gingen ihm so weit wie möglich aus dem Weg. Jill hatte gerade aufgegessen, als drei junge Reiter aus einem Kriegshaufen hereinstolziert kamen und nach Bier verlangten. Jill wußte, daß sie die Reiter eines Lords waren, weil Wappen auf ihre Hemden gestickt waren, in diesem Fall ein springender Hirsch. Sie standen direkt neben der Tür und hielten Blaer so in Atem, daß Cullyn aufstehen und sich sein Bier selbst holen mußte. Als er mit dem vollen Krug an den Tisch zurückging, trat einer der drei vor und stieß dabei absichtlich gegen Cullyns Arm, so daß dieser das Bier verschüttete.

»Paß doch auf, wo du hintrittst«, höhnte der Reiter. »Silberdolch!«

Cullyn setzte den Krug ab und drehte sich zu den Männern um. Jill kletterte auf den Tisch, damit sie besser sehen konnte. Grinsend wichen die beiden anderen Reiter zur Wand zurück.

»Wollt Ihr einen Kampf?« fragte Cullyn.

»Ich will nur einem trotteligen Silberdolch Manieren beibringen. Wie ist dein Name, Abschaum?«

»Cullyn von Cerrmor. Und der Eure?«

Es wurde totenstill, als alle im Gastzimmer sich umdrehten und die beiden anstarrten. Die anderen Reiter legten ihrem Freund die Hände auf die Schultern.

»Komm schon, Gruffidd. Trink jetzt dein Bier. Du bist noch zu jung, um zu sterben.«

»Haut ab«, fauchte Gruffidd: »Haltet ihr mich etwa für einen Feigling?«

»Wir halten dich für einen Narren.« Der andere Reiter starrte Cullyn an. »Wir entschuldigen uns.«

»Entschuldigt euch nicht für mich«, sagte Gruffidd. »Es interessiert mich einen Schweinefurz, ob er der Höllenfürst persönlich ist! Hör zu, Silberdolch – nicht die Hälfte von dem, was man sich über dich erzählt, kann der Wahrheit entsprechen.«

»Ach ja?« Cullyn hatte die Hand am Schwertgriff.

Erschrockene Gäste zogen sich in den Schatten zurück, und Jill drückte sich die Hand auf den Mund, um nicht zu schreien.

»Moment mal!« rief Blaer. »Nicht in meinem Haus!«

Zu spät – Gruffidd zog sein Schwert. Mit säuerlichem Lächeln zog Cullyn das seine, aber er hielt die Klinge lässig und richtete die Spitze auf den Boden. Es war so still, daß Jill ihr Herz schlagen hören konnte. Gruffidd bewegte sich und griff an – und sein Schwert flog davon. Einige Schritt entfernt keuchten Männer entsetzt auf und sprangen aus dem Weg, als das Schwert ihnen klirrend vor die Füße fiel. Cullyn hatte seine Waffe erhoben, aber nur so, als wollte er sie benutzen, um etwas zu zeigen. Ein dünnes Blutrinnsal lief über die Klinge: Gruffidd umklammerte fluchend sein rechtes Handgelenk. Blut trat zwischen seinen Fingern hervor.

»Ich rufe euch alle als Zeugen auf, daß er mich angegriffen hat«, sagte Cullyn.

Die Männer brachen in aufgeregtes Flüstern aus, während Gruffidds Freunde diesen nach draußen zogen. Blaer eilte hinter ihnen drein, das Schwert des Reiters in der Hand. Cullyn wischte das Blut von seiner Klinge ab, steckte sie wieder ein, griff nach seinem Krug und kehrte an seinen Tisch zurück.

»Jill, komm sofort da runter!« fauchte er. »Wo bleiben deine Manieren?«

»Ich wollte nur sehen, was passiert, Vater. Das war großartig! Ich habe nicht mal gesehen, wie du dich bewegt hast.«

»Er auch nicht. Also, Jill, ich trinke jetzt noch mein Bier, und dann gehen wir nach oben, packen und machen uns wieder auf den Weg.«

»Ich dachte, wir wollten hier über Nacht bleiben.«

»Wollten wir auch.«

Vollkommen aufgelöst kam Blaer zu ihrem Tisch gerannt.

»Bei den rosa Ärschen der Götter! Wie oft passiert dir denn so was?«

»Viel zu oft. Jeder dieser jungen Hunde würde es für eine

Ehre halten, wenn er behaupten könnte, der Mann zu sein, der Cullyn von Cerrmor umgebracht hat.« Cullyn trank einen großen Schluck Bier. »Bisher haben sie immer nur ein gebrochenes Handgelenk davongetragen, aber bei den Göttern, es macht mich müde.«

»Kann ich mir vorstellen.« Blaer schauderte, als wäre ihm kalt. »Nun, Mädel, du wirst ein seltsames Leben führen, wenn du mit ihm gehst. Und eines Tages wirst du einem Mann eine verflucht seltsame Frau abgeben.«

»Ich werde nie einen Mann heiraten, der nicht ein so großer Kämpfer ist wie mein Vater. Also werde ich vielleicht nie heiraten.«

An diesem Nachmittag ritten sie schnell und stetig und machten schließlich eine Stunde vor Sonnenuntergang Halt, als Cullyn der Ansicht war, weit genug von Gruffidds Kriegshaufen entfernt zu sein. Sie fanden einen Bauern, der sie auf seiner Weide ein Lager aufschlagen ließ und der ihnen Hafer für Cullyns Pferd und das neue Pony verkaufte. Während Cullyn im nahen Wald nach Feuerholz suchte, pflockte Jill die Pferde an. Sie mußte sich mit dem ganzen Gewicht auf den Pflock stellen, um ihn in die Erde zu treiben, aber schließlich gelang es ihr. Als sie gerade zum Lager zurückkehren wollte, tauchte der graue Gnom auf, hing mitten vor ihr in der Luft und tanzte auf und ab. Mit einem Lachen nahm Jill ihn in die Arme.

»Du bist mir tatsächlich gefolgt! Das freut mich!«

Der Gnom grinste sie breitmäulig an und legte die Arme um ihren Hals. Er fühlte sich trocken und ein wenig schuppig an, und er roch nach frisch aufgegrabener Erde. Ohne nachzudenken, trug Jill ihn zum Lager und erzählte ihm dabei, was alles auf ihrer Reise geschehen war. Er hörte ihr mit ernster Miene zu, dann wandte er sich plötzlich erschrokken um und zeigte auf etwas. Jill sah Cullyn, der mit einem

Arm voll Holz zurückkam, und sie gereizt anstarrte. Der Gnom verschwand.

»Jill, bei den Göttern!« fauchte Cullyn. »Was für ein verfluchtes Spiel spielst du da? Redest du mit dir selbst und tust so, als würdest du etwas tragen?«

»Das war nichts, Vater. Nur ein Spiel.«

Cullyn ließ das Holz fallen.

»Ich will das nicht. Du siehst aus, als hättest du den Verstand verloren, wenn du dastehst und mit dir selbst redest: Ich werde dir eine Puppe kaufen, wenn du so dringend etwas brauchst, mit dem du reden kannst.«

»Ich habe eine Puppe, danke.«

»Warum redest du dann nicht mit ihr?«

»Das werde ich tun, Vater, ich verspreche es.«

Cullyn stemmte die Hände in die Hüften und sah sie von Kopf bis Fuß an.

»Und was hast du da gerade getan? Dir vorgestellt, du redest mit dem Wildvolk?«

Jill ließ den Kopf hängen und zog ihre Stiefelspitze übers Gras. Cullyn schlug ihr ins Gesicht.

»Ich will kein Wort mehr davon hören. Keine Selbstgespräche mehr.«

»Ich werde es nicht wieder tun, Vater. Das verspreche ich.« Jill biß sich auf die Lippen, um nicht in Tränen auszubrechen.

Plötzlich kniete Cullyn vor ihr und legte ihr die Hände auf die Schultern. »Verzeih mir, meine Süße. Dein armer alter Vater ist dieser Tage nicht ganz er selbst.« Er zögerte einen Augenblick und schaute ernstlich bedrückt drein. »Jill, hör mir zu. Es gibt eine Menge Leute im Königreich, die wirklich an das Wildvolk glauben: Und weißt du, was sie noch glauben? Daß jeder, der es sehen kann, eine Hexe ist. Weißt du, was dir passieren kann, wenn dich jemand mit dem Wildvolk reden hört? Du bist zwar noch ein kleines Mädchen, aber du könntest furchtbaren Ärger bekommen. Ich will keinen Haufen Bauern umbringen müssen, die gerade dabei sind, dich totzuschlagen.«

Jill wurde plötzlich eiskalt, und sie begann zu zittern. Cullyn nahm sie in die Arme und drückte sie an sich, aber sie hätte ihn am liebsten weggestoßen und wäre in den Wald gerannt. Aber ich sehe sie doch, dachte sie, heißt das, daß ich eine Hexe bin? Werde ich eine alte Hexe werden und den bösen Blick haben und Leute mit Kräutern vergiften? Als ihr klar wurde, daß sie ihrem Vater nicht einmal diese Angst mitteilen konnte, fing sie an zu weinen.

»Ach, schon gut, schon gut«, sagte Cullyn. »Es tut mir leid. Und jetzt denk nicht mehr daran, und wir essen was. Aber jetzt weißt du, wieso du nicht vom Wildvolk reden darfst, wenn andere dich hören könnten.«

»Das werde ich nicht, Vater. Ganz ehrlich, ich verspreche es dir.«

Mitten in der Nacht erwachte Jill und bemerkte, daß das Mondlicht die Welt mit einer silbernen Schicht überzogen hatte. Der graue Gnom hockte in ihrer Nähe, als wollte er sie bewachen. Da Cullyn laut schnarchte, wagte es Jill, mit ihm zu flüstern.

»Du bist mein bester Freund, aber ich will keine Hexe sein.«

Der Gnom schüttelte heftig den Kopf.

»Stimmt es nicht, daß nur Hexen dich sehen können?«

Wieder das kategorische Nein. Er tätschelte ihr sanft das Gesicht und verschwand dann mit einem Windhauch, der das Mondlicht scheinbar tanzen ließ. Lange Zeit lag Jill wach und lächelte erleichtert in sich hinein. Aber sie wußte auch, daß ihr Vater recht hatte: Von nun an würde sie sehr vorsichtig sein müssen.

Die Menschen von Deverry waren immer ruhelos gewesen. In den alten Tagen der Dämmerung waren ihre Vorfahren Tausende von Meilen gewandert, bevor sie das Alte Königreich errichtet hatten, Devetia Riga, welches Teil eines weit entfernten Landes namens Gallia gewesen war. Die Barden erzählten immer noch viele Geschichten davon, wie die Vorfahren vor den Rhwmanen geflohen und übers Meer gesegelt waren, angeführt von König Bran, um die Westlichen Inseln zu finden. Sie ließen auch diese Inseln hinter sich, als König Bran das Omen der weißen Sau sah, das ihm sagte, wo er die heilige Stadt Dun Deverry gründen müsse. Selbst in Jills Zeiten gab es noch Menschen, die mehr auf der Straße als in Häusern lebten: Priester auf Pilgerfahrten, junge Männer, die von einem Lord zum andern ritten, in der Hoffnung, einen Platz in einem Kriegshaufen zu finden, und natürlich die Silberdolche. Nachdem sie ein paar Tage mit ihrem Vater unterwegs war, stellte Jill fest, daß auch sie der Straße verfallen war. Immer gab es etwas Neues zu sehen, eine neue Bekanntschaft zu machen; sie fragte sich, wie sie es je ertragen hatte, in einem kleinen Dorf zu leben.

Da Cullyn noch genügend Geld hatte, war Jill überrascht, als er sich nach einer neuen Beschäftigung umsah. Während sie ziellos weiter durch Cerrgonney ritten, fragte er überall nach Neuigkeiten von Fehden und Grenzkriegen.

»Der Sommer ist schon halb vorüber«, sagte er Jill eines Nachts an ihrem Lagerfeuer. »Ein Silberdolch muß an Geld für den Winter denken. Nicht, daß viele meiner elenden Bande es allzusehr mit dem Denken hielten, aber sie haben auch keine Töchter, für die sie sorgen müssen.«

»Wahr gesprochen, Vater. Hast du je im Schnee draußen schlafen müssen?«

»Nein, weil ich immer zurückkommen und bei deiner Mutter überwintern konnte.« Ganz plötzlich wurde Cullyn melancholisch, und seine Züge erschlafften, als wäre er erschöpft. »Ihr Götter, ich hoffe, daß sie in der Anderwelt nichts davon erfährt. Ihr einziges Kind, auf der Straße mit einem Mann wie mir.«

»Vater, du bist großartig, und das hier ist auch großartig. Wenn ich erwachsen bin, werde ich ein Silberdolch wie du.«

»Hör dir das an! Mädchen können keine Krieger sein.«

»Warum nicht? Früher, in der Dämmerung, waren sie es. Aiva zum Beispiel. Hast du je die Lieder gehört, Vater? Lord Mevyns Barde kam manchmal in die Schenke, und dann hat er für mich gesungen. Ich habe ihn immer gebeten, die Lieder von Aiva zu singen. Sie war großartig. Sie war eine Falkenfrau, weißt du.«

»Ja, ich kenne die Legenden, aber das ist lange her. Jetzt sind die Dinge anders.«

»Warum? Das ist ungerecht. Und außerdem gab es noch Lady Gweniver, in der Zeit der Unruhen, das ist längst nicht so lange her wie die Dämmerung. Diese Männer haben ihre Ehre verletzt, und sie hat sich gerächt.« Jill legte die Hand aufs Herz, wie es der Barde immer getan hatte: »›Sie fällte sie, das Blut spritzt hoch, aus Kopf und Herz, als sie zur Hölle fuhren.‹ Das Stück habe ich auswendig gelernt.«

»Wenn wir je nach Bobyr zurückkommen sollten, habe ich ein Wörtchen mit Lord Mevyns Barden zu reden. Ihr Götter, was habe ich da gezeugt?«

»Jemanden, der dir ähnlich ist. Das hat Mama immer gesagt. Sie sagte, ich sei ebenso störrisch wie du und könnte genauso eklig sein, wenn ich wollte.«

Cullyn lachte. Es war das erste Mal, daß Jill ihn laut lachen hörte.

Zwei Tage später erfuhr Cullyn die Nachrichten, die er hatte hören wollen. Sie hatten in einem Eichenhain haltgemacht, um ihr Mittagsmahl einzunehmen, und sie aßen Brot und Käse, als Jill zwei Pferde hörte, die direkt auf sie zukamen. Cullyn war aufgesprungen und hatte sein Schwert gezogen, bevor sie die Geräusche noch recht deuten konnte. Jill kam auf die Beine, als die Reiter in Sicht kamen, und duckte sich unter die Zweige. Die Männer waren bewaffnet. Sie trugen Kettenhemden und hatten die Schwerter gezogen.

»Stehenbleiben!« rief der Anführer.

Als sie auf die Lichtung ritten, trat Cullyn zwischen sie und Jill. Die Männer zügelten ihre Pferde und lächelten plötzlich. Der Anführer beugte sich im Sattel vor.

»Verzeiht. Ich dachte, Ihr wäret einer von Lord Ynydds Männern.«

»Nie von ihm gehört«, sagte Cullyn. »Was haben wir getan – sind wir mitten in einer Fehde gelandet?«

»Genau. Wir dienen Tieryn Braedd, und diese Wälder gehören ihm, bei den Göttern.«

»Das habe ich nie geleugnet. Tut Lord Ynydd das etwa?«

»Genau. He, Ihr seid ein Silberdolch! Sucht Ihr Arbeit? Wir sind nur zu viert gegen Ynydds Sieben, wißt Ihr.«

»Bei den Höllen!« Cullyn warf den Kopf zurück. »Das muß eine ziemlich blutige Sache gewesen sein.«

»Nein, eigentlich nicht. Zu Anfang waren wir fünf gegen sieben. Aber geht und redet mit unserem Herrn. Das Dun liegt nur zwei Meilen weiter an dieser Straße. Ihr könnt es nicht verfehlen.«

Der Reiter hatte zweifellos die Wahrheit gesagt. Draußen, inmitten des gerodeten Landes, erhob sich ein niedriger Hügel, der mit den massiven Steinwällen des Dun umgeben war. Hinter ihnen stand ein Broch, mindestens drei Stockwerke hoch, auf dessen Spitze stolz eine rotgraue Flagge wehte. Aber als sie näherkamen, sah Jill, daß die eisenbeschlagenen Tore in den Mauern nur Prahlerei waren. Schon vor langer Zeit waren die Mauern geschleift worden und wiesen nun drei Lücken auf, weit genug, daß ein Wagen hätte hindurchfahren können. Efeu überwucherte die Trümmer. Drinnen fanden sie einen schlammigen Hof, auf dem einst viele Gebäude gestanden hatten, nach den Fundamenten und der einen oder anderen Mauer zu schließen, die noch geblieben war. Auch an einer Seite des Broch selbst war die Mauer des obersten Stockwerks weggeschlagen. Jill konnte in leere kleine Kammern sehen.

»Wie haben sie das geschafft, Vater?«

»Zweifellos mit einem Katapult.«

Der Hof war still und leer, bis auf eine Herde großer weißer Gänse, die in den eufeuüberwachsenen Trümmern nach Schnecken suchten. Als Cullyn laut rief, kam ein Junge mit einem schmutzigen rotgrauen Waffenrock über Hemd und Brigga aus dem Broch gerannt.

»Wer seid Ihr?«

»Cullyn von Cerrmor. Ich möchte mit deinem Herrn sprechen.«

»Im Augenblick redet gerade mein Vater mit ihm, aber es wird nicht stören, wenn Ihr einfach reingeht.«

»He, warte mal! Du müßtest eigentlich sagen: ›Ich werde nachsehen, guter Mann, aber der große Tieryn Braedd könnte Wichtigeres zu tun haben.‹«

»Hat er aber nicht. Er tut nie etwas, wenn er sich nicht gerade mit Lord Ynydd streitet, und das steht heute nicht an.«

Tieryn Braedds große Halle war einst wirklich großartig gewesen, ein gewaltiger runder Raum, der das gesamte Erdgeschoß des Broch einnahm. An den Seiten lagen zwei riesige Feuerstellen, die mit gemeißelten Löwen verziert waren, einander gegenüber. Dazwischen war genug Platz, um zweihundert Männer zu verköstigen. Nun diente allerdings die abgelegenere Feuerstelle als Küche, und ein schlampig angezogenes Mädchen stand an einem Tisch und hackte Karotten und Rüben klein, während sich eine Hammelkeule auf dem Bratspieß drehte. An der näher gelegenen Feuerstelle standen drei Tische und ein paar wacklige Bänke. Zwei Männer saßen an einem der Tische und tranken: ein gestandener Mann mit einem weichen, schwarzen Bart und ein hochgewachsener, bleicher Junge von etwa siebzehn mit einer langen Nase, die Jill an die eines Kaninchens erinnerte. Da er karierte Brigga und ein Hemd mit aufgestickten Löwen trug, mußte der Junge wohl der Tieryn sein. Der junge Page ging zum Tisch und zupfte den Tieryn am Ärmel.

»Euer Gnaden? Hier ist ein Silberdolch namens Cullyn von Cerrmor.«

»Ach ja?« Braedd erhob sich. »Das ist nun wirklich ein glücklicher Zufall. Kommt und setzt Euch zu mir.«

Ohne viel Getue bat Braedd Cullyn und Jill, sich auf einer der Bänke niederzulassen, und schickte den Jungen, der Abryn hieß, nach mehr Bier. Dann stellte er den älteren Mann als Glyn, seinen Berater, vor. Als der Tieryn sich wieder hinsetzte, knarrte sein Sessel alarmierend.

»Ich bin einigen Eurer Leute im Eichenwald begegnet, Euer Gnaden«, sagte Cullyn. »Sie haben mir von Eurer Fehde erzählt.«

»Ah, Ynydd, dieser Bastard einer Schnecke!« Braedd nahm einen Schluck Bier: »Wahrlich, ich würde Euch gerne Arbeit geben, aber meine Schatztruhe sieht nicht besser aus als die Mauern meines Dun.« Er warf Glyn einen Blick zu. »Können wir noch etwas abzwacken?«

»Ein Pferd, denke ich, Herr. Er könnte es in der Stadt verkaufen.«

»Das stimmt.« Braedd grinste plötzlich. »Oder wie wäre es mit Kohl? Ich habe ganze Felder davon. He, Silberdolch, denkt daran, wie nützlich Kohl sein kann. Man kann ihn verfaulen lassen und damit nach seinen Feinden werfen, oder wenn man einer Frau den Hof macht, kann man ihr einen Strauß frischer Kohlköpfe überreichen – so etwas hat sie bestimmt noch nie gesehen –, oder ...«

»Euer Gnaden?« warf Glyn ein.

»Ja, gut, ich schweife ab.« Wieder trank Braedd einen großen Schluck. »Aber wenn Ihr ein Pferd und Unterkunft und Verpflegung für Euch und Euren Pagen nehmen würdet?«

»Das werde ich. Ich bin dabei, Euer Gnaden. Aber das hier ist meine Tochter, nicht mein Page.«

»Ach ja?« Braedd beugte sich vor und betrachtete Jill näher. »Ehrst du deinen Vater, mein Kind?«

»Mehr als alles auf der Welt – mit Ausnahme des Königs, selbstverständlich, aber dem bin ich noch nie begegnet.«

»Wohl gesprochen.« Braedd rülpste laut. »Wie schade, daß diese Eiterbeule Ynydd nicht die gleiche Achtung vor dem König hat, wie sie dieses kleine Mädchen an den Tag legt.«

Cullyn wandte sich mit seinen Fragen lieber an den Berater. »Worum geht es bei dieser Fehde, guter Herr? Die Reiter im Wald haben mir nur gesagt, daß es mit den Wäldern zu tun hat.«

»Ja, mehr oder weniger.« Glyn strich sich nachdenklich den Bart. »Die Fehde reicht schon lange zurück, in Zeiten, als Lord Ynydds Großvater dem Großvater Seiner Gnaden den Krieg erklärte. In jenen Tagen kämpften sie darum, wer Tieryn sein sollte, und um andere ernste Dinge, aber nach und nach wurden diese geregelt. Aber die Wälder liegen an der Grenze der beiden Besitztümer. Sie sind das letzte, um das man sich noch streiten kann.«

»Das glaubt Ynydd jedenfalls.« Braedd schlug mit der flachen Hand auf den Tisch. »Ein Rat des Hochkönigs selbst hat über die Angelegenheit zu Gericht gesessen und mir den Anspruch zugesprochen.«

»Nun, Euer Gnaden«, sagte Glyn versöhnlich, »Ynydd hat auch nur einen Teil des Urteils nicht akzeptiert. Er gibt Euch das Recht an den Bäumen.«

»Aber dieser Bastard besteht darauf, daß er einen uralten Anspruch auf die Schweinerechte hat.«

»Schweinerechte?« sagte Cullyn.

»Schweinerechte«, erwiderte Glyn. »Ihr wißt, im Herbst bringen die Bauern die Schweine in die Wälder, damit sie die Eicheln fressen können. Und es gibt nur genug Eicheln für eine Schweineherde – seine oder unsere.«

»Und dieser verdorrte Hoden eines unfruchtbaren Esels sagt, es sei sein Recht«, warf Braedd ein. »Seine Männer haben einen meiner Reiter umgebracht, als der Junge im letzten Herbst Ynydds Schweine aus den Wäldern trieb.«

Cullyn seufzte und trank einen sehr großen Schluck Bier.

»Vater, das verstehe ich nicht«, sagte Jill. »Heißt das, daß jemand wegen Schweinefutter umgebracht worden ist?«

»Es geht um die Ehre!« Braedd schlug seinen Krug so heftig auf den Tisch, daß das Bier herausspritzte: »Ich werde niemals zulassen, daß jemand nimmt, was von Rechts wegen mir gehört. Die Ehre meines Kriegshaufens verlangt nach Rache! Wir werden bis zum letzten Mann kämpfen.«

»Schade, daß wir die Schweine nicht bewaffnen können«, sagte Cullyn. »Dann könnten sie um ihr eigenes Futter kämpfen.«

»Was für eine gute Idee!« Braedd grinste entzückt. »Sie sollten kleine Helme haben, und ihre Hauer sind die Schwerter, und wir werden ihnen beibringen, zum Klang eines Horns zu marschieren.«

»Euer Gnaden?« stöhnte Glyn.

»Nun gut, ich schweife wieder ab.«

Glyn und Abryn, der der Sohn des Beraters war, führten Jill und Cullyn zu dem letzten Gebäude, das im Hof noch stand: zu den Ställen. Wie immer schliefen die Männer des Kriegshaufens direkt darüber. Im Winter hielt die Körperwärme der Pferde die Männer warm, aber heute, an diesem warmen Sommertag, war der Geruch nach Pferd überwältigend. Glyn zeigte Cullyn ein paar unbenutzte Pritschen und sah dann zu, wie Cullyn seine und Jills Sachen wegpackte.

»Wißt Ihr, Silberdolch, ich gebe gern zu, daß ich froh bin, einen Mann von Eurer Erfahrung im Kriegshaufen zu wissen.«

»Meinen Dank. Dient Ihr dem Tieryn schon lange, guter Herr?«

»Sein ganzes Leben. Ich habe zuvor seinem Vater gedient, und das war wahrlich ein großer Mann. Er war derjenige, der den Krieg zu einem Ende brachte, mehr durch das Gesetz als durch das Schwert. Ich fürchte, daß Tieryn Braedd eher seinem Großvater nachschlägt.« Glyn hielt inne und wandte sich Abryn zu. »Abryn, Jill ist unser Gast, also sei höflich zu ihr und bring sie nach draußen zum Spielen.«

»Das bedeutet, daß du jetzt etwas Interessantes sagen wirst«, jammerte Abryn.

»Jill«, sagte Cullyn. »Raus.« Jill packte Abryns Arm und schob ihn rasch aus dem Stall. Sie blieben vor der Tür stehen und sahen den Gänsen zu, die durch die Trümmer watschelten.

»Beißen die?« fragte Jill.

»Ja. Ich wette, du hast Angst.«

»Ach ja?«

»Du bist ein Mädchen. Mädchen haben immer Angst.«

»Haben wir nicht.«

»Habt ihr doch. Und du hast einen komischen Namen. Jill ist kein richtiger Name. Das ist ein Name für eine Unfreie.«

»Und wenn?«

»Wie meinst du das, und wenn? Das ist das Schlimmste überhaupt, zu den Unfreien zu gehören. Und du solltest auch keine Brigga anziehen.«

»Ich bin keine Unfreie! Und die Brigga hat mir mein Vater gekauft.«

»Dein Vater ist ein Silberdolch, und die sind alle nur Abschaum.«

Jill holte aus und schlug ihm, so fest sie konnte, ins Gesicht. Abryn schrie auf und schlug zurück, aber sie duckte sich und erwischte ihn am Ohr. Mit einem Aufheulen stürzte er sich auf sie und warf sie um. Aber sie drückte ihm den Ellbogen in den Magen, bis er sie wieder losließ. Sie rangen, traten, schlugen aufeinander ein, bis Jill Cullyn und Glyn hörte, die auf sie einschrien, sie sollten gefälligst aufhören. Plötzlich packte Cullyn Jill an den Armen und riß sie von dem hilflosen Abryn herunter.

»Was soll das?«

»Er hat gesagt, Silberdolche seien alle Abschaum. Also hab ich ihn geschlagen.«

Abryn setzte sich schniefend auf und wischte sich die blutige Nase. Cullyn grinste Jill zu, dann gab er sich rasch alle Mühe, eine strenge Miene aufzusetzen.

»Also wirklich, Abryn!« Glyn packte den Jungen fest am Arm. »Geht man so mit Gästen um? Wenn du nicht lernst, höflich zu sein, wie willst du eines Tages einem großen Herrn dienen?«

Glyn zerrte seinen Sohn in den Broch und schlug dabei unentwegt auf ihn ein. Cullyn begann, den Dreck von Jills Kleidung abzuwischen.

»Bei den Ärschen der Götter, meine Süße, wo hast du gelernt, so zu kämpfen?«

»Daheim in Bobyr. Alle Kinder haben mich Bastard genannt, und sie sagten, ich hätte einen Unfreien-Namen, also hab ich sie geschlagen. Und dabei habe ich gelernt, wie man gewinnt.«

»Das hast du. Ihr Götter, du bist wahrhaftig Cullyn von Cerrmors Tochter.«

Für den Rest des Tages gingen Jill und Abryn einander aus dem Weg, aber am nächsten Morgen kam Abryn zu ihr. Er starrte den Boden vor ihren Füßen an und trat mit der Spitze seines Holzschuhs gegen einen Dreckklumpen.

»Es tut mir leid, daß ich gesagt habe, dein Vater sei Abschaum, und mein Vater sagt, du kannst jeden Namen haben, den du willst, und wenn du willst, kannst du auch Brigga tragen, und es tut mir alles leid.«

»Danke. Und mir tut es leid, daß ich dir die Nase blutig geschlagen habe. Ich wollte nicht so fest zuschlagen.«

Abryn blickte grinsend auf.

»Sollen wir Krieger spielen? Ich habe zwei Holzschwerter.«

Die nächsten Tage ging das Leben in Tieryn Braedds Dun ruhig weiter. Morgens ritten Cullyn und zwei der Reiter in den Eichenwald, nachmittags lösten der Tieryn und die anderen beiden Reiter sie ab: Jill half Abryn bei seinen Arbeiten im Dun, aber sie hatten noch genug Zeit, mit den Holzschwertern oder mit Abryns Lederball zu spielen. Jills einziges Problem war Abryns Mutter, die der Ansicht war, Jill sollte lieber Nähen lernen, statt draußen zu spielen. Jill lernte schnell, ihr aus dem Weg zu gehen. Bei den Mahlzeiten aß der Kriegshaufen an einem Tisch in der großen Halle, während der Tieryn und Glyns Familie am anderen saßen. Wenn sich der Berater in seine Kammer zurückgezogen hatte, setzte sich Braedd allerdings zu den Reitern und trank mit ihnen. Immer sprach er über die Fehde, von der er alle Einzelheiten kannte, von Ereignissen, die lange vor seiner Geburt geschehen waren, bis zur letzten Beleidigung.

Nach einer Woche dieser angenehmen Routine eilte

Braedd schließlich eines Abends mit glitzernden Augen zum Tisch des Kriegshaufens. Er hatte Neuigkeiten: Ein Diener war im nächsten Dorf gewesen und hatte dort Klatsch über Ynydds Pläne gehört.

»Diese widerwärtige Eiterbeule! Er behauptet, da die Schweinerechte ihm gehören, könne er seine Schweine jederzeit in den Wald schicken, ganz gleich ob im Sommer oder im Herbst. Sie sagen, er wolle ein paar Schweine unter Bewachung losschicken.«

Bis auf Cullyn begannen alle zu fluchen und ihre Krüge fest auf den Tisch zu schmettern.

»Und ich sage, diese Viecher werden nicht einen Fuß in meine Wälder setzen«, fuhr Braedd fort. »Von jetzt an wird der gesamte Kriegshaufen auf Patrouille gehen.«

Die Männer jubelten.

»Euer Gnaden?« warf Cullyn ein. »Darf ich sprechen?«

»Aber sicher. Ich schätze Eure Kampferfahrung sehr.«

»Danke, Euer Gnaden. Nun, die Wälder sind ein wenig zu ausgedehnt für eine einzige Patrouille. Der Kriegshaufen könnte an einem Ende sein und Ynydd vom anderen Ende kommen. Wir teilen uns am besten in zwei Gruppen auf und reiten auf einem Zickzackkurs. Wir können den Pagen und einen Diener mit Nachrichten hin und her schicken.«

»Gut gesprochen! So machen wir es, und wir nehmen Abryn mit.«

»Darf ich auch gehen, Euer Gnaden?« rief Jill. »Ich habe ein eigenes Pony.«

»Jill, schweig«, fauchte Cullyn.

»Nun, die Kleine hat den Kampfgeist ihres Vaters«, sagte Braedd grinsend. »Wenn du willst, darfst du mitkommen.«

Da Braedd der Tieryn war und Cullyn der Silberdolch, konnte er nichts mehr einwenden, aber er gab Jill eine saftige Ohrfeige, als sie später allein waren.

Nachdem sie zwei Tage mit der Patrouille geritten war, bereute Jill, daß sie darauf gedrängt hatte, weil es einfach langweilig war. Sie trottete mit Cullyn und den beiden Reitern zum einen Ende des Waldes, dann wendeten sie und kehrten zurück, um den Tieryn und den Rest des Kriegshaufens zu treffen – hin und zurück, vom Morgen bis zum Abend: Ihr einziger Trost war, daß man ihr erlaubte, ein wunderschönes Silberhorn an einem Lederband über der Schulter zu tragen. Schließlich, am dritten Tag, als sie nicht länger als eine Stunde unterwegs gewesen waren, hörte Jill seltsame Geräusche vom Waldrand. Sie zügelte ihr Pony und lauschte: Klappern, Grunzen und Schnaufen.

»Vater«, rief sie. »Ich höre Schweine und Pferde!«

»Tatsächlich.« Cullyn zog sein Schwert. »Reite zum Tieryn. Wir werden sie aufhalten.«

Im Galoppieren blies Jill ihr Horn. Schließlich hörte sie Abryns Horn ganz in der Nähe. Tieryn Braedd kam ihr entgegengeritten.

»Euer Gnaden!« rief Jill. »Sie kommen!«

Sie wendete ihr Pony und ritt zurück, weit vor den anderen, weil sie nichts versäumen wollte. Als sie aus dem Wald herauskam, konnte sie das Grunzen der Schweine deutlich hören. Ein Weg führte über eine grüne Wiese zum Wald, und Cullyn und die anderen blockierten ihn. Über die Wiese näherte sich eine seltsame Prozession. Vorneweg ritt ein Lord, der wohl Ynydd sein mußte und der einen grünen Schild mit einer goldenen Kuppe trug. Sieben Reiter, ebenso bewaffnet, ritten hinter ihm. Am Ende kam eine Schweineherde, begleitet von zwei verängstigten Bauern, die die Schweine mit Stöcken antrieben, um sie in Bewegung zu halten.

Tieryn Braedd und seine Männer bezogen hinter Cullyn und den anderen Position. Als Braedd sein Schwert zog, folgten ihm die anderen Männer und brüllten Lord Ynydds Leuten Beleidigungen zu, die diese zurückgaben. Cullyn rief Jill und Abryn zu, daß sie sich in Sicherheit bringen sollten, dann blieb er ruhig sitzen, das Schwert auf dem Sattelknauf.

»Lord Ynydd ist selbst ein Schwein«, sagte Abryn. »Er bringt all seine Männer mit, nur damit er in der Übermacht ist.«

»Ja, aber das schafft er nicht wirklich. Mein Vater ist mindestens drei Männer wert.«

Langsam näherte sich die Prozession. Die Schweine drängten immer wieder zur Seite, grunzten und beschwerten sich und zwangen die Männer zu warten, bis die Bauern sie wieder zusammengetrieben hatten. Schließlich zügelte Lord Ynydd sein Pferd etwa zehn Fuß vor Tieryn Braedd. Während die beiden Herren einander wütend anstarrten, stampften die Schweine überall herum. Selbst aus ihrer Entfernung konnte Jill die großen grauen Keiler riechen; ein Streifen dunklen Haars wand sich über ihren Rücken, und glitzernde Hauer ragten aus ihren Schnauzen.

»Aha«, rief Ynydd, »Ihr verweigert mir also mein angestammtes Recht, Braedd?«

»Ihr wollt Euch das Recht einfach nehmen, und das lasse ich nicht zu«, sagte Braedd.

»Es ist mein Recht. Ihr blockiert mir nicht den Weg und bringt mich auf diese Weise um meine Ehre.«

Die Schweine grunzten laut, als jubelten sie ihm zu. Cullyn drängte sein Pferd näher und verbeugte sich im Sattel vor den Herren.

»Euer Gnaden, mein Herr«, sagte Cullyn. »Seht Ihr nicht, was für ein Bild wir abgeben, mit den Schweinen als Zuschauer unseres Turniers?«

»Haltet den Mund, Silberdolch«, fauchte Ynydd. »Ich lasse mich nicht von einem Ehrlosen verspotten.«

»Ich wollte nicht spotten, Herr. Wenn ich sprechen darf –

würdet Ihr behaupten, daß Ihr selbst das Recht habt, in den Wald zu reiten?«

Braedd grinste über Ynydds mürrisches Schweigen.

»Sagt mir, Herr«, fuhr Cullyn fort, »wenn es nicht um diese Schweine ginge, würdet Ihr des Königs Urteil über diese Wälder in Frage stellen?«

»Niemals würde ich dem Hochkönig meine Ehre verweigern«, sagte Ynydd. »Aber meine Schweine ...«

Mit Gebrüll spornte Cullyn sein Pferd an, wich Ynydd und seinen Männer aus und ritt direkt auf die Schweineherde zu. Er stieß seinen lautesten Kriegsschrei aus und ließ sein Schwert über dem Kopf kreisen. Die Schweine und ihre Hirten flohen voller Schrecken, grunzend und quiekend vor Angst, als sie über die Weide nach Hause flüchteten. Beide Kriegshaufen mußten zu laut lachen, als daß sie an Verfolgung dachten, und schon gar nicht an Kampf. Nur Ynydd kochte vor Wut und schrie seine Männer an, sie sollten aufhören zu lachen und etwas unternehmen. Schließlich kam Cullyn zurück.

»Nun, Herr«, rief er Ynydd zu. »Eure Schweine wünschen kein Wegerecht mehr.«

Ynydd gab seinem Pferd die Sporen und griff Cullyn an. Cullyn parierte, fing das Schwert mit seiner Klinge ab und lehnte sich leicht zur Seite. Ynydd fiel aus dem Sattel und ging zu Boden. Seine Männer schrien aufgebracht. Schweine zu scheuchen war eine Sache, ihren Herrn zu entehren eine andere. Die sieben Männer stürzten sich auf Cullyn, und Braedds Leute setzten ihnen nach. Jill umklammerte ihr Sattelhorn und schrie ebenfalls auf. Vater war ganz allein da draußen. Sie sah, wie Ynydd wieder aufs Pferd stieg, als sich der Kriegshaufen um sie schloß.

Die Pferde traten um sich, Männer schwangen fluchend ihre Schwerter. Staub wirbelte auf, so dick wie Rauch. Die offenbar wenig kampferprobten Männer wichen sich mehr aus, als daß sie ernsthaft zu kämpfen versuchten. Das Blitzen der Klingen, die bockenden Pferde, Männer, die ihre Waffen schwangen und brüllten – in diesem erschreckenden Tanz drehte sich der Klumpen von Männern und Pferden langsam um sich selbst, und die blitzenden Klingen gaben den Rhythmus an. Endlich konnte Jill ihren Vater am Rand des Getümmels wieder entdecken.

Cullyn war ganz ruhig, seine Miene gleichgültig, als fände er den Kampf lästig. Dann schlug er zu, und er wich nicht zurück wie die anderen. Er bahnte sich seinen Weg in die Menge, wirbelte immer wieder herum und schlug sich den Weg zu Lord Ynydd frei. Ein Mann beugte sich im Sattel vor; er hatte Blut auf dem Gesicht. Cullyn ritt weiter und führte Braedds Leute an. Er hatte Ynydd beinahe erreicht, als ein Reiter sein Pferd dazwischendrängte. Einen Augenblick lang blitzten Schwerter auf, dann schrie der Reiter und fiel über den Hals seines Pferdes. Cullyn warf den Kopf zurück, aber sein Gesicht zeigte nicht, was er empfand.

Ohne sein Aufgeben anzukündigen, wendete Ynydd sein Pferd und floh, dicht gefolgt von seinem Kriegshaufen. Ein reiterloses Pferd galoppierte mit ihnen. Braedd und seine Leute jagten noch hinter ihnen her, aber nur langsam und nur bis zum Rand der Wiese. Cullyn blieb zurück, stieg ab und kniete sich neben den gefallenen Reiter. Ohne nachzudenken, sprang Jill vom Pferd und rannte zu ihm.

»Vater, geht es dir gut?«

»Verschwinde.« Cullyn stand auf und schlug ihr ins Gesicht. »Verschwinde, Jill.«

Jill rannte zurück, aber es war zu spät. Sie hatte gesehen, was Cullyn vor ihr verbergen wollte – der Reiter lag auf dem Bauch, und aus seiner Kehle ergoß sich eine Blutlache ins Gras und durchtränkte sein weiches blondes Haar. Blut roch warm, klebrig und unerwartet süß. Abryn rannte ihr entgegen.

»Hast du es gesehen?« Er war kreidebleich.

Jill fiel auf die Knie und übergab sich; so lange, bis ihr Magen leer war. Als sie fertig war, packte Abryn sie an den Schultern und half ihr aufzustehen. Ihr war so kalt, als würde es schneien. Sie gingen zurück zu den beiden Ponys und setzten sich. Der Kriegshaufen war auf dem Weg zu ihnen, lachend und jubelnd über den Sieg. Jill war so müde, daß sie die Augen schloß, aber sie konnte immer noch den Toten sehen, wie ein Bild, wie er in seinem Blut lag. Hastig öffnete sie die Augen wieder. Cullyn sonderte sich vom Kriegshaufen ab und kam zu ihr.

»Ich habe dir gesagt, du sollst wegbleiben«, sagte er.

»Ich hatte es vergessen. Ich konnte nicht mehr denken.«

»Wahrscheinlich nicht. Was hast du da am Mund? Hast du dich übergeben?«

Jill wischte sich den Mund mit dem Ärmel ab. Er war immer noch ihr Vater, ihr gutaussehender, wunderbarer Vater, aber sie hatte gerade gesehen, wie er einen Mann umgebracht hatte. Als er ihr die Hand auf die Schulter legte, zuckte sie zusammen.

»Ich werde dich nicht schlagen«, sagte Cullyn, der die Geste mißverstanden hatte. »Ich mußte mich auch übergeben, als ich zum erstenmal sah, wie ein Mensch getötet wurde. Oh, bei den Höllen, und das alles wegen Schweinefutter! Ich hoffe, dieser Dummkopf hat jetzt endlich genug.«

»Meint Ihr Ynydd?« fragte Abryn.

»Ihn auch.«

Der Kriegshaufen nahm die Leiche mit zum Dun, damit der Tieryn sie ehrenhaft zu Ynydd zurückschicken konnte. Da das Pferd des Toten geflüchtet war, mußte Abryn sein Pony abgeben und hinter Cullyn aufsitzen. Als die Reiter die Leiche auf den Sattel banden, zwang sich Jill hinzusehen. Der Tote sah aus wie eine Lumpenpuppe und überhaupt nicht mehr wie ein Mensch. Ihr wurde noch elender zumute. Als sie das Dun erreichten, kamen Glyn und die Diener ihnen entgegengerannt. In der allgemeinen Verwirrung stahl sich Jill davon, schlich um den Broch herum und suchte sich einen Platz, an dem sie ungestört im Schatten der eingestürzten Mauer sitzen konnte. Sie wußte, daß Abryn zu seiner Mutter rennen würde, und sie beneidete ihn aufs heftigste.

Sie hatte einige Zeit dort gesessen, als Cullyn sie fand. Als er sich neben sie auf den Boden setzte, konnte sie ihn kaum ansehen.

»Der Herold reitet jetzt los und bringt den armen Jungen nach Hause. Sein Tod dürfte die Angelegenheit beenden. Die Ehre von Braedds armseligem Kriegshaufen ist gerächt, und Ynydd hat sich vor lauter Angst fast in die Hosen gemacht.«

Jill starrte Cullyns Hände an, die er auf seine Oberschenkel gelegt hatte. Ohne die schweren Kampfhandschuhe sahen sie wieder wie seine Hände aus, die Hände, die ihr Essen gaben und ihr das Haar kämmten und ihre Schulter tätschelten. Sie hatten sich nicht verändert. Er hat viele Männer getötet, dachte sie, deshalb ist er so berühmt.

»Ist dir immer noch schlecht?« fragte Cullyn.

»Nein. Ich hätte nicht gedacht, daß Blut so riecht.«

»Das tut es, und es fließt auf diese Art. Was glaubst du wohl, wieso ich nicht wollte, daß du mit uns reitest?«

»Wußtest du, daß jemand umkommen würde?«

»Ich hatte gehofft, das verhindern zu können, aber ich war darauf vorbereitet. Das bin ich immer, weil das meine Aufgabe ist. Ich hatte wirklich angenommen, diese Burschen würden schneller fliehen, aber in der Hasenherde war ein einziger junger Wolf. Armer Kerl. Das hat er jetzt von seiner Ehre.«

»Vater? Tut er dir leid?«

»Ja. Ich will dir was sagen, meine Süße, was kein anderer Mann in Deverry zugeben würde: Es tut mir um jeden Mann leid, den ich je getötet habe. Aber es war sein Wyrd, und niemand kann etwas tun, um sein Wyrd zu ändern, und schon gar nicht das eines anderen. Eines Tages wird mein eigenes Wyrd mich holen, und ich zweifle nicht daran, daß es ebenso sein wird wie das, was ich so vielen zugefügt habe. Es ist wie ein Handel mit den Göttern. Jeder Krieger schließt einen solchen Handel ab. Verstehst du das?«

»Irgendwie schon. Dein Leben für das ihre, meinst du?«

»Genau. Das ist alles, was man tun kann.«

Jill fühlte sich langsam besser. Es als Wyrd zu sehen, ließ es irgendwie sauberer erscheinen.

»Das ist die einzige Ehre, die mir geblieben ist, dieser Handel mit meinem Wyrd«, fuhr Cullyn fort. »Ich habe dir einmal gesagt, laß dir niemals deine Ehre nehmen. Wenn du jemals versucht bist, etwas zu tun, was auch nur im Geringsten unehrenhaft ist, dann denk an deinen Vater und was seine Ehrlosigkeit ihm eingebracht hat – den langen Weg und die Verachtung in den Augen jedes ehrlichen Mannes.«

»Aber war es nicht dein Wyrd, den Dolch zu nehmen?«

»Nein.« Cullyn gestattete sich ein kurzes Lächeln. »Ein Mensch kann sein Wyrd nicht besser machen, aber es liegt sehr wohl in seinen Händen, es zu verschlechtern.«

»Machen die Götter das Wyrd eines Menschen?«

»Nein. Wyrd regiert auch die Götter. Sie können das Wyrd eines Menschen nicht wenden, ganz gleich, wieviel er betet. Erinnerst du dich an die Geschichte von Gwyndyc, damals in der Zeit der Dämmerung? Die Göttin Epona versuchte, sein Leben zu retten, aber es war sein Wyrd. Sie schickte den verfluchten Rhwmanen einen Speer entgegen, aber Gwyndyc drehte sich um, und der Speer traf ihn selbst.«

»Ja, und er hat nicht einmal geklagt. Aber der Junge, den du getötet hast, hat geschrien.«

»Das habe ich gehört. Aber das nehme ich ihm nicht übel. Wirklich nicht.«

Jill dachte einen Augenblick nach, dann lehnte sie sich an seine Schulter. Cullyn legte den Arm um sie und zog sie an sich. Er war immer noch ihr Vater – und alles, was sie auf der Welt hatte.

Gegen Abend kehrte der Herold zurück. Nachdem er mit dem Tieryn und dem Herold gesprochen hatte, kam Berater Glyn zu Cullyn.

»Lord Ynydd wird am Morgen um Frieden nachsuchen«, sagte Glyn, »und Tieryn Braedd wird ihn gewähren.«

»Dank sei den Göttern unseres Volkes! Jill und ich werden uns morgen wieder auf den Weg machen.«

In dieser Nacht ließ Cullyn Jill auf seiner Pritsche schlafen. Sie kuschelte sich an seinen breiten Rücken und versuchte, an etwas anderes als an den Kampf zu denken, aber sie träumte davon. Wieder rannte sie zu Cullyn und sah den toten Reiter, aber als sie aufblickte, war Cullyn weg, und Aiva stand an seiner Stelle, genau, wie Jill sie sich immer vorgestellt hatte: hochgewachsen und stark, die goldenen Zöpfe hochgesteckt und einen langen Speer in der Hand. Sie trug einen Schild mit dem Bild des Monds in seiner dunklen Phase. Jill wußte, daß man den Mond nicht sehen konnte, wenn er dunkel war, aber im Traum konnte sie es. Da sie sich nicht vor Aiva entehren wollte, zwang Jill sich, den Reiter anzusehen. Während sie zusah, wurde sein ganzer Körper zu Blut und sickerte in den Boden, bis nichts mehr als Gras übrig war, das grün und saftig wuchs. Aiva lächelte sie an, und der Mond auf ihrem Schild war voll.

Jill erwachte und lauschte dem tröstlichen Geräusch von Cullyns Schnarchen. Sie dachte noch einmal über den Traum nach, um sicherzustellen, daß sie sich auch daran erinnern würde. Obwohl sie den Grund nicht wußte, war ihr doch klar, daß dieser Traum sehr wichtig war.

II

Sieben lange Jahre, seitdem er an der Küste von Eldidd des Omens ansichtig geworden war, hatte Nevyn das Königreich durchwandert und nach dem Kind gesucht, das sein Wyrd in seiner Seele barg. Bei aller Macht des Dweomer gab es doch Grenzen, und kein Dweomermeister konnte eine Person finden, der er nicht zumindest einmal begegnet war. Auf das Glück, das mehr als Glück ist, vertrauend, hatte Nevyn sein Maultier mit Kräutern und Arzneien beladen, war aufs Pferd gestiegen und hatte auf seinen endlosen Reisen davon gelebt, die Krankheiten der Armen zu behandeln. Nun ging ein weiterer Sommer zu Ende, und er war auf der Straße nach Cantrae, einer Stadt in der Nordostecke des Reichs. Dort hatte er einen guten Freund, Lidyn den Apotheker, bei dem er den Winter würde verbringen können.

Die Straße verlief über endlose grüne Hügel, in deren Tälern Birken standen. An einem besonders schönen Nachmittag reiste er langsam und überließ es dem Pferd, das Tempo zu bestimmen, während das Maultier hinterhertrottete. Er war so in Gedanken versunken, daß es einer Trance gleichkam, und dachte über die Frau nach, die für ihn immer Brangwen sein würde, obwohl sie nun ein Kind mit einem anderen Namen war. Ganz plötzlich wurde er von dem Hufgeklapper eines Kriegshaufens aus seinen Erinnerungen gerissen. Etwa zwanzig Männer ritten den Hügel herab auf ihn zu, und der silberne Drache von Aberwyn blitzte von den Schilden, die sie an die Sättel gebunden hatten. Sie folgten einem jungen Mann. Einer der Männer schrie Nevyn an, sich von der Straße und aus dem Weg zu machen. Rasch lenkte Nevyn sein Pferd nach rechts, aber der junge Mann stellte sich in den Steigbügeln auf und befahl dem Kriegshaufen stehenzubleiben.

Laut fluchend, unter Hufklappern und Zügelklirren, taten die Männer, was man ihnen gesagt hatte. Als Nevyn näher kam, stellte er mit vollkommenem Staunen fest, daß der junge Mann, der die Männer anführte, ihnen befahl, von der Straße zu gehen und dem alten Kräutermann Platz zu machen. Der Junge, etwas mehr als zehn Sommer alt, trug das Blau, Silber und Grün von Aberwyn. Er war zweifellos eines der schönsten Kinder, die Nevyn je gesehen hatte, mit tiefschwarzem, lockigem Haar, großen kornblumenblauen Augen und vollkommenen Zügen – sein Mund war so wohlgeformt und ausgeprägt, daß er beinahe mädchenhaft wirkte. Nevyn zügelte sein Pferd neben ihm und verbeugte sich.

»Meinen untertänigsten Dank, Herr«, sagte Nevyn. »Ihr erweist mir zuviel Ehre.«

»Jeder Mann mit so weißem Haar, wie Ihr es habt, guter Herr, hat ein wenig Höflichkeit verdient.« Der junge Mann warf seinen Leuten einen herablassenden Blick zu. »Es dürfte uns leichter fallen, unsere Pferde umzulenken, als Euch.«

»Wahr gesprochen. Würde Eure Lordschaft mir die Ehre erweisen, mir Euren Namen zu nennen?«

»Lord Rhodry Maelwaedd von Aberwyn.« Der Junge bedachte ihn mit einem liebenswerten Lächeln. »Ich wette, Ihr fragt Euch, was Männer aus Aberwyn so weitab von zu Hause tun.«

»Ich hatte tatsächlich in diese Richtung gedacht.«

»Nun, ich war Page bei meinem Onkel, Yvmur von Cantrae, aber mein Vater hat einen Teil seines Kriegshaufens geschickt, um mich heimzuholen. Mein Bruder Aedry ist gerade getötet worden.«

»Das betrübt mich, junger Herr.«

»Mich ebenfalls.« Lord Rhodry starrte die Zügel in seiner Hand an und blinzelte die Tränen weg. »Er war nicht wie Rhys. Rhys ist mein ältester Bruder, und er kann ein wahrer Hund sein.« Mit einem verlegenen Lächeln blickte er auf. »Das sollte ich einem Fremden gegenüber eigentlich nicht sagen.«

»Wahrlich, junger Herr, das solltet Ihr nicht.«

Als Nevyn dem Jungen in die dunkelblauen Augen sah, hätte er beinahe einen lauten Fluch ausgestoßen. Einen Augenblick lang hatte er ein anderes Augenpaar vor sich und blickte hindurch in die Seele eines Mannes, dessen Wyrd untrennbar mit dem seinen und dem von Brangwen verbunden war. Dann war die Vision vorüber.

»Und werden Euer Lordschaft am Hof von Aberwyn bleiben?« fragte Nevyn.

»Wahrscheinlich. Ich nehme an, mein Vater will mich in seiner Nähe haben, weil ich jetzt der zweite Erbe bin.«

»Das wäre zweifellos eine weise Entscheidung, junger Herr. Vielleicht werden wir uns in Aberwyn einmal wiedersehen. Ich reise oft nach Eldidd, um dort meine Kräuter zu sammeln.«

Wieder verbeugte Nevyn sich, und Rhodry erwiderte die Geste mit einem herrschaftlichen Winken; dann schnalzte er seinem Pferd zu und ritt weiter. Oben auf dem Hügel drehte sich Nevyn noch einmal um und sah dem Kriegshaufen nach, der in einer Staubwolke davongaloppierte. Glück und zweifaches Glück, sagte er sich. Dank sei den Heeren des Wyrd!

In dieser Nacht fand Nevyn Zuflucht in einem heruntergekommenen kleinen Gasthaus an der Straße. Er hockte sich an die Feuerstelle, wo er saß, wie man es von einem müden alten Mann erwartete, über einen Krug Bier gebeugt und in die Flammen starrend. Keiner der anderen Gäste sprach ihn an, nicht einmal die rüpelhaften Reiter des hiesigen Lords. Nevyn blendete die Geräusche seiner Umgebung aus und konzentrierte sich auf die Suche. In der Feuerstelle umspielten die Flammen die Scheite, und die Asche glühte. Ein passender Hintergrund für seine Gedanken. Als Nevyn der junge Rhodry wieder einfiel, sah er ihn an einem Lagerfeuer, in seinen karierten Umhang gewickelt, wie er ein Stück Brot aß, während seine Männer in der Nähe saßen. Nevyn lächelte, dann schob er diese Vision weg.

Endlich hatte er einen Hinweis gefunden. Immer, in all den anderen Leben, die sie geteilt hatten, war Brangwen mit der Seele dieses Mannes verbunden gewesen. Früher oder später würden sie und Rhodry sich finden, selbst wenn Nevyn sie nicht finden würde – und nun wußte er, wo er Rhodry suchen mußte. Und wie hatte er damals geheißen? fragte er sich. Blaern, ja, so war sein Name all die Jahre zuvor gewesen.

Die Männer in der Schenke lachten, scherzten über ihrem Bier, setzten auf die Würfel. Nevyn fühlte sich vollkommen von dem normalen Leben, für das sie standen, abgeschnitten. Er war auch sehr müde an diesem Abend, und die Erinnerungen kamen so ungebeten und bitter wie immer. Er wollte nur noch sterben und vergessen, aber der Tod war ihm verboten. All das war in der Tat lange her, dachte er, aber in jenen Tagen hatte alles begonnen.

DEVERRY, 643

Wenn du mit einem Stock in den Sand schreibst, werden bald Wellen und Wind die Worte wegwaschen. Solcherart sind die Fehler gewöhnlicher Menschen. Wenn du die Worte in Stein meißelst, bleiben sie für immer. Ein Mensch, der den Dweomer für sich beansprucht, wird zum Meißel. All seine Fehler sind für immer in die Zeit selbst graviert ...

Aus dem Geheimbuch Cadwallons des Druiden

Der Sturm begann bei Sonnenuntergang. Regen und Wind brachten den Frühlingswald zum Zittern. Im Morgengrauen tropfte es in die Hütte. Ein dünnes, aber stetiges Rinnsal zog eine Rinne in den gestampften Boden, bevor es unter der Mauer verschwand. Rhegor stemmte die Hände in die Hüften und betrachtete es.

»Für Euch wird der Weg nach draußen schwerer sein.«

»Das weiß ich«, sagte der Prinz. »Aber ich komme vor dem Beltanefest zurück. Das schwöre ich.«

Rhegor lächelte zweifelnd. Er nahm ein paar dicke Scheite von dem Holzstapel in der Ecke und legte sie auf die kleine steinerne Feuerstelle. Als er über dem Holz gestikulierte, flakkerten Flammen auf und leckten über die Rinde. Der Prinz atmete mit leichtem Zischen aus.

»Ihr müßt Eure Begeisterung für solche Kunststücke überwinden«, sagte Rhegor. »Der wahre Dweomer geht tiefer als das hier.«

»Das sagt Ihr, aber ich kann nicht so tun, als hätte ich aufgehört zu staunen.«

»Wahr gesprochen. Auf Eure Art seid Ihr ein guter Junge, Galrion.«

So geschmeidig wie eine Katze reckte Rhegor sich und betrachtete den Prinzen mit klugen Augen. Rhegor sah aus wie ein alter Bauer, kleinwüchsig, mit breiter Brust und in schmutzige braune Brigga und ein geflicktes schlichtes Hemd, das er mit einem Strick gegürtet hatte, gekleidet. Sein graues Haar war ungleichmäßig geschnitten und wirr, sein grauer Schnurrbart hätte ebenfalls gestutzt werden müssen. Manchmal ertappte sich Prinz Galrion bei der Frage, warum er so beeindruckt von diesem Mann war, daß er seinen Anweisungen blind folgte. Es ist der Dweomer, sagte er sich dann. Wer braucht Reichtum, wenn er den Dweomer hat?

»Habt Ihr an Eure Verlobte gedacht?« fragte Rhegor nun.

»Das habe ich. Ich werde tun, was Ihr mir gesagt habt.«

»Ihr solltet es tun, weil Ihr die Gründe versteht, und nicht einfach meinen Befehlen folgen wie ein Jagdhund.«

»Selbstverständlich. Aber seid Ihr sicher? Ich kann sie mitbringen?«

»Wenn sie kommen will. Heiratet sie erst und dann bringt sie her.« Rhegor sah sich in der Hütte mit ihren schrägen Mauern um. »Dies hier ist kein Palast, aber bis zum Winter werden wir ein besseres Haus bauen.«

»Aber wenn sie nicht mitkommen will?«

»Wenn sie diesen Entschluß aus freien Stücken faßt, dann laßt sie gehen.« Rhegor hielt inne, um dem Folgenden mehr Nachdruck zu verleihen. »Aus freien Stücken, vergeßt das nicht.«

»Aber wenn sie – wenn wir – ein Kind bekommen?«

»Was dann?« Rhegor bemerkte seinen mürrischen Blick und starrte ihn nieder. »Ein Schwur ist ein Schwur, und Ihr habt Euch ihr versprochen. Wenn dies eine der üblichen Ehen wäre, von Verwandten herbeigeführt, wäre das anders, aber Ihr habt sie gewollt und für Euch gewonnen. Ein Mann, der sein Wort nicht halten kann, kann dem Dweomer nicht von Nutzen sein.«

»Also gut. Ich werde zu Brangwen reiten, bevor ich meinem Vater die Angelegenheit unterbreite.«

»Gut. Sie verdient es, die Nachricht als erste zu erfahren.«

In seinen rot-weiß karierten Umhang gewickelt, bestieg Galrion sein schwarzes Pferd und trabte durch den uralten Eichenwald davon. In kurzer Zeit würde er als armer Ausgestoßener zurückkehren, um den Dweomer zu studieren – falls es ihm gelingen sollte, sich aus seinem alten Leben freizukämpfen.

Galrion war der dritte der vier Söhne Adorycs, des Hochkönigs von Deverry. Mit noch zwei gesunden Erben vor ihm und einem zur Reserve hinter ihm war er nicht allzu wichtig, und man hatte ihn sein Leben lang dazu ermutigt, seine Zeit mit Pferden und Jagd zu verbringen, damit er den Thronanspruch seines ältesten Bruders nicht bedrohte. Er sah keinen Grund, wieso er nicht einfach vom Hof davonreiten sollte – dann wäre er endgültig aus dem Weg und würde auch die königliche Schatztruhe nicht länger belasten. Aber er bezweifelte, daß sein Vater die Dinge so einfach sehen würde. Adoryc der Zweite, Angehöriger einer erst vor kurzem an die Macht gekommenen Dynastie, sah die Dinge nicht mit den Augen seines Sohnes.

Und dann war da noch Brangwen, die Tochter eines Lords, die Galrion für sich gewonnen hatte, obwohl sich viele um sie bemühten. Erst vor ein paar Monaten hatte er sie noch so geliebt, daß ihm die Verlobungszeit wie eine ungerechte Folter vorgekommen war. Jetzt betrachtete er die Frau nur noch als mögliche Last. Rhegor hatte zugeben müssen, daß Galrion mit Frau und Kindern bei seinen Studien langsamer fortschreiten würde. Es gab Pflichten, denen ein verheirateter Mann nachkommen mußte, sagte Rhegor immer, und nachdem er zweiundzwanzig Jahre lang jeder seiner königlichen Launen nachgegeben hatte, war Galrion nicht in der Stimmung, sich etwas von Pflicht erzählen zu lassen. Er war daran gewöhnt, genau das zu bekommen, was er wollte, und niemals hatte er etwas mehr gewollt als Dweomermacht. Er hungerte und dürstete danach.

Oder besser, wie ihm während seines Ritts durch den feuchten Wald einfiel, der Wunsch nach dem Dweomer war wie Lust, ein Brennen tief im Innern. Er hatte einmal geglaubt, Brangwen zu begehren, aber nun hatte ein neues Begehren diese Leidenschaft vertrieben. In geheime Lehren einzudringen, die Geheimnisse des Universums zu erfahren und zu meistern, im Mittelpunkt von Kräften und Mächten zu stehen, von denen die wenigsten auch nur wußten, daß sie existierten – dagegen schien bloße Liebe etwa so wertvoll wie ein Kieselstein, der im Dreck lag.

Der Prinz hatte nur einen kurzen Ritt vor sich. Zu den vielen Dingen, die ihn derzeit beschäftigten, gehörte auch die Frage, wieso Rhegor sich so nahe dem Falkenclan und Brangwen niedergelassen hatte, daß Galrion einfach über ihn und den Dweomer hatte stolpern müssen. Wahrlich, Dweomer muß mein Wyrd sein. Ihm fiel auf, daß seine Liebe zu Brangwen vielleicht nur ein Werkzeug seines Wyrd gewesen war, das ihn näher zu Rhegor gezogen hatte. Rhegor selbst hatte natürlich schon darauf hingewiesen, daß es andere, wichtigere Gründe gab, weswegen sich Galrion in sie verliebt hatte; Galrion sank das Herz, als er sich an diese Hinweise erinnerte.

Gerade als der Nieselregen endlich nachließ, ritt er auf die Felder hinaus und sah das Falkendun hoch oben auf dem Kamm eines Hügels liegen. Rund um den Fuß der Erhebung verliefen Wälle und Gräben, und oben stand eine Palisade mit eisenbeschlagenen Toren. Im Innern befand sich ein niedriger Broch aus Stein und ein paar runde Holzhäuser und -hütten für die Diener. Als Galrion sein Pferd hineinführte, füllte sich der schlammige Hof schnell mit Dienern – ein Knecht kam, um ihm sein Pferd abzunehmen, ein Page holte seine Satteltaschen, der Kämmerer begrüßte ihn und führte ihn höflich nach drinnen. Als der alte Mann mit dem schweren Tor rang, blickte der Prinz auf. Über dem Türsturz hing ein abgeschlagener Kopf, geschwärzt und verwittert, und Regen tropfte aus den Resten eines blonden Bartes. Dwen, Brangwens Vater, hing noch den Sitten der Krieger der Dämmerung an. Ganz gleich, wie oft die Priester ihn tadelten, ganz gleich, wie oft seine Tochter ihn gebeten hatte, den Kopf abzunehmen, Dwen hielt störrisch an seiner Trophäe fest, am Kopf seines schlimmsten Feindes aus einer langen Blutfehde.

Die große Halle war warm, rauchig und von den Feuern an beiden Seiten hell beleuchtet. An der größeren Feuerstelle saßen Dwen und Gerraent auf ihren geschnitzten Stühlen und tranken, während ein Rudel Jagdhunde zu ihren Füßen im Stroh döste. Gerraent erhob sich, um Galrion zu begrüßen, aber Dwen blieb besoffen auf seinem Stuhl hocken, ein rotgesichtiger Mann, dessen verquollene Augen beinahe in den Falten seines Gesichts verschwanden. Dabei mußte er in seiner Jugend einmal ganz ähnlich wie sein Sohn ausgesehen haben, wie dieser hochgewachsene blonde Krieger mit den breiten Schultern und der arroganten Kopfhaltung.

»Guten Morgen, Euer Gnaden«, sagte Gerraent. »Meine Schwester ist in ihrer Kammer. Ich werde einen Pagen nach ihr schicken.«

»Ich danke Euch.« Galrion verbeugte sich vor Dwen. »Herr.«

»Setzt Euch, Junge, und trinkt ein Bier.« Dwen keuchte beim Sprechen, dann verschluckte er sich und mußte husten.

Galrion verspürte einen kalten Schauder, und seine Nakkenhaare sträubten sich, als hätte ihn Zugluft berührt. Obwohl Dwen schon seit Jahren krank war und nie kränker zu werden schien, wußte Galrion mit einem Dweomerstich, daß Brangwens Vater bald sterben würde. Ein Page brachte Galrion sein Bier. Als Galrion Gerraent den Krug in freundlichem Gruß entgegenhob, zwang sich Gerraent zu einem Lächeln, das kaum mehr als ein Zucken des Mundes war. Er brauchte keinen Dweomer, um zu wissen, daß Gerraent ihn haßte. Galrion fragte sich einfach nur nach dem Grund dafür.

Die Tür am anderen Ende der großen Halle ging auf, und Brangwen kam mit ihrer Zofe herein. Ein hochgewachsenes Mädchen mit tiefblauen Augen, schlank und geschmeidig in ihrem grünen Kleid, trug sie ihr langes Haar mit einer einfachen Spange zurückgebunden, wie es sich für eine unverheiratete Frau gehörte. Das schönste Mädchen in Deverry nannten die Männer sie, mit einem Gesicht, das für jeden, der bei Verstand war, schon Mitgift genug gewesen wäre. Getrieben von der Liebe, die er schon vertrieben geglaubt hatte, erhob sich Galrion, um sie zu begrüßen. Er ergriff ihre Hände.

»Ich hatte nicht geglaubt, Euch so bald wiederzusehen, mein Prinz«, sagte Brangwen. »Das erfreut mein Herz.«

»So, wie es auch das meine erfreut, Herrin.«

Galrion überließ ihr seinen Stuhl, nahm dann von der Zofe einen Schemel entgegen und stellte ihn nieder, damit Brangwen die Füße von dem feuchten, strohbedeckten Boden heben konnte. Er hockte sich auf die Schemelkante und lächelte zu ihr empor, als sie ein Lachen ausstieß, das so hell war wie Sonnenlicht in einem dunklen Zimmer.

»Werden Eure Hoheit mich ehren, indem Ihr morgen mit mir zur Jagd reitet?« fragte Gerraent.

»Verzeiht, das kann ich nicht«, sagte Galrion. »Ich muß mit meiner Herrin über einiges sprechen.«

»Noch ist sie nicht Eure Herrin.« Gerraent drehte sich auf dem Absatz um und stolzierte aus der Halle.

Als er die Tür hinter sich zuwarf, schreckte Dwen aus seinem Halbschlaf, sah sich um und schlief dann wieder ein.

»Oh, Gwennie«, flüsterte Galrion, »ich hoffe, ich habe Euren Bruder mit meiner Ablehnung nicht erzürnt.«

»Ach, Gerro ist dieser Tage schlechter Laune. Ich kann kein vernünftiges Wort mit ihm reden. Liebster, glaubt Ihr nicht, es sei an der Zeit, daß er heiratet? Er hat schrecklich lange damit gewartet. Zu Mittsommer wird er zwanzig werden.«

»Wahr genug.« Galrion erinnerte sich an die Dweomerwarnung von Dwens nahem Tod. »Immerhin wird er eines Tages der Falke sein. Gibt es denn eine Frau, die ihm am Herzen liegt?«

»Eigentlich nicht. Ihr Männer seid solche Ungeheuer.« Brangwen kicherte und hob die Hand vor den Mund. »Nun ja, Gerro reitet oft mit Lord Blaern vom Eber zur Jagd, und dessen Schwester ist geradezu verrückt nach Gerro. Ich habe oft versucht, ihm Gutes über sie zu erzählen, aber er hört nicht zu.«

»Ich habe Lady Ysolla bei Hofe gesehen. Sie ist ein hübsches Mädchen, aber selbstverständlich nicht mit Euch zu vergleichen.«

Dieses Kompliment ließ Brangwen abermals kichern, und sie errötete. Manchmal war sie ein hilfloses kleines Ding, anders als die Frauen bei Hofe, die zu Regentinnen erzogen wurden. Früher einmal hatte Galrion sich auf die Gelegenheit gefreut, den Charakter seiner Frau zu formen; jetzt dachte er nur noch daran, daß ihn das zuviel Zeit kosten würde.

»Wißt Ihr, was Ysolla mir erzählt hat?« fragte Brangwen. »Sie sagte, Blaern sei eifersüchtig auf Euch.«

»In der Tat? Das wäre, wenn es stimmte, eine ernste Sache.«

»Warum denn das?«

»Ihr Götter, bedenkt doch! Der Wilde Eber war in so manche Intrige gegen das letzte Herrscherhaus verwickelt. Und die Eifersucht eines Liebenden wird politisch, wenn der Rivale ein Prinz ist.«

»Wahrhaftig, ich muß mich entschuldigen.«

Sie schien so gekränkt von seiner Belehrung, daß Galrion ihr die Hand tätschelte. Sofort blühte sie wieder auf und beugte sich vor, um ihm die Wange zum Kuß zu bieten.

Die Umstände verschworen sich gegen den Prinzen, um ihn von dem notwendigen Gespräch mit seiner Verlobten abzuhalten. Den ganzen Abend wich der mürrische Gerraent nicht von seiner Seite. Am hellen und sonnigen nächsten Morgen brachte Brangwen ihren Vater hinaus in die Sonne und ließ sich mit ihrer Stickarbeit neben ihm nieder. Sehr zur Galrions Ärger blieb der alte Mann hellwach. Als Gerraent auf dem Weg zur Jagd vorbeikam, hatte Galrion bereits beschlossen, wenn er ohnehin bald Gerraents älterer Bruder sein sollte, könnte er diese Position auch für sich ausnutzen.

»Gerro«, sagte er, »ich werde noch ein Stück mit Euch reiten.«

»Also gut.« Gerraent warf ihm einen Blick zu, der genau das Gegenteil besagte. »Page, lauf und sattle das Pferd des Prinzen.«

Mit einem Rudel Hunde vor sich und zwei Dienern im Gefolge ritten Galrion und Gerraent zum Wald. Der Falkenclan lebte einsam am Rand des Königreichs. Nach Norden erstreckten sich die Ländereien des Clans, bis sie auf die Gebiete des Ebers stießen, ihres einzigen nahen Nachbarn. Nach Osten und Süden gab es nichts als Land, das niemand beanspruchte, Wiesen und Urwald. Galrion fiel ein, daß sich Brangwen vermutlich nach dem aufregenden Leben bei Hof sehnte, das er ihr nicht mehr bieten konnte.

»Nun, jüngerer Bruder«, sagte Galrion schließlich, »es gibt etwas, worüber ich mit Euch sprechen muß. Meine Herrin Brangwen sagte mir, Ihr hättet die Gunst von Ysolla vom Eber gewonnen. Sie würde eine gute Frau abgeben.«

Gerraent starrte geradeaus auf den Weg.

»Ihr seid jetzt ein Mann«, sagte Galrion. »Es ist an der Zeit, daß Ihr heiratet, schon um des Clans willen. Das Clanoberhaupt braucht Erben.«

»Wahr gesprochen. Ich kenne meine Pflicht gegenüber dem Clan.«

»Nun? Blaern ist Euer geschworener Freund. Es wäre eine gute Partie.«

»Hat Gwennie Euch gebeten, mit mir darüber zu sprechen?«

»Das hat sie.«

Gerraent warf ihm einen bitteren Blick zu.

»Auch meine Schwester kennt ihre Pflicht gegenüber dem Clan.«

Als sie weiterritten, war Gerraent in Gedanken versunken und hatte die Hand am Schwertgriff. Galrion fragte sich, wie dieser stolze Mann es aufnehmen würde, wenn Galrion seine Schwester nicht in den Königspalast, sondern in eine Hütte im Wald brachte. Der Prinz war wieder einmal verärgert darüber, daß er so dumm hatte sein können, sich zu verloben, gerade, als er den Dweomer gefunden hatte.

»Glaubt Gwennie denn, daß Ysolla mich nehmen würde?« fragte Gerraent.

»Ja. Und sie wird eine gute Mitgift mitbringen.«

Schweigend ritten sie ein paar Minuten weiter, während Gerraent nachdachte und dabei den Mund verzog, als bereitete ihm der Gedanke an eine reiche, hübsche Braut Schmerzen. Schließlich zuckte er die Achseln, als wollte er eine Last von den Schultern werfen.

»Tut mir einen Gefallen, älterer Bruder«, sagte er. »Würdet Ihr mit mir zu Blaern reiten und bei der Verlobung mein Zeuge sein?«

»Gern. Sollen wir uns bald auf den Weg machen?«

»Warum nicht? Je eher, desto besser.«

An diesem Abend war das Essen ein Fest. Die Ländereien des Falken waren zwar weitläufig und wohlhabend, aber in den letzten Generationen waren dem Clan wenig Söhne geboren worden. Sollte Gerraent ohne Erben sterben, stürbe der Clan mit ihm, und seine Ländereien würden zur Neuverteilung an den Hochkönig zurückfallen. Galrion bemerkte, daß Gerraent ihn und dann wieder die Klinge seines Tischdolchs anstarrte, in die ein Falke eingraviert war, das Symbol des Clans, seines ganzen Lebens, seiner Pflicht und seiner Macht.

Als Brangwen ihren Vater vom Tisch wegbrachte, hatte Galrion Gelegenheit, mit Gerraent allein zu sprechen.

»Meine Herrin Brangwen hat mich gestern geneckt«, sagte er. »Sie meinte, Blaern sei auf mich eifersüchtig. Ist das nur Frauengeschwätz?«

»Nein, es ist wahr«, mußte Gerraent unwillig zugeben. »Aber sie klammert sich nur daran, weil es ihrer Eitelkeit schmeichelt. Blaern wird sie schon vergessen. Männer in unserer Stellung heiraten, weil sie heiraten müssen, und nicht, um sich zu erfreuen.«

Galrion verspürte eine kalte Berührung, wie eine Hand in seinem Nacken – die Dweomerwarnung vor einer Gefahr. Noch nie hatte sich diese Warnung als unwahr erwiesen, noch niemals, seit er sie als kleiner Junge zum erstenmal gespürt hatte, als er auf einen Baum geklettert war und plötzlich gewußt hatte, daß der Ast gleich unter ihm brechen würde.

Das Dun des Eberclans lag einen Tagesritt weiter nördlich. Ein steinerner Broch erhob sich drei Stockwerke hoch über einem gepflasterten Hof und gepflegten runden Holzhäusern für die wichtigeren Diener. An den Seiten standen Ställe, die auch als Kaserne für den zwölf Mann starken Kriegshaufen dienten. Lord Blaerns große Halle hatte einen Durchmesser von vollen vierzig Fuß, und der Boden bestand aus bearbeiteten Steinen. Zwei Wandbehänge schmückten die wichtigere Feuerstelle an beiden Seiten, und das Mobiliar war gut und stabil gebaut. Als Galrion hereinkam, mußte er daran denken, daß Brangwen sich in diesem Dun viel wohler fühlen würde als in der Wildnis.

Blaern selbst begrüßte sie und führte sie zum Ehrentisch. Er war ein schlanker Mann mit hellem Haar und blauen Augen, die immer über einen Scherz zu lächeln schienen.

»Guten Morgen, mein Prinz«, sagte Blaern. »Was verschafft mir die Ehre, Euch in meiner Halle begrüßen zu dürfen?«

»Mein Bruder und ich kommen, um einen gewaltigen Gefallen von Euch zu erbitten. Mein Bruder hat beschlossen, daß es für ihn Zeit ist zu heiraten.«

»Ach ja?« Blaern lächelte Gerraent zu. »Ein weiser Entschluß, da es bisher keine weiteren Erben für den Clan gibt.«

»Wenn das so weise ist«, fauchte Gerraent, »warum bist du dann noch nicht zu demselben Schluß gekommen?«

Blaern erstarrte.

»Ich habe zwei Brüder.«

Einen Augenblick lang herrschte betretenes Schweigen. Gerraent starrte ins Feuer, Blaern starrte den Prinzen an, und Galrion wußte kaum, wo er hinsehen sollte.

»Ach, bei den Höllen!« zischte Blaern schließlich. »Können wir uns diese Tänzeleien nicht sparen? Gerro, willst du meine Schwester oder nicht?«

»Ich will. Und ich entschuldige mich.«

Als Galrion Blaerns Blick begegnete, sah er nur einen Mann, der sein Freund sein wollte – vielleicht ohne große

Chancen, aber er wollte es. Dennoch glitt die Dweomerwarnung über seinen Rücken wie kalter Schnee.

In seiner Rolle als Zeuge des Freienden begab sich Galrion in die Frauenhalle, einen halbrunden Raum oberhalb der großen Halle. Auf dem Boden lagen Bardek-Teppiche in den Clanfarben Blau, Grün und Gold, silberne Kerzenleuchter standen auf einem kunstvoll geschnitzten Tisch. In einem mit Kissen bestückten Sessel saß Rodda, die Witwe des letzten Clanoberhaupts, am Fenster, während Ysolla auf einem Schemel an der Seite ihrer Mutter hockte. Rodda war eine kräftige Frau mit tiefliegenden grauen Augen und einem festen, aber angenehmen Lächeln; Galrion hatte sie immer gemocht, wenn sie einander bei Hofe begegnet waren. Ysolla war ein hübsches sechzehnjähriges Mädchen, schlank, mit goldenem Haar und großen, begeisterten Augen.

»Ich komme als Bittsteller, meine Damen.« Galrion kniete vor den beiden Frauen nieder. »Lord Gerraent vom Falken bittet Lady Ysolla um ihre Hand.«

Als Ysolla leise aufschrie, warf Rodda ihr einen scharfen Blick zu.

»Das ist eine ernste Angelegenheit«, verkündete Rodda. »Meine Tochter und ich müssen sorgfältig darüber nachdenken.«

»Aber Mutter!«

»Herrin?« sagte Galrion zu Rodda. »Habt Ihr etwas gegen Lord Gerraent einzuwenden?«

»Nein, aber ich habe etwas dagegen, daß sich meine Tochter wie ein hungernder Welpe benimmt, der sich auf einen Knochen stürzt. Ihr dürft Gerraent sagen, daß wir über sein Anliegen nachdenken, und mein Sohn kann mit den Gesprächen über die Mitgift beginnen, wenn er möchte – immer vorausgesetzt, daß Ysolla zustimmt.«

Blaern ließ sich ausführlich über die Mitgift aus. Selbstverständlich hatte Ysolla ihre Mitgifttruhen seit Jahren mit gestickten Laken, Kleidern und dem bestickten Hemd, das ihr Mann bei der Hochzeit tragen würde, gefüllt. Dazu bot Blaern zehn Wallache, fünf weiße Kühe und einen Zelter für Ysolla.

»Gerro?« sagte Galrion. »Ich halte das für ausgesprochen großzügig.«

»Was?« Gerraent blickte erschrocken auf. »Oh, was immer Ihr für richtig haltet ...«

Aber an diesem Abend benahm er sich wie der vollendete Freier, der froh ist, seine Dame endlich nahe zu wissen. Bei Tisch teilten er und Ysolla ein Schneidebrett, und Gerraent schnitt ihr das Fleisch zurecht und fütterte sie mit den Fingern, als wären sie bereits verheiratet – eine Geste, die Ysolla vor Glück strahlen ließ. Galrion und Rodda, die nebeneinander saßen, beobachteten das Paar und wechselten hin und wieder einen nachdenklichen Blick. Da der Barde sang und Blaern mit seinem Bruder Camlann sprach, hatten Galrion und Rodda Gelegenheit für ein paar ungestörte Worte.

»Sagt mir«, meinte Rodda, »glaubt Ihr, daß Gerraent meine Tochter eines Tages lieben wird?«

»Er wäre ein Narr, es nicht zu tun.«

»Wer weiß schon, was ihr Männer tun werdet?«

Galrion brach ein Stück Brot und bot ihr eine Hälfte.

»Ist das hier besser als überhaupt kein Brot?«

»Ihr seid weise für jemanden, der noch so jung ist, mein Prinz.« Rodda nahm das Brot an. »Kommt das vom Leben am Hof?«

»Ja, denn wenn man ein alter Prinz werden möchte, behält man besser auch die kleinste Bewegung im Auge und lauscht allem, was gesprochen wird.«

»Das habe ich auch Eurer kleinen Gwennie gesagt. Das Leben bei Hofe wird für sie zunächst schwierig werden. Sie hat Glück, einen Mann wie Euch zu haben, der über sie wachen wird.«

Galrion fühlte sich schuldig. Ich bin ebenso schlimm wie Gerro, dachte er. Ich werde Gwennie zumindest das halbe Stück Brot bieten müssen – es sei denn, ich finde für sie einen Mann, der ihr den ganzen Laib geben will.

Die Höflichkeit erforderte es, daß Galrion und Gerraent mehrere Tage die Gastfreundschaft des Ebers genossen. Je mehr Galrion von Blaern sah, desto mehr mochte er ihn – er war ein gebildeter, großzügiger Mann, der ein gutes Ohr für die Lieder seines Barden hatte und sich in den traditionellen Geschichten und Legenden auskannte. Vor allem aber lernte er, Rodda zu bewundern, die ihre Witwenrolle mit vollendetem Taktgefühl ausfüllte. Sie würde Brangwen eine wunderbare Schwiegermutter sein. Beizeiten erinnerte sich Galrion an Rhegors Mahnung, er solle Brangwen frei wählen lassen, aber er bezweifelte, daß Gwennie, die arme unschuldige kleine Gwennie, in der Lage war, allein eine solch wichtige Entscheidung zu treffen.

Spät am zweiten Tag ihres Besuchs begleitete der Prinz die Witwe bei einem Spaziergang im Garten. Die Frühlingssonne lag warm auf den glänzenden Blättern und den ersten Rosenknospen.

»Ich bin sehr beeindruckt von Eurem Sohn«, sagte Galrion. »Er sollte sich an meinem Hof wie zu Hause fühlen.«

»Ich danke Euch, mein Prinz.« Rodda zögerte und fragte sich zweifellos, wie sie diese unerwartete Ehre zum Vorteil ihres Sohnes nutzen konnte. »Ich bin sehr dankbar, daß Ihr ihn gern habt.«

»Es gibt nur eine Kleinigkeit – Ihr werdet mir meine Direktheit verzeihen, und ich schwöre, eine ehrliche Antwort wird Blaern nicht schaden: Wie sehr verübelt er mir meine Verlobung mit Gwennie?«

»Mein Sohn kennt seine Pflicht gegenüber dem Thron, ganz gleich, wo sein Herz liegen mag.«

»Ich hätte auch niemals etwas anderes angenommen. Ich fragte mich nur, wie weit seine Ehre in Herzensangelegenheiten geht. Laßt mich noch einmal direkt sein. Nehmen wir an, Brangwen wäre nicht mehr mir versprochen – würde er sie als abgewiesene Frau ebenfalls zurückweisen?«

Einen Augenblick starrte ihn Rodda an und riß den Mund auf wie ein Bauernmädchen, dann hatte sie ihre Beherrschung wiedergefunden.

»Ich glaube, mein Prinz muß zutiefst beunruhigt sein, daß er so etwas sagt.«

»Das ist er, aber er bittet Euch, ihn niemals nach dem Grund zu fragen. Er sagt Euch jedoch soviel: Das Leben, das vor Brangwen liegt, beunruhigt ihn. Bei Hofe werden Schmeichler sie umschwärmen wie Fliegen verschütteten Met.«

»Nicht nur Fliegen, mein Prinz. Auch Wespen werden von verschüttetem Met angezogen, und Gwennie ist sehr schön.«

»Das ist sie.« Galrion war plötzlich nicht mehr so sicher, ob er wirklich von ihr lassen konnte. »Und ich habe sie einmal geliebt.«

»Einmal, aber jetzt nicht mehr?« Rodda zog zweifelnd eine Braue hoch.

Galrion ging ein kleines Stück vor und ließ sich im Schatten eines Lindenbaums wieder einholen. Er griff nach einem niedrig hängenden Ast und zupfte die Blätter von einem Zweig, um sie zwischen den Fingern zu reiben, bevor er sie fallen ließ.

»Mein Prinz ist tatsächlich zutiefst beunruhigt«, stellte Rodda fest.

»Die Unruhe des Prinzen gehört ihm allein, Herrin. Aber Ihr habt mir immer noch keine Anwort gegeben. Würde Blaern Gwennie heiraten, wenn er könnte?«

»Aber auf der Stelle! Der arme Junge, ich schwöre Euch, Gwennies blaue Augen haben ihn verzaubert. Er hat gewartet, bis sie mündig wurde, und dann, nun ja ...«

»Dann kam der Prinz und hat dem Eber einen weiteren Grund gegeben, unter der Herrschaft des Königs zu leiden. Wie würde der Eber es aufnehmen, wenn seine Mutter ihm mitteilte, daß der Prinz zugunsten eines früheren Anspruchs verzichtete?«

»Ich zweifle nicht daran, daß er den Prinzen stets ehren würde.«

Lächelnd verbeugte sich Galrion. Es konnte tatsächlich noch alles gut werden. Dennoch flackerte bei dem Gedanken, daß Brangwen in den Armen eines anderen lag, sein Herz voller Wut auf.

Als der Tag kam, daß Prinz Galrion wieder zum Hof zurückreiten mußte, begleitete ihn Gerraent für ein paar Meilen, weil das von ihm erwartet wurde. Der Prinz lächelte und schwatzte, bis Gerraent ihn am liebsten umgebracht und seine Leiche in einen Graben geworfen hätte. Schließlich erreichten sie eine Wegkehre, und Gerraent saß auf seinem Pferd und sah zu, wie der rot-weiß karierte Umhang in der Ferne verschwand. Drei Wochen, nur noch drei Wochen, und der Prinz würde aus Dun Deverry zurückkommen und Brangwen mit sich nehmen. Und bei ihrem Abschied würde Gerraents Herz endgültig brechen.

Als er wieder zum Dun zurückkam, fand er Brangwen draußen in der Sonne sitzen und nähen. Er übergab sein Pferd Brythu, seinem Pagen, und ließ sich wie ein Hündchen zu ihren Füßen nieder. Ihr goldenes Haar glänzte in der Sonne wie feingesponnene Fäden und wehte über die weiche Haut ihrer Wangen. Als sie ihn anlächelte, hatte Gerraent das Gefühl, ihm würde ein Dolch ins Herz gestoßen.

»Was nähst du da?« fragte er. »Etwas für deine Mitgifttruhe?«

»Nein, ein Hemd für dich. Das letzte, das ich je für dich nähen werde, aber mach dir keine Sorgen, Ysolla ist eine wunderbare Näherin. Ich wette, daß dein Hochzeitshemd erheblich schöner sein wird als das meines armen Galrion.«

Gerraent stand auf, zögerte und setzte sich wieder hin, gefangen in der alten Qual, daß seine Schwester, das einzig Schöne in seiner Welt, ihn zu etwas Häßlichem und Unreinem machen würde, verachtet von Göttern wie Menschen, wenn sie jemals seinen geheimen Makel kennen würden. Plötzlich schrie sie auf. Er war aufgesprungen, bevor er überhaupt wußte, was geschah.

»Ich habe mich mit dieser ekelhaften Nadel in den Finger gestochen«, sagte Brangwen grinsend. »Schau doch nicht so erschrocken drein, Gerro. Aber sieh nur, ich habe einen Blutstropfen auf dein Hemd fallen lassen. Verdammt!«

Der kleine rote Fleck war inmitten roter, miteinander verbundener gestickter Spiralen.

»Das wird niemals auffallen«, sagte Gerraent.

»Solange es kein schlechtes Omen ist, magst du recht haben. Und es wird zweifellos nicht bei diesem einen Fleck bleiben. Du machst dich bei der Jagd immer so schmutzig, Gerro!«

»Ich werde es nicht zur Jagd tragen, ehe es nicht ziemlich abgetragen ist. Es wird mein bestes Hemd sein, das letzte, das du mir je genäht hast.« Gerraent griff nach ihrer Hand und küßte den Blutstropfen weg.

Später an diesem Abend ging Gerraent hinaus auf den dunklen, stillen Hof und tigerte dort rastlos auf und ab. Im Mondlicht konnte er den abgeschlagenen Kopf des alten Samoryc erkennen, der ihn aus leeren Augenhöhlen anstarrte. Einst war jedes Dun und das Heim eines jeden Kriegers mit solchen Trophäen geschmückt gewesen, aber vor einigen

Jahren hatten die Priester Visionen gehabt, die ihnen gesagt hatten, dieser Brauch verärgere Bel. Von allen Herren in diesem Landstrich war Dwen der letzte, der sich gegen die Veränderung wehrte. Gerraent erinnerte sich an den Tag, als die Priester gekommen waren, um Dwen zu bitten, die Trophäe abzunehmen. Damals war er noch ein kleiner Junge gewesen und hatte sich hinter den Röcken seiner Mutter versteckt, als Dwen sich brüllend vor Lachen geweigert und erklärt hatte, wenn die Götter wirklich wollten, daß der Kopf abfiele, würden sie dafür sorgen, daß er schnell verrottete. Mit einem rituellen Fluch auf den Lippen waren die Priester wieder abgezogen.

»Ich bin der Fluch«, sagte Gerraent zu Samoryc. »Ich bin der Fluch, den die Götter unserem Clan geschickt haben.«

Er setzte sich auf den Boden und weinte.

Die Tage vergingen langsam, lange, quälende Tage, bis Gerraent schließlich die Nähe seiner Schwester floh und unter dem Vorwand zu Blaern ritt, er wolle seine Verlobte sehen. Er und Blaern waren mehr als Freunde; als sie im Vorjahr zusammen in den Krieg geritten waren, hatten sie einander geschworen, sie würden gemeinsam kämpfen, bis sie beide tot oder beide siegreich wären, und sie hatten diesen Schwur mit ihrem eigenen Blut besiegelt.

In der tröstlichen Gesellschaft seines geschworenen Freundes verbrachte Gerraent ein paar angenehme Tage, trank an Blaerns Feuer, jagte in seinem Wald oder ritt ziellos über sein Land, den Kriegshaufen hinter sich. Gerraent beneidete Blaern um seinen Kriegshaufen. Er war entschlossen, selbst einen zu führen; die zehn Pferde, die er als Ysollas Mitgift erhalten würde, wären ein guter Anfang, und bald würde Brangwens königliche Heirat dem Falken Wohlstand bringen, einen Iwdd, eine Art Blutpreis – aber ein viel zu geringer Preis für den schrecklichen Verlust.

Am späten Nachmittag des dritten Tages ritten Gerraent und Blaern allein aus. Sie genossen jeweils die wortlose Gegenwart des anderen und durchstreiften die Felder, bis sie auf eine niedrige Anhöhe kamen, von der aus sie die Wiesen überblicken konnten. In der Obhut von ein paar Jungen und ihren Hunden weidete hier Blaerns weißes Vieh mit den rostbraunen Ohren.

»Hoffen wir, daß es diesen Sommer keinen Krieg gibt«, sagte Blaern.

»Was ist denn? Verwandelst du dich etwa in eine alte Frau?«

»Ich bin noch nicht bereit, Eier auszusaugen, aber ich sage dir jetzt etwas, das ich niemals einem anderen gestehen würde. Es gibt Zeiten, da wünsche ich mir, ich wäre als Barde zur Welt gekommen und würde über Kriege singen, statt in ihnen zu kämpfen.«

Gerraent hielt das zunächst für einen Witz und fing an zu lachen, aber dann hielt er inne, als er Blaerns ernsten Blick sah. Auf dem ganzen Heimweg dachte er darüber nach; er erinnerte sich an Blaerns ruhigen Mut im Kampf und fragte sich, wieso solch ein Mann lieber Barde als Krieger sein wollte. Bei Sonnenuntergang kehrten sie zum Dun zurück. Als Gerraent vom Pferd stieg, sah er, daß Brythu ihm entgegengerannt kam.

»Herr!« rief der Junge. »Ich bin gerade angekommen. Euer Vater stirbt.«

»Nimm mein bestes Pferd«, sagte Blaern. »Reite es zuschanden, wenn es nötig ist.«

Gerraent ritt los und galoppierte durchs Zwielicht, ließ das Pferd abwechselnd traben und galoppieren, selbst als es dunkel wurde, obwohl der Weg im schwachen Mondlicht nur schlecht zu erkennen war. Keinen Augenblick befürchtete er, daß sein Pferd stürzen könnte. Er konnte nur an seinen Vater denken, der sterben würde, ohne seinen Sohn ein letztes Mal gesehen zu haben, und an Brangwen, die sich alleine um den Sterbenden kümmern mußte. Immer wenn sein Pferd stolperte, ließ er es eine Weile lang gehen, damit es sich ausruhte, dann spornte er es wieder an. Schließlich erreichte er das kleine Dorf am Rand seiner Ländereien. Er hämmerte gegen die Tür der Schenke, bis der Wirt im Nachthemd und mit einer Laterne in der Hand an die Tür kam.

»Kannst du mir ein frisches Pferd geben?« fragte Gerraent.

»Lady Brangwen hat den Grauen für Euch hergeschickt.«

Der Graue war das schnellste Pferd im Stall des Falken. Gerraent wechselte Sattel und Zügel, warf dem Wirt eine Münze zu und spornte den Grauen zum Galopp an, heraus aus dem Laternenlicht auf die nachtdunkle Straße. Endlich sah er die Sonne aufgehen, und die Palisade ragte dunkel vor dem trüben Himmel auf. Er trieb den Grauen zu einem letzten Spurt an und galoppierte durch das offene Tor. Als er abstieg, kam Draudd, der Kämmerer, aus dem Broch.

»Er lebt noch«, rief Draudd. »Ich kümmere mich um das Pferd.«

Gerraent rannte die Wendeltreppe hinauf und den Flur entlang zur Kammer seines Vaters. Gestützt von Kissen, lag Dwen in seinem Bett, das Gesicht grau, sein Mund schlaff, während er um jeden einzelnen Atemzug rang. Brangwen saß neben ihm und umklammerte seine Hand.

»Er ist da, Vater«, sagte sie. »Gerro ist da.«

Als Gerraent ans Bett trat, hob Dwen den Kopf und suchte mit trübem Blick nach ihm. Er versuchte, etwas zu sagen, dann hustete er, spuckte blutigen Schleim, und sein Kopf sackte nach hinten. Er war tot. Gerraent wischte seinem Vater den Schleim mit der Ecke des Lakens aus dem Mundwinkel, dann schloß er ihm die Augen und faltete ihm die Arme vor der Brust. Der Kämmerer kam herein, warf einen Blick auf das Bett und warf sich zu Gerraents Füßen nieder – zu den Füßen des neuen Falken, des Oberhaupts und der einzigen Hoffnung des Clans.

»Herr, ich denke, wir sollten sofort einen Pagen zum König schicken. Wir müssen den Hochzeitszug noch erreichen, bevor er den Hof verläßt.«

»Das müssen wir. Schick den Pagen gleich los.«

Es würde drei Tage brauchen, die Botschaft, daß Brangwens Hochzeit bis nach der Trauerzeit warten müsse, nach Dun Deverry zu bringen. Sobald Gerraent seinem Vater ins Gesicht sah, wurde ihm vor Selbsthaß ganz übel. Er hätte alles gegeben, diese Heirat aufzuhalten, alles – nur nicht dies. Er warf den Kopf zurück und klagte, gab einen wortlosen Schrei nach dem andern von sich, als könnte er mit dem Klang seine Gedanken vertreiben.

Am Morgen kamen die Priester Bels für die Beisetzung. Unter ihrer Anleitung wuschen Brangwen und ihre Zofe Dwen, zogen der Leiche die besten Kleider an und legten sie auf eine Bahre. Während die Diener das Grab aushoben, putzte und sattelte Gerraent das beste Pferd seines Vaters. Die Prozession zog auf den Hof hinaus, Diener trugen die Bahre, dann kamen die Priester und dahinter Gerraent mit dem Pferd. Gestützt von ihrer Zofe und dem Kämmerer bildete Brangwen die Nachhut. Der Oberpriester lächelte kalt und zeigte auf den Türsturz.

»Dieser Kopf da kommt heute noch weg, oder ich werde Euren Vater nicht begraben.«

Da er keinem Diener eine solche Arbeit zumuten wollte, kletterte Gerraent an den Steinen des Broch hoch, während der Priester unten mit einem Korb wartete. Als Gerraent den Türsturz erreicht hatte, hielt er sich daran fest und untersuchte den Kopf. Es war wenig genug geblieben, ein Streifen schwärzlicher Haut über dem Schädel, ein paar Haarsträhnen, ein paar Zähne.

»Also gut, Samoryc. Ihr werdet heute beide begraben, dein alter Feind und du.«

Gerraent zog seinen Dolch und stemmte die rostigen Nägel heraus, bis der Kopf mit einem ekelerregenden Geräusch in den Korb des Priesters fiel. Die Zofe schrie auf, dann war es still im Hof, bis auf das Stampfen und Schnauben des ruhelosen Pferdes.

Die Priester führten die Prozession hinaus und den Hügel hinab zu dem kleinen Haus, der Begräbnisstätte des Falkenclans. Beim Anblick des Grabes ihrer Mutter begann Brangwen zu weinen. Das frische Grab lag direkt daneben, ein tiefer Graben, etwa acht Fuß breit und zehn Fuß lang. Als Gerraent das Pferd darauf zuführte, riß es an den Zügeln und tänzelte verängstigt herum, als wüßte es um sein Wyrd. Gerraent warf einem wartenden Diener die Zügel zu. Als das Pferd den Kopf hochwarf, zog Gerraent sein Schwert und schlug zu, tötete es sauber mit einem Schnitt durch die Kehle. In einem Sturzbach von Blut taumelte das Pferd vorwärts, die Beine knickten unter ihm ein, und es fiel direkt in das Grab. Während der weiteren Zeremonie stand Gerraent mit gezogenem Schwert da, weil er nicht daran dachte, es wegzustecken.

Zunächst gelang es Gerraent, sich an seine Ruhe als Krieger zu klammern, selbst als die schluchzende Brangwen Milch und Honig über die Leiche ihres Vaters goß. Aber der erste Spaten voll Erde, der dunkle Schlamm auf dem Gesicht seines Vaters, ließ ihn zusammenbrechen. Klagend fiel er auf die Knie, warf den Kopf zurück und stieß immer wieder diese seltsam hohlen Schreie aus. Wie durch einen Nebel spürte er Brangwens Hände auf seinen Schultern.

»Gerro! Gerro! Gerro! Bitte hör auf, bitte!«

Gerraent ließ sich von ihr wegführen und stützte sich auf sie, als wäre sie der Krieger und er das Mädchen. Sie brachte ihn zurück zur Halle und schob ihn auf einen Stuhl an der

Feuerstelle. Er sah, wie die Priester zurückkamen, wie sie sich um Brangwen drängten und leise mit ihr sprachen. Sie kam zu ihm und brachte ihm einen Krug Bier. Unwillkürlich griff er danach und trank einen Schluck, dann hätte er ihr die Flüssigkeit beinahe ins Gesicht gespuckt. Das Bier roch nach Arzneikräutern.

»Trink es«, fauchte Brangwen. »Trink jetzt, Gerro. Du mußt schlafen.«

Um ihretwillen schluckte Gerraent das bittere Gebräu. Sie nahm ihm den leeren Krug ab, gerade noch rechtzeitig, bevor er auf dem Stuhl einschlief. Als er erwachte, lag er auf seinem Bett. Blaern saß auf dem Boden und sah ihn an.

»Ihr Götter«, sagte Gerraent. »Wie lange habe ich geschlafen?«

»Es ist kurz nach Sonnenuntergang. Wir sind alle vor etwa einer Stunde angekommen. Meine Mutter und deine Verlobte wollten bei Gwennie sein.«

Blaern stand auf und goß Wasser aus dem Tonkrug auf der Fensterbank in einen Becher. Gerraent trank gierig, um den bitteren Nachgeschmack der Arznei aus dem Mund zu vertreiben.

»Wie lange soll die Trauerzeit dauern?« fragte Blaern.

»Wenn es nach mir ginge, würde ich sagen, ein Jahr, aber das wäre unseren Schwestern gegenüber grausam, nicht wahr? Ich kann weitertrauern, wenn sie beide verheiratet sind.«

»Also sagen wir bis zum Herbst?«

Gerraent nickte und dachte, daß Gwennie ihm noch einen weiteren Sommer gehören würde. Dann erinnerte er sich daran, was ihm diesen Sommer verschafft hatte. Aufheulend warf er den Tonbecher so fest gegen die Wand, daß er zerbrach. Blaern setzte sich neben ihn und packte ihn an den Schultern.

»Laß es gut sein«, sagte er. »Er ist tot – es gibt nichts mehr zu tun oder zu sagen.«

Gerraent legte den Kopf an Blaerns Brust und weinte: Ich liebe ihn wie einen Bruder, dachte er. Ich danke den Göttern, daß Gwennie nicht ihn heiraten wird.

Prinz Galrions erste Woche zurück am Hof war eine Woche endloser Gereiztheit, in der er nie die Gelegenheit erhielt, mit seinem Vater anders als in Anwesenheit sämtlicher Höflinge zu sprechen. Er wußte, daß er sich selbst zurückhielt, sich die eine oder andere Gelegenheit entgehen ließ, weil er im Herzen immer noch mit der Frage rang, ob er Brangwen nun heiraten oder sie Blaern überlassen sollte. Endlich beschloß er, sich an die einzige Verbündete zu wenden, auf die er sich immer verlassen konnte: seine Mutter. An einem warmen Nachmittag verließ Galrion die Stadt und ritt in die Felder, wo er die Jagdgesellschaft der Königin unten am Loc Gwerconydd fand, dem großen See, in dem drei Flüsse westlich von Dun Deverry zusammenströmten.

Die Königin und ihre Begleiter nahmen gerade ihr Mittagsmahl am Südufer ein. In ihren bunten Kleidern sahen die Dienerinnen und Zofen aus wie Blüten, die im Gras verstreut waren. Königin Ylaena saß in ihrer Mitte; ein junger Page, ganz in Weiß gekleidet, stand hinter ihr, den Lieblingszwergfalken der Königin auf der Faust. Als Galrion abstieg, winkte die Königin ihn ungeduldig zu sich.

»Ich habe dich kaum zu sehen bekommen, seit du wieder zu Hause bist«, sagte Ylaena. »Geht es dir gut?«

»Selbstverständlich. Wie kommst du darauf, daß es anders sein könnte?«

»Du hast über etwas gegrübelt. Das kann ich dir immer ansehen.« Die Königin wandte sich ihren Frauen zu. »Geht hinunter zum Ufer – ihr alle. Laßt uns allein.«

Die Frauen sprangen auf wie aufflatternde Vögel und rannten davon, lachend und scherzend. Der Page folgte langsamer und zwitscherte dabei dem Falken zu, um ihn zu beruhigen. Ylaena sah ihnen nach und nickte dann zufrieden. Obwohl sie vier erwachsene Söhne hatte, war sie immer noch eine schöne Frau, mit großen, dunklen Augen, einem schmalen Gesicht und nur wenigen grauen Strähnen im kastanienbraunen Haar. Sie griff in den Korb, der neben ihr stand, holte ein Stück Gebäck heraus und reichte es Galrion.

»Danke. Sag mir, Mutter – als du damals an den Hof kamst, haben dir die anderen Frauen deine Schönheit geneidet?«

»Selbstverständlich. Denkst du an deine Verlobte?«

»Genau. Ich fange an zu überlegen, ob du nicht recht hattest, meine Wahl anzuzweifeln.«

»Dafür hast du dir wirklich eine gute Zeit ausgesucht, nachdem du dich dem armen Kind bereits angeschworen hast.«

»Welcher Sohn hört schon je auf seine Mutter, ehe es zu spät ist?«

Ylaena lächelte duldsam. Galrion knabberte an dem Gebäck und dachte über eine Strategie nach.

»Weißt du«, sagte Ylaena, »es gibt kein Mädchen, das nicht gern als das schönste Mädchen in Deverry bekannt wäre, aber es ist ein schweres Wyrd. Deine kleine Gwennie hatte nie die Erziehung, die ich hatte. Sie ist so ein vertrauensvolles kleines Geschöpf.«

»Genau. Ich habe auch schon mit Lady Rodda vom Eber darüber gesprochen, als ich wegen Gerraents Verlobung dort war. Lord Blaern vom Eber ist sehr verliebt in das Mädchen.«

»Ach ja? Und du siehst Schwierigkeiten voraus?«

»Nein, aber nur, weil Blaern ein ehrenhafter Mann ist. Es ist wirklich seltsam. Den meisten Herren sind ihre Frauen mehr oder weniger gleich, solange sie ihnen Söhne gebären.«

»Große Schönheit kann auf den rauhesten Mann wie Dweomer wirken.« Ylaena lächelte. »Auch auf einen Prinzen.«

Galrion verzog über den unangemessenen Vergleich das Gesicht.

»Was hast du vor?« wollte Ylaena wissen. »Willst du Gwennie Blaern überlassen und dir eine andere Frau suchen?«

»Etwas in dieser Art. Es gibt nur ein kleines Problem dabei. Irgendwie liebe ich sie noch immer.«

»Liebe ist vielleicht eine Annehmlichkeit, die ein Prinz sich nicht leisten kann. Ich kann mich nicht sonderlich gut an Blaern erinnern – er war so selten hier. Ist er wie sein Vater?«

»So unterschiedlich wie Met und Schlamm.«

»Das ist ein Segen. Ich bin sicher, wenn sein Vater nicht bei diesem Reitunfall getötet worden wäre, würde er jetzt noch gegen den König intrigieren.«

Ylaena war ernstlich beunruhigt. Das Königtum von Deverry war nicht sicher. Die Lords und Tieryns erinnerten sich noch gut daran, daß in den alten Tagen der Dämmerung die Könige von den anderen Adligen gewählt wurden und eine Familie den Thron nur so lange hielt, wie ihre Erben die Achtung der Lords hatten. Unter dem Druck der Kolonisierung des neuen Landes war dieser Brauch vor Hunderten von Jahren ausgestorben, aber es war dennoch möglich, daß der Adel eine Rebellion gegen einen unbeliebten König anzettelte, um ihn durch einen besseren zu ersetzen.

»Lady Rodda hat mir versichert, daß Blaern loyal bleiben wird«, sagte Galrion.

»Ja? Nun, ich achte ihre Meinung. Du willst Brangwen doch nicht wirklich aufgeben, oder?«

»Ich weiß es nicht. Ich weiß es wirklich nicht.«

»Es gibt noch etwas anderes, woran du denken solltest. Dein ältester Bruder ist immer schon ein viel zu begeisterter Freund der jungen Mädchen gewesen.«

Sofort war Galrion aufgesprungen und hatte die Hand am Schwertgriff.

»Ich würde ihn umbringen, wenn er meine Gwennie auch nur anrührte. Verzeih mir, Mutter, aber ich würde ihn umbringen.«

Bleich geworden erhob sich Ylaena und ergriff seinen Arm. Galrion ließ den Schwertgriff los und beruhigte sich wieder.

»Denke gut über diese Ehe nach«, sagte Ylaena mit bebender Stimme. »Ich bitte dich – denke gut darüber nach.«

»Das werde ich. Und ich bitte dich noch einmal um Verzeihung.«

Das Gespräch mit dem Prinzen schien der Königin die Freude an der Jagd verdorben zuhaben, denn nun rief sie ihre Diener zurück und verkündete, sie würden sofort in die Stadt zurückreiten.

Zu dieser Zeit war Dun Deverry auf einen niedrigen Hügel beschränkt, etwa eine Meile von den sumpfigen Ufern des Loc Gwerconydd entfernt. Umgeben von Steinmauern erstreckte es sich zu beiden Seiten eines Flusses, den sowohl zwei Steinbrücken als auch zwei Verteidigungsbögen in der Stadtmauer überspannten. Innerhalb der Mauern drängten sich runde Steinhäuser, die etwa zwanzigtausend Menschen ein Heim an gewundenen Straßen boten. An beiden Enden der Stadt erhoben sich kleine Hügel. Auf dem südlichen standen der große Tempel des Bel, der Palast des Hohepriesters des Königreichs und ein Eichenhain. Der Nordhügel beherbergte das königliche Anwesen, das sich seit etwa sechshundert Jahren hier befand.

Galrions Clan, der sich Drache nannte, bewohnte den Königshügel erst seit achtundvierzig Jahren. Galrions Großvater, Adoryc der Erste, hatte einer langen Zeit der Anarchie ein Ende gesetzt, indem er endlich einen Krieg der großen Clans um die Königswürde gewonnen hatte. Obwohl der Drachenclan von einem Mitglied von König Brans ursprünglichem Kriegshaufen abstammte und sich daher zu den großen Clans zählen durfte, hatte Adoryc der Erste seine Verbündeten unter den geringeren Clans gesucht, den Kaufleuten und allen anderen, die seinen Anspruch auf den Thron unterstützten. Obwohl man ihn dafür verhöhnt hatte, daß er sich derart herabließ, hatte er immerhin den Sieg errungen.

Als die Gesellschaft der Königin durch die Straßen ritt, verbeugten sich die Städter vor ihr und jubelten ihr zu. Ganz gleich, was sie von ihrem Mann denken mochten, sie liebten Ylaena von Herzen, da sie viele Tempel unterstützte, die sich um die Armen kümmerten, und sich häufig dafür einsetzte, daß der König Gnade walten ließ. Bei all seiner Dickköpfigkeit wußte der König, was für einen Schatz er in seiner Frau besaß. Sie war der einzige Mensch, dessen Rat er annahm und dem er vertraute – zumindest, wenn es ihm paßte. Galrions größte Hoffnung bestand darin, daß sie dem König raten würde, seinen Sohn zu entlassen, damit er den Dweomer studierte. Bald, das wußte er, würde er seiner Mutter die Wahrheit sagen müssen.

Eine Steinmauer mit eisenbeschlagenen Toren umgab den Fuß des Königshügels. Dahinter lag ein grüner Park, in dem weißes Vieh mit rotbraunen Ohren zusammen mit den königlichen Pferden graste. Nahe der Hügelkuppe umgab eine zweite Mauer ein Dorf inmitten der Stadt – das königliche Anwesen, die Hütten der Dienerschaft, Ställe und Kasernen. Inmitten dieses Gewirrs erhob sich der große Broch des Drachenclans.

Das Hauptgebäude war ein sechsstöckiger Turm, umgeben von drei zweistöckigen Halbtürmen. Im Fall eines Kampfes würde der Broch für den verblüfften Feind zu einem Schlachthaus werden, denn der einzige Weg in die Halbtürme führte durch den Hauptturm. Außer dem König und seiner Familie lebten im Broch noch alle Edlen des Hofs in einem wahrhaften Labyrinth von Fluren und kleinen Kammern. Ununterbrochene Intrigen und Pläne, sich mehr Macht zu verschaffen, waren der Alltag nicht nur für die Höflinge, sondern auch für die Prinzen und ihre Frauen. Aus diesem Broch herauszukommen, war schon immer Galrions wichtigstes Ziel gewesen.

Wie es sich für einen Prinzen gehörte, bewohnte Galrion eine Flucht von Räumen im ersten Stock des Hauptturms. Sein Empfangszimmer schnitt einen großzügigen Keil aus dem runden Grundriß, hatte eine hohe Balkendecke, eine steinerne Feuerstelle und einen polierten Steinboden. An den holzgetäfelten Wänden hingen schöne Wandbehänge aus dem weit entfernten Land Bardek – Geschenke von diversen Händlern, die hofften, daß der Prinz beim König für sie eintreten würde. Da er in seiner Bestechlichkeit durchaus ehrenhaft war, hatte Galrion sich für diese Leute auch tatsächlich eingesetzt. Die Kammer war üppig möbliert mit geschnitzten Truhen, einem gepolsterten Sessel und einem Tisch, auf dem zwischen Bronzedrachen sein größter Schatz stand: sieben Bücher. Als Galrion Lesen gelernt hatte, hatte der König einen Wutanfall erlitten, denn nach seiner Ansicht gehörte sich das nicht für einen Mann. Galrion hatte allerdings mit seiner üblichen Sturheit weitergelernt, bis er nun, nach vier Jahren, beinahe so gut lesen konnte wie ein Schreiber.

Um dem förmlichen Abendessen in der großen Halle aus dem Weg zu gehen, hatte Galrion an diesem Abend in seiner Kammer gespeist. Er hatte jedoch nach dem Mahl einen Gast zu einem Silberkelch mit Met empfangen: Gwerbret Madoc von Glasloc, in dessen Rechtsbezirk die Ländereien des Falken und des Ebers lagen. Obwohl er dem Rang nach unter den Mitgliedern der Königsfamilie stand, war das Amt des Gwerbret doch das höchste Amt im Königreich, und der Titel ließ sich bis in uralte Zeiten zurückverfolgen. Im gallischen Stammland hatten die Stämme der Dämmerung Amtsträger gewählt, die man Vergobreti nannte und die das Gesetz vertraten und im Namen der Kriegsversammlungen sprachen. Im allgemeinen wurden die Vergobreti unter den Adligen ausgewählt, und etwa zu jener Zeit, als sich das Wort im neuen Land Deverry zu Gwerbret wandelte, ging die Stellung vom Vater auf den Sohn über. Da ein Mann, der Urteile fällte und Beute verteilte, in einer guten Position war, sich Macht zu verschaffen, wurden die Gwerbrets mit der Zeit wohlhabend und hielten sich kleine Armeen, um ihre Urteile bei den Tieryns und Lords durchsetzen zu können. Aber ein letzter Rest aus der Dämmerung war in Form eines Wahlrats erhalten geblieben, der, wenn die Linie eines Gwerbrets ausstarb, einen anderen Clan wählte, der die Nachfolge antrat.

So repräsentierte jeder Gwerbret im Königreich eine Macht, mit der nicht zu spaßen war, und Galrion bemühte sich um Madoc, als wäre dieser selbst ein Prinz, bot ihm seinen Sessel mit den Kissen an, goß ihm höchstpersönlich Met ein und schickte die Pagen weg, damit sie sich in Ruhe unterhalten konnten. Der Gegenstand all dieser Fürsorge lächelte nur wohlwollend. Ein kräftiger Mann mit einer dicken grauen Strähne im tiefschwarzen Haar, interessierte sich Madoc mehr für gute Pferde als für Ehren, und ein guter Kampf war ihm wichtiger als jeder Rang. An diesem Abend war er guter Laune und trank dem Prinzen mit seinem Metkelch in spöttischem Ernst zu.

»Auf Eure Hochzeit, mein Prinz!« sagte Madoc. »Für einen Mann, der nicht viel spricht, seid Ihr ziemlich klug. Wer hätte gedacht, daß Ihr die schönste Maid im ganzen Königreich heimführen werdet!«

»Ich war ziemlich überrascht, daß sie meine Werbung annahm. Mich kann man bestimmt nicht den bestaussehenden Mann nennen.«

»Oh, macht Euch nicht schlechter, als Ihr seid! Brangwen sieht eben hinter das Gesicht eines Mannes, und das ist mehr, als die meisten Mädchen tun. Jeder Mann im ganzen Königreich wird Euch in Eurer Hochzeitsnacht beneiden: Oder habt Ihr bereits Eure Rechte als Verlobter eingefordert?«

»Nein. Ich habe nicht vor, wegen einer Nacht in ihrem Bett ihren Bruder gegen mich aufzubringen.«

Obwohl Galrion das ganz lässig gesagt hatte, schien es Madoc zu beunruhigen, und er beobachtete den Prinzen über den Rand seines Kelches hinweg.

»Nun?« fuhr Galrion fort. »Was glaubt Ihr, wie Gerraent es aufgenommen hätte, wenn ich unter seinem Dach mit seiner Schwester geschlafen hätte?«

»Er ist ein seltsamer Bursche.« Madoc wandte den Blick ab. »Er ist dort am Rand dieses verfluchten Waldes zu lange allein gewesen, aber er ist insgesamt doch ein guter Mann. Ich bin bei dieser letzten Rebellion gegen Euren Vater mit ihm geritten. Ich habe noch nie einen Mann gesehen, der sein Schwert so gut schwang, und das ist kein leeres Lob, mein Prinz, sondern ein wohldurchdachtes Urteil.«

»Dann ist es – von einem Mann wie Euch – wahrhaftig ein Lob.«

Madoc nickte zerstreut und trank noch einen Schluck Met. Als er wieder sprach, wechselte er das Thema zu den Vorgängen in seinem Gwerbretrhyn – und er blieb dabei.

Es war spät, und Madoc war schon lange gegangen, als ein Page kam und Galrion zum König holte: Da der König Bequemlichkeit für einen Krieger unpassend hielt, selbst für einen königlichen, war seine Kammer absolut schlicht, und die Fackeln in ihren eisernen Haltern waren der einzige

Wandschmuck. Nahe der Feuerstelle, wo ein kleines Feuer gegen die Frühjahrskälte brannte, saß König Adoryc auf einem einfachen Holzstuhl, und Ylaena neben ihm auf einem Hocker. Adoryc der Zweite war massiv gebaut, breitschultrig, hochgewachsen, stiernackig und hatte immer eine rote Gesichtsfarbe. In seinem grauen Haar und dem dichten Schnurrbart waren immer noch vereinzelte blonde Haare zu finden.

»Also, Welpe, ich habe dir etwas zu sagen.«

»In der Tat, Herr?«

»In der Tat. Was bei allen Höllen hast du da im Wald bei dem alten Mann gemacht?«

Galrion konnte ihn nur verdutzt anstarren.

»Glaubst du, ich würde nicht jeden deiner Schritte überwachen lassen?« fuhr Adoryc fort. »Du bist vielleicht dumm genug, allein zu reiten, aber ich bin nicht dumm genug, das zuzulassen.«

»Seid verflucht bis in die Seele!« fauchte Galrion. »Mir nachzuspionieren!«

»Hör dir diesen verwöhnten kleinen Hund an!« Adoryc warf Ylaena einen Blick zu. »Verflucht seinen eigenen Vater. Aber antworte mir, Junge. Was hast du getan? Die Dorfleute haben meinen Männern erzählt, dieser Rhegor sei ein blöder alter Kräutermann. Wenn der junge Prinz königliche Furunkel hat, kann ich dir einen Apotheker kommen lassen.«

Galrion wußte, daß der Augenblick der Wahrheit gekommen war, obwohl er niemals in seinem Leben unwilliger gewesen war, die Wahrheit zu sagen.

»Er verdient sich seinen Unterhalt tatsächlich mit Kräuterarzneien, aber er ist ein Dweomermeister.«

»Pferdedreck!« fauchte Adoryc. »Bildest du dir tatsächlich ein, daß ich solches Geschwätz glaube? Ich will wissen, was du machst, wenn du so viel Zeit mit ihm verbringst und mich glauben läßt, du hieltest dich im Dun des Falken auf.«

»Ich studiere bei ihm. Warum sollte ein Prinz nicht den Dweomer studieren?«

»Ihr Götter!« rief Ylaena. »Ich habe immer gewußt, daß du mich um einer solchen Sache willen verlassen würdest.«

Adoryc drehte sich um und brachte seine Frau mit einem Blick zum Schweigen.

»Warum nicht?« sagte der König. »Warum nicht? Weil ich es verbiete.«

»Ihr habt es gerade erst als Pferdedreck bezeichnet. Warum tobt Ihr jetzt also?«

Adoryc war zu schnell, als daß Galrion dem Schlag ins Gesicht hätte ausweichen können. Als Ylaena laut aufschrie, wandte sich Adoryc gegen sie.

»Mach, daß du rauskommst, Frau! Sofort.«

Ylaena floh durch den hinter einem Vorhang verborgenen Torbogen, der zur Frauenhalle führte. Adoryc zog seinen Dolch, dann stach er ihn so fest in die Rückenlehne eines Stuhls, daß der Dolchgriff noch zitterte, als er die Hand wegnahm. Galrion wich nicht zurück und begegnete seinem Blick unbeirrt.

»Ich will, daß du mir etwas schwörst«, sagte Adoryc. »Du sollst mir schwören, daß du dich nie wieder mit diesem Unsinn abgibst.«

»Niemals könnte ich meinen eignen Vater anlügen. Also kann ich diesen Schwur nicht leisten.«

Adoryc schlug ihn abermals.

»Bei den Namen der Götter, Vater! Warum habt Ihr soviel dagegen?«

»Jeder Mann wäre dagegen! Wem würde sich nicht bei etwas Unreinem der Magen umdrehen?«

»Es ist nicht unrein: Das ist ein Gerücht, das die Priester in Umlauf gesetzt haben, um Frauen von der Hexerei abzuschrecken.«

Das saß. Adoryc mußte sich sichtlich anstrengen, Ruhe zu bewahren.

»Ich kann es nicht aufgeben«, fuhr Galrion fort. »Es ist zu spät. Ich weiß schon zuviel, als daß es mich ruhen ließe.«

Als Adoryc einen Schritt zurückwich, verstand Galrion endlich, daß sein Vater Angst hatte.

»Und was ist das, was du weißt?« flüsterte der König.

Galrion hatte Rhegors Erlaubnis, ein kleines Kunststück vorzuführen, um seinen Vater zu überzeugen. Er hob die Hand und stellte sich vor, daß sie vor blauem Feuer glühte. Erst als das Bild lebte, ganz gleich, wohin er seine Gedanken wandte, rief er das Wildvolk von Aethyr, das sich eilte, ihm zu Gefallen zu sein und das blaue Licht auf die physische Ebene zu bringen, wo es um seine Finger flackerte. Adoryc warf sich zurück, den Arm vor dem Gesicht, als wollte er einen Schlag abwehren.

»Hör auf!« schrie er. »Hör sofort auf, sage ich!«

Galrion zwang das Feuer weg, und das keinen Augenblick zu früh, denn nun rissen die Wachen des Königs die Tür auf und kamen mit gezückten Schwertern in die Kammer gestürzt. Adoryc riß sich mit einer Willenskraft zusammen, die beinahe der seines Sohnes vergleichbar war.

»Ihr könnt alle wieder gehen«, verkündete er mit einem ungeduldigen Lächeln in die Runde. »Meinen Dank, aber ich streite mich nur mit dem störrischsten Welpen in diesem Wurf.«

Sobald die Männer gegangen waren und die Tür hinter sich geschlossen hatten, zog Adoryc den Dolch aus der Stuhllehne.

»Mir wäre danach, dir einfach die Kehle durchzuschneiden, um dieser Sache ein sauberes Ende zu machen«, bemerkte er mit gleichmütigem Tonfall. »Mach das niemals wieder, wenn du in meiner Nähe bist.«

»Nein, obwohl es sehr praktisch ist, wenn man in einer dunklen Nacht seine Fackel verloren hat.«

»Halt den Mund! Zu wissen, daß einer meiner Söhne ... Und du bist dabei so kalt wie Eis!«

»Bei den Göttern, Vater, seht Ihr es denn nicht? Es ist zu spät, um damit aufzuhören. Ich will den Hof verlassen und mich meinen Studien widmen. Für mich gibt es keinen anderen Weg.«

Adoryc hielt den Dolch so, daß die Klinge im Mondlicht aufblitzte.

»Geh!« flüsterte er. »Laß mich allein, bevor ich etwas Unehrenhaftes tue.«

Galrion drehte sich um und ging langsam zur Tür. Als er sicher draußen war, seufzte er erleichtert, daß der Dolch immer noch in der Hand seines Vaters und nicht in seinem Rücken steckte.

Am Morgen machte er sich früh auf die Suche nach seiner Mutter, aber er fand sie in aufgeregtem Gespräch mit ihren Dienerinnen. Um die Zeit totzuschlagen, bis er mit ihr reden konnte, beschloß Galrion, einen Spaziergang durch den Park zu machen. Als er den Hügel hinunter zum ersten Tor ging, dachte er, daß es ihn eigentlich nicht hätte überraschen sollen, daß der König einen Prinzen mit dem Dweomer fürchtete – Adoryc fürchtete jeden erdenklichen Rivalen um seinen Thron. Wäre Galrion ein Intrigant gewesen, hätte ihn Magie zweifellos zu einem gefährlichen Kontrahenten um die Macht werden lassen. Am Tor traten die beiden Wachen vor und stellten sich ihm in den Weg.

»Ich bitte untertänigst um Verzeihung, mein Prinz. Der König hat befohlen, daß wir Euch nicht gestatten dürfen, das Tor zu durchqueren.«

»Ach ja? Und werdet ihr tatsächlich die Hand gegen mich erheben?«

»Ich bitte um Verzeihung, mein Prinz.« Der Mann leckte sich nervös die Lippen. »Aber auf Befehl des Königs würde ich das tun.«

Galrion ging zurück zum Broch, entschlossen, sich mit seinem Vater über diese Beleidigung auseinanderzusetzen, ganz gleich, was es ihn kosten würde. Galrion stürzte in die Ratskammer, schob einen Pagen beiseite, der ihn aufhalten wollte, und sah den König am Fenster mit einem Jungen sprechen, der vor ihm kniete und dem man den Schmutz und die Anstrengung eines langen Ritts deutlich ansah.

»Schön und gut«, sagte Adoryc. »Morgen kannst du Lord Gerraent meine Kondolenzbotschaft überbringen. Unser Herz ist bekümmert.«

Erst jetzt erkannte Galrion einen der Pagen aus dem Dun des Falken. Ihr Götter, dachte er, Dwen ist tot! Mit einem Schlag waren all seine Pläne zerstört.

»Und hier ist schon der Prinz«, sagte Adoryc. »Hat Euer Herr eine Botschaft von Belang für ihn?«

»So ist es, Euer Majestät. Mein Prinz, Lord Gerraent, hat die Trauerzeit bis zur Herbstwende festgelegt. Er bittet demütig um Euer Verständnis in dieser Angelegenheit.«

»Das hat er selbstverständlich. Komm zu mir, bevor du zum Falken zurückkehrst. Ich gebe dir eine Botschaft für meine Verlobte mit.«

Adoryc entließ den Pagen in die Obhut einer seiner Leute. Sobald sie allein waren, ließ der König die falsche Höflichkeit fallen.

»Du scheinst gut genug zu wissen, was geschehen ist. Hat dein übler Dweomer dir Dwens Tod gezeigt?«

»Das hat er, aber ich hatte nicht gedacht, daß es so bald geschehen würde.«

Der König wurde zunächst bleich, dann rot, aber Galrion hatte den ersten Schlag.

»Warum habt Ihr den Wachen befohlen, mich nicht wegzulassen?«

»Warum wohl? Ich werde nicht zulassen, daß du dich heimlich zu diesem verfluchten Eremiten davonmachst. Und diese schlechten Nachrichten erinnern mich an deine Verlobte. Was hattest du vor? Wolltest du sie heiraten und sie mit in eine Hütte im Wald nehmen, wo du dich dann mit Zaubersprüchen beschäftigst?«

»Wenn sie mit mir geht, ja.«

»Du stinkender Hund!« Adoryc bewegte hektisch den Mund auf der Suche nach angemessenen Beleidigungen. »Du arroganter kleiner ...«

»Ach, von wem habe ich denn meine Arroganz? Warum sollte eine Frau nicht ihrem Mann folgen, wohin er auch gehen will?«

»Nichts spricht dagegen – es sei denn, sie ist die adlige Tochter eines großen Clans. Du häßliche kleine Kröte, hast du nicht daran gedacht, was das für eine Beleidigung des Falken darstellt? Gerraents Onkel ist für unseren Thron gestorben, und jetzt wagst du es, seine Schwester so zu behandeln. Willst du ihn zur Rebellion treiben?« Er schlug Galrion ins Gesicht. »Geh mir aus den Augen. Ich will dich nicht mehr sehen, bevor du nicht zur Vernunft gekommen bist.«

Galrion ging zurück in seine Kammer, warf die Tür hinter sich zu und sich in den Sessel, um nachzudenken. Er konnte jetzt nichts anderes mehr tun, als die Verlobung zu brechen – aber der König würde auch diese Beleidigung des Falken niemals gestatten. Wenn ich mich irgendwie davonmachen könnte, dachte Galrion, in der Nacht über die Mauern klettern und im Wald sein, ehe sie mich erwischen – und Gwennie das Herz brechen, indem ich sie verlasse, ohne es auch nur zu erklären. Er hatte das schreckliche Gefühl, daß Rhegor damit überhaupt nicht einverstanden sein würde. Die Trauer um Dwen verschafft dir Zeit, sagte er sich. Bei diesem Gedanken flackerte die Dweomerwarnung so stark auf, daß er schauderte. Aus einem Grund, den der Dweomer ihm nicht mitteilen konnte, blieb überhaupt keine Zeit mehr. Galrion stand auf und ging zum Fenster. Als er nach unten spähte, sah er zwei bewaffnete Wachen direkt unter seinem Fenster. Galrion rannte zur Tür und riß sie auf, nur um vier weitere Wachen im Flur zu entdecken. Der Hauptmann bedachte ihn mit einem bedauernden Lächeln.

»Es tut mir leid, mein Prinz. Der König befiehlt, daß Ihr in Eurer Kammer bleibt. Wir dürfen nur Euren Pagen durchlassen.«

Galrion warf die Tür wieder zu und kehrte zu seinem Stuhl zurück. Er fragte sich, wie lange es dauern würde, bis ihn der König zu sich rief.

Es sollte vier Tage dauern, vier langweilige Tage, in denen Galrion nur seine Bücher und den Pagen zur Gesellschaft hatte, der ihm das Essen brachte und die Reste schweigend und verängstigt wieder wegbrachte, weil Diener von in Ungnade gefallenen Herren bei Hofe oft ein schlimmes Ende fanden. Hin und wieder öffnete Galrion die Tür und redete mit den Wachen, die freundlich zu ihm waren, denn ihr Platz war ihnen sicher, ganz gleich, was mit dem Prinzen geschah. Einmal schickte Galrion eine Botschaft an die Königin, in der er sie anflehte, zu ihm zu kommen. Sie antwortete, daß sie das nicht wagte.

Endlich, am vierten Abend, kündigten die Wachen an, daß sie ihn jetzt zum König bringen würden. Nachdem sie Galrion in die Kammer des Königs gebracht hatten, schickte Adoryc sie weg. Von Ylaena war nichts zu sehen.

»Also gut. Du hattest genug Zeit, über diesen Eid nachzudenken, den du mir schwören sollst. Laß diesen Dweomerunsinn hinter dir, und alles wird wieder so sein wie zuvor.«

»Vater, glaubt mir – ich habe keine Wahl als abzulehnen. Ich kann den Dweomer nicht lassen, weil er mich nicht lassen wird. Es ist nicht so, als würde man sein Schwert zerbrechen, um sich in den Tempel zurückzuziehen.«

»Aha – du hast eine Menge wohlgesetzter Worte, um deinen Ungehorsam gegenüber dem König zu rechtfertigen, nicht wahr? Um deiner Mutter willen gebe ich dir eine letzte Chance. Wir werden sehen, ob Brangwen dich nicht überreden kann.«

»Und bis zum Herbst willst du mich wie ein Schwein einpferchen?«

»Ich schicke nach ihr, daß sie an den Hof kommt. Fluch über die Trauerzeit! Ich schicke morgen schon einen Boten zu Lord Gerraent. Ich werde mich bei ihm entschuldigen, aber ich möchte, daß sie beide so schnell wie möglich herkommen. Ich werde Lady Brangwen erzählen, was ihr Trottel von einem Verlobten vorhat, und dann werde ich ihr befehlen, dich zu überreden.«

»Und wenn sie das nicht kann?«

»Dann werdet ihr beide den Palast nicht mehr verlassen. Niemals mehr.«

Galrion hätte beinahe geweint. Nie wieder durch seinen geliebten Wald reiten – nie mehr sehen, wie der Schnee dick auf blattlosen Zweigen liegt, nie mehr einen wild wirbelnden Fluß erblicken – niemals? Und auch Brangwen würde hier gefangen sein, und das alles wäre seine Schuld. Erst in diesem Augenblick, als es für sie beide zu spät schien, erkannte er, daß er sie wirklich liebte – nicht nur ihre gottverfluchte Schönheit, sondern sie selbst.

In dieser Nacht konnte Galrion nicht auf Schlaf hoffen. Er ging in seiner Kammer auf und ab, sein Kopf ein Wirrwarr von Drohungen, Reue und sinnlosen Fluchtplänen. Ein schneller Bote würde drei Tage brauchen, um den Falken zu erreichen, und es würde weitere fünf dauern, bis Brangwen und Gerraent in Dun Deverry wären. Ich werde ihnen entgegenreiten müssen, dachte er, wenn ich hier rauskomme – aus einer der am besten bewachten Festungen im Königreich. Sein Dweomer könnte ihm niemals helfen. Er war nicht mehr als ein Anfänger, der nur die schwachen Kunststücke eines Schülers ausführen konnte. Ein wenig Wissen, ein paar elende Kräuter, warf Galrion sich vor. Du bist nicht besser als eine Frau, die sich in Hexerei versucht. Und dann kam ihm plötzlich eine Idee, und er lachte. Aber er würde Hilfe brauchen. So ungern er sie der Gefahr aussetzte, er mußte sich an die Königin wenden.

Am Morgen schickte er seinen Pagen zu Ylaena, mit der dringenden Bitte, ihn aufzusuchen. Sie antwortete, sie werde es versuchen, aber es hinge von der Stimmung des Königs ab. Drei Tage wartete Galrion und zählte im Kopf jede Meile mit, die der königliche Kurier ritt, näher und näher zur Festung des Falken. Schließlich schickte er den Pagen mit seiner zerrissenen Brigga und der Bitte weg, die Dienerinnen seiner Mutter sollten sie bitte nähen. Es würde das Mißtrauen des Königs beschwichtigen, wenn er hörte, daß Galrion sich mit derart alltäglichen Dingen abgab. Es funktionierte. Am nächsten Morgen brachte die Königin selbst das geflickte Kleidungsstück zurück; sie schlüpfte wie eine Dienerin in seine Kammer.

»Mutter«, sagte Galrion. »Weißt du, was der König vorhat?«

»Ja, und ich weine ebenso um die kleine Brangwen wie um dich.«

»Weine mehr um sie, Mutter, weil ich ihrer nicht wert bin. Wirst du mir um ihretwillen helfen? Ich bitte dich nur um eines. Wenn ich dir ein paar Kleider zum Flicken mitgebe, wirst du sie mitnehmen und deine Dienerinnen anweisen, sie heute nacht in der Frauenhalle zu lassen? Sag ihnen, sie sollen sie auf den Tisch an der Tür legen.«

»Das werde ich tun.« Ylaena schauderte. »Ich wage es nicht, dich zu fragen, was du vorhast.«

Nach dem Mittagsmahl, wenn die Wachen meist besonders gelangweilt waren, öffnete Galrion die Tür auf einen Schwatz. Er hatte Glück – sie saßen auf dem Boden und würfelten um Kupfermünzen.

»Darf ich mitspielen? Wenn ich auf dieser Seite der Schwelle sitzen bleibe, werden wir nicht gegen die Befehle des Königs verstoßen.«

Die Soldaten nahmen ihre Würfel und rückten näher. Normalerweise setzte Galrion nie auf Würfel, einfach, weil seine Dweomersicht ihm immer sagte, wie sie fallen würden. Jetzt nutzte er das aus, um immer wieder zu verlieren.

»Bei allen Göttern und ihren Frauen«, sagte der Hauptmann schließlich. »Ihr habt heute wirklich kein Glück, mein Prinz.«

»Wie könnte es anders sein? Das Glück ist seit Wochen gegen mich. Falls Ihr den Prinzen je beneidet habt, laßt es euch eine Lehre sein – fallt nie bei eurem eigenen Vater in Ungnade.«

Der Hauptmann nickte melancholisch.

»An Eurer Stelle, mein Prinz, würde ich verrückt werden, so eingeschlossen.«

»Ich bin kurz davor, und die Nächte sind noch schlimmer als die Tage. Ach, da fällt mir ein: Ich weiß, daß der König euch erlaubt hat, mir Dinge zu bringen. Würde das auch auf eine Frau zutreffen?«

»Warum nicht?« der Hauptmann grinste. »Habt Ihr eine der Zofen Eurer Mutter im Sinn?«

»Kennst du Mae, die Blonde? Sie war mir schon des öfteren gewogen.«

»Also gut. Wir werden sie heute nacht zu Euch bringen, wenn alles ruhig ist.«

Zur Essenszeit ließ sich Galrion eine Flasche Met und zwei Kelche bringen. Er suchte seine getrockneten Kräuter heraus. Rhegor hatte ihm einiges über Kräuter beigebracht, und er hatte einige davon mit nach Hause gebracht – eigentlich nur als Erinnerung an die Tage im Wald. Jetzt konnte er den Baldrian wirklich brauchen – das stärkste Schlafmittel eines Kräuterarztes. Er zerrieb nur wenig davon – er wollte Mae nicht krank machen, außerdem würde sie sonst den auffälligen Geschmack bemerken.

Gegen Mitternacht hörte Galrion Mae im Flur kichern. Er öffnete die Tür und sah, daß sie einen Kapuzenumhang trug, damit niemand sie erkannte – genau, wie er es erhofft hatte.

»Ich grüße dich, meine Süße. Wie freundlich von dir, zu einem entehrten Mann zu kommen.«

Als Mae kicherte, legte ihr Galrion in gespieltem Schrekken die Hand auf den Mund.

»Laß sie kein Wort sprechen, wenn du sie zurückbringst!« bat er den Hauptmann.

»Hörst du das, Mädchen?« sagte der Hauptmann. »Kein Wort auf dem Rückweg.«

Mae nickte gehorsam, als Galrion sie ins Zimmer zog. Unter ihrem Umhang trug sie ein weites Kleid – weit genug, wie Galrion erfreut feststellte. Er hatte sie vor allem deshalb ausgewählt, weil sie für ein Mädchen ziemlich groß war.

»Ich habe uns Met bringen lassen. Trink einen Schluck mit mir.«

»Ihr seid immer so galant, mein Prinz. Es ist schmerzlich zu wissen, daß Ihr in Ungnade seid.«

Mae war ihm ins Schlafzimmer gefolgt, und Galrion reichte ihr nun den Kelch mit dem mit Kräutern versetzten Met. Sie setzten sich auf die Bettkante.

Mae trank einen großen Schluck. »Die schlechten Zeiten werden vergehen, mein Prinz: Eure Mutter ist so aufgeregt, aber sie wird den König schon überreden können.«

»Das hoffe ich.«

Mae gähnte, schüttelte den Kopf, trank einen weiteren Schluck.

»Dieser Met schmeckt so süß«, sagte sie.

»Nur das Beste für dich. Trink aus, dann gieße ich dir nach.«

Aber das erwies sich als unnötig. Kaum hatte sie den ersten Kelch ausgetrunken, gähnte Mae heftig und konnte die Augen kaum mehr offenhalten. Als sie sich vorbeugte, um den Kelch auf den Nachttisch zu stellen, entglitt das Gefäß ihren Fingern. Galrion fing sie auf, als sie in seinen Armen zusammensackte.

Er zog sie aus, deckte sie zu, holte dann die restlichen Kräuter heraus und legte sie neben ihren Kelch, damit alle wüßten, daß man sie betäubt hatte. Unruhig wartete er, bis genügend Zeit vergangen war, daß sich die Wachen nicht wundern würden. Schließlich zog er Maes Kleid an, zog die Kapuze tief in die Stirn und schlüpfte auf den Flur hinaus. Der Hauptmann der Wache zwinkerte ihm nur zu und führte ihn den dunklen Flur entlang. An der Tür zur Frauenhalle versetzte der Hauptmann ihm noch einen freundlichen Klaps aufs Hinterteil, sagte ihm, er sei ein braves Mädchen, und öffnete ihm die Tür.

Im Mondlicht fand Galrion den Tisch, seine Kleidung und, unter den Brigga, einen Dolch. Mit einem wortlosen Dank an seine Mutter zog er sich um und steckte den Dolch in sein Hemd. Als er nach draußen schaute, fand er den Hof leer. Langsam stieg er aus dem Fenster und kletterte über das rauhe Mauerwerk nach unten.

Unten angekommen, huschte er von Hütte zu Hütte, bis er

die Ställe erreicht hatte. Direkt an der Mauer stand ein Vorratsschuppen, auf dessen Dach er leicht klettern konnte. Von dort gelangte er auf die Mauer und kroch auf dem Bauch auf der Mauerkrone entlang, bis er eine Stelle erreichte, wo eine Eiche dicht an der Außenseite der Mauer wuchs. Er schwang sich auf einen der Äste, kletterte herunter und hielt dann eine Weile im Schatten inne. Er konnte den Abhang bis zur zweiten Mauer herunterspähen, wo sich die Silhouetten der Wachen vor dem Sternenhimmel abzeichneten. Der gefährlichste Teil seiner Flucht lag noch vor ihm.

Im hohen Gras kroch er weiter, bis er außer Sichtweite der Wachen an den inneren Toren war, dann stand er auf und ging die Straße entlang. Als er näher am Wachhaus war, fing er an zu laufen.

»He!« Er versuchte, seine Stimme so schrill klingen zu lassen wie die eines halbwüchsigen Jungen. »Macht auf! Der Koch schickt mich.«

»Bleib stehen, Junge.« Ein Mann trat vor, um ihn anzuschauen. »Das klingt ziemlich unwahrscheinlich.«

»Nerdda hat Wehen«, sagte Galrion. »Und es ist ziemlich schlimm. Die Hebamme braucht den Apotheker. Bitte macht schnell!«

»Das Küchenmädchen«, sagte einer der Männer. »Sie war schon über ihre Zeit.«

Galrion konnte kaum glauben, daß er tatsächlich Erfolg hatte. Er rannte durch das Tor und blieb nicht mehr stehen, bis er tief in der nächtlich stillen Stadt war. Endlich hockte er sich hinter einer Schenke in den Schatten leerer Bierfässer und versuchte, wieder zu Atem zu kommen. Kein Trick der Welt würde ihn an den Wachen der Stadttore vorbeibringen, aber der Fluß bot eine Möglichkeit. Vorsichtig eilte er durch die Gassen hinter den Häusern. Am Flußufer angekommen, watete er ins tiefere Wasser hinaus. Als er sich der Strömung überließ, konnte er hoch über sich die Wachen sehen, die auf der Stadtmauer hin und her gingen: Immer näher kam er ihnen – der Fluß trieb ihn rasch zu einer Stelle, wo sie ihn entdecken würden, wenn sie jetzt hinunterschauten. Er hielt die Luft an und tauchte. Es war schwierig, sich im trüben Wasser zu orientieren, aber er glaubte, den Schatten des Bogens vorbeigleiten zu sehen. Seine Lungen brannten wie Feuer, aber er zwang sich, unten zu bleiben, bis der Schmerz ihn an die Oberfläche trieb. Keuchend und zitternd vor Anstrengung ließ er sich auf dem Rücken treiben. Wachen und Stadt lagen weit hinter ihm, und niemand war am Ufer zu sehen.

Unter überhängenden Weidenzweigen kroch er an Land. Endlich frei, dachte er, jetzt muß ich nur noch zu Brangwen gelangen. Er wrang seine Kleidung so gut wie möglich aus und zog sie wieder an. Sein Page würde Mae erst in fünf oder sechs Stunden finden, und dann würde noch etwa eine weitere Stunde lang Verwirrung herrschen, bis der Kriegshaufen des Königs losritt, um ihn zu jagen. Er hatte nicht viel Vorsprung, aber wenn er erst den Wald erreicht hatte, würden sie ihn nie finden. Er kannte sich dort gut genug aus, während die Reiter nur mit großem Getöse der Straße folgen würden.

Quer über die Flußwiesen lief er zum nächstliegenden Hof, um ein Pferd zu stehlen. Er war dort schon oft vorbeigekommen, hatte oft angehalten, um den braunen Wallach zu bewundern, der sich an seine freundlichen Worte und sein Tätscheln erinnerte. Als Galrion sich näherte, kam das Tier sofort zu ihm und ließ sich am Halfter fassen. Der Braune war gut eingeritten und reagierte sofort auf die improvisierten Zügel, die Galrion aus Stoffstreifen gefertigt hatte.

Nach ein paar Minuten im Galopp ließ er das Pferd in den Schritt fallen, um Kraft zu sparen. Abwechselnd im Galopp und im Schritt ritt er die ganze Nacht weiter, und im Morgengrauen erreichte er die Grenze der persönlichen Ländereien des Königs. Er wandte sich nach Süden, zur Heide, um der Straße auszuweichen. Auf diesem Umweg würde er länger bis zum Wald brauchen, aber er hatte keine andere Wahl. Gegen Mittag wurde das Pferd müde und begann zu stolpern. Galrion stieg ab und führte es eine Weile, bis sie zu einem Gebüsch am Rand der Wiesen kamen. Er fand einen Bach und tränkte den Braunen. Erst als das Pferd begann, am Ufer zu grasen, wurde Galrion klar, daß er Hunger hatte. In seiner Eile hatte er nicht einmal Geld mitgenommen. Und er war nicht mehr in der Position, einfach zu einem Haus zu reiten und zu erwarten, daß man ihm Essen gab, nur weil er ein Prinz war.

»Ich frage mich, wie man es anfängt, Essen von Bauern zu stehlen?« murmelte er.

Das Pferd brauchte Ruhe, und er selbst zitterte vor Erschöpfung. Er ließ das Pferd grasen und setzte sich, den Rükken an einen Baumstamm gelehnt. Obwohl er sich sagte, er wolle nur einen Augenblick rasten, war es spät am Nachmittag, als er erwachte, und er hörte Stimmen in der Nähe. Er sprang auf und zog den Dolch.

»Ich weiß nicht, wem es gehört«, sagte ein Mann. »Dem Stoffzügel nach zu schließen, wurde es gestohlen.«

Galrion kroch durchs Gebüsch und entdeckte einen Bauern und einen Jungen, der den Braunen am Zügel hielt. Als das Pferd Galrion entdeckte, wieherte es zum Gruß. Der Bauer fuhr herum und hob den schweren Stock, den er bei sich trug.

»Ist das Euer Pferd?« rief er.

»Ja.« Galrion kam aus seinem Versteck. Als er näher kam, ging der Bauer in Kampfstellung. Galrion ging weiter, einen Schritt, dann noch einen – und dann lachte der Bauer, ließ den Stock fallen und kniete sich zu Füßen des Prinzen nieder.

»Bei der Sonne und ihren Strahlen, Herr«, sagte er. »Ihr seid also aus dem Palast entkommen. Ich habe Euch erst nicht erkannt.«

»Wieso weißt du davon?«

»Was ist besserer Klatsch als der über den König und seine Familie? Wahrlich, mein Prinz, überall auf den Marktplätzen erzählt man sich von Eurer Ungnade. Alle sind traurig um Eurer Mutter willen – sie ist eine so gute Frau.«

»Das ist sie. Wirst du mir helfen, um ihretwillen? Ich brauche nur ein Stück Seil und etwas zu essen.«

»Gut, aber ich kann Euch auch ein Zaumzeug leihen.« Der Bauer erhob sich und streifte sich das Laub von den Knien. »Der Kriegshaufen des Königs ist nach Osten geritten.«

Der Bauer gab Galrion nicht nur das Zaumzeug und ein warmes Essen, er bestand auch noch darauf, daß er einen Sack mit Brot, getrockneten Äpfeln und Hafer für den Wallach mitnahm – wahrscheinlich mehr, als er sich leisten konnte wegzugeben. Als Galrion gegen Abend wieder aufbrach, war er sicher, daß der Mann den Leuten des Königs nur Lügen erzählen würde.

Gegen Morgen des nächsten Tages führte Galrion sein müdes Pferd in den unberührten, wilden Wald. Er war versucht, einfach zu Rhegor zu gehen und Brangwen sich selbst zu überlassen, aber er war ziemlich überzeugt, daß dies seinen Meister verärgern würde. Zum erstenmal in seinem verwöhnten Leben erfuhr Galrion, was es bedeutete zu versagen. Er war dumm gewesen, ehrlos und dumm – er bedachte sich selbst mit jedem Schimpfwort, das ihm einfiel. Um ihn herum erstreckte sich stiller Wald, gefleckt von Sonnenlicht, gleichgültig gegenüber ihm und seinen kurzlebigen menschlichen Sorgen.

Zwei Tage lang zog er durch den Wald. Er hielt sich dicht an der Straße und versuchte zu berechnen, wo sich der Trupp des Falken inzwischen befinden würde, weil er sich entschlossen hatte, sie abzufangen. Am späten Nachmittag wagte er dann, sich auf die Straße zu begeben und auf die Kuppe eines Hügels zu reiten. Weit entfernt war über der Straße eine Staubwolke zu sehen – Pferde näherten sich. Eilig zog er sich in den Wald zurück und wartete, aber der Trupp des Falken kam nicht. Wenn Brangwen und ihre Frauen dabei waren, würden sie früh ihr Lager aufschlagen. Als es dunkel wurde, führte Galrion den Braunen durch den Wald und schlich auf das Lager zu. Von der Kuppe des nächsten Hügels aus konnte er es sehen: nicht nur Lord Gerraent und seine Diener, sondern der gesamte Kriegshaufen des Königs.

»Mögen alle Götter sie verfluchen«, flüsterte Galrion. »Sie wußten, daß Brangwen der beste Köder für mich ist.«

Galrion band sein Pferd an und schlich sich näher ans Lager. Als er den halben Weg hinter sich hatte, lichteten sich die Bäume ein wenig, und er hatte einen guten Ausblick auf das weit ausgedehnte, unordentliche Lager. In einer Lichtung am Bach waren die Pferde angepflockt, in der Nähe saßen die Männer des Kriegshaufens um zwei Feuer. An der Seite unter den Bäumen stand ein spitzes Segeltuchzelt, zweifellos, damit Brangwen sich von den unhöflichen Reitern zurückziehen konnte.

Die wichtigste Frage war selbstverständlich, wo Gerraent sich aufhalten würde. Das Feuerlicht war zu trüb, als daß Galrion ein Gesicht hätte erkennen können. Er blieb einfach im Unterholz liegen und wartete, bis nach etwa einer Stunde ein blonder Mann aus dem Zelt kam und zu einem der Feuer ging. Kein Mann außer ihrem Bruder hätte Zugang zu Brangwens Zelt gehabt. Sobald Gerraent sicher mit seinem Abendessen beschäftigt war, stand Galrion auf, zog seinen Dolch und schlich dann vorsichtig weiter den Hügel hinab zum

Zelt. Die Männer lachten und redeten und übertönten damit alle Geräusche, die er selbst verursachte.

Galrion schlitzte die Rückseite des Zelts mit dem Messer auf. Er hörte, wie sich drinnen etwas bewegte.

»Galrion?« flüsterte Brangwen.

»Ja.«

Galrion zog sich ins Dickicht zurück. Nur im Nachthemd, das goldene Haar offen, kroch Brangwen durch den Riß zu ihm.

»Ich wußte, daß du kommen würdest«, flüsterte sie. »Wir müssen sofort gehen.«

»Ihr Götter! Willst du etwa mitkommen?«

»Hast du je daran gezweifelt? Ich würde dir überallhin folgen. Es ist mir gleich, was du getan hast.«

»Aber du hast nicht einmal Kleider bei dir.«

»Glaubst du, daß mir das etwas ausmacht?«

Galrion hatte das Gefühl, sie nie zuvor richtig angesehen zu haben: sein kleines Mädchen, das wie ein Berserker grinste bei dem Gedanken, mit einem Ausgestoßenen davonzureiten.

»Verzeih mir«, sagte Galrion. »Komm mit. Ich habe ein Pferd.«

Dann hörte Galrion das Geräusch: das leise Knacken eines Zweiges.

»Lauf!« schrie Brangwen.

Galrion wirbelte herum, aber es war zu spät. Die Wachen sprangen aus dem Gebüsch und umringten ihn. Galrion duckte sich, zum Kampf bereit; er hob den Dolch und versprach sich selbst, nicht als einziger zu sterben. Ein Mann drängte sich an den Wachen vorbei.

»Das wird dir nicht helfen, Junge«, sagte Adoryc.

Galrion richtete sich auf – er wäre nie imstande gewesen, seinen eigenen Vater zu töten. Als er Adoryc den Dolch vor die Füße warf, bückte sich der König und hob ihn auf. Sein Lächeln war so kalt wie der Winterwind. Galrion hörte Brangwens lautes Schluchzen hinter sich, und Gerraents Stimme, als er versuchte, sie zu trösten.

»Nichts ist besser als eine Hündin, um einen Hund zurück in den Zwinger zu bringen«, bemerkte Adoryc. »Bringt ihn ans Feuer. Ich will mir diesen Welpen genauer ansehen.«

Die Wachen führten Galrion um das Zelt herum und hinüber zu dem größeren der beiden Feuer, wo der König sich aufbaute, die Beine gespreizt, die Hände auf den Hüften. Als jemand Brangwens Umhang brachte, wickelte sie sich hinein und starrte Galrion hoffnungslos an. Gerraent legte ihr die Hand auf die Schulter.

»Also, Welpe«, sagte Adoryc. »Was hast du mir zu sagen?«

»Nichts, Vater. Ich bitte nur um einen einzigen Gefallen.«

»Was bringt dich dazu zu glauben, daß du das Recht auf einen Gefallen hast?« Adoryc zog seinen eigenen Dolch und fuchtelte damit herum.

»Ich habe kein Recht darauf, aber ich bitte um dieser Dame willen. Schick sie weg, bevor du mich tötest.«

»Also gut: Es sei dir gewährt.«

Brangwen schrie auf, stieß Gerraent weg und rannte vor, um sich dem König zu Füßen zu werfen.

»Bitte, bitte«, flehte sie. »Um seiner Mutter willen flehe ich Euch an. Wenn Ihr Blut haben müßt, nehmt das meine.«

Brangwen umklammerte den Saum von Adorycs Hemd und wandte ihm ihre Kehle zu. Sie war so schön mit ihrem offenen Haar und den tränenüberströmten Wangen, daß selbst die Reiter des Königs vor Mitleid laut seufzten.

»Ihr Götter!« sagte Adoryc. »Liebst du diesen Burschen denn so?«

»Ja. Ich würde überall mit ihm hingehen, selbst ins Anderland.«

Adoryc warf einen Blick auf seinen Dolch, dann steckte er ihn seufzend wieder ein.

»Gerraent!« rief der König.

Gerraent trat vor, packte Brangwen bei den Schultern und versuchte, sie wegzuführen, aber sie schüttelte ihn ab. Galrion fühlte sich so elend, daß er kaum aufrecht stehen konnte. Er war ihrer nicht würdig, so glaubte er jedenfalls, und dieses zweite Versagen erschütterte ihn.

»Bei den Höllen!« murmelte Adoryc. »Wenn ich dir nicht die Kehle durchschneiden darf, Galrion, wie soll ich diese Angelegenheit denn in Ordnung bringen?«

»Du könntest mich und meine Verlobte ins Exil gehen lassen. Das würde uns allen viel Ärger ersparen.«

»Du kleiner Bastard!« Adoryc trat vor und schlug ihm ins Gesicht. »Wie kannst du es wagen?«

Galrion taumelte von der Wucht des Schlages, aber er wich nicht zurück.

»Willst du, daß ich jedermann sage, um was es bei diesem kleinen Streit zwischen uns geht, Vater? Willst du das wirklich?«

Adoryc wurde so still wie ein gejagtes Tier.

»Oder soll ich einfach das Exil annehmen?« fuhr Galrion fort. »Und niemand wird es je erfahren.«

»Du Bastard.« Adoryc flüsterte so leise, daß Galrion ihn kaum hören konnte. »Allerdings weiß ich, daß gerade du kein Bastard bist, denn von all meinen Söhnen bist du mir am ähnlichsten.« Dann hob er die Stimme. »Der Grund braucht nicht bekannt zu werden, aber wir verkünden hiermit, daß wir unserem Sohn Galrion seinen Rang und seine Ehre entziehen, ihn von unserem Angesicht und aus unserem Land verstoßen, für immer und darüber hinaus. Wir verbieten ihm, unsere Ländereien zu betreten, wir verbieten ihm, bei jenen Zuflucht zu suchen, die uns Treue geschworen haben, und das alles bei der Todesstrafe.« Er hielt inne und lachte leise. »Und wir nehmen ihm hiermit den Namen, den wir ihm bei seiner elenden Geburt gegeben haben: Wir erklären, daß sein neuer Name Nevyn lautet: Hörst du das, Junge? Nevyn – niemand –, das soll dein neuer Name sein.«

»Also gut! Ich werde ihn mit Stolz tragen.«

Brangwen riß sich von Gerraent los. Sie lächelte so stolz wie die Prinzessin, die sie hätte sein können, als sie zu ihrem verbannten Mann trat. Galrion streckte die Hand nach ihr aus.

»Bleib stehen!« Gerraent drängte sich zwischen sie. »Mein Herr und König, was soll das? Soll ich meine einzige Schwester mit einem Ausgestoßenen verheiraten?«

»Sie ist mir bereits angeschworen«, fauchte Galrion. »Euer Vater hat sie mir versprochen, nicht Ihr.«

»Halt den Mund, Nevyn!« Wieder schlug Adoryc zu. »Lord Gerraent, Ihr habt die Erlaubnis zu sprechen.«

»Mein Lehnsherr.« Zitternd kniete Gerraent vor dem König nieder. »Mein Vater hat meine Schwester mit einem Prinzen verlobt, auf daß sie ein gutes Leben führe, ein Leben von Ehre. Er liebte seine Tochter. Was wird sie jetzt bekommen?«

Während Adoryc nachdachte, spürte Galrion die Dweomerwarnung eiskalt auf seinem Rücken. Er trat vor.

»Vater!«

»Nenne mich niemals wieder so.« Adoryc gab den Wachen einen Wink. »Haltet diesen Niemand hier ruhig.«

Bevor Galrion ausweichen konnte, hatten ihn zwei Männer gepackt, und einer legte ihm die Hand auf den Mund. Brangwen stand wie erstarrt, und sie war so bleich, daß Galrion befürchtete, sie könnte ohnmächtig werden.

»Ich flehe Euch an, Herr«, fuhrt Gerraent fort. »Wenn ich diese Ehe gestatten würde, was für ein Bruder wäre ich dann? Wie kann ich mich Oberhaupt meines Clans nennen, wenn ich so wenig Ehre habe? Mein Lehnsherr, wenn der Falke Euch je etwas wert war, dann flehe ich Euch an – laßt dies nicht geschehen!«

»Also gut«, sagte Adoryc: »Wir entlassen dich hiermit aus dem Schwur deines Vaters.«

»Gerro!« schluchzte Brangwen. »Das darfst du nicht! Ich will mit ihm gehen. Gerro, laß mich gehen!«

»Still.« Gerraent erhob sich, drehte sich um und umarmte sie. »Du weißt nicht, was für ein Leben das sein wird. Ihr werdet wie Bettler umherziehen.«

»Das ist mir gleich.« Brangwen versuchte sich loszureißen. »Gerro, Gerro, wie kannst du mir das antun? Laß mich gehen.«

Gerraent schien nachzugeben, dann warf er den Kopf zurück.

»Nein! Ich werde nicht zulassen, daß du irgendwann im Kindbett stirbst, weil dein Mann nicht einmal eine Hebamme bezahlen kann, oder im Winter am Straßenrand verhungerst: Lieber sterbe ich selbst.«

Das war bewegend und vollendet formuliert, aber Galrion wußte, daß Gerraent log. Der Dweomer ließ ihn zittern und würgen. Er biß den Mann, der ihn festhielt, in die Hand, aber dafür erhielt er nur einen Schlag gegen den Kopf, der ihm die Welt vor Augen tanzen ließ.

»Du hast unrecht, Gerro!« Brangwen wand sich wie ein wildes Tier. »Ich weiß, daß du unrecht hast. Ich will mit ihm gehen.«

»Ich bin jetzt der Falke, und du wirst tun, was ich sage.«

Brangwen unternahm einen letzten Versuch, aber er war zu stark für sie. Als er sie wegzerrte, weinte sie, schluchzte hysterisch und hilflos, als Gerraent sie in ihr Zelt schob. Adoryc winkte den Wachen zu, Galrion gehen zu lassen.

»Schafft mir diesen Nevyn für immer aus den Augen.« Der

König reichte Galrion seinen Dolch. »Hier ist die Waffe, die einem Verbannten gestattet ist. Du mußt ein Pferd haben, oder du wärest nicht hier.« Er öffnete den Beutel an seinem Gürtel und holte eine Münze heraus. »Und hier ist das Silberstück des Verbannten.« Er drückte Galrion die Münze in die Hand.

Galrion starrte die Münze an, dann warf er sie seinem Vater ins Gesicht.

»Lieber verhungere ich.«

Dann drehte er sich um und stapfte aus dem Lager. Oben auf dem Hügel blieb er für einen letzten Blick auf Brangwens Zelt stehen. Dann begann er zu laufen, rannte durch das Unterholz, überquerte die Straße und stolperte schließlich, um nahe seinem Pferd auf den Knien zu landen. Er weinte, aber nur um Brangwen, nicht um sich selbst.

II

Die Frauenhalle war sonnig, und durch die Fenster konnte Brangwen blühende Apfelbäume sehen. Nicht weit entfernt unterhielten sich Rodda und Ysolla beim Nähen, aber Brangwen hatte die Arbeit im Schoß liegen: Sie wollte weinen, aber es war so ermüdend, die ganze Zeit zu weinen. Sie betete, daß es Galrion gutgehen möge, und fragte sich, auf welchem Teil seines einsamen Wegs er sich wohl befand.

»Gwennie?« sagte Lady Rodda. »Sollen wir heute nachmittag einen Spaziergang auf den Wiesen machen?«

»Wenn Ihr wünscht.«

»Wenn dir das lieber wäre, Gwennie«, warf Ysolla ein, »könnten wir auch ausreiten.«

»Was immer Ihr mögt.«

»Kind«, sagte Rodda. »Es wird wahrlich Zeit, daß du mit

dem Grübeln aufhörst. Dein Bruder hat getan, was das beste für dich war.«

»Wenn Ihr meint.«

»Es wäre schrecklich gewesen«, sagte Ysolla. »Mit einem Verbannten gehen? Wie kannst du auch nur daran denken? Diese Schande! Niemand würde euch jemals aufnehmen.«

»Das wäre ihr Verlust, nicht der unsere.«

Rodda seufzte und ließ die Nadel aufblitzen.

»Und was, wenn er dich geschwängert hätte?«

»Galrion hätte niemals unser Kind hungern lassen. Du verstehst das nicht. Ich hätte mit ihm gehen sollen. Es wäre alles gut geworden. Das weiß ich einfach.«

»Gwennie, Lämmchen, du kannst einfach nicht klar denken«, sagte Rodda.

»So klar, wie ich muß«, fauchte Brangwen. »Oh! Ich bitte um Verzeihung, meine Damen: Aber Ihr versteht das nicht.«

Ihre beiden Freundinnen starrten sie besorgt an.

»Nun, es gibt viele Männer im Königreich«, sagte Ysolla, die nur helfen wollte. »Ich wette, du wirst keine Schwierigkeiten haben, einen anderen zu finden. Und ich wette, der wird besser sein als Galrion: Er muß etwas Schreckliches getan haben, wenn er verbannt wurde.«

»Bei Hofe muß man nicht viel tun, um in Ungnade zu fallen«, wandte Rodda ein. »Es gibt viele andere, die einem das abnehmen. Nein, Lämmchen, ich werde nicht zulassen, daß man in meiner Halle schlecht von Galrion spricht: Er mag einen Fehler gemacht haben, aber wirklich, Gwennie, er hat versucht, dir das zu ersparen. Er hat mich wissen lassen, daß er mit Schwierigkeiten rechnete und daß er hoffte, die Verlobung lösen zu können, bevor diese begannen.« Traurig schüttelte sie den Kopf. »Der König ist ein sehr störrischer Mann.«

»Das kann ich nicht glauben«, fauchte Brangwen. »Er hätte mich nie in Schande verstoßen: Ich weiß, daß er mich liebt. Mir ist gleich, was Ihr sagt.«

»Selbstverständlich hat er dich geliebt, Kind. Das habe ich doch gerade gesagt. Er wollte dir die Schande ersparen. Als er versagte, hat er dich mitnehmen wollen.«

»Wenn Gerro nicht gewesen wäre …«, sagte Brangwen.

Rodda und Ysolla sahen einander an. Wieder hatte sich ihr Gespräch im Kreis gedreht.

Brangwen und Gerraent waren für ein paar Tage zu Besuch im Dun des Ebers, und Brangwen wußte, daß Gerraent dies um ihretwillen arrangiert hatte. An diesem Abend beobachtete sie ihren Bruder, der ihr gegenübersaß und das Schneidebrett mit Ysolla teilte. Er hat seine Verlobte noch, dachte sie bitter: Es wäre wunderbar gewesen, ihn hassen zu können, aber sie wußte, daß er nur getan hatte, was er für das beste hielt. Ihr geliebter Bruder. Ihre Eltern und Onkel hatten ihre Aufmerksamkeit immer auf Gerraent konzentriert, den kostbaren Sohn und Erben, und Brangwen, die nutzlose Tochter, weitgehend ignoriert: Gerraent selbst aber hatte sie immer geliebt, mit ihr gespielt, für sie gesorgt und sie überallhin mitgenommen. Er hatte sie vor so vielen Gefahren gerettet – ob das ein angriffslustiger Hund war, ein steiles Flußufer oder nun ein Mann, den er für ihrer nicht würdig hielt.

Während des Essens blickte Gerraent immer wieder auf, bemerkte ihren Blick und lächelte ihr zögernd zu. Schließlich konnte Brangwen die Halle nicht mehr ertragen und floh ins kühle Zwielicht von Roddas Garten: Sie pflückte eine Rose, wiegte sie in der Hand und erinnerte sich daran, wie Galrion ihr gesagt hatte, sie sei seine wahre Rose.

»Lady Brangwen? Seid Ihr bedrückt?«

Es war Blaern, der auf sie zueilte. Brangwen wußte genau, daß er in sie verliebt war. Jeder Blick, jedes sehnsüchtige Lächeln war für sie wie ein Dolchstich.

»Wie sollte ich nicht bedrückt sein?«

»Wohl gesprochen. Aber jedes Dunkel hat ein Ende.«

»Ich bezweifle, daß das auch für mich zutrifft.«

»Nun, die Dinge sind nie so schlimm, wie sie aussehen.«

Blaern lächelte sie an, schüchtern wie ein kleiner Junge. Brangwen fragte sich, wieso sie sich überhaupt die Mühe machte, sich zu widersetzen. Früher oder später würde Gerraent sie seinem geschworenen Freund übergeben, ob sie ihn nun heiraten wollte oder nicht.

»Ihr seid sehr freundlich. Ich weiß dieser Tage kaum, was ich sagen soll.«

Blaern pflückte eine weitere Rose und hielt sie ihr hin. Um nicht unhöflich zu sein, nahm Brangwen sie.

»Ich will ganz offen sein, Herrin«, sagte Blaern. »Ihr wißt sicher, daß ich mich danach sehne, Euch zu heiraten, aber ich verstehe, was Ihr über die Dunkelheit sagt. Werdet Ihr im nächsten Jahr um diese Zeit, wenn diese Rosen wieder blühen, wieder an mich denken? Das ist alles, was ich von Euch erbitte.«

»Das will ich, wenn wir beide dann noch leben.«

Blaern blickte scharf auf, überrascht von ihren Worten, obwohl sie nur eine Phrase waren, ein frommes Eingeständnis, daß die Götter stärker waren als Menschen. Während Brangwen noch überlegte, was sie hinzufügen könnte, um die Kälte zu vertreiben, kam Gerraent in den Garten.

»Willst du dich überzeugen, daß ich deine Schwester ehrenhaft behandle?« fragte Blaern grinsend.

»Oh, daran habe ich keine Zweifel. Ich habe mich nur gefragt, was mit Gwennie passiert ist.«

Gerraent führte sie zurück in die Frauenhalle. Da Rodda und Ysolla immer noch bei Tisch saßen, erlaubte ihm Brangwen, mit ihr zu kommen. Er hockte sich unsicher auf das Fensterbrett, während eine Dienerin die Kerzen anzündete.

Nachdem sie gegangen war, waren die beiden allein in dem stillen Raum. Unruhig wandte sich Brangwen ab und sah eine Motte gefährlich nahe an der Flamme fliegen. Sie fing sie ein und ließ sie am Fenster wieder frei.

»Du hast das weichste Herz auf der Welt«, sagte Gerraent. Er ergriff ihre Hände.

»Gwennie, haßt du mich jetzt?«

»Ich könnte dich niemals hassen. Niemals.«

Einen Augenblick lang glaubte Brangwen, er würde weinen.

»Ich weiß, daß eine Heirat einem Mädchen alles bedeutet. Aber wir werden einen besseren Mann finden als einen Verbannten. Hat Blaern schon mit dir gesprochen?«

»Ja, aber bitte, ich kann es nicht ertragen, im Augenblick auch nur an eine Ehe zu denken.«

»Gwennie, ich will dir etwas versprechen. Clanoberhaupt oder nicht – ich werde dich niemals zwingen zu heiraten, wenn du nicht willst.«

Brangwen legte ihm die Arme um den Hals und weinte an seiner Schulter. Als er ihr übers Haar strich, spürte sie, wie er zitterte.

»Bring mich nach Hause, Gerro. Bitte. Ich will nach Hause.«

»Nun, dann werden wir nach Hause gehen.«

Aber kaum waren sie wieder im Dun des Falken, bedauerte Brangwen es bitterlich, Roddas und Ysollas Gesellschaft verlassen zu haben. Alles, was sie zu Hause sah, erinnerte sie entweder an ihren Vater oder an ihren Prinzen, die beide so unwiderruflich verloren waren. In ihrer Schlafkammer hatte sie eine Holzschachtel voller Brautgeschenke von Galrion – Broschen, Ringe und einen Silberkelch, auf dem ihr Name eingraviert war. Sobald sie geheiratet hätten, wollte er seinen Namen dazugravieren lassen. Obwohl sie nicht lesen konnte, nahm Brangwen den Kelch hin und wieder aus der

Schachtel und weinte, wenn sie der Schrift mit ihren Fingerspitzen folgte.

Schließlich rettete der Alltag sie vor der Verzweiflung. Brangwen war schließlich für alle Frauenarbeit im Haus verantwortlich, was auch das Spinnen und Nähen einschloß. Sie und ihre Zofe Ludda verbrachten lange Nachmittage mit der Arbeit an den Laken. Und bald hatte sie in Gerraent eine neue Sorge. Oft beobachtete sie ihn, wie er am Grab ihres Vaters weinte, und an den Abenden wurde er seltsam still. Wenn er auf dem Stuhl seines Vaters saß – der nun der seine war –, trank er stetig und starrte dabei schweigend ins Feuer.

Eines Tages, als Gerraent auf der Jagd war, kam Gwerbret Madoc mit sechs Männern seines Kriegshaufens zu Besuch. Als sie vor dem Gwerbret knickste, bemerkte Brangwen, wie die Männer sie anstarrten – heimtückische Blicke und eine kaum verborgene Begierde, die sie schon tausend Male auf den Gesichtern von Männern gesehen hatte. Sie haßte sie dafür.

»Ich grüße Euch, Herrin«, sagte Madoc. »Ich bin gekommen, um dem Grab Eures Vaters meine Hochachtung zu erweisen.«

Nachdem sie die Diener angewiesen hatte, sich um Madocs Männer zu kümmern, nahm sie den Gast mit in die Halle und goß ihm höchstpersönlich Bier ein, dann setzte sie sich ihm am Ehrentisch gegenüber. Madoc hob den Krug.

»Ich danke Euch, Brangwen. Ich muß zugeben, daß ich auch sehen wollte, wie es Euch geht.«

»So gut es möglich ist, Euer Gnaden.«

»Und Euer Bruder?«

»Er betrauert immer noch unseren Vater. Ich hoffe nur, daß seine Trauer bald ein Ende finden wird. Gerro war in der letzten Zeit nicht er selbst. Ich weiß nicht, was mit ihm los ist.«

»Ich möchte Euch nur wissen lassen, daß Ihr und Euer Bruder unter meinem Schutz steht. Solltet Ihr jemals meine Hilfe brauchen, schickt sofort einen Pagen. Manchmal kann es ein wenig zuviel für eine Schwester werden, wenn ein Mann zu grübeln beginnt, also sendet mir eine Nachricht, und ich komme vorbei, um Gerro aufzuheitern.«

»Oh, dafür bin ich Euch wahrhaft dankbar, Euer Gnaden.«

Bald kam Gerraent von der Jagd zurück. Da die beiden Männer einiges zu besprechen hatten, zog Brangwen sich zurück und ging nach draußen, um nach Ludda Ausschau zu halten. Draußen an der Mauer half Brythu dem Koch, Gerraents Jagdbeute, ein Reh, auszuweiden: Sie hatten dem Tier den Kopf abgeschnitten und diesen den Hunden vorgeworfen, die knurrend daran zerrten. Obwohl Brangwen schon oft gesehen hatte, wie Wild ausgeweidet wird, wurde ihr jetzt übel. Die Samtaugen blickten zu ihr auf, dann schleppte ein Hund den Kopf davon. Brangwen wandte sich ab und rannte zurück in den Broch.

Am Morgen verabschiedete sich Madoc früh. Beim Mittagsmahl erzählte Gerraent seiner Schwester ein wenig davon, was Seine Gnaden erzählt hatte. Es sah so aus, als könnte es an der westlichen Grenze Ärger geben, wo ein paar Clans noch immer gegen den König murrten.

»Ich würde dich nur ungern so bald wieder in den Krieg ziehen lassen«, sagte Brangwen.

»Warum?«

»Du bist alles, was ich auf der Welt habe.«

Plötzlich nachdenklich geworden, nickte Gerraent.

»Nun, kleine Schwester, ich versuche immer, meine Pflicht dir gegenüber zu erfüllen.«

Obwohl er es freundlich gesagt hatte, lief Brangwen plötzlich ein Schauder über den Rücken, als versuchte etwas, sie vor einer Gefahr zu warnen.

Aber als die Gefahr schließlich kam, verspürte sie keinerlei Warnzeichen. An einem sonnigen Nachmittag ritten sie zusammen in die wilden Wiesen nach Osten, in ein hügeliges Gelände, das zu verteidigen weder der Falke noch der Eber genügend Männer hatten. An einem kleinen Bach machten sie Rast, um die Pferde zu tränken. Als sie Kinder gewesen waren, hatte dieser Bach die Grenze des Landes gebildet, über das sie ohne Begleitung von Erwachsenen reiten durften. Während Gerraent sich um die Pferde kümmerte, setzte sich Brangwen ins Gras und suchte nach Gänseblümchen, aber sie konnte es nicht über sich bringen, diese Symbole der ersten Liebe eines Mädchens zu pflücken. Sie hatte ihren Liebsten gehabt und ihn verloren, und sie bezweifelte, daß sie jemals einen anderen finden würde – nicht einen Ehemann, sondern einen Mann, den sie liebte. Schließlich setzte Gerraent sich neben sie.

»Willst du eine Gänseblümchenkette flechten?« fragte er.

»Nein. Es ist zu spät für solche Dinge.«

Gerraent wandte sich ab.

»Gwennie, es gibt etwas, das ich dich fragen muß. Es quält mich, so neugierig sein zu müssen, aber es wird eines Tages wichtig sein, wenn ich über deine Verlobung verhandle.«

Brangwen wußte genau, was er im Sinn hatte.

»Ich habe ihn nicht in mein Bett gelassen. Beunruhige dich darüber nicht.«

Gerraents Lächeln war so strahlend, so erleichtert, daß sie ihn plötzlich wirklich als den Falken sah, der im Wind stand, scheinbar reglos, obwohl er darum kämpfte, seinen Platz zu halten. Dann schlug er zu, packte sie bei den Schultern und küßte sie, bevor sie ihn wegschieben konnte.

»Gerro!«

Brangwen versuchte, sich ihm zu entwinden, aber er war viel zu stark. Er hielt sie fest, küßte sie, dann drückte er sie ins Gras und gab ihr einen langen, gierigen Kuß, der ihr Herz nicht ausschließlich aus Angst schneller schlagen ließ. So plötzlich, wie er sie gepackt hatte, ließ er sie wieder los und setzte sich, und Tränen liefen ihm über die Wangen. Ihre Schultern schmerzten von seinen Händen, den Händen ihres Bruders, als sie sich aufsetzte und ihn ängstlich ansah. Gerraent zog seinen Dolch und reichte ihn ihr mit dem Griff voran.

»Nimm ihn und schneide mir die Kehle durch.«

»Niemals.«

»Dann werde ich es selbst tun. Hol Ludda und reite zu Madoc. Bis ihr zurück seid, werde ich tot sein.«

Brangwen fühlte sich wie ein Stück Draht, das von einem Goldschmied gezogen wird, bis es so fein ist wie ein einzelnes Haar. Dieser letzte Verlust war zu schwer zu ertragen: ihr Bruder, ihr geliebter Bruder, kniete vor ihr und flehte sie an. Wenn er sich tötete, würde es niemals jemand erfahren; alle würden denken, er hätte vor Trauer den Verstand verloren, und niemand würde ihn für einen Unreinen halten, der die Gesetze der Götter gebrochen hatte. Aber sie selbst würde es wissen, und sie würde ihn niemals wiedersehen. Der Draht wurde feiner und feiner ausgezogen.

»Wirst du mir verzeihen, bevor ich sterbe?« fragte Gerraent.

Sie wollte etwas sagen, aber es gelang ihr nicht. Er mißdeutete ihr Schweigen, und Tränen traten ihm in die Augen.

»Also gut. Darauf durfte ich auch nicht hoffen.«

Der Draht brach. Weinend warf Brangwen sich an seine Brust. »Gerro, Gerro, Gerro, du darfst nicht sterben.«

Gerraent ließ den Dolch fallen und legte zögernd die Hände um ihre Taille, als wollte er sie wegschieben, dann zog er sie fest an sich.

»Gerro, bitte bleib am Leben, um meinetwillen.«

»Wie könnte ich? Was soll ich tun? Meinen geschworenen Freund hassen, wenn du Blaern heiratest? Jedesmal wenn du mich ansähest, wüßte ich, daß du dich daran erinnerst.«

»Aber der Clan! Wenn du stirbst, stirbt der Clan mit dir: Und bei der Mondgöttin, wenn du dich umbringst, könnte ich ebensogut dasselbe tun. Was sonst bliebe mir dann noch?«

Er schob sie ein Stück weg von sich, und als sie einander in die Augen sahen, spürte sie, daß der Tod spürbar zwischen ihnen stand.

»Bedeutet meine Jungfernschaft dir so viel?«

Gerraent zuckte die Achseln und weigerte sich zu antworten.

»Dann solltest du sie mir lieber nehmen. Du würdest mich nicht dazu zwingen, also werde ich sie dir geben.«

Er starrte sie an wie ein Betrunkener. Brangwen fragte sich, wieso er nicht erkannte, was für sie so klar war: Wenn sie schon dem Unheil anheimfallen würden, dann konnten sie auch noch eine Stunde länger leben und einander umarmen. Sie legte ihre Hände an seine Schläfen und zog ihn nach unten, um ihn zu küssen. Er grub seine Finger so fest in ihre Schultern, daß es weh tat, aber sie ließ es zu. Als seine Leidenschaft wieder aufflackerte, war es beängstigend, und sie wurde entflammt wie ein Zweig im Feuer. Als sie in seinen Armen erschlaffte, fühlte sich Brangwen mehr wie eine Priesterin als wie eine Geliebte. Sie spürte nichts als seine Kraft, sein Gewicht, und im Geist war sie so weit entfernt, als beobachtete sie sie beide in einem Traum.

Als sie fertig waren, lag er neben ihr, den Kopf an ihren nackten Brüsten, und sein Mund bewegte sich an ihrer Haut, ein sanfter, dankbarer Kuß. Sie fuhr ihm mit den Fingern durch sein Haar und dachte an den Dolch, der für sie bereitlag. Ich hatte nie als Jungfrau sterben wollen, dachte sie, und wer wäre besser gewesen als Gerro? Er hob den Kopf und lächelte sie an, ein weiches, trunkenes Lächeln der Freude und der Liebe.

»Wirst du mich jetzt töten?« fragte Brangwen.

»Warum? Nein, noch nicht, meine Liebste, nicht jetzt. Wir haben beide noch genug Zeit zum Sterben. Ich weiß, wir müssen sterben, und die Götter wissen das auch, und ihnen genügt das. Wir werden erst unseren Sommer haben.«

Brangwen blickte auf zum Himmel, einem reinen, blauen, schimmernden Himmel, der von der Verachtung der Götter kündete. Sie tastete nach dem Dolch.

»Noch nicht!«

Gerraent packte ihr Handgelenk, umfaßte es mit seiner schwieligen Hand und nahm ihr den Dolch ab. Er setzte sich auf und warf ihn weg. Er flog glitzernd durch die Luft und fiel in den Bach. Brangwen dachte daran, ihm zu widersprechen, aber seine Schönheit ließ sie innehalten, eine grausame, brennende Schönheit wie die der zornigen Sonne. Er strich ihr über den Bauch, dann legte er sich wieder neben sie und küßte sie: Diesmal spürte sie, daß auch ihre Begierde erwachte, eine bittersüße Lust, geboren aus Verzweiflung.

Als sie an diesem Abend nach Hause kamen, war Brangwen überrascht, daß alle sie so normal behandelten. Sie erwartete, daß jeder es sehen konnte – wenn schon nicht ihre Ehrlosigkeit, so doch den bald zu erwartenden Tod, als umgäbe dieser sie mit einem Schein, der meilenweit zu sehen war. Aber Brythu nahm ihnen nur die Pferde ab und verbeugte sich; der Kämmerer kam zu Gerraent und erzählte ihm langweiligen Tratsch aus dem Dorf; Ludda fragte Brangwen, ob sie dem Küchenmädchen sagen sollte, sie solle den Tisch decken. Der Abend verlief so normal, daß Brangwen hätte schreien können.

Nach dem Essen ließen sich die Diener an ihrer Feuerstelle

nieder, und Gerraent setzte sich, den Krug in der Hand, an die seine. Die Halle war dunkel, abgesehen vom Licht der beiden Feuerstellen. Brangwen betrachtete das umschattete Gesicht ihres Bruders und fragte sich, ob er wohl glücklich war. Sie selbst wußte kaum, was sie empfand. Das gesamte vergangene Jahr hatte sie sich auf ihre Hochzeit vorbereitet, auf den Augenblick, an dem sie ihrem Mann den Eid schwören und sich an seinen Willen binden würde. Statt dessen hatte sie jetzt einen Blutschwur geleistet und ihren Willen für ein Todesversprechen aufgegeben. Ihr blieb nichts, als sich auf Gerraent zu konzentrieren, ihren ersten Mann, ihren Bruder, wie sie sich ansonsten auf ihren Prinzen konzentriert hätte. Bis sie es zulassen würde, daß Gerraent ihr die Kehle durchschnitt, würde sie ihm dienen. Galrion war verloren, und alles, was er ihr versprochen hatte, gehörte einem anderen Leben an.

»Gerro? An was denkst du gerade?«

»An diese Rebellion. Wenn es diesen Sommer Krieg gibt, werde ich nicht gehen, das verspreche ich dir – ich werde einen Weg finden.«

Brangwen lächelte, und die Liebe zu ihm zerriß ihr beinahe das Herz. Er brachte das größte Opfer, das ein Mann bringen konnte – er gab seinen Ruhm auf, um mit ihr diesen Sommer zu leben und im Herbst zu sterben.

Brangwen hätte gern in seinem Bett geschlafen, wo sie jetzt hingehörte, aber das war wegen der vielen Diener viel zu gefährlich. Sollten die Priester im Dorf jemals von ihrer Sünde hören, würden sie sie bei lebendigem Leib zerreißen. Häufig ritten sie in den nächsten Wochen aus und legten sich ins weiche Gras. Wenn sie in seinen Armen lag, konnte Brangwen Gerraent nur als ihren Ehemann sehen: Sie blieb weiterhin ruhig, so heiter wie das Wetter, und Tag um Tag verging der Sommer. Nichts konnte ihre Ruhe stören, nicht einmal der

Gedanke an Ysolla, der sie den Verlobten genommen hatte. Zunächst schien es, als wäre auch Gerraent glücklich, aber langsam kehrten sein Grübeln und die Zornausbrüche zurück.

Gerraent wurde ihrem Vater immer ähnlicher, so finster wie ein Sturm, wenn er nichts zu tun hatte. Er starrte entweder ins Feuer oder ging ruhelos auf dem Hof auf und ab. Eines Abends, als Brythu ihm Bier brachte, rutschte der Junge aus und verschüttete das Getränk. Gerraent fuhr herum und schlug ihn so fest, daß der Junge auf die Knie fiel.

»Ungeschickter kleiner Mistkerl.«

Als der Junge zurückwich, fuhr Gerraents Hand beinahe unwillkürlich zum Dolch. Brangwen warf sich zwischen die beiden.

»Hör auf, Gerro! Wenn du den Jungen verletzt, wirst du schon Augenblicke später vor Reue weinen!«

Schluchzend flüchtete Brythu aus der Halle. Brangwen sah, daß der Rest der Diener sie beobachtete, mit bleichen Gesichtern und erschrocken aufgerissenen Augen: Sie packte Gerraent an den Schultern und schüttelte ihn fest.

»Bei den Höllen«, sagte er. »Danke.«

Brangwen holte ihm ein neues Bier, dann ging sie hinaus in den Stall, wo sie, wie erwartet, Brythu fand, der auf dem Heuboden weinte. Sie setzte sich hin und legte dem Jungen die Hand auf die Schulter.

»Schon gut«, sagte sie. »Laß mich mal sehen.«

Brythu wischte sich die Augen und sah sie an. Seine Wange war geschwollen, aber sein Auge war unverletzt.

»Es tut Lord Gerraent schon leid. Er wird es nicht wieder tun.«

»Danke, Herrin«, stotterte Brythu. »Was ist nur los mit Lord Gerraent?«

»Er ist halb wahnsinnig vor Trauer um seinen Vater, das ist alles.«

Brythu berührte nachdenklich seine Wange.

»Er hätte mich getötet, wenn Ihr nicht gewesen wärt: Wenn ich jemals etwas für Euch tun kann, sagt es nur.«

Spät in der Nacht, als alle schliefen, schlüpfte Brangwen zu Gerraent. Er schlief jetzt im Zimmer ihres Vaters, in dem großen, geschnitzten Bett mit den falkenbestickten Vorhängen. Sie legte sich neben ihn, küßte ihn wach und ließ sich um des Friedens willen nehmen. Danach, als er träge in ihren Armen lag, verspürte sie zum erstenmal die Macht, die sie als Frau hatte: Sie konnte ihre Schönheit und ihren Körper benutzen, um ihren Mann dazu zu bringen, ihr zuzuhören und nicht nur seinen eigenen Launen nachzugehen. Mit meinem Prinzen wäre es anders gewesen, dachte sie. Tränen liefen ihr über die Wangen, aber sie blieben ihrem Bruder dank der Dunkelheit gnädig verborgen.

Obwohl Brangwen so vorsichtig war, früh am Morgen in ihr eigenes Bett zurückzukehren, hatte sie an diesem Morgen zum erstenmal den Eindruck, daß die Diener etwas zu ahnen begannen. Die Männer schienen nichts zu wissen, aber manchmal bemerkte Brangwen, daß Ludda ihr einen furchtsamen, fragenden Blick zuwarf. Brangwen nahm Gerraent beiseite und sagte ihm, er solle jagen gehen und sie allein lassen.

An den nächsten Tagen beachtete er sie oft für Stunden nicht, ging zur Jagd oder umritt die Ländereien; er begann sogar davon zu reden, Madoc oder Blaern zu besuchen. Aber sie spürte immer, wie er sie beobachtete, wenn sie im selben Raum waren, wie jemand, der einen Schatz bewacht. Schließlich bestand er darauf, daß sie wieder mit ihm in die Hügel ritt.

An diesem Nachmittag liebten sie sich in einem Weidengebüsch. Nie hatte sie ihn so leidenschaftlich erlebt. Es war, als hätte alles, was sie zuvor getan hatten, nur dazu geführt, daß er sie noch mehr begehrte. Danach schlief er ein. Sie strich ihm übers Haar und hielt ihn fest, aber sie war müde, so erschöpft, daß sie am liebsten in der Erde versunken wäre und den Himmel niemals wiedergesehen hätte. Als Gerraent erwachte, setzte er sich, reckte sich und lächelte. Neben ihm, bei seinen Kleidern, lag sein Dolch.

»Gerro, töte mich jetzt.«

»Nein. Noch nicht.«

Plötzlich wußte Brangwen, daß es Zeit war zu sterben, daß sie jetzt sterben mußten, noch an diesem Nachmittag. Sie packte ihn am Arm: »Töte mich jetzt, ich bitte dich.«

Gerraent schlug ihr ins Gesicht – der erste Schlag, den er ihr jemals versetzt hatte. Als sie zu weinen begann, nahm er sie in die Arme, küßte sie und flehte sie an, ihm zu verzeihen. Sie vergab ihm, aber nur, weil sie keine andere Wahl hatte – er war mehr als ihr gesamtes Leben; er war auch ihr Tod. Auf dem Heimritt spürte sie ein schmerzliches Drängen: Sie sollten jetzt schon tot sein. Als sie in den Hof ritten, sah sie Pferde draußen angebunden. Lord Blaern war zu Besuch gekommen.

Blaern blieb drei Tage und jagte mit Gerraent, während Brangwen umherschlich und versuchte, ihnen beiden auszuweichen. Nur einmal mußte sie mit Blaern alleine sprechen, und auch dabei hielt er sich an sein Versprechen und sagte kein Wort von Heirat.

An seinem letzten Abend jedoch bat er sie, nach dem Essen noch am Tisch zu bleiben. Gerraent schmollte, starrte ins Feuer und trank, als hätte er ganz vergessen, daß sie einen Gast hatten. Als Blaern begann, mit Brangwen über seine Mutter zu reden, konnte sie nur zuhören und war kaum in der Lage zu antworten, weil sie sich fragte, was Rodda sagen würde, wenn sie die Wahrheit erfuhr. Offenbar mißverstand Blaern ihr Schweigen.

»Keine Angst«, sagte er, »ich habe versprochen, daß ich

vor dem Frühjahr nicht mehr von Heirat rede, und ich halte mein Versprechen.«

»Was war das?« Gerraent fuhr herum.

»Ich habe doch schon oft mit dir darüber gesprochen, daß ich um deine Schwester werben möchte.«

»Ja.« Gerraent lächelte. »Ich habe ihr ein Versprechen gegeben. Ich habe ihr gesagt, daß ich sie niemals zwingen werde zu heiraten, wenn sie nicht will.«

»Auch wenn das bedeutet, daß sie ihr Lebtag unter deinem Dach bleibt?«

»Genau.«

Blaern zögerte, und seine Miene verfinsterte sich.

»Nun gut«, sagte er zu Brangwen. »Ihr habt Glück, einen solchen Bruder zu haben.«

»Das denke ich auch.«

Blaern lächelte, aber plötzlich bekam Brangwen Angst. Das Feuer glühte, aber sie hatte das Gefühl, das Glühen käme von Gerraent, als streckten sich die Flammen nach Blaern aus.

Der Sommer hatte seinen Höhepunkt erreicht, und die Hitze lag über der staubigen Straße. Das Licht der Sonne war so golden wie das Getreide, das auf den Feldern reifte. Nevyn, der einmal Prinz Galrion gewesen war, führte ein Maultier, das mit Kräutern beladen war, über die Grenze des Falkenlandes. Dabei hielt er stets nach Gerraent Ausschau, der dort unterwegs sein konnte. Nevyn bezweifelte, daß irgend jemand in diesem staubigen Hausierer mit seinen zerrissenen Lumpen, dem strähnigen Haar und dem alten Maultier den Prinzen erkennen würde. Er lernte gerade, daß ein Mann auch ohne mächtige Dweomerarbeit unsichtbar sein konnte, indem er sich an unerwarteten Orten unerwartet verhielt. Niemand würde erwarten, daß der Prinz sich je wieder dem Land des Falken nähern würde.

Als er zum Dorf kam, wagte er es sogar, in der Schenke einen Krug Bier zu kaufen, und tatsächlich gönnte ihm der Wirt kaum einen Blick.

Gegen Abend erreichte er sein Ziel: eine Holzhütte am Rand des wilden Waldes. Vor der Hütte grasten zwei Ziegen im stoppligen Gras, während Ynna auf der Schwelle saß und sie beobachtete – eine alte weißhaarige Frau, dürr wie ein Stecken, mit langen, zweigähnlichen Fingern, verbogen von langen Jahren schwerer Arbeit. Sie war eine Kräuterfrau und Hebamme, und viele hielten sie für eine Hexe, aber in Wahrheit liebte sie nur die Einsamkeit.

»Guten Morgen, Junge«, sagte Ynna. »Sieht aus, als hätte mir der alte Rhegor das eine oder andere geschickt.«

Nevyn lud ab und brachte die Kräuter in die Hütte, danach tränkte er das Tier und ließ es neben den Ziegen grasen. Als er wieder nach drinnen kam, legte Ynna gerade Brot und Käse auf den wackligen Tisch. Sie reichte ihm einen Holzbecher mit Wasser und sagte ihm, er solle zulangen. Nevyn strich sich erfreut den weichen Ziegenkäse aufs Brot. Ynna beobachtete ihn so neugierig, daß Nevyn sich zu fragen begann, ob sie von seiner Vergangenheit wußte.

»Es ist lästig, daß der alte Rhegor nicht mehr in diesem Teil des Waldes wohnt«, sagte Ynna. »Und alles geschah so plötzlich. Hat er Euch je gesagt, warum?«

»Gute Frau, ich tue, was mein Herr mir sagt, und halte den Mund.«

»Bei einem wie unserem Rhegor ist das auch das beste. Nun, wenn er Euch hin und wieder mit Kräutern schickt, werde ich zurechtkommen. Aber er fehlt mir. Ich konnte immer auf seinen Rat zählen, wenn mich etwas beunruhigte.«

Nevyn spürte die Dweomerwarnung auf seinem Rücken.

»Und wie geht es Lord Gerraent dieser Tage?«

»Ihr seid beinahe so klug wie Euer Meister, wie? Nun, dann

berichtet Rhegor. Er hat immer ein Auge auf die arme kleine Brangwen gehabt.«

»Ach ja? Das wußte ich gar nicht.«

»O doch, natürlich mit väterlichem Abstand. Also erzählt ihm dies: Vor etwa einem Monat hatte der Page im Dun ein bißchen Fieber, und es war ziemlich störrisch. Ich mußte fünfmal hingehen, bis es dem Jungen wieder gutging. Und Lord Gerraent gab mir eine Hirschkeule dafür. Er sagte: Ynna, hast du ein Kraut gegen den Wahnsinn? Ich dachte, er scherzte nur, aber sein Lächeln war so kalt, daß es mich bis ins Herz traf. Und dann, als ich das letztemal dort war, sah ich Gerraent über dem Grab seines Vaters schluchzen.«

»Sei sicher, daß ich Rhegor davon erzähle. Und wie ergeht es Brangwen mit einem solchen Bruder?«

»Nun, das ist das Seltsamste von allem. Man sollte glauben, sie wäre bekümmert, aber sie geht umher wie eine Frau in einem Traum. Ich würde ja sagen, dieses Mädchen erwartet ein Kind, aber von wem? Sie ist so versunken, als würde ihr der Bauch schwellen, aber dieser Verlobte, den sie hatte, ist doch schon lange weg. Nun, erzählt das Rhegor.«

Auf dem Heimritt trieb Nevyn das Maultier, so schnell es konnte, aber er brauchte immer noch zwei Tage, um sein neues Zuhause zu erreichen. Oben im wilden Wald nördlich der Ländereien des Ebers hatten Nevyn und Rhegor sich an einem Bach ein Stück Land gerodet. Sie hatten die Stämme benutzt, um ein Rundhaus zu bauen, und auf dem Land Bohnen, Rüben und anderes Gemüse angebaut. Weil Rhegors Ruf als Heiler mit ihm nach Norden gezogen war, hatten sie genügend zu essen und sogar ein paar Münzen, da Bauern und Unfreie gern mit Hühnern und Käse für Rhegors Dienste zahlten. Nun, wo es zu spät war, erkannte Nevyn, daß er und Brangwen hier im Wald ein gutes, wenn auch schlichtes Leben hätten führen können. Wenn du nur nicht so dumm gewesen wärst, verfluchte er sich selbst.

Rhegor behandelte vor dem Haus das tränende Auge eines kleinen Jungen, während die Mutter danebenhockte. An ihrem schäbigen braunen Hemd sah Nevyn, daß sie eine Unfreie war. Ihr Gesicht war vollkommen teilnahmslos, als wäre es ihr gleich, ob der Junge gesund wurde oder nicht, obwohl sie ihn den ganzen Weg hierhergebracht hatte. Im Gesicht trug sie das Brandzeichen, die alte Narbe zeichnete sich hell auf der schmutzigen Haut ab. Obwohl er kaum drei Jahre alt sein konnte, war auch der Junge bereits gebrandmarkt, für den Rest seines Lebens als Lord Blaerns Eigentum gezeichnet. Rhegor hatte ihn auf einen Baumstumpf gestellt und betupfte das entzündete Auge mit einem Lappen, den er in Kräutersalbe getunkt hatte.

Nevyn brachte das Maultier in den Stall. Als er zurückkam, sah ihn die Frau mit gekünstelter Gleichgültigkeit an. Selbst in zehn Fuß Entfernung konnte er ihre Lumpen und ihre ungewaschene Haut riechen. Rhegor gab ihr einen Tiegel Salbe und erklärte ihr, wie sie diese anwenden müsse.

»Ich kann nicht viel zahlen, Herr«, sagte sie. »Ich habe Euch ein paar Frühäpfel gebracht.«

»Die eßt ihr beiden auf dem Heimweg lieber selbst.«

»Danke.« Sie starrte zu Boden. »Ich habe gehört, daß Ihr auch die Armen behandelt, aber das wollte ich erst nicht glauben.«

»Es ist aber wahr. Du kannst es überall erzählen.«

»Ich hatte solche Angst. Wenn der Junge blind wird, werden sie ihn töten, weil er nicht arbeiten kann.«

»Was?« rief Nevyn. »Lord Blaern würde niemals so etwas tun.«

»Lord Blaern?« Sie blickte auf und lächelte müde. »Nein, wahrscheinlich nicht. Er weiß ja nicht einmal, daß es uns gibt. Sein Aufseher, Herr, der würde es tun.«

Nevyn nahm an, daß sie die Wahrheit sagte. Als Prinz hatte er den Unfreien weniger Aufmerksamkeit geschenkt als den Pferden. Rhegor zeigte ihm eine ganz andere Welt.

Nachdem die Frau sich auf den Weg gemacht hatte, gingen Rhegor und Nevyn in ihre Hütte, die nur einen einzelnen hellen, luftigen Raum bot, der nach dem frischen Holz roch. Dankbare Bauern hatten ihnen ein paar Möbel überlassen: einen Tisch, eine Bank, einen Schrank für die Kochutensilien. An einer Wand befand sich die halb fertige Feuerstelle, die Nevyn gerade baute. Nun goß er zwei Krüge Bier ein und brachte sie zu Rhegor an den Tisch.

»Und wie war die Reise?« frage Rhegor. »Wie geht es der alten Ynna?«

»Recht gut, Meister. Aber sie hat mir etwas Seltsames vom Falken erzählt. Ihr Götter, meine arme Brangwen! Ich wünschte wirklich, Ihr hättet getan, was mein Vater getan hätte – mich wegen meines Fehlers halbtot geschlagen.«

»Das hätte nichts geändert, sondern dir nur das Gefühl gegeben, daß du etwas wiedergutgemacht hast, obwohl das nicht der Fall war.« Rhegor zögerte, aber er war ärgerlich. »Nun, was vorbei ist, ist vorbei. Erzähle.«

Rhegor hörte schweigend zu, aber er umklammerte den Krug immer fester. Schließlich fluchte er leise.

»Wahrlich, das sollten wir uns lieber näher ansehen: Die alte Ynna kann es riechen, wenn ein Mädchen schwanger ist. Das Kind könnte nicht von dir sein?«

»Nein, es sei denn, schon die Sehnsucht nach einer Frau könnte sie schwängern.«

»Und was wirst du von deiner Gwennie denken, wenn sie das Kind eines anderen trägt?«

»Wenn er ein guter Mann ist, werde ich sie mit ihm gehen lassen. Wenn nicht, dann nehme ich sie zu mir, mit ihrem Kind.«

»Schön und gut. Zuerst müssen wir herausfinden, ob dieses Kind von Blaern ist. Wenn ja, wird es eine Hochzeit geben, und das ist das Ende der Geschichte. Wenn nicht, habe ich immer noch Hoffnung, daß wir sie wegbringen können.«

»Herr, warum sorgt Ihr Euch so um Brangwen? Geht es nur um die Ehre?«

»Das kann ich dir jetzt nicht sagen. – Ich werde morgen zum Eber reiten«, erklärte Rhegor. »Schon aus Höflichkeit sollte ich Lady Rodda wissen lassen, daß es jetzt in der Nähe einen Kräutermann gibt. Du bleibst hier. Blaern würde dich ungern töten, wenn er dich sähe, aber seine Ehre würde ihn dazu zwingen zu tun, was der König befohlen hat. Ich sollte gegen Mittag im Dun sein, also kannst du dir ein Feuer machen und sehen, ob du mir auf diesem Weg folgen kannst.«

Am Morgen beschäftigte sich Nevyn ungeduldig damit, Steine für ihre neue Feuerstelle auszugraben. Bis dahin hatten vor allem solche Arbeiten in der Sommerhitze seine Ausbildung ausgemacht. Oft ärgerte ihn das: Was hatte er, ein Prinz, hier zu suchen? Aber tief im Herzen wußte er, daß es Teil der eigentlichen Arbeit war, den Stolz des Prinzen zu demütigen. Es gibt nur einen Schlüssel für die Geheimnisse des Dweomer: Ich will etwas wissen, um der Welt zu helfen. Jeder, der die Macht um ihrer selbst willen verlangt, erhält nur Bruchstücke, die schwer zu gewinnen und noch schwerer zu bewahren sind.

Diesmal allerdings hatte Rhegor Nevyn auch eine Aufgabe gegeben, die mehr mit dem Dweomer zu tun hatte. Obwohl Nevyn bereits das Zweite Gesicht hatte, kam und ging es nach eigenem Willen, zeigte ihm nur, was es wollte, und kein bißchen mehr. Jetzt sollte er lernen, diese Fähigkeit seinem Willen zu unterwerfen.

Nevyn baute einen Kreis aus Steinen auf dem Boden und entzündete ein kleines Feuer. Er ließ es niederbrennen, bis die Scheite glühende Höhlen aus Holzkohle waren. Dann streckte er sich auf dem Boden aus, stützte sein Kinn auf die Hände und starrte direkt in die Feuerhöhlen. Er verlangsamte seine Atmung bis zum richtigen Rhythmus und dachte an Rhegor. Endlich dehnte sich die Feuerhöhle weiter und wurde zum Schein von Sonnenlicht, das in eine Kammer mit Holzwänden fiel. In den Flammen konnte er ein winziges Abbild Rhegors ausmachen. Nevyn nahm seinen Willen zusammen und dachte an seinen Meister, stellte ihn sich deutlich vor, konzentrierte sich auf ihn. Die Vision wurde größer, wurde fest, wuchs abermals und war schließlich so klar, als spähte Nevyn durch ein Fenster in die Frauenhalle. Mit einer letzten Willensanstrengung versetzte Nevyn sich in das Gebäude hinein, hörte ein leichtes Zischen, spürte einen Ruck in seinem Magen und stand schließlich direkt neben Rhegor.

Lady Rodda saß auf ihrem Stuhl, und Ysolla hockte auf einem Schemel neben ihr. Vor Rhegor auf dem Boden kniete ein Page, der sein Hemd ausgezogen hatte, um einen üblen Furunkel vorzuführen.

»Das werden wir aufstechen müssen«, sagte Rhegor. »Da ich meine Werkzeuge nicht dabeihabe, werde ich mit der Erlaubnis der Herrin morgen wiederkommen.«

Der Junge gab ein jämmerliches Geräusch von sich.

»Sei nicht dumm«, schalt Rodda ihn. »Du hast jetzt seit zwei Wochen Schmerzen, und wenn der Kräutermann es aufsticht, wird es vorbei sein. Wage nicht, dich den ganzen Tag im Wald zu verstecken.«

Der Junge griff nach seinem Hemd, verbeugte sich vor Rodda und ergriff die Flucht. Rodda schüttelte lächelnd den Kopf, dann bedeutete sie Rhegor, neben ihr Platz zu nehmen.

»Setzt Euch und ruht Euch aus, guter Herr«, sagte sie. »Ihr

sagt, Ihr kommt aus dem Süden. Habt Ihr interessante Neuigkeiten?«

»Danke.« Rhegor verbeugte sich und ließ sich nieder. »Nein, keine richtigen Neuigkeiten, nur ein seltsames Gerücht.«

»Ach ja?« meinte Rodda unsicher. »Wie geht es Lord Gerraent vom Falken?«

»Ich sehe, die Gerüchte sind Euch schon zu Ohren gekommen. Schlecht, glaube ich, und selbstverständlich denken die Leute im Ort, es wäre Hexerei im Spiel.«

Ysolla beugte sich vor und schlang die Arme um ihre Knie, die Augen voller Tränen. Als er sich an den glücklichen Abend ihrer Verlobung erinnerte, empfand Nevyn solches Mitleid, daß die Vision zerbrach. Er brauchte einige Zeit, um sie wiederherzustellen.

»Trauer ist verständlich«, sagte Rhegor. »Aber es liegt in der Natur der Dinge, daß der Sohn dem Vater früher oder später folgt.« Er sah Ysolla an. »Wenn er erst Euch an seiner Seite hat, wird sich seine Stimmung heben.«

»Wenn er mich jemals heiratet«, meinte Ysolla.

»Sei still, Lämmchen«, wies Rodda sie an.

»Wie kann ich schweigen«, fauchte Ysolla. »Nach dem, was Blaern gesagt hat ...«

Rodda hob die Hand, als wollte sie ihre Tochter schlagen. Ysolla schwieg.

»Verzeiht meiner Tochter, guter Herr«, sagte Rodda. »Sie macht sich Sorgen und hat Angst, daß das, was der armen Brangwen passiert ist, auch ihr passieren könnte.«

»Eine wirklich traurige Geschichte.« Rhegor seufzte. »Hoffen wir, daß sie bald einen besseren Mann finden wird. Die Dorfleute sagten, daß Euer Sohn hofft, bald seine Verlobung mit der Dame ankündigen zu können?«

»Nun ...« Roddas Stimme war tonlos geworden. »Dafür bete ich.«

Also, dachte Nevyn, war das Kind nicht von Blaern. Wahrhaftig, antwortete Rhegor, und ich hatte so gehofft, daß es das seine ist! Nevyn war so erschrocken, daß er die Vision wiederum verlor und die Verbindung diesmal nicht wieder erneuern konnte.

Rhegor kehrte bei Sonnenuntergang zurück. Als er die Hütte betrat, wo Nevyn zitternd vor Ungeduld das Essen auftischte, nahm er eine Silbermünze aus seiner Tasche und warf sie auf den Tisch.

»Lady Rodda ist großzügig«, bemerkte er. »Sie weiß nicht, wen dieses Geld ernähren wird, aber sie wäre froh darüber. Wir haben uns noch weiter unterhalten, nachdem du uns verlassen hattest, und sie hält Euch immer noch in Ehren, Prinz Galrion.«

»Der Prinz ist tot.«

Rhegor lächelte und setzte sich. Er griff nach einem Stück Brot.

»Ich denke, ich werde es wagen, Nevyns Hals morgen aufs Spiel zu setzen: Lord Blaern wird auf der Jagd sein, wenn ich zurückreite, um den Furunkel des Jungen zu verarzten, also kannst du mit mir kommen.«

»Gern, Meister. Aber warum habt Ihr gewünscht, das Kind wäre von Blaern?«

»Denk doch nach, Junge. Wenn Blaern es nicht war, wer dann? Welche Männer wohnen im Dun des Falken? Ein paar Zwölfjährige, ein schmutziger Stallknecht und der alte Kämmerer, der kaum mehr die Hand heben kann, geschweige denn etwas anderes. Wer bleibt da noch?«

»Niemand.«

»Niemand?«

»Bei den Höllen!« Nevyn konnte es kaum aussprechen. »Gerraent.«

»Bei den Höllen, in der Tat. Dies ist eine schreckliche Anklage, und ich werde mich zurückhalten, bis ich sicher sein kann.«

»Wenn das stimmt«, sagte Nevyn, »bringe ich ihn um.«

»Sieh dich nur an! Der wahre Sohn deines Vaters!«

Nevyn stach den Dolch fest in die Tischplatte und ließ ihn zittern.

»Wäre es so falsch, ihn zu töten?«

»Für dich ja.« Ruhig biß Rhegor von seinem Bot ab. »Ich verbiete dir, auch nur daran zu denken.«

»Also gut. Sein Blut ist sicher vor mir.«

Rhegor sah ihn nachdenklich an. Nevyn griff nach einem Stück Brot, dann warf er es wieder auf den Teller.

»Du hast gesagt, du würdest sie aufnehmen, mitsamt ihrem Kind«, sagte Rhegor. »Wirst du das auch tun, wenn sie den Bastard ihres eigenen Bruders trägt?«

»Ich bin der Mann, der sie verlassen hat. Selbstverständlich nehme ich sie auf.«

»Du bist ein anständiger Junge. Wahrlich, du könntest dich noch bewähren.«

Nevyn zog sich die Kapuze tief ins Gesicht und verhinderte so, daß ihn die Diener im Dun des Ebers erkannten. Als er und Rhegor hinauf in die Frauenhalle gingen, behielt er den Umhang um und beschäftigte sich damit, Rhegors Kräuter auszupacken. Zum Glück war Ysolla nicht da, und Rodda war mit Rhegor und einem der Pagen beschäftigt.

»Was willst du damit sagen, du weißt nicht, wo Maryc ist?« sagte Rodda zu dem Pagen. »Ich habe ihm gesagt, er solle hier sein, wenn der Kräutermann kommt.«

»Er hat Angst, Herrin. Aber ich kann ihn suchen. Es wird nur ziemlich lange dauern.«

»Dann lauf und fang sofort damit an.«

Sobald der Page gegangen war, nahm Nevyn den Umhang

ab. Rodda starrte ihn an, und ihre Augen füllten sich mit Tränen.

»Galrion! Dank sei den Göttern! Es erfreut mein Herz, Euch gesund wiederzusehen.«

»Meinen untertänigsten Dank, Herrin, aber mein Name ist jetzt Niemand.«

»Ich weiß von der Bosheit Eures Vaters. Ihr müßt weg sein, wenn mein Sohn zurückkommt.«

»Ich mußte herkommen. Ich flehe Euch an, erzählt mir von Brangwen.«

»Unsere arme kleine Gwennie! Ich wünschte, die Götter hätten erlaubt, daß Ihr sie heiratet, selbst wenn sie mit Euch ins Exil gegangen wäre.« Sie sah Rhegor an. »Guter Herr, ich vertraue Euch, weil Ihr mir den Prinzen gebracht habt, also werde ich frei sprechen. Blaern ritt vor nicht allzu langer Zeit zum Falken, und er kam erzürnt zurück. Er ist sicher, daß Gwennie ihn niemals heiraten wird. Er sagt, sie ginge umher, als wäre sie halbtot, und spräche kein Wort: Ich habe sie eingeladen, aber sie weigert sich zu kommen. In ihrem Herzen trauert sie immer noch um Euch, mein Prinz – das hoffe ich jedenfalls.«

»Das sollten wir alle hoffen«, sagte Rhegor trocken. »Wie oft ist Gerraent hierher gekommen, um seine Verlobte zu besuchen?«

Erschrocken wie ein beunruhigtes Reh schaute Rodda nach allen Seiten.

»Das ist alles Unsinn!« rief sie schließlich. »Blaern und Ysolla machen sich nur krank mit diesen unsinnigen Gedanken, weil sie so enttäuscht sind. Ich will es einfach nicht glauben.«

»Was?« fragte Rhegor. »Sagt es mir, Herrin. Redet Euch diese dunklen Befürchtungen vom Herzen.«

Rodda zögerte, rang mit sich, dann gab sie auf.

»Alle Diener des Falken sagen, daß nur Brangwen zwischen ihnen und Lord Gerraents Zorn steht – als wäre sie seine Frau. Und Ysolla, mein eigenes Kind, stachelt ihren Bruder an. Gerro hat Gwennie immer so gern gehabt, sagt sie, es ist ungerecht – Gwennie hat jetzt sogar den Mann, den ich wollte. Gwennie, Gwennie, immer wieder Gwennie, und alles nur, weil die arme Ysolla Brangwen schon immer um ihre unselige Schönheit beneidet hat.«

»Wahrhaft unselig! Ihr sagt, Ihr könnt es nicht glauben – ist das wahr? Oder wollt Ihr Euch nur von etwas so Unreinem abwenden? Ihr Götter, man könnte es Euch nicht verübeln.«

Rodda begann zu weinen und schlug die Hände vors Gesicht.

»Er hat sie immer schon zu sehr geliebt: Warum, glaubt Ihr, habe ich alles versucht, Lord Dwen zu überreden, Gwennie so jung heiraten zu lassen? Sie mußte weg aus diesem verfluchten Haushalt.«

»Zweifach verflucht.«

Nevyn lief ruhelos auf und ab, während Rhegor Rodda zu ihrem Stuhl zurückhalf.

»Sagt mir, Herrin«, fragte Nevyn schließlich, »wenn ich sie ihrem Bruder nehme, werdet Ihr mir vergeben?«

»Das werde ich. Aber Gerraent wird seine Freunde um sich scharen, und sie werden Euch jagen wie einen Hirsch.«

»Ich würde für sie sterben, und ich bin schlauer als ein Hirsch.«

Noch an diesem Abend holte Nevyn seinen Wallach aus dem Stall und ritt nach Süden zum Dun des Falken. Er würde in der Tat schlau vorgehen müssen. Er konnte nicht einfach zur Festung reiten, selbst wenn Gerraent nicht dort war. Es würde Brangwen nicht helfen, wenn Gerraent plötzlich zurückkehrte und ihn vor ihren Augen tötete. Obwohl Galrion nie ein sonderlich guter Schwertkämpfer gewesen war, standen Nevyn nun ein paar Dweomertricks zur Verfügung. Er war sicher, wenn er nur ein paar Minuten mit Brangwen allein sein könnte, würde er sie überzeugen können, aus dem Dun zu fliehen. Wenn sie erst einmal unterwegs waren, würde Gerraent sie niemals finden.

Als Nevyn Ynnas Hütte erreichte, sagte er ihr, Rhegor habe ihn geschickt, damit er die Dinge im Auge behalte. Ynna war so froh darüber, daß sie ihm anbot, bei ihr zu übernachten.

»Wißt Ihr, die Frauen im Dorf fangen schon an zu flüstern, daß Brangwen einen Bastard trägt«, sagte sie alte Frau.

»Nun, dieser Verlobte, den sie hatte, hat ja angeblich geschworen, er wolle zurückkommen. Rhegor sagt, man hätte ihn in dieser Gegend des Landes gesehen.«

Als Ynna die Brauen hochzog und lächelte, war Nevyn sicher, daß sich dieser Klatsch bald überall verbreiten würde. Seine einzige Hoffnung war, daß dies der Wahrheit keinen Raum mehr ließ.

Drei Tage lang beobachtete Nevyn das Dun des Falken. Am Waldrand hatte er eine große Eiche gefunden, aus deren Krone er gut versteckt seine Gedanken aussandte, um Brangwens Geist zu erreichen und ihr den Wunsch nahezulegen, zum Wald zu kommen. Einmal hatte er das Gefühl, sie tatsächlich erreicht zu haben, aber er spürte auch, wie sie den unvernünftigen Gedanken beiseite schob. Er versuchte es immer wieder, flehte und bettelte, aber er versagte, bis er schließlich so verzweifelt war, daß er daran dachte, sich in die Festung zu schleichen, wenn Gerraent das nächste Mal zur Jagd ausritt.

Am vierten Nachmittag entdeckte er einen Mann und einen Pagen, die langsam zum Dun hinaufritten. Er erkannte das Pferd und die Haltung des Reiters: Blaern. Er stieg vom Baum und rannte in die Hütte.

»Ynna, um der Götter willen, ich brauche Eure Hilfe. Könnt Ihr mir eine Ausrede verschaffen, um zum Dun des Falken zu reiten? Eine Botschaft, irgend etwas für einen der Diener?«

»Nun ...« Ynna dachte nach. »Ich habe diesen Liebestrank für Ludda, Brangwens Zofe, gemacht. Sie hat ein Auge auf einen der Burschen im Dorf geworfen. Ihr könnt ihn ihr bringen.«

Während Ynna die Kräuter holte, rieb sich Nevyn Dreck in Haare und Gesicht – eine erbärmliche Verkleidung, aber immerhin hatte niemand den Prinzen je schmutzig gesehen. Er hüllte sich in seinen Umhang und galoppierte zum Dun. Als er sein Pferd in den Hof führte, sah er Blaerns Pagen die Pferde seines Herrn in den Stall bringen. Brythu kam und betrachtete Nevyn kühl.

»Und was willst du hier?«

»Ein Wort mit Ludda, wenn's möglich ist. Ynna hat mir etwas für sie mitgegeben.«

»Ich frage sie. Warte hier, und versuch nicht hereinzukommen.«

Als Ludda erschien, sah sie den ungepflegten Fremden mißtrauisch an.

»Ich habe hier ein paar Kräuter von Ynna. Sie sagt, du würdest einem armen Mann auch ein Bier geben.«

Beim Klang seiner Stimme zuckte Ludda zusammen und hob die Hand an die Kehle.

»Mein Prinz!« flüsterte sie. »Dank sei der Göttin!« Dann hob sie die Stimme. »Gut, das werde ich tun, denn du hast mir einen langen Weg in der Hitze erspart.«

Nevyn band sein Pferd am Tor an und folgte Ludda zur Feuerstelle der Diener in der großen Halle. Er setzte sich ins Stroh, mit dem Rücken an die Wand gelehnt, damit er den anderen Dienern, die das Abendessen zubereiteten, nicht im

Weg war. Sie würdigten ihn kaum eines Blickes; es war Luddas eigene Sache, großzügig zu einem Fremden zu sein, wenn sie das wollte. Auf der anderen Seite der Halle tranken Gerraent und Blaern am Ehrentisch. Nevyn war zu weit entfernt, um ihre Worte hören zu können, aber es war gut zu erkennen, wie zornig Blaern war, denn er lehnte sich weit vor und umklammerte seinen Krug wie eine Waffe. Als Blaerns Page zurückkehrte, warf er seinem Herrn einen unruhigen Blick zu und ließ sich zu seinen Füßen im Stroh nieder. Ludda brachte Nevyn sein Bier und kniete sich neben ihn, nicht ohne nervös zu den Herren hinüberzuschauen.

»Wo ist Brangwen?« flüsterte Nevyn.

»Sie versteckt sich vor Lord Blaern. Aber früher oder später wird sie herunterkommen müssen, oder es wird Lord Gerraent auffallen.«

»Ohne Zweifel.«

Ludda zuckte zusammen und begann zu zittern.

»Ich kenne die Wahrheit«, sagte Nevyn. »Es ist mir gleich. Ich bin gekommen, um sie zu holen.«

Ludda begann, lautlos zu weinen.

»Ich helfe, wenn ich kann, aber ich weiß nicht, ob es noch möglich ist.«

Unter dem Vorwand, dem Koch nicht im Weg sein zu wollen, rückte Nevyn von der Feuerstelle ab und näher zu den beiden Herren. Schließlich kam Brangwen herein, drückte sich an die Wand und beobachtete ihren Bruder. Nevyn war entsetzt darüber, wie sie sich verändert hatte: Ihre Wangen waren hohl und bleich, ihre Augen lagen tief im Schatten, und ihre Haltung war die einer Hirschkuh, die zur Flucht bereit ist. Nevyn erhob sich langsam und mußte sich zurückhalten, nicht sofort an ihre Seite zu eilen. Dann wich Brangwen wieder an die Wand zurück.

Nevyn hatte Blaern und Gerraent vergessen, die sich jetzt

vorbeugten und einander niederstarrten. Langsam und entschlossen stand Blaern schließlich auf, die Hand am Schwertgriff.

»Mögen die Götter dich verfluchen«, sagte er. »Es ist also wahr.«

Gerraent erhob sich ebenfalls, die Hände auf den Hüften, und er lächelte auf eine Art, die Nevyn das Blut gefrieren ließ.

»Antworte mir«, sagte Blaern, und seine Stimme war in der ganzen Halle zu vernehmen. »Du hast deine Schwester in dein Bett geholt, nicht wahr?«

Gerraent zog sein Schwert, holte aus und schlug zu, bevor Blaern die Klinge auch nur halb aus der Scheide hatte. Brangwen stieß einen schrillen Schrei aus, als Blaern einen Schritt machte und taumelte; hellrotes Blut schoß ihm aus der Brust. Er starrte Gerraent wie verwundert an, dann brach er zu seinen Füßen zusammen. Sein Page begann, sich auf die Tür zuzubewegen. Gerraent drehte sich um und wollte ihm nachsetzen.

»Gerro!« Brangwen warf sich dazwischen. »Laß den Jungen!«

Gerraent zögerte, und dieser Augenblick rettete dem Pagen das Leben. Er rannte nach draußen, ohne sich noch einmal umzusehen. In dem Augenblick, als Nevyn sich in Bewegung setzte, warf sich der Junge schon in den Sattel des braunen Wallachs. Das blutige Schwert noch in der Hand, begann Gerraent zu lachen, dann sah er Blaerns Leiche auf dem Boden und kam zu sich. Nevyn konnte sehen, wie die Vernunft in seinen Blick zurückkehrte. Gerraent fiel auf die Knie und begann zu weinen. Nevyn packte Brangwen am Arm.

»Wir müssen sofort gehen!«

»Ich kann nicht.« Brangwens Lächeln war so wahnsinnig wie das ihres Bruders. »Ich habe geschworen, daß ich mit ihm sterben werde.«

»Weder Götter noch Menschen würden dich an einen so unreinen Schwur binden.«

»Ich fühle mich selbst daran gebunden, mein Prinz.«

Nevyn packte sie und zog sie auf die Tür zu, aber Gerraent sprang auf und blockierte ihnen den Weg, das Schwert in der Hand. Jetzt werde ich sterben, dachte Nevyn.

»Prinz Galrion, bei den Göttern«, zischte Gerraent.

»Also los – fügt mein Blut dem Eures geschworenen Freundes hinzu.«

»Nicht ihn, Gerro!« rief Brangwen. »Töte mich, dann haben wir es hinter uns gebracht.«

»Ich werde mein Schwert gegen keinen von euch erheben. Mein Prinz? Werdet Ihr sie mitnehmen?«

»Gerro!« Brangwen starrte ihn ungläubig an. »Du hast es mir versprochen: Du hast geschworen, daß du uns beide umbringen wirst.«

Gerraent kniff wütend die Augen zu. Er packte sie an der Schulter und schob sie Nevyn in die Arme.

»Du kleines Miststück, mach, daß du hier rauskommst! Deinetwegen habe ich den einzigen Mann auf der Welt, den ich je geliebt habe, umgebracht.« Gerraent schlug ihr ins Gesicht. »Mir wird schlecht, wenn ich dich ansehe. Dies hier bedeutet den Tod des Falken, und das alles wegen dir.«

Die Lüge war so perfekt, daß Nevyn ihm glaubte, aber als Brangwen weinend gegen ihn fiel, erkannte er die Wahrheit in Gerraents Blick: echte Liebe, nicht nur Begierde, und der hoffnungslose Schmerz eines Mannes, der das einzige, was er je geliebt hat, wegschickt.

»Nimm den Grauen aus dem Stall«, sagte Gerraent. »Er hätte ohnehin zu deiner Mitgift gehört.«

Gerraent wandte sich ab und schleuderte sein Schwert quer durch die Halle, dann warf er sich neben Blaerns Leiche zu Boden. Langsam, einen Schritt nach dem anderen, trug

Nevyn Brangwen eher aus der Halle, als daß sie von sich aus ging. Er drehte sich nur einmal um und sah, wie Gerraent sich an Blaerns Rücken lehnte, wie ein Krieger auf dem Schlachtfeld neben seinem toten Freund liegt und sich weigert zu glauben, daß dieser wirklich tot ist, ganz gleich, wie viele seiner Kameraden ihn davon zu überzeugen versuchen.

Draußen im Hof warf die untergehende Sonne lange Schatten. Eine Fackel in der Hand, führte Brythu den Grauen aus dem Stall. Ludda kam mit zwei Satteltaschen und ein paar zusammengerollten Decken aus dem Broch gerannt. Eine unheimliche Stille hing über dem verlassenen Hof.

»Verzeiht mir, mein Prinz«, sagte Brythu. »Ich habe Euch nicht erkannt.«

»Ich bin verdammt froh, daß du mich nicht erkannt hast! Ludda, ist noch jemand im Dun geblieben? Ihr flieht am besten alle zu euren Verwandten. Der Eber wird zurückkommen, sobald es möglich ist, und sie werden alles anzünden.«

»Dann gehen wir sofort, mein Prinz. Hier, ich habe Essen für meine Herrin mitgebracht.«

Nevyn hob Brangwen in den Sattel wie ein Kind, dann stieg er hinter ihr auf. Er ritt langsam vom Hof, ließ das Pferd sein eigenes Tempo wählen. Am Fuß des Hügels drehte er sich um, um einen letzten Blick auf die Festung zu werfen, die sich dunkel gegen den roten Himmel erhob. Mit seiner Dweomersicht kam es ihm so vor, als sähe er die Flammen bereits tanzen.

In dieser Nacht ritten sie nur wenige Stunden, bis sie weit genug vom Dun entfernt waren: Nevyn fand einen Schuppen, in dem sie ihr Lager aufschlugen. Nachdem er sich um das Pferd gekümmert hatte, machte er Feuer aus kleinen Zweigen. Brangwen starrte das Feuer an und sagte kein Wort, bis er fertig war.

»Du mußt es wissen«, sagte sie.

»Ich weiß es. Ich will dich trotzdem, dich und dein Kind.«

»Ich will dir das ersparen. Laß mich sterben. Du kannst mich nicht immer noch lieben. Ich trage den Bastard meines eigenen Bruders.«

»Das ist ebenso meine Schande wie die deine. Ich habe dich dort mit ihm alleingelassen.«

»Du hast mich nicht in sein Bett gestoßen.« Brangwen lächelte unsicher – ein jämmerlicher Versuch, sich kalt zu geben: »Ich liebe dich ohnehin nicht mehr.«

»Du lügst nicht so gut wie dein Bruder.«

Brangwen seufzte und starrte ins Feuer.

»Auf diesem Kind wird ein Fluch liegen, ich weiß es einfach. Warum willst du mich nicht einfach töten? Gerro hat mir versprochen, uns beide zu töten, und er hat mich die ganze Zeit belogen. Er hat es mir versprochen!« Sie begann zu weinen. »Ihr Götter, er hat es mir versprochen!«

Nevyn nahm sie in die Arme und ließ sie weinen. Schließlich schwieg sie, wurde so reglos, daß er Angst bekam, aber sie war einfach vor Erschöpfung eingeschlafen. Er weckte sie gerade genug, daß sie sich auf die Decken legte und wieder einschlief.

Am Morgen fiel Brangwen in einen traumähnlichen Zustand. Sie sagte kein Wort, wandte den Kopf ab, wenn er ihr Essen anbot, und er mußte sie aufs Pferd heben. Den ganzen Morgen ritten sie langsam und mieden die Straßen. Wären sie nicht auf dem Weg zu Rhegor gewesen, hätte Nevyn die Verzweiflung überwältigt. Brangwen war gebrochen, zerdrückt wie ein Silberbecher unter dem Stiefel eines plündernden Soldaten. Rhegor würde ihr helfen – Nevyn klammerte sich an diese Hoffnung –, aber Rhegor war noch über einen Tagesritt entfernt.

Manchmal dachte Nevyn an den Kriegshaufen des Ebers, der auf Rache aus war. Der Page hatte den Dun des Ebers zweifellos schon vor der Morgendämmerung erreicht, und jetzt waren sie bereits auf dem Weg zum Falken, mit Blaerns jüngerem Bruder Camlann – der jetzt Lord Camlann war – als Anführer. Nevyn nahm an, daß Gerraent vor ihnen in das elende Leben eines Ausgestoßenen fliehen würde.

Kurz vor Sonnenuntergang kamen Nevyn und Brangwen zu dem Fluß, der sie am nächsten Tag zu Rhegor bringen sollte. Nachdem er das Lager aufgeschlagen hatte, versuchte Nevyn Brangwen dazu zu bringen, etwas zu essen oder zu sprechen. Sie weigerte sich. Plötzlich wurde ihm klar, daß sie versuchte, sich zu Tode zu hungern, um ihren Schwur an die Götter einzulösen. Obwohl ihm das weh tat, benutzte er die einzige Waffe, die er hatte.

»Und was machst du da? Läßt das Kind in dir hungern? Das arme kleine Ding ist tatsächlich verflucht, wenn seine eigene Mutter es nicht einmal füttern will.«

Brangwen hob den Kopf. Ihre Augen waren tränenfeucht. Sie sah ihn an, dann griff sie nach einem Stück Brot und begann, daran zu knabbern. Als Nevyn ihr Käse und einen Apfel gab, aß sie alles auf, aber sie sagte kein Wort. Er sammelte noch mehr Feuerholz und brachte sie dazu, sich in die Nähe des Feuers zu legen. Als er ihr Gepäck durchsuchte, um nachzusehen, was übriggeblieben war, fand er, in ein Stück Stoff gewickelt, alle Brautgeschenke, die er ihr je gegeben hatte. Ludda hatte sie eingepackt. Nevyn starrte die Brosche in Form eines Falken lange an und dachte an Gerraent.

Als es dunkel wurde und Brangwen eingeschlafen war, gab Nevyn schließlich den Fragen nach und brachte das Feuer noch einmal zum Aufflackern, um hineinzugehen. Da soviel Angst und Schrecken dahinterstanden, baute sich die Vision rasch auf und zeigte ihm die große Halle des Falken: Blaerns Leiche war bei der Feuerstelle aufgebahrt, ein Kissen unter seinem Kopf und das Schwert über der Brust. Als Nevyn seinen Geist zu Gerraent schickte, änderte sich die Vision. Draußen im Hof ging Gerraent auf und ab, das Schwert in der Hand. Er hatte sich geweigert, seinem Wyrd zu entfliehen.

Nevyn wußte nicht, wie lange er Gerraent beobachtet hatte. Einmal brannte das Feuer so weit nieder, daß er die Verbindung verlor, aber als er nachlegte, konnte er Gerraent sofort wiederfinden, der immer noch auf und ab ging, das im Mondlicht glitzernde Schwert in der Hand. Schließlich hörte Nevyn das Geräusch, ebenso wie Gerraent, der den Kopf hochwarf wie ein Hirsch. Gerraent ging zum Tor und baute sich darin auf, das Schwert hoch erhoben. Seinen Kriegshaufen hinter sich, ritt Lord Camlann ins Fakkellicht, während Gerraent lächelnd stehenblieb. Als Camlann sein Schwert zog, taten die Männer des Kriegshaufens dasselbe.

»Wo ist die Leiche meines Bruders?«

»An meiner Feuerstelle. Begrabt eines meiner Pferde mit ihm, ich bitte Euch.«

Mit beunruhigter Miene beugte sich Camlann im Sattel vor, um den Freund anzustarren, der zum Feind geworden war. Dann wich der Zweifel in seiner Miene dem kalten, ehrenhaften Zorn des Rächers. Er riß sein Schwert hoch, stieß einen Schrei aus und trieb sein Pferd an. Die Männer ritten im Kreis um Gerraent. Nevyn sah Gerraents Schwert aufblitzen – es war rot von Blut. Ein Pferd stieg hoch, Männer schrien, dann wich der Kriegshaufen zurück. Gerraent lag tot am Boden. Camlann, eine Schnittwunde an seiner Wange, stieg ab und kniete neben Gerraents Leiche nieder. Er hob sein Schwert mit beiden Händen und schnitt Gerraents Kopf ab: Er erhob sich, den Kopf am Haar gepackt, und mit einem Wutschrei schleuderte er ihn gegen die Mauer.

Der Schrei brach die Vision – Brangwens Schrei. Nevyn

kam taumelnd auf die Beine und lief zu ihr, als sie sich schluchzend aufsetzte.

»Gerro! Er ist tot. Gerro, Gerro, Gerro!« Ihre Stimme wurde zu einem Kreischen. »Camlann – ihr Götter – er hat seinen Kopf – er – oh, ihr Götter! Gerro!«

Nevyn nahm sie in die Arme und zog sie fest an sich. Brangwen wehrte sich, während sie laut um den Bruder und den Vater ihres Kindes klagte. Nevyn hielt sie fest, bis sie schließlich schwieg.

»Woher wußtest du es? Gwennie, sag es mir! Wie konntest du es wissen?«

Brangwen weinte nur noch und zitterte erschöpft. Nevyn strich ihr übers Haar und hielt sie, bis sie ruhiger zu sein schien. Als er sie losließ, warf sie den Kopf zurück und begann wieder zu schreien.

Und so ging es stundenlang weiter: Immer, wenn er sie gerade ein wenig beruhigt hatte, wurde sie durch irgend etwas erinnert und rang wieder gegen ihn und schrie. Langsam wurde sie schwächer. Er brachte sie dazu, sich niederzulegen, dann legte er sich neben sie, und sie weinte in seinen Armen. Als sie schließlich einschlief, starrte er ins Feuer, bis auch er einnickte.

Aber eine Stunde später erwachte er wieder, und sie war verschwunden. Nevyn sprang auf und rannte zum Fluß. Er konnte sie gerade noch sehen, dort am Ufer, ein dunkler Umriß vor dem Himmel.

»Gwennie!«

Sie drehte sich nicht um, sie zögerte auch nicht, sondern stürzte sich in den Fluß, bevor Nevyn sie erreichen konnte. Niedergezogen von ihren langen Gewändern, ging sie unter, wirbelte davon ins Dunkel. Nevyn sprang ihr nach. Das Wasser war eiskalt und so dunkel, daß er kaum atmen oder sehen konnte. Die Strömung riß ihn mit, aber als er wieder nach oben kam, sah er nichts als schwarzes Wasser. Wenn sie schon untergegangen war, bestand die Gefahr, daß er über sie hinwegschwamm.

Dennoch, obwohl er wußte, wie hoffnungslos es war, tauchte er immer wieder und schwamm im Fluß hin und zurück wie ein Hund, der einen Wasservogel aufspüren will. Ganz plötzlich wirbelte ihn die Strömung herum und drückte ihn fest gegen einen Felsen. Seine Schulter schmerzte wie Feuer, aber es gelang Nevyn schließlich, sich aus dem Wasser ans Ufer zu ziehen; allerdings nur mit Mühe. Keuchend und weinend blieb er liegen.

Erst als der Morgen den Himmel färbte, stand er auf und ging den Fluß entlang. Er war zu sehr in seine Trauer versunken, um recht zu wissen, was er tat; er ging einfach immer weiter und suchte nach ihr. Als die Sonne herauskam, fand er die Stelle, wo die Strömung sie an einer seichten, sandigen Stelle angeschwemmt hatte. Sie lag auf dem Rükken, das goldene Haar naß und wirr, die schönen Augen weit offen. Sie hatte ihren Schwur an die Götter erfüllt. Nevyn hob sie auf, legte sie sich über die Schulter, die nicht verletzt war, und brachte sie zurück ins Lager. Er konnte nur daran denken, daß er Gwennie heimbringen mußte. Er wikkelte sie in beide Umhänge und band sie über den Sattel des Grauen.

Kurz vor dem Einbruch der Nacht erreichte Nevyn die Hütte im Wald. Rhegor kam herausgerannt und blieb stehen, als er die Last auf dem Sattel sah.

»Du warst zu spät.«

»Es war zu spät von dem Tag an, als er zum erstenmal mit ihr geschlafen hat.«

Nevyn hob sie vom Pferd und trug sie nach drinnen, legte sie an die Feuerstelle und setzte sich neben sie. Während das Licht in der Hütte verglomm, sah er sie einfach nur an, als erwartete er, sie würde erwachen und ihn anlächeln. Rhegor kam mit einer Laterne herein.

»Ich habe mich um das Pferd gekümmert.«

»Danke.«

Langsam, in einem abgehackten Satz nach dem anderen, erzählte Nevyn, was geschehen war.

»Das arme Mädchen«, sagte Rhegor schließlich. »Sie hatte mehr Ehre als du und ihr Bruder.«

»Ja. Wäre es falsch, wenn ich mich auf ihrem Grab tötete?«

»Ja. Ich verbiete es dir.«

Nevyn nickte vage und fragte sich, wieso er so ruhig war. Er war sich nur unklar der Tatsache bewußt, daß sein Meister sich über ihn beugte.

»Junge, sie ist tot. Du mußt weg von hier. Wir können nur noch darum beten, daß Gwennie es einmal besser haben wird.«

»Wo?« fauchte Nevyn. »In den schattigen Anderlanden? Wie kann es Götter geben, wenn sie zulassen, daß sie stirbt, und einen wie mich nicht töten?«

»Junge, du bist wahnsinnig vor Schmerz und Trauer, und wahrhaftig, ich fürchte, du könntest in diesem Zustand bleiben. Die Götter haben mit all dem nichts zu tun. Und das ist die Wahrheit.« Rhegor legte Nevyn die Hand auf den Arm. »Komm jetzt, setzen wir uns an den Tisch. Laß die arme Gwennie dort liegen.«

Nevyns gewohnheitsmäßiger Gehorsam rettete ihn. Er ließ sich von Rhegor auf die Beine ziehen und an den Tisch führen, er setzte sich, als der Meister es ihm sagte, und er nahm den Bierkrug entgegen, weil der Meister ihm einen reichte.

»Und jetzt trinkst du etwas davon. Schon besser. Du glaubst, sie wäre für immer gegangen, nicht wahr? Vom Leben abgeschnitten, für immer und ewig, und dabei hat sie das Leben so geliebt.«

»Und was sollte ich sonst denken?«

»Ich sage dir statt dessen die Wahrheit. Es gibt ein großes Geheimnis des Dweomer, eins, das man niemandem mitteilen kann, es sei denn, er fragt einen direkt. Aber niemand fragt, der nicht selbst für den Dweomer bestimmt ist. Das Geheimnis jedoch ist, daß jeder, Mann und Frau, nicht nur einmal lebt, sondern viele Male, wieder und wieder. Was hier wie ein Tod aussieht, ist nichts als eine Geburt in eine andere Welt. Sie ist gegangen, das stimmt, aber sie ist in dieser anderen Welt, das schwöre ich, und jemand wird sie dort empfangen.«

»Ich hätte nie gedacht, daß Ihr mich anlügen würdet! Wofür haltet Ihr mich? Für ein Kind, das die Trauer nicht ertragen kann, ohne daß eine hübsche Geschichte alles leichter macht?«

»Es ist keine Lüge, und bald, wenn deine Ausbildung es erlaubt, wirst du Dinge tun und sehen, die dir beweisen, daß es die Wahrheit ist. Bis dahin mußt du mir blind glauben.«

Nevyn zögerte am Rand des Vertrauens.

»Und in einer Weile«, fuhr der Meister fort, »wird sie in dieser anderen Welt sterben und in dieser hier wiedergeboren werden. Ich weiß nicht, ob Eure Pfade sich noch einmal kreuzen werden. Diese Entscheidung werden die Großen, die Herren des Wyrd, treffen, nicht du oder ich. Zweifelst du immer noch an meinen Worten?«

»Nie könnte ich daran zweifeln.«

»Also gut.« Rhegor stieß einen langen, müden Seufzer aus. »Und da die Menschen dazu neigen, das Bittere eher zu glauben als das Süße, werde ich dir noch etwas anderes sagen. Solltet ihr euch je wiederbegegnen, in diesem Leben oder im nächsten, hast du ihr gegenüber eine große Schuld zu begleichen: Du hast versagt, Junge. Manchmal denke ich, ich sollte dich rauswerfen, aber das würde nur bedeuten, daß auch ich versagt habe. Du wirst wiedergutmachen, was du ihr angetan hast, und diese Last wird nicht leicht sein. Vielleicht hört sich das gut an, daß ihr euch wieder begegnen werdet, aber denk an das, was du ihr schuldest. Du kleiner Narr, du hättest sie erkennen müssen! Du hast sie immer für so etwas wie einen Edelstein oder ein gutes Pferd gehalten, so etwas wie einen Preis. Ihr Götter, unter dieser gottverfluchten Schönheit lag eine Frau, die dir im Dweomer ebenbürtig war! Warum, glaubst du, hätte ich mich sonst in der Nähe des Falken herumgetrieben? Wie hätte sie jemals den Dweomer studieren können, es sei denn durch den richtigen Mann? Hätte ihr Vater sie einfach davongehen lassen, um ihr Geburtsrecht zu erlernen? Warum, glaubst du, hast du sie vom ersten Augenblick an geliebt? Das hättest du wissen sollen, du Dummkopf – ihr wart ein Paar!« Rhegor schlug mit der flachen Hand auf den Tisch. »Aber nun ist sie nicht mehr.«

Nevyn fröstelte.

»Und bald wird sie wieder ganz von vorne beginnen müssen«, fuhr Rhegor gnadenlos fort. »Ein neugeborenes Kind, blind, unwissend, es wird Jahre dauern, bis sie auch nur sprechen und einen Löffel halten kann. Sie wird wieder erwachsen werden müssen, während das Königreich jeden Dweomermeister braucht, den es kriegen kann! Du Dummkopf! Wer weiß, wo du dann sein wirst! Du Narr!«

Nevyn ließ den Kopf auf die verschränkten Arme sinken und weinte. Eilig stand Rhegor auf und legte ihm tröstend die Hand auf die Schulter.

»Es tut mir leid, Junge. Wenn du erst getrauert hast, wird noch Zeit für solche Reden sein. Verzeih mir.«

Aber es brauchte noch eine Stunde, bis Nevyn aufhören konnte zu weinen.

Am Morgen nahmen Nevyn und Rhegor Brangwen mit in den Wald, um sie zu begraben. Während er ihr Grab grub, verspürte Nevyn eine tödliche Ruhe. Er nahm sie zum letzten Mal in die Arme und legte sie in die Grube, dann legte er alle Geschenke zu ihr. Andere Leben oder nicht, er wollte, daß sie schöne Dinge bei sich hatte, wie die Prinzessin, die sie hätte sein sollen. Gemeinsam schaufelten sie das Grab zu und setzten einen Steinhaufen darauf, um die Tiere abzuhalten. Nachdem er den letzten Stein aufs Grab gelegt hatte, hob Rhegor die Arme zur Sonne.

»Es ist vorüber«, sagte er. »Laßt sie ruhen.«

Nevyn fiel auf die Knie.

»Brangwen, meine Liebste, vergib mir. Ich schwöre, wenn wir uns jemals wieder begegnen, werde ich es wiedergutmachen. Ich werde keine Ruhe finden, bis das geschehen ist.«

»Halt den Mund! Du weißt ja nicht einmal, was du da tust!«

»Das ist mir gleich – ich schwöre es trotzdem. Ich werde keine Ruhe finden, bis ich es wiedergutgemacht habe.«

Aus dem klaren Himmel ertönte ein Donnergrollen, danach noch eines und noch eines – drei mächtige hohle Schläge dröhnten durch den Wald. Mit bleichem Gesicht wich Rhegor zurück.

»Die Großen haben dein Opfer angenommen.«

Nach dem Donnern schien die Stille unerträglich laut. Nevyn stand auf. Er zitterte wie im Fieber. Rhegor zuckte die Achseln und griff nach seiner Schaufel.

»Da hast du's, Junge. Ein Schwur ist ein Schwur.«

Als der Wald golden und rot wurde und die Winde von Norden heranpeitschten, kreuzte Gwerbret Madoc ihren Weg. Nevyn kam vom Holzholen zurück und fand das schwarze Pferd des Amtsträgers vor der Hütte, den Schild am Sattelbogen: Er ließ den Arm voll Holz in den Korb fallen und rannte hinein, wo Madoc mit Rhegor am Tisch saß.

»Hier ist mein Schüler, Euer Gnaden. Da Ihr so interessiert daran seid, ihn kennenzulernen ...«

»Seid Ihr gekommen, um mich zu töten?« fragte Nevyn.

»Sei nicht dumm, Junge. Ich bin gekommen, um Brangwen meine Hilfe anzubieten, aber jetzt höre ich, daß es viel zu spät ist.«

Nevyn setzte sich und spürte die Trauer wieder in seinem Herzen aufsteigen.

»Wie habt Ihr mich gefunden?«

»Indem ich fragte. Als man Euch verbannte, blieb ich am Hof und versuchte, Seine Majestät dazu zu überreden, Euch zurückzuholen. Aber ich hätte ebensogut versuchen können, Met aus einer Rübe zu quetschen. Also verriet mir Eure edle Mutter, daß ihr wegen des Dweomer gegangen wart und daß es keine Hoffnung mehr gab. Als ich nach Blaerns Tod zu Lady Rodda kam, hörte ich von den Dienern die eine oder andere Geschichte über diesen seltsamen Kräutermann und seinen Schüler. Ich dachte immer, es könnte sich lohnen, einmal nachzusehen, aber bis jetzt hatte ich nie die Zeit.«

»Der Gwerbret hält seine Augen weiter offen als die meisten Menschen«, stellte Rhegor fest.

Madoc verzog das Gesicht, als hätte man ihn geschlagen.

»Schon gut, Euer Gnaden, das ist nur ein Spruch der Leute.«

»Ihr könnt Euch nicht vorstellen, wie tief die Wunde geht«, sagte Madoc. »Ich habe wirklich alles gesehen, was Gerraent und seine gottverfluchte Leidenschaft anging, und wie ein Narr habe ich den Mund gehalten und gehofft, mich geirrt zu haben.«

»Wenn Euch das tröstet: Niemand im Königreich würde Euch das übelnehmen.«

»Niemand außer mir selbst. Aber dann hörte ich, daß unser Prinz Brangwen weggebracht hatte. Nun, ich dachte, zumindest kann ich versuchen, das Mädchen zu finden, bevor es Winter wird, und dafür sorgen, daß sie und das Kind es warm haben.« Seine Stimme brach. »Zu spät.«

Kaltes Schweigen hing im Raum.

»Wie geht es Lady Rodda?« sagte Rhegor schließlich. »Ich sorge mich um sie, aber ich habe nicht gewagt, zu ihr zu reiten.«

»Sie ist die Frau eines Kriegers und die Mutter von Kriegern. Ihr Herz wird heilen. Bei jedem Gott im Himmel, ich habe auch Blaern verraten! Was bin ich für ein Jämmerling, daß ich den Treueschwur eines Mannes entgegennehme und dann zulasse, wie sich alles zu seinem Tod hin entwickelt?«

»Und der Falke fliegt nicht mehr. Es ist schwer, den Tod eines Clans mitanzusehen.«

»Und es ist wahrhaft ein Tod. Der König hat das Land des Falken an den Eber gegeben, als Blutpreis für den Mord an Blaern. Welcher Herr wird jemals dieses verfluchte Land wieder bestellen?«

»Wahr genug«, fiel Nevyn ein. »Und bald werden die Barden die Ballade von Brangwen und Gerraent singen. Ich frage mich, was sie daraus machen.«

Rhegor seufzte tief.

»Etwas Besseres, als die Geschichte verdient hat. Daran zweifle ich nicht.«

DEVERRY, 1058

> Wenn ein Mann den Dweomer für sich beansprucht, muß er sich vor allem in Geduld üben. Keine Frucht fällt vom Baum, ehe sie nicht reif ist.
>
> *Aus dem Geheimbuch Cadwallons des Druiden*

So früh im Jahr war das Flußwasser noch kalt. Kichernd und platschend sprang Jill an der seichten Stelle herum, bevor sie es ertragen konnte, sich auf den sandigen Boden zu knien. Neugieriges Wildvolk versammelte sich, Gesichter erschienen in den Wellen; glatte silbrige Gestalten, die wie Fische umherschossen, während sie sich das Haar wusch, so gut es eben ohne Seife ging. Sie hatte sich nie viel um Sauberkeit geschert, aber in der letzten Zeit war es wichtig geworden. Als sie fertig war, wälzte sie sich wie ein Pferd auf dem grasbewachsenen Ufer, um sich zu trocknen, dann eilte sie zurück zum Lager unter den Haselnußsträuchern. Auf der Wiese dahinter standen ihr graues Pony und das Streitroß ihres Vaters. Cullyn selbst war noch in einem nahe gelegenen Bauernhaus, um Essen zu kaufen. Jill beeilte sich, damit sie wieder angezogen war, bevor er zurückkehrte. In der letzten Zeit empfand sie den Gedanken, daß ihr Vater sie nackt sehen könnte, als beunruhigend.

Bevor sie ihr Hemd anzog, schaute sie an sich herunter und betrachtete ihre eindeutig größer gewordenen Brüste. Manchmal wünschte sie sich, sie würden einfach verschwinden. Sie war dreizehn, ein seltsames Alter, weil die meisten Mädchen mit vierzehn heirateten. Rasch zog sie das Hemd über und gürtete es, dann suchte sie in den Satteltaschen und fand einen Kamm und eine Spiegelscherbe. Der graue Gnom, langnasig und warzig, tauchte neben ihr auf. Als Jill ihm den Spiegel hinhielt, suchte er dahinter nach dem Rest des Gnoms, den er dort entdeckt hatte.

»Das bist du. Siehst du, das ist deine Nase.«

Das verwirrte Geschöpf seufzte nur und ließ sich neben ihr im Gras nieder.

»Wenn der Spiegel größer wäre, würdest du es vielleicht verstehen. Vater hat gesagt, er würde mir zu meinem Geburtstag einen richtigen Spiegel kaufen, aber ich will keinen. Dumme Stadtmädchen hocken den ganzen Tag davor, aber ich bin die Tochter eines Silberdolchs.«

Der Gnom nickte zustimmend und kratzte sich in der Achselhöhle.

Als Cullyn zurückkam, machten sie sich auf den Weg nach Dun Mannanan, einer Hafenstadt an der Ostgrenze der Provinz Deverry. Mannanan stellte sich als eine Ansammlung von Holzhäusern an einem Fluß heraus, auf dem verfallene alte Fischerbote vertäut lagen, und überall stank es nach trocknendem Fisch. An einer schlammigen Straße, die sich am Fluß entlangzog, fanden sie ein schäbiges Gasthaus, dessen Besitzer Cullyns Münze nahm, ohne auch nur einen Blick auf seinen silbernen Dolch zu werfen. Da es Markttag war, war die Gaststube voller Männer, insgesamt ein ziemlich mürrischer Haufen, und Jill bemerkte, daß viele von ihnen Schwerter trugen. Sobald sie allein waren, fragte sie Cullyn, ob Dun Mannanan ein Piratenhafen sei.

»Nein, nein, das sind alles Schmuggler. Diese stinkenden Boote auf dem Fluß sind schneller, als sie aussehen. Unter den Makrelen bringen sie so manch andere Dinge mit.«

»Versucht denn der hiesige Lord nicht, das zu verhindern?«

»Der hiesige Lord steckt bis über die Ohren mit drin. Aber daß du das alles draußen nicht erwähnst!«

Sobald sie sich um die Pferde gekümmert hatten, gingen sie zum Marktplatz hinunter. Am Fluß hatten die Leute Holzbuden aufgestellt, aber viele hatten das, was sie feilbieten wollten, einfach auf braunen Tüchern auf dem Boden ausgebreitet: Es gab alle Arten von Lebensmitteln – Kohl und Gemüse, Käse und Eier, noch lebende Hühner, die an Pfähle gebunden waren, Ferkel und Kaninchen. Cullyn kaufte ein Stück gebratenes Schweinefleisch am Spieß, das sie aßen, während sie sich die Stoffe, die Töpferwaren und Metallarbeiten ansahen.

»Ich sehe gar keine hübsche Spitze. Schade, ich wollte dir welche zum Geburtstag kaufen.«

»Vater!«

»Oder ein schönes Kleid? Schmuck?«

»Du machst Witze.«

»Ganz bestimmt nicht. Warte – ich kenne einen Goldschmied in dieser Stadt, und ich wette, er ist nicht mal auf dem Markt. Komm mit.«

Nahe dem Stadtrand, wo die letzten Häuser am Rand des Angers standen, kamen sie zu einem kleinen Laden mit einem Holzschild über der Tür, das eine silberne Brosche zeigte. Als Cullyn die Tür aufschob, klingelten melodische Silberglöckchen. Die Kammer war durch ein kompliziertes Korbgeflecht vom Rest des Rundhauses abgeteilt. Eine alte grüne Decke verbarg die Tür im Korbgeflecht.

»Otho?« rief Cullyn. »Seid Ihr hier?«

»Ja«, antwortete eine tiefe Stimme. »Würde ich die Tür sonst offenlassen?«

Der Hausbesitzer schob die Decke zurück und kam heraus. Er war der kleinste Mann, den Jill je gesehen hatte, kaum über fünf Fuß groß, aber breitschultrig und muskulös, wie die Miniaturausgabe eines Schmieds. Er hatte dichtes graues Haar, einen ordentlichen grauen Bart und durchdringende blaue Augen.

»Cullyn von Cerrmor, bei den Göttern! Und wen hast du da bei dir? Deinen Sohn, wie's aussieht.«

»Meine Tochter. Und ich möchte ihr etwas zum Geburtstag kaufen.«

»Ein Mädchen bist du?« Otho betrachtete Jill genauer. »Ja, tatsächlich, und alt genug, um an ihre Mitgift zu denken. Dann sollten wir schnell ein paar von deines Vaters Münzen in Juwelen verwandeln, bevor er noch alles vertrinkt.«

Otho führte sie in die Werkstatt. Mittendrin, direkt unter dem Rauchloch im Dach, waren eine Feuerstelle und eine kleine Esse. An der Seite stand eine niedrige Werkbank, übersät mit Werkzeugen, Holzschachteln und einer halbgegessenen Mahlzeit aus Brot und Räucherfleisch. Mitten in diesem Durcheinander lagen ein paar kleine Rubine. Cullyn nahm einen davon in die Hand und hielt ihn so, daß er das Licht einfing.

»Hübsche Steine.«

»Ja. Aber ich bitte dich, lieber nicht zu fragen, wo ich sie herhabe.«

Mit einem Grinsen ließ Cullyn den Rubin wieder auf die Bank fallen. Otho hockte sich hin und biß in sein Brot.

»Broschen, Ringe, Armbänder?« fragte er mit vollem Mund. »Oder möchte sie eine juwelenbesetzte Schachtel? Ohrringe vielleicht?«

»Nichts davon. Einen Silberdolch.«

Jill lachte ein Siegeskrähen und umarmte ihren Vater. Mit einem Lächeln entzog sich Cullyn ihr und gab ihr einen Kuß auf die Wange.

»Das ist ein seltsames Geschenk für ein Mädchen«, wandte Otho ein.

»Nicht für diese kleine Katze hier. Sie hat ihren alten Vater dazu gebracht, ihr die Schwertkunst beizubringen.«

Otho wandte sich Jill überrascht zu. Der graue Gnom erschien, hockte sich auf die Werkbank und legte einen langen, warzigen Finger an einen Rubin. Jill schlug nach ihm, dann machten ihr Othos Augenbewegungen klar, daß auch er das Wesen sehen konnte. Mit einem gekränkten Blick verschwand der Gnom wieder. Otho sah Jill verschwörerisch an.

»Nun, ohne Zweifel willst du denselben Falkendolch wie dein Vater.«

»Bei den Ärschen der Götter, Otho«, warf Cullyn ein. »Es ist vierzehn Jahre her, seit du meinen Dolch gemacht hast. Du hast ein verflucht gutes Gedächtnis.«

»Ja. So etwas kann nützlich sein. Nun, ihr beide habt Glück, ich habe einen Dolch fertig und muß nur das Zeichen eingravieren. Vor etwa einem Jahr brachte mir ein anderer Silberdolch einen Jungen, der sich eurer Bande verpflichten wollte. Ich hatte den Dolch schon fertig, aber der Junge fing an, Fragen über die Fischerboote zu stellen, und so ist er nie alt genug geworden, um mich zu bezahlen. Zum Glück hatte ich den Dolch noch nicht graviert, sonst hätte ich einiges an Geld verloren.«

Später am Nachmittag ging Jill zurück zu dem Schmied, um den fertigen Dolch abzuholen. Gierig strich sie mit dem Finger über die Klinge. Wo ein einfacher Handwerker einen Falken als Kreis für den Kopf und zwei Dreiecke für die Flügel gezeichnet hätte, war Othos Arbeit ein lebendiges Bild mit vielen Einzelheiten und dennoch nicht größer als ein Zoll.

»Wunderschön«, sagte Jill.

Der Gnom erschien, um es sich anzusehen. Als Jill ihm gehorsam den Dolch zeigte, lachte Otho leise.

»Du bist ein seltsames Mädchen, junge Jill«, sagte er. »Daß du das Wildvolk so deutlich sehen kannst.«

»Ach ja? Guter Schmied, Ihr seht es auch!«

»Ja, aber der Grund dafür ist mein Geheimnis. Und bei dir, Mädchen? Gibt es Elfenblond im Clan deiner Mutter? Bei Cullyn gibt es so etwas nicht, das sieht man ihm an.«

»Wie könnte das sein – Elfen sind doch nur ein Kindermärchen!«

»Ach ja? Nun, die Elfen, von denen du gehört hast, sind das vielleicht, aber das liegt daran, daß niemand hier von den wirklichen Elfen weiß. Man nennt sie die Elcyion Lacar, und solltest du jemals einem von ihnen begegnen, dann trau ihm nicht. Sie sind alle ziemlich flatterhaft.«

Jill lächelte höflich, aber sie war überzeugt, daß Otho ziemlich dumm sein mußte. Er stützte das Kinn in die Hand und betrachtete sie nachdenklich.

»Sag mir etwas«, meinte er schließlich. »Gefällt es dir, mit deinem Vater zu reiten? Cullyn ist ein verflucht grober Mensch.«

»Nicht zu mir. Die meiste Zeit jedenfalls. Aber es ist großartig, überall hinzukommen und alles mögliche zu sehen.«

»Und was wird geschehen, wenn für dich die Zeit zum Heiraten kommt?«

»Ich heirate nicht.«

Otho lächelte skeptisch.

»Es gibt Frauen, die niemals heiraten«, sagte Jill. »Sie lernen ein Handwerk, Spinnen oder so, und sie eröffnen einen Laden.«

»Das stimmt, und vielleicht wirst auch du eines Tages das richtige Handwerk finden. Junge Jill, ich gebe dir ein Rätsel auf. Wenn du jemals niemanden findest, dann frag ihn, welches Handwerk du lernen sollst.«

»Ich bitte um Verzeihung, aber was …«

»Ich habe dir doch gesagt, daß es ein Rätsel ist. Vergiß es nicht: Wenn du niemand findest, dann frag ihn, er wird dir mehr sagen. Und jetzt gehst du besser zurück zu deinem Vater, sonst bekommst du noch eine Ohrfeige fürs Trödeln.«

Den ganzen Rückweg über wunderte sich Jill über Otho und sein Rätsel. Schließlich nahm sie an, es solle bedeuten, daß niemand ihr je sagen könnte, was sie tun sollte, weil sie schon genau das tat, was sie wollte. Das Rätsel Otho allerdings war nicht so leicht zu lösen.

»Vater?« sagte sie. »Was für eine Art Mensch ist Otho?«

»Wie? Was meinst du damit?«

»Nun, er scheint kein durchschnittlicher Mann zu sein.«

Cullyn zuckte gereizt die Achseln.

»Nun, es kann nicht einfach sein, immer so klein zu bleiben«, sagte er schließlich. »Ich nehme an, das hat ihn so grob und habgierig werden lassen. Welches Mädchen würde ihn je haben wollen?«

Jill nahm an, daß dies eine ganz vernünftige Antwort war, aber sie hatte immer noch das Gefühl, daß Otho der Silberschmied etwas sehr Seltsames an sich hatte.

An diesem Abend füllte sich der große Gastraum der Schenke rasch mit Kaufleuten, die auf dem Markt gewesen waren, und Bauern, die auf dem Heimweg noch einen Krug Bier trinken wollten. Obwohl die Feuerstelle eine ziemliche Hitze abstrahlte und Wolken von Mücken die Laternen umschwirrten, zeigte Cullyn keine Absichten, die Gaststube nach dem Essen zu verlassen. Mit genügend Geld in der Tasche würde er die ganze Nacht trinken, das wußte Jill, und sie bereitete sich darauf vor, später mit ihm zu streiten, weil er soviel ausgegeben hatte. Schließlich kamen vier Reiter des hiesigen Kriegshaufens mit Fuchswappen auf ihren Hemden herein, um etwas zu trinken und mit dem Mädchen, das in der Gaststube bediente, zu schäkern. Jill behielt sie nervös im Auge. Drei von ihnen lachten und schwatzten, aber der vierte stand am Rand. Da er nicht älter zu sein schien als fünfzehn, mußte er sich zweifellos noch im Kampf oder bei einer Schlägerei beweisen. Jill hoffte, daß er nicht so dumm war, Cullyn herauszufordern, denn auf seine Art war er ein gutaussehender Junge. Plötzlich fiel ihr auf, daß er sie ebenfalls anstarrte. Sie griff nach ihrem Bierkrug und steckte die Nase hinein.

»Nicht so schnell«, fauchte Cullyn.

»Verzeih, Vater. Soll ich dir noch eins holen? Der Wirt hier hat soviel zu tun, daß er nicht einmal in unsere Richtung schaut.«

Jill holte das Bier und machte sich auf den Rückweg, immer ein Auge auf dem vollen Krug. Als sie spürte, daß jemand sie an der Schulter berührte, drehte sie sich um und sah sich dem jungen Reiter gegenüber.

»Einen Augenblick«, sagte er. »Kann ich Euch etwas fragen?«

»Ihr könnt, aber es kann sein, daß ich nicht antworte.«

Der Junge wurde rot und fuhr weniger entschlossen fort: »Äh, verzeiht, seid Ihr ein Junge oder ein Mädchen?«

»Ein Mädchen, aber das macht für Euch keinen Unterschied.«

Die Reiter lachten. Einer schubste den Jungen und flüsterte: »Los, mach weiter.«

»Äh, ich dachte schon, daß Ihr ein Mädchen seid, weil Ihr so hübsch seid.«

Jill war sprachlos.

»Ja, das seid Ihr«, fuhr der Junge ein wenig mutiger fort. »Darf ich Euch zu einem Bier einladen?«

»Einen Augenblick.« Cullyn kam auf sie zu. »Was soll das?«

»Er hat nur mit mir gesprochen, Vater.«

Der Junge wich zurück und stolperte dabei gegen seine Freunde.

»Hör mir zu, junger Dummkopf: Ich bin Cullyn von Cerrmor. Hast du diesen Namen schon einmal gehört?«

Der Junge wurde bleich. Die anderen Fuchsreiter fielen beinahe übereinander in ihren Bemühungen, sich zu verdrücken.

»Aha. Nun, keiner von euch wird wieder das Wort an meine Tochter richten.«

»Ganz bestimmt nicht. Das schwöre ich.«

»Gut.« Cullyn wandte sich Jill zu. »Und du sprichst kein Wort mehr mit denen. Geh zurück an den Tisch.«

Jill eilte zurück und setzte sich. Cullyn blieb noch einen Augenblick stehen, die Arme vor der Brust verschränkt, während die Fuchsreiter die Gaststube ziemlich schnell verließen. Dann setzte er sich wieder zu ihr.

»Hör mir zu! Das nächste Mal, wenn so ein junger Bursche ein falsches Wort zu dir sagt, gehst du weiter und holst mich. Bei den Höllen, du wirst schließlich älter. Das ist mir noch nie so sehr aufgefallen.«

Als sie seinem Blick begegnete, hatte Jill das Gefühl, daß sie ihn irgendwie schändlich verraten hatte. Und es gefiel ihr nicht, wie ihr Vater sie so kalt und abschätzend ansah. Abrupt schaute er weg, und sie wußte, daß er ebenso beunruhigt war wie sie. Bedrückt blieb sie sitzen, und erst später erinnerte sie sich wieder daran, daß der junge Reiter ihr gesagt hatte, sie sei hübsch. Gegen ihren Willen freute sie sich darüber.

Eines Tages, als die Bäume schon scharlachrot waren und ein kalter Nieselregen die Straßen in Schlamm verwandelte, ritt Nevyn nach Dun Mannanan. Er mietete sich ein Zimmer im Gasthaus, brachte Pferd und Packtier in den Stall, wikkelte sich in seinen geflickten Umhang und eilte dann zu Otho dem Silberschmied. Aus ganz bestimmten Gründen beobachtete der Dweomer die Bande der Silberdolche. Da die meisten recht anständige Männer waren, die nur einmal einen schwerwiegenden Fehler gemacht hatten, waren sie in solchen Zeiten nützlich, wenn der Dweomer die Hilfe des Schwertes brauchte. Nevyn kannte jeden Schmied im Königreich, der ihnen diente, obwohl wenige davon so seltsam waren wie Otho, ein Zwerg, der sich im Exil aus dem Königreich seines Volkes weit oben im Norden befand. Als Nevyn an seiner Tür erschien, begrüßte der Silberschmied ihn freundlich und nahm ihn mit in die Werkstatt, wo ein Feuer brannte.

»Wie wäre es mit einem warmen Bier, Herr?«

»Gern. Ich spüre die Nässe in meinen alten Knochen.«

Otho lächelte. Immerhin kannten sie sich jetzt schon seit zweihundert Jahren. Nevyn zog sich den einzigen Stuhl im Raum ans Feuer und streckte die Hände zu den Flammen, während Otho eine Metallflasche mit Bier füllte, ein wenig Zimt aus Bardek hinzugab und die Flasche in die Kohlen steckte.

»Ich hatte gehofft, daß Ihr des Wegs kommt«, sagte Otho. »Ich habe vielleicht Neuigkeiten für Euch. Dieses Mädchen, das Ihr schon so lange sucht – ist sie vielleicht wiedergeboren worden?«

»Ja. Habt Ihr sie etwa gesehen?«

»Das kann schon sein. Ich habe nicht das Zweite Gesicht, Herr, und auch nicht den Dweomer, wie Ihr sehr wohl wißt. Aber in diesem Sommer ist hier ein seltsames kleines Mädchen vorbeigekommen. Ihr Name war Jill, und sie muß vor etwa dreizehn Sommern zur Welt gekommen sein. Ihr Vater ist ein Silberdolch, und seine Tochter reitet mit ihm. Es ist seltsam zu sehen, daß ein Mensch sein Kind so gut behandelt. Er heißt Cullyn von Cerrmor. Je von ihm gehört?«

»Der Mann, von dem es heißt, er sei der beste Schwertkämpfer in Deverry?«

»Genau der. Sein Zeichen ist der zustoßende Falke.«

Otho griff nach ein paar Lumpen und holte die Flasche vorsichtig aus dem Feuer, dann goß er das dampfende Bier in zwei Krüge. Dreizehn wäre das richtige Alter zu meiner

Vision, dachte Nevyn, und es würde zu Gerraent passen, daß er ein Silberdolch geworden war. Das würde auch erklären, wieso er die beiden bei all seinen Wanderungen der vergangenen Jahre nicht gefunden hatte. Plötzlich war er müde. Cullyn von Cerrmor war ein berühmter Mann, aber es würde schwierig werden, ihn zu finden. Otho reichte ihm den Krug.

»Sie sind von hier aus nach Norden geritten. Cullyn hat sich von einem Kaufmann bezahlen lassen, der eine Karawane mit, äh, unseren besonderen Importen zusammengestellt hat.«

»Besondere Importe, ha! Otho, wann wirst du das aufgeben?«

»Es ist dein Volk und nicht das meine, das so ein elendes Getöse um die Steuern macht.«

Obwohl Nevyn versucht war, den beiden hinterherzureiten, wußte er dennoch, daß es um diese Zeit im Norden schon schneien würde, und Cullyn konnte längst woanders sein. Nevyn beschloß, seinem ursprünglichen Plan zu folgen und für den Winter wieder ins westliche Eldidd zurückzukehren. Immerhin, erinnerte er sich, mußte diese Jill nicht seine Brangwen sein. Sie war nicht die einzige im Königreich, die für den Dweomer vorgesehen war, und das Falkenzeichen konnte ebenfalls ein Zufall sein. Außerdem durfte er Lord Rhodry Maelwaedd von Aberwyn nicht vergessen. Er war ebenso Teil von Nevyns Wyrd, wie Brangwen es war, nachdem Lord Blaern an jenem Abend dank Prinz Galrions Fehler so sinnlos gestorben war.

Obwohl Nevyn vorgehabt hatte, direkt nach Aberwyn weiterzureiten, war er doch so vorsichtig, zunächst nach Rhodry Ausschau zu halten, und ersparte sich so eine Reise, die umsonst gewesen wäre. Als er Rhodrys Bild in einem Feuer zu sich rief, sah er den Jungen im Wald der Gwerbrets von

Aberwyn – einem Streifen Urwalds nahe der kleinen Stadt Belglaedd. Nevyn nahm an, er würde dort keine Möglichkeit haben, den jungen Mann zu treffen, weil dieser Wald allen verschlossen war, die nicht Gäste des Gwerbrets waren. Dennoch ging er nach Belglaedd, weil er hoffte, daß Rhodry aus irgendeinem Grund in die Stadt reiten würde. Dort nahmen, wie ihm später klar wurde, die Herren des Wyrd die Sache selbst in die Hand.

Die Leute in Belglaedd und die Bauern der Umgebung kannten und schätzten Nevyn, weil er für die meisten von ihnen der einzige Heiler war, zu dem sie Zugang hatten. Der Wirt bestand darauf, ihn umsonst zu beherbergen, und rasselte dann eine ausführliche Beschreibung seiner Gelenkschmerzen herunter. In der nächsten Woche hatte Nevyn kaum Zeit, an sein Wyrd zu denken, da Familie um Familie zu ihm kam, um seine Kräuter zu kaufen und ihn um Rat zu fragen. Am achten Morgen war er gerade auf den schlammigen Schänkenhof hinausgegangen, um die Sonne zu genießen, als ein Reiter schlammspritzend herangaloppiert kam. Er trug einen blauen Umhang mit dem Drachenzeichen von Aberwyn.

»Seid gegrüßt, alter Mann«, sagte der Reiter. »Ich hörte, es sei ein guter Kräutermann in der Stadt. Kennt Ihr ihn?«

»Ich bin es selbst, Junge. Was ist passiert?«

»Ich komme aus dem Jagdhaus. Lord Rhodry ist krank.«

Rasch half der Reiter Nevyn, seine Sachen auf das Maultier zu laden. Rhodry, so erzählte er, hatte darauf bestanden, auch nach Einbruch des Regens weiter auf Jagd zu gehen. Die einzigen Leute im Jagdhaus waren ein paar Diener und fünf Männer seines Vaters, von denen keiner auch nur die geringste Ahnung von Arzneien hatte.

»Und was treibt der Herr dort draußen, um diese Jahreszeit?« fragte Nevyn.

»Nun, Herr, das sollte ich eigentlich nicht sagen, aber es hat ein wenig Ärger mit seinem ältesten Bruder gegeben. Nichts Ernstes.«

Der Gwerbret hielt sein Jagdhaus vermutlich für eine ländliche Hütte, aber es war beeindruckender als so manches Dun eines geringeren Lords. In der Mitte eines gepflasterten und gut entwässerten Hofs erhob sich ein dreistöckiger Broch, umgeben von genügend Außengebäuden und Ställen, um hundert Gäste unterzubringen. Ein älterer Diener führte Nevyn in den ersten Stock und in Rhodrys Kammer, die schlicht möbliert war mit einer geschnitzten Truhe, einem Bett mit verblaßten Vorhängen und dem Schild des jungen Mannes an der Wand. Obwohl mitten im Zimmer ein Kohlenbecken glühte, trieften die Wände vor Feuchtigkeit.

»Ihr Götter!« fauchte Nevyn. »Gibt es hier eine Kammer mit einer richtigen Feuerstelle?«

»Ja, aber der Herr will nicht, daß wir ihn dorthin bringen.«

»Ach ja? Damit werde ich schon fertig.«

Als Nevyn den Bettvorhang zurückzog, blickte Rhodry ihn mit geröteten Augen an. Er war zu einem schlaksigen jungen Mann herangewachsen, schon sechs Fuß groß, und sah immer noch gut aus – er hätte zumindest gut ausgesehen, hätte ihm das Haar nicht verschwitzt in der Stirn geklebt, wären seine Lippen nicht so aufgesprungen, daß sie bluteten, und seine Wangen hektisch gerötet.

»Wer seid Ihr?« murmelte Rhodry.

»Ein Kräutermann. Eure Leute haben mich geholt.«

»Verflucht sollen sie sein! Ich brauche keine ...« Er mußte so heftig husten, daß er ganz steif wurde. Er stützte sich auf einen Ellbogen und röchelte, bis Nevyn ihn an den Schultern packte und hochriß. Schließlich spuckte er grünlichen Schleim aus.

»Ihr braucht mich nicht?« fragte Nevyn trocken. »Ich mag

nur ein Gemeiner sein, Euer Gnaden, aber jetzt befolgt Ihr meine Befehle.«

Rhodry verzog die Lippen zu einem schwachen Lächeln, aber er zitterte vor Fieber. Nevyn wandte sich dem verschreckten Diener zu.

»Wärmt diese Kammer mit der Feuerstelle auf. Dann legt noch mehr Kissen ins Bett und setzt einen großen Kessel Wasser auf. Wenn du damit fertig bist, schick einen Mann nach Aberwyn mit einer Botschaft. Gwerbret Tingyr muß erfahren, daß sein Sohn krank ist.«

Den ganzen Nachmittag kümmerte sich Nevyn um seinen Patienten. Er flößte Rhodry Tränke aus Huflattich und Zwiebelsud ein, um den Schleim zu lösen, aus Weihwedel und Poleiminze, um ihn schwitzen zu lassen, und Zitterpappel gegen das Fieber. Während die Arzneien seine Körpersäfte reinigten, hustete Rhodry, bis sogar Nevyn die Seiten schmerzten, wenn er es hörte, aber endlich begann der Junge, freier zu atmen. Nevyn ließ ihn sich wieder hinlegen, auf den Kissenberg gestützt. Das Fieber spielte immer noch wie Feuerlicht über sein Gesicht.

»Danke«, flüsterte Rhodry. »Owaen? Lebt er noch?«

Einen Augenblick lang war Nevyn zu verirrt, um antworten zu können; dann erinnerte er sich an ein anderes Leben, als er sich um die Kampfwunden des Körpers, den diese Seele damals bewohnte, gekümmert hatte und sein Freund in der Nähe im Sterben lag.

»Er lebt, Junge. Ruh dich jetzt aus.«

Rhodry lächelte und schlief sofort ein. Aha, dachte Nevyn, er reagiert also auf meine Gegenwart. In seinem Fieber war Rhodry irgendwie über diese lange vergessene Erinnerung gestolpert.

Den ganzen nächsten Tag verbrachte Nevyn ebenfalls bei seinem Patienten und zwang ihn, bittere Kräutertränke zu sich zu nehmen, obwohl Rhodry ihn beschimpfte und behauptete, er könne keinen einzigen Schluck von diesem bitteren Gebräu mehr trinken. Am Abend brach das Fieber schließlich.

Rhodry konnte ein wenig dünne Suppe zu sich nehmen, mit der Nevyn ihn löffelweise fütterte.

»Meinen Dank«, sagte Rhodry, als er fertig war. »Es ist ein Wunder, daß Ihr in der Nähe wart. Erinnert Ihr Euch an unsere Begegnung auf der Straße nach Cantrae vor so vielen Jahren?«

»Ja, wahrhaftig.«

»Das ist seltsam. Ich hatte nur höflich sein wollen. Ich hätte nie gedacht, daß Ihr mir einmal das Leben retten würdet. Ich muß verdammt viel Glück haben.«

»Das müßt Ihr wirklich.«

Als Rhodry einschlief, ging Nevyn hinunter in die große Halle, um etwas zu essen. Die Männer im Kriegshaufen des jungen Lords bestanden darauf, Nevyn wie einen Helden zu feiern. Sie brachten ihm Essen, als wären sie seine Pagen, und drängten sich um ihn, um ihm zu danken. Einer von ihnen, ein untersetzter Junge namens Praedd, brachte Nevyn sogar einen Kelch Met.

»Hier, guter Herr. Wenn Ihr jemals unsere Hilfe brauchen solltet, werden die Jungs und ich keinen Weg scheuen, um Euch zu unterstützen.«

»Danke. Es sieht so aus, als schätztet Ihr Lord Rhodry sehr.«

»Ja. Er ist noch jung, aber er hat mehr Ehre als jeder andere Lord in Eldidd.«

»Und was ist mit Lord Rhys, dem Erben?«

Praedd zögerte, sah sich nach allen Seiten um und antwortete dann leise: »Verbreitet es nicht weiter, aber es gibt viele Männer in Aberwyn, die sich wünschten, Lord Rhodry wäre der Erstgeborene.«

Praedd verbeugte sich und eilte davon. Als Nevyn über das nachdachte, was der Mann gesagt hatte, spürte er die kalte Dweomerwarnung im Rücken. Es würde Ärger geben in Aberwyn. Plötzlich hatte er eine kurze Voraussicht, sah Schwerter in der Sonne aufblitzen, als Rhodry einen Keil von Männern in eine Schlacht führte. Als die Vision verblaßte, war Nevyn elend zumute. Würde es eine Rebellion geben, um Rhodry das Amt des Gwerbret zu verschaffen? Vielleicht. Dweomerwarnungen waren immer vage und überließen es dem Empfänger, die Bedeutung herauszufinden. Aber er konnte sich schon vorstellen, daß er bald wieder wichtige Dinge in Aberwyn zu tun haben würde.

Am nächsten Nachmittag war er sich darin sicher. Nevyn war oben in Rhodrys Kammer, als ein Diener mit der Nachricht heraufkam, Lady Lovyan von Aberwyn, Rhodrys Mutter, sei mit einem kleinen Gefolge eingetroffen. Kurze Zeit später betrat die Frau des mächtigsten Mannes in Eldidd die Kammer und eilte an Rhodrys Bett. Eine kräftige Frau Anfang Vierzig, war Lovyan von beeindruckender Schönheit. Ihr rabenschwarzes Haar hatte noch kaum graue Strähnen, und ihre kornblumenblauen Augen waren so groß und vollkommen wie die ihres Sohnes.

»Mein armer Junge«, sagte sie und legte ihm die Hand auf die Stirn. »Der Göttin sei Dank, du hast kein Fieber mehr.«

»Die Göttin hat einen guten Kräutermann geschickt. Mutter, du hättest nicht den ganzen Weg hierher reiten müssen.«

»Rede keinen Unsinn.« Lovyan wandte sich Nevyn zu. »Ich danke Euch, guter Herr. Ich werde dafür sorgen, daß Ihr gut bezahlt werdet.«

»Es war mir eine Ehre, Herrin. Ich bin nur dankbar, daß ich in der Nähe war.«

Nevyn ließ sie allein, aber später kehrte er zurück. Rhodry schlief, und Lovyan saß an seinem Bett. Als Nevyn sich vor ihr verbeugte, kam sie zu ihm, um mit ihren Worten nicht den Schlaf ihres Sohnes zu stören.

»Ich habe mit den Dienern gesprochen, guter Nevyn. Sie sagten mir, daß sie um das Leben des Jungen fürchteten, bis Ihr kamt.«

»Ich werde nicht lügen, Herrin. Er war wirklich sehr krank. Deshalb habe ich Euch auch benachrichtigen lassen.«

Lovyan nickte. Im vergehenden Licht sah sie erstaunlich vertraut aus. Nevyn erlaubte sich, in die Dweomersicht zu wechseln, und da sah er es deutlich: Rodda, wieder an Blaern als Mutter gebunden. In diesem Augenblick erkannte sie ihn ebenfalls, und sie schaute ihn verwundert an.

»Kann es sein, daß Ihr öfter nach Aberwyn kommt? Ich muß Euch schon einmal gesehen haben, aber ich würde mich doch sicher an einen Mann mit solch einem ungewöhnlichen Namen erinnern.«

»Herrin, Ihr habt mich vielleicht gesehen, als Ihr durch die Straßen geritten seid. Ich wurde niemals einer Frau Eures Rangs vorgestellt.«

Nevyn hätte am liebsten triumphierend aufgelacht. Hier waren wieder drei von ihnen, und das zu einer Zeit, wo er auch Nachricht von einem Mädchen hatte, das Brangwen sein konnte. Sicher war die Zeit bald reif, sicher führte sein Wyrd ihn zu einem dieser Punkte, an denen er die Möglichkeit hatte, es zu entwirren. In seiner Aufregung vergaß er sich. Das Feuer glühte, und er warf ein paar große Scheite darauf und fuchtelte mit der Hand darüber herum. Als die Flammen aufflackerten, hörte er Lovyans Keuchen. Er fuhr zu ihr herum.

»Verzeiht, daß ich Euch erschreckt habe, Herrin.«

»Ihr braucht Euch nicht zu entschuldigen, Herr. Ich fühle mich geehrt, daß sich ein Mann wie Ihr dazu herabläßt, meinen Sohn vom Fieber zu heilen.«

»Ich sehe, daß Ihr die Geschichten vom Dweomer nicht als Unsinn abtut.«

»Ich habe in meinem Leben zuviel gesehen, um so etwas zu tun.«

Einen Augenblick lang sahen sie sich an wie zwei Fechter. Dann spürte Nevyn, wie der Dweomer ihn bewegte, ihn zwang zu sprechen.

»Es ist sehr wichtig, daß Rhodry überlebt und zum Mann wird. Ich kann Euch nicht sagen warum, aber sein Wyrd ist das Wyrd von Eldidd. Ich würde gern von nun an ein Auge auf den Jungen halten.«

Lovyan wurde bleich. Schließlich nickte sie zustimmend.

»Ihr seid am Hof von Aberwyn immer willkommen. Und wenn es Euch recht ist, werde ich einfach so tun, als ob mich dieser schäbige alte Kräutermann amüsierte.«

»Das wäre mir lieb, danke.«

An diesem Abend blieb Nevyn lange wach, stützte sich auf das Fensterbrett seines Gästezimmers und sah zu, wie der Mond durch die windzerrissenen Wolken segelte. Er war wie ein Soldat auf seinen Posten geschickt worden, und er würde gehorchen. Von nun an würde er in Eldidd bleiben und darauf vertrauen, daß die Herren des Wyrd ihm Brangwen schickten, wenn die Zeit reif war. Tief im Herzen verspürte er zum ersten Mal seit Hunderten von Jahren wieder wahre Hoffnung. Große Dinge waren in Bewegung geraten. Er konnte nur warten.

DEVERRY, 698

Und der Barde wird von seiner Agwen gewählt, nicht nur zum Vergnügen seines Herrn, sondern um in der angemessenen Reihenfolge an alle großen Taten und großen Männer seines Clans zu erinnern. Denn hätten die Menschen keine Kenntnis von der Vergangenheit, bis auf die Namen ihrer Väter, dann wären die Kinder der Unfreien so edel oder so niedrig wie die Kinder eines Gwerbret. Daher soll kein Mann und auch keine Frau so unfromm sein, die Hand gegen einen Barden zu erheben ...

Aus den Edikten von König Bran

Hitze schimmerte über totem Gras und verkümmertem Getreide. Brackiges, braunes Wasser tröpfelte zwischen den Ufern dessen, was einmal der Fluß Nerr gewesen war. Ein Hirte, nackt bis zur Taille, führte gierige Kühe zu einer Tränke, die nur noch aus Schlamm bestand. Gweran der Barde stand am Ufer und wartete einen Augenblick, dann blickte er zum Himmel auf, einer Kristallkuppel aus reinem, störrischem Blau. Obwohl er hier hinausgekommen war, um an einem Lied zu schreiben, sprach sein Herz nur von Trockenheit und von dem langen, kalten Winter des Hungers, der folgen würde. Schaudernd wandte er sich vom Fluß ab und ging zurück zum Dun des Weißen Wolfes.

Umgeben von Erdwällen, lag die kleine Festung auf einem flachen Hügel. Hinter der inneren Palisade erhob sich ein niedriger Steinbruch, dessen Schlitzfenster wie grüblerische Augen auf den staubigen Hof hinausstarrten. Der Hof war vollkommen verlassen. Gweran eilte in die große Halle, die in der Umarmung der Steinmauern immer noch die gesegnete Kühle der Nacht hielt. Unten an der leeren Feuerstelle saß Lord Maroic am Kopf des Ehrentisches. Bei ihm saßen zwei Priester des Bel. Ihre frisch rasierten Köpfe glänzten vor Schweiß.

Als Gweran neben seinem Herrn niederkniete, lächelte Obyn, der Oberpriester, ihm zu, die Augen schmal unter den dicken Lidern. Lord Maroic, ein rotgesichtiger Mann in den Dreißigern, hielt mitten im Satz inne, um mit seinem Barden zu reden.

»Ich hoffte, daß Ihr sofort zurückkehren würdet. Ich habe eine Frage. Ich nehme nicht an, daß ein Barde Regen beschwören kann?«

»Ich wünschte, ich könnte es. Aber ich glaube, Seine Heiligkeit hier ist der richtige Mann für so etwas.«

»Der Herr und ich haben gerade darüber gesprochen«, sagte Obyn. »Wir denken an ein Pferdeopfer, um die Götter gnädig zu stimmen.«

»Eine solche fromme Tat würde Bel zweifellos erfreuen.«

Obyn sah ihn nachdenklich an, während sein junger Begleiter dem Bierkrug auf dem Tisch einen sehnsüchtigen Blick zuwarf.

»Die Frage ist, wieso Bel uns zürnt«, sagte Obyn schließlich. »Wenn ein Fluch über dem Land hängt, wird ein Opfer nichts nützen.«

»Und Euer Heiligkeit glauben, daß es einen solchen Fluch gibt?« fragte Gweran.

»Meine Heiligkeit weiß es nicht.« Obyn lächelte mit schmalen Lippen. »Ein Priester kann vielleicht die Omen für die Zukunft lesen, aber nur ein Barde liest die Vergangenheit.«

Gweran seufzte, als ihm klar wurde, was Obyn von ihm wollte: das erschöpfende Ritual der Öffnung des Brunnens, bei dem ein Barde sich in die Vergangenheit träumt und versucht, mit den Geistern der lange Verstorbenen zu sprechen. Er war versucht, sich zu weigern, aber was würde geschehen, wenn es keine Ernte gab?

»Ein Barde mag versuchen, in der Vergangenheit zu lesen, Euer Heiligkeit, aber ich kann nur sehen, was meine Agwen mir zeigt. Durch ihre Gnade werde ich vielleicht helfen können. Wollt Ihr Zeuge sein?«

»Ja, und gerne. Heute abend?«

»Warum nicht? Wenn der Mond aufgeht, werde ich in den Tempel kommen.«

Um sich vor dieser Anstrengung noch ein wenig auszuruhen, ging Gweran hinauf in seine Räume im zweiten Stock des Broch; zwei Kammern, die auf die Wendeltreppe hinausgingen, eine für seine Kinder und den Diener, die andere für ihn und seine Frau. Das größere Zimmer spiegelte Lord Maroics Großzügigkeit gegenüber seinem Barden wider: ein massives Bett mit bestickten Vorhängen, eine geschnitzte Truhe, ein Tisch und zwei Stühle, ein kleiner Teppich aus Bardek. Auf dem Tisch standen zwei Harfen: die kleine, schlichte Schoßharfe und die hohe, kunstvoll geschnitzte Stehharfe für die förmlichen Vorführungen. Gweran zupfte ein paar Saiten und lächelte über das weiche, wohlklingende Echo.

Als wäre der Klang ein Zeichen, kam seine Frau Lyssa durch die Tür des Kinderzimmers herein. Sie war zwar eine schöne Frau mit dunklem Haar und großen blauen Augen, aber ihre größte Schönheit lag in ihrer Stimme, weich, heiser und mit dem musikalischen Klang von Wind in den Bäumen. Ihre Stimme hatte Gwerans Herz bezaubert, seit er sie zum erstenmal gehört hatte. Vor diesen zehn langen Jahren, als sie ein Mädchen von fünfzehn war und er mit fünfundzwanzig endlich daran hatte denken können, sie nach seiner langen Ausbildung zu heiraten.

»Da bist du ja, mein Lieber«, sagte Lyssa. »Sind die Priester immer noch unten in der Halle? Ich bin hier heraufgekommen, um ihnen zu entgehen.«

»Nein, sie sind weg. Ich werde heute abend in den Tempel gehen, um mit ihnen zu arbeiten.«

Lyssa stieß einen leisen Schrei aus. Lachend ergriff Gweran ihre Hände.

»Sie werden mich schon nicht auf den Altar legen wie in der Zeit der Dämmerung.«

»Ich weiß. Aber Priester haben immer etwas an sich, das bewirkt, daß man sich besser fühlt, wenn sie einen nicht ansehen.«

An diesem Abend fastete Gweran. Im Zwielicht holte er seinen grauen Wallach aus dem Stall und ritt los. Über ihm hing der Vollmond geschwollen am durchscheinenden Himmel und ergoß sein Silberlicht auf Bauernland und Wald. Vier Meilen nördlich des Dun stand der Tempel vor einem kleinen Eichenhain. Als Gweran sein Pferd unter die Bäume führte, wartete dort schon ein junger Priester.

»Ich bringe das Pferd in den Stall. Seine Heiligkeit wartet im Tempel.«

In dem kleinen runden Schreinraum warfen Laternen eine Pfütze goldenen Lichts vor den Steinaltar. In sein langes weißes Ritualgewand gehüllt, stand Obyn an der Seite, die Hände zur Statue des Gottes erhoben, die aus einem einzigen Eichenstamm geschnitzt war, dessen Rinde die Bekleidung des abstrakten Körpers darstellte. Der Kopf selbst war gut ausgearbeitet, mit großen, starrenden Augen und einem beweglichen Mund; zwei hölzerne Köpfe hingen an ihrem hölzernen Haar an den zierlichen Händen. Vor dem Altar lag ein Stapel gegerbter weißer Schafsfelle.

»Ist der Tempel für die Arbeit geeignet?« fragte Obyn.

»Wenn der Gott meiner Göttin erlauben wird, seine Heimstatt zu teilen.«

»Ich zweifle nicht daran, daß der Große Bel alles tun wird, um seinem Volk zu helfen.« Obyns Augen glitzerten. »Immerhin ist er der Herr aller Götter und Göttinnen.«

Gweran ließ sich auf keine religiösen Diskussionen ein, sondern begann, die Schafsfelle auszubreiten, um sich ein Bett zu bauen; dann legte er sich darauf und verschränkte die Arme vor der Brust. Er entspannte sich, bis er sich wie eine Leiche auf der Bahre fühlte. Obyn kniete zu seinen Füßen. Der alte Mann bewegte sich leise und steif, als er sich auf die Fersen hockte.

»Können Euer Heiligkeit die ganze Nacht knien?«

»Meine Heiligkeit kann alles, was notwendig ist.«

Gweran starrte an die Decke und sah den Schatten zu, die dort im Kerzenlicht tanzten. Er hatte dieses Ritual lange nicht mehr durchgeführt, und damals war es darum gegangen, mit dem Geist eines alten Barden des Wolfsclans zu reden, um einen verwirrenden Punkt in Maroics Abstammung zu klären. Diesmal hing erheblich mehr von ihm ab als die Eitelkeit seines Herrn. Er verlangsamte seinen Atem, bis er zu treiben schien. Die Schatten tanzten schweigend; die Stille wurde nur von dem leisen rhythmischen Atmen des alten Priesters gebrochen.

Als er kurz vor dem Schlafen stand, begann Gweran leise zu rezitieren. Er sprach langsam, spürte jedes Wort seines Lieds von der Vergangenheit, eines Geschenks seiner Agwen, des Tors zum Ritual.

Ich war eine Flamme, flackerte im Feuer,
Ich war ein Hase, versteckt im Unterholz,
Ich war ein Tropfen, fiel mit dem Regen,
Ich war eine Sichel, schnitt das Korn.
Axt und Baum,
Schilf und See,

Nichts, das lebt,
ist mir fremd.
Ich war ein Bettler, flehte um Essen,
Ich war ein Dweomerschwert aus Stahl ...

Bei diesen Worten sah er sie, die Agwen, die Weiße Dame mit dem bleichen Gesicht, Lippen so rot wie Vogelbeeren und rabenschwarzem Haar. Wenn er sie sah, war er niemals sicher, wo sie sich befand, ob in seinem Geist oder an einem dunklen Ort der Welt, aber er sah sie so deutlich wie die Tempeldecke. Dann konnte er sie noch klarer erkennen – sie lächelte, als sie sich durchs Haar strich und ihn zu sich winkte. Er hörte seine eigene Stimme weiterrezitieren, aber die Worte hatten keine Bedeutung mehr. Das letzte, was er sah, war der Priester, der sich vorbeugte, um jedes Flüstern zu verstehen.

Gweran ging zum Brunnen bei den weißen Birken. Ein kleiner Fleck Gras, drei schlanke Bäume, die graue Steinmauer des Brunnens – all das war so klar und fest wie der Tempel, aber auf allen Seiten erstreckte sich eine durchscheinende weiße Leere, zerrissen von seltsamen Nebeln. Die Agwen hockte sich auf die Brunnenmauer und bedachte ihn mit einem grausamen kleinen Lächeln.

»Bist du immer noch mein treuer Diener?« fragte sie.

»Ich bin Euer Sklave, Herrin. Ich lebe und sterbe, wie Ihr befehlt.«

Sie schien erfreut, aber das war immer schwer zu sagen, weil aus ihren Augenhöhlen dasselbe schimmernde Licht strahlte, das auch ihn umgab.

»Was willst du von mir?«

»Der Regen meidet unser Land. Kannst du mir zeigen, warum?«

»Und was sollte ich mit dem Regen zu schaffen haben?«

»Du bist die Weise, das Licht in der Nacht, das Herz der Macht, meine Liebe, mein Entzücken.«

Sie lächelte – diesmal ein bißchen weniger grausam – und drehte sich um, um in den Brunnen zu starren. Gweran hörte ein leises Gurgeln, als öffne sich der Brunnen zu einem breiten Traumfluß.

»Es gab einen Mord«, sagte sie. »Aber keinen Fluch. Er wurde angemessen gerächt. Frag das Opfer selbst.«

Sie verschwand, und die Birken rauschten. Gweran wartete und starrte in den weißen Nebel, der hier und da regenbogenfarben glänzte. Ein Mann erschien in dem Dunst. Als Gweran ihn anrief, kam er auf ihn zu, ein junger Krieger mit hellem Haar und humorvollen blauen Augen. Er lächelte, obwohl in seiner Brust eine Schwertwunde klaffte. Endlos strömte das Blut aus seiner Brust, um zu verschwinden, bevor es ihm auf die Füße tropfte. Die Vision war so klar, daß Gweran aufschrie. Der Krieger sah ihn an.

»Woher kommst du, mein Freund?« sagte Gweran. »Hast du Ruhe gefunden?«

»Das Land des Ebers hat mich hervorgebracht und begraben. Ich ruhe, weil mein Bruder den Kopf meines Mörders abgeschlagen hat.«

»Und war das Rache genug?«

»War es das? Frag dich selbst – war es das?« Die Erscheinung begann zu lachen. »War es das?«

»Es sollte so sein.«

Der Geist lachte laut. Dann begann der Nebel zu wirbeln und dichter zu werden.

»Wer bist du?« fragte Gweran.

»Erinnerst du dich nicht? Erinnerst du dich nicht an diesen Namen?«

Das Lachen hallte weiter, und nun war auch die Erscheinung nicht länger von fester Form, sondern wirbelte wie ein flatternder Schatten in den Nebelstreifen, ein roter Fleck auf Weiß, und war dann vollends verschwunden. Nur noch der Nebel und das leise Rauschen des Winds waren geblieben. Aus dem Nebel kam die Stimme seiner Agwen.

»Er wurde gerächt. Sei gewarnt.«

Als ihre Stimme verklang, drang der Nebel dicht auf ihn ein, drückte ihn, schob ihn hin und her wie ein Blatt im Wind. Gweran spürte, wie er rannte, dann ausglitt und fiel.

Die Schatten an der Tempeldecke waren dunkel. Obyn seufzte, reckte den Rücken und beugte sich weiter vor.

»Seid Ihr zurück? Es sind noch zwei Stunden bis zum Morgen.«

Zitternd vor Kälte und Angst, setzte sich Gweran auf und versuchte zu sprechen. Obyn griff fest nach seinen Händen.

»Um der Liebe Bels willen«, flüsterte Gweran. »Gebt mir Wasser.«

Obyn klatschte zweimal in die Hände. Zwei junge Priester eilten herbei, Schalen in den Händen. Obyn legte seinen Umhang um Gwerans Schultern und half ihm trinken, als erstes Wasser, danach mit Honig gesüßte Milch. Der Geschmack brachte Gweran besser in die Welt zurück, als es seine Willenskraft allein geschafft hätte.

»Bringt auch ein wenig Brot.«

Gweran schlang das Brot zwischen langen, gierigen Schlucken von Milch hinunter, bis ihm plötzlich auffiel, daß er mitten im Tempel saß und aß.

»Verzeiht, aber das passiert mir immer.«

»Ihr braucht Euch nicht zu entschuldigen«, sagte Obyn. »Erinnert Ihr Euch an die Vision?«

Der blutende Geist erschien wieder in Gwerans Kopf.

»Ja. Was, glaubt Ihr, hat sie zu bedeuten?«

»Es war ein Mord, das stimmt. Er geschah, als ich noch ein kleiner Junge war, also erinnere ich mich dunkel. Ihr habt

Lord – oh, war es Caryl? Ich kann mich nicht erinnern, aber er war das Oberhaupt des Eberclans und wurde grausam von den Falken getötet. Aber wie Eure Weiße Dame sagte, er wurde gerächt, sogar zweimal, wie einige sagen würden. Ich sehe keinen Grund, weshalb der Große Bel zornig sein sollte.«

»Dann liegt also kein Fluch auf dem Land, denn das ist alles, was meine Herrin mir gezeigt hat.«

»Wir werden das Pferdeopfer darbringen, sobald der Mond abnimmt.«

Bis die Sonne aufging, ruhte Gweran im Tempel. Er war so müde, daß er gähnte, aber der Schlaf verweigerte sich ihm. In seinem Geist wirbelte vieles durcheinander, wiederholte Teile der Vision, dann sah er nur den Nebel oder war ganz und gar konfus. So war es immer nach diesem Ritual. Es gab Barden, die nach den seltsamen weißen Landen süchtig wurden, ein Wahnsinn, der schließlich ihren Geist völlig übernahm, aber Gweran fühlte sich eher abgestoßen, denn er hatte Angst, sich in diesem Wirbel zu verlieren. Dennoch schien diese Vision eine Botschaft für ihn zu erhalten: Er kannte diesen ermordeten Lord, kannte ihn wie einen Bruder. Hatte die Rache genügt? So sollte es sein. Als das Sonnenlicht bleich durch die Tempelfenster fiel, schüttelte er diese unverständlichen Gedanken ab und ritt nach Hause.

Er schlief den ganzen Morgen, oder besser, er versuchte zu schlafen. Immer wieder kam jemand herein: eines der Kinder, das von der Zofe verscheucht wurde, oder Lyssa, die sich ihr Nähzeug holte, oder ein Page, den der Lord geschickt hatte, um sich zu überzeugen, daß der Barde sich auch ausruhte. Schließlich kam die Zofe, Cadda, wieder hereingeschlichen, um saubere Brigga für einen der Jungen zu holen. Als Gweran sich aufsetzte und zu schimpfen begann, füllten sich ihre Augen mit Tränen. Immerhin war sie erst fünfzehn.

»Ach, bei den Göttern, es tut mir leid«, sagte Gweran. »Cadda, lauf zu deiner Herrin und sag ihr, ihr knurriger Bär von einem Mann hätte es aufgegeben, überwintern zu wollen. Und hol mir Brot und Bier, ja?«

Cadda machte sich rasch davon. Sie hatte nicht einmal die Zeit, die Tür zu schließen, da kamen schon die Jungen hereingestürmt und kletterten auf sein Bett. Gweran umarmte beide und setzte sie am Bettende nieder. Er war nicht in der Laune zum Toben. Aderyn, sieben Jahre alt, war ein dünner kleiner Junge mit riesigen dunklen Augen und hellem Haar. Acern, zweieinhalb Jahre alt, war rundlich, lachte immer, und es schien, als liefe er immer halbnackt herum.

»Acern, wo sind deine Brigga?«

»Naß.«

»Er hat es wieder gemacht, Vater«, verkündete Aderyn.

»Ihr Götter! Ich hoffe, deine Mutter hat dich abgewischt, bevor du ins Bett gekommen bist.«

»Aber selbstverständlich«, sagte Lyssa, die in der Tür stand. »Wenn du nicht so ekelhaft zu Cadda gewesen wärest, wäre der Junge inzwischen angezogen.«

Gweran nickte schuldbewußt. Immer noch wirbelten ihm Fetzen seiner Vision durch den Kopf. Er wollte ein Lied darüber schreiben, er konnte die Worte schon beinahe auf seiner Zunge spüren. Lyssa setzte sich neben ihn – die ganze Familie war da.

»Was ist denn mit Cadda los?« fragte Gweran. »Sie ist in letzter Zeit so verflucht empfindlich.«

»Oh, sie hat einen Mann im Kopf. Wenn man ihn einen Mann nennen kann.«

»Ach ja? Wen?«

Lyssa warf einen bezeichnenden Blick auf Aderyn und wechselte das Thema.

Nachdem sie gegessen hatten, machte sich Gweran zu einem langen Spaziergang in den Feldern auf. Er achtete kaum darauf, wohin er ging, während er an seinem Lied arbeitete. Er sang Teile davon laut vor sich hin, änderte die Worte immer wieder, überarbeitete jede Zeile, bis sie perfekt war. Eine Strophe nach der anderen lernte er es auswendig, verband die Teile mit Bildern und Alliterationen. Er würde es niemals aufschreiben. Wenn ein Barde lesen lernte, und seien es nur die Bezeichnungen der Buchstaben, würde seine Agwen ihn verlassen. Und ohne sie würde er nie wieder Lieder schreiben können.

Endlich zur Ruhe gekommen, kehrte Gweran in der Dämmerung zum Dun zurück. Als er auf den Broch zukam, sah Gweran Cadda auf der Kante des Pferdetrogs hocken und kichernd zu einem der sich dort ausruhenden Reiter aufblikken. Gweran erinnerte sich an Lyssas boshaften Kommentar über Caddas Mann und sah sich den Jungen genauer an: hochgewachsen, blond und auf eine rauhe Weise gutaussehend, hatte er die kleinen blauen Augen und hohen Wangenknochen eines Mannes aus dem Süden. Cadda schien bezaubert, aber er hörte ihrem Schwatzen nur halbherzig zu – was Gweran überraschte, denn Cadda war ein hübsches Mädchen, wohlgeformt und mit dichtem blondem Haar.

Gweran hätte die Angelegenheit am liebsten ignoriert, aber seine Frau sorgte sich, und das aus gutem Grund: Es geschah nicht selten, daß ein Reiter eine Dienerin schwängerte und sich dann davonmachte. Gweran ging umher, bis er Doryn fand, den Hauptmann des Kriegshaufens, der auf einer kleinen Bank saß und in die Dämmerung starrte. Gweran setzte sich neben ihn.

»Wer ist dieser neue Reiter?« fragte er. »Ein Junge aus dem Süden. Das Mädchen meiner Frau macht sich seinetwegen verrückt.«

Doryn grinste.

»Er heißt Tanyc. Er ist vor einer Weile hergekommen, und

der Herr hat ihn aufgenommen. Er ist ein guter Schwertkämpfer, und das ist eigentlich alles, was zählen sollte.«

»Sollte?« Gweran zog fragend die Brauen hoch.

»Nun ja, er ist ein seltsamer Bursche.« Doryn überlegte einen Augenblick und rang mit dieser ihm unvertrauten Art des Denkens. »Zurückhaltend, und wenn er kämpft, ist er tödlich still. Als wir Lord Cenydds Vieh überfallen haben, war Tanno vollkommen ruhig. Es ist unheimlich zu sehen, wie ein Mann einen anderen tötet, ohne auch nur einen Kriegsschrei von sich zu geben.«

Die Erwähnung des Viehs erinnerte Gweran daran, daß er darüber singen mußte. Lieder über solche Überfälle gefielen ihm nicht sonderlich, aber dieser war es wert, erwähnt zu werden, als Teil der neuen Fehde zwischen dem Wolfsclan und Lord Cenydd vom Eber im Norden.

»Ich nehme nicht an, daß dieser Tanno an eine ehrenhafte Heirat denkt?« fragte Gweran.

»Bei den Höllen, halt die kleine Cadda von ihm fern, wenn du das kannst. Er ist ein Einzelgänger, dieser Tanyc, er fliegt nicht im Schwarm. Einer der Jungen hat angefangen, ihn den Falken zu nennen, nur zum Scherz, aber es ist irgendwie an ihm hängengeblieben. Ich war sicher, es würde Ärger geben, aber Tanno hat nur gelacht und gesagt, der Name gefalle ihm.«

»Caddas Mutter ist eine gute Frau, und sie hat mir ihre Tochter anvertraut. Tu einem Barden einen Gefallen und sprich ein Wort mit diesem Falken, ja? Sag ihm, er soll sich eine andere Feldmaus suchen.«

»Welcher Mann würde einem Barden etwas ausschlagen?«

Nachdem dies erledigt war, kehrte Gweran in den Turm zurück. Er dachte an Überfälle. Es war leicht, darüber ein Lied aus den üblichen Lobesphrasen und anderen Liedern zusammenzubasteln. Es war nur wichtig, jedermanns Namen zu erwähnen. Diese betrunkenen Rüpel konnten ohnehin kein Lied von dem anderen unterscheiden.

Früh am nächsten Morgen, als es noch halbwegs kühl war, holte Tanyc seinen Sattel, einen Lappen und ein wenig Sattelseife und hockte sich an eine schattige Stelle am Brunnen. Er holte sich einen Eimer Wasser herauf, dann setzte er sich, um sein Sattelzeug zu reinigen. Andere Reiter taten das im Stall, aber er zog es vor, dabei allein zu sein. Ihm war immer schmerzlich bewußt, daß er der neue Mann im Kriegshaufen war und sich immer noch beweisen mußte. Er rieb gerade die Seife ins Leder, als Doryn vorbeikam und sich vor ihn hockte.

»Auf ein Wort, Junge«, sagte der Hauptmann.

»Selbstverständlich, Hauptmann. Gibt es irgendwelchen Ärger?«

»Noch nicht, und es braucht auch keinen zu geben. Was hältst du von der kleinen Dienerin des Barden? Unserem Gweran gefällt es nicht, daß du immer in ihrer Nähe bist.«

»Sie ist in meiner Nähe, Hauptmann. Ich halte sie für eine dumme kleine Kuh.«

Doryn dachte darüber nach. Tanyc hatte die Wahrheit gesagt, aber er erwartete nicht, daß man ihm glaubte – niemand vertraute ihm.

»Das überrascht mich«, sagte Doryn. »Ich hatte befürchtet, du hättest sie schon ins Heu gezerrt. Sie scheint ganz versessen darauf.«

»Ihre Ehre ist vor mir sicher. Sie geht mir auf die Nerven. Sie schwätzt die ganze Zeit.«

»Nun, ein Mann könnte sie beschäftigen, so daß sie keine Zeit zum Reden hat.«

»Ohne Zweifel. Tut das selbst, wenn Ihr wollt.«

Schulterzuckend stand Doryn wieder auf, stützte die Hände auf die Hüften und sah sich den Sattel an.

»Also gut. Wenn du ohnehin tust, was der Barde will, und sie in Ruhe läßt, wird es auch keinen Ärger geben.«

»Ganz bestimmt nicht, das schwöre ich.«

Zufrieden ging Doryn weiter. Tanyc wandte sich wieder dem Sattel zu. Tun, was der Barde wollte – dieser aufgeblasene kleine Mistkerl von einem Sänger. Er war versucht, sich mit Cadda einzulassen, nur um Gweran eins auszuwischen, aber er hatte schon ein gefährlicheres Spiel im Sinn. Er arbeitete langsam weiter, nahm sich Zeit und hielt dabei nach der Frau des Barden Ausschau.

Seine Geduld wurde bald belohnt, als Lyssa mit den Jungen vorbeikam. Als sie in den Stall gingen, sah Tanyc ihnen nach. Sie hatte etwas an sich, diese Lyssa, einen weichen Hüftschwung, dieses Lächeln, wenn sie den Kopf zurückwarf, diese Augen, die etwas ganz anderes im Bett versprachen, als ein verängstigtes kleines Mädchen bieten konnte. Er fragte sich, ob ihr Mann sie langweilte – immerhin war er älter als sie. Tun, was der Barde will, dachte Tanyc. Wir werden sehen.

Zur Mittagszeit beobachtete Tanyc Lyssa, wie sie mit ihrem Mann aß. Die Familie des Barden und die des Kämmerers hatten einen Tisch nahe dem von Lord Maroic an der Ehrenfeuerstelle. Tanyc setzte sich so an einen der Reitertische, daß er sie gut sehen konnte. Während sie aßen, schien Lyssa sich mehr um die Kinder als um ihren Mann zu kümmern, der seinerseits in seinem üblichen Nebel versunken war und ins Leere starrte. Das war ein so gutes Zeichen, daß Tanyc begann, darüber nachzudenken, wie er mit Lyssa allein sprechen könnte. Einer der anderen Reiter verpaßte ihm einen Rippenstoß.

»Was soll denn das?« sagte Gennyn. »Sieht aus, als beäugtest du ein Stück Wild im Wald eines anderen, mein Freund.«

»Worin besteht die Gefahr, eine Hirschkuh zu jagen, wenn der Hirsch kein Geweih hat?«

»Der Hirsch braucht kein Geweih, wenn die Wache nach Wilderern Ausschau hält. Lord Maroic wird dich rauswerfen, wenn du auch nur deinen Daumen in das Bier des Barden steckst.«

»Ach ja? Und du wirst gleich mit dieser Geschichte zum Hauptmann laufen?«

Gennyn wich zurück und schüttelte den Kopf, aber Tanyc konzentrierte sich nun wieder auf sein Essen. Es war sinnlos, sich zu verraten. Wenn er Lyssa haben wollte, würde er um sie kämpfen müssen, aber daran war er gewöhnt. Nichts in meinem ganzen verdammten Leben habe ich kampflos bekommen, dachte er – wieso sollte das jetzt anders sein?

Am Nachmittag eines dieser heißen Tage ritt Nevyn nach Blaeddbyr, einem von Lord Maroics Dörfern. Es war kein besonders großes Dorf – eine Handvoll Häuser, eine Schmiede, nicht einmal eine richtige Schänke –, was unangenehm war, weil er einen Platz zum Übernachten brauchte. Er war gekommen, um sich um die unnatürliche Trockenheit zu kümmern, aber solch größere Dweomerarbeit brauchte Zeit. Er hätte sein Lager im Wald aufschlagen können, aber das wäre mühsam gewesen. Nach fünfzig Jahren als Kräutermann auf der Straße war er alt, steif, leicht erschöpft und seiner stetigen Einsamkeit müde. Am Dorfbrunnen standen drei Frauen und füllten ihre Wassereimer, während sie tratschten. Als Nevyn sein Maultier und sein Pferd zum Brunnen führte, lächelten sie und begrüßten ihn mit der Neugier der stetig Gelangweilten. Als sie hörten, daß er ein Kräutermann war, wurde ihr Lächeln freundlicher.

»Nun, das ist eine gute Sache«, meinte eine von ihnen. »Werdet Ihr lange bleiben, guter Herr?«

»Ich dachte daran. Ich muß in den Feldern und Wäldern neue Kräuter suchen, wißt ihr. Kennt ihr jemanden, der einen Mieter aufnehmen würde? Ich kann selbstverständlich zahlen.«

Die drei Frauen überlegten, dachten laut über ihre eigenen Wohnverhältnisse nach und kamen schließlich zu dem Schluß, daß sie keinen Platz hatten.

»Aber da ist noch Banna«, sagte eine von ihnen. »Sie hat diese kleine Hütte hinter dem Haus.«

»Sie wird dem armen Mann das Ohr abschwatzen«, meinte eine andere.

»Aber wer sonst hat eine Hütte?«

Endlich zeigten sie Nevyn, wo er den Bauernhof finden würde, auf dem Banna, eine Witwe, mit ihrem einzigen Sohn wohnte. In einem schlammigen Hof hinter einem niedrigen Erdwall standen ein großes rundes Steinhaus, ein Kuhstall, Hütten für Hühner und an der Seite eine schäbige Holzhütte. Als Nevyn rief, kam ein junger hellhaariger Mann aus dem Kuhstall, den Rechen in der Hand.

»Guten Morgen. Seid Ihr Coryl?« fragte Nevyn. »Frauen aus dem Dorf haben mir gesagt, Ihr und Eure Mutter würdet vielleicht einen zahlenden Gast aufnehmen. Ich bin ein reisender Kräutermann.«

»Mag sein. Das hängt davon ab, was meine Mutter sagt.«

»Aha. Kann ich mit Eurer Mutter sprechen?«

»Einen Augenblick. Sie pflückt Beeren.«

Coryl ging wieder in die Scheune. Nevyn setzte sich auf den Boden, wartete und sah den Fliegen zu. Gerade war er zu der Ansicht gekommen, er wäre im Wald besser dran, als eine kräftige Frau, unter deren schwarzem Witwenkopftuch graue Haarsträhnen hervorlugten, in den Hof geeilt kam. Ihr folgte ein hübsches blondes Mädchen, das zu gut gekleidet war, um auf einem Bauernhof zu leben, und zog einen kleinen dünnen Jungen mit den größten Augen, die Nevyn je gesehen hatte, hinter sich her. Alle trugen Holzeimer, und der Mund des Jungen war blaurot gefärbt. Nevyn verbeugte sich vor der Witwe und erzählte seine Geschichte ein weiteres Mal.

»Ein Kräutermann?« sagte Banna. »Wie unverschämt von meinem Sohn, Euch hier warten zu lassen! Er hätte Euch mindestens einen Krug Bier anbieten sollen! Kommt herein!«

Drinnen war es kühler, aber die Fliegen und der Gestank nach Kühen waren auch hier allgegenwärtig. Das große Halbrund des Raums war voller schlecht reparierter Möbel, Hafersäcke und Werkzeug. Der Wald wurde immer verlokkender. Banna, das Mädchen und der kleine Junge stellten ihre Eimer auf einen wackligen Tisch. Als der Junge nach mehr Beeren griff, packte das Mädchen seine Hand.

»Das genügt jetzt, Aderyn«, sagte sie. »Du wirst Bauchweh bekommen, und wir müssen auch bald zurückgehen.«

»Ich will hierbleiben und mit dem Kräutermann reden.«

»Ein andermal.«

»Aber dann ist er vielleicht weg.«

Nevyn setzte zu einer banalen Bemerkung an, aber er erstarrte, als er einen Blick auf das Mädchen warf und dic Seele in ihren Augen erkannte. Ysolla, bei den Göttern!

»Und, guter Herr«, fragte Aderyn. »Werdet Ihr weg sein?«

»Das bezweifle ich.« Rasch nahm sich Nevyn wieder zusammen. »Ich bin nur hier, um Banna zu fragen, ob sie mich in ihrer Hütte wohnen läßt.«

»Oh, ich bin sicher, wir werden uns einig«, sagte Banna. »Ein paar zusätzliche Münzen sind immer willkommen. Wenn Cadda dich das nächste Mal mitbringt, kannst du also wieder mit dem Kräutermann reden, Addo.«

Als Banna ihm die Hütte zeigte, hatte sie auch nichts dagegen, von Cadda zu erzählen, ihrer jüngsten Tochter, die droben im Dun einen Platz als Dienerin der Frau des Barden gefunden hatte. Banna berichtete auch sofort, daß Aderyn der Sohn des Barden und seiner Frau sei und ihre Tochter auf keinen Fall einen Bastard habe.

Die Hütte selbst war klein, hatte einen gestampften Boden und eine winzige Feuerstelle. Über das einzige Fester war ein Stück Kuhhaut gezogen, einen Laden gab es nicht. Es würde genügen müssen. Während Nevyn sein Pferd und das Maultier ablud, fegte Banna den Staub aus der Hütte und bedeckte den Boden mit frischem Stroh. Nachdem er die Frau hinausgescheucht hatte, breitete Nevyn sein Bettzeug aus, legte seine Beutel mit Kräutern ab und ließ die Satteltaschen und Kochtöpfe an der Feuerstelle fallen. Er setzte sich mitten auf den Boden und sah sich in seinem neuen Heim um.

Ysolla ist also hier, dachte er, oder genauer gesagt: Cadda – diesen Fehler darf ich nicht machen! Sie war das erste Zeichen in fünfzig Jahren, daß er der Seele derer näherkam, die einmal Brangwen vom Falken gewesen war. Seit seiner Jugend hatte er sich ununterbrochen nach ihr umgesehen, während er das ganze Königreich durchwanderte und sich nur vom Zufall, der mehr als Zufall war, führen ließ. Zunächst hatte er erwartet, sie würde sofort zurückkommen, so daß sie in ihrem neuen Körper etwa fünfzehn wäre und er erst sechsunddreißig, noch jung genug, um sie zu heiraten. Aber er hatte sie nie gefunden. Obwohl er müde vom Alter wurde, fühlte er keine Anzeichen von Krankheit oder nahem Tod. Bei seiner Beherrschung des Dweomer müßte er voraussagen können, wann er sterben würde, um angemessen zu planen, aber er sah nichts. Die Herren des Wyrd hatten seinen übereilten Schwur wörtlich genommen. Er würde keine Ruhe finden, bis er Brangwen wiedergefunden und alles wiedergutgemacht hatte.

»Auch Ysolla hatte mit der Tragödie zu tun«, bemerkte Nevyn zur Feuerstelle hin. »Es kann schon sein, daß die Herren des Wyrd die beiden wieder zusammenbringen.«

Die Feuerstelle schwieg, was Nevyn als Zeichen des Zweifels nahm. Aber die Sache war es wert, daß er sich einmal umsah, während er sich um die Trockenheit kümmerte. Er könnte einfach seine Anwesenheit als Kräutermann bekanntmachen und sich in Lord Maroics Dun einladen lassen.

Es sollte allerdings der Sohn des Barden sein, der Nevyn Zugang zum Dun verschaffte. Am nächsten Tag kam Aderyn, um ihn zu besuchen.

»Darf ich mir die Kräuter ansehen?« fragte Aderyn. »Bin ich im Weg? Vater sagt, ich sei immer im Weg.«

»Nein, überhaupt nicht. Vielleicht kannst du mir sogar helfen. Gibt es hier in der Nähe verlassene Bauernhöfe oder Ruinen? Bestimmte Kräuter wachsen nur auf Land, das lange brachgelegen hat, weißt du, und genau solche Kräuter brauche ich.«

»Es gibt solche Stellen. Da war dieser Bauernhof, und Lord Cenydd vom Eber sagt, er hätte ihm gehört, aber unser Lord sagt, er gehört ihm, und so haben sie darum gekämpft. Also hat der Bauer Angst gekriegt und ist gegangen, und jetzt gibt es niemanden mehr, um den sie kämpfen können.«

»Ihr Götter! Nun ja, so sind unsere adligen Krieger nun einmal.«

»Magst du keine Reiter und Kämpfe?«

»Nicht besonders, aber du bestimmt. Jungen mögen so etwas.«

»Ich nicht.« Aderyn zog die Nase kraus. »Ich werde kein Reiter werden, wenn ich groß bin. Sie sind doch nur Viehdiebe. Mir ist es gleich, was die anderen sagen.«

Nevyn sah den Jungen überrascht an. Aderyn schaute sich mit großen Augen in der Hütte um.

»Würdest du mir denn zeigen, wo dieser Hof ist, und mir beim Kräuterpflücken helfen?« fragte Nevyn. »Aber wir müssen deiner Mutter zuerst sagen, wohin du gehst.«

»Ja, gern. In der Festung ist es immer so langweilig. Gehen wir Mama fragen.«

Nevyn nahm einen Sack, ein paar Lappen, um die Kräuter darin einzuwickeln, und seine kleine Silbersichel mit. Mit dem fröhlich schwatzenden Aderyn ging er zum Dun. Sobald sie durchs Tor kamen, rannte Cadda auf sie zu und packte Aderyn am Arm.

»Wo bist du gewesen?« sagte das Mädchen. »Ich habe mir schreckliche Sorgen gemacht.«

»Ich wollte den Kräutermann besuchen. Wo ist Mama? Ich will sie fragen, ob ich mit ihm gehen darf.«

»Sie ist gerade bei Lady Cabrylla, aber dein Vater ist in der Halle.« Cadda warf Nevyn einen Blick zu. »Soll ich unserer Herrin sagen, daß Ihr im Dorf seid? Sie würde sich Eure Kräuter bestimmt gerne ansehen.«

»Dafür wäre ich sehr dankbar.« Nevyn verbeugte sich. »Sagt Ihr, ich habe auch Parfüms und Haarwässer und solche Dinge, nicht nur Arzneien.«

Aderyn packte Nevyn fest am Hemd und zog ihn zur großen Halle, wo Gweran der Barde an Lord Maroics Tisch trank. Gweran war ein kräftig aussehender blonder Mann in den Dreißigern, und er erhob sich, als er seinen Sohn mit einem Fremden hereinkommen sah. Nevyn erhielt seinen zweiten Schock in ebenso vielen Tagen – Blaern! Sofort fragte er sich, wer wohl Aderyns Mutter war. Ihr Götter – Brangwen darf nicht mit einem anderen verheiratet sein! Aber schon bei diesem Gedanken hatte er das unbehagliche Gefühl, daß die Herren des Wyrd über ihn lachten.

Als Aderyn aufgeregt seine Bitte vorbrachte, hörte Gweran mit freundlichem Lächeln zu.

»Also gut«, sagte er schließlich. »Wenn er Euch wirklich nicht stört, guter Herr ...«

»Nein, Euer Sohn ist erstaunlich klug. Und ich genieße es, anderen etwas über Kräuter beibringen zu dürfen.«

Nachdem sie einen Nachmittag lang auf den Brachfeldern Ampfer, Mutterkraut und Malven gesammelt hatten, brachte Nevyn Aderyn zurück zum Dun, bevor er selbst in die Hütte zurückkehrte. Er putzte die Pflanzen und legte die Blätter und Stiele sorgfältig auf sauberem Tuch zum Trocknen aus. Während dieser Arbeit wanderten seine Gedanken. Blaern und Ysolla hier zusammen. Er hatte nie erwartet, die anderen Handelnden in der Tragödie um ihn und Brangwen wiederzusehen. Es war beunruhigend, und er fragte sich, ob seine Wyrdlast schwerer sei, als er sich hätte träumen lassen. So viele Leben waren zusammen mit dem ihren vernichtet worden, dachte er, und alles um seinet- und Gerraents willen. Er beschloß, am nächsten Tag seine Waren zum Dun zu bringen und einen Blick auf die Frau dieses Barden zu werfen.

Bei Sonnenuntergang ging er zum Fluß hinunter, wo er eine Esche fand und sich unter ihren Ästen niederließ, um den Fluß zu beobachten. Selbst inmitten des Flußbetts war das Wasser träge, und die letzten Sonnenstrahlen färbten es rötlich. Nevyn benutzte das Zweite Gesicht und konnte erkennen, wo sich die groben Elementarkräfte verfangen hatten. Rings um das, was die Menschen als ihre wirkliche Welt kennen, und sie durchdringend, befinden sich andere Welten oder Daseinsstadien – man könnte sie auch als Kräfte bezeichnen. Der Dweomer nennt sie Ebenen, kennt ihre Bewohner, studiert ihre Bewegungen und hat die Möglichkeit, sie zu sehen und zu wissen, daß sie so wirklich sind wie die Welt, die die meisten anderen Menschen als einzige sehen können. Daß der menschliche Geist ein Tor zwischen diesen Ebenen darstellt, ist ein Geheimnis, das man gefahrlos verraten kann, denn es braucht Jahre des Lernens, bevor diese

Tore sich öffnen – Jahre, die ungeduldige Narren nicht mit Studien verbringen werden, um Geheimnisse zu erfahren, die ihnen besser verborgen geblieben wären.

Eine dieser Ebenen, die ätherische, ist die Heimat der Elementargeister (die die Menschen Wildvolk nennen), die Quelle der Naturkräfte und das Gewebe, das die Seele jedes lebenden Wesens umfängt. Innerhalb oder auf dieser Ebene befindet sich ein Ort der Kräfte, die der Dweomer das Wildland nennt, und dort ist ein größerer Teil des menschlichen Geistes verwurzelt, als die Leute gerne zugeben. Um zu erkennen, was den Fluß beunruhigte, baute Nevyn sich ein Tor zu diesem Wildland. Er verlangsamte seine Atmung, bis er sich ganz mit der Erde verwurzelt fühlte. Die Luft floß in seine Lungen und wieder heraus, auf dem Wasser vor ihm glitzerten die letzten Sonnenstrahlen. Sein Geist war das fünfte Element, das die vier anderen in sich vereinte. Langsam baute er in seinem Geist ein Bild auf, einen hellblau schimmernden fünfzackigen Stern, mit einer Zacke nach oben, wie es sich für heilige Symbole gehört. Nach langen Jahren der Arbeit kostete es nur wenig Anstrengung, den Stern zum Scheinen zu bringen und ihm ein von seinem Willen unabhängiges Leben zu verleihen. Er schob das Bild aus seinem Kopf, bis es glitzernd am Ufer zu stehen schien.

In diesem Tor konnte er sehen, wie sich das Wildland blau und dunstig unter einer kühlen Sonne öffnete. Er wollte sich gerade selbst hindurchdenken, als das Wildvolk zu ihm kam. Nevyn spürte das Kribbeln der Macht in seiner Wirbelsäule, als sie um ihn herumwirbelten und ihre Gefühle auf ihn eindrangen, Ärger, Haß und die Bitte, ihnen zu helfen. Das Wildvolk der Luft verfluchte das von Feuer und Wasser, während dasjenige der Erde verzweifelt war.

»Schon gut, schon gut«, sagte Nevyn. »Ich muß mit euren Herrschern sprechen. Allein kann ich nichts tun.«

Sie waren schon wieder weg, rannten zurück in ihre Domänen. Nevyn entschloß sich, ihnen nicht zu folgen, sondern sie erst die Botschaft überbringen zu lassen. Langsam löschte er den Stern, zog das blaue Licht wieder in sich zurück und schlug dann dreimal auf den Boden, um den Vorgang zu beenden. In der kühlen Nachtluft fühlte er sich stark und friedlich.

Ich werde es morgen wieder versuchen, dachte er. Wenn die Lage so schlimm ist, werden die Könige früher oder später meine Hilfe annehmen. Obwohl die Menschen das Wildvolk eigentlich beherrschen und nicht anbeten sollten, verdiente es dennoch Achtung und Höflichkeit. Aber er würde sich bald mit ihm beschäftigen müssen, wenn er den Leuten von Blaeddbyr eine Hungersnot ersparen wollte. Wenn diese Trockenheit noch länger anhielt, wäre die Ernte nicht mehr zu retten.

Früh am nächsten Morgen, als es noch kühl war, kehrte Nevyn zum Dun zurück, um Lady Cabrylla seine Waren zu zeigen. Sie empfing ihn in der Frauenhalle, wo sie ihre Damen und Dienerinnen versammelt hatte, um zu sehen, was dieser Hausierer zu bieten hatte. Als er Päckchen mit Kräutern, Pomaden und Kosmetika auf den Tisch legte, betrachtete Nevyn jede der Frauen genau. Er wollte die Hoffnung schon aufgeben, als eine schwarzhaarige junge Frau durch eine Seitentür hereinkam und am Rand der Menge stehenblieb. Trotz der so unterschiedlichen Züge und Farben wußte Nevyn sofort, daß er seine Brangwen vor sich hatte.

»Hier ist unsere Lyssa«, sagte Lady Cabrylla freundlich. »Nevyn, das hier ist die Frau unseres Barden.«

Nevyn fragte sich, wie er jemals so dumm hatte sein können zu glauben, daß sein Wyrd sich rasch entwirren ließe. Er beugte sich über Lyssas Hand und murmelte eine Freundlichkeit, die sie erwiderte. Als ihre Blicke sich begegneten, erkannte sie ihn. Er konnte das kurze Aufblitzen von Freude in ihren dunkelblauen Augen erkennen, dann die Verwirrung, als sie sich zweifellos fragte, wieso sie so erfreut war, diesen alten Mann zu sehen.

Das Pferdeopfer wurde im Heiligen Eichenhain am Rand des Dorfes dargebracht. Am vereinbarten Tag, kurz vor Sonnenuntergang, zogen die Leute aus dem Dorf und aus dem Haushalt des Lords in einer Prozession zum Dorfbrunnen. Lord Maroic kniete sich vor Obyn den Oberpriester und überreichte ihm die Zügel eines wunderschönen weißen Hengstes. Während Obyn das Pferd hielt, schmückten die jüngeren Priester die Zügel mit Mistelzweigen. Als sie zu rezitieren begannen, warf das Pferd den Kopf zurück und schnaubte, denn es spürte sein seltsames Wyrd wie einen Reiter auf seinem Rücken. Obyn führte es davon. Lord Maroic kam auf die Beine und eilte ihm nach, und der Rest der Menge folgte ihm. Die Prozession zog durch den Hain und kam zu dem Altar. Anders als jener im Tempel bestand dieser Altar aus einer Platte beinahe unbehauenen Steins. Holz für ein großes Feuer lag schon bereit.

Die jungen Priester entzündeten das Feuer, und die Menge sank auf die Knie.

Gweran nutzte die Gelegenheit, sich ganz an den Rand zurückzuziehen. Da Aderyn bei ihm war, wollte er weit entfernt sein, wenn das Pferd seinem Wyrd begegnete. Aderyn drehte und wand sich und hielt offenbar nach jemandem Ausschau. Alle Menschen, die im Umkreis von zwanzig Meilen lebten, waren hier erschienen, um den Gott anzuflehen, ihre Ernte zu verschonen. Als Gweran zu den Frauen hinübersah, konnte er Lyssa und Cadda ziemlich weit hinten erkennen – Cadda hielt ein Tuch bereit, um es sich vor die Augen zu halten. Acern schlief im Schoß seiner Mutter. Die

Rezitation legte an Tempo zu und wurde lauter, als die Flammen höher stiegen.

»Vater«, flüsterte Aderyn. »Das ist Verschwendung eines guten Pferds.«

»Still. Man spricht nicht bei Ritualen.«

»Aber bis zum Vollmond wird nichts geschehen.«

Als Gweran mit einer Ohrfeige drohte, schwieg der Junge schließlich. Ein junger Priester nahm die Zügel des nervösen Pferds entgegen, und Obyn trat vor den Altar, hob die Arme und begann, den Gott um Gnade zu bitten. Seine Stimme wurde immer lauter und schneller, bis sie sich zu einem Schluchzen steigerte. Ein Priester blies ein Messinghorn – ein rauher Schrei aus der Zeit der Dämmerung. Dann folgte Schweigen. Obyn nahm eine Bronzesichel von seinem Gürtel und ging auf das Pferd zu, das erschrocken den Kopf herumwarf. Als das Horn abermals ertönte, warf es den Kopf erneut zurück, aber die Bronzesichel blitzte hell im Feuerlicht. Das Pferd schrie, taumelte, Blut floß, und das Tier sank tot auf die Knie.

Aderyn begann laut zu weinen. Gweran nahm ihn in die Arme, zog ihn auf seinen Schoß und ließ zu, daß sein Sohn den Kopf an seiner Brust verbarg. Er war klug genug, dem Jungen die Augen zuzuhalten, als die Priester begannen, das Pferd auszuweiden. Gweran wußte, in der Zeit der Dämmerung hätten sie ein Menschenopfer dargebracht, und dieses Pferd zeigte das wachsende Mitgefühl des Gottes gegenüber seinem Volk, aber das würde Aderyn nicht trösten.

Am Ende schnitt Obyn einen Streifen blutigen Fleisches ab und wickelte ihn in dickes Fett vom Oberschenkel des Tieres. Mit einem lauten Schrei warf er das Opfer in die Mitte der Flammen. Das Fett fing spuckend Feuer und begann zu rauchen.

»Großer Bel«, rief Obyn. »Hab Mitleid.«

»Hab Mitleid«, seufzte die Menge.

Der junge Reiter blies in das Horn.

Bald darauf ging das Ritual zu Ende. Aderyn weinte immer noch herzzerreißend, und Gweran hob ihn hoch und trug ihn, während er verzweifelt nach Lyssa Ausschau hielt. Statt ihrer fand er Nevyn, der an einem Baum lehnte und den flammenerleuchteten Altar mit säuerlichem Lächeln betrachtete.

»Schon gut, Addo«, sagte Nevyn, und sein Lächeln verschwand. »Jetzt ist es vorbei. Es ist schade, das stimmt, aber das arme Tier ist tot und leidet nicht mehr.«

»Sie hätten das nicht tun dürfen«, schluchzte Aderyn. »Und es wird nicht einmal etwas nützen.«

»Nein. Aber was getan ist, ist getan, und du solltest hier lieber nicht so reden, wo die Leute dich hören können. Sie müssen glauben, daß es hilft.«

Langsam kam Aderyn zur Ruhe. Er wischte sich die Tränen ab, Gweran küßte ihn und setzte ihn ab.

»Nun, Barde«, sagte Nevyn. »Glaubt Ihr, daß das Regen bringen wird?«

»Vielleicht, vielleicht auch nicht. Aber ganz gleich, der Gott wird erfreut sein.«

»Wahr gesprochen. Und wahrhaft fromm.«

Der alte Mann ging davon, und Gweran starrte ihm verwundert hinterher. Als die Menge sich auflöste, fand er Lyssa endlich, die schon auf ihn zueilte. Direkt hinter ihr kam Cadda mit einem der Reiter, der den immer noch schlafenden Acern trug. Als Gweran Tanyc erkannte, ärgerte ihn das. Er hatte Doryn doch gesagt, er solle diesen Burschen von Cadda fernhalten. Aber dann wurde ihm klar, daß er Tanyc in letzter Zeit häufig gesehen hatte, wenn Cadda und Lyssa im Hof waren – er saß immer in der Nähe oder kam mit ihnen, wenn die Frauen den Dun verließen.

Am nächsten Morgen ging Gweran zu Doryn, als dieser

zum Frühstück in die Halle kam. Doryn schien ehrlich überrascht.

»Der verfluchte kleine Bastard! Ich habe mit ihm gesprochen, Gweran, und er hat mich davon überzeugt, daß er keinen Schweinefurz für Cadda gibt.«

»Lust hat schon so manchen Mann zum Lügner gemacht. Ich werde später selbst mit dem Jungen sprechen.«

Es war Nachmittag, bis Gweran die Seite seines Herrn lange genug verlassen konnte, um Tanyc zu suchen, aber als er ihn fand, war Cadda bei ihm. Draußen im Hof putzte Tanyc sein Pferd, während Cadda neben ihm stand.

Als Gweran auf sie zukam, knickste Cadda eilig.

»Ich bin überzeugt, deine Herrin hat etwas für dich zu tun«, sagte Gweran.

Mit einem letzten Lächeln an Tanyc lief Cadda zum Turm.

»Danke«, sagte Tanyc: »Bei den Höllen, hält dieses Mädchen denn niemals den Mund?«

»Hin und wieder. Aber Ihr könnt es nicht so unangenehm finden – Ihr scheint ihre Gesellschaft immer wieder zu suchen.«

Tanyc sah ihn mit kaum verhohlener Verachtung an.

»Vielleicht, vielleicht auch nicht. Was geht es Euch an?«

»Vielleicht nichts – solange Ihr Euch vorstellen könnt, eines Tages ein verheirateter Mann zu sein. Ich warne Euch, wenn Cadda mit einem Kind dasteht, werde ich mit Lord Maroic darüber sprechen. Mir ist es gleich, wie viele Eurer Freunde im Kriegshaufen lügen und schwören werden, sie hätten ebenfalls bei ihr gelegen. Sie wird Eure Frau werden.«

Tanyc umklammerte den Striegel so fest, daß Gweran sich wunderte, daß das Holz nicht brach. Er drehte sich um und ging. Sollte es je zu einem Kampf kommen, würde Tanyc ihn vermutlich in Streifen schneiden können. Das wußte Tanyc selbstverständlich auch. Als Gweran Lyssa sagte, er habe mit Tanyc gesprochen, lächelte sie und sagte, sie möge diesen Mann nicht und wäre froh, wenn er aufhören würde, ständig neben ihrer Dienerin aufzutauchen.

An den nächsten Tagen bemühte Gweran sich, auf die Situation zu achten. Zunächst sah es so aus, als hätte Tanyc sich die Warnung zu Herzen genommen, aber eines Morgens sah Gweran, wie Lyssa, Cadda und die Jungen über den Hof gingen und Tanyc sich eilte, sie zu erreichen. Gweran ging nach unten und lief hinter ihnen her. Als Tanyc seiner ansichtig wurde, verbeugte er sich hastig und ging zurück in die Unterkunft.

»Ihr Götter, Cadda«, fauchte Gweran. »Deine Herrin hat mit dir gesprochen, ich habe mit dir gesprochen – geht es denn nicht in deinen hübschen Kopf, daß er nicht der richtige Mann für dich ist?«

Cadda schniefte, holte ein Taschentuch aus dem Hemd hervor und betupfte sich die Augen. Lyssa tätschelte ihr den Arm.

»Gweran hat recht«, sagte Lyssa. »Komm, wir gehen hinauf in die Kammer, wo es schön kühl ist, und unterhalten uns noch einmal.«

»Ich will mit Vater gehen«, sagte Aderyn. »Darf ich?«

»Also gut.« Gweran streckte die Hand aus. »Wir machen einen Spaziergang.«

Sie gingen den Fluß entlang, der nur noch ein Rinnsal im Schlamm war, und setzten sich ins trockene Gras. Ohne einen Lufthauch hing die Hitze schwer über ihnen. Aderyn legte sich auf den Bauch und pflückte einen Halm, um damit zu spielen.

»Vater? Du magst Tanyc nicht, nicht wahr?«

»Nein. Du?«

»Nein. Er macht mir angst.«

»Der Hauptmann sagt, er sei ein harter Mann.«

»Weißt du was, Vater? Er will gar nicht bei Cadda sein. Wenn wir spazierengehen, meine ich. Er will Mama sehen.«

Gweran fühlte sich, als hätte ihm jemand in den Bauch geboxt. Aderyn versuchte, einen Knoten in den Grashalm zu binden, dann gab er auf und begann, darauf herumzukauen.

»Bist du da ganz sicher?« fragte Gweran.

»Ja. Du hast mir doch gesagt, ich solle die Leute beobachten. Also habe ich Tanyc beobachtet, weil ich ihn nicht leiden kann. Es gefällt mir nicht, wie er Mama immer ansieht. Und er verbeugt sich immer so nett, und dann redet er mit Cadda, aber die ganze Zeit sieht er nur Mama an.«

Aderyn begann, den Halm mit dem Finger aufzuschlitzen und die Teile zusammenzuflechten. Gweran starrte den ausgetrockneten Fluß an und spürte, wie sein Zorn aufflackerte, als wären Funken in trockenes Gras geflogen und als rase nun eine ganze Flammenwand über die Wiese. Dieser Bastard, dachte Gweran – glaubt er, ich lasse mir das kampflos gefallen?

»Vater? Was ist denn?«

»Nichts, Junge. Ich mache mir nur Sorgen wegen der verfluchten Trockenheit.«

»Tu das nicht. Nevyn kümmert sich darum.«

Gweran zwang sich zu einem Lächeln. Er hatte keine Zeit, über irgendwelches dummes Gerede über den Kräutermann nachzudenken.

»Gehen wir zum Dun zurück. Hier draußen ist es ein bißchen heiß, und es gibt da ein, zwei Dinge, die ich im Auge behalten will.«

»Eins würde ich gerne wissen«, sagte Aderyn. »Wieso helfen Kräuter bei Fieber und so?«

»Nun«, meinte Nevyn, »das ist eine sehr schwierige Frage. Willst du dir eine Rede anhören?«

»Ja. Ich finde, das macht Spaß.«

Sie knieten auf dem Boden von Nevyns Hütte und wendeten die Kräuter, damit sie gleichmäßig trockneten. Aderyn kam beinahe jeden Tag, um zu helfen und Kräuterwissen zu erlernen. Nach seiner langen Einsamkeit fand Nevyn das Geschwätz des Jungen amüsant.

»Also gut«, fuhr er fort. »Es gibt vier Körpersäfte in jedem Menschenkörper. Sie entsprechen den vier Elementen: Feuer, Wasser, Luft und Erde. Wenn alle Säfte im Gleichgewicht sind, ist der Mensch gesund. Jedes Kraut hat ebenfalls mehr oder weniger dieser Säfte, und sie gleichen es aus, wenn jemand krank ist. Wenn jemand Fieber hat, dann hat er zuviel von dem feurigen Körpersaft. Ein Kraut, das bei Fieber wirkt, hat viele kühle wäßrige Körpersäfte und hilft, das Feuer auszugleichen.«

»Nur vier Körpersäfte? Ich dachte, es sollten fünf sein.«

Nevyn setzte sich überrascht auf die Fersen zurück.

»Ja, das stimmt. Aber nur vier im Körper. Der fünfte regiert die anderen vom Geist aus.«

Aderyn nickte und merkte sich alles. Mehr und mehr fragte sich Nevyn, ob dieser Junge vielleicht sein nächster Schüler werden würde. Diese Zweifel ließen ihn mißtrauisch werden. Da ein Dweomermann nie mehr als einen Schüler haben konnte, würde er niemals Aderyn annehmen und gleichzeitig Brangwen zum Dweomer bringen können, um seinen Schwur zu erfüllen.

Manchmal brachte er Aderyn zum Dun zurück, in der Hoffnung, dort Lyssa zu begegnen. An den heißen Nachmittagen saßen die Mitglieder des Haushalts oft am Hang des grasigen Hügels. Da Nevyn jetzt überall bekannt war, kam immer einer vorbei und stellte ihm eine Frage wegen einer Krankheit oder wollte ein paar Kräuter kaufen. Bei einer solchen Gelegenheit begegnete er auch Tanyc und sah, wie sich sein Wyrd um ihn schloß wie das Netz eines Fischers um seine Beute.

Nevyn und Aderyn kamen den Hügel hinauf, als Nevyn Cadda bei einem der Reiter sitzen sah, einem Mann aus dem Süden mit hartem Blick. Auch Aderyn bemerkte es und ging auf die beiden zu.

»Cadda, das werde ich Mama sagen. Du sollst nicht hier bei ihm sein.«

»Halt den Mund, du kleiner Mistkerl.«

»Nein, ich werde es ihnen sagen!«

Tanyc sprang auf, und etwas an der Art, wie er Aderyn ansah, erschreckte Nevyn so, daß er sofort hinübereilte.

»Den Sohn eines Barden zu schlagen, könnte zur Folge haben, in einem Lied schlecht wegzukommen«, bemerkte er.

»Und was geht es dich an, alter Mann?« Tanyc fuhr herum.

Als ihre Blicke sich begegneten, erkannte Nevyn Gerraents Seele in der Arroganz, die in Tanycs Augen aufblitzte.

»Du solltest Nevyn lieber nicht beleidigen«, sagte Aderyn. »Er ist ein Dweomermann.«

»Halt den Mund! Ich bin nicht in der Stimmung, mir etwas von einem flohbehafteten Welpen sagen zu lassen.«

Tanyc hatte zu einem Schlag ausgeholt, aber Nevyn packte ihn am Handgelenk. Das Wildvolk eilte ihm zur Hilfe und verlieh ihm so viel rohe Kraft, daß Tanyc bei aller Anstrengung den Griff des Kräutermanns nicht brechen konnte. Nevyn zog ihn näher heran und starrte ihm tief in die Augen, während er seinem Haß freie Bahn ließ – und der Dweomer lag dahinter. Tanyc wurde kreidebleich und hörte auf, sich zu wehren.

»Ich sagte, laß den Jungen in Ruhe«, flüsterte Nevyn.

Tanyc nickte erschrocken. Als Nevyn ihn losließ, drehte er sich um und rannte zum Tor des Dun.

»Cadda, bring Addo zurück zu seiner Mutter«, sagte Nevyn. »Ich gehe zu meiner Hütte.«

So waren also alle Schauspieler ihrer kleinen Farce wieder versammelt, sogar Gerraent. Nevyn wurde klar, daß er Opfer seines Stolzes geworden war, dieses königlichen Stolzes, der nur die Prinzen und Prinzessinnen sieht und die anderen als überflüssig und austauschbar ansieht. In den nächsten Tagen hielt sich Nevyn fern vom Dun und seinem alten Feind, aber schließlich kam Lyssa zu ihm. Sie erschien eines Tages auf dem Bauernhof mit der Ausrede, sie wolle Aderyn heimholen. Nevyn schickte den Jungen auf einen Botengang und bot Lyssa den einzigen Stuhl an, den er besaß, einen wackligen dreibeinigen Hocker. Sie setzte sich darauf und sah sich die Sträuße getrockneter Kräuter an, die überall in der Hütte hingen.

»Es riecht hier so gut. Und es ist sehr freundlich von Euch, daß Ihr so geduldig mit meinem Addo seid. Ihr solltet ihn abends beim Essen hören – heute haben wir über Hundszahn gesprochen, heute haben wir Kampferwurzeln getrocknet. Sein Vater weiß gar nicht mehr, was er sagen soll.«

»Ärgert es Gweran? Die meisten Männer sehen es gern, wenn ihr Sohn Interesse an ihrem eigenen Beruf zeigt.«

»O nein, mein Mann ist der gutmütigste Mensch auf der Welt. Ich glaube, er freut sich, daß Aderyn sich für etwas so interessiert. Er war von Anfang an ein seltsames Kind.«

Nevyn lächelte – dessen war er sich sicher.

»Ich bin überrascht, daß Ihr nicht mehr Kinder habt. Ihr scheint die Jungen sehr zu lieben.«

»Nun, ich hoffe und bete, bald mehr Kinder zu haben.« Lyssa wandte sich ab, ihr Blick hatte sich verfinstert. »Ich hatte eine Tochter, wißt Ihr, zwischen den beiden Jungen, aber wir haben sie ans Fieber verloren.«

»Das tut mir leid. So etwas ist für eine Frau schwer zu ertragen.«

Ihre Stimme war tonlos vor Kummer. »Es war zweifellos mein Wyrd, und auch das meiner armen kleinen Danigga.«

Nevyn wurde kalt, als er sich fragte, ob es tatsächlich ihr Wyrd war, da sie in dieser schrecklichen Nacht nicht nur sich, sondern auch ihr Kind ertränkt hatte. Die Dweomerkälte lief ihm über den Rücken, als ihm klar wurde, was aus diesem Kind hätte werden können, wenn es überlebt hätte und von ihm und Rhegor aufgezogen worden wäre: ein großer Dweomermeister. Lyssa lächelte und schaute zur Tür hinaus.

»Hier kommt unser Aderyn zurück«, sagte sie.

Obwohl sie das einfach so dahingesagt hatte und »unser« Aderyn nur bedeutete, »der Aderyn, den wir beide kennen«, bewirkten ihre Worte, daß Nevyn die Kälte bis ganz ins Herz drang. Ich habe geschworen, das Kind wie mein eigenes aufzuziehen, dachte er. Und ein Schwur ist ein Schwur.

In dieser Nacht ging Nevyn wieder zur Esche am Fluß und setzte sich dort nieder. Sein Wyrd lastete schwer auf ihm. In diesem Leben war Brangwen ihm versagt. Sie mußte Blaern für die hoffnungslose Liebe entschädigen, die ihn zu seinem Tod geführt hatte, und auch Aderyn, weil sie ihn um eine frühere Gelegenheit zum Leben gebracht hatte. Auch Nevyn war Blaern und Aderyn etwas schuldig, denn seine Intrigen hatten schließlich bewirkt, daß Brangwen der Begierde ihres Bruders ausgeliefert geblieben war. Erst wenn diese Schuld abbezahlt war, konnte er sie zum Dweomer führen. Aber Aderyn würde die nächsten zwanzig Jahre in seiner Obhut verbringen, denn der Dweomer ist ein langwieriges Handwerk. In zwanzig Jahren würde Nevyn über neunzig sein. Und was, wenn er darauf warten mußte, daß sie noch einmal wiedergeboren wurde? Er würde über hundert sein, ein unglaubliches Alter, so alt und vertrocknet, daß er bestenfalls hilflos auf einem Stuhl sitzen könnte, dürr wie ein Stecken und sabbernd wie ein Kleinkind, sein Körper zu alt für die Seele, die in ihm wohnte, sein Geist gefangen in diesem verfaulenden Stück Fleisch. Nevyn geriet in Panik. Jetzt war er kein Dweomermeister mehr, sondern ein einfacher Mann, einem Krieger gleich, der geschworen hat, in einem Kampf zu sterben, aber wenn die Hörner zum Angriff blasen, sieht er, wie der Tod auf ihn zureitet und weint.

Nevyn schlug die Hände vors Gesicht und setzte seinen geschulten Willen ein, um das Zittern zu beenden. Ein Schwur ist ein Schwur, sagte er sich. Wenn ich welke, dann welke ich eben, solange ich nur diesen Schwur erfüllen kann. Der Nachtwind strich ihm durchs Haar wie eine freundliche Hand. Er blickte auf, weil ihm klar wurde, daß es kein natürlicher Wind war, sondern das Wildvolk, Sylphen und Feen, halb sichtbare Gestalten und hier und da das Flattern schimmernder Flügel, ein Gesicht, das sich zeigte und sofort wieder verschwand. Sie kamen als Freunde zu ihm und spürten seinen Schmerz, Freunde aus der elementaren Welt. Nevyn spürte, wie die Müdigkeit von ihm abfiel, als sie ihm großzügig von ihrem Leben gaben – ein Geschenk unter Freunden. Er stand auf, und als er laut auflachte, war dieses Lachen so volltönend und klar wie das eines jungen Mannes. Er sah sein Wyrd offen vor sich, erhalten durch seine Arbeit im Wildland. Er würde genügend Energie für seine Aufgabe haben, ganz gleich, wie lange es nach den Maßstäben der Menschen brauchte.

In dieser Nacht lernte er seine nächste Lektion: Niemandem wird je ein Wyrd gegeben, das zu schwer zu ertragen ist, solange er es willig und vollständig aus ganzer Seele annimmt.

Manchmal ließ Lyssa Acern bei Cadda und ging zum Bauernhof, um Aderyn abzuholen. Sie genoß diese Augenblicke der

Einsamkeit, wenn sie sich von dem geschäftigen Leben der Frauen im Dun entfernen konnte. Sie fühlte sich auch seltsam zu dem alten Kräutermann hingezogen, aus Gründen, die sie nicht so recht verstand. Nun, er ist ein Weiser, ein vielgereister, freundlicher Mann, sagte sie sich dann, es ist immer interessant, einem solchen Menschen zu begegnen. Das war allemal Grund genug, aber manchmal besuchte sie ihn auch, weil sie sich bei ihm sicher fühlte, weit weg von der Festung und von Tanyc. Sie wußte genau, daß der junge Reiter es auf sie abgesehen hatte, und sie lebte in Angst, daß es ihrem Mann auffallen könnte. Lyssa hatte zuviel zu verlieren, als daß sie einen Ehebruch in Erwägung ziehen würde – eine hohe gesellschaftliche Stellung, einen guten Mann, Wohlstand, Bequemlichkeit und vor allem ihre Kinder.

Eines Nachmittags, als die Hitze wie eine Decke über dem Land lag, verließ Lyssa das Dun früher als üblich und schlenderte die staubige Straße zum Bauernhof entlang. Etwa auf halbem Weg befand sich ein Espenhain, wo sie sich für ein paar Minuten ausruhen wollte. Sie ging in den Schatten, sah sich nach einer Stelle um, wo sie sich niederlassen könnte, und entdeckte Tanyc, der auf sie wartete. Er stand reglos da, den Kopf ein wenig schief gelegt, und er lächelte und sah sie mit jener Bewunderung an, die ein Mann auf dem Markt einem schönen Pferd widmet.

»Was tut Ihr hier?« fauchte sie.

»Was glaubt Ihr denn? Ich wollte ein Wort mit Euch sprechen.«

»Ich habe nichts zu sagen. Ihr solltet lieber zurückgehen, bevor der Hauptmann feststellt, daß Ihr weg seid.«

Als er auf sie zukam, wich sie zurück, die Hand an der Kehle, mit laut klopfendem Herzen.

»Ich muß gehen. Mein Junge wird gleich vorbeikommen, wenn ich ihn nicht abhole.«

Der Gedanke an einen möglichen Zeugen ließ Tanyc innehalten. Lyssa bemerkte plötzlich, wie groß ihre Angst war, er werde sie mit Gewalt nehmen. Obwohl er recht gut aussah, stieß Tanyc sie in einer Weise ab, die sie selbst kaum verstand.

»Darf ich Euch dann ein Stück des Wegs begleiten?« Tanyc verbeugte sich höflich.

»Nein!« Lyssa hörte, wie sich ihre Stimme bis zu einem Schrei steigerte. »Laß mich in Ruhe!«

Sie rannte, lief aus dem Hain wie ein aufgeschrecktes Reh und eilte die Straße entlang, bis sie schweißüberströmt und schluchzend nach Luft rang. Halb in Tränen drehte sie sich um, aber er war ihr nicht gefolgt.

In dieser Nacht war es so heiß, daß es lange dauerte, bis die Kinder einschliefen. Schließlich setzte sich Gweran zu ihnen und sang sie in den Schlaf. Lyssa ging in ihre Kammer, zog ein dünnes Nachthemd an und legte sich ins Bett. Kurz darauf kam Gweran zu ihr. Er hängte die Laterne an die Wand und setzte sich auf die Bettkante.

»Mußt du nicht zum Lord zurück?«

»Ich habe ihn gebeten, gehen zu dürfen. Ich muß mit dir sprechen.«

Im trüben Licht waren seine Augen kalt, sein Blick fragend. Sie setzte sich auf und spürte, daß sie zitterte.

»Meine Liebe«, sagte er, »du bewegst dich in letzter Zeit in gefährlicher Gesellschaft.«

»Ach ja? Von wem redest du?«

»Tanyc. Wen sonst sollte ich meinen?«

»Ich schwöre, daß ich nichts mit ihm zu tun haben will. Zweifelst du etwa an mir?«

»Niemals. Aber ich möchte nicht, daß meine Frau draußen im Stall vergewaltigt wird.«

Als Lyssa zu weinen begann, zum Teil aus Erleichterung, zum Teil, weil sie ihre schlimmste Angst bestätigt fand, zog Gweran sie sanft in seine Arme.

»Mein armes kleines Mädchen«, sagte er. »Weine doch nicht so.«

»Wie könnte ich nicht weinen? Ihr Götter, wenn du erst an mir zweifelst, was wirst du dann tun? Mich wegschicken? Mir die Kehle durchschneiden, und all das für etwas, was ich nicht will?«

»Still, still.« Gweran strich ihr übers Haar. »Ich würde eher selbst sterben als zulassen, daß dir etwas geschieht.«

So plötzlich, wie sie gekommen waren, verschwanden die Tränen wieder angesichts dieser neuen Angst. Sie blickte auf und sah seine entschlossene Miene.

»Wenn du Tanyc herausforderst, wird er siegen. Bitte, Gwerro, ich flehe dich an, tu das nicht! Was wird es mir nützen, wenn ich meine Ehre behalte, aber meinen Mann verliere?«

»Ich werde nichts dergleichen tun! Verachtest du mich oder hältst du mich für einen Feigling, weil ich ihm im Kampf nicht gewachsen wäre?«

»Sei doch nicht dumm! Ich hätte viele blutrünstige Männer heiraten können, aber ich wollte dich!«

Gweran lächelte, als glaubte er ihr nicht so recht. Sie saßen beide in der Falle, gefangen von Sitten, die einem Mann keine andere Möglichkeit gaben, als seine Frau mit dem Schwert zu verteidigen. Lyssa haßte Tanyc mehr denn je. Sie konnte nur beten, daß Gweran sich nicht auf hoffnungslose Gewaltanwendung einließ.

Diese Angst und die Hitze brachten Lyssa eine ruhelose Nacht voller schlechter Träume. Endlich erwachte sie, tief in der Nacht, und hörte ein seltsames Geräusch vor dem Turm. Als sie versuchte, sich darüber klar zu werden, kamen die beiden Kinder in die Kammer gestürzt.

»Vater, Mutter, der Wind!« rief Aderyn. »Es wird regnen!«

Gweran erwachte leise schimpfend, und Acern kletterte zu ihm ins Bett.

»Wolken, Wolken, Wolken, Vater!«

Aderyn packte Lyssa bei der Hand und zog sie ans Fenster. Sie konnte die Gewitterwolken sich am Himmel auftürmen sehen und den kühlen Nordwind riechen. Im Hof wurde es jetzt laut, weil alle nach draußen rannten und lachten und auf die Wolken zeigten und sich am Wind erfreuten. Lyssa hatte keine Hoffnung, die Kinder jetzt wieder ins Bett zu bekommen, also zog sie sie an und nahm sie mit hinunter in den Hof und die gesegnete Kühle dort. Kurz vor der Morgendämmerung erscholl der erste Donner, und dann kam der Regen und ergoß sich in wahren Schwällen. Erwachsene Männer und Frauen rannten herum und lachten wie Kinder, während es regnete und regnete und regnete.

Lachend hob Gweran Aderyn vom Boden und hielt ihn hoch, damit er den Morgen sehen konnte, der silbrig durch den Regen brach.

»Siehst du, Addo«, sagte er. »Das Pferdeopfer war doch nicht umsonst!«

»Es waren nicht die Priester, die den Regen gebracht haben. Es war Nevyn.«

Lyssa war verblüfft. »Was hat der Kräutermann damit zu tun?«

»Ich habe gesehen, wie er es getan hat. Ich habe es geträumt.«

»Dummkopf«, meinte Acern. »Vater, Addo ist dumm!«

»Still!« sagte Gweran. »Es ist gleich, wer den Regen gebracht hat. Er ist da, und das ist alles, was zählt.«

Lyssa lächelte. Blaeddbyr würde im kommenden Winter nicht hungern. Aber als sie sich auf dem Hof umsah, erspähte sie ganz in der Nähe Tanyc, der sie beobachtete, während ihm das Wasser über Gesicht und Haare lief. Ganz plötzlich bekam sie kaum mehr Luft. Sie erstickte beinahe an etwas, das sie nur als Angst beschreiben konnte. Fest umklammerte sie Acerns Hand.

»Laßt uns nach drinnen gehen. Wir müssen trockene Sachen anziehen.«

Zu spät. Auch Gweran hatte Tanyc entdeckt, und als er seinen Feind ansah, wußte Lyssa, daß er an Blut dachte.

Drei Tage lang regnete es ununterbrochen. Das Leben wurde in den Turm verlegt und konzentrierte sich auf die große Halle, wo Lord Maroic mit seinem Kriegshaufen trank und der Barde sang, um alle zu unterhalten. Sehr zu Caddas Ärger bestand Lyssa darauf, in ihrer Kammer zu bleiben, und ließ ihrer Zofe keine andere Wahl, als bei ihr zu bleiben. Am dritten Tag gewann Caddas Langeweile schließlich die Überhand.

»Bitte, Herrin, können wir nicht in die Halle hinuntergehen? Wir können zuhören, wie Euer Mann singt!«

»Ich bleibe lieber hier, aber du kannst gehen, wenn du willst.«

»Oh, danke!« Vergnügt warf Cadda ihre Näharbeit in den Korb. »Seid Ihr sicher, daß Ihr nicht mitkommen wollt?«

»Ja. Alle Reiter werden dort sein.« Lyssa wandte den Blick ab. »Es ist so laut, und ich habe Kopfschmerzen.«

Cadda eilte hinunter in die Halle und setzte sich vor der Feuerstelle der Diener ins Stroh. Eine ihrer Freundinnen, Dwella, hörte bereits dem Barden zu, der traurige Liebeslieder sang, wie sie Cadda am liebsten hatte. Von ihrem Platz aus konnte Cadda die Reiter an ihren Tischen sehen, auch Tanycs breiten Rücken, nur ein paar Fuß entfernt, aber er hätte ebensogut auf der anderen Seite der Welt sein können. In ihrem Herzen verfluchte sie ihn und fragte sich, wieso er so kalt zu ihr war. Nicht wenige andere Männer hatten ihr gesagt, daß sie schön war. Als Gweran innehielt, beugte sich Dwella zu ihr und flüsterte: »Tanno hat mich schon gefragt, wo du bist. Oder wo deine Herrin ist, aber das kommt ja aufs selbe heraus.«

Cadda fragte sich, ob das tatsächlich dasselbe war. Wann immer Tanyc mit ihnen gegangen war, hatte er mit der Herrin, nicht mit der Zofe gesprochen. Er würde doch nicht etwas von der Frau des Barden wollen, dachte sie, und außerdem bin ich hübscher als sie. Aber als sie Tanycs breiten Rücken anstarrte, fragte sie sich auch, ob wohl je eine Frau verstand, was Männer dachten.

Als es am nächsten Tag zu regnen aufhörte, erlaubte Lyssa Cadda, Aderyn mit zum Bauernhof zu nehmen und ihre Mutter zu besuchen. Während der Junge bei dem Kräutermann war, verbrachte Cadda eine angenehme Stunde in der Küche ihrer Mutter und klatschte über ihre Schwestern, die, sehr zu Caddas Mißbehagen, bereits verheiratet waren. Es war einfach ungerecht! Sie war die hübschere und immer noch unverheiratet, während alle anderen Männer hatten. Ihr Grübeln über diese Ungerechtigkeit brachte sie schließlich auf eine Idee. Sie ging zur Hütte des Kräutermanns, neben der Nevyn und Aderyn ein wenig Erde umgruben, um einen Kräutergarten anzulegen.

»Guten Morgen«, sagte Nevyn. »Ist es schon Zeit für Aderyn, nach Hause gehen?«

»Nein, noch nicht. Ich wollte mit Euch nur über ein paar Kräuter sprechen.«

Nevyn nahm Cadda mit in die Hütte und bat sie, auf dem Hocker Platz zu nehmen, während er sich gegen die Wand lehnte. Cadda fiel auf, daß er sehr viel bessere Manieren hatte als Tanyc. Sie wünschte sich nur, sie könnte Tanyc das sagen und es würde ihm etwas ausmachen.

»Ich möchte wissen, ob Ihr auch Liebestränke macht«, sagte sie. »Ich könnte Euch nicht viel zahlen, aber meine Herrin gibt mir hier und da eine Münze.«

»Ein Mädchen von Eurer Schönheit sollte solchen Unsinn nicht nötig haben – denn es ist Unsinn, was über Liebestränke gesagt wird, und außerdem ist es nicht fromm.«

Cadda war verzweifelt. Der religiöse Aspekt interessierte sie wenig, aber sie wollte ihr Geld nicht an etwas verschwenden, das nicht funktionierte.

»Ist Tanyc denn so kalt?« wollte Nevyn wissen.

Cadda fragte sich, ob er die Dweomersicht hatte oder ob es so offensichtlich war, um wen es ihr ging. Ihre Wangen brannten vor Scham.

»Es ist unangenehm, einen Mann zu lieben, der einen niemals zurücklieben wird.«

»Zweifellos. Aber Tanno würde ohnehin nur einen schlechten Ehemann abgeben. Er ist ein harter und kalter Mensch.«

»Nun, er ist nicht zu allen so kalt wie zu mir!«

»Tatsächlich? Ich fange an zu verstehen. Wir haben es also auch mit Eifersucht zu tun.«

»Es ist einfach ungerecht! Er läuft einer Frau nach, die schon einen Mann hat und die ihn nicht einmal mag!«

»Hör zu, Mädchen! Wenn Tanyc die Art Mann ist, der eine verheiratete Frau begehrt, siehst du dann nicht ein, daß er nicht gut für dich wäre? Ich ...« Plötzlich zögerte der alte Mann und bedachte sie mit einem eiskalten Blick. »Welche verheiratete Frau? Eure Herrin?«

Voller Panik dachte Cadda zunächst daran zu lügen, aber diese kalten Augen schienen sich bis tief in ihre Seele zu brennen.

»Ja. Aber sie haßt ihn, wirklich. Sie würde niemals ihren Mann mit ihm betrügen. Ehrlich. Ihr Götter, sagt Gweran nichts davon!«

»Keine Angst. Ich werde nichts Derartiges tun. Und hör zu, Kind, du hältst den Mund, ja? Hast du mich verstanden? Bei deinem Leben, sag kein Wort zu Gweran!«

Zu verängstigt, um sprechen zu können, nickte Cadda nur zustimmend. Sobald Nevyn sich abgewandt hatte, sprang sie auf und rannte nach draußen.

Die hohen Herren des Wassers hatten Nevyn ein weiteres Gewitter versprochen, das am nächsten Tag wie vereinbart ausbrach und in einen angenehmen, sanften Regen überging, der die Felder angemessen tränken würde. Trotz des Wetters wickelte Nevyn sich in seinen Umhang und ritt hinauf zu Maroics Festung. Es war an der Zeit, Gweran und Lyssa auszuhorchen, ob sie ihm Aderyn als Schüler überlassen würden. Außerdem wollte er einen Blick auf diese unangenehme Situation werfen, die Cadda beschrieben hatte. Als er in den Hof ritt, kam Aderyn ihm gleich entgegengelaufen, den Umhang über den Kopf gezogen.

»Ich habe nach Euch Ausschau gehalten. Ich wußte einfach, daß Ihr heute kommen würdet.«

»Und hier bin ich. Hilfst du mir, mein Pferd unterzubringen?«

Zusammen fanden sie eine leere Box. Während Nevyn den feuchten Sattel abnahm, lehnte sich Aderyn an die Wand und sah ihm zu, die Augen voller Fragen.

»Was hast du denn auf dem Herzen, Junge?«

»Ich will Euch etwas fragen. Wie habt Ihr den Regen beschworen?«

»He, wie kommst du darauf, daß ich etwas damit zu tun hatte?«

»Ich habe Euch im Traum gesehen. Ihr habt am Fluß gesessen, und um Euch herum war dieser große Stern. Er war wie aus Feuer, aber in Blau. Dann sind diese Könige gekommen, und Ihr habt mit ihnen gesprochen. Es waren vier Könige. Ich habe einen gesehen, der klatschnaß war. Und dann hat es geregnet.«

Nevyn seufzte. Sein letzter Zweifel, daß Aderyn ihm zum Schüler bestimmt war, verschwand.

»Ich habe den Wind angerufen und ihn gebeten zu blasen. Der König der Luft lag im Streit mit dem König des Feuers, und der König der Erde hat mich gebeten, den Streit zu schlichten. Das ist, wie wenn der Hochkönig von Deverry ein Urteil über kriegführende Lords fällt.«

»Und Ihr seid der Hochkönig?«

»Nein. Das war nur ein Beispiel, um es deutlicher zu machen.«

»Waren die Könige auch auf uns böse?«

»Nein. Wie kommst du darauf?«

»Weil wir vielleicht verhungert wären, wenn es nicht geregnet hätte. Das hat Vater gesagt.«

»Oh, dein Vater hatte recht, aber die Könige des Wildlands wissen das nicht. Sie haben so wenig mit uns zu tun, daß wir für sie so etwas sind wie die Feldmäuse für uns. Wenn du eine hungrige Feldmaus fändest, würdest du sie füttern, aber gehst du über die Felder, um nachzusehen, ob die Mäuse Hilfe brauchen?«

Aderyn lachte laut.

»Und nun hör mir gut zu«, fuhr Nevyn fort. »Ich bin gekommen, um mit deinem Vater zu sprechen. Du wirst dich entscheiden müssen, ob du im Frühjahr mit mir kommen und alles lernen willst, was ich weiß. Es ist eine große Entscheidung. Eines Tages werden wir Blaeddbyr verlassen, und dann wirst du deine Mutter und deinen Vater lange Zeit nicht mehr sehen.«

»Aber eines Tages werden wir zurückkommen?«

»Ja, für Besuche.«

Aderyn biß sich auf die Unterlippe – ein dünner kleiner Junge, der plötzlich Angst hatte. Aber als er aufblickte, sah Nevyn die Seele eines Mannes – des Mannes, der er irgendwann einmal sein würde – für einen winzigen Moment in seinen Augen.

»Ich gehe nicht gern, aber ich weiß, daß ich gehen werde. Es ist, wie wenn man Wasser will, wenn es draußen heiß ist. Man muß einfach gehen und sich welches holen.«

»So ist es.«

Die große Halle war an diesem regengrauen Tag voller Menschen. Weit vorn saß Gweran, die Harfe im Schoß, schweißüberströmt, und sang. Die Männer sahen ihn aufmerksam an, als er die Geschichte eines Viehraubs erzählte und die Männer des Kriegshaufens, die daran beteiligt gewesen waren, mit Namen aufführte.

Als sie die Wendeltreppe hinaufgingen, folgte ihnen Gwerans Tenorstimme, die von Ruhm und Ehre sang. In der Kammer des Barden war es angenehm kühl und ruhig. Einer der Fensterläden stand offen und ließ einen Streifen grauen Lichts herein. Lyssa saß mit ihrem Nähzeug in der Nähe. Sie lächelte, als sie die beiden begrüßte, aber Nevyn sah, wie beunruhigt sie war – wegen Tanyc, nahm er an. Einen Augenblick lang unterhielten sie sich über dies und das, während er sie voller Gier betrachtete – nicht wegen ihres hübschen Körpers, sondern wegen der Seele, die aus ihren Augen blickte, wegen der Gesellschaft, die sie gewesen wäre, dem Ende seiner Einsamkeit.

»Aber Ihr seid sicher nicht gekommen, um über den Regen zu sprechen«, sagte Lyssa schließlich.

»Nein, es geht um Aderyn. Er zeigt echte Begabung für das Handwerk eines Kräutermanns, und ich habe mich gefragt, ob Ihr und Euer Mann ihn wohl als Schüler zu mir schicken würdet.«

»Ich will gehen, Mama!« warf Aderyn ein.

»Still! Wir werden darüber mit deinem Vater sprechen müssen. Nevyn, ich weiß sehr wohl, daß dies bedeuten wird, daß er mit Euch reisen muß. Ich weiß nicht, ob ich ihn gehen lassen kann.«

»Mama!« jammerte Aderyn.

»Raus mit dir, wenn du nicht stillsitzen kannst! Geh und hör eine Weile deinem Vater zu!«

Zögernd verließ Aderyn die Kammer und warf die Tür hinter sich zu. Lyssa lehnte sich zurück und sah Nevyn nachdenklich an.

»Ich habe bereits ein Kind verloren.«

»Das weiß ich, aber er wird Euch früher oder später ohnehin verlassen, um etwas zu lernen. Ihr zweifelt doch nicht daran, daß ich mich gut um ihn kümmern werde?«

»Nein. Aber werde ich ihn je wiedersehen?«

»Selbstverständlich. Wir werden regelmäßig zu Besuch kommen.«

»Das ist wohl ein Trost. Ich will Euch etwas sagen, weil Ihr der einzige Mann seid, der das vielleicht verstehen kann. Als Aderyn zur Welt kam, hatte ich eine seltsame Vorahnung. Ich wußte, daß er mich eines Tages für ein wahrhaft seltsames Wyrd verlassen würde. Es war meine erste Geburt, und natürlich war ich so müde und krank und froh, daß es vorüber war. Die Hebamme legte Addo an meine Brust, und er blickte zu mir auf mit Augen, die sahen. Die meisten Neugeborenen sind wie Welpen, sie trinken mit umwölkten Augen, aber Aderyn konnte sehen. Ich wußte, daß er wußte, wer er war, und sich darüber freute. Und dann dachte ich, daß er für ein seltsames Wyrd ausersehen war. Haltet Ihr mich jetzt für dumm?«

»Nein. Ich habe keinen Zweifel, daß es der Wahrheit entspricht.«

Lyssa seufzte und schaute aus dem Fenster, wo der Regen sanft und stetig fiel.

»Kräuter?« sagte sie. »Ist das alles, was Ihr ihm beibringen werdet?«

»In Wahrheit werde ich ihn ein wenig mehr lehren. Sagt mir, was haltet Ihr vom Dweomer? Nur eine Legende, etwas aus Gwerans Liedern, oder mehr?«

»Ein wenig mehr.« Lyssa lächelte, als sie seine Worte wiederholte. »Das dachte ich mir. Wenn das die Wahrheit ist, dann kann ich mich nicht zwischen ihn und sein Wyrd stellen.«

»Es wäre schwer, wenn Ihr das versuchen würdet – für uns alle.«

Lyssa nickte und starrte weiter in den Regen.

»Werdet Ihr bis zum Frühjahr warten?« sagte sie mit brechender Stimme. »Er ist noch so ein kleiner Junge.«

»Ja. Und wir werden im nächsten Sommer nicht weit reiten. Ihr werdet ihn im Herbst wiedersehen.«

Tränen liefen ihr über die Wangen. Nevyn hätte sich am liebsten vor ihr niedergekniet, sie Brangwen genannt und sie angefleht, ihm zu verzeihen. Er wollte in Blaeddbyr bleiben, ihren Sohn nicht mitnehmen und sie niemals verlassen. Die Dweomerwarnung traf ihn wie ein Schlag. Genau wie er, so hatte auch sie ein Wyrd zu erfüllen, das er ebensowenig mildern konnte wie sein eigenes. Und was wird geschehen, wenn du bliebest? fragte er sich. Du wirst Gweran hassen, weil er ihr Mann ist.

»Soll ich Euch allein lassen?«

»Bitte.«

Nevyn ging nach unten und blieb im Schatten der Treppe stehen. Drüben an der Feuerstelle der Diener spielte Aderyn mit einem der Pagen Canoic. Gweran sang eine Ballade aus der Zeit der Dämmerung, die traurige Geschichte von Lady

Maeva und Lord Benic und ihrer ehebrecherischen Liebe. Ehebruch. Nevyn spürte die Dweomerwarnung und sah sich nach Tanyc um, der bei den Reitern saß und den Barden mit angespanntem Lächeln ansah. Hin und wieder warf Gweran ihm – ebenfalls lächelnd – einen Blick zu. Ihr Götter, dachte Nevyn, ich komme zu spät – Gweran weiß es. Strophe um Strophe folgte, bis Gweran zum Ende kam. Benic lag tot zu Füßen des erzürnten Ehemannes. Tanyc stand auf und verließ die Halle.

Seufzend setzte Gweran die Harfe ab und wischte sich den Schweiß ab. Er erhob sich, nahm von einem wartenden Pagen einen Krug Bier entgegen und ging zu Nevyn.

»Ich brauche ein wenig Ruhe. Verflucht rauchig hier, und das schlägt auf die Stimme.«

»Das glaube ich. Ihr singt wunderbar, Barde, obwohl mich die Auswahl dieses Lieds erstaunt hat.«

Gweran zog eine Braue hoch.

»Lord Benics trauriges Ende ist sicher an die richtigen Ohren geraten«, sagte Nevyn.

»Ich wünschte nur, ich könnte sie ihm abschneiden – wenn Ihr den Mann meint, von dem ich glaube, daß Ihr ihn meint.«

»Es bedarf viel Geschicklichkeit mit dem Schwert, um einen Falken im Flug aufzuhalten, mein Freund.«

»Das denken alle, nicht wahr?« Gwerans Stimme wurde kalt und tonlos. »Daß ich mich vor Angst vor diesem Rüpel von Reiter winden müßte, weil er ein Schwert schwingen kann und ich nicht. Ich will Euch eines sagen: Ich wäre lieber tot als solch ein Feigling.«

»Ich bete nur, daß man Euch niemals vor diese Wahl stellt.«

Gweran zuckte die Achseln und trank einen großen Schluck.

»Warum«, fragte Nevyn, »erwähnt Ihr nicht Lord Maroic gegenüber, daß Tanyc Eure Frau belästigt hat – der Lord würde ihn hinauswerfen. Maroic ehrt einen Barden so, wie er es verdient hat.«

»Ja, aber das würde nur Lyssas Namen in den Dreck ziehen. Ich kann schon hören, wie die Klatschtanten ihre Zungen wetzen und sagen, wo Rauch sei, müsse auch Feuer sein, und wie dieser stinkende Kriegshaufen sie ansieht und sich Fragen stellt. Was für ein Mann bin ich, wenn ich die Meinen nicht schützen kann?«

»Ein Toter kann niemanden schützen.«

»Macht Euch keine Sorgen. Ich habe nicht den Wunsch, zu sterben und meine arme Lyssa zur Witwe zu machen. Das hier ist nur eine Warnung an unseren Freund. Ich glaube wirklich, dieser Rüpel dachte nicht, daß ich es wußte. Jetzt weiß er es.«

Das klang vernünftig, aber Nevyn wußte mit einer eisigen Berührung des Dweomer, daß Gweran log.

Als er seinen Vorrat an Geschichten durchging, war Gweran selbst überrascht, wie viele davon Ehebruch zum Thema hatten. Es schien eine weit verbreitete Sitte unter den Adligen zu sein, wie die Falknerei, nur, daß die Ergebnisse oft noch blutiger waren. Jeden Abend sang Gweran nun über Ehebruch und beobachtete Tanyc, wenn er zu dem vorhersagbaren Ende kam. Kein Zweifel, daß Tanyc genau zuhörte. Und Tanyc war nicht der einzige mit scharfen Ohren. Nach einer Woche in dieser Art sprach Doryn Gweran an.

»He, Barde, wie wäre es zur Abwechslung einmal mit einer angenehmen Geschichte? Ich habe genug von all diesen Männern, die den Frauen anderer nachsteigen.«

»Ich auch, Hauptmann, ich auch.«

Doryn zuckte zusammen.

»Haltet Ihr mich für blind?« fragte Gweran.

»Es tut mir leid. Es ist schändlich, die Frau eines anderen zu begehren.«

»Genau. Es freut mich, daß Ihr meiner Ansicht seid. Und ist es falsch, dafür zu sorgen, daß ein solcher Mann seine Schande auch spürt?«

»Nein, und es ist das Recht des Barden, die Lieder auszuwählen.«

Als Gweran das nächste Mal sang, wurde ihm der erfreuliche Anblick zuteil, daß alle im Kriegshaufen Tanycs Blicke mieden, wenn Ehebruch erwähnt wurde. Als er die Zeit für gekommen hielt, sang Gweran ein lustiges Lied über einen ehebrecherischen Müller, der glaubte, die Frau des Schankwirts verführen zu können. Aber die ganze Zeit hatte die Frau ihrem Mann alles erzählt, und nun wartete dieser mit zwei starken Freunden auf den Müller. Sie steckten ihn in ein leeres Faß, rollten ihn die Dorfstraße entlang und warfen ihn in den Fluß. Während die anderen Reiter vor Lachen brüllten, wurde Tanyc kreidebleich.

Am nächsten Morgen trat er Gweran im Hof gegenüber.

»Bastard«, knurrte er.

»Ach ja? Und was habe ich Euch getan? Wenn Ihr Euch von mir beleidigt fühlt, solltet Ihr das unbedingt Lord Maroic berichten. Ich nehme sein Urteil mit Freuden an.«

Tanyc wurde dunkelrot, drehte sich um und ging davon. Du Narr, dachte Gweran, ein Barde hat stärkere Waffen als Stahl. Obwohl er wußte, daß Maroic die Sache ruhig aus der Welt schaffen würde, wenn man sie ihm vorlegte, wollte Gweran mehr. Es genügte ihm nicht, Tanyc einfach loszuwerden.

An diesem Abend, nach einer weiteren Geschichte über einen mißlungenen Ehebruch, bat Gweran Maroic, ein neues Lied über die Jagd in diesem Sommer singen zu dürfen. Da er die Jagd liebte, stimmte der Lord erfreut zu. Während Gweran die Harfe stimmte, sah er, daß Tanyc sich entspannte und offenbar annahm, daß er für diesen Abend seinen Teil an Spott erhalten hatte. Gweran begann über die Falknerei auf den Wiesen zu singen, wo der Falke hoch fliegt und auf hübsche Vögel niederschießt. Der Kriegshaufen wurde still, und alle beobachteten Tanyc, der den Bierkrug so fest umklammerte, daß seine Knöchel weiß wurden. Gweran sang weiter über eine hübsche weiße Taube, die ein kleiner Junge im Dorf sich als Haustier hielt, aber der grausame Jäger schickte seinen Falken nach ihr aus. Gierig darauf, sie zu zerreißen, jagte der Falke sie über die Felder, und ihr kleines Herz brach beinahe vor Angst, als sie versuchte zu flüchten. Just in dem Augenblick, da der Falke zustoßen wollte, sprang der Junge, der die Taube liebte, aus einer Hecke und schoß dem Falken einen Pfeil durchs Herz.

»Und die hübsche weiße Taube flatterte zu dem, den sie liebte«, sang Gweran.

Weiß wie die Taube sprang Tanyc auf und kam auf Gweran zu. Der Barde stellte die Harfe weg und lächelte ihn freundlich an.

»Bastard«, flüsterte Tanyc. »Das reicht jetzt!«

»Was reicht? Es gibt noch ein paar Strophen, mein Freund.«

Tanyc zog sein Schwert und schlug zu, aber Gweran war bereit gewesen und hatte sich nach hinten geworfen. Er fiel ins Stroh und kam gerade rechtzeitig wieder auf die Beine, um zu sehen, wie der aufgebrachte Kriegshaufen sich auf Tanyc stürzte. Sie warfen ihn nieder und entwaffneten ihn. Lord Maroic schrie nach Ordnung, und endlich wurde es wieder ruhig. Die Diener hatten sich an ihre Feuerstelle geflüchtet, ein paar Frauen weinten. Drei Männer zerrten Tanyc auf die Beine und vor seinen Herrn.

»Was soll das?« fauchte Maroic. »Bist du verrückt geworden? Dein Schwert gegen einen Barden zu ziehen, der nicht einmal bewaffnet ist?«

Tanyc zitterte zu heftig, um etwas sagen zu können. Gweran trat vor und tat sein Bestes, verblüfft dreinzuschauen.

»Wenn dir das Lied nicht gefallen hat, hättest du ja gehen können.«

»Du Bastard!« schrie Tanyc. »Du kleiner Bastard! Du hast das alles geplant! Du hast mich seit Tagen bearbeitet!«

»Halt den Mund!« brüllte Maroic und trat näher. »Wieso sollte der Barde so etwas tun?«

Die Falle schnappte zu. Tanyc sah sich verzweifelt um, als flehte er um Hilfe. Aber die Reiter fürchteten sich vor der Rache des Barden und schwiegen.

»Es ist eine Sache, wenn ein Mann aufbrausend ist, aber ein Verstoß gegen die Religion ist etwas anderes«, fuhr Maroic fort. »Ich bin nicht froh darüber, aber Gesetz ist Gesetz. Bringt ihn nach draußen und hängt ihn. Und zwar sofort.«

Tanyc wurde schlaff in den Armen seiner Kameraden. Hinten an der Feuerstelle schrie Cadda leise auf, begann zu weinen und rannte zur Treppe.

»Es ist eine harte Entscheidung«, stellte Maroic fest. »Aber niemand, der das Schwert gegen meinen Barden zieht, überlebt diesen Frevel. Gibt es hier jemanden, der mein Urteil mißbilligt?«

Als alle erschrocken den Kopf schüttelten, nickte Maroic zufrieden.

»Dann geht und hängt ihn. Er soll nicht mehr die ganze Nacht darüber brüten müssen.«

Tanyc stieß einen Kriegsschrei aus und versuchte verzweifelt, sich zu befreien. Er hoffte zweifellos darauf, mit dem Schwert niedergestreckt zu werden, aber die Reiter rangen ihn nieder und fesselten ihn. Als sie ihn wegschleiften, mußte Gweran sich anstrengen, nicht zu lächeln.

Schon zwei Stunden nach Sonnenaufgang hatten alle in Blaeddbyr gehört, daß Lord Maroic einen seiner Reiter hatte hängen lassen, weil der Mann seinen Barden bedroht hatte. Als Nevyn davon hörte, dachte er als erstes, daß ihn diese Dummheit Gerraents nicht überraschte. Dann erinnerte er sich, daß Tanyc nicht wirklich Gerraent war und daß Gweran mehr im Kopf hatte als Blaern. Leise fluchend sattelte er sein Pferd.

Zum Glück hatten sie Tanycs Leiche schon abgenommen, als Nevyn eintraf. Der Diener, der sein Pferd nahm, berichtete, die Priester weigerten sich, einen Gehängten zu bestatten, und man habe Tanyc bereits hinter der Festung verscharrt. Nevyn ging zu Gweran, den er in seiner Kammer fand.

»Die Frauen machen mit den Jungen einen langen Spaziergang«, sagte der Barde. »Sie sind ziemlich aufgeregt.«

»Warum habt Ihr nicht einfach mit Lord Maroic gesprochen?« fragte Nevyn ernst.

»Weil ich Tanycs Tod wollte. Ihr Götter, habt Ihr denn etwas anderes gedacht?«

Nevyn schnaubte. »Ihr seid ein schlauer kleiner Mörder. Ihr würdet selbst gut in eine Eurer Balladen passen.«

»Danke. Werdet Ihr es Maroic sagen?«

»Glaubt Ihr denn, daß er ein Wort glauben würde? Aber es ist euer Wyrd, mein Freund, und wahrlich, Ihr werdet eines Tages dafür zahlen.«

»Wo? In den schattigen Anderlanden?«

Gweran lächelte so selbstzufrieden, daß Nevyn ihn an liebsten geohrfeigt hätte. Gweran hatte die Möglichkeit gehabt, sich aus dem Wyrd zu befreien, das er mit Gerraent teilte – er hätte die Vergangenheit vergangen lassen sein und sich der Gesetze bedienen können, um seinen Feind weit von seiner Frau wegzuschicken, statt dessen hatte er das Gesetz wie ein Schwert benutzt.

»Früher oder später«, sagte Nevyn, »wird dieser Mord wieder auf Euch zurückfallen.«

»Ach ja? Das riskiere ich.«

Nevyn erstickte beinahe an dem, was zu sagen ihm verboten war. In diesem Leben magst du sicher sein, aber im nächsten oder übernächsten wird dieses Blut über dich kommen. Und plötzlich hatte er Angst: Würde auch er immer noch an ihn gebunden sein, weil er geahnt hatte, was Gweran plante, und nichts unternommen hatte, um den Mord zu verhindern?

Erst zwei Tage später sah er Lyssa wieder. Als er Aderyn zum Dun zurückbrachte, kam sie ihm am Tor entgegen und schickte den Jungen mit Cadda weg. Im Sonnenlicht sah sie bleich und ausgemergelt aus.

»Ich wollte Euch sagen, daß Gweran beschlossen hat, Euch Aderyn als Schüler zu geben«, sagte Lyssa. »Ihr müßt noch über die Einzelheiten sprechen, aber sobald Gwerro sich einmal zu etwas entschlossen hat, steht seine Entscheidung fest.«

»Er ist wahrhaftig ein störrischer Mann.«

Als Lyssa das Gesicht verzog, wurde ihm klar, daß sie genau wußte, was geschehen war.

»Verzeiht einem alten Mann seine Direktheit.«

»Ihr braucht Euch nicht zu entschuldigen. Ihr Götter, es quält mich, aber was soll ich sagen? Gwerro hat nur versucht, mich zu beschützen.«

»Das ist wahr. Nun wird keiner im Kriegshaufen mehr so dumm sein, Euch zu belästigen.«

»Er ist ein guter Mann.«

Nevyn seufzte und dachte, daß sie das einfach glauben mußte.

»Ich weiß, daß ich mich glücklich schätzen kann«, fuhr sie fort. »Manchmal bedrückt es mich geradezu zu wissen, wieviel Glück ich hatte, gerade an ihn zu geraten.«

»Warum? Ihr solltet Euch darüber freuen.«

»Das würden alle Männer denken. Aber ihr Götter, diese ganze Geschichte macht mich krank! Ich habe mich in meiner Kammer verkrochen wie ein Kind, und die ganze Zeit habe ich nur gedacht, was für ein Glück ich hatte, daß mein Mann mir geglaubt hat, daß ich einen guten Mann habe, der mich beschützt. Und es macht mich krank, von so etwas wie Glück abzuhängen! Ich wünschte, ich hätte die Macht eines Mannes, und das ganze Glück könnte in alle Höllen fahren!«

»Seid still! Solche Wünsche erweisen sich oft als gefährlich!«

Schulterzuckend blickte Lyssa in die Ferne, als sähe sie dort ihre Zukunft.

ELDIDD, 1062

Der Dweomer ist eine gewaltige Wildnis, durch die sich nur wenige sichere Straßen ziehen. Auf beiden Seiten dieser Straßen liegt unvermessenes Land, voller wilder Tiere, Abgründe und Sümpfe – Gefahren, die eine unachtsame Seele ebenso leicht töten können wie ein wilder Eber einen unvorsichtigen Jäger. Spotte nicht über sie, ehe du dich ihnen gestellt hast.

Aus dem Geheimbuch Cadwallons des Druiden

Grunzend und schwitzend schlugen die Maultiere aus und bissen um sich, als die Treiber versuchten, sie in eine ordentliche Reihe zu bringen. Die Karawane war inmitten einer Wolke braunen Staubs an den Stadttoren angekommen. Cullyn von Cerrmor lenkte sein Pferd an den Straßenrand. Als er sich in die Steigbügel stellte, konnte er sehen, wie Dregydd der Kaufmann mit den Stadtwachen um Steuern und Zölle stritt, aber es war unmöglich auszumachen, wer sich wo in der Karawane befand.

»Jill!« schrie Cullyn. »Jill, mach, daß du aus dem Getümmel kommst!«

Nachdem er unruhig ein paar Minuten gewartet hatte, sah er Jill auf ihrem Fuchswallach auf ihn zukommen. Schweiß zeichnete Streifen auf das staubige Gesicht, und ihr blondes Haar schien dieselbe Farbe zu haben wie ihr Pferd.

»Ich hoffe, daß Dregydd sie endlich bezahlt«, sagte sie. »Ich brauche unbedingt ein Bad.«

»Ich auch, und ein Bier.«

Sehnsüchtig spähten sie zu den hohen Stadtmauern von Cernmeton hinüber, einer der wenigen richtigen Städte im Nordwesten von Eldidd. Trotz des typischen Geruchs nach

Stadt, der mehr war als nur der Hauch von Abflußgestank in der heißen Sommerluft, versprach die Stadt nach einer langen Woche auf der Straße zumindest Bequemlichkeit. Dregydd hatte Cullyn als Wache für diese Karawane eingestellt.

Schließlich setzte die Karawane sich wieder in Bewegung, die Männer schrien, die Maultiere drängten sich in die engen Straßen, bis hin zu einem weitläufigen Steinhaus, das eine Schänke beherbergte. Cullyn stieg ab und trat zu Dregydd. Der grauhaarige Kaufmann zahlte ihm sein Silberstück, ohne noch einmal mit ihm zu handeln.

»Ich hatte noch nie eine ruhigere Reise, Silberdolch.«

Als Cullyn sich abwandte, packte ihn der hagere Wirt, ein Mann mit kleinen, mißtrauischen Augen, am Arm.

»Keine Silberdolche in meinem Gasthaus.«

»Ich habe nicht vor, Euren Läusen mein Blut zu geben. Und jetzt nehmt die Hand von meinem Arm.«

Ein wenig bleich geworden, wich der Wirt zurück.

Drüben beim Osttor gab es eine schäbige Schänke in einem Holzhaus, in der Cullyn und Jill schon öfter übernachtet hatten. Obwohl der Stall nur eine Ansammlung von baufälligen Hütten war und nur unwesentlich sauberer als die Gaststube selbst, begrüßte der Wirt dort Cullyn wie einen Bruder und gab ihnen sein bestes Zimmer, eine winzige Kammer im ersten Stock. Bradd selbst war ein kräftiger Bursche, der einmal bei einem Kampf ein Ohr verloren hatte.

»Hallo, kleine Jill! Du bist inzwischen nicht mehr so klein. Warum bist du denn immer noch nicht verheiratet?«

»Willst du nicht lieber den Mund halten? Oder möchtest du dein anderes Ohr auch noch verlieren?«

»Bei den Höllen, Cullyn! Was für eine Katze hast du da großgezogen?«

»Sie ist schon als Katze zur Welt gekommen, und ohne meine Erziehung wäre sie noch schlimmer.«

Jill täuschte einen Boxhieb in seine Richtung vor. Sie war jetzt siebzehn und tatsächlich zu einer schlanken und muskulösen jungen Frau herangewachsen, mit jungenhafter Haltung und jungenhaftem Schritt, der aber nicht von ihrer goldhaarigen Schönheit ablenkte. Sie half Bradd ebenso wie Cullyn, die schweren Eimer mit heißem Wasser und die Holzwanne zu tragen, dann scheuchte sie ihren Vater aus der Kammer, damit sie in Ruhe baden konnte.

Die große, halbrunde Gaststube war beinahe leer. An der Feuerstelle schliefen ein paar Hunde, und zwei farblose junge Männer saßen an einem Tisch nahe der Tür und unterhielten sich bei einem Bier. Sie starrten beide den glitzernden Griff des Silberdolches an, der in Cullyns Gürtel steckte, dann ignorierten sie ihn demonstrativ. Cullyn setzte sich an einen Tisch, den Rücken zur Wand, und ließ sich von Bradd einen Krug dunklen Biers bringen. Als Jill herunterkam, hatte er den dritten Krug vor sich. Sie sah ihn prüfend an.

»Wie viele waren das schon?«

»Das geht dich einen Dreck an. Hier, trink das hier aus, und ich hole mir frisches Wasser zum Baden.«

Er stand auf und ging, bevor sie mehr sagen konnte. Er wollte nicht zugeben, worin der Grund für sein Trinken lag: Er spürte, daß er älter wurde, daß er nach einem langen Ritt oder nach einer Übernachtung im Freien jede alte Wunde fühlte. Mit fünfunddreißig war Cullyn nach den Maßstäben von Deverry ein Mann in mittleren Jahren, und für einen Silberdolch stellte er ein wahres Wunder dar. Und wie lange wird es noch dauern, bis ich meinem Wyrd gegenüberstehe? fragte er sich. Ich muß für Jill einen guten Mann finden. Aber wie immer schob er diesen Gedanken schnell wieder weg; er würde sich später darum kümmern.

Das Abendessen nahmen sie schweigend zu sich; sie genossen die Gegenwart des anderen ohne viele Worte. Hin und wieder spähte Jill ins Feuer und lächelte, und ihre Augen bewegten sich, als sähe sie dort etwas. Im Lauf der Jahre hatte sich Cullyn an dieses seltsame Verhalten gewöhnt, genauso wie daran, daß sie in den Wolken und fließenden Gewässern Dinge sehen konnte. Obwohl er es ungern zugab, wußte er, daß seine Tochter über das verfügte, was die Landbewohner das Zweite Gesicht nannten. An diesem Abend lieferte sie ihm einen weiteren Beweis.

»Vater, wir sollten mit Dregydd reiten, wenn er die Stadt verläßt.«

»Ach ja? Dann ist es schade, daß er uns nicht darum gebeten hat.«

»Das wird er noch.«

Cullyn wollte gerade gereizt zurückfauchen, als Dregydd den Schankraum betrat. Er blieb bei der Tür stehen und sah sich in der ungewohnten Ärmlichkeit um. Dregydd war mit seinen mehr als dreißig Jahren so schlank und muskulös wie ein Krieger, denn auch er hatte überwiegend auf der Straße gelebt. Als Cullyn ihm zurief, lächelte er erleichtert.

»Ich bin wahrhaftig froh, Euch endlich gefunden zu haben. Ich habe nachgedacht, Silberdolch. In etwa einer Woche werde ich nach Westen reiten. Wenn Ihr so lange in der Stadt bleiben und die Karawane bewachen wollt, werde ich Eure Unterkunft hier bezahlen.«

»Hört sich an, als ob Ihr Ärger erwartet«, sagte Cullyn.

»Ich erwarte es nicht unbedingt. Ich denke nur, man sollte immer auf Ärger gefaßt sein, wenn man mit denen im Westen Handel treibt.«

»Mit wem?«

Dregydd lächelte seltsam, als hüte er ein wichtiges Geheimnis.

»Ein Stamm, der weit im Westen lebt. Es sind keine gewöhnlichen Eldiddmänner, aber sie züchten die besten Pferde im Königreich, und sie sind immer bereit, sie gegen Waren aus Eisen einzutauschen. Ich hatte noch niemals Ärger mit ihnen selbst, aber manchmal werden die Maultiertreiber ein wenig, äh, seltsam, wenn sie so weit im Niemandsland sind. Ich hätte Euch gerne dabei.«

»Dann komme ich mit.«

»Wunderbar! Wenn ich meine Geschäfte erledigt habe, kommen wir nach Cannobaen, dieser kleinen Grenzstadt an der Küste. Dort werdet Ihr ohnehin bessere Arbeit für Euer Schwert finden. Ich höre, in der Gegend von Cannobaen braut sich etwas zusammen.«

»Also gut. Schickt am Abend vor dem Aufbruch einen Eurer Leute vorbei.«

Nachdem Dregydd gegangen war, mied Jill den Blick ihres Vaters.

»Und woher hast du gewußt, daß er herkommen würde?«

»Ich weiß es nicht. Ich wußte es einfach.«

Cullyn sagte nichts mehr dazu. Meine Tochter, dachte er. Aber bei den Göttern, manchmal frage ich mich, ob ich sie wirklich kenne.

Wie so oft lag der Sommernebel dicht und kalt über Dun Cannobaen. Drinnen im Broch beeilten sich die Diener, Torffeuer zu entzünden. Lady Lovyan, inzwischen verwitwet und durch eine Anzahl gesetzlicher Verwirrungen Tieryn des Landes rund um Cannobaen, zog einen Umhang mit dem grau-rot-weißen Karo ihrer Ländereien um sich, als sie in die große Halle hinunterging. An der Dienerfeuerstelle hatte sich ihr Kriegshaufen von fünfzig Mann so dicht wie möglich ums Feuer gedrängt. An der Ehrenfeuerstelle knieten Bittsteller, die einen Urteilsspruch von Lovyan erwarteten. Einer von ihnen war Ysgerryn, der Seifenmacher, ein dünner Mann mit grauem Haar, der immer noch nach Talg roch, obwohl er für diesen wichtigen Besuch ein sauberes Hemd und frische gestreifte Brigga angezogen hatte.

»Redet, guter Mann«, sagte Lovyan. »Ich will mich um jede Rechtsangelegenheit kümmern, auch wenn sie noch so unbedeutend scheinen mag. Welchen Mißstand willst du vorbringen?«

»Ach, Euer Gnaden, es geht um meine Tochter.« Ysgerryn errötete.

»Sie ist schwanger, oder?«

»Ja, und sie ist nicht verheiratet, wie Euer Gnaden sicher schon erraten haben, denn sonst würde ich Euer Gnaden kaum damit belästigen.«

»Kommt schon«, sagte Lovyan sanft. »Nennt den Vater.«

»Ach, Euer Gnaden.« Ysgerryn holte tief Luft. »Die kleine Schlampe schwört, es wäre Euer Sohn. Sie schwört es tatsächlich«, erklärte Ysgerryn verzweifelt. »Ihr glaubt vielleicht nicht ...«

»Oh, ich glaube Euch schon, guter Mann.« Lovyan sah sich um und sah einen Pagen grinsend unter der Wendeltreppe hocken. »Caradoc, geh und hol Lord Rhodry.«

Einige Zeit mußte sie nun unbehaglich warten, während die Männer des Kriegshaufens flüsterten und leise lachten. Ysgerryn hingegen betrachtete die geflochtenen Binsen auf dem Fußboden, und Lovyan versuchte angestrengt, würdevoll anstatt wütend dreinzuschauen. Ein Lord, der glaubte, ein Recht auf die Töchter seiner freien Bürger zu haben, erregte immer Ärgernis. Und Lovyan wollte auf keinen Fall riskieren, daß in einer Situation, wo es gut möglich war, daß einige ihrer edlen Vasallen ihr Recht auf Herrschaft anzweifelten, ihre Städter sich auf die Seite der Rebellen schlugen.

Endlich kam Rhodry herein, fröhlich vor sich hinpfeifend. Er war in diesem Monat gerade zwanzig geworden und über sechs Fuß groß – ein so gutaussehender junger Mann, daß Lovyan keine Verachtung, sondern nur Mitgefühl für die Tochter des Seifenmachers empfand. Als Rhodry Ysgerryn entdeckte, verschwand seine gute Laune so schnell, daß Lovyans letzte Zweifel mit ihr verschwanden.

»Da bist du also!« fauchte sie. »Unser guter Ysgerryn hier behauptet, du hättest seine Tochter geschwängert. Stimmt das?«

»Woher soll ich das wissen? Sie hatte vielleicht noch einen anderen Mann!«

»Ach ja? Soll ich wirklich glauben, du würdest unbeteiligt dabeistehen, wenn jemand etwas mit deinem Mädchen anfinge?«

»Äh, nun ...«, begann Rhodry und kratzte mit der Spitze des Reitstiefels über die Binsen. »Wahrscheinlich hätte ich ihm die Kehle durchgeschnitten.«

»Das dachte ich mir.«

»Euer Gnaden?« warf Ysgerryn ein. »Bis jetzt ist sie wirklich immer ein gutes Mädchen gewesen. Es hat ihrer Mutter fast das Herz gebrochen, aber wie hätte ich dem Herrn etwas verbieten können, auch wenn ich wußte, was vorging. Ich wußte, daß er nicht zu uns kam, um die Seife für Euer Gnaden abzuholen.«

Die Männer waren nicht mehr zu bremsen und begannen laut zu lachen. Als Rhodry zu ihnen herumfuhr und sie wütend anstarrte, schwiegen sie wieder.

»Armer Ysgerryn«, sagte Lovyan. »Ich werde für das Mädchen sorgen. Ich werde für ihre Mitgift sorgen, und mit ein wenig Geld in der Tasche wird sie zweifellos einen guten Mann finden, obwohl die ganze Stadt von dem Skandal weiß. Wenn das Kind zur Welt gekommen ist, bringt es zu mir, wenn es gesund genug ist, um zu überleben. Wir werden eine Amme und Pflegeeltern finden.«

»Euer Gnaden!« Ysgerryns Augen füllten sich mit Tränen. »Soviel hätte ich niemals erwartet. Wahrhaftig, ich …«

Lovyan winkte ab.

»Der Bastard eines edlen Herrn kann sehr nützlich sein, immer vorausgesetzt, er wird dazu erzogen. Sagt Eurer Tochter, daß für ihr Kind gut gesorgt sein wird.«

Unter wiederholten Verbeugungen zog Ysgerryn sich zurück. Als Rhodry den Eindruck erweckte, sich ebenfalls absetzen zu wollen, packte Lovyan ihn am Arm und zog ihn zur Treppe.

»Ich will mit dir sprechen, und zwar sofort.«

Wie ein getretener Hund folgte Rhodry ihr in ihre Räume im ersten Stock des Broch. Das Empfangszimmer war eine kleine Kammer, die mit Erinnerungen an die Lords von Maelwaedd vollgestopft war: mottenzerfressene Hirschköpfe, alte Schwerter, eine staubige Zeremonialkeule und eine Reihe von Schildern mit Wappen, die nicht mehr galten. In einer Ecke stand ein Stehpult, in dessen Sockel Dachse geschnitzt waren, das Zeichen der Maelwaedd, bevor sie Gwerbrethryn von Aberwyn geworden waren, und darauf lag eine Ausgabe des Buches, das der erste Maelwaedd, Prinz Mael der Seher, geschrieben hatte. Sobald sie im Zimmer waren, gab Lovyan Rhodry eine Ohrfeige.

»Du kleines Miststück!«

Rhodry fläzte sich in einen Sessel, streckte die Beine aus und starrte schmollend an die Wand.

»Es tut mir leid, daß ich das Mädchen entehrt habe. Ich danke dir, daß du so großzügig zu ihr warst.«

Lovyan fragte sich, ob er nur sagte, was sie zu hören wünschte. Lovyan war Mutter von vier Söhnen. Der älteste, Rhys, regierte nun als Gwerbret in Aberwyn, der zweite war als Kind gestorben, der dritte im Krieg getötet worden. Rhodry war der jüngste. Einige Zeit vor seiner Geburt hatte Lovyans Gatte sich eine junge Geliebte genommen und seitdem so wenig Zeit in Lovyans Bett verbracht, daß Rhodry ihr letztes Kind war.

Die Mätresse hatte zwei Töchter geboren, und es war Lovyans Aufgabe gewesen, für die Mädchen zu sorgen. Jetzt war Rhodry erwachsen und seinem Vater nur allzu ähnlich.

»Es wird Zeit, daß du heiratest«, sagte Lovyan schließlich. »Auf diese Weise kannst du wenigstens für ein paar rechtmäßige Erben für das Tierynrhyn sorgen.«

Rhodry verzog unwillig das Gesicht.

»Ich frage mich, ob die Göttin meine Versuche, eine Braut für dich zu finden, mit einem Fluch belegt, weil sie weiß, was für eine Art Mann du bist«, fuhr Lovyan fort. »Dreimal habe ich jetzt versucht, dich zu verheiraten, und dreimal hat sie dem armen Mädchen dieses Schicksal erspart.«

»Mutter, es tut mir aufrichtig leid! Ich weiß, daß du das Geld brauchst, das du um meinetwillen ausgeben mußt, und die arme Olwen tut mir wirklich leid.«

»Daran hättest du denken sollen, bevor du ihr Hemd gehoben hast.«

»Mutter!«

»Ich will nie wieder von solchen Geschichten hören! Heb dir dieses Lächeln für die Mädchen auf, die ihr Silber auf eine direktere Art verdienen.«

Rhodry sprang auf und ging. Er warf die Tür so fest hinter sich zu, daß die Schwerter an der Wand klapperten. Lovyan lächelte zufrieden.

Den Rest des Tages ging ihr Sohn ihr aus dem Weg, was in einem Dun von der Größe der Festung von Cannobaen einfach war. Die Stadt lag an der westlichen Grenze von Eldidd. Die Festung selbst stand auf einer Felsenklippe über dem Südmeer. Steinmauern umschlossen einen Hof von etwa sechstausend Schritt im Quadrat, in dessen Mitte sich ein vierstöckiger Broch erhob, der von Vorratshütten und einer Küchenhütte umgeben war. Direkt am Meer stand der Leuchtturm von Cannobaen mit seinen hundert Fuß Höhe, auf dessen Spitze der Leuchtturmwärter und seine Söhne des Nachts unter einem Steinbaldachin ein gewaltiges Feuer unterhielten oder die Bronzeglocke läuteten, wenn es neblig war.

Hinter dem Dun erstreckte sich in beide Richtungen an den Klippen entlang leeres Grasland. Landeinwärts befanden sich die Höfe, die zu Lovyans Land gehörten. Es war ein einsamer Ort, dazu geeignet, sich aus der Welt zurückzuziehen – wenn das Lovyan nur gestattet gewesen wäre! Die Maelwaedds hatten ihr Cannobaen als Hochzeitsgeschenk gegeben, und nach dem Tod ihres Mannes hatte sie sich hierher zurückgezogen, um der Versuchung zu entgehen, sich in die Angelegenheiten des neuen Gwerbret zu mischen. In diesem Jahr waren ihr einziger Bruder und dessen Sohn in einem Krieg um der Ehre willen getötet worden. Da es keinen anderen Erben gab, war sein Land an Lovyan gefallen, denn die Gesetze sahen vor, daß das Land in der Familie bleiben mußte, selbst wenn dies bedeutete, daß es an eine Frau fiel. Lovyan hatte zwar in den Clan der Maelwaedds eingeheiratet, aber sie gehörte immer noch den Clw Coc an, dem Clan des Roten Löwen, der seit über hundert Jahren Ländereien im Westen von Eldidd hielt.

Blut und Clan, Kinder und deren Kinder – all das bestimmte das Leben einer Edelfrau, und genau über diese Dinge dachte Lovyan auch für den Rest dieses kalten Sommertags in Cannobaen nach. Sie hoffte zutiefst, daß Rhodrys Bastard ein Mädchen wäre und kein Sohn, der Ärger machen konnte. Wäre sie zudem mit so gutem Aussehen gesegnet wie ihr Vater, könnte Lovyan irgendwann eine Heirat mit einem ihrer vielen ärmeren Verwandten arrangieren. Der Rote Löwe hatte Lovyan einen großen Gefallen getan, indem er Rhodry in den Clan aufgenommen hatte, als sie das Tierynrhyn geerbt hatte, und es dadurch möglich gemacht, daß er nach ihrem Tod ihre Nachfolge antreten konnte, statt daß das Land zur Neuverteilung an den Gwerbret fiel. In seiner Eitelkeit hatte Rhodry angenommen, Lovyan hätte sich aus reiner Mutterliebe darum bemüht, aber tatsächlich waren ihre Motive anderer Art und die Adoption einfach das kleinere von zwei Übeln gewesen.

Als sie die Ländereien übernommen hatte, hatten einige ihrer Vasallen darüber gemurrt, eine Frau zum Herrn zu haben, selbst wenn es dem Gesetz entsprach und daher zwar selten, aber nicht vollkommen ungewohnt war. Nachdem Rhodry erst einmal als Nachfolger festgelegt war, konnten die Unzufriedenen sich mit dem Gedanken trösten, daß sie in nicht allzu langer Zeit wieder von einem Mann regiert würden. Lovyan war immerhin nicht unsterblich; mit achtundvierzig war sie bereits alt für eine Welt, in der die meisten Frauen vor dem vierzigsten Lebensjahr starben, ausgemergelt vom Kindbett. Wenn ihre Vasallen nur ein wenig warteten, würden sie bald genug wieder einen männlichen Tieryn haben. Dennoch war selbst das für einige zuviel.

Als es Zeit zum Abendessen wurde, kam ein Besucher in die Festung: Lord Sligyn, dessen Ländereien etwa zehn Meilen östlich lagen. Während des Essens selbst konnte er nichts sagen, weil zu viele Ohren lauschten, aber Lovyan wußte, daß Sligyn wegen einer möglichen Rebellion beunruhigt war. Lovyan mochte diesen kräftigen, rotgesichtigen Mann Anfang Dreißig mit seinem dicken blonden Schnurrbart und den klugen blauen Augen. Um ihn zu ehren, hatte sie seinen Sohn Caradoc als Pagen aufgenommen. An diesem Abend bediente Carro sie bei Tisch, goß den Met ein und schnitt kundig das Fleisch. Als der Junge außer Hörweite war, gab Sligyn zu, daß er zufrieden mit seinem Sohn war.

»Und da wir gerade von Söhnen sprechen«, sagte er mit einem Nicken zu Rhodrys leerem Stuhl, »wo ist denn der Eure?«

»Wahrscheinlich ißt er, was er dem Koch abschwatzen kann. Im Augenblick kommt er mir nur ungern unter die Augen.«

»Was hat er denn wieder angestellt?«

»Einen Bastard gezeugt.«

»So etwas mußte früher oder später ja passieren. Meine Frau und ich wären geehrt, Pflegeeltern des Kindes werden zu dürfen.«

»Ich danke Euch. Wenn das Kind lebend zur Welt kommt, werde ich es mitsamt der Amme sofort zu Euch schicken. Ich freue mich sehr, daß Ihr so treu zu mir steht.«

»Anders als manch anderer, wie?« Er hielt vielsagend inne. »Nun, darüber würde ich gern später mit Euer Gnaden allein sprechen.«

Wie Lovyan angenommen hatte, tauchte Rhodry nicht mehr zur Mahlzeit auf. Sobald sie mit dem Essen fertig waren, ging sie mit Sligyn in ihr Empfangszimmer. Sie wußte bereits, daß ihr Hauptfeind unter den Vasallen Lord Corbyn von Bruddlyn war und daß er längst seine Fühler ausgestreckt hatte, um herauszufinden, welche der anderen Lords sich mit ihm zu einer Rebellion verbünden würden.

»Sie kennen mich gut genug, um es bei mir erst gar nicht zu versuchen«, sagte Sligyn. »Aber ich höre dies und das. Nowec ist zu ihnen übergelaufen, und das schmerzt mich. Von ihm hätte ich das nicht erwartet. Ich frage mich, was diese Dummköpfe sich vorstellen. Haben sie vergessen, daß der Gwerbret, dem die Rechtsprechung über das Tierynrhyn obliegt, zufällig auch Euer Sohn ist?«

»Sie haben vielleicht Grund zu glauben, daß Rhys sein Recht nicht ausüben wird. Es ist das Geld, denke ich. Oft steht hinter solchen Dingen nichts anderes als Steuern und Zölle. Mit Schwüren und Loyalität hat das wenig zu tun.«

»Das ist eine sehr zynische Bemerkung, Euer Gnaden.«

Lovyan zuckte die Schultern. »Ich wußte, daß es nicht ungefährlich war, Rhodry zu meinem Erben zu machen. Die Lords dieses Rhan zahlen bereits Steuern an den Maelwaedd-Clan, weil Rhys der Gwerbret ist. Dann zahlen sie an den Clw Coc durch mich. Wenn ich sterbe, glauben sie, daß beides an die Maelwaedds geht, weil sie Rhodry immer als Maelwaedd sehen werden, ganz gleich, wie viele meiner Vettern für seine Adoption gestimmt haben. Ohne Zweifel ärgert sie das furchtbar.«

»Aha. Und wenn sie diese Rebellion so lange durchhalten, bis Rhys zu ihren Gunsten entscheidet, wird er Euer Land den Ländereien des Gwerbret hinzufügen, und sie werden nur einmal Steuern zahlen müssen. Bei allen Göttern und ihren Angetrauten, würde Rhys denn um des Geldes willen seine eigene Mutter enteignen?«

»Das bezweifle ich, aber es würde ihn freuen, mich enteignen zu können.« Das war Rhodry, der jetzt in ihre Mitte trat. »Euer Gnaden hat ganz recht, was das Geld angeht. Dieses Gemurre gegen Euch als Frau klang nie so recht glaubwürdig.«

»He!« zischte Lovyan. »Wie lange hast du schon an der Tür gelauscht?«

»Lange genug.« Rhodry bedachte sie mit einem strahlenden Lächeln. »Ich wollte hören, was du über meine Ehrlosigkeit sagst.«

»Darüber haben wir schon beim Essen gesprochen.«

»Beim Essen?« Rhodry ließ sich auf einen Stuhl fallen. »Lady, Ihr habt einen gesunden Magen.«

»Jetzt hört mir einmal zu, junger Mann.« Sligyn war, bis Lovyan sterben würde, Rhodry gleichgestellt, und er tat sich keinen Zwang an. »Ihr werdet Eure Mutter gefälligst mit Respekt behandeln, solange ich anwesend bin.«

»Ich bitte um Verzeihung; es war nur ein Scherz. Aber

ehrlich, Mutter, ich sehe, was du meinst. Rhys leckt sich sicher schon die Lippen über diese Gelegenheit, etwas einzustreichen, das von Rechts wegen mir zustünde.«

»Ich habe tatsächlich keinerlei Illusionen über die brüderliche Liebe zwischen Euch beiden. Aber wenn es zu einem Krieg kommt, gehe ich doch davon aus, daß Rhys einschreiten wird.«

»Zweifellos, wenn du ihn darum bittest.« Rhodry schmollte. »Aber ich hätte nur zu gern die Gelegenheit, mich diesen Vasallen zu beweisen.«

Er sagte das so lässig, daß Lovyan ganz elend wurde. Wenn es zum Krieg kommen sollte, würde Rhodry Cadvridoc sein, der Kriegsführer, der an ihrer Stelle die Armee führte. Und sie kannte ihn zu gut, um sich Hoffnungen zu machen, daß er seine Männer von der Nachhut ausführen würde.

»Ich hörte, wie Ihr Mutter sagtet, daß Nowec übergelaufen sei«, sagte Rhodry zu Sligyn. »Das hätte ich nie von ihm gedacht.«

»Ich ebensowenig. Es gibt seltsame Gerüchte in dieser Sache.«

»Wieder der Dweomer?« sagte Rhodry mit einem Lachen.

»Genau. Es wundert einen schon, wenn jemand wie Nowec sein Wort bricht!«

»Unsinn! Äh, Verzeihung, Mutter. Aber ich glaube kein Wort davon.«

»Ich ebensowenig«, warf Sligyn ein. »Aber all diese Gerüchte haben ihre Auswirkungen auf die Moral der Männer.«

Lovyan nickte zustimmend. Da niemand wußte, wozu dieser mysteriöse Zauber tatsächlich imstande war – immer vorausgesetzt, er existierte –, wußte man auch nicht, wo die Grenzen lagen.

»Sie sagen, es sei dieser Berater Corbyns«, meinte Sligyn. »Er heißt Loddlaen. Von ihm glauben alle, er habe den Dweomer.«

»Ach ja?« höhnte Rhodry. »Nun, ich bin dem Mann schon begegnet, und ich kann kaum glauben, daß dieser Fatzke irgendeine Art von Macht hat. Mögen die Götter mich verfluchen, wenn ich überhaupt weiß, wieso Corbyn auf den Rat eines Mannes hört, der nach Parfüm stinkt.«

»Das ist schon seltsam, das stimmt. Aber ist das auch ein Beweis?«

Rhodrys höhnisches Lächeln verschwand.

»Wißt Ihr«, meinte Lovyan, »ich denke, ich sollte nach Nevyn schicken – dem alten Kräutermann, erinnerst du dich?«

»Das kannst du gerne tun. Mutter. Ich weiß, daß er dich amüsiert, und du wirst Gesellschaft brauchen, wenn wir in den Krieg reiten.«

»Dann werde ich versuchen, ihm eine Botschaft zu schikken.«

»Um ehrlich zu sein, Euer Gnaden«, meinte Sligyn, »habe ich nie verstanden, wieso Ihr diesen alten Mann so ehrt. Er mag einiges über Arzneien wissen, aber er ist eigentlich nur einer Eurer Bauern.«

»Wie Rhodry schon sagte, er amüsiert mich.«

Lovyan war nicht in der Stimmung für Erklärungen. Wenn der verläßliche Sligyn und ihr Wüstling von einem Sohn zu dumm waren, einen Mann mit Dweomer zu erkennen, wenn sie einen sahen, dann würde sie ihre Zeit nicht darauf verschwenden, es ihnen beizubringen.

Drei Tage hinter Cernmeton erreichte die Karawane von Dregydd dem Kaufmann einen Fluß mit einem seltsamen Namen, den Delonderiel. In der Nähe des Dorfs Bruddlyn stand eine Zollbrücke, die dem hiesigen Lord gehörte. Da die Karawane ohnehin eine Rast einlegen würde, solange noch genügend Tageslicht herrschte, um eine Weide für die Pferde und Maultiere zu finden, beschloß Dregydd, diese Nacht nahe dem Dorf zu verbringen und frische Lebensmittel zu kaufen.

»Außerdem«, meinte Dregydd, »wird es auch Lord Corbyn Gelegenheit geben, herunterzukommen und etwas von meinen Waren zu erwerben, wenn er will. Man sollte immer höflich sein, wenn man jemandes Ländereien durchquert.«

Der Lord selbst erschien nicht, aber einer seiner Berater ließ sich sehen. Jill stand in der Nähe und beobachtete, wie Dregydd mit einer Bäuerin um ein Faß Bier handelte, als der Mann auf einem wunderschönen silbergrauen Pferd herangeritten kam. Er war hochgewachsen und schlank, hatte dunkle, veilchenfarbene Augen und das hellste Haar, das Jill je gesehen hatte – es hatte praktisch die Farbe von Mondlicht – fiel ihm bis über die Ohren. Er stieg ab und schlenderte auf Dregydd zu, der der Bäuerin gerade im Austausch für das Bier eine eiserne Pfanne überreichte. Als die Frau den Neuankömmling sah, wurde sie blaß und wich zurück. Jill bemerkte, daß sie ein Abwehrzeichen gegen Hexerei machte, während sie davoneilte.

»Ich heiße Loddlaen«, sagte der Mann mit seltsam weicher und wohlklingender Stimme. »Habt Ihr gute Waffen dabei?«

»Ein paar Schwerter aus Lughcarn, guter Herr. Die besten, die es gibt.«

Während er sich die Schwerter ansah, ignorierte Loddlaen Jill vollkommen, und sie war froh darüber. Dieser Mann hatte etwas an sich, das ihr eine Gänsehaut machte, und das hatte nicht nur mit seinem Rosenwasserduft zu tun. Schließlich wählte er das beste Schwert aus.

»Also gut, Herr«, sagte Dregydd. »Ist es für Euch selbst?«

»Nein, für meinen Herrn – ein Geschenk.«

»Ein wahrlich ehrenvolles Geschenk. Nun, für gewöhnlich erhalte ich für eine dieser Klingen ein gutes Pferd.«

»Wie wäre es statt dessen mit einem Goldstück?« Loddlaen

bedachte ihn mit einem kalten Lächeln. »Anders als die stinkenden Bauern in diesem Teil der Welt verfüge ich über Münzen.«

»Wunderbar. Ein wahrhaft gerechter Preis.«

»Viel zuviel, aber es gibt Dinge, um die man nicht handeln sollte.«

Dregydd schien diesen Gedanken schockierend zu finden, aber selbstverständlich nahm er gern das Gold des Beraters. Er fand sogar ein Stück Tuch, um das Schwert darin einzupacken, eskortierte den Berater zu seinem Pferd und hielt den Zügel, während Loddlaen aufstieg. Mit einem verächtlichen Nicken ritt der Berater davon. Dregydd kratzte sich verwirrt den Bart.

»Das war ein seltsamer Mensch, Mädchen. Ich bin auf meinen Reisen vielen Leuten begegnet, aber dieser war wahrhaft seltsam.«

»Allerdings. Ich habe mich schon gefragt, ob er das Schwert haben wollte, um seinen Lord damit umzubringen.«

»Merkwürdig – ich habe dasselbe gedacht. Aber hört Euch nur an, was wir tun, Jill – wir beleidigen einen Mann, den wir nicht einmal kennen. Habt Ihr sein Pferd gesehen? Das war eines dieser Tiere aus dem Westen, hinter denen ich her bin. Lord Corbyn muß viel von seinem Berater halten, wenn er ihm ein so wertvolles Tier gibt.«

In dieser Nacht hatte Jill einen grotesken Traum, der aber so klar und zusammenhängend war, so voller Einzelheiten, daß sie zugeben mußte, daß es sich um einen Wahrtraum handelte. Sie sah Loddlaen, der sich mitten in einer Kammer auszog und zu einem Fenster ging. Sie hörte, wie er in einer seltsamen Sprache laut etwas rezitierte, dann war er plötzlich von blauem Licht umgeben und verwandelte sich in einen gewaltigen roten Habicht. Als er vom Fensterbrett sprang und über das Land flog, schwebte sie selbst irgendwie über ihm. Plötzlich hielt er inne und stürzte auf etwas nieder, genau wie ein richtiger Habicht, und kam mit einem Kaninchen wieder hoch. Erst in diesem Augenblick wurde ihr klar, wie ungewöhnlich groß dieser Habicht war. Sie erwachte erschrocken und setzte sich auf. Der Traum war so widerwärtig gewesen, daß ihr ganz kalt vor Ekel war.

Um die Erinnerung loszuwerden, stand sie auf und ging zum Flußufer. An den mondbeleuchteten seichten Stellen am Ufer spielte das Wildvolk des Wassers, Gezeiten von Gesichtern in silbrigem Schaum. Als sie die Hand ins Wasser streckte, um sie zu rufen, drängten sie sich um sie und rieben ihre silbrigen Rücken an ihren Fingern.

»Kennt Ihr den Berater Loddlaen?«

Sie spürte die Angst des Wildvolks wie eine Welle, die über ihr zusammenbrach. Die Geschöpfe verschwanden vollkommen, und nur das Wasser blieb zurück. Jill lief zurück ins Lager und vergrub sich in ihre Decke, als könnte sie sich dort verstecken.

Sehr zu ihrer Erleichterung brach die Karawane am nächsten Morgen früh auf und zog über die Zollbrücke weiter nach Westen, weg von Loddlaen. Den ganzen Morgen über zogen Menschen und Packtiere an den üppigen, von Steinmauern gesäumten Feldern von Eldidd vorbei, an runden Bauernhäusern und an Wiesen, auf denen weißes Vieh mit rostbraunen Ohren graste. Manchmal ritt Jill am Ende neben Cullyn, manchmal neben Dregydd, der, wie es sich für einen guten Kaufmann gehörte, gern redete und sich über die aufmerksame Zuhörerin freute. Er begann, ihr mehr von diesen Pferden zu erzählen, die er zu erwerben hoffte.

»Man nennt sie Westjäger«, sagte Dregydd. »Selbst die Stuten werden sechzehn Handbreit hoch, und sie sind ausdauernder als alle anderen Rassen. Aber das beste an ihnen ist, daß einige von ihnen goldfarben sind – nun ja, von einem gelblichen Braun, aber wenn man sie im Sonnenlicht sieht, würde man schwören, daß sie aus Gold bestehen.«

»Bei den Höllen! Wahrscheinlich wird kein Silberdolch je genug Geld haben, um eines kaufen zu können.«

»Das ist recht unwahrscheinlich. Die Leute im Westen kennen ihren Wert, und sie verkaufen sie teuer. Aber es lohnt sich. Wenn ich einen goldfarbenen Hengst einhandeln kann, wird der Gwerbret von Caminwaen mir zwei Goldstücke dafür geben.«

Jill schnappte nach Luft. Zwei Goldstücke – dafür würde man einen guten Bauernhof kaufen können. Plötzlich mußte sie wieder an Loddlaen denken, der ein Goldstück für ein Schwert gab, das vielleicht ein Drittel davon wert war. Warum hatte er darauf bestanden, sich so übervorteilen zu lassen? Seltsame Bardengesänge fielen ihr ein, und endlich erinnerte sie sich an einen, in dem es hieß, daß ein Dweomermann, der einen Gegenstand verzaubern wollte, nicht darum handeln durfte.

»Sagt mir«, meinte sie, »glaubt Ihr, daß es wirklich so etwas wie Dweomer gibt?«

»Nun, die Leute tun die alten Geschichten oft ab, aber ich selbst habe das eine oder andere gesehen.« Dregydd lächelte. »Ich glaube, die Leute im Westen werden Euch wirklich interessieren.«

Obwohl Jill weitere Fragen stellte, winkte er nur ab. Aber später an diesem Tag erhielt sie eine erste Vorstellung von dem, was er gemeint haben könnte. Je weiter sie nach Westen kamen, desto mutiger wurde der graue Gnom und tauchte selbst dann vor ihr im Sattel auf, wenn sie neben einem anderen ritt. Den langen, schmalen Mund zu einem breiten Grinsen geöffnet, die grünen Augen vor Aufregung glitzernd, nahm er einen ihrer Zügel in seine mageren Hände und schüttelte ihn, als wollte er das Pferd antreiben. Endlich blieb sie weit genug hinter der Karawane zurück, um in Ruhe mit ihm sprechen zu können.

»Du weißt, wohin wir gehen, wie? Magst du den Westen?«

Er nickte entzückt, dann sprang er auf, umarmte sie und drückte ihr einen Kuß auf die Wange.

An diesem Abend schlug die Karawane auf einer Weide neben dem letzten Bauernhof in Eldidd ihr Lager auf, wo Dregydd billige Waren gegen Heu und Hafer eintauschte. Jill entdeckte den Grund dafür am nächsten Morgen. Nach nur einer Stunde Ritt befanden sie sich am Rand eines urtümlichen Waldes aus alten Eichen und Farnkraut, an dessen Boden kaum mehr Gras wuchs.

Den ganzen Tag lang folgten sie einem schmalen Pfad, der zwischen Bäumen hindurchführte, die so dicht standen, daß es unmöglich war, weiter als zehn Fuß zu sehen. Sie schlugen ihr Nachtlager in einer Lichtung auf, die kaum genügend Platz für Menschen und Tiere bot. Alle hockten sich ums Feuer und unterhielten sich mit seltsam gedämpften Stimmen. Hin und wieder fuhr einer der Männer herum und spähte in den Wald hinein, als hätte er das Gefühl, beobachtet zu werden; dann lachte er über seine eigene Dummheit. Jill allerdings wußte, daß man sie tatsächlich im Auge hatte. Direkt hinter dem Lichtkreis des Lagerfeuers konnte sie Wildvolk sehen, das sich auf den Bäumen versammelt hatte, um sich diese Eindringlinge anzuschauen.

Der nächste Tag brachte mehr Wald, der sich jetzt einen sanften Abhang hinaufzog. Menschen und Packtiere schwitzten, als der Pfad sich weiter in den finsteren Wald hineinwand. Endlich, etwa vier Stunden nach Mittag, erreichten sie einen Fluß, der weiß in einer tiefen Schlucht rauschte. Über diese Schlucht spannte sich in einem anmutigen Bogen eine Steinbrücke, so gut gebaut wie kaum eine in Deverry. Das Geländer war mit einem eingemeißelten Muster von Ranken und Blättern verziert, und hier und da prangte in einem Rondell ein Zeichen, das ein Buchstabe eines vollkommen fremden Alphabets sein mußte. Als die Karawane über die Brücke klapperte, betrachtete Jill die Steinmetzarbeit. Hier und da spähten als Dekoration auch Gesichter des Wildvolks durch ein paar Steinblätter.

»Dregydd?« fragte sie den Kaufmann. »Haben die Westleute diese Brücke gebaut?«

»Das nehme ich an, Mädchen. Es ist ja sonst niemand hier.«

Dann, nahm Jill an, konnten die Westleute die kleinen Geschöpfe ebenfalls sehen. Das mochte erklären, wieso das Wildvolk hier so mutig war. Als sie an diesem Abend ihr Lager in einer weiteren Lichtung aufschlugen, kam auch das Wildvolk, um einen Blick auf die Fremden zu werfen. Die kleinen Kreaturen schlenderten umher, starrten die Maultiertreiber an, berührten alles Glitzernde mit ihren langen, spitzen Fingern, und hin und wieder zwickten sie eines der Pferde, damit es aufstampfte. Obwohl nur Jill sie sehen konnte, spürten auch die meisten Männer, daß etwas Seltsames geschah. Mürrisch hockten sie dicht gedrängt beisammen und konzentrierten sich so gut wie möglich auf ihre Würfelspiele. Natürlich kam es über jeden Wurf zum Streit, und schließlich mußte Cullyn einschreiten und als Schiedsrichter fungieren. Jill verstand allmählich, wieso Dregydd ihren Vater hatte dabeihaben wollen.

Zum Glück konnte die Karawane gegen Mittag des nächsten Tages den Wald wieder verlassen. Der Weg wand sich weiter nach oben, die Bäume wurden spärlicher, und endlich kamen sie auf eine weite Hochebene. Vor ihnen erstreckte sich windverwehtes Grasland wie ein grünes Meer bis zum Horizont. Obwohl Jill froh war, den Wald hinter sich lassen zu können, kam ihr auch diese Ebene merkwürdig vor – sie hatte noch niemals etwas so Leeres gesehen.

»Gibt es hier keine Städte oder so etwas?« fragte sie.

»Nicht daß ich wüßte. Aber ich bin auch noch nie viel weiter gekommen als hierher. Nur noch ein paar Meilen weiter, dann kommen wir an die Stelle, wo ich immer mein Lager aufschlage und darauf warte, daß die Westleute mich aufsuchen. Sie wissen, wann ich hier bin. Es ist schon seltsam.«

Sie erfahren es vom Wildvolk, dachte Jill, aber selbstverständlich würde sie Dregydd das nicht sagen. Als sie den Lagerplatz an einem schönen, breiten Fluß erreichten, warteten dort schon Hunderte vom Wildvolk, betrachteten die Karawane ein paar Minuten und verschwanden dann plötzlich.

In dieser Nacht konnte Jill kaum schlafen. Hellwach lag sie auf dem Rücken und starrte zu den Sternen hinauf. Bei all ihrer Ruhelosigkeit hörte sie nichts in der Nähe des Lagers, aber als es dämmerte, waren zwei Westleute da. Als Jill wieder einmal erwachte, sah sie die beiden ein paar Schritt entfernt stehen, wo sie warteten, bis es im Lager lebendig wurde. Es waren hochgewachsene, schlanke Männer mit tiefliegenden Augen und mondlichtbleichem Haar wie das von Loddlaen. Sie hätten gut aussehen können, wären nicht ihre Ohren gewesen, die oben spitz zuliefen. Dregydd hatte ihr zwar erzählt, daß die Westleute die Ohren ihrer Kinder beschnitten, aber der Anblick beunruhigte Jill dennoch. Die Männer trugen Stiefel und Hosen aus Leder, dazu Stoffhemden, die mit einem Muster aus Blüten und Ranken bestickt waren, das sich über eine Schulter, Brust und Bauch zog.

Da sie angekleidet geschlafen hatte, stand Jill einfach auf und ging barfuß auf sie zu, um sie zu begrüßen. Als sie nahe genug war, um ihre Augen sehen zu können, erschrak sie abermals. In ihren Augen gab es beinahe kein Weiß, die Iris war riesengroß, und die Pupillen waren ein vertikaler Schlitz wie bei einer Katze. Das können sie selbst nicht herbeiführen, dachte Jill, ich frage mich, wie Dregydd das erklären will. Das Gefühl, etwas vollkommen Fremdem gegenüberzustehen, war so intensiv, daß sie beinahe zusammengezuckt wäre, als einer der Westleute sie in perfektem Deverrianisch ansprach.

»Guten Morgen, schöne Dame«, sagte er. »Seid Ihr und diese Männer hier, um Handel zu treiben?«

»Ja. Unser Anführer heißt Dregydd.«

»Ich kenne ihn.« Er legte den Kopf schief und sah Jill mit einem Lächeln an. »Ich habe bisher noch nie eine der Frauen Eures Volks gesehen. Sind sie alle so schön wie Ihr?«

Als Jill daraufhin kein Wort sagen konnte, lachte er und verbeugte sich.

»Sagt Dregydd, daß wir die anderen herbringen werden.«

Sie gingen davon ohne das geringste Geräusch, als teilte sich das Gras, um sie durchzulassen. In einiger Entfernung warteten ihre goldfarbenen Pferde. Jill starrte ihnen nach, bis sie außer Sichtweite waren.

Kurz nach Mittag ritt ein Stamm der Westleute in einer langgezogenen Prozession heran. Es war ein gesamter Clan, Männer, Frauen und ein paar Kinder, alle in ähnlicher Kleidung, nur daß die Frauen ihr Haar geflochten trugen, wie die Frauen in Deverry in der Zeit der Dämmerung. Statt Wagen zu benutzen, zogen sie ihren Besitz auf einer Art Schlitten hinter sich her. Sie hatten eine kleine Herde von Pferden mitgebracht. Ein paar hundert Schritt vor Dregydds Lager hielten sie inne und errichteten ihre eigenen Zelte. In weniger als einer Stunde sah es aus, als hätte das Lager schon immer an dieser Stelle gestanden, ein buntes Dorf aus bemalten Zelten, hin und her rennenden Kindern und Hunden – und Schwärmen von Wildvolk.

»Jetzt warten wir noch ein wenig«, meinte Dregydd. »Wenn sie bereit sind, werden sie herkommen.«

Und tatsächlich kamen bald einige aus dem Lager herüber, um zu sehen, was Dregydd ihnen anbieten würde. Einzeln oder zu zweit gingen sie an Reihen von Kochtöpfen, Messern, Schwertern, Holzfälleräxten, Schaufeln und Pfeilspitzen entlang. Hin und wieder hockten sie sich nieder, hoben etwas auf und betrachteten es prüfend, dann legten sie den Gegenstand wieder hin, und all das ohne ein einziges Wort. Nachdem sie sich ein wenig an sie gewöhnt hatte, fiel Jill auf, wie schön sie waren. Sie bewegten sich mit Anmut, mit einer Würde, die sie an Hirsche erinnerte. Sie war überrascht, als sie bemerkte, daß die Maultiertreiber und sogar Cullyn die Fremden nur verächtlich betrachteten. Den gesamten Nachmittag hielten sich die Männer dicht am Fluß, kehrten allem andern den Rücken zu und kümmerten sich scheinbar nur um ihre Würfelspiele. Allein Jill saß bei Dregydd und beobachtete seine Kunden.

Als die Sonne am Himmel tiefer sank, kam ein junger Mann mit einem ledernen Metschlauch auf sie zu.

»Guten Abend«, sagte er. »Wir sind erfreut über das, was Ihr uns anbietet.«

»Das erfreut mein Herz, Jennantar«, sagte Dregydd. »Werden wir also am Morgen tauschen?«

»Ja.« Jennantar reichte ihnen den Schlauch. »Für Eure Männer, um ihre Herzen ein wenig zu mildern.«

Es machte Jill verlegen zu sehen, daß er wußte, wie sehr die Männer sein Volk verachteten, aber er lächelte nur, als Dregydd zu den Treibern hinüberging. Als Jennantar sich neben sie setzte, erschien der graue Gnom auf ihrem Schoß und lehnte sich zufrieden zurück.

»Oh!« sagte Jennantar verblüfft. »Ihr könnt das Wildvolk sehen?«

»Ihr denn auch?«

»Unser gesamtes Volk kennt sie. Wir haben einen Namen für sie, der ›kleine Brüder‹ bedeutet.«

Als sie in seine rauchgrauen Katzenaugen sah, konnte Jill dort tatsächlich eine gewisse Verwandtschaft erkennen, obwohl das Wildvolk häßlich und deformiert war und diese Menschen aus dem Westen so schön.

»Es gibt einen Mann aus Eurem Volk, der mit uns reitet«, sagte Jennantar. »Ich glaube, er würde Euch gern kennenlernen.«

Ohne ein weiteres Wort stand er auf und ging davon. Jill blieb zurück und fragte sich, ob sie ihn irgendwie beleidigt hatte.

Kurz vor Sonnenuntergang kam ein alter Mann aus dem Lager der Westleute. Da seine Augen und Ohren normal waren, nahm Jill an, er müsse der Mann sein, den Jennantar erwähnt hatte. Er war nicht sehr groß, hatte breite Schultern und muskulöse Arme, war aber ansonsten schlank, mit riesigen braunen Augen und weißem Haar, das von seiner Stirn aus nach zwei Seiten abstand, was ihm etwas Eulenhaftes verlieh. Als er sich neben Dregydd hockte, erinnerte auch diese Stellung an einen Vogel, besonders, weil er die Ellbogen anzog und die Hände locker zwischen den Oberschenkeln hängen ließ. Es stellte sich heraus, daß Dregydd ihn kannte; er stellte ihn als Aderyn vor, und Jill hätte beinahe gekichert, denn der Name bedeutete »Vogel«.

»Ich wollte Euch um einen Gefallen bitten, Dregydd«, sagte Aderyn. »Ich muß nach Cannobaen reisen, und ich würde lieber mit Eurer Karawane ziehen, als alleine zu reisen.«

»Ihr seid mir stets willkommen, aber was ist denn geschehen? Habt Ihr plötzlich Sehnsucht nach den Menschen, die Ihr zurückgelassen habt?«

»Eigentlich nicht.« Aderyn lächelte. »Es ist eine ziemlich unangenehme Angelegenheit. Einer aus unserem Volk hat einen anderen getötet, und danach ist er geflohen. Wir müssen ihn zurückholen.«

»Das ist in der Tat unangenehm. Aber Ihr solltet ihn leicht finden können – er wird in Eldidd überall auffallen.«

»Eigentlich nicht. Er ist ein Mischling.«

»Berater Loddlaen.« Jill hatte gesprochen, ohne nachzudenken.

Als Aderyn sich ihr zuwandte, hatte Jill das Gefühl, daß er geradewegs in sie hineinsehen konnte – aber sein Lächeln war freundlich.

»Er heißt tatsächlich Loddlaen. Und Ihr müßt Jill sein.«

Jill war sicher, daß sie keinem der Westleute ihren Namen genannt hatte. »Sind wir uns schon begegnet, guter Herr?«

»Ja, aber daran würdet Ihr Euch nicht erinnern. Aber warum habt Ihr ihn *Berater* Loddlaen genannt?«

»So bezeichnete er sich selbst. Er gehört jetzt zum Gefolge von Lord Corbyn von Bruddlyn.«

»Ist das nicht seltsam? Aber nun weiß ich wenigstens, wo ich ihn finden werde.« Aderyn erhob sich und starrte in die Nacht hinaus. »Das ist wahrhaftig seltsam.«

Er ging, ohne sich noch einmal nach ihnen umzusehen.

»He!« sagte einer der Maultiertreiber. »Ist der Alte ein bißchen blöd, oder was?«

»Das würde ich nicht sagen«, erwiderte Dregydd, der sich nachdenklich den Bart kratzte. »Er ist manchmal ein bißchen merkwürdig, aber an seinem Kopf gibt es nichts auszusetzen.«

Die Maultiertreiber warfen einander zweifelnde Blicke zu.

»Er muß blöd sein«, murmelte Cullyn, »wenn er dort bei den Westleuten lebt.«

Jill hielt den Mund, aber ihr kam es überhaupt nicht dumm vor, mit diesen Leuten zu ziehen.

Später in der Nacht begann die Musik. Über die mondbeschienene Wiese hörten sie eine melancholische Frauenstimme. Drei andere Stimmen fielen ein, in einer Harmonie, die falsch schien, bis Jill auffiel, daß sie in Vierteltönen sangen wie die Musiker aus Bardek, die man hin und wieder in Hafenstädten hören konnte. Dann erklangen auch Instrumente, zunächst die kühlen, klaren Laute einer Harfe, dann etwas, das ein stetiges Brummen von sich gab, und schließlich eine kleine Trommel. Die Musik wurde schneller und schneller und ging ohne Pause von einem Lied ins nächste über. Cullyn und die Männer hockten dicht beieinander und konzentrierten sich auf die Würfel. Jill machte sich leise davon und ging zum Rand des Lagers. Zwischen den bunten Zelten der Westleute flackerten Fackeln. Wie vom Dweomer angezogen, ging Jill noch ein paar Schritte weiter, doch plötzlich packte Cullyn sie an der Schulter.

»Was hast du vor?« fauchte er.

»Einfach nur zuhören.«

»Unsinn! Wage nicht, dich davonzuschleichen. Diese Leute da sind eher Tiere als Menschen, aber es würde mich nicht überraschen, wenn ihre Männer an dir Gefallen fänden.«

»Ihr Götter, Vater! Glaubst du denn, daß jeder Mann es auf mich abgesehen hat?«

»Die meisten schon, vergiß das nicht. Und jetzt komm mit. Am Feuer kannst du dieses elende Gekreische auch noch gut genug hören.«

Selbst für einen Tieryn mit ausgedehnten Ländereien war es im westlichen Eldidd nicht einfach, an Geld zu kommen. Dun Cannobaen war nur Lovyans Sommersitz, und sie mußte einen Boten zu ihrer Residenz nach Dun Gwerbyn schikken, um der Seifenmacherstochter ihr Silber zahlen zu können. Als es endlich eintraf, war Rhodry erzürnt, weil seine Mutter von ihm verlangte, daß er es persönlich ablieferte.

»Warum kann das nicht der Kämmerer tun?« fragte er. »Oder dieser dumme Stallmeister? Dann hätten sie endlich etwas zu tun!«

Lovyan verschränkte nur die Arme vor der Brust und starrte ihn an. Seufzend nahm Rhodry die Satteltaschen vom Tisch und ging zum Stall.

Der Morgen lag klar und sonnig auf den grünen Wiesen, und tief unten am Fuß der Klippen glitzerte das Meer, aber Rhodry ritt mit schwerem Herzen los. Olwen wird weinen, sagte er sich, und das wird furchtbar sein. Unter keinen Umständen hätte er zugegeben, daß er Olwen recht gern hatte. Es war eine Sache, ein Mädchen einfacher Herkunft ins Bett zu locken, und eine andere, zuzugeben, daß man sich bei ihr unbeschwerter fühlte als bei einer Frau seiner eigenen Klasse.

Das Städtchen Cannobaen drängte sich um einen kleinen Hafen zwischen den Klippen, wo der Borg, ein Bach, der bestenfalls im Winter als Fluß durchging, ins Meer mündete. Es gab drei hölzerne Piers für Fischerboote und einen größeren für die Fähre zu den Heiligen Inseln von Wmmglaed, die etwa zehn Meilen von der Küste entfernt lagen. Vom Hafen aus breiteten sich etwa vierhundert Gebäude in einem etwas unregelmäßigen Halbkreis aus. Obwohl Ysgerryns Seifenmacherei eine Meile von der Stadt entfernt lag, um den Bewohnern den Gestank zu ersparen, wohnte die Familie selbst in einem Rundhaus nahe dem Hafen. Rhodry war mit seiner Werbung vor allem deshalb so schnell zum Erfolg gekommen, weil Ysgerryn und seine Frau den ganzen Tag draußen vor der Stadt arbeiteten, weit weg von Olwen, die sich zu Hause um ihre jüngeren Geschwister kümmerte.

Sobald Rhodry abgestiegen war, um sein Pferd durch die engen, gewundenen Straßen zu führen, war ihm endgültig klar, daß er den schlimmsten Morgen seines Lebens vor sich hatte. Die Stadtleute verbeugten sich und knicksten wie immer, aber hier und da bemerkte er ein eilig unterdrücktes Grinsen. Er mochte der Lord sein und sie die Gemeinen, aber es war das Recht des Geschädigten, boshaft zu sein, und

Ysgerryn hatte ihm offenbar nichts erspart. Rhodry band sein Pferd hinter dem Haus an und stahl sich ins Gebäude wie ein Dieb.

Olwen stand am Küchentisch und hackte Rüben. Sie war fünfzehn, ein schlankes kleines Ding mit einem herzförmigen Gesicht, großen blauen Augen und einem bezaubernden Lächeln. An diesem Morgen jedoch lächelte sie nicht, als Rhodry hereinkam.

»Äh, ich habe dir etwas mitgebracht«, sagte er und legte die Satteltaschen auf den Tisch.

Olwen nickte und wischte sich die Hände an der Schürze ab.

»Bist du mit dem Übereinkommen zufrieden?« fragte Rhodry.

Wieder nickte sie und begann, die Taschen aufzuschnüren.

»Meine Mutter hat auch noch ein wenig Honig und solche Dinge mitgeschickt.« Rhodrys Verzweiflung wuchs. »Das soll kräftigend sein, sagt sie.«

Ein drittes Mal nickte Olwen und begann, Tiegel und kleine Säcke aus den Satteltaschen zu holen.

»Olwen, bitte sprich mit mir!«

»Und was soll ich sagen?«

»Ach, bei den Höllen, das weiß ich doch nicht!«

Olwen nahm die kleine Holzschachtel mit den Münzen, öffnete sie und starrte das Silber lange Zeit an. Rhodry ging in der Küche auf und ab, während sie die Münzen zählte.

»Bei der Göttin«, sagte sie schließlich. »Deine Mutter ist wahrlich großzügig.«

»Nicht nur sie. Ich wollte auch, daß du gut versorgt bist.«

»Ja?«

»Ja. Ihr Götter, wofür hältst du mich?«

Olwen dachte über diese Frage nach.

»Ich glaube, du bist ein besserer Mann als die meisten«,

sagte sie schließlich. »Wartest du darauf, daß ich anfange zu weinen? Das habe ich alles schon hinter mir.«

»Schön und gut. Gibst du mir noch einen letzten Kuß?«

»Nein. Geh einfach, ja?«

Rhodry nahm die Satteltaschen und ging, aber er schaute noch einmal zurück und sah, daß sie die Münzen wieder in die Schachtel zurücklegte. Sie schien eher erleichtert als traurig zu sein. Er stieg aufs Pferd und ritt so schnell davon, wie es die engen Straßen erlaubten. Das Herz war ihm nicht leichter geworden, und als er zum Dun zurückkam, sagte ihm ein Page, daß seine Mutter ihn sofort sprechen wolle. Am liebsten hätte er sich davongestohlen, aber er durfte nicht vergessen, daß Lovyan nicht nur seine Mutter, sondern jetzt auch seine Lehnsherrin war.

Lovyan stand im Empfangszimmer am Fenster. Die grelle Morgensonne offenbarte die Falten auf ihren Wangen und das Grau in ihrem einstmals schwarzen Haar, aber sie war immer noch eine beeindruckende Frau, wenn auch nach der Geburt von vier Kindern ein wenig in die Breite gegangen. Sie trug ein weißes Leinenkleid, bestickt mit dem Grün, Silber und Blau der Maelwaedds, aber hinter ihr auf dem Stuhl lag der rot-braun-weiße Umhang des Clw Coc, das Zeichen des Tierynrhyn. Rhodry fühlte sich seltsam berührt bei dem Gedanken, daß auch er, nachdem er sich all die Jahre als Maelwaedd betrachtet hatte, jetzt dieses fremde Karo tragen würde.

»Und?« fragte Lovyan.

»Ich habe alles übergeben.«

»Hat das arme Mädchen geweint?«

»Ehrlich gesagt, ich glaube, das arme Mädchen war verdammt froh, mich loszusein.«

»Das mag schon sein. Du bist ein hübscher Junge, Rhoddo, aber es ist vermutlich ziemlich ermüdend, in dich verliebt zu sein.«

Rhodry hatte das schreckliche Gefühl, rot anzulaufen.

»Die Hebamme sagt, daß Olwen das Kind vermutlich um die Zeit des Sonnenfestes gebären wird.«

»Mit solchen Dingen kenne ich mich nicht aus.«

»Mit Frauenangelegenheiten?« Lovyan zog die Brauen hoch. »Es wird Zeit, daß du begreifst, daß die Kraft jedes Clans im Land auf solchen ›Frauenangelegenheiten‹ beruht. Hätte dein Onkel einen Bastard gehabt, wäre ich nicht Tieryn geworden. Darüber solltest du einmal nachdenken.«

Rhodry setzte sich und wich ihrem Blick aus. Seufzend setzte sich Lovyan neben ihn.

»Das eigentliche Problem ist, daß du nie zum Regieren erzogen worden bist«, sagte sie. »Niemand hätte je gedacht, daß du eine Chance hättest, etwas zu erben, also hat dein Vater dir die beste Kriegerausbildung zuteil werden lassen und sonst nichts. Du wirst unbedingt bald heiraten müssen, und sie muß genau die richtige Art Frau sein.« Sie zögerte und sah ihn abschätzend an. »Ich nehme an, es würde dich stören, ein häßliches Mädchen zu heiraten, oder eines, das älter ist als du.«

»Ganz bestimmt!«

»Sei vernünftig! Ich – was ist denn das für ein Lärm da draußen?«

Rhodry bemerkte, daß es im Hof schon seit einiger Zeit lauter geworden war. Er dankte den Göttern für die Unterbrechung und ging zum Fenster, um hinauszuschauen. Diener eilten umher und begrüßten einen Trupp von Reitern. Rhodry konnte das Drachenwappen auf ihren Schilden sehen und das blau-silbern-grüne Karo des Reiters, der sie anführte.

»Bei den Eiern des Ebers!« sagte Rhodry. »Das ist ja Rhys!«

»Ich wäre dir sehr dankbar, wenn du in Gegenwart deines Bruders deine Zunge hüten würdest.«

Als sie in die große Halle kamen, stand Rhys bereits an der Ehrenfeuerstelle. Am Kopf des Tischs lag sein Umhang über dem Stuhl, um anzuzeigen, daß er als Gwerbret höher im Rang stand als seine Mutter. Rhys war ebenso groß wie Rhodry, aber untersetzt. Er hatte das schwarze Haar und die blauen Augen der Maelwaedds, aber sein Gesicht war eher grob geschnitten. Als Lovyan vor ihm knickste, verbeugte sich Rhys und lächelte sie liebevoll an. Seinen Bruder ignorierte er einfach.

»Guten Morgen, Euer Gnaden«, sagte Lovyan. »Was bringt Euch zu mir?«

»Nichts, das ich in der offenen Halle besprechen möchte.«

»Dann laßt uns nach oben gehen.«

Als Rhodry ansetzte, ihnen zu folgen, fuhr Rhys zu ihm herum.

»Sorg dafür, daß man sich gut um meine Leute kümmert«, zischte er.

Rhodry konnte sich diesem direkten Befehl des Gwerbrets schlecht widersetzen. Du Bastard, dachte er, ich werde in diesem Krieg kämpfen müssen, über den du so vertraulich mit Mutter reden willst.

Das vollgestopfte Empfangszimmer sah noch kleiner aus, seit Rhys hier auf und ab tigerte. Lovyan wußte, daß ihr ein anstrengendes Gespräch bevorstand, das das Gleichgewicht der Macht, das sie mühsam untereinander ausgearbeitet hatten, auf eine schwere Probe stellte. Als Gwerbret war Rhys ihr Lehnsherr, und sie war durch das Gesetz gebunden, seinen Befehlen zu folgen, aber da sie auch seine Mutter war, band ihn der Brauch, sich an ihren Rat zu halten und ihr jeden erdenklichen Respekt zu erweisen. Im vergangenen Jahr hatte dies einen seltsamen Tanz zu einer schwierigen Kontrapunktmusik ergeben.

»Wieso höre ich Gerüchte von einer Rebellion hier draußen?« sagte Rhys schließlich.

»Sie haben also Aberwyn erreicht?«

»Selbstverständlich. Alles unter der Sonne kommt früher oder später dem Gwerbret von Aberwyn zu Ohren.«

»Und habt Ihr auch gehört, daß Sligyn diese Gerüchte glaubt?«

»Sligyn neigt nicht dazu, sich einschüchtern zu lassen. Aber hat er Beweise? Briefe oder Dinge, die er persönlich gehört hat?«

»Noch nicht. Ich kann nach ihm schicken, wenn Euer Gnaden mit ihm sprechen wollen.«

»Möchtet Ihr eine förmliche Eingabe an meinen Gerichtshof machen? Ich bezweifle, daß sich das Gericht des Falls annimmt, solange alles nur auf Gerüchten beruht.«

»Ganz bestimmt nicht, nachdem Euer Gnaden schon entschieden haben, die Gerüchte als solche abzutun.«

»Bitte, Mutter! Corbyn war einer der treuesten Männer Eures Bruders. Er hat Euch den Treueid geleistet. Warum sollte er das jetzt alles vergessen und eine Rebellion anzetteln?«

Vom Dweomer zu reden, hätte nur Rhys' Spott herausgefordert. Aber Rhys verstand ihr Zögern falsch.

»Es sei denn«, meinte er, »der Ärger hat mit Rhodry zu tun.«

»Und was bringt Euch auf diese Idee?«

»Nun, ich bin der Ansicht, daß er nicht geeignet ist, Euer Erbe anzutreten.« Rhys hob die Hand, um ihren Einspruch zu unterbinden. »Ich weiß, daß Rhodry mit einem Schwert umgehen kann. Aber es ist verdammt viel einfacher, Männer in eine Schlacht zu führen, als Urteile über Untergebene zu fällen. Wenn Ihr ihn enterbtet, würde das die Rebellion vermutlich im Keim ersticken.«

»Das habe ich nicht vor.«

»Nein? Nun, wenn Sligyn tatsächlich Beweise bringen kann, werde ich mich selbstverständlich hinter Euch stellen.«

»Meinen untertänigsten Dank, Euer Gnaden.«

Rhys zuckte bei dem Sarkasmus zusammen.

»Aber wenn die Lords sich über Rhodry beschweren«, fuhr Rhys fort, »dann werden wir darüber verhandeln müssen.«

»Es gibt kein Gesetz in diesem Land«, erklärte Lovyan nachdrücklich, »das mich zwingen kann, Rhodry zu enterben.«

»Selbstverständlich nicht. Ich dachte nur, Ihr würdet vernünftig werden und es aus eigenem Entschluß tun.«

»Auch ich habe das Recht, mich an den Hochkönig zu wenden.«

Rhys wurde rot vor Zorn. Das verursachte ihm am meisten Unbehagen: zu wissen, daß er im westlichen Eldidd zwar wie ein König regierte, es in Deverry aber einen wahren König gab, dem er unterstand.

»Also gut, Mutter«, fauchte er. »Wenn Rhodry also versessen auf Euer Land ist, dann soll er darum kämpfen.«

»Aha! Ihr glaubt also doch an die Gerüchte.«

Rhys fuhr herum und starrte aus dem Fenster. Lovyan legte ihm mütterlich die Hand auf den Arm.

»Rhys, mein Lieber, warum haßt du Rhodry so?«

»Ich hasse ihn nicht«, zischte er, und sein Gesicht war noch röter als zuvor.

»Nein?«

»Ich halte ihn nur für unfähig.«

»Der Ansicht bin ich nicht.«

Rhys zuckte die Achseln.

»Also gut, Euer Gnaden«, sagte Lovyan. »Es hat keinen Sinn, weiter über diese Angelegenheit zu sprechen, ehe es etwas gibt, das entweder vor Gericht oder auf dem Schlachtfeld zu entscheiden ist.«

»Offensichtlich. Sobald die Rebellion offen ausbricht, könnt Ihr um meine Hilfe einkommen, und mein Kriegshaufen wird Euch zur Verfügung stehen, um den Gesetzen Nachdruck zu verleihen.«

Und dennoch hatte er es unmöglich gemacht, ihn um Hilfe zu bitten – es sei denn, sie wollte, daß er seinem Bruder das Erbe absprach.

An diesem Nachmittag saßen Rhys und seine Männer in der großen Halle und tranken, aber Lovyan schickte einen Boten zu Sligyn und bat ihn, am nächsten Morgen zu ihr zu kommen. Als sie sich wieder zu ihren Söhnen gesellte, saß Rhodry zur Linken seines Bruders und sprach mit ihm über Jagdhunde – ein einigermaßen unverfängliches Thema. Lovyan ließ sich zur Rechten des Gwerbret nieder und hielt nach den ersten Anzeichen von Ärger Ausschau, die nicht lange auf sich warten ließen.

»Nun, Bruder«, meinte Rhys. »Ich habe von deinen Männern gehört, daß du ein anderes Wild gejagt hast. Die Tochter des Seifenmachers, wie? Nun, sie dürfte zumindest sauber gewesen sein.«

Als Rhys über seinen eigenen Witz lachte, wurde Rhodrys Blick finster.

»Ich kann nicht abstreiten, daß ich sie entehrt habe«, sagte Rhodry. »Aber sag mir, Bruder, hat deine Frau schon empfangen?«

Rhys umklammerte den Bierkrug so fest, daß seine Knöchel weiß wurden.

»Rhodry!« fauchte Lovyan.

»Nun, Mutter, es schien eine angemessene Frage.« Rhodry grinste seinen Bruder an. »Da wir schon über das Zeugen von Söhnen sprachen.«

Mit einer Bewegung aus dem Handgelenk goß Rhys seinem Bruder sein Bier ins Gesicht. Einander beschimpfend kamen sie auf die Beine und rangen miteinander, ehe Lovyan sich einmischen konnte. Sie sprang auf und rannte um den Tisch herum, um sich zwischen die beiden zu drängen, und trotz des höheren Rangs ihres ältesten Sohns gab sie auch diesem eine Ohrfeige.

»Hört sofort auf!« schrie sie. »Was für ein gutes Beispiel ihr euren Männern setzt, indem ihr euch hier prügelt wie die Diener! Ihr Herren, denkt doch, wer Ihr seid!« Beide erröteten. Rhodry wischte sich das Gesicht mit dem Ärmel ab und starrte zu Boden. Rhys nahm sich mit einem Seufzen zusammen und streckte die Hand aus.

»Es tut mir leid.«

»Auch ich entschuldige mich.«

Aber der Handschlag war so kurz, wie es eben ging, und dann stapfte Rhodry hinaus. Rhys und Lovyan setzten sich wieder und warteten, bis ein Diener den Krug des Gwerbret wieder gefüllt hatte.

»Auch bei Euch muß ich mich entschuldigen, Mutter. Ich vergelte Euch Eure Gastfreundschaft schlecht, aber bei den Göttern, dieser Welpe hat mich wütend gemacht!«

»Was er gesagt hat, war unhöflich und grausam.«

Rhys starrte auf den Tisch und rieb mit dem Daumen über eine unebene Stelle im Holz. Schließlich blickte er mit einem angespannten Lächeln wieder auf.

»Und? Wollt Ihr mir nicht sagen, daß es an der Zeit ist, meine Frau wegzuschicken?«

»Ich weiß, daß du sie gern hast, und ein solch bitteres Wyrd wünsche ich keiner Frau. Ich nehme an, daß Eure Berater wieder auf diesen Punkt zu sprechen gekommen sind.«

»O ja. Das ist ein weiterer Grund, weswegen ich nach Cannobaen gekommen bin, um Euch um Rat zu bitten. Ich weiß, daß Aberwyn Erben braucht, aber bei dem Gedanken, daß Donilla beschämt von der Wohltätigkeit ihres Bruders leben sollte, schmerzt mir das Herz.«

Rhys war jetzt zehn Jahre verheiratet; er war inzwischen achtundzwanzig und seine Frau sechsundzwanzig. Wenn Donilla fruchtbar war, wäre sie sicher inzwischen schwanger geworden.

»Wenn du sie verstößt«, sagte Lovyan schließlich, »werde ich mich um sie kümmern. Das mindeste ist, daß sie zu meinem Gefolge gehören könnte, aber ich finde vielleicht auch eine bessere Lösung.«

»Ich danke Euch, Mutter.« Er erhob sich abrupt. »Wenn Ihr mich jetzt entschuldigen würdet? Ich brauche ein wenig frische Luft.«

Aber Lovyan hatte die Tränen in seinen Augen bemerkt. Noch lange blieb sie am Tisch sitzen und dachte über diese Frauenangelegenheiten nach, die so wichtig für das Königreich waren.

Am Morgen ritten Rhys und seine Männer zurück, sehr zu Lovyans Erleichterung. Es wunderte sie, daß er sich bezüglich der Rebellion so störrisch verhielt; es wäre immerhin zum Vorteil des Gwerbret, wenn er sich einmischte, bevor es zu einem offenen Krieg kam – einmal, um seine Autorität zu demonstrieren, und zweitens, um allen deutlich zu machen, daß er in seinem Rhan keine Rebellionen zuließ. Als sie später in ihrem Empfangszimmer mit Rhodry und Sligyn sprach, fand Lovyan eine Antwort auf dieses Rätsel, die ihr beinahe das Herz brach.

»Ich habe Seine Gnaden noch nie so unvernünftig erlebt«, meine Sligyn.

»Ach ja?« Rhodry bedachte sie mit einem kalten, angespannten Lächeln. »Mein ganzes Leben lang hatte Rhys mir immer etwas voraus. Er würde einmal Gwerbret werden, und ich würde auf ihn angewiesen sein. Und dann ließ sich Onkel Gwaryc umbringen, und plötzlich habe ich doch ein Rhan in Aussicht. Selbstverständlich ärgert das den Bastard!«

»Nennt Euren Bruder nicht so!« fauchte Sligyn. »Eure Mutter hatte mehr Ehre, als Eurem Vater Hörner aufzusetzen.«

»Verzeiht, Mutter. Unter diesen Umständen werde ich den hochverehrten Gwerbret also als erbärmlichen versoffenen Ersatz für einen wahren Lord bezeichnen.«

»Rhodry!« Diesmal protestierten Sligyn und Lovyan gemeinsam.

»Bei den Göttern!« Rhodry sprang auf. »Wieso soll ich höflich über einen Mann sprechen, der mich am liebsten tot sähe?«

Plötzlich wurde es Lovyan eiskalt.

»Seht ihr das denn nicht?« Rhodry zitterte vor Wut. »Er wird den Krieg zulassen, weil er hofft, daß ich dabei umkomme. Und ich wette, daß Corbyn und Nowec das ebenso sehen. Sie werden mich töten, dann werden sie um Frieden bitten, und Rhys wird so ehrenvoll sein, dafür zu sorgen, daß sie seiner armen Mutter den erlittenen Schaden ersetzen. Und wenn du dann stirbst, werden die Rebellen haben, was sie immer schon wollten – sie werden direkt Rhys unterstehen –, und er bekommt ebenfalls, was er will, nämlich mein Land.«

»Haltet den Mund!« Sligyn sprang auf und riß ihn zurück. »Ihr mögt recht haben, aber das könnt Ihr Eurer Mutter nicht einfach so an den Kopf werfen!«

Rhodry ging zum Fenster und starrte hinaus. Lovyan fühlte sich, als hätten ihre beiden Söhne sie bei den Armen gepackt und versuchten, sie zu zerreißen. Sligyn betrachtete sie besorgt.

»Hört auf zu grübeln, Euer Gnaden, wir werden schon aufpassen, daß dem Welpen nichts geschieht. Er kann gut mit dem Schwert umgehen, und er wird viele Männer haben, die treu zu ihm stehen.«

Lovyan nickte stumm. Sligyn zögerte, dann seufzte er. »Herrin? Wir lassen Euch lieber allein.«

Sie schienen eine Ewigkeit zu brauchen, bis sie endlich die Kammer verlassen und die Tür geschlossen hatten.

»Ihr Götter«, flüsterte Lovyan schließlich. »Ich habe nie geglaubt, daß er Rhodry so haßt!«

Sie schlug die Hände vors Gesicht und ließ den Tränen ihren Lauf.

Zu Jills Freude dauerte es noch mehrere Tage, bis Dregydd seine Geschäfte mit den Westleuten abgeschlossen hatte. Einer nach dem anderen führte ein Mann oder eine Frau ein Pferd herüber und setzte sich nieder, um in aller Ruhe mit dem Kaufmann zu handeln. Wenn dieses Geschäft abgeschlossen war, vergingen eine oder zwei Stunden, bevor der nächste kam. Da die meisten Westleute kein Deverrianisch sprachen, blieb Jennantar bei Dregydd, um zu übersetzen, und da Jill sich immer in Dregydds Nähe aufhielt, lernte Jill ihn ziemlich gut kennen. Am zweiten Nachmittag kam Cullyn während einer Pause herüber und bestand darauf, daß Jill mit ihm einen Spaziergang am Flußufer machte.

»Ich wünschte bei allen Göttern und ihren Frauen, du würdest nicht soviel Zeit mit dem alten Dregydd verbringen. Ich weiß verdammt genau, daß es dir um die stinkenden Westleute geht.«

»Vater, ich verstehe nicht, was du gegen sie hast. Sie sind keine Tiere. Sieh dir doch ihre Kleidung an und ihren Schmuck, und sie haben diese Brücke über den Fluß gebaut. Irgendwo müssen sie Höfe und Städte und so etwas haben.«

»Ach ja? Und ich nehme an, du würdest gern mit diesem Jennantar davonreiten und sie dir einmal ansehen?«

»Wie bitte? Vater, du bist ja verrückt! Er hat eine Frau und ein Kind, und er hat nie ein falsches Wort zu mir gesagt.«

»Unsinn! Er wäre nicht der einzige Mann auf der Welt, der verheiratet ist und trotzdem nichts gegen ein hübsches Mädchen einzuwenden hat.«

»Vater, ich weiß nicht einmal, was ich sagen soll, wenn du so gereizt bist!«

Cullyn blieb stehen, drehte sich um, um über das endlose Grasland hinwegzublicken, und sah plötzlich müde aus. Jill legte ihm die Hand auf den Arm.

»Vater, was ist denn?«

»Oh, mögen die Götter mich verfluchen, wenn ich das wüßte. Es bedrückt mich, hier draußen zu sein. Jahrelang habe ich gedacht, hier wäre der Rand der Welt, und jetzt stelle ich fest, daß es dieses seltsame Volk gibt und daß sie die ganze Zeit hier waren und«, er zuckte hilflos die Schultern, »und du magst mich für dumm halten, aber verflucht, sie stinken nach Dweomer und Hexerei, genau wie dieser Aderyn.«

Jill wäre nicht erstaunter gewesen, wenn ein Tanzbär auf dem Marktplatz plötzlich in Bardengesang ausgebrochen wäre. Ihr tapferer Krieger von einem Vater – fürchtete er sich vor dem Dweomer?

»Ach«, fauchte Cullyn, »ich habe ja gesagt, es ist dumm!«

»Nein, wirklich nicht. Ich denke, du hast recht.«

Er sah sie einen Augenblick lang an, dann nickte er, als hätte er nur auf ihr Urteil in dieser Sache gewartet. Jill spürte, wie ihr auf dem Rücken kalt wurde. Wie zum Spott erschien plötzlich der graue Gnom, grinste sie an und verschwand wieder.

»Vater? Ich werde dich nie verlassen. Wenn du das glaubst, dann bist du wirklich dumm.«

»Dann ist ja alles gut. Entschuldige, daß ich so aufgebracht war. Du kannst gerne wieder zusehen, wie unser Kaufmann handelt, wenn du möchtest. Wir werden hier bald wieder verschwinden.«

Jill nahm sein Angebot an und kehrte zu Dregydd zurück. Als sie sich neben Jennantar setzte, zog dieser fragend die Braue hoch.

»Glaubt Euer Vater, ich wäre nicht die angemessene Gesellschaft für Euch?«

Jill zuckte nur die Achseln. Jennantar setzte zu einer weiteren Bemerkung an, dann sprang er plötzlich auf. Zwei Westleute stritten sich mit einem verschreckten Dregydd, der sich an das letzte verbliebene Lughcarn-Schwert klammerte. Als Jill Jennantar folgte, hörte sie, daß es um den Kauf dieses Schwertes ging.

»Nein«, widersprach Dregydd, »ich habe es keinem von euch beiden versprochen.«

Die beiden Männer starrten einander wütend an, was um so beängstigender war, weil sie so schön waren.

»Jill«, zischte Jennantar, »geht und holt Aderyn. Schnell.«

Ohne nachzudenken, rannte Jill zum Lager der Westleute. Am Rand blieb sie stehen, plötzlich verwirrt von all den bunten Farben, den umherlaufenden Kindern und Hunden, der unbekannten Sprache. Ein paar Leute kamen vorsichtig auf sie zu. Als ein Hund knurrte, trat sie zurück.

»Aderyn«, sagte Jill. »Jennantar sagte, ich sollte Aderyn holen.«

Die Leute starrten sie nur an.

»Bitte!« versuchte es Jill noch einmal. »Wo ist Aderyn?«

Sie schauten sich gegenseitig an; und ihre Katzenaugen schienen vollkommen ausdruckslos. Jill verspürte leichte Panik. Alle, selbst die Frauen, trugen lange Messer im Gürtel.

»Bitte, Jennantar hat gesagt, ich solle herkommen.«

Ein Mann sah sie an, aber auch er schwieg. Jill hätte sich am liebsten umgedreht und wäre weggerannt, aber jetzt standen sie auch dicht hinter ihr. Dann hörte sie Aderyns Stimme. Er sagte etwas in der Sprache der Westleute, und sie ließen ihn durch.

»Jennantar sagte, ich solle Euch holen«, sagte Jill. »Ein paar von Euren Männern streiten sich.«

Aderyn fluchte. Auch alle anderen, die einen Augenblick zuvor anscheinend nicht verstanden hatten, um was es ging, schlossen sich ihm an. Aderyn griff nach Jills Arm und zog sie eilig über die Wiese – überraschend schnell für einen solch alten Mann. Als sie einen Blick zurückwarf, sah sie, daß die anderen ihnen folgten.

Jennantar stand zwischen den beiden Männern, die das Schwert kaufen wollten, während Dregydd unruhig in der Nähe wartete. Sobald sie Aderyn sahen, begannen alle drei Westleute, laut loszuschreien. Jill eilte zu Dregydd.

»Manchmal passiert so etwas eben«, sagte er. »Ich bin froh, daß der alte Mann da ist, um sich darum zu kümmern.«

Aber es schien, als wären Aderyns Anstrengungen vergeblich. Obwohl er lange auf sie eingeredet hatte, starrten die Kontrahenten einander weiterhin erbost an, die Arme verschränkt, die Katzenaugen kalt. Jennantar schüttelte den Kopf, überließ die undankbare Aufgabe des Vermittlers gänzlich dem alten Mann und trat zu Jill. Immer zahlreicher wurden die Zuschauer, sowohl Westleute als auch Maultiertreiber, und ganze Scharen von Wildvolk gesellten sich hinzu und zeigten alle grinsend die spitzen Zähne.

»Die beiden hassen sich seit Jahren«, berichtete Jennantar. »Sie werden ihm nicht zuhören.«

Aderyn hob hilflos die Hände und kehrte zu den Westleuten zurück, die angefangen hatten, rhythmisch aufzustampfen. Die beiden Männer entledigten sich ihrer Hemden und zogen ihre Messer, die etwa einen Fuß lang und leicht gebogen waren. Jill fühlte sich elend und fragte sich, ob sie wieder einmal sehen würde, wie jemand getötet wurde. In tödlichem Schweigen umkreisten die Kämpfer einander, die seltsamen Augen halb zugekniffen. Es gab keine Spur der rituellen Prahlerei und des Geschreis, die einen solchen Kampf zwischen zwei Männern aus Deverry begleitet hätten, nur das rasche Kreisen, ein paar Täuschungsmanöver und ebenso schnelle Ausweichbewegungen. Rund und rund gingen beide, bis einer angriff und der andere sich wehrte. Ihre Bewegungen waren so schnell, daß man ihnen kaum folgen konnte – dann fiel einer der beiden, mit einer langen Wunde im Oberarm, nach hinten. Dregydd fluchte, aber die Westleute setzten ihr Stampfen fort, und dann trat Aderyn zwischen die Kämpfenden.

»Geht es nur bis zum ersten Blut?« fragte Jill.

»Ja«, erwiderte Jennantar. »Verzeiht mir. Ich vergaß, daß Ihr das nicht wissen könnt.«

Das blutige Messer immer noch in der Hand, ging der Sieger zu Dregydd, der ihm ohne weiteres Wort das Schwert aushändigte. Mit gesenktem Kopf blieb der Verlierer stehen und ließ das Blut über seinen Arm laufen, bis Aderyn ihn packte und wegzerrte.

»Soviel dazu«, sagte Jennantar, »bis zur nächsten Gelegenheit. Irgendwann wird das erste Blut direkt aus der Kehle eines der beiden fließen.«

Als Jill den Mann ansah, den sie langsam für einen Freund hielt, fiel ihr plötzlich wieder auf, wie fremd er doch aussah, wie er sie mit seinen grauen Katzenaugen anschaute. Sie sind tatsächlich mit dem Wildvolk verwandt, dachte sie, und zum erstenmal fragte sie sich, ob ihr Vater nicht recht hatte, daß er sie für gefährlich hielt.

Als am dritten Tag die Sonne unterging, hatte Dregydd

zwölf Pferde in seiner Herde, darunter den goldfarbenen Hengst, den er unbedingt gewollt hatte, und das war gut so, denn Jennantar verkündete plötzlich, daß niemand mehr mit Dregydd handeln wollte. Dieser erhob keinen Einspruch dagegen, sondern ging zu seinen Leuten und teilte ihnen mit, daß sie sich am nächsten Morgen auf die Rückreise machen würden.

»Ich werde mit Euch gehen«, sagte Jennantar zu Jill. »Aderyn nimmt drei von uns als Leibwache mit.«

»Das kann ich ihm nicht übelnehmen. Ich bin diesem Loddlaen begegnet, und ich traue ihm nicht über den Weg. Wenn Ihr eine Beschwerde beim Tieryn vorbringt, wird sie ihn für Euch vor ihren Malover bringen.«

»Ihren was? Dieses Wort habe ich noch nie gehört.«

»Malover. Wenn jemand der Ansicht ist, daß man ihm Unrecht getan hat, bittet er einen Tieryn oder Gwerbret, darüber zu Gericht zu sitzen. Auch die Belpriester kommen hinzu, weil sie die Gesetze kennen.«

»Aha. Nun, Aderyn wird zweifellos wissen, was zu tun ist.«

Im Morgengrauen des nächsten Tages bereitete sich die Karawane für die lange Rückreise nach Eldidd vor. Die Maultiere wieherten protestierend, als sie von gähnenden Männern mit den Waren und Vorräten, die Dregydd von den Westleuten eingetauscht hatte, beladen wurden. Jill half, die reiterlosen Pferde zusammenzubinden, als Aderyn mit seinen Leibwachen heranritt, mit Jennantar und zwei weiteren Männern, die er als Calonderiel und Albaral vorstellte. Jennantar führte ein Pferd, das einen beladenen Schlitten zog.

»Kommt und reitet mit mir und Jill an der Spitze«, sagte Dregydd zu dem alten Mann. »Ich werde Eure Männer mit Cullyn in der Nachhut reiten lassen, wenn Euch das nicht stört.«

»Ihr seid der Anführer der Karawane«, erwiderte Aderyn lächelnd. »Wir tun, was Ihr befehlt.«

Da sie nach Cannobaen wollten, nahm die Karawane eine andere Route zurück. Am ersten Tag führte Dregydd sie geradewegs nach Süden. Jill fragte sich, wie es wohl war, endlos mit einer Karawane nach Nirgendwo zu reiten, frei wie der Falke am Himmel. Sie führte selbst ein solches Leben, aber sie wußte mit bitterer Sicherheit, daß ihre Wanderungen eines Tages ein Ende haben würden. Manchmal fiel sie zurück, um neben Cullyn zu reiten, und dann fielen ihr die grauen Strähnen in seinem Haar auf und das Netz von Falten um seine Augen. Eines Tages würde ihm ein jüngerer Mann im Kampf sein Wyrd bringen. Dieser Gedanke erschreckte Jill so, daß es ihr manchmal schwerfiel zu atmen.

Am zweiten Tag wandte sich die Karawane nach Osten. Hier und da kamen sie an einem Wald vorbei, aber Dregydd kannte seine Strecke gut und führte sie von Wiese zu Wiese. Einmal war auf der anderen Seite des Pfades Land zu sehen, das sicher einmal bestellt worden war. Feuersteinmauern umgrenzten lange, brachliegende Felder. Auf den Wiesen sah Jill eingestürzte Hütten und weißes Vieh, das so wild und mißtrauisch wie Rehwild geworden war. Da sie neben Aderyn ritt, fragte sie ihn, ob die Westleute hier einmal Bauernhöfe gehabt hatten.

»Nicht die Westleute, aber jene aus Eldidd«, erwiderte Aderyn. »Das ist sehr, sehr lange her, aber einige der jüngeren Söhne der Lords von Eldidd versuchten, sich hier anzusiedeln. Es war zu weit im Westen, und sie konnten das Land nicht halten.«

»Gab es Ärger mit den Westleuten?«

»Wahrhaftig! Die Westleute ritten früher sehr viel weiter nach Osten, und sie waren der Ansicht, daß sie bereits genügend Land aufgegeben hatten.«

»Davon habe ich nie gehört.«

»Das ist alles schon sehr lange her, und in Eldidd hat man es vielleicht vergessen. Man wollte es vielleicht sogar vergessen. Aber habt Ihr Euch nie über die Namen der Flüsse gewundert. El und Delonderiel? Das sind doch keine Wörter aus Deverry.«

»Aber natürlich! Delonderiel klingt ähnlich wie Calonderiel.«

»Genau, und Eldidd hieß einmal Eltidiña, vor langer Zeit, als die ersten Menschen aus Deverry sich hier ansiedelten.« Aderyn überlegte einen Augenblick. »Das muß vor etwa achthundert Jahren gewesen sein, wenn ich mich recht erinnere. Es ist lange her, seit ich mich mit solchen Dingen befaßt habe.«

Bald ließ Dregydd das Lager für die Nacht errichten. Beim Essen sprach er über die Strecke, die vor ihnen lag.

»Dieser Bach fließt zu einem Fluß weiter im Süden. Wir werden ihm bis an die Küste folgen und uns dann nach Osten wenden und an den Klippen entlang nach Cannobaen weiterziehen. Unterwegs wird es genug Futter für die Tiere geben. Ich würde sagen, wir haben noch gut zwei Tage vor uns, also hoffen wir, daß es so lange trocken bleibt.«

Jill spürte plötzlich wieder die Kälte auf ihrem Rücken, als hätte eine kalte Hand ihre Wirbelsäule berührt. Sie war sicher, daß Schlimmeres als Regen drohte. Sie versuchte, sich diese Vorahnung wieder auszureden, aber später, als sie schlaflos dalag, erschien der graue Gnom. Er schien ebenfalls beunruhigt, und er zupfte an ihrem Hemd und zeigte nach Osten. Endlich stand Jill auf und folgte ihm zum Rand des Lagers. Er sprang auf und ab und zeigte weiter nach Osten.

»Ich kann nichts erkennen.«

Er preßte die Hände gegen den Kopf, als hätte er Schmerzen, und verschwand so plötzlich, wie er gekommen war.

Jill legte sich wieder hin. Von dem gelegentlichen müden Stampfen eines Maultiers oder eines Pferdes abgesehen, war die Nacht vollkommen still. Endlich schlief sie ein und träumte unruhig, daß eine riesige Eule über ihnen flog und Warnrufe ausstieß. Kurz vor der Dämmerung schreckte sie auf. Der Gnom zog sie am Haar.

»Schon gut. Ich ziehe mir nur schnell die Stiefel an, und dann zeigst du mir noch einmal, was du meinst.«

Der Gnom führte sie zum Bach, wo zwischen den Weiden auch eine vereinzelte riesige Eiche stand. Der Gnom tanzte von einem Bein aufs andere und zeigte auf den Baum. Als Jill aufblickte, entdeckte sie Aderyn in den Zweigen. Er lächelte verlegen, dann kletterte er so geschmeidig wie ein Junge herunter.

»Ich habe Wache gehalten«, sagte er, und Jill konnte sehen, wie beunruhigt er war. »Wir sind in großer Gefahr! Geht und weckt Euren Vater!«

Zusammen liefen sie zurück zum Lager. Die Männer waren gerade dabei, sich zu recken, und die Pferde und Maultiere begannen zu grasen. Jill sah, daß Cullyn sich die Stiefel anzog.

»Vater, komm schnell mit! Aderyn sagt, es gibt Ärger.«

Cullyn stand rasch auf und schnallte sich den Schwertgürtel um. Aderyn hatte Dregydd geweckt, der ihm verblüfft zuhörte.

»Ihr kennt mich seit Jahren«, sagte Aderyn gerade. »Bitte, mein Freund, Ihr müßt mir vertrauen.«

»Das tue ich. Aber woher könnt Ihr das alles wissen? Ich hatte hier nie Schwierigkeiten mit Räubern, und jetzt sagt Ihr, daß eine ganze Bande in einem Hinterhalt lauert. Das ist unsinnig!«

»Ich weiß es eben. Wir müssen etwas unternehmen, oder wir werden alle umgebracht.«

Dregydd war anzusehen, daß er glaubte, der alte Mann

hätte den Verstand verloren. Aderyn beugte sich vor und starrte ihm in die Augen.

»Selbstverständlich«, sagte der Kaufmann. »Ich werde tun, was Ihr sagt.«

Einen Augenblick lang zitterten Jills Hände. Gegen jede Vernunft wußte sie, daß sie gerade gesehen hatte, wie ein Mann verzaubert wurde. Als Aderyn zu ihr herübersah, wandte sie den Blick ab. Er lachte leise.

»Cullyn«, sagte er. »Glaubt Ihr mir?«

»Ja, und es ist mir gleich, wie Ihr sie ausgespäht habt.«

Jetzt war Aderyn verblüfft. Cullyn lächelte dünn.

»Wie viele sind es?«

»Mindestens dreißig, und sie scheinen so gut bewaffnet zu sein wie der Kriegshaufen eines Lords.«

»Wir müssen Schutz suchen.« Cullyn wirkte so gelangweilt und träge, als bestellte er sich in einer Schänke ein Bier. »Die Treiber haben Stöcke, aber die können sie nicht benutzen, wenn sie Reitern gegenüberstehen. Wir brauchen ein Stück Wald oder felsiges Land, damit sie uns zu Fuß angreifen müssen.«

Aderyn überlegte.

Jill sah ihren Vater an. »Wenn es hier einmal Lords gab, dann müssen sie auch Festungen gehabt haben. Stehen einige davon noch?«

»Aber selbstverständlich!« rief Aderyn. »Verzeiht, ich kenne mich mit Kriegsangelegenheiten nicht aus. Es gibt ein altes Dun etwa fünf Meilen südwestlich von hier. Als ich das letztemal vorbeikam, standen die Mauern noch.«

»Gut«, sagte Cullyn. »Dort können wir uns vielleicht lange genug wehren, bis Jill aus Cannobaen zurückkommt und die Männer des Tieryn mitbringt.«

»Was?« fauchte Jill. »Du kannst mich doch nicht wegschikken!«

Cullyn schlug sie so fest, daß sie taumelte.

»Du folgst meinen Befehlen. Eine Strecke, für die diese stinkenden Maultiere zwei Tage brauchen, kannst du zu Pferd und mit einem Ersatzpferd in einem Tag zurücklegen. Du reitest zum Tieryn und bittest um Hilfe. Hast du mich verstanden?«

»Ja.« Jill rieb sich die schmerzende Wange. »Aber sei gefälligst noch am Leben, wenn ich zurückkomme.«

Cullyns Lächeln – ein kühles Zucken des Mundwinkels – ließ Jill befürchten, daß er das für unwahrscheinlich hielt.

»Du reitest für das Leben eines jeden Mannes in dieser Karawane, hast du mich verstanden?«

»Ja. Ich werde zwei der Pferde von den Westleuten nehmen. Das sind die besten, die wir haben.«

Jennantar sattelte ihr ein Pferd und hielt das zweite am Seil, während Jill sich in den Sattel schwang. Als sie sich vorbeugte, um das Seil entgegenzunehmen, begegneten sich ihre Blicke.

»Ich sehe Euch morgen wieder«, sagte Jennantar.

»Darum werde ich beten.«

»Oh, wir werden diesen Räubern den einen oder anderen Streich spielen, der sie aufhalten wird.«

Jennantar hob die Hände über den Kopf und begann zu tanzen, nur ein paar rasche Schritte zu einer Musik, die nur er hörte, und er setzte dazu ein teuflisches Grinsen auf. Ihn so begierig auf den Kampf zu sehen, war einer der seltsamsten Anblicke an diesem merkwürdigen Tag.

Es schien eine Ewigkeit zu dauern, bis die Karawane wieder auf der Straße war. Cullyn war ununterbrochen in Bewegung und brüllte Befehle, während die Männer die Maultiere beluden und in die Sättel stiegen. Immer wieder ritt er an ihnen vorbei und drängte sie, sich zu beeilen, und schlug hin und wieder mit der flachen Schwertklinge auf das Hinterteil eines Maultiers, das zu langsam war. Endlich erreichten sie die Festungsruine, die in diesem einsamen Land aussah wie der Steinhügel, der das Grab eines Kriegers kennzeichnet. Die Steinmauern und der Broch schienen noch stabil zu sein, aber die Holztore und Außengebäude waren längst vermodert.

»Bringt die Pferde und Maultiere in den Broch und füttert sie, damit sie ruhig bleiben.«

Hinten im Hof fand er den Brunnen. Wie er erwartet hatte, war dieser eingestürzt und von Efeu überwachsen. Er rannte zurück in den Broch und schickte drei Maultiertreiber zum nahen Bach, um dort alle Eimer und Schläuche zu füllen, die sie besaßen. Aus dem Augenwinkel sah er, wie Aderyn die Wendeltreppe prüfte, die zum ersten Stock führte.

»Sieht aus, als würde sie mein Gewicht tragen«, meinte der alte Mann. »Ihr solltet es lieber nicht riskieren.«

»Ich bezweifle, daß der Boden dort oben fest genug ist.« Cullyn warf einen Blick auf die verrotteten Balken.

»Ich muß es versuchen. Ich brauche einen möglichst hohen Standort, an dem ich allein sein kann. Ich will es nicht riskieren, die Männer mit dem Dweomer noch zusätzlich zu verängstigen.«

Cullyn spürte, wie ihm selbst ein bißchen unheimlich wurde.

»Jill sagte, Loddlaen sei der Berater eines Lords«, fuhr Aderyn fort. »Könnte er diesen Lord überredet haben, Männer gegen uns auszuschicken?«

»Das hängt davon ab, wieviel dieser Corbyn von ihm hält. Glaubt Ihr, Loddlaen will Euch davon abhalten, ihn wegen dieses Mordes zur Rechenschaft zu ziehen?«

»Nun, ich habe in dieser Gegend noch nie Räuber gesehen, und diese Männer, die uns auflauern, sind verflucht gut bewaffnet. Nun, ich werde sie mir noch einmal anschauen.«

Geschickt wie ein Eichhörnchen kletterte Aderyn die knarrenden Stufen hinauf. Cullyn eilte nach draußen und sah die Westleute unten am Tor. Sie packten aus, was auf dem Schlitten gewesen war – unter anderem zwei Langbögen aus wunderbar poliertem dunklem Holz, die beinahe mannshoch waren.

»Ihr seid also Bogenschützen.«

»Ja«, erwiderte Jennantar. »Unsere Räuber werden eine kleine Überraschung erleben.« Er zeigte auf Albaral, der einen Schwertgürtel auspackte. »Er ist zwar nicht Cullyn von Cerrmor, aber auch wir kämpfen mit langen Messern.«

»Gut. Vielleicht können wir ein paar von diesen Räubern mit in die Anderlande nehmen. Albaral, habt Ihr eine Rüstung?«

»Ein Kettenhemd aus Eldidd. Ich dachte, es könnte vielleicht nützlich sein, also habe ich es mitgenommen.«

»Und ich hatte dich für dumm gehalten«, warf Calonderiel ein, »weil du all dieses Zeug mitschleppen wolltest.«

Albaral lächelte. Cullyn bemerkte, daß er eine Narbe auf der Wange hatte, die der seinen nicht unähnlich war.

»Ihr kämpft also untereinander, wie?«

»Hin und wieder. Aber diese Narbe verdanke ich einem Lord aus Eldidd. Dafür habe ich den Bastard umgebracht. Das ist jetzt schon lange her.«

Die vier blickten auf zu den verrotteten Splittern oben auf der Mauer – den einzigen Überresten eines Wehrgangs. Dieses Holz würde keinen Bogenschützen mehr tragen.

»Diese Mauer ist oben mindestens fünf Fuß breit«, sagte Jennantar schließlich. »Wir können von dort schießen, wenn wir vorsichtig sind. Diese vorstehenden Dinger da oben werden zumindest unsere Beine schützen.«

»Zinnen«, sagte Cullyn, der überrascht feststellte, daß sie von Festungen keine Ahnung hatten. »Sie heißen Zinnen. Aber wir müssen erst mal dort raufkommen.«

Albaral nahm ein Seil vom Schlitten, band es zu einer Wurfschlinge, trat dann zurück und warf. Die Schlinge legte sich so sicher um einen Merlon, als hätte er auf ein Pferd in der Herde gezielt. Cullyn stieß einen anerkennenden Pfiff aus.

»Jetzt können wir eine Strickleiter bauen«, meinte Calonderiel. »Ob die Räuber immer noch in ihrem stinkenden Hinterhalt liegen?«

»Aderyn wird es herausfinden«, sagte Jennantar. »Seht! Er ist auf dem Weg.«

Cullyn hörte ein seltsames Geräusch über sich, ein Flattern wie von den Flügeln eines gewaltigen Vogels. Und als er aufblickte, sah er genau das. Eine große Silbereule, mehr als fünf Fuß lang, flog vom Broch auf, umkreiste ihn einmal und flog dann mit einem klagenden Schrei gen Osten davon. Albaral winkte ihr so lässig zu wie einem Freund, der zur Schänke reitet. Cullyn hätte sich beinahe übergeben.

»Beim schwarzen Arsch des Höllenfürsten, kann Aderyn sich etwa in eine Eule verwandeln?«

»Selbstverständlich«, meinte Jennantar. »Ihr habt ihn doch gerade selbst gesehen.«

O ja, er hatte die Eule gesehen, und er glaubte auch, daß Jennantar die Wahrheit sagte, aber sein Geist weigerte sich, den angemessenen Schluß zu ziehen. Er starrte lange Zeit in den Himmel, bevor er wieder sprechen konnte.

»Also gut, Albaral, wir sollten lieber sehen, daß wir in die Rüstungen kommen.«

Wenn es nicht gerade in Strömen goß, führte Rhodry jeden Morgen den Kriegshaufen bei seinen Übungen an. Seit eine Rebellion drohte, hatte er dafür gesorgt, daß auch ihre Ausritte lange genug dauerten, damit Männer und Pferde gut auf den Krieg vorbereitet waren. Daher kam es ihm vernünftig vor, als er die Idee hatte, die Männer auf einen Tagesritt mitzunehmen. Er sprach mit Caenrydd, seinem Hauptmann, wie er es immer nach dem Frühstück tat, als ihm ganz plötzlich – wie aus dem Nichts – einfiel, daß seit einem Monat keiner von ihnen seine Rüstung getragen hatte.

»Laßt die Männer Vorräte für das Mittagessen einpacken. Wir reiten in voller Rüstung, ruhen uns ein wenig aus und kehren dann zurück.«

»In Ordnung, Herr. Wohin reiten wir?«

»Oh, das ist ziemlich gleich.« Rhodry nannte die erste Himmelsrichtung, die ihm einfiel. »Nach Westen.«

Obwohl über dem Meer noch Nebel hing, war es ein schöner, sonniger Morgen, als sie losritten. Hin und wieder drehte sich Rhodry im Sattel um und sah seine Männer an, die in Zweierreihen ritten. Bald schon würde er eine richtige Armee führen. Cadvridoc, dachte er bei sich. Das Wort hatte einen guten Klang. Er rief den Hauptmann neben sich. Caenrydd war ein kräftiger Mann Ende Zwanzig, mit blondem Haar und einem hängenden Schnurrbart, der beinahe so dick war wie der von Sligyn. Da er dem Clw Coc sein Leben lang gedient hatte, konnte Rhodry dem Hauptmann gegenüber offen sein.

»Reden die Männer über den Dweomer, wenn sie unter sich sind?«

»Ja, Herr, aber ich tue mein Bestes, um das zu vermeiden.«

»Ich weiß, daß ich auf Euch zählen kann. Wie denkt Ihr selbst über diese Gerüchte?«

»Alles Unsinn.«

»Gut. Ich bin ganz Eurer Meinung.«

Gegen Mittag legten sie eine halbe Meile landeinwärts eine Rast ein. Wie alle anderen Männer sattelte auch Rhodry sein Pferd ab und pflockte es an. Er wußte, die Männer betrachteten ihn als Eindringling, und er wollte ihnen zeigen, daß seine verbesserten Aussichten auf ein Erbe ihm nicht zu Kopf gestiegen waren. Alle rissen über Brot und Räucherfleisch freundliche Witze, als Rhodry nahenden Hufschlag mehr spürte, als daß er ihn hörte. Er stand auf und spähte nach Norden. Am Flußufer näherte sich ein Reiter, der ein weiteres Pferd am Seil führte.

»Wer bei den Göttern sollte sich hier herumtreiben?«

Caenrydd trat zu ihm und hielt ebenfalls Ausschau.

»Vielleicht Nevyn, der alte Kräutermann?« meinte der Hauptmann.

»Nein, denn die Pferde stammen aus dem Westen – Nevyn reitet einen Zelter und führt einen Maulesel.«

»Bei den Höllen! Ihr habt verdammt gute Augen.«

»Ja.« Rhodry sah Silber am Gürtel des Reiters aufblitzen. »Ein Silberdolch mit zwei Pferden der Westleute. Bedeutet das, daß wir es mit einem Pferdedieb zu tun haben?«

Aber kein Pferdedieb wäre je im Galopp auf sie zugeritten, wie es dieser Silberdolch tat. Es war ein junger Mann, blond und schmutzig vom Ritt, und er verfügte zwar über ein Schwert, hatte aber keinen Schild dabei. Er schwang sich aus dem Sattel und fiel vor Rhodry auf die Knie.

»Herr!« Seine helle Stimme ließ vermuten, daß er noch jünger als vierzehn war. »Dient Ihr dem Tieryn in Cannobaen?«

»Ja. Ich bin außerdem ihr Sohn. Lord Rhodry Maelwaedd.«

»Ein Maelwaedd? Dank sei sämtlichen Göttern! Dann weiß ich, daß ich Eurer Ehre trauen kann. Ich komme von einer Handelskarawane und bitte Euch um Hilfe. Räuber wollen uns überfallen, mindestens dreißig Mann, und sie halten uns in einem verfallenen Dun im Norden fest.«

»Räuber? Auf meinem Land? Ich werde ihnen die Köpfe abschlagen!« Rhodry fuhr herum und gab seine ersten Befehle. »Satteln und bereit machen zum Aufbruch! Amyr, du reitest zum Dun und bringst Ihrer Gnaden die Nachricht. Sag ihr, sie soll uns einen Wagen mit Nachschub und den Arzt hinterherschicken.«

Alle beeilten sich, den Befehlen nachzukommen.

»Erhebe dich, Silberdolch«, fuhr Rhodry fort. »Arbeitest du als Wache für den Kaufmann?«

»Mein Vater, um ehrlich zu sein. Ich reise nur mit ihm.«

»Steig auf und führe uns zu deinen Leuten. Was für ein Glück, daß ich den Kriegshaufen heute hierher geführt habe. Man sollte glauben, es wäre Dweomer.«

Der heiße Nachmittag schleppte sich dahin, aber von Aderyn war nichts zu sehen. Die anderen ruhten sich im Broch aus, während Cullyn und Jennantar Wache hielten, Cullyn am Tor, Jennantar oben auf der Mauer. Cullyn fragte sich schon, ob er den alten Mann jemals wiedersehen würde, als Jennantar triumphierend ausrief: »Da kommt er!«

Obwohl Cullyn angestrengt in den Himmel starrte, dauerte es noch eine Weile, bis er den winzigen Fleck erkannte, der rasch größer wurde. Wieder wurde ihm beinahe übel, als ihm die unnatürliche Größe des Wesens deutlich wurde. Der Vogel verschwand in einem der oberen Fenster des Broch, und es dauerte einen Augenblick, bis Aderyn in den Hof gerannt kam, wobei er sich das Hemd noch über den Kopf zog.

»Sie sind auf dem Weg, aber es kommt auch Hilfe. Lord Rhodry und sein Kriegshaufen kommen aus dem Süden.«

»Was hat Jill getan?« fragte Cullyn. »Beide Pferde zuschanden geritten?«

»Nein. Sie ist Rhodry unterwegs begegnet.« Aderyn schien einen Augenblick lang beunruhigt. »Hier ist etwas Seltsames im Gange. Habt Ihr irgendwelche Habichte gesehen?«

»Einen oder zwei«, rief Jennantar von der Mauer. »Bei den Göttern! Du denkst doch nicht ...«

»Doch. Loddlaen steckt hinter dieser Sache.« Aderyn wandte sich Cullyn zu. »Die Männer, die ich sah, waren gut bewaffnet, gut versorgt, und sie trugen Schilde mit allen möglichen Wappen.«

»Dann sind sie ganz bestimmt keine Räuber. Was hat Loddlaen vor? Will er die Zeugen töten, bevor sie ihn vor Gericht bringen können?«

»Das dachte ich zunächst. Aber ich bin der Hauptzeuge, und es ist schwierig, einen Mann zu fangen, der fliegen kann.« Die Alte lächelte geisterhaft.

Die anderen Männer kamen schon aus dem Broch gerannt. Eilig verteilte Cullyn die jämmerliche Truppe, die ihm zur Verfügung stand – zwei Schwertkämpfer, wenn er sich selbst mitzählte, drei Männer, die mit Stäben umgehen konnten, und fünf, die wußten, wie man einen solchen Stab hielt. Wegen der Trümmer war das Tor gerade breit genug, daß zwei Männer Seite an Seite kämpfen konnten. Er und Albaral würden es so lange wie möglich halten, während Dregydd und die anderen Stabkämpfer hinter ihnen bereitstanden. Oben auf der Mauer standen die Bogenschützen. Aderyn kletterte zu ihnen.

»Hört mir zu, Leute«, rief Cullyn. »Keine Heldentaten wie in den Bardenliedern. Ihr haltet nur Eure Stellung.«

Es dauerte noch einige Zeit, bis die vierunddreißig Männer in stetigem Trab herangeritten kamen. In etwa dreihundert Schritten Entfernung hielten sie inne und besprachen sich offenbar kurz, dann näherten sie sich weiter im Schritttempo. Cullyn konnte sehen, wie sie die Schilde lockerten und sich darauf vorbereiteten abzusteigen, um die Tore anzugreifen, aber wie die meisten Männer aus Eldidd würden sie so lange wie möglich im Sattel bleiben – eine Angewohnheit, die sich als tödlich erweisen sollte. In hundert Schritten Abstand zügelten sie ihre Pferde.

Ein erster Pfeil sang, dann wieder und wieder einer. Die Pferde der Vorhut stiegen hoch, wieherten vor Schmerz und stürzten, wobei sie ihre Reiter unter sich begruben. Die Tiere hinter ihnen bockten und traten aus; Männer schrien und fluchten. Wieder flogen Pfeile, ein beinahe lautloser Regen des Todes. Der Kriegshaufen wurde zu einem Aufruhr von Männern zu Fuß und verängstigten Pferden, und immer noch hagelten die Pfeile nieder. Schreiend floh der Kriegshaufen schließlich, und zwölf tote Männer und noch mehr Pferde blieben zurück. Weit am anderen Ende der Wiese sammelten sich die Überlebenden. Als die Maultiertreiber lachten, schrie Cullyn sie an. »Es ist noch lange nicht vorbei! Wir haben nicht alle Pfeile der Welt dabei, und selbst wenn zehn von diesen Bastarden das Tor erreichen, werdet Ihr Euren Verstand brauchen – falls Ihr so etwas überhaupt habt.«

Wieder warteten sie, während die Sonne tiefer sank, ihre Feinde sich stritten und Lord Rhodry und seine Leute näher kamen – das hoffte Cullyn jedenfalls. Schließlich sah er, wie die Feinde abstiegen. Sie verteilten sich in zwei Gruppen, die beide die Festung außerhalb der Pfeilschußweite umzingelten und sich dann abermals aufteilten. Jennantar murmelte etwas in seiner Sprache, das dem Tonfall nach zu schließen ein übler Fluch sein mußte.

»Sie haben dazugelernt«, stellte Albaral fest.

»Ja«, erwiderte Cullyn. »Das ist das einzige, was sie tun können: uns im Schutz der Mauer umkreisen.«

»Mit nur zwei Bogenschützen können wir sie nicht aufhalten.«

Sie sahen einander grimmig lächelnd an. In diesem Augenblick fragte sich Cullyn, was er jemals gegen die Westleute gehabt hatte – er und Albaral verstanden sich prächtig. Die meisten Feinde bewegten sich jetzt zur Rückseite der Festung. Jennantar begann, ihnen entlang der Mauer zu folgen, aber Calonderiel hielt die Stellung über dem Tor, bis der zweite Trupp sich zur anderen Seite bewegte. Vor sich hinschimpfend folgte er ihnen. Einen Augenblick war alles unnatürlich still, dann erklang ein Horn.

Auf der anderen Seite des Broch erschollen Kriegsschreie, als der Angriff begann. Näher und näher kamen sie – unter Schreien, wenn Pfeile ins Ziel trafen. Dann konnte man das Klirren von Rüstungen hören. Die ersten Männer hatten die Mauer umrundet und liefen auf das Tor zu. Drei, vier, zu viele, um sie noch zu zählen, drängten heran, aber das Tor war zu schmal. Cullyn parierte mehr, als daß er sein Schwert zum Angriff schwang, und benutzte seinen Schild, um die Klingen wegzuschieben, die ihn trafen. Unter lautem Kriegsgeschrei drängten die Männer weiter hinten vor und brachten ihre eigenen Kameraden aus dem Gleichgewicht. Cullyn und Albaral schlugen zu und wiegten sich in vollendet abgestimmtem Rhythmus vor und zurück.

Pfeile trafen weitere Angreifer, und Cullyn sah, wie einer davon das Kettenhemd eines Mannes durchdrang und ihn aufspießte wie ein Hühnchen auf einem Bratspieß. Schreiend versuchten einige, wieder in den Schutz der Mauern zu flüchten. Die anderen griffen weiter an. Endlich gelang es Cullyn, einen der Gegner zu töten, indem er den Arm dicht an der Seite führte und eher zustach als zuschlug. Als der Mann fiel, riß er einen seiner Kameraden mit, und die Angreifer schlugen verwirrt um sich. Über ihr Schreien hörte Cullyn ein Horn.

»Rote Löwen!« rief Calonderiel.

»Cannobaen!« brüllte Dregydd.

Eingeklemmt zwischen Lord Rhodrys Männern und der Festung, brachen die Feinde in Panik aus. Eine Gruppe von Männern drängte blind nach vorn. Cullyn sah, wie Albaral aus dem Gleichgewicht geriet, und drehte sich zu ihm um. Mit einem Aufschrei sprang Dregydd vorwärts. Aus dem

Augenwinkel sah Cullyn, wie ein Stab niedersauste, und er hörte das Krachen eines Schädels. Ein weiterer Angreifer hob das Schwert über dem gestürzten Albaral, aber ein Pfeil traf ihn in den Rücken. Mit einem raschen Hieb tötete Cullyn den letzten Angreifer. Er warf seinen Schild weg und packte Albaral am Arm, als dieser mühsam versuchte, wieder auf die Beine zu kommen. Albaral sackte wie eine Stoffpuppe über Cullyns Schulter zusammen, und aus seinem Mund und seiner Nase floß Blut. Der Blick der Katzenaugen, nun nicht länger fremd, suchte Cullyns.

»Ich wußte immer, daß diese Festung einmal mein Tod sein würde«, sagte Albaral. »Aber ich hätte niemals gedacht, daß es bei ihrer Verteidigung geschehen würde.«

Als er hustete, schoß ihm noch mehr Blut aus dem Mund. Cullyn taumelte unter seinem Gesicht und wollte ihn wieder auf den Boden legen, aber Albaral war bereits tot, sein Mund zu einem blutfleckigen Lächeln über seinen Scherz erstarrt.

»Verflucht!« sagte Cullyn.

Hinter ihm erklang der Jubel der Maultiertreiber. Cullyn schloß Albaral die Augen, verschränkte ihm die Arme über der Brust, stand dann auf und sah sich Rhodry gegenüber. Einen Augenblick starrten sie einander nur an. Cullyn war sicher, daß er diesen Mann kannte – so unvernünftig das auch war, niemals war er sich einer Sache so sicher gewesen. Er kannte diesen jungen Lord wie einen Bruder. Dann verschwand das Gefühl wie Dweomer. Rhodry legte ihm mitfühlend die Hand auf die Schulter.

»Habt Ihr einen Freund verloren?« fragte Rhodry.

Cullyn nickte und seufzte, überrascht von der Wahrheit dieser Feststellung. Albaral war tatsächlich ein Freund geworden, hier am Tor. Die beiden anderen Westleute kamen angerannt. Als er Albaral sah, brach Jennantar in klagende Schreie aus und warf sich über die Leiche. Aber Calonderiel stützte nur die Hände auf die Hüften; sein ganzer Körper war angespannt wie ein Bogen.

»Wieder einer«, flüsterte er. »Getötet von einem stinkenden Rundohr.«

Er blickte zum Himmel und schrie ein einziges Wort in seiner Sprache, dessen Bedeutung jedem sofort klar war. Rache. Cullyn und Rhodry sahen einander an, dann wandten sie sich ab und überließen die Westleute ihrer Trauer. Sobald sie außer Hörweite waren, wandte sich der verblüffte Lord Cullyn zu.

»Westleute? Was machen Westleute hier?«

»Es ist eine verflucht seltsame Geschichte, Herr. Und diese Männer da waren auch keine Räuber. Was würdet Ihr denken, wenn ich Euch sagte, daß Berater Loddlaen aus Dun Bruddlyn hinter dieser Sache steckt?«

Rhodry schien widersprechen zu wollen, dann warf er einen Blick auf den zerbrochenen Schild eines der Feinde – ein grüner Schild mit einem braunen Sparren.

»Bei den haarigen Eiern des Höllenfürsten! Das ist tatsächlich Corbyns Wappen. Sucht Ihr nach Arbeit, Silberdolch? Ich glaube, Ihr habt bereits die erste Schlacht eines Krieges geschlagen.«

Lovyan fragte sich verärgert, wann Rhodry und sein Kriegshaufen wohl zurückkehren würden, als Amyr ihr Rhodrys Botschaft brachte. Obwohl sie schwieg, beunruhigte sie diese Nachricht sehr. Sie wußte, daß es im Westen von Eldidd keine Räuber gab, aus dem einfachen Grund, weil dort nicht genug Handelsverkehr herrschte. Beim Essen saßen nur sie und ihre beiden Gefährtinnen, Dannyan und Medylla, am Tisch, und die Halle war geisterhaft ruhig ohne den Kriegshaufen. Lovyan stocherte in ihrem Essen herum, dann entschied sie, daß sie kein bißchen hungrig war.

»Ihr seid beunruhigt, Herrin!« stellte Medylla fest.

»Ja. Es war dumm von Rhodry, einfach so loszureiten.«

Die beiden Frauen nickten zustimmend. Beide waren Ende Dreißig und eher Freundinnen als Dienerinnen, die sich vor zwanzig Jahren entschlossen hatten, lieber in Lovyans Dienste zu treten, als die Männer zu heiraten, die ihre Väter ihnen ausgesucht hatten. Beide waren klug und berieten Lovyan oft – sie wußte, welche Intrigen einen mächtigen Hof auch immer erschüttern konnten, auf die Ehrlichkeit dieser beiden konnte sie zählen.

»Ich muß zugeben, daß mir Tingyr an solchen Abenden fehlt. Es passiert mir selten, aber er hatte seine Vorteile als Ehemann.«

»Von Kriegsangelegenheiten verstand er etwas, das stimmt«, meinte Dannyan.

»Was glaubst du, Dannyan, sind diese angeblichen Räuber tatsächlich welche?«

»Nein, das glaube ich nicht. Sollten wir vielleicht eine Botschaft an Sligyn schicken?«

»Das ist eine sehr gute Idee. Wir können einen der Stalljungen schicken. Der junge Reiter, der gerade erst zurückgekommen ist, wird todmüde sein.«

Lovyan wollte gerade Caradoc rufen, als sie Hufgeklapper im Hof hörte – Männer und Pferde kamen herein, und Diener liefen ihnen entgegen. Lovyan, die hoffte, daß es Rhodry war, erhob sich von ihrem Stuhl, aber Sligyn betrat die Halle, und hinter ihm kam Nevyn.

»Ich wollte Euch gerade eine Botschaft schicken«, sagte Lovyan. »Stellt Euch das vor!«

»Zweifellos, Euer Gnaden.« Sligyn verbeugte sich. »Unser guter Kräutermann hier sagte mir, Rhodry habe sich aufgemacht, um Räuber zu jagen. Räuber? Ha!«

»Ich habe sie zufällig an der Straße gesehen, Euer Gnaden«, sagte Nevyn. »Ich habe Baldrianwurzeln gesucht.«

»Von mir aus auch Kuhfladen«, schnaubte Sligyn. »Es zählt doch nur, daß Ihr so schlau wart, direkt zu mir zu reiten. Euer Gnaden, ich habe beunruhigende Nachrichten.«

Lovyan bemerkte, daß bewaffnete Männer die Halle betreten hatten – beinahe vierzig, also der größte Teil von Sligyns Kriegshaufen.

»Dannyan, schick einen Diener, der diesen Männern Bier bringt«, sagte Lovyan. »Nevyn, kommt und trinkt einen Becher Met mit uns. Ich glaube, Ihr habt ihn Euch verdient.«

Als sie saßen, erstattete Sligyn Bericht. Kaum, daß Nevyn sein Dun erreicht hatte, war ein Bote von Lord Edar, dessen Ländereien im Norden an jene Corbyns angrenzten, eingetroffen, um anzukündigen, daß Corbyn und seine Verbündeten ihre Armee in Bewegung gesetzt hatten. Edar selbst schicke seine Frau und seine Kinder zu ihrem Bruder in den Osten, und er und sein Kriegshaufen würden in Cannobaen zu Sligyn stoßen.

»Er wird in zwei Tagen hier sein. Ich beschloß, Euch die Nachricht selbst zu bringen. Ich habe mir die Freiheit genommen, sie auch an alle anderen Eurer Getreuen weiterzuleiten. Wir dürfen keine Zeit verlieren.«

»Ich danke Euch«, sagte Lovyan. »Ich fürchte, ich habe keine Leute hier, die Botschaften überbringen können.«

»Das sagte mir Nevyn bereits. Eine unangenehme Situation. Euer Gnaden, wenn jetzt eine Armee vor Euren Toren erschiene, wie lange könntet Ihr und die Diener Dun Cannobaen halten?«

»Lange genug, daß Ihr uns zu Hilfe kommen könntet, Lord Sligyn, aber ich bin froh, daß wir das nicht überprüfen müssen.«

»Genau.« Sligyn trank nachdenklich einen Schluck Met. »Nun, der Rest unserer Verbündeten sollte morgen eintreffen. Ich habe ihnen gesagt, sie sollten auch bei Nacht weiterreiten. Wir werden Euch eine gut bewachte Festung hinterlassen, bevor wir uns auf den Weg machen.«

»Wollt Ihr nach Norden, um Corbyn zu verfolgen?«

»Nach Westen, Euer Gnaden. Rhodry ist draußen mit wieviel ... fünfzig Männern? Mit fünfzig Männern und den paar armseligen Wachen, die der Kaufmann hatte. Corbyn hat mindestens zweihundert Mann in Marsch gesetzt, und ich wette, er ist jetzt auf dem Weg nach Westen.«

»Macht Euch nicht unnötig Sorgen, Euer Gnaden«, warf Nevyn ein. »Ich werde Euch später noch ein paar interessante Dinge erzählen.«

»Herr«, sagte Aderyn, »ich weiß, Ihr habt keinen Grund, mir zu glauben, aber ich schwöre, ich sage die Wahrheit.«

Rhodry hätte den Mann am liebsten an den Schultern gepackt und durchgeschüttelt. Eine Stunde lang hatte er sich jetzt so viel über Dweomer anhören müssen, daß er das Gefühl hatte, buchstäblich in diesen seltsamen Worten und noch seltsameren Geschichten zu ertrinken. Er wandte sich Cullyn zu, der neben ihm am Lagerfeuer im Hof der verfallenen Festung saß. Im flackernden Feuerschein war die Miene des Silberdolchs unergründlich.

»Ich glaube ihm«, sagte Cullyn. »Hat er uns nicht auch vor dem Hinterhalt gewarnt? Und außerdem konnte er uns sagen, daß Ihr auf dem Weg wart.«

»Das stimmt. Also gut, Aderyn, wenn Ihr sagt, daß Sligyn mit einer Armee unterwegs ist, dann werden wir hierbleiben und auf ihn warten.«

»Danke, Herr. Wenn ich noch etwas vorschlagen darf – am Morgen sollten die Männer vielleicht Bäume fällen, um diese Lücke in der Mauer zu verbarrikadieren. Dregydd hat noch ein paar Äxte übrig, die er verkaufen wollte.«

»Eine gute Idee«, sagte Rhodry. »Beim schwarzen haarigen

Arsch des Höllenfürsten, ich komme mir vor wie ein Dummkopf.«

»Das seid Ihr ganz gewiß nicht«, gab Aderyn zurück. »Diese Falle war sehr gut ausgelegt, und Ihr hattet keine Ahnung, daß Loddlaen Dweomer benutzt hat, um Euch bestimmte Gedanken einzugeben. Es ist nur gut, daß er nichts von Nevyn weiß.«

Rhodry schauderte.

»Aber es gibt noch eine Kleinigkeit, die ich nicht verstehe«, fuhr Aderyn fort. »Wieso hat Corbyn nicht gleich sein gesamtes Heer hierher gebracht, um auf Euch zu warten?«

»Ganz einfach«, warf Cullyn ein. »Wenn er mit der ganzen Armee nach Westen marschiert wäre, hätte jeder Lord im Norden ihn bemerkt, und sie wären ihm sofort gefolgt. Aber es war ihm und seinen Verbündeten sicher möglich, immer ein paar Männer wegzuschicken, ganz unauffällig, und dann mit dem Rest zu folgen. Wenn dieser löchrige Plan funktioniert hätte, wäre er Rhodrys Verbündeten einen vollen Tagesmarsch voraus gewesen. Zweifellos hätten sie uns mitten auf der Straße erwischt.«

»Und jetzt erwischen sie uns hier«, sagte Rhodry. »Aderyn, wißt Ihr, wie nahe Corbyn ist?«

»Nein, aber wenn Ihr mich entschuldigt, könnte ich nachsehen.«

Eine Weile saßen Rhodry und Cullyn schweigend beisammen und starrten ins Feuer. Rings um sie schliefen die Männer, in ihre Decken gewickelt. Cullyn mochte zwar ein ehrloser Silberdolch sein, aber Rhodry fand seine Gegenwart seltsam tröstlich. Immerhin war Cullyn ein Mann, den er verstehen konnte.

»Es ist wirklich seltsam. Ich habe selbstverständlich schon von Euch gehört und wollte Euch immer kennenlernen, aber ich hatte gehofft, daß es unter erfreulicheren Umständen geschehen würde.«

»Ach, ich weiß nicht, Herr. Ich könnte mir keine bessere Zeit für unsere Begegnung denken.«

Rhodry lachte.

»Das stimmt. Hätte die Karawane mir keinen Boten gesandt, hätte Loddlaen vermutlich selbst einen seiner Leute geschickt, der behauptet hätte, für den Kaufmann zu arbeiten. Ihr habt ihm die Mühe erspart, indem Ihr Euren Jungen schicktet.«

»Meinen Jungen?« Cullyn grinste. »Jill ist meine Tochter.«

»Bei den Göttern! Ich bin den ganzen Tag neben ihr geritten und habe nicht bemerkt, daß sie ein Mädchen ist!«

Später kam Jill zum Feuer und setzte sich zu ihrem Vater. Sie hatte sich offenbar Gesicht und Haare im Bach gewaschen, denn der Dreck war verschwunden, und nun konnte Rhodry deutlich ein Gesicht erkennen, das nicht nur eindeutig weiblich, sondern auch sehr schön war. Oder zumindest gewesen wäre, hätte sie nicht einen schwärzlich-blauen Bluterguß auf der Wange gehabt.

»Wo hast du diesen Bluterguß her?« fragte Cullyn.

»Von dir – heute früh.«

Cullyn verzog das Gesicht. »Oh, verzeih mir, meine Süße. Ich war ziemlich außer mir, weil ich Angst hatte, dir könnte etwas passieren.«

Jill bedachte Cullyn mit einem Lächeln, das ihre Schönheit so zart erscheinen ließ wie die jeder Dame bei Hof. Rhodry seufzte innerlich. Es war wirklich ungerecht von den Göttern, diesem Mädchen einen Vater zu geben, der der beste Schwertkämpfer im ganzen Königreich war.

Den ganzen Morgen sammelten sich die Männer des Tieryn in Dun Cannobaen. Auf Sligyns Befehl waren sie schnell hierher geritten und hatten die Nachschubwagen langsamer folgen lassen, unter der Bewachung der Speerträger, die ihre Städte ihnen in Kriegszeiten stellten. Nevyn saß in der großen Halle an der Seite und behielt Lovyan im Auge, als diese erst Lord Oledd begrüßte, dann Peredyr, danach Daumyr und schließlich Manydd, den Hauptmann des Kriegshaufens von Dun Gwerbyn. Mindestens zweihundert Männer drängten sich in die große Halle. Lovyan begrüßte die Anführer mit Ruhe und Würde. Etwa eine Stunde vor Mittag erhob sich Sligyn und kündigte an, daß nun genügend Männer beisammen seien, um sich auf den Weg zu machen.

»Alle, die einen noch weiteren Weg haben, werden morgen eintreffen«, sagte er. »Aber wir können es uns nicht leisten zu warten.«

Als die anderen Anführer zustimmend nickten, konnte Nevyn sehen, wie angespannt sie waren. Wie viele dieser Vasallen würden tatsächlich zur Stelle sein, und wie viele würden zu den Rebellen überlaufen? Das würden sie erst in einiger Zeit wissen. Lovyan benannte Sligyn als Cadvridoc ihrer Armee, bis die Truppen sich mit Rhodry trafen, und unter aufgeregtem Schwatzen und dem Klirren von Rüstungen und Waffen verließen die Lords und Reiter die Halle. Nevyn eilte an Lovyans Seite, und diese führte ihn für ein paar vertrauliche Worte zurück an die Feuerstelle.

»Ist Rhodry noch am Leben?«

»Ja. Aderyn hat sich vor knapp einer Stunde mit mir in Verbindung gesetzt. Im Augenblick gibt es noch kein Anzeichen von Ärger. Da die Armee nun aufbricht, wird Loddlaen seinen Lord zweifellos anweisen, sich auf sicheres Gelände zurückzuziehen.«

Nachdem sie Nevyn schon so viele Jahre vom Dweomer hatte reden hören, nahm Lovyan diese Äußerungen gleichmütig auf. Nevyn selbst jedoch war zutiefst beunruhigt darüber, wie weit sich Loddlaen dem Bösen verschrieben hatte.

»Was soll ich tun?« fragte er Lovyan. »Soll ich lieber bei Euch bleiben oder mich der Armee anschließen?«

»Geht, und nicht nur um meinetwillen. Ich erinnere mich immer wieder daran, was ihr damals gesagt habt, als wir uns zum erstenmal begegnet sind, an Rhodrys Krankenbett. Rhodrys Wyrd ist das Wyrd von Eldidd. Ich liebe Eldidd noch mehr als meinen Sohn. Kümmert Euch um ihn, um des Landes willen.«

Obwohl die Armee ohne großes Gepäck reiste, trugen ein paar Pferde in der Nachhut die Vorräte für ein paar Tage. Da alle Nevyn nur als Kräutermann kannten, wunderte sich niemand, daß er sich ebenfalls der Nachhut anschloß, sein Maultier mit den Kräutern hinter sich. An der Spitze der Armee legte Sligyn ein schnelles Tempo vor, abwechselnd im Schritt und im Trab. Sie waren zu spät aufgebrochen, um Rhodry noch vor Einbruch der Dunkelheit erreichen zu können. Sligyn hatte vor, so früh wie möglich am nächsten Tag zu ihm zu stoßen. Nevyn war aus eigenen Gründen froh über das Tempo. Aderyn hatte ihm selbstverständlich berichtet, wer in der Festungsruine wartete. Wenn alles gutging, würde er seine Brangwen bald wiedersehen.

»Ich wünschte, wir könnten seinen Leichnam verbrennen«, sagte Jennantar mit tonloser Stimme. »Aber hier gibt es kaum Holz, und wir haben kein geweihtes Öl.«

»Ein Grab wird genügen«, meinte Calonderiel. »Er ist tot, mein Freund. Es macht keinen verfluchten Unterschied, was wir mit seiner Leiche tun.«

Jennantar nickte bedrückt und machte sich daran, Albarals Grab auszuheben. Jill sah zu, wie die beiden Westleute arbeiteten und in der Sonne schwitzten, während der schmale Graben tiefer wurde. Am Abend zuvor war Jennantar so voller Trauer gewesen, daß Aderyn ihm einen starken Schlaftrunk verabreicht hatte. Jetzt schien er nur ein wenig betäubt zu sein, wie ein Mann, der am Vorabend ein bißchen zuviel Met getrunken hat. Endlich waren sie fertig und legten die Schaufeln weg. Sie hoben Albarals Leiche auf, wickelten sie in eine Decke und legten ihn ins Grab. Einen Augenblick lang standen sie in respektvollem Schweigen. Dann warf Jennantar ganz plötzlich den Kopf zurück und schrie vor Wut. Bevor Jill oder Calonderiel ihn aufhalten konnten, hatte er sein Messer gezogen und sich in den Unterarm geschnitten.

»Rache!« schrie er. »Ich werde Blut fließen lassen, und nicht nur das meine!«

Er hielt seinen Arm über das Grab und ließ sein Blut hineintropfen.

»Ich bin Zeuge deines Schwurs«, sagte Calonderiel leise.

Jennantar nickte und ließ sein Blut weiter fließen. Plötzlich glaubte Jill, Albarals Schatten zu sehen, eine bläulich flakkernde Gestalt, die im Sonnenlicht kaum zu sehen war. Sie befürchtete, keine Luft mehr zu bekommen, dann hatte sie Angst, daß etwas mit ihrem Kopf nicht stimmen könnte. Jennantar brach in einen weiteren Schrei aus und rannte blind davon, in ein Dickicht weiter unten am Bach. Der Schatten, wenn er tatsächlich existiert hatte, war verschwunden.

»Wir sollten ihn mit seiner Trauer allein lassen«, sagte Calonderiel. »Ich werde das Grab zuschaufeln.«

»Ich helfe Euch.« Jill griff gern nach der Schaufel; sie wollte vergessen, was sie gerade zu sehen geglaubt hatte.

Als sie fertig waren, gingen sie zurück in die Festung und fanden eine Stelle am hinteren Teil der Mauer, wo Calonderiel daran arbeiten konnte, die Pfeile wieder zu richten, die sie auf dem Schlachtfeld gefunden hatten. Die Westleute hatten dafür ein besonderes Werkzeug: das Schulterblatt eines Rehs mit einem Loch darin, das dem Durchmesser eines Pfeilschafts entsprach.

»Wir haben nicht viele Pfeile mitgenommen«, stellte er fest. »Ich hätte mir nie träumen lassen, daß wir mitten in einen Krieg reiten. Gibt es in diesem Teil der Welt gute Fiederungen?«

»Das kann ich nicht sagen, ich habe selbst nie mit einem Bogen geschossen.«

Calonderiel betrachtete die zerdrückte Fiederung an dem Pfeil, den er in der Hand hielt. Seine Augen waren von einem tiefen Violett, so dunkel und schimmernd wie Samt aus Bardek.

»Ich sollte sie lieber abschneiden. Ach, verflucht – ich habe das Messer bei meinem Gepäck gelassen.«

»Nehmt das hier.« Jill zog ihren Silberdolch. »Er dürfte scharf genug sein.«

Calonderiel stieß einen anerkennenden Pfiff aus, als er den Dolch in der Hand hielt. Er fuhr mit dem Finger über die Klinge, und die Waffe glühte auf, so deutlich, daß es selbst im Tageslicht zu sehen war.

»Zwergensilber!« sagte er. »Gibt es hier viel davon?«

»Wie habt Ihr es genannt?«

»Zwergensilber. Ist es etwa keines? Wo habt Ihr den Dolch her?«

»Von einem Schmied namens Otho, an der Grenze nach Deverry.«

»Und dieser Otho ist ein kleiner Mann.« Er lächelte. »Aber kräftig für seine Größe.«

»Ja. Kennt Ihr ihn etwa?«

»Nicht ihn, aber sein Volk.«

Jill war zu verwirrt darüber, wie sich das Metall verändert hatte, um über Othos Herkunft nachzudenken. Sie griff nach dem Dolch und drehte ihn, um das Spiel des Lichts auf der Oberfläche zu verfolgen. In ihren Händen war es erheblich trüber.

»Ich habe ihn nie so glühen sehen.«

»Das liegt an mir. Othos Volk hält nicht viel von uns. Sie wissen gern, wenn einer von uns in der Nähe ist, weil sie uns für Diebe halten.«

Jill blickte auf.

»Elcyion Lacar«, flüsterte sie. »Elfen.«

»Nennt uns, wie Ihr wollt«, sagte er lachend. »Aber es stimmt, man hat uns schon so gerufen.«

Einer nach dem anderen, wie Regentropfen, die in einen stillen Teich fallen, erschien das Wildvolk rings um ihn, eine blaue Fee, zwei warzige Gnome, das dicke Schimmern der Luft, das eine Sylphe ankündigte, als wären sie Hunde, die sich zu Füßen ihres Herrn niederlegen.

»Und wie lautet der wahre Name Eures Volks?« fragte Jill.

»Oh, das werde ich Euch nicht sagen. Ihr müßt Euch das Recht, ihn zu hören, erst verdienen, und das ist von allen aus Eurem Volk bisher nur Aderyn gelungen.« Calonderiel lächelte, was seinen Worten das Verletzende nahm. »Ich kenne ein paar von den Geschichten, die man bei Euch über uns erzählt. Wir sind keine Diebe, und wir sind auch keine Dämonen aus der Hölle oder den Göttern näher als Ihr – wir sind aus Fleisch und Blut. Der alte Aderyn sagt, unsere Götter hätten uns aus dem Wildvolk geschaffen, genau wie die Euren Euch aus den Tieren gemacht haben, und da sind wir nun, auf Gedeih und Verderb zusammen auf dieser Erde.«

»Unsere Priester sagen, die Götter hätten uns aus Wasser und Erde gemacht.«

»Der Dweomer weiß ein wenig mehr als die Priester – vergeßt das nicht. Darf ich Euren Dolch noch einmal haben? Ich habe ziemlich viel zu tun.«

Jill reichte ihm die Waffe. Lange dachte sie über die seltsamen Dinge nach, die er ihr erzählt hatte.

Gegen Mittag sah sie, wie die große Eule den Broch umkreiste und schließlich darin verschwand. Sie lief zu dem Gebäude und fand Cullyn und Rhodry, die am Fuß der Treppe standen und sich unterhielten. Einen Augenblick später kam Aderyn herunter und bewegte seine Schultern wie jemand, der lange in starker Strömung geschwommen ist.

»Ich habe sie gefunden, Ihr Herren. Sie lagern etwa fünfzehn Meilen weiter nordöstlich.«

»Also gut«, sagte Rhodry. »Dann sollten wir jetzt Sligyn entgegenreiten.«

»Das könnte unklug sein, Herr«, warf Cullyn ein. »Sie werden es nicht wagen, die Festung zu belagern, wenn eine Armee in ihrem Rücken aufmarschiert, aber wenn wir uns ins Freie wagen, könnten sie einen Überfall riskieren.«

»Und woher sollten sie wissen, daß wir – oh, bei allen Göttern und ihren Frauen, wie dumm ich doch bin! Selbstverständlich werden sie es wissen.«

»Silberdolch«, wandte sich Aderyn an Cullyn, »ich wäre froh, wenn Ihr nahe bei Lord Rhodry bleiben würdet, wenn es zum Kampf kommen sollte. Wenn die Rebellen Erfolg haben wollen, müssen sie ihn töten, bevor sie so viel Schaden angerichtet haben, daß Gwerbret Rhys sich gezwungen sieht einzuschreiten. Ohne Zweifel greifen sie deshalb auch Sligyns Armee nicht an. Sie können es nicht wagen, die Adligen zu töten, bis auf Rhodry.«

»Genau«, meinte Cullyn. »Hattet Ihr nicht gesagt, Ihr versteht nichts vom Krieg? Das klingt, als wärt Ihr nur bescheiden gewesen.«

»Oh, ich wiederhole nur, was Nevyn mir gesagt hat.«

Rhodry und Cullyn nickten nachdenklich, als verstünden sie, was er gemeint hatte.

»Aderyn, das verstehe ich nicht«, sagte Jill. »Ihr sagt, Niemand habe es Euch erzählt?«

»Oh!« Der alte Mann lachte leise. »Verzeiht mir, Kind. Ich habe einen Freund, der Nevyn heißt. Es war ein bitterer Scherz seines Vaters, ihm diesen Namen zu geben, wenn ich mich recht erinnere.«

Da Jill zuvor schon an Otho den Schmied erinnert worden war, fiel ihr nun auch das Rätsel wieder ein, daß Niemand ihr eines Tages sagen würde, was ihr Handwerk sei. Wenn er ein Freund von Aderyn war, mußte dieser »Niemand« wohl auch ein Dweomermann sein. Während die Männer weiter über den Krieg sprachen, machte sich Jill davon und ging zum Bach hinunter. Dort sah sie das Wasser vor Wildvolk wimmeln, das sich wie Wellen erhob, um sie zu begrüßen. Einen Augenblick lang bekam sie kaum Luft. Der Dweomer schien vom Himmel gestürzt zu sein wie ein angreifender Falke, und er hatte sie in seinen Klauen.

Das Warten ging allen auf die Nerven, während dieser heiße Sommertag sich dahinschleppte. Der Kriegshaufen hatte nichts zu trinken außer Bachwasser, und zum Essen standen nur Dregydds magere Vorräte zur Verfügung, also waren die Männer nicht sonderlich gut gelaunt. Der Kaufmann und seine Maultiertreiber waren von dumpfer Panik erfüllt. Überall hörte Rhodry die Männer vom Dweomer reden, und nun konnte er ihre Ängste nicht mehr einfach abtun. Schließlich ging er zum Tor, das jetzt mit frisch geschlagenen Balken verbarrikadiert war, und fand Cullyn dort, der sich nachdenklich auf die Balken stützte und zusah, wie die Raben über den toten Pferden auf der Wiese immer wieder aufflogen. Rhodry stellte sich neben ihn.

»Was für ein Glück, daß Dregydd Schaufeln dabeihatte. Feinde oder nicht, ich hätte diese Männer ungern unbestattet gelassen.«

»Das ist sehr ehrenhaft von Euch.«

»Es ist einfach meine Pflicht. Ich habe über die Bitte des alten Aderyn nachgedacht, daß Ihr möglichst in meiner Nähe bleiben sollt. Sie werden mich im Kampf sicher hart bedrängen, und ich würde niemals einen anderen Mann bitten, sich in solche Gefahr zu begeben. Reitet, wohin Ihr wollt, wenn es zum Kampf kommt.«

»Dann werde ich neben Euch sein. Mein Wyrd wird kommen, wenn es kommt«, sagte Cullyn lächelnd. »Und es bedrückt mich, daß man einen anständigen Mann wie Euch um des Geldes willen töten will. Was sind diese Herren – Silberdolche?«

»Ich danke Euch. Ich fühle mich geehrt, daß ein Mann wie Ihr eine so hohe Meinung von mir hat.«

»Ein Mann wie ich, Herr?« Cullyn berührte den Griff seines Silberdolches, als wollte er Rhodry an seine Schande erinnern.

»Bei den Höllen, was interessiert es mich, was Ihr vor zwanzig Jahren oder mehr getan habt?«

Im Hof hinter ihnen ertönten plötzlich Geschrei und Flüche von den Männern des Kriegshaufens. Über allem hing, wie der Schrei eines Raben, Jills Stimme, schrill und zornig.

»Ihr Götter!« Cullyn fuhr herum und rannte los.

Rhodry war direkt hinter ihm. Als sie um den Broch herum kamen, sahen sie die Hälfte des Kriegshaufens, die sich um Jill versammelt hatte, welche ihnen ihre Beschimpfungen mit gleicher Münze zurückzahlte. Caenrydd kam aus einer anderen Richtung gerannt und drängte sich zur Mitte durch, stieß und schlug seine Männer ungeduldig weg wie ein Jäger, der seine Hunde von der Beute verscheucht.

»Was ist hier los, ihr Schweine?« fauchte Caenrydd. »Ich werde euch Striemen auf den Rücken peitschen, wenn ihr diesem Mädchen etwas angetan habt!«

»Darum geht es nicht!« Jill zitterte vor Wut. »Aber sie behaupten, ich hätte kein Recht, ein Schwert zu tragen. Soll doch einer dieser kleinen Dreckskerle versuchen, es mir abzunehmen!«

Als die Männer vorwärts drängten, trat Rhodry an Jills Seite, und sie wichen schweigend einen Schritt zurück.

»Ich bitte um Verzeihung.« Rhodry verbeugte sich.

»Ich brauche keine Entschuldigungen!« zischte Jill und fügte dann noch ein wenig verlegen »Herr« hinzu. »Ich habe es ernstgemeint. Kommt schon, ihr Dreckskerle, ich werde es mit jedem von euch mit bloßen Händen aufnehmen – wenn ihr den Mut dazu habt!«

Rhodry war sprachlos. Als er sich zu Cullyn umdrehte, stellte er fest, daß der Silberdolch lässig wie immer wirkte.

»Ich habe im Lauf der Jahre gelernt, daß es das beste ist, wenn Jill diese Angelegenheiten selbst regelt.«

»Wie bitte?« Rhodry und Caenrydd hatten gleichzeitig gesprochen. »Ihr könnte etwas geschehen!«

»Wenn ich dieser Ansicht wäre«, meinte Cullyn, »hätte ich schon das Schwert gezogen. Aber solche Auseinandersetzungen habe ich schon hundertmal erlebt, und ich wette, Jill wird gewinnen.«

»Also gut«, meinte Rhodry. »Ein Silberstück bringt euch zwei, wenn das Mädchen gewinnt.«

Immer noch verwirrt den Kopf schüttelnd, arrangierte Caenrydd einen Kampf zwischen Jill und Praedd, einem fleischigen Mann, welcher der beste Ringer im Kriegshaufen war. Praedd grinste, weil er einen leichten Kampf erwartete, und überreichte Caenrydd seinen Schwertgurt. Inzwischen hatten sich alle um den Kampfplatz versammelt. Rhodry bemerkte Aderyn, der entsetzt zusah, und die beiden Westleute, die auf Jill setzten.

»Also gut«, sagte Caenrydd schließlich und trat zurück. »Los.«

Jill und Praedd umkreisten einander, die Hände abwehrbereit erhoben. Praedd griff an, aber Jill wich aus und war schneller. Sie packte sein Handgelenk, als er zuschlug, ließ sich auf ein Knie fallen, und wie durch Dweomer flog der zweihundert Pfund schwere Praedd durch die Luft und landete mit einem Grunzen im Unkraut. Rasch kam er wieder auf die Beine, aber diesmal näherte er sich vorsichtiger. Nach Finten und Ausweichmanövern versuchte Praedd schließlich, einen Schlag von der Seite zu landen. Jill sprang hoch, trat ihm in den Magen und huschte zur Seite. Keuchend sackte Praedd nach vorn, dann richtete er sich wieder auf. Jill tänzelte heran und erwischte ihn fein säuberlich am Kinn. Mit einem Seufzen schloß Praedd die Augen und fiel vornüber wie ein Sack.

Die Westleute brachen in Triumphgeschrei aus, und Cullyn lachte leise, aber die Männer des Kriegshaufens starrten Jill ungläubig an. Jill stützte die Hände auf die Hüften. »Noch einer?«

»Jill, es reicht!« rief Cullyn. »Du hast bewiesen, was du beweisen wolltest, und ich muß mit diesen Männern reiten.«

»Das ist wahr.« Rhodry trat vor. »Also gut, Männer, gießt eurem schlafenden Freund hier einen Eimer Wasser über. Und fühlt euch nicht beschämt – ich habe gerade selbst eine Menge Silber verloren.«

Doch sie mußten sich entehrt gefühlt haben, denn sie flohen schlichtweg und zerrten den bewußtlosen Praedd mit sich. Die beiden Westleute folgten ihnen, um ihre Gewinne einzuheimsen. Rhodry verbeugte sich vor Jill.

»Und wo habt Ihr gelernt, so zu kämpfen?«

»Vater hat mir einiges beigebracht, und den Rest habe ich selbst herausgefunden.«

Jill wischte sich mit dem Hemdsärmel den Schweiß ab, ganz wie ein Mann, dennoch setzte Rhodrys Herzschlag einen Moment lang aus. Noch nie hatte er ein solches Mädchen gesehen, und sie war reizend! Dann bemerkte er, daß Cullyn ihn mit grimmigem Mißtrauen beäugte.

»Ich werde das Geld aus meinen Satteltaschen holen. Und haltet diese Katze hier lieber einige Zeit vom Kriegshaufen fern.«

»Das werde ich tun, Herr, keine Sorge.«

Als Rhodry zu seinem Gepäck eilte, war er äußerst unzufrieden mit sich selbst. Er wußte, er sollte sich dieses Mädchen mit seinem gefährlichen Vater lieber gleich aus dem Kopf schlagen, aber er wußte auch aus irgendeinem Grund, daß er sich gerade verliebt hatte.

An diesem Abend lagerte Lord Sligyns Armee am Ufer des Flusses, der sie schließlich zu Rhodry führen würde. Die Männer versammelten sich in kleinen Gruppen um ihre Feuer, die wie Lichtblüten aus den dunklen Wiesen wuchsen. Als Nevyn durchs Lager wanderte, begegnete er einem Mann, den er kannte, einem Reiter Lord Sligyns, der Sandyr hieß. Nevyn hatte Sandyr vor einem Jahr einen Zahn gezogen und die Entzündung geheilt, und offenbar erinnerte sich Sandyr an ihn.

»Da ist ja Nevyn! Setzt Euch an unser Feuer, guter Herr! Das hier sind Arcadd und Yvyr. Jungs, Nevyn ist der beste Kräutermann, der je dieses Königreich durchwandert hat.«

Sandyrs Kameraden begrüßten Nevyn lächelnd.

»Ich war verdammt froh, als ich Euch im Troß gesehen habe«, meinte Sandyr. »Ich habe lieber mit Euch als mit dem Arzt unseres Herrn zu tun.«

»Oh, aber das ist ein guter Mann. Er kennt sich nur mit Zähnen nicht so aus.«

»Kann sein.« Sandyr rieb sich in Erinnerung an den längst vergangenen Abszeß den Kiefer. »Aber hoffen wir, daß keiner von uns nach einem Kampf Eure Dienste brauchen wird.«

»Wartet«, meinte Arcadd mit schiefem Grinsen, »Ihr habt nicht zufällig Kräuter dabei, die einen Mann gegen Dweomer schützen?«

Alle drei lachten unbehaglich.

»Nein, solche Kräuter gibt es nicht«, sagte Nevyn. »Ihr glaubt also die Gerüchte, die im Umlauf sind?«

»Tun das nicht alle?« fragte Sandyr. »Und es ist wirklich mehr als nur Gerede. Ein paar von uns waren schon mit Botschaften in Corbyns Dun. Ich habe mit Männern gesprochen, die gesehen haben, wie dieser Loddlaen seltsame Dinge tat.«

»Seltsame Dinge?«

»Ich habe es selbst gesehen«, warf Yvyr ein, und sein breites Gesicht war bleich geworden. »Damals im Frühjahr, als unser Herr versucht hat, Corbyn die Rebellion auszureden. Lord Sligyn hat mich mit Botschaften nach Bruddlyn geschickt. Und Corbyn hat mich gut behandelt und mich mit seinen Männern essen lassen. In der Ehrenfeuerstelle lag Holz aufgeschichtet, und Loddlaen kam mit Corbyn herein, und ich schwöre, ich habe gesehen, wie Loddlaen mit den Fingern schnippte, und Flammen flackerten überall auf, und es waren große Scheite und keine Zündspäne.«

»Und einer von Lord Oledds Männern war in Bruddlyn«, fuhr Sandyr fort. »Er kommt herein, und Corbyn sagt: Ja, Loddlaen hat dich schon angekündigt. Die Männer aus seinem Kriegshaufen schwören, daß er alles, was im Umkreis von Meilen geschieht, im voraus weiß.«

»Da fragt man sich natürlich, was er noch alles kann«, meinte Arcadd. »Nevyn, wenn Ihr Euch mit Kräutern auskennt, wißt Ihr doch auch mit Knochen und Muskeln und solchen Dingen Bescheid. Glaubt Ihr, ein Dweomermann könnte einen Menschen in einen Frosch verwandeln?«

»Nein«, sagte Nevyn entschieden. »Das sind nur Hirngespinste dummer Barden. Überlegt doch: In all diesen Geschichten heißt es, es wären ganz normale Frösche gewesen. Nun, wenn jemand in einen Frosch verwandelt würde, müßte es doch ein riesiger Frosch sein. Man kann nicht das Fleisch eines Menschen kleiner machen – aber niemals kommt in den Geschichten ein Frosch vor, der groß genug wäre, daß man auf ihm reiten könnte.«

Alle drei lachten und entspannten sich wieder ein wenig.

»Nun gut«, meinte Sandyr. »Ich habe geschworen, für meinen Herrn zu sterben, und ich gebe nicht den Furz eines Zwei-Kupfer-Schweins darum, ob ich nun durch Dweomer oder durch ein Schwert umkomme, aber ich will verflucht sein, wenn ich den Rest meiner Tage in einem Sumpf herumhüpfe.«

»Stell dir doch die Mädchen dort vor«, sagte Arcadd. »Schön grün und warzig.«

Nevyn fiel in das allgemeine Gelächter ein. Scherze waren die beste Waffe, die diese Männer gegen ihre Angst hatten.

Gegen Mitternacht, als bis auf die Wachen alle im Lager schliefen, beugte sich Nevyn über die glühenden Kohlen seines Feuers, um sich mit Aderyn in Verbindung zu setzen. Nach ihren langen Jahren der Freundschaft mußte er nur kurz an Aderyn denken, bevor er das Gesicht seines ehemaligen Schülers im Feuer sah. Es stieg auf und schwebte ein Stück über der Glut.

»Da bist du ja«, grüßte Nevyn ihn in Gedanken. »Kannst du ungestört reden?«

»Ja«, dachte Aderyn. »Das Lager schläft. Ich wollte ebenfalls gerade mit dir sprechen. Corbyns Armee lagert immer noch dort, wo wir sie zuletzt gesehen haben.«

»Ohne Zweifel werden sie warten, bis wir aus der Festung herauskommen, und dann einen Versuch unternehmen, Rhodry zu töten. Ist Loddlaen noch bei ihnen?«

»Ja. Ihr Götter, ich verfluche mich, daß ich ihn ausgebildet habe.«

Nevyn kämpfte gegen die allzu menschliche Versuchung an, so etwas wie »Ich habe es dir doch gleich gesagt« von sich zu geben. Aderyns Abbild lächelte betrübt, als wüßte er genau, was Nevyn dachte.

»Aber ich habe es getan«, fuhr Aderyn fort. »Und nun fallen all seine Missetaten auf mich zurück, das brauchst du mir nicht zu sagen. Was zählt, ist, wie wir es zu Ende bringen können.«

»Genau. Glaubst du immer noch, er ist einfach verrückt geworden?«

»Ja. Wenn er wirklich den dunklen Weg ginge, würde er sich verstecken und nicht mit seinen Talenten prahlen und sich mit diesen Kleinkriegen abgeben.«

»Das stimmt. Du kennst Loddlaen besser, als ich ihn jemals kennen werde. Es ist eindeutig, daß er diese elende Rebellion angezettelt hat. Warum nur? Will er nur der Strafe für den Mord entgehen, den er begangen hat? Dann hat er einen Fehler gemacht. Es ist ganz gleich, wer Corbyns Lehnsherr ist. Gwerbret Rhys würde ihn ebenso vor den Malover bringen wie Lovyan.«

»Darüber habe ich auch schon nachgedacht. Zuerst dachte ich, es ginge ihm darum, mich zu töten, oder zumindest die beiden anderen Zeugen, die ich mitbringe, aber wenn das stimmt, wieso sollte er dann Rhodry und das halbe Tierynrhyn mit hineinziehen?«

»Wir sollten lieber herausfinden, was hinter dieser Sache steckt.«

Aderyn lachte.

»Wenn wir das können. Das ist das Problem, mein Freund.«

Nachdem er mit Aderyn gesprochen hatte, saß Nevyn noch lange nachdenklich am Feuer und hoffte, daß Aderyn recht hatte, was Loddlaens Wahnsinn anging. Der Junge war von Anfang an nicht sonderlich gesund gewesen. Das Studium des Dweomer erforderte einen vollkommen stabilen Geist, einen Kern von gesundem Menschenverstand, denn die Kräfte, die der Dweomer hervorruft, können einen anfälligen Geist zerstören und ihn zum Opfer von Illusionen und Phantasien machen. Wenn Aderyn recht hatte, dann mißbrauchte Loddlaen seinen Dweomer nur und gab sich zumindest keinen seltsamen und unreinen Dingen hin. Denn so, wie jedes Licht Schatten wirft, existiert auch ein dunkler Dweomer. Die Männer, die ihn studieren (niemals lassen sie Frauen in ihren Reihen zu), gieren vor allem nach Macht, und sie horten sie wie Geizhälse und trachten nur danach, andere zu verletzen. Sie suchen an seltsamen Orten des Hinterlandes nach Magie und halten sich am Leben, indem sie sich von der Lebendigkeit von Geistern wie Menschen ernähren. Nevyn hatte geschworen, solche Personen zu zerstören, wo immer er sie fand, und das wußten sie und versteckten sich vor ihm.

Verstreut über eine Wiese, lag auch die Armee von Lord Corbyn und seinen Verbündeten im Schlaf unter dem Sternenhimmel. Loddlaen verließ das Lager mit sicherem Schritt. Der Gestank so vieler ungewaschener Männer war ihm zuwider, und er entfernte sich ein ganzes Stück vom Lager, ehe er sich ins Gras warf, um sich auszuruhen. Er war müde – er war dieser Tage immer müde –, aber wenn die Nacht kam, konnte er nicht schlafen. Er drückte die Hände gegen die Stirn und versuchte, sich zu beruhigen. Der widerliche Geruch, vor dem er geflohen war, schien immer noch an seinem Körper und in seiner Kleidung zu hängen. Plötzlich konnte er ihn sehen, wie eine graue Rauchwolke, die ihn umwirbelte. Es war nur eine Vision, eine Illusion, aber er mußte sich anstrengen, um sie zu vertreiben. In diesen Tagen hatte er viele Visionen, seltsame Dinge, Stimmen, die er kaum hörte, Dinge, die er kaum sah, und immer verstand er den Grund, aber sie waren dennoch erschreckend, weil er wußte, daß so etwas eigentlich nicht passieren durfte. Ein Dweomermann arbeitet lange daran, seinen Geist dem Inneren Land zu öffnen, aber gleichzeitig muß er auch imstande sein, seinen Geist willentlich abzuschotten, einen Schleier zwischen sich und unsichtbare Dinge zu ziehen. Und ganz gleich, wie sehr Loddlaen sich bemühte, das zu tun, es drangen immer wieder ungebetene Dinge von der anderen Seite herüber.

Als er den Blick auf das Gras senkte, schienen kleine Geschöpfe auf ihn zuzukriechen, Wieseln gleich, die ihn beschnüffelten. Er hob die Hand und malte Bannzeichen in die Luft. Als er wieder hinsah, waren die Wieselwesen verschwunden. Mit einem Seufzen, das halb Stöhnen war, warf er sich der Länge nach ins Gras. Das Licht der Sterne schien in seinem Kopf zu tanzen und ihn zu blenden. Er beschwor Bilder der Dunkelheit herauf, einer weichen, warmen Dunkelheit wie Schlaf, und ließ diese Bilder seinen Geist beruhigen, bis es ihm schließlich so vorkam, als stünde er in dieser warmen, tröstlichen Dunkelheit. Er war vor ein paar Monaten über diesen Trick, Dunkelheit zu beschwören, gestolpert – es war die einzige Möglichkeit für ihn, ein wenig Ruhe zu bekommen. Jetzt kam das Dunkel schnell zu ihm, immer wenn er es rief, beinahe, als käme es freiwillig.

Dennoch fand er keinen Schlaf. Sein Haß war bei ihm dort im Dunkeln, der Haß, den er diesen stinkenden Menschen entgegenbrachte, die er als Verbündete benutzen mußte, und noch schlimmer, sein Haß auf die Elcyion Lacar. Es war, als spräche dieser Haß mit der Stimme eines Kindes zu ihm, bis sich diese Stimme in seine eigene verwandelte. Er war im Elfenlager ein Ausgestoßener gewesen, weil sein Vater ein

Mensch war. Oh, alle waren freundlich zu ihm gewesen – das war die schlimmste Wunde: Sie waren immer so freundlich zu ihm gewesen, als wäre er ein Idiot, um den man sich besonders kümmern mußte. Sie waren so selbstzufrieden, die Elcyion Lacar, so sicher in ihrem Wissen, daß sie vier-, fünf-, vielleicht sechshundert Jahre leben würden, während er ... nun, wie lange lebten Mischlinge? Niemand wußte es genau; es konnte jeden Augenblick passieren, daß er in den Spiegel sah und die Anfänge jenes unvermeidlichen menschlichen Übergangs zum Tod, den die Menschen Altern nannten, erkannte. Er haßte sie alle, Menschen und Elfen.

Der Haß brannte derart, daß er drohte, das Dunkel wegzuwischen. Loddlaen sammelte sich und dachte wieder nur an Dunkelheit, ließ sich trösten und einhüllen. Stimmen kamen aus dem Dunkel, wie es häufig geschah, und sie versprachen, daß er seine Rache bekommen würde.

»Loddlaen der Mächtige«, sagten die Stimmen. »Herr der Mächte der Luft; niemand kann dich berühren, niemand kann dich besiegen, du bist Loddlaen der Mächtige.«

»Ja«, antwortete er ihnen im Geist. »Ich werde meine Rache bekommen.«

»Wunderbare Rache für alles, was diese Hunde dir angetan haben.« Eine der vertrauten Stimmen war so weich und angenehm wie parfümiertes Öl. »Denke daran, töte Rhodry Maelwaedd, und alle Rache, die du je gesucht hast, wird dein sein. Rhodry muß sterben – vergiß das nicht.«

»Ich vergesse es nicht, und ich schwöre, daß ich es tun werde.«

Er hörte zufriedenes Lachen, und dann wurde die Dunkelheit dicht und warm. Endlich konnte er schlafen.

In der Morgendämmerung erwachte das Lager rasch. Lord Sligyn gab seine Befehle, und bald schon war die Armee wieder auf dem Weg. Nevyns Aufregung darüber, Brangwen wiederzusehen, war einer seltsamen Art von Furcht gewichen. Was für ein Mensch würde sie in diesem Leben sein? Was würde sie von ihm halten? Trotz seines hohen Alters, trotz des Dweomer, war Nevyn immer noch Mensch genug, um sich zu wünschen, daß sie ihn mochte. Endlich, eine Stunde vor Mittag, erreichten sie die Festungsruine.

Rhodry und seine Männer begrüßten sie am Tor. Da der Hof nicht genügend Platz für die gesamte Armee bot, stiegen die Männer vor der Mauer ab und blieben bei ihren Pferden, während die Adligen ins Innere gingen. Auch Nevyn schlich sich hinein, auf der Suche nach Aderyn, und fand ihn und die beiden Elfen nahe der Mauer. Jennantar und Calonderiel verbeugten sich tief.

»Heil, Weiser aus dem Osten«, sagte Jennantar. »Ich hoffte, Euch unter besseren Umständen wiederzusehen.«

»Auch ich hatte das gehofft. Es betrübt mich, daß Euer Freund um einer Fehde der Menschen willen sterben mußte.«

»Wir werden ihn rächen«, warf Calonderiel ein. »Ebenso wie alle anderen.«

Die Elcyion Lacar vergaßen nie, und nur selten vergaben sie. Obwohl Aderyn gern über das sprach, was er die grundlegende Güte dieses Volks nannte, beunruhigten sie Nevyn zutiefst.

»Ich weiß, daß du begierig sein mußt, Jill zu sehen«, sagte Aderyn. »Ich habe sie noch vor einem Augenblick gesehen, aber jetzt ist sie verschwunden. Sollen wir sie suchen?«

Aber Nevyn mußte die Begegnung noch eine Weile verschieben, weil Sligyn auf sie zukam.

»Nevyn«, rief er schon von weitem. »Ich mache mir große Sorgen. Der junge Rhodry ist verrückt geworden. Wahrhaftig, er muß den Verstand verloren haben.«

»Ach ja? Laßt mich raten, an welchen Wahnvorstellungen er leidet. Er schwört, daß Aderyn und ich Dweomermänner sind, und daß Aderyn sich in eine Eule verwandeln kann.«

»Genau. Ich ...« Sligyn riß den Mund auf, als er Nevyns Sarkasmus erkannte. »Ihr wollt doch nicht etwa behaupten, daß das der Wahrheit entspricht?«

»Doch.«

Sligyn sah beide Männer abwechselnd an. »Beim schwarzen haarigen Arsch des Höllenfürsten, was habe ich getan? Bin ich den ganzen Weg geritten, um ein paar Verrückte zu retten? Selbst dieser Silberdolch schwört, daß es die Wahrheit ist.«

»Das liegt daran, daß es die Wahrheit ist«, meinte Nevyn ungerührt. »Ich fürchte, ich muß jetzt ein dummes Kunststück vorführen, um Euch zu überzeugen.« Er sah sich um und entdeckte ein Stück Holz im Gras. »Also seht her.«

Als Nevyn das Wildvolk des Feuers beschwor, eilten sie, ihm zu helfen, und entzündeten das Holz. Sligyn stieß einen Fluch aus, und dasselbe tat er noch einmal, als Nevyn das Wildvolk bat, das Feuer wieder zu löschen.

»Ihr könnt es gern berühren, Herr. Es ist noch heiß.«

Sligyn drehte sich um und eilte zum Broch zurück, ohne sich auch nur umzusehen. Als die beiden Elfen zu lachen begannen, fauchte sie Aderyn in ihrer Sprache an.

»Macht Euch fertig«, sagte Aderyn schließlich. »Und bringt mir mein Pferd mit.«

Immer noch grinsend, eilten Calonderiel und Jennantar davon. In diesem Augenblick entdeckte Nevyn Jill, die in einiger Entfernung stand und ihn mißtrauisch beobachtete. Ohne darauf zu warten, daß Aderyn sie ansprach, kam sie auf die beiden Männer zu und sah sie die ganze Zeit über forschend an. Trotz ihrer schmutzigen Männerkleidung und obwohl sie Brangwen nur in der einen Hinsicht ähnlich sah, daß sie ebenfalls schön war, erkannte Nevyn sie sofort. Seine erste verwirrte Empfindung war Überraschung, weil sie so groß war.

»Guten Morgen, Jill. Unser Aderyn hier hat mir einiges über Euch erzählt.«

»Ach ja? Ich hoffe, nur Gutes.«

»Ja.«

Nevyn wünschte, er könnte ihr einfach die Wahrheit sagen und seinen Dweomer benutzen, damit sie sich erinnerte. Dann würde er ihr das Herz ausschütten können und ihr sagen, wie froh er war, daß er sie wiedergefunden hatte – aber das alles war ihm durch seine Dweomerschwüre verboten. Jill sah ihn kühl und neugierig an.

»Sind wir uns nicht schon früher begegnet?« fragte sie schließlich. »Irgendwo auf der Straße, als ich noch ein Kind war?«

»Nein.«

»Dann müßt Ihr mich an jemand anderen erinnern. Seltsam – ich hätte schwören können, daß ich Euch kenne.«

Einen Augenblick lang hätte Nevyn am liebsten geweint. Selbst nach all diesen Jahren erinnerte sie sich noch immer an ihn.

Nach ausgedehnten Streitereien hatten die Lords ihre nächsten Schritte in diesem Krieg ausgearbeitet. Da sie die Dweomermänner auf ihrer Seite hatten, die Corbyns Bewegungen folgen konnten, konnten sie in aller Ruhe ihren Nachschubtroß abwarten und dann nach Osten ziehen, damit Corbyn glaubte, sie wollten an ihm vorbeimarschieren, um seine Festung einzunehmen. Corbyn wäre gezwungen, ihnen zu folgen, was es ihnen ermöglichen würde, den Schauplatz für den unvermeidlichen Kampf selbst zu bestimmen. Inzwischen konnten sie Boten an die Verstärkung aus Dun Cannobaen schicken. Cullyn fragte sich, wieviel Verstärkung das wohl sein würde – das hing davon ab, wie viele von Lovyans Vasallen treu zu ihr standen.

Nachdem der Kriegsrat beendet war, fand Cullyn seine Tochter am Tor. Sie hatte ihre Pferde gesattelt und hielt sie am Zügel.

»Ich habe Lord Rhodry um einen Gefallen gebeten, und er hat ihn mir gewährt«, sagte Cullyn. »Du wirst Botschaften nach Dun Cannobaen bringen, sobald wir uns mit dem Nachschubtroß vereint haben.«

»Vater, bei den Höllen, ich wollte doch ...«

»Was? Mit uns in den Krieg ziehen? Manchmal könnte ich schwören, du hättest kein Hirn zwischen den Ohren.«

»Ich wette, ich würde zurechtkommen.«

»Rede nicht, als wärst du besoffen! Ich werde nicht zulassen, daß du dein Leben in einer Schlacht aufs Spiel setzt – schließlich bist du das einzige, was ich auf der Welt habe! Weißt du, was mit dir nicht stimmt, meine Süße? Du machst genau denselben Fehler wie alle jungen Reiter. Du denkst, der Tod wäre etwas für andere. Nun, ich habe mehr als ein paar dieser überheblichen Jungen ihren letzten Schluck Wasser gegeben und habe bei ihnen gewacht, während sie starben. Die Götter sollen mich verfluchen, wenn ich das auch bei dir tun muß.«

Seine Grobheit traf sie. Jill senkte den Blick und begann, die Zügel von einer Hand in die andere zu nehmen.

»Ich weiß, was dich bedrückt«, fuhr er fort. »Du glaubst, daß ich dich als Kämpferin nicht schätze. Das ist nicht wahr. Du bist gut genug mit dieser Klinge, aber in eine Schlacht zu reiten ist etwas verdammt anderes, als einen Kampf zu führen, um einen Lord in seiner Halle zu unterhalten.«

»Das mag sein«, gab Jill zu. »Vater, denkst du wirklich, daß ich gut mit dem Schwert bin?«

»Ja.«

Ihr kindliches Entzücken zerriß ihm beinahe das Herz. In solchen Augenblicken spürte Cullyn am Rande seines Geistes das häßliche Wissen, daß er seine Tochter vielleicht zu sehr liebte. Er nahm ihr die Zügels eines Pferdes ab.

»Bilde dir bloß nicht zuviel darauf ein«, sagte er. »Du mußt noch verflucht viel lernen.«

Er führte das Pferd weg, ohne sich noch einmal umzudrehen, obwohl er wußte, wie sehr er sie mit dieser Bemerkung verletzt hatte.

Als die Armee sich nach Süden wandte, um ihrem Troß entgegenzureiten, verließ Dregydd der Kaufmann sie. Jill verabschiedete sich von ihm, und er schüttelte ihr die Hand.

»Ich danke Euch, Mädchen, und auch Eurem Vater. Und hier ist noch ein Zeichen meines Danks. Ich weiß verdammt genau, daß ihr beide mir das Leben gerettet habt.«

Dregydd reichte ihr einen kleinen Lederbeutel, der prall mit Münzen gefüllt war, dann brach die Karawane auf. Jill behielt den Beutel und gab ihn nicht ihrem Vater. Wenn dieser Krieg vorüber war, würden sie das Geld brauchen, und Cullyn würde doch nur die Hälfte davon vertrinken, wenn sie ihn wissen ließ, daß genügend Geld da war.

Als Jill sich der Nachhut anschloß, fand sie sich neben Nevyn wieder, der sie zu höflich begrüßte, als daß sie gleich wieder hätte davonreiten können, wie es ihr erster Impuls war. All dieser Dweomer rings um sie herum verängstigte sie, und daß sie einiges davon offenbar instinktiv verstand, machte es noch schlimmer. Aber sehr zu ihrer Überraschung stellte sie fest, daß Nevyn gute Gesellschaft war. Da er mehr vom Königreich gesehen hatte als sie, erzählte er ihr von seinen Reisen, und am Ende des Nachmittags kam er ihr vor wie ein lange verlorener Großvater, der ihr zum Glück jetzt endlich begegnet war.

»Sagt mir etwas, Kind«, meinte er dann. »Euer Vater scheint ein ungewöhnlich anständiger Mensch zu sein – so, wie er für Euch sorgt und alles. Wißt Ihr, wieso er zum Silberdolch geworden ist?«

»Nein, und ich würde ihn an Eurer Stelle auch nicht danach fragen. Aber er hat mich mitgenommen, weil er meine Mutter so geliebt hat. Sie starb, als ich noch ein kleines Mädchen war, wißt Ihr, und damals habe ich es überhaupt nicht verstanden. Vater kam einfach eines Tages vorbei und hat mich mitgenommen. Aber ich habe seitdem oft darüber nachgedacht. Vater hatte damals viel Geld, das Lösegeld eines Adligen. Ich wette, er wollte sich mit uns irgendwo niederlassen, vielleicht einen kleinen Hof kaufen oder so. Und dann war sie tot. Er hat an diesem Tag fast den Verstand verloren.«

»Armer Junge. Ihr Götter, das war ein grausamer Scherz, den sein Wyrd da mit ihm getrieben hat, und auch mit Euch und Eurer Mutter.«

Er sprach mit solchem Mitgefühl, daß Jill ihn überrascht ansah. Irgendwie hatte sie immer gedacht, jemand, der sich mit seltsamer Magie beschäftigte, würde nicht viel für einen Silberdolch und seine Tochter geben. Aber Nevyn war auch ein Kräutermann, der sich um die Armen kümmerte. Bei ihm schien der Dweomer beinahe etwas Menschliches zu sein, aber es handelte sich ohne Zweifel um Dweomer, und aus irgendeinem Grund, den sie nicht hätte benennen können, hatte sie schon vor dem Gedanken daran Angst.

Am frühen Abend begegnete die Armee dem Troß, einer langgezogenen Reihe von Wagen, Dienern und Fußsoldaten mit Speeren. Da die Wagen auch Bier geladen hatten, fanden die Männer das Lager gleich viel angenehmer. Am Morgen weckte Cullyn Jill früh.

»Du solltest dich auf den Weg machen, meine Süße«, sagte

er. »Lord Rhodry wird wollen, daß die Botschaft bald überbracht wird. Ich wünsche dir einen guten Ritt. Wir sehen uns später.«

Cullyn entfernte sich so schnell, daß sie wußte, sie würde ihn vor ihrem Aufbruch nicht mehr sehen. Das war auch besser so. Sie haßte es, sich vor einem Krieg von ihm zu verabschieden, weil ihnen dabei stets bewußt wurde, daß diese Worte ihr letzter Abschied sein konnten.

Den ganzen Morgen, während die Armee langsam nach Westen weiterzog, ritten Nevyn und Aderyn weit hinten bei den Wagen und Dienern. Rhodry hatte ihnen zwar einen Ehrenplatz weit vorn angeboten, aber sie hatten eine schwierige Aufgabe zu bewältigen. Jeden Augenblick könnte es nötig werden, daß sie ihre Pferde an den Wegesrand lenkten und abstiegen, denn selbst mächtige Dweomermeister wie sie konnten sich nicht auf dem Pferderücken vollständig in Trance versetzen, ohne aus dem Sattel zu fallen. Ganz gleich, was die Barden behaupten, der Dweomer hat seine Grenzen.

»Ich bin wirklich froh, daß du hier bist«, sagte Aderyn. »Eigentlich müßte ich diese Aufgabe allein bewältigen.«

»Nun, du wirst den letzten Kampf ohne mich ausfechten müssen, aber ich habe Rhodry nicht jahrelang wie eine Glukke gehütet, damit er jetzt von einer Bande Rebellen getötet wird. Glaubst du, Loddlaen wird direkt angreifen?«

»Ich weiß nicht, was ich denken soll. Deshalb bin ich ja so froh, daß du da bist.«

Als Nevyn sich umdrehte, um ihn anzusehen, erkannte er, daß Aderyn Angst hatte.

»Wir haben einander nie im Kampf gegenübergestanden«, fuhr Aderyn fort. »Es ist gut möglich, daß er stärker ist als ich, und ich habe noch nie versucht, jemanden zu töten, während er dagegen bereits einen Mann ermordet hat. Bei den Höllen, ich fürchte nicht um mein Leben, aber um meine Arbeit. Sie ist noch nicht vollendet. Ich kann es mir nicht leisten, all diese Zeit damit zu verschwenden, wiedergeboren zu werden und wieder erwachsen werden zu müssen. Du weißt ebenso gut wie ich, daß es ohne menschlichen Dweomer an der Grenze offenen Krieg zwischen Menschen und Elfen gäbe.«

»Ja. Nun, ich werde mein Bestes tun, deine Nachfolgerin zu überzeugen, daß sie den Dweomer studieren soll.«

»Ist dies das Wyrd unserer Jill?«

»Ich bin selbstverständlich nicht sicher, aber ich denke schon. Zuerst muß sie tief in dem Wissen ihres eigenen Volks verwurzelt sein. Das wird meine Aufgabe sein. Und dann? Nun, die Herren des Lichts werden ihr ein Omen schenken, wenn es an der Zeit ist.«

»Mag sein. Aber bis dahin ist es noch lange, und die Elcyion Lacar brauchen mich jetzt.«

»Im schlimmsten Fall werde ich nach Westen reiten. Es gibt noch andere im Königreich, die meine Arbeit in Eldidd tun können.«

»Ich danke dir. Du weißt nicht, wie sehr mich das erleichtert.«

»Gut. Aber noch bist du nicht tot, mein Freund. Wenn wir aufpassen, werden wir dich schon am Leben erhalten.«

Kurz vor Mittag brach an einem der Wagen ein Rad. Gereizt kündigte Rhodry an, sie könnten ebensogut gleich essen, während der Fuhrmann das Rad ersetzte. Die Männer sattelten ihre Pferde ab, damit diese sich auf der Wiese wälzen konnten, dann versammelten sie sich um die Wagen, um dort ihre Rationen entgegenzunehmen. Da weder Nevyn noch Aderyn mehr als zwei Mahlzeiten am Tag zu sich nahmen, hatten sie Zeit für Wichtigeres. Sie übergaben ihre Pferde einem Diener und folgten einem Bach abwärts, bis sie die Geschäftigkeit des Lagers weit hinter sich gelassen hatten.

»Ich will mir die Dinge einmal ansehen«, sagte Nevyn.

»Ich muß zugeben, daß es mich freuen würde, wenn du ihn finden könntest. Ich bin seit Jahren nicht mehr soviel geflogen, und mir tun die Arme weh.«

»Dann hast du ihn nicht im Ätherischen ausspioniert?«

»Ich habe einfach Angst, ihm dort zu begegnen, ehe ich seine Stärke auf andere Art geprüft habe.«

»Das ist zweifellos klug. Ich werde sehen, was ich herausfinden kann. Ich habe das Gefühl, dieser Welpe wird rennen, als bräche die Hölle unter ihm aus, wenn er mir direkt gegenübersteht.«

Nevyn legte sich auf den Rücken ins Gras und verschränkte die Arme. Aderyn stand daneben und hielt Wache, damit ihn niemand störte. Nevyn verlangsamte seinen Atem und schloß die Augen. In seinem Geist stellte er sich seinen Lichtkörper vor, eine einfache menschenähnliche Gestalt aus einem bläulichen Schimmer, die mit einer silbernen Schnur mit seinem Sonnengeflecht verbunden war. Er verfeinerte die Gestalt, bis sie fest zu sein schien, dann stellte er sich vor, daß er aus ihren Augen sah, und übertrug sein Bewußtsein in sie. Er hörte ein deutliches Klicken, als schlüge ein Schwert auf einen Schild, und spürte, wie sein Körper wegsackte. Tatsächlich spähte er aus den Augen seines Ebenbilds auf seinen schlafenden Körper zehn Fuß weiter unten. Daneben war Aderyns Aura ein pulsierendes Ei weichen goldenen Lichts, innerhalb dessen der Körper gerade noch sichtbar war.

Rostrot mit einer Pflanzenaura breiteten sich die Wiesen unter dem schimmernden blauen Licht der ätherischen Ebene aus. Der Bach war ein hoher Schleier elementarer Kraft, der etwa fünfzig Fuß weit in die Luft reichte, wie ein silberner Wasserfall ohne Fluß darüber. Nevyn ließ sich höher treiben, bis er sich etwa hundert Schritt von seinem Körper entfernt hatte. Weiter den Bach aufwärts war die Armee ein feuriges Glühen vieler Auren, die pulsierten und schwärmten, während die Männer umhergingen, eine Mischung vieler Farben, aber die Hauptfarbe war das Blutrot wahrer Mörder. Für Nevyn war dies ein häßlicher Anblick, aber er würde nach einem ähnlichen Ausschau halten müssen. Er zog noch höher hinauf und glitt im kalten blauen Licht über die Landschaft.

Als er nach Norden eilte, schloß das Wildvolk sich ihm an. Hier auf ihrer wahren Ebene hatten sie keine Körper, sondern waren wunderschöne schimmernde Knoten aus Linien hellen Lichts. Manchmal nahmen sie ein Muster an, wie das Glitzern eines hellen Sterns, dann wieder schmolzen sie zu einem Bewußtseinskern. Während Nevyns Lichtkörper sein Bewußtsein weitertrug, wirbelte das Wildvolk um ihn herum wie Möwen um ein Schiff. So sehr Nevyn sie liebte, waren sie auch hinderlich. Falls Loddlaen ebenfalls hier war, würde er diese Armee von Lichtern schon von weitem sehen können. Also bat Nevyn das Wildvolk, ihn zu verlassen.

Nach einiger Zeit – wenn man auf der ätherischen Ebene Zeit überhaupt messen kann – sah Nevyn eine schimmernde Lichtkuppel seitlich seines Wegs. Er änderte den Kurs und trieb darauf zu. Die helle Silberkuppel bedeckte eine große Fläche, und an den vier wichtigsten Punkten und am Zenit war sie mit flammenden Pentagrammen versehen, die in unterschiedlichen Farben ausgeführt und von den Zeichen der Elemente umgeben waren – ein ziemlich angeberischer Versuch eines astralen Siegels. Darunter war zweifellos Corbyns Armee verborgen. Die Kuppel zeigte Nevyn, welche Angst Loddlaen vor Aderyn hatte, wenn er so viel Energie aufwandte, sich einen Schutzschild zu schaffen. Nevyn ließ sich nach oben treiben, bis er über dem Pentagramm war, das im hellen Lila des Äthers ausgeführt war.

»Im Namen der Könige, gewährt mir Zugang.«

Wie eine Luke auf einem Schiff klappte das Pentagramm auf. Soviel zu Loddlaens mächtiger Magie, dachte Nevyn.

Langsam ließ er sich durch die Öffnung sinken. Es bestand die Gefahr, daß Loddlaen sein Eindringen spürte und sich ihm entgegenstellte, aber Nevyn sah nichts als die pulsierende rote Masse der Armee unter sich. Er ließ sich weit genug herabsinken, daß er die einander überlappenden Auren von Menschen und Pferden unterscheiden konnte, aber es war unmöglich, sie zu zählen. Rhodry würde sich mit der Information zufriedengeben müssen, daß Corbyns Armee in etwa so groß war wie die seine.

Als er hin und her trieb, bemerkte Nevyn zwei Männer, die sich ein wenig abgesondert hatten, und schwebte zu ihnen, um einen besseren Blick auf sie werfen zu können. Eine Aura war blutrot mit dunklen Flecken, und sie wirbelte ungleichmäßig um den Körper darin. Ein dünner Strang von Licht band sie an die andere, eine wechselhafte, pulsierende Masse von Farbe, die sich unter Nevyns Blick von Gold zu einem kränklichen Olivgrün verwandelte. Nevyn wußte sofort, daß die rote Aura Corbyn gehören mußte, der durch Zauber an Loddlaen gebunden war. Loddlaens Aura wechselte wieder zu mattem Braun mit Gold, dann schwoll sie an, um sich rasch wieder zusammenzuziehen. Ihr Götter, dachte Nevyn, er ist so verrückt, daß es ein Wunder ist, daß er überhaupt noch Dweomer bewirken kann! Er sah noch ein paar Minuten lang zu, aber er entdeckte keine der schwarzen Bruchlinien in der Aura, die darauf hingewiesen hätten, daß Loddlaen sich mit dunklem Dweomer abgab.

Nevyn trieb wieder nach oben durch das Tor in der Kuppel. Er verschloß es hinter sich, dann flog er so schnell wie möglich zurück, immer der Silberschnur folgend, die ihn mit seinem Körper verband. Er hatte etwa den halben Weg zurückgelegt, als das Wildvolk wieder erschien, eine verängstigte Menge, die ihn hektisch umkreiste. Er versuchte zu verstehen, was sie ihm sagen wollten. Da sie keine Worte hatten, nur Empfindungen, konnte er nur feststellen, daß etwas sie verängstigt hatte, während er sich in der Kuppel aufgehalten hatte. Er dankte ihnen für die Warnung – denn um eine solche handelte es sich wohl – und flog weiter. Endlich konnte er Aderyns klare goldene Aura und seinen eigenen Körper sehen. Er glitt die Silberschnur entlang, bis er direkt über ihm hing, dann entspannte er sich und ließ seinen Geist der Anziehungskraft des Fleischs folgen. Wieder hörte er das Klicken, dann sah er Aderyn, der sich über ihn beugte. Nevyn absorbierte den Lichtkörper wieder, schlug dreimal auf den Boden als Zeichen, daß die Aktion beendet war, und setzte sich auf.

»Hast du ihn gefunden?« fragte Aderyn.

»Du hattest recht, mein Freund. Loddlaen ist vollkommen verrückt.«

Aderyn weinte; er schluchzte laut wie ein Elf. Nevyn tätschelte ihm die Schulter und hätte ihm gerne etwas Tröstendes gesagt, aber es gab nichts. Immerhin war Loddlaen Aderyns einziger Sohn.

Lord Corbyn, einen Holzbecher mit Bier in der Hand, beobachtete Loddlaen mit der Ergebenheit eines gut dressierten Jagdhunds. Corbyn, ein dunkelhaariger, blauäugiger Mann, hatte einmal recht gut ausgesehen, aber jetzt waren seine Augen verquollen und die Wangen von geplatzten Äderchen überzogen. Loddlaen haßte ihn, aber Corbyn war ein nützliches Werkzeug, da er seine eigenen Gründe hatte, den Tod von Rhodry Maelwaedd zu wünschen. Die Stimme aus dem Dunkel hatte Loddlaen versprochen, sobald Rhodry tot sei, würden Menschen und Elfen an der gesamten Grenze damit beginnen, einander zu töten. Loddlaen sah der Erfüllung dieses Versprechens begeistert entgegen.

»Sobald die Männer mit dem Essen fertig sind«, sagte Corbyn gerade, »werden wir uns auf den Weg machen und ihm folgen. Sie werden sich jetzt langsamer bewegen, nachdem der Troß sie eingeholt hat.«

Loddlaen setzte zu einer Antwort an, aber die Dunkelheit kam aus dem Nichts gewirbelt und umhüllte seinen Geist. Es war das erste Mal, daß sie ungebeten kam, und Loddlaen hatte Angst.

»Fürchte dich nicht. Ich bin dein Freund, und ich bin gekommen, um dich zu warnen. Jemand hat dich ausspioniert. Jemand hat das Astralsiegel gebrochen. Bleib wachsam.«

Die Stimme und die Dunkelheit verschwanden so schnell wieder, daß Corbyn überhaupt nichts bemerkte.

»Seid Ihr mit dem Plan einverstanden, Berater?« fragte er.

»Ja.« Abrupt erhob sich Loddlaen und steckte die Hände in die Taschen der Brigga, um ihr Zittern zu verbergen. »Ich weiß, in Kriegsangelegenheiten kann ich Euch stets vertrauen.«

Ohne ein weiteres Wort stolzierte er davon und ging zum Rand des Bereichs, der von der Kuppel eingehüllt war. Zum erstenmal fragte er sich, wer da eigentlich aus dem Dunkel zu ihm sprach.

Dicht gedrängt sitzend oder an den Wänden stehend, Bier trinkend, lachend und scherzend, waren hundertachtzig Männer in der großen Halle von Dun Cannobaen versammelt. Fünfzig von ihnen gehörten zur Festungswache, die Sligyn zurückgelassen hatte, aber der Rest ritt für die drei Herren, die bei Lovyan am Ehrentisch saßen: Edar, Comerr und Gwyrn. Die Diener drängten sich durch die Menge, um das Geschirr des Mittagsmahls abzuräumen und allen Met zu servieren. Edar, ein blonder, hagerer Mann Mitte Zwanzig, sagte schließlich laut, was alle dachten.

»Da Cenydd inzwischen nicht hier ist, Euer Gnaden, ist er Eurem Aufruf nicht gefolgt, und dasselbe gilt für Dromyc und Cinvan.«

»Das ist zu befürchten«, erwiderte Lovyan. »Nun, Cinvan hat den kleinsten Kriegshaufen im Rhan. Es interessiert mich wenig, daß er übergelaufen ist.«

Die Lords grinsten und prosteten ihr zu. Caradoc kam auf den Tisch zugerannt, und ein junger Silberdolch folgte ihm auf dem Fuß.

»Herrin, hier ist eine Botschaft von Lord Rhodry.«

Der Silberdolch kniete nieder und zog die Botschaft aus dem Hemd. Als sie sie entgegennahm, fiel Lovyan das glatte Gesicht des Boten auf, und sie fragte sich, wie ein so junger Mensch wohl an den unheilverkündenden Dolch gekommen war.

»Carro, bring diesen Jungen zu den Männern und hol ihm etwas zu essen. Danach holst du den Schreiber.«

Lovyan war zwar in der Lage, den Brief selbst zu lesen, aber das hätte den Schreiber gekränkt. Er entrollte das Pergament elegant und räusperte sich mehrmals, während die Herren am Tisch sich aufmerksam vorbeugten. In seiner Botschaft beschrieb Rhodry den Kampf an der Festungsruine und befahl, daß die Verstärkung nach Nordwesten reiten sollte, um ihn dort zu treffen. Er hielt auf einen kleinen Nebenfluß des Brog zu, während er versuchte, Corbyns Armee zu umgehen.

Mit viel Waffengeklirr erhoben sich die Lords, um seinem Befehl nachzukommen. Der Schreiber lehnte sich vor und flüsterte: »Am Ende befindet sich noch eine vertrauliche Notiz, Euer Gnaden, von Nevyn.«

Lovyan griff nach dem Pergament.

»Liebe Lovva«, stand dort. »Die Situation ist ernst, aber ich habe Anlaß zur Hoffnung. Unser Dweomerfeind ist so dumm, daß es an ein Wunder grenzt, daß er uns überhaupt bedrohen kann. Aderyn und ich werden auf Rhodry aufpassen. Darf ich Euch um einen Gefallen bitten? Der Silberdolch, der diese Botschaft übergeben hat, ist kein Junge, wie es vielleicht scheinen mag, sondern ein Mädchen, und sie ist mir sehr teuer. Bitte gewährt ihr Zuflucht. Euer untertänigster Diener Nevyn.«

»Bei den Göttern!« Lovyan mußte lachen. »Carro, geh und hol diesen Silberdolch wieder her. Sag ihr, sie soll ihr Essen mitbringen und hier weiteressen.«

»Ihr, Euer Gnaden?«

»Genau. Ich werde offenbar blind.«

Als die junge Frau ihre Platte mit Brot und Fleisch an den Tisch brachte, konnte Lovyan sehen, daß an ihrer Weiblichkeit tatsächlich kein Zweifel bestand und daß sie zudem sogar recht hübsch war. Sie stellte sich als Jill, Tochter Cullyns von Cerrmor, vor.

»Dann seid Ihr ja die Tochter eines berühmten Mannes. Kennt Ihr Nevyn schon lange, Kind?«

»Nur ein paar Tage, Euer Gnaden, aber wahrhaftig, bei all seinem Dweomer, ich habe noch nie einen solchen Menschen kennengelernt.«

»Ich empfand ganz ähnlich, als wir uns zum erstenmal begegneten. Jetzt beendet Eure Mahlzeit. Wenn wir die Kriegshaufen verabschiedet haben, werden wir für Euch ein Bad und eine Kammer in den Frauenquartieren finden.«

Als sie auf den Hof hinauskamen, brachten die Reiter ihre Pferde bereits in eine Reihe, und die Fuhrleute schirrten ihre Tiere an. Jeder Lord im Tierynrhyn mußte Lovyan seinen vollständig ausgerüsteten Kriegshaufen für vierzig Tage im Jahr überlassen – und nicht einen Tag mehr. Ihr Herz wurde schwer, als sie sich fragte, ob es Corbyn wohl gelingen würde, den Krieg über diese Zeit hin auszudehnen, so daß sie die

Lords bezahlen mußte. Sligyn würde selbstverständlich auf eigene Kosten kämpfen, aber sie bezweifelte, daß die anderen seine Haltung teilten.

»Bis Ihr mit Rhodry zusammentrefft, Ihr Herren«, sagte Lovyan, »wird Edar Euer Cadvridoc sein.«

»Ich danke für die Ehre, Euer Gnaden«, sagte Edar und verbeugte sich. »Ich werde eine Botschaft schicken, sobald wir sie gefunden haben. Hoffen wir, daß dies schnell geschehen wird.«

»Wahrhaftig. Mögen die Götter mit Euch sein.«

Lovyan und Jill standen in der Tür des Broch und sahen zu, wie die Armee langsam die Festung verließ.

»Wenn Ihr mit Eurem Vater reitet, muß das hier für Euch ein gewohnter Anblick sein.«

»Ja, Euer Gnaden, und jedesmal bin ich halb krank vor Angst und frage mich, ob ich Vater wohl jemals wiedersehe.«

Lovyan mußte plötzlich daran denken, wie es wohl wäre, auf der Straße zu leben, ganz ohne Familie. Sie ergriff Jills schmutzige Hand und drückte sie.

»Kind, Ihr seid hier in Sicherheit. Schon um Nevyns willen würde ich Euch Zuflucht gewähren, aber ich wäre eine schlechte Edelfrau, wenn ich mich nicht um die Waise eines Mannes kümmern würde, der in meinem Dienst gestorben ist. Ganz gleich, was geschieht, Ihr werdet in meinem Gefolge einen Platz haben.«

Jill begann zu zittern. »Euer Gnaden ist wahrhaft die großzügigste Herrin, der ich je begegnet bin. Solltet Ihr mein Schwert jemals brauchen, steht es Euch zur Verfügung.«

Das war eine so männliche Art des Danks, daß Lovyan beinahe gelacht hätte.

»Beten wir, daß es nie so weit kommen wird. Aber ich danke Euch.«

»Corbyn hat unseren Köder also geschluckt?« fragte Rhodry.

»Ja«, erwiderte Nevyn. »Seine Armee stand weiter östlich, als ich sie erwartet hätte. Sie sind darauf aus, Euch zu folgen, da bin ich sicher.«

»Großartig.« Rhodry schaute zur Sonne auf – es war etwa drei Stunden nach Mittag. »Was ist mit den Männern aus Cannobaen?«

»Sie sind auf dem Weg. Aderyn kann Eurem Boten genau sagen, wo er sie finden wird.«

Nachdem dieser Bote davongeritten war, führte Rhodry die Armee noch ein wenig weiter nach Osten, dann beschloß er, das Lager aufzuschlagen und auf die Verstärkung zu warten, die sich laut Aderyn schnell vorwärts bewegte und den Troß langsamer folgen ließ. Rhodry kam sich undankbar vor, aber er war der Ansicht, daß all diese Hilfe des Dweomer, so nützlich sie sein mochte, eine verflucht beunruhigende Sache war. Die anderen Lords hätten ihm zweifellos zugestimmt. Als Edar kurz vor Einbruch der Dunkelheit eintraf, gab er zuerst seiner Verblüffung darüber Ausdruck, daß ihn der Bote so leicht gefunden hatte.

»Erst dachte ich, das wäre ein Trick von Corbyn«, sagte Edar. »Aber Comerr hat Euren Mann erkannt.«

»Nun, es ist alles schon ein wenig seltsam. Kommt, eßt etwas, und ich werde es Euch erzählen.«

Als die Adligen zusammen um ein Lagerfeuer saßen und aßen, hatte Rhodry die undankbare Aufgabe, noch weitere seiner Verbündeten davon zu überzeugen, daß die Gerüchte über Dweomer der Wahrheit entsprachen. Lange Zeit saßen sie danach schweigend da. Rhodry fragte sich, wieso keiner von ihnen – und da mußte er sich selbst mitzählen – erfreut darüber war, daß sie Dweomer auf ihrer Seite hatten. Endlich wurde ihm klar, daß sie sich dadurch alle unbedeutend fühlten, wie Spielfiguren auf einem Brett, das der Dweomer gewählt hatte. Wochenlang hatte Rhodry sich als den Mittelpunkt der Rebellion und seinen Tod als ihr Ziel betrachtet. Nun war er nur ein Kiesel, der in einem Krieg zwischen Aderyn und Loddlaen hin und her geschoben wurde.

In dieser Nacht, lange nachdem die anderen Lords sich in ihre Zelte zurückgezogen hatten, ging Rhodry zum Ufer hinunter. Im Licht der Sterne und des abnehmenden Monds konnte er recht gut sehen, eine seltsame Begabung, die er schon als Kind bemerkt, aber immer für sich behalten hatte. Draußen auf den Wiesen, die das Lager umgaben, patrouillierten Wachen. Der kleine Fluß selbst gurgelte silbrig und schaumgefleckt über die Felsen. Den ganzen Tag lang hatte Rhodry so etwas wie eine üble Vorahnung verspürt, die ihn immer noch mit kalten Armen umklammert hielt. Etwas würde mit ihm geschehen, etwas Wichtiges und Unwiderrufliches – und für einen Krieger gab es nur eine Möglichkeit. Er wollte nicht sterben. Es kam ihm elend ungerecht vor zu sterben, wenn sein Tod nur bedeuten würde, daß Loddlaen über einen von Aderyns Spielsteinen sprang und ihn vom Brett nahm.

Als er ein Geräusch hinter sich hörte, fuhr er herum und hatte das Schwert schon halb gezogen, aber es war nur Cullyn, der im Dunkeln ein wenig ins Stolpern geraten war.

»Ich fragte mich, wer sich hier draußen rumtreibt. Ich bin auf Wache. Ist etwas nicht in Ordnung?«

»Nein. Ich dachte nur an ein Carnoic-Spiel. Kennt Ihr Euch damit aus, Silberdolch?«

»Nun ja, nicht gerade eine große Herausforderung.«

»Glaubt Ihr? Nun, wenn dieser Krieg erst zu Ende ist, setzen wir uns zusammen, und Ihr könnt mir beibringen, was Ihr darüber wißt.«

Wieder verspürte Rhodry diese Vorahnung, und sein Magen zog sich zusammen. Etwas Unwiderrufliches würde geschehen, etwas, zu dem sein gesamtes bisheriges Leben hingeführt hatte, zu diesem Augenblick und zu Cullyn von Cerrmor.

»Ich sollte lieber auf meinen Posten zurückkehren, Herr.«

»Ja. Ach, Cullyn, wenn wir morgen weiterziehen, werdet Ihr neben mir reiten.«

»Was? Das ist eine zu große Ehre für einen ehrlosen Mann wie mich.«

»Bei den Höllen! Hat einer dieser Adligen mir angeboten, im Kampf an meiner Seite zu bleiben? Ihr reitet mit mir, und Ihr werdet auch an meinem Tisch essen.«

Später in dieser Nacht überfiel Nevyn eine Dweomerwarnung, jenes kalte Kribbeln an seinem Rücken, das ihn sofort aufwachen ließ. Sein erster Gedanke war, daß Corbyn einen nächtlichen Überfall auf das Lager plante, und er verschränkte die Arme über der Brust und versetzte sich in Trance, um die Umgebung auszukundschaften. In seinem Lichtkörper flog er hoch über das Lager, das von den eingezogenen Auren der schlafenden Männer nur matt schimmerte. Nevyn konnte weit sehen, aber nichts regte sich in der Umgebung, von ein paar Rehen weit am Horizont abgesehen.

Wenn die Gefahr nicht von Corbyn drohte, dann vielleicht von Loddlaen. Nevyn wandte seine Aufmerksamkeit dem Ätherischen zu und entdeckte weit über sich eine winzige Gestalt, die wie eine einzelne Feuerzunge aussah. Nevyn wußte, daß Loddlaen ausgebildet war, die Gestalt eines elfischen Lichtkörpers anzunehmen – eine riesige Silberflamme, anders als die menschliche Form von Nevyns eigenem Lichtkörper. Mit einem grimmigen Lächeln schoß Nevyn nach oben, aber die Flamme floh, raste durch Wirbel blauen Lichts davon. Nevyn hätte ihn vielleicht fangen können, aber er entdeckte eine interessantere Beute. In einiger Entfernung war Loddlaen ein Wesen vom Wildvolk gefolgt, ein seltsam geformter Knoten aus dunklen Linien und mattem Glühen. Nevyn rief das Licht herbei und fertigte ein silbernes Netz aus ätherischer Substanz, dann jagte er dem Geschöpf hinterher.

Entsetzt floh es vor ihm, aber Nevyn rief sein eigenes Wildvolk zu Hilfe, das ausschwärmte und ihm die Beute schließlich ins Netz trieb. Anschwellend und aufblitzend kämpfte das Geschöpf gegen die Kraftlinien an, aber das Netz hielt. Jetzt kam der Trick. Den zappelnden Gegner fest in der Hand, ließ sich Nevyn zurück zu seinem eigenen Körper treiben. Er schwebte darüber, widerstand der Anziehung des Fleisches und blieb beim Wiedereintreten voll bei Bewußtsein. Der Kampf war schmerzhaft – als er seinen Körper wieder bezog, spürte er jeden Knochen, jede Ader. Aber trotz der Schmerzen hielt er das ätherische Netz fest und brachte schließlich das gefangene Geschöpf mit.

Auf der physischen Ebene war dieses Geschöpf eine Art Gnom, aber deformierter und häßlicher als die anderen – verrenkt, mit hängenden Schultern, kleinen dicken Beinen, gewaltigen Händen und einem warzigen Gesicht mit kleinen Augen und langen Reißzähnen.

»Jemand hat dich geformt, nicht wahr? Jemand hat dich seltsamer Magie ausgesetzt.«

Vor Entsetzen wurde der Gnom schlaff in seiner Hand. Nevyn ließ seine Empfindungen ausströmen, ein tiefes Mitleid, eine Art von Liebe für dieses Geschöpf, das gegen seinen Willen deformiert worden war. Als er ihn losließ, warf sich der Gnom an seine Brust.

»Jetzt bist du in Sicherheit. Du brauchst nicht mehr zu deinem Herrn zurückzukehren. War Loddlaen dein Meister?«

Der Gnom blickte auf und schüttelte entschieden den Kopf.

»Nein? Das ist allerdings interessant! Komm mit mir, kleiner Bruder, ich werde deinen König herrufen, auf diese Ebene hier. Ich glaube, das ist sicherer.«

Den Gnom auf der Schulter ließ Nevyn das Lager weit genug hinter sich, um in Ruhe arbeiten zu können. In seinem Geist schuf er ein flammendes Pentagramm aus blauem Licht und schob das Bild nach außen, bis es vor ihm stand, ein sechs Fuß hoher Stern. Auch der Gnom sah ihn und rührte sich nicht, als Nevyn die geheimen Namen des Königs des Erdelements rezitierte. Die Fläche innerhalb des Sterns wurde zu einem silbrigen Lichtwirbel, und in diesem Licht erschien eine Gestalt, die vage elfisch aussah, aber so strahlte, daß man sie nicht genau erkennen konnte.

»Einer von meinem Volk hat diesen kleinen Bruder gequält«, sagte Nevyn laut. »Würdet Ihr ihn in Eure Obhut nehmen?«

Er hörte die Antwort nur in seinem Kopf.

»Ja. Ich danke Euch, Meister der fünften Ebene, Meister des Aethyr.«

Als die Gestalt ihre leuchtenden Hände ausstreckte, rannte der Gnom auf sie zu und warf sich in die Arme seines Königs. Das silberne Licht verschwand, und nur der blaue Stern blieb zurück, bis Nevyn auch diesen wieder verschwinden ließ. Er erhob sich und stampfte dreimal auf den Boden, um das Ende seiner Arbeit anzuzeigen.

Dann eilte er zurück zum Lager, um Aderyn zu wecken. Er wußte, daß nur ein Meister des dunklen Dweomer den Gnom auf diese Weise deformiert haben konnte. Aber dieser Meister würde eine unangenehme Überraschung erleben, denn sein kleiner Bote würde nicht zurückkehren. Die Frage war allerdings, warum der dunkle Dweomer Loddlaen nachspionierte.

Am nächsten Tag ritt Cullyn neben Rhodry, obwohl Peredyr und Daumyr boshafte Bemerkungen über Silberdolche machten. Die Armee zog nach Nordosten, und nach einer

Meile oder zwei erreichten sie das besiedelte Land von Eldidd. Gegen Mittag machten sie auf einem Streifen ungenutzten Lands Rast, das sich zwischen dreieckigen Kohl- und Rübenfeldern erstreckte.

Als Cullyn und Rhodry sich ein Stück Salzfleisch zu ihrem Brot teilten, kam Aderyn auf sie zu.

»Corbyns Armee wendet sich nach Süden, Lord Cadvridoc. Sie stehen etwa drei Meilen von hier.«

»Also gut. Sieht so aus, als hätten sie dieses elende Carnoic-Spiel ebenso satt wie ich.«

Rhodry warf Cullyn des Rest des Fleischs zu und erhob sich. Er war sich unangenehm der Tatsache bewußt, daß die anderen auf seine Befehle warteten.

»Wir lassen den Troß unter dem Schutz der Speerträger zurück. Der Rest reitet dem Feind entgegen. Wenn diese Bastarde so versessen auf mich sind, dann sollen sie mich kriegen.«

Sie jubelten ihm zu, als sie seinen Mut erkannten, denn sie wußten nicht, daß Rhodry es einfach hinter sich bringen wollte. Nur Cullyn wußte vielleicht, wie er sich fühlte, denn der Silberdolch wirkte abwesend, als wäre er mit seinen Gedanken weit weg.

Dank Aderyns ausführlichem Bericht wußte Rhodry genau, wo er seine Armee zusammenziehen mußte. Corbyn zog so gerade übers Land wie möglich – in Deverry manövrierte man nicht mehr lange, wenn eine Schlacht erst einmal unausweichlich war. Eine Meile nördlich schnitt die Straße durch eine große Kuhweide. Als die Armee vorbeitrabte, starrten die Bauern sie verängstigt an oder drehten sich gleich um und flohen. Als sie die Weide schließlich erreichten, war keine Kuh mehr zu sehen. Aus langer Erfahrung kannten die Bauern sich mit Kriegen aus.

Rhodry stellte seine Männer in einer Linie auf, die halbmondförmig gebogen war, mit der Öffnung zur Straße hin. Er ritt selbst die Reihe ab und verteilte die einzelnen Kriegshaufen. Er mochte jung sein, aber er war seit seinem vierzehnten Lebensjahr Krieger, und sein Vater und seine Onkel hatten ihn gnadenlos ausgebildet. Als er an die linke Flanke kam, fand er dort die beiden Westleute, die kurze Bögen und Kettenhemden trugen, die sie dem Feind abgenommen hatten. Ihre Pferde hatten keine Zügel.

»Aha«, stellte Rhodry fest. »Ihr könnt gleichzeitig reiten und aufstehen und schießen?«

»Ja«, erwiderte Calonderiel grinsend. »Das hier sind nur Jagdbogen. Es wird interessant sein zu sehen, wie sie sich als Kriegswaffen machen.«

»Was? Wenn Ihr noch nie in solch eine Schlacht geritten seid, dann ist es nicht ehrenrührig, wenn Ihr zurückbleibt.«

»Doch. Es ist ehrlos und abermals ehrlos. Ich will Rache für meinen ermordeten Freund.«

»Dann mögen die Götter Eures Volkes Euch schützen. Ich bewundere Euren Mut.«

Rhodry trabte zurück und nahm seine Position in der Linie ein, mit Cullyn zur Linken und Caenrydd zur Rechten. Um der Ehre willen würde Corbyn den Angriff führen, und die beiden Cadvridogion würden sich aufeinander stürzen, während ihre Männer sich verteilten. Nun, da sein Wyrd auf ihn zukam, war Rhodry vollkommen ruhig. Dann entdeckte er weit entfernt über der Straße eine Staubwolke. Er beugte sich vor und zog einen Speer aus der Halterung unter seinem rechten Bein.

»Sie kommen.«

Überall in der Reihe glitzerten Speerspitzen in der Sonne, als die Männer zu den Waffen griffen. Ein letztes Mal wurden Schilde zurechtgerückt, Schwerter gelockert, und die Pferde begannen zu tänzeln, weil sie spürten, daß die

Schlacht kurz bevorstand. Die Staubwolke kam näher, wuchs an wie Rauch von einem Feuer, das die Straße entlangkam. Rhodry vergaß, daß er sich sicher war, sterben zu müssen. Er grinste von einem Ohr zum anderen. Als ihn die Kampfeswut überfiel, wurde sein Körper so leicht wie Luft.

Etwa fünfhundert Schritt entfernt brach Corbyns Armee aus der Marschstellung und bildete einen Keil für den Angriff. Rhodry lachte, als er die Schilde mit dem Zeichen von Corbyns Kriegshaufen an der Spitze sah. Bald würde er dem Mann, der gegen seine Herrschaft rebellierte, im Kampf gegenüberstehen. Was den Rest anging, waren es über dreihundert Männer, was einen gerechten Kampf ankündigte. Erwartungsvoll bewegte sich seine Armee einen oder zwei Schritte vorwärts, aber sie blieb in Formation. Endlich erklangen die Hörner des Feindes. Unter lautem Kriegsgeschrei griffen Corbyns Männer an.

Näher und näher kamen sie, umwirbelt von Staub, und schnitten mitten in den Halbmond. Rhodry erhob sich im Steigbügel und warf seinen Speer, dann zog er das Schwert. Die Wurfgeschosse hoben sich in Bögen und stürzten wahllos auf Corbyns Männer nieder, die mit eigenen Würfen reagierten. Rhodry fing einen Speer mit dem Schild ab, trieb sein Pferd zum Galopp an und ritt direkt auf den Anführer zu. Unter lautem Kriegsgeschrei folgten ihm seine Männer.

Rhodry begann zu lachen, dieses unwillkürlich aufsteigende Kriegslachen, das er nicht beherrschen konnte. Er hörte sich aufheulen wie einen Verrückten, als er dem Anführer gegenüberstand. Er duckte sich unter einem ungeschickten Angriff, stach zu, verletzte den Feind am Arm und bemerkte dann, daß er einem einfachen Reiter gegenüberstand und nicht Corbyn. Er riß das Schwert zu einer Parade hoch und wagte es, sich rasch umzusehen – keine Spur von Corbyn, und er saß in der Falle. Männer umdrängten ihn in einem engen Kreis. Rhodry wendete verzweifelt sein Pferd und spürte, wie ein Schwertstreich von seinem Kettenhemd abglitt, als er direkt einen jungen Reiter angriff. Der Junge wich zurück, Rhodry war beinahe draußen, da schlossen weitere Männer die Lücke.

»Rhodry!« Das war Cullyns Stimme, ganz in der Nähe.

Rhodry riß sein Pferd herum, als Cullyn sich durch den Kreis schlug und sich neben ihm postierte, die Pferde Nase an Schwanz, so daß die beiden Krieger einander die Linke decken konnten.

»Nur parieren!« rief Cullyn. »Vergeßt den Angriff!«

Sich duckend, mit Schild und Schwert die Schläge der Gegner abwehrend, befolgte Rhodry diesen Befehl und kämpfte um sein Leben. Er spürte, wie ihn ein Schlag an der Schulter traf, drehte sich und riß den Schild gegen einen zweiten Schlag hoch. Das Holz krachte. Eine Klinge blitzte auf sein Gesicht zu, er hielt sie mit dem Schwert auf. Einen Augenblick hielten die Klingen gegeneinander stand, dann schlug ein anderer Rhodry von hinten, und er mußte nachgeben. Er riß den Schild gerade noch rechtzeitig herum; wieder knackte das Holz und riß bis zum mittleren Beschlag. Über sein eigenes Lachen und die Kriegsschreie rings um ihn her hinweg hörte er seine Männer schreien. »Zu Rhodry! Zu Rhodry!« Plötzlich versuchte der Mann, der direkt vor ihm war, den Kopf seines Pferdes herumzureißen. Der Kriegshaufen von Cannobaen begann durchzudringen. Rhodry hatte allerdings keine Zeit, diesen Vorteil auszunutzen. Er wehrte einen Streich von der Seite mit dem Schwert ab, dann drehte er sich, um einen weiteren Hieb mit dem Schild abzuhalten. Der neue Riß im Holz verlief parallel zum ersten, und der halbe Schild brach ab.

Rhodry stieß einen schrillen Schrei aus und wehrte sich weiter. Plötzlich wieherte das Pferd rechts von ihm in dieser grausigen, halbmenschlichen Weise auf, in der Pferde nur in höchstem Schmerz schreien, und bäumte sich auf. Als es niederstürzte, tötete Caenrydd seinen Reiter von hinten. Amyr war direkt hinter ihm und schlug wild um sich, und dann waren die beiden Männer bei ihnen.

»Herr!« rief Cullyn. »Folgt mir heraus!«

Rhodry wendete sein Pferd, und Caenrydd und Amyr drängten sich hinter ihm, aber er wollte niemandem folgen. Er spornte sein Pferd an, bis er neben Cullyn war, duckte sich unter einem Schlag und griff den Mann zu seiner Rechten an. Die Abwehr des Mannes war ungeschickt, und Rhodrys Klinge traf ihn in die Rippen und brachte ihn zum Schwanken. Rhodry schlug noch einmal von der anderen Seite zu und stieß den Reiter vom Pferd, wo er dem Tier seines Kameraden unter die Hufe geriet. Als dieses Pferd sich aufbäumte und eine Lücke in den Angriff von der Seite riß, konnten Rhodry und seine Männer sich ein Stück vorwärts bewegen und schlugen sich ihren Weg frei, während ihnen von der anderen Seite mehr Männer aus Cannobaen entgegendrängten, um sie zu befreien.

Es ging alles sehr langsam vonstatten; sie mußten die Pferde mit reiner Willenskraft vorwärtsdrängen, zuschlagen, abwehren und sich immer neu auf den nächsten Feind konzentrieren, während Corbyns Männer versuchten, Cullyn auszuweichen und Rhodry anzugreifen. Der Silberdolch kämpfte schweigend und mit unendlich gelangweilter Miene, während er mit erschreckender Leichtigkeit abwehrte und zuschlug, als wäre er so etwas wie eine Naturgewalt, ein Sturmwind, der diese schreiende, fluchende Menge durchdrang.

Sie hatten es beinahe geschafft, als jemand sich an Caenrydd vorbeidrängte und den Kopf von Rhodrys Pferd traf. Schreiend bäumte sich der Wallach auf. Rhodry wußte, das

Pferd würde den Boden nicht lebend erreichen; er zog die Füße aus den Steigbügeln und warf im Fallen den Rest seines Schildes weg. Er fiel über den Hals seines Pferds und rollte sich ab, aber er wußte, daß dies sein Untergang sein würde. Ein Huf trat ihn in den Rücken, und einen Augenblick lang bekam er keine Luft mehr. Rings umher hörte er Schreie und Kriegsrufe, aber er konnte nur Pferdebeine sehen. Ächzend vor Schmerz kam er auf ein Knie hoch und drehte sich gerade noch rechtzeitig aus dem Weg, um einem Tritt auszuweichen, der seinen Kopf getroffen hätte. Er hörte, wie Cullyn jemandem zuschrie, sich zurückzuhalten, und erst jetzt wurde ihm klar, daß er sich unter den Hufen der Pferde seiner eigenen Leute befand. Ein weiterer Tritt streifte seine Schulter.

Plötzlich packte ihn jemand und zog ihn auf die Beine. Rhodry drehte sich um und stieß gegen Cullyns Schultern, gerade als sich ein erschrockenes Pferd aufbäumte und beinahe auf die beiden gefallen wäre. Cullyn riß Rhodry zurück und stieß ihn gegen die Seite seines eigenen Tiers.

»Könnt Ihr aufsteigen?« schrie er.

Keuchend zog Rhodry sich in den Sattel. Vor sich sah er seine eigenen Leute, die den Feind langsam zurücktrieben. Das Pferd tänzelte und schauderte, aber Rhodry beruhigte es, dann zog er die Füße aus den Steigbügeln, damit Cullyn hinter ihm aufsteigen konnte. Cullyn legte ihm einen Arm um die Taille und nahm die Zügel. Über dem Geschrei hörten sie ein Horn, das zum Rückzug blies. Rhodrys erster Gedanke war, daß seine Leute verloren hatten, dann erinnerte er sich, daß er diesmal der Cadvridoc war und daß es sich um Corbyns Horn handeln mußte. Die Feinde fielen zurück.

»Caenrydd!« rief Rhodry. »Gib das Zeichen zum Halten.«

Cullyns Arm um seine Taille drückte fester zu.

»Herr? Caenrydd ist tot.«

Einen Augenblick weigerte sich Rhodrys Geist, das zu verstehen.

»Rhodry.« Cullyn schüttelte ihn. »Blast zum Halten.«

Rhodry zog das Horn aus dem Gürtel, aber er hielt es nur in der Hand. Schließlich nahm Cullyn es ihm ab und blies das Signal. Rhodry wischte sich mit dem Ärmel die Tränen ab. Erst jetzt bemerkte er, daß er vor Schmerz vornübergebeugt saß.

»Zwei Zoll weiter seitlich, und dieser Tritt hätte ihm das Rückgrat gebrochen«, sagte Nevyn. »Zwei Zoll tiefer, und er hätte die Nieren erwischt. Unser Cadvridoc hier hat das Glück eines Silberdolches.«

Cullyn nickte zustimmend. Rhodry lag nackt bis zur Taille auf einem der Wagen, wo Nevyn die Männer verarztete. Auf Rhodrys Rücken war eine keilförmige Stelle bereits rot und blau angelaufen und geschwollen.

»Ich bin überrascht, daß keine Rippe gebrochen ist.«

»Das bin ich auch.«

Rhodry drehte sich um und sah sie an. An seinen Schultern und Armen waren noch mehr blaue Flecke und kleinere Schnittwunden, wo Schwertstreiche ihm das Kettenhemd in die Haut getrieben und ein verschwommenes Ringmuster zurückgelassen hatten. Es war seltsam, dachte Cullyn, daß die Barden immer von Kriegern sangen, die einander in Stükke schnitten, wo sie sich doch viel mehr mit den Schwertern gegenseitig totschlugen.

»Hört endlich auf, über mich zu reden, als wäre ich eine alte Frau«, fauchte Rhodry. »Kümmert Euch lieber um die, denen es schlechter geht als mir.«

»Unsinn. Es sind noch drei Ärzte bei der Armee und außerdem Aderyn, der ein ebenso guter Kräutermann ist wie ich. Und die Schlacht war nur blutig in Eurer Umgebung, Herr.«

Cullyn stieß einen Pfiff aus – das hatte er noch nicht gewußt. Nevyn wühlte in den Kräuterpäckchen herum, gab ein paar Kräuter in einen Mörser und fügte heißes Wasser aus einem Kessel hinzu, der neben dem Wagen über einem kleinen Feuer hing.

»Ich werde für diese Prellung eine Arznei zubereiten. Ihr werdet nicht reiten können, ehe die Schwellung nicht nachgelassen hat. Und was ist mit Euch, Silberdolch? Braucht Ihr meine Hilfe?«

»Nein, vielen Dank. Die Kampfkunst dieser Welpen, die Corbyn da in die Schlacht geschickt hat, ist nicht den Furz eines Zwei-Kupfer-Schweins wert.«

»Ihr seid verflucht bescheiden«, sagte Rhodry. »Hört nicht auf ihn, Nevyn. Ohne ihn wäre ich tot, und das weiß ich.«

Nevyn blickte auf und sah Cullyn in die Augen. Cullyn hatte das Gefühl, als ob dieser Blick seine Seele wie ein heißes Eisen brannte und ihn an eine alte Schuld oder Schmach erinnerte, aber die Erinnerung verging, sobald er versuchte, sich darüber klar zu werden.

»Dann habt Ihr heute wahrlich etwas Gutes getan, Cullyn von Cerrmor«, sagte Nevyn leise. »Wir werden sehen, ob Rhodry Euch diese Schuld zurückzahlen kann.«

»Ich will kein Geld«, zischte Cullyn. »Ich weiß, daß ich ein Silberdolch bin, aber ich bin nicht um des Geldes willen mit ihm geritten.«

»Das habe ich auch nicht gemeint.«

Cullyn warf den Kopf zurück und stolzierte davon. Ob der alte Mann nun den Dweomer hatte oder nicht, er würde sich von ihm nicht verspotten lassen.

Die Armee lagerte um den Troß. Cullyn wollte zu seinem Pferd und es abreiben, als ihm Lord Sligyn in den Weg trat. Die Rüstung des Lords war mit dem Blut eines Gegners bespritzt, und sein Schnurrbart hing verschwitzt herunter.

»Ich habe gesehen, wie Ihr Rhodry aus diesem Haufen gezogen habt. Ich danke Euch, Silberdolch.«

»Kein Dank ist vonnöten, Herr. Ich habe ihm versprochen, daß ich auf ihn aufpasse.«

»Ha! Es gibt viele Reiter, die ihre Schwüre vergessen, wenn das bedeutet, daß sie inmitten eines Kampfs vom Pferd steigen müssen. Bei den Ärschen der Götter, Mann, Ihr habt erheblich mehr Ehre als dieser Corbyn!« Sligyn hob die Stimme. »Dieser Feigling! Der hinterhältige Trick eines Bastards, Rhodry so in die Falle zu locken! Ohne jede Ehre! Ich danke jedem Gott, daß Ihr rechtzeitig gesehen habt, was los war.«

»Nun, ich hatte so etwas erwartet. Ein Lord, der eine Kaufmannskarawane angreifen würde, um einen Feind in die Falle zu locken, hat keine Ehre«, erklärte Cullyn. »Also bin ich direkt hinter Rhodry geblieben, als er angriff.«

Als sich die Lords beim Essen zur Beratung trafen, wurde Cullyn von Peredyr persönlich eingeladen, sich zu ihnen zu gesellen. Rhodry konnte inzwischen zwar wieder gehen und aufrecht sitzen, aber Cullyn wußte, daß er am nächsten Morgen so starr wie ein Schwert sein würde. Cullyn und Rhodry hörten mit wachsendem Zorn zu, als die anderen Herren die Schlacht beschrieben. Keiner von ihnen war ernsthaft bedrängt worden, man hatte sie nur davon abgehalten, Rhodry zur Hilfe zu eilen.

»Besonders ärgert mich«, meinte Rhodry, »daß ich Corbyn auf dem Feld nicht einmal gesehen habe. Dieser Feigling!«

»Das hat nichts mit Feigheit zu tun«, meinte Peredyr. »Er will einfach nicht der Mann sein, der selbst den Bruder des Gwerbret und Sohn des Tieryn umgebracht hat. Auf diese Weise könnte er Euren Tod dem Kriegsglück zuschreiben, wenn er eines Tages um Frieden nachsucht.«

»Wenn es das ist, was er will, dann soll er verflucht sein, und sein Arsch ebenfalls«, warf Sligyn ein. »Er wird sich immer wieder auf uns stürzen, bis jemand den Cadvridoc tötet, und dann lenkt er ein.«

»Wenn ich etwas sagen dürfte, ihr Herren?« meldete sich Cullyn. »In diesem Fall gibt es nur eine Möglichkeit – wir müssen Corbyn töten, bevor er die Gelegenheit hat, seinen Fall vor den Gwerbret zu bringen.«

»Verdammt richtig!« zischte Sligyn. »Wenn man einen Hund mit Schaum vor dem Maul sieht, dann wartet man auch nicht auf den Mann vom Zwinger. Man hackt ihm den Kopf ab.«

Zusammen heckten sie einen Plan aus. Bei der nächsten Schlacht würden die Lords zusammen reiten, Rhodry sicher in ihrer Mitte und Cullyn und Sligyn als Anführer. Die besten Männer würden sich um sie gruppieren, um den Feind fernzuhalten, während sie versuchten, Corbyn auf dem Feld zu finden.

»Und ich wette, er wird in der Nachhut stecken«, sagte Edar. »Ich werde meinen Männern sagen, sie sollen aufs Ganze gehen, wenn sie Corbyns Verbündeten gegenüberstehen. Schluß mit diesem Getänzel. Es wird Zeit, daß sie erkennen, mit wem sie sich da eingelassen haben.«

Sligyn erhob sich und lachte grimmig. »Ich werde mit meinem Hauptmann reden, und Ihr solltet dasselbe tun.«

Als die Lords sich verabschiedeten, bat Rhodry Cullyn, an seiner Seite zu bleiben, und ließ ihnen von einem Diener zwei Holzbecher mit Met bringen. Eine Weile schwieg Rhodry und trank den Met in raschen Schlucken, während er ins Feuer starrte.

»Lord Cadvridoc?« sagte Cullyn schließlich. »Es ist nicht unehrenhaft, einen Leibwächter zu haben, wenn einen jemand zu ermorden versucht.«

»Ach, nicht das bedrückt mich.« Rhodry trank einen weiteren Schluck. »Ich dachte an Caenrydd. Amyr hat mir erzählt, daß Caenno ihm befohlen hat, vorwärts zu reiten, und selbst zurückgeblieben ist. Er wußte, was das bedeuten würde.«

»Ja. Er hat geschworen, für Euch zu sterben, und er hat Wort gehalten.«

»Aber bei den Höllen!« Rhodry fuhr zu ihm herum, und Tränen glitzerten in seinen Augen. »Seht Ihr denn nicht, daß das das Schlimmste ist? Ich habe noch nie selbst einen Kriegshaufen angeführt. Ich war immer Lord Rhodry, aber niemals mehr als der Hauptmann meines Vaters, oder der von Rhys. Bei keiner Schlacht ist bisher jemand um meinetwillen gestorben. Im Gegenteil, ich habe erwartet, eines Tages für einen anderen sterben zu müssen.«

»Mir ist noch nie ein Adliger begegnet, den so etwas gestört hätte.«

»Dann sollen sie alle verflucht sein! Bei den Höllen, warum hat sich mein Onkel auch umbringen lassen müssen? Ich will seine Ländereien nicht!«

»Ich habe keinen Zweifel, daß Ihr das morgen früh schon anders sehen werdet.«

»O ja.« Rhodry starrte in seinen Becher. »Ich wäre verflucht, wenn ich sie Rhys überlassen würde!«

»Ich weiß, ich habe kein Recht, das zu fragen, aber ist Euer Bruder ein so schlechter Mann?«

»Nicht im geringsten – es sei denn, es geht um mich. Oh, er ist großzügig und tapfer – alles, was ein elender Adliger sein sollte, es sei denn, es geht um meine Angelegenheiten. Ich will verflucht sein, wenn ich weiß, wieso er mich immer so gehaßt hat.«

Cullyn hörte sowohl Zorn als auch Verletztheit aus der Stimme des jungen Mannes.

»Herr, mein älterer Bruder war ganz ähnlich. Er hat mir jedesmal einen Schlag versetzt, wenn er wußte, daß er damit durchkommen konnte, und es hat seine Laune nicht gebessert, daß unsere Mutter immer auf meiner Seite stand.«

»Bei den Höllen«, sagte Rhodry mit einem seltsam verlegenen Lächeln. »Selbstverständlich hattet Ihr einen Clan! Irgendwie dachte ich immer, Ihr wäret etwas wie der Wind oder der Regen – immer auf Wanderschaft im Land.«

»Überhaupt nicht.« Cullyn trank vorsichtiger als der junge Lord. »Mein Vater war Schiffsbauer in Cerrmor, und er war ein Säufer. Ich mußte ebenso vor ihm wie vor den Fäusten meines Bruders auf der Hut sein. Und als er uns endlich den Gefallen getan und sich zu Tode gesoffen hat, haben die Belpriester meiner Mutter eine Stelle in der Küche des Gwerbret besorgt. Ich bin im Dun aufgewachsen.«

»Und dort habt Ihr gelernt zu kämpfen?«

»Ja. Der Hauptmann des Kriegshaufens hatte Mitleid mit dem dreckigen kleinen Spüljungen, der immer mit Stöcken spielte und diese Schwerter nannte.« Cullyn spülte seine wachsende Beschämung mit Met weg. »Er war ein guter Mann, und ich mußte ihn enttäuschen.«

Cullyn stellte den Becher ab und stand auf.

»Es ist spät, Lord Cadvridoc. Wenn ich so frei sein darf, einen Rat zu geben: Wir sollten uns lieber hinlegen.«

Er ging, bevor Rhodry ihn zurückrufen konnte.

Selbst für einen Mann aus Deverry war Lord Nowec mit seinen sechseinhalb Fuß fester Knochen und Muskeln groß geraten. An diesem Abend war er außerdem zornig, stand mit verschränkten Armen da und starrte Corbyn und den Rest seiner Verbündeten an, die ihren Plan erläuterten. Loddlaen behielt ihn im Auge. Schließlich trat der Lord mit einem lauten Fluch vor.

»Das gefällt mir nicht«, knurrte er. »Ich habe genug von dieser elenden Unehrenhaftigkeit. Das heute früh war genug.«

Die anderen wandten sich ihm zu, und in ihren Blicken war ihr schlechtes Gewissen zu erkennen.

»Kämpfen wir wie Männer oder wie dreckiger Abschaum?«

»Paßt auf, was Ihr sagt.« Lord Cenydd trat vor, ein dicker Mann mit einem grauen Schnurrbart. »Was ist unehrenhafter – die Schläue einzusetzen, die die Götter uns gegeben haben, oder andere Adlige zu töten, wenn wir nicht einmal eine Fehde mit ihnen haben?«

»Wahr gesprochen«, warf Corbyn ein. »Wir haben Streit mit Rhodry und sonst keinem.«

»Schweinedreck!« fauchte Nowec. »Ihr habt Angst, daß sich der Gwerbret einmischt, das ist alles. Ich sage Euch noch einmal, es gefällt mir nicht, hier herumzuschleichen wie ein Rudel streunender Hunde.«

Die jüngeren Lords wankten, denn Nowecs Worte hatten sie getroffen, und Corbyn und Cenydd konnten ihm nicht mehr in die Augen sehen. Loddlaen entsandte aus seiner Aura eine Kraftlinie und verpaßte damit Nowecs Aura einen Schlag. Der Lord geriet ins Taumeln, und seine Augen wurden glasig.

»Aber Herr«, sagte Loddlaen beschwichtigend. »Wenn wir den Krieg weiterführen, könnte es sein, daß wir aus Versehen Sligyn oder Peredyr töten. Das wäre schrecklich.«

»Wahrhaftig.« Nowecs Zorn schien verschwunden, und er sprach schleppend. »Ich stimme Euch zu, Berater. Euer Plan ist gut.«

»Dann hat niemand mehr Einwände?« Corbyn erhob sich rasch. »Gut. Gebt Euren Hauptleuten die entsprechenden Befehle.«

Als der Kriegsrat aufbrach, machte sich Loddlaen davon, ehe Corbyn es bemerken konnte. Er konnte einfach den Gedanken nicht ertragen, bei diesem stinkenden Kerl zu sitzen und mit ihm zu trinken. Als er durch das Lager wanderte, fiel ihm auf, daß die Männer ihm verstohlene Blicke zuwandten und Zeichen zur Abwehr von Hexerei machten. Sie hatten Angst vor ihm, die räudigen Hunde, und sie hatten allen Grund dazu – sollten sie sich doch ducken vor Loddlaen dem Mächtigen, dem Meister der Kräfte der Luft! Am Rand des Lagers blieb er stehen und überlegte. So sehr es ihn auch drängte, die Armee eine Weile hinter sich zu lassen, hatte er schlicht Angst, hier allein zu sein, wo Aderyn so nah war. Schließlich ging er zu seinem Zelt, befahl seinem Diener zu gehen und legte sich vollständig bekleidet auf die Decken.

Mit geballten Fäusten lag er zitternd da und versuchte, seine Sinne zu verschließen und endlich zu schlafen. Er wollte die Dunkelheit nicht herbeirufen. Plötzlich hatte er Angst vor ihr.

Aber schließlich kam sie ungerufen. Zuerst sah er nur einen kleinen schwarzen Punkt vor seinem inneren Auge, der sich auszudehnen begann. Loddlaen kämpfte dagegen an, versuchte, seinen Geist mit Licht zu füllen, versuchte, das Dunkel mit rituellen Gesten und Flüchen zu bannen, aber es wuchs weiter, bis er völlig davon umgeben schien, und dann sprach die Stimme zu ihm, ruhig und geduldig.

»Wieso fürchtest du mich, größter aller Dweomermeister, Loddlaen der Mächtige? Ich will dir helfen, will dein Freund und Verbündeter sein. Es betrübt mich, daß dein kluger Plan ohne Erfolg geblieben ist. Beinahe wäre Rhodry dir in die Falle gegangen.«

»Wer bist du?«

»Ein Freund, sonst nichts. Ich habe etwas, das du wissen mußt. Dieser Silberdolch ist der Schlüssel zu allem. Du wirst ihn töten müssen, bevor du Rhodry töten kannst. Ich habe meditiert und erkannt, daß hier die Kräfte des Wyrd am Werk sind.«

»Schön und gut, aber wer bist du?«

Die Stimme lachte leise. Dann war das Dunkel verschwunden. Loddlaen lag schwitzend da, dann stand er auf und verließ das Zelt, um Corbyns Hauptmann aufzusuchen. Er wollte ihm einige besondere Befehle bezüglich dieses elenden Silberdolchs geben.

Cullyn erwachte plötzlich und sah, daß Sligyn neben ihm hockte. Der Stand der Sterne zeigte an, daß es kurz vor der Morgendämmerung war.

»Der alte Nevyn hat mich gerade geweckt«, sagte Sligyn. »Corbyns Armee macht sich auf den Weg. Dieser ehrlose Abschaum will im Morgengrauen zuschlagen.«

»Ach ja? Nun, dann sollten wir dem vielleicht zuvorkommen.«

Als Cullyn seinen Plan erklärte, brüllte Sligyn vor Lachen und weckte damit das halbe Lager. Die Wagen waren bereits ein paar hundert Schritt vom Lager zu einem Kreis zusammengestellt, in dessen Mitte man die Pferde getrieben hatte. Die Hälfte der Männer machte nun die Pferde bereit, während die anderen Satteltaschen und Ausrüstung unter die Decken legten, so daß es aussah, als schliefen Männer dort. Dann verbarg sich der bewaffnete Teil des Kriegshaufens in dem Wagenkreis, jeder Mann neben seinem Pferd. Weiter hinten hockten die Diener, vor ihnen die Speerträger, die die Lücke füllen würden, sobald die Reiter den Kreis verlassen hatten.

Cullyn nahm seinen Platz neben Sligyn ein. In der kalten Dämmerung kam die Armee näher und näher über die Wiese. Sie nahmen Aufstellung in einer langgezogenen Linie. Cullyn fragte sich, ob sie die Falle bemerken würden – wenn wirklich alle noch schliefen, wäre inzwischen sicher eine Wache auf das Zaumzeugklirren aufmerksam geworden. Im Schritt kam die Armee näher, dann im Trab, und plötzlich galoppierten sie zum Klang von Hörnern und Kriegsschreien los, geradeaus zu dem scheinbar schlafenden Lager. Die Speere bohrten sich in die Bettrollen am Boden.

»Jetzt!« schrie Rhodry.

Unter Geschubse und Gedränge schwang sich der Kriegshaufen auf dem engen Raum in die Sättel. Mit lautem Geschrei führte Sligyn den Trupp der Lords heraus, und ihre Männer folgten ihnen in Viererreihen. Draußen fluchten ihre Feinde und versuchten, den Schwung ihres Angriffs abzubremsen und sich umzudrehen. Im Galopp warfen die Männer von Rhodrys Armee die Speere. Pferde bäumten sich auf und Männer schrien, als Corbyns Linie zu einem unorganisierten Haufen wurde.

»Sucht Corbyn!« schrie Cullyn und warfen einen Blick zurück, um sich zu überzeugen, daß Rhodry inmitten der anderen noch in Sicherheit war.

Sligyn führte seine Truppe am Rand der Schlacht entlang, als die Hauptarmeen aufeinandertrafen. Die beiden Reihen begegneten einander wie die Finger verschränkter Hände. Cullyn hielt sich dicht bei Sligyn, der plötzlich einen Triumphschrei ausstieß und sein Pferd zum Galopp anspornte. Überrascht fiel Cullyn ein wenig zurück, als der Lord sich auf seine Beute stürzte, einen Mann mit einem grün-braunen Wappen auf dem Schild. Cullyn hörte, wie Rhodrys verrücktes Lachen hinter ihm erklang, als der Trupp Sligyn folgte.

Cullyn versuchte, Sligyn zu folgen, aber ein Mann auf einem schwarzen Pferd schnitt ihm den Weg ab. Als Cullyn sein Pferd herumriß, sah er Augen mit Tränensäcken und ein Kinn mit dunklen Stoppeln unter dem Helm des Feindes. Sie schlugen aufeinander ein – der Fremde unter lautem Kriegsgeschrei, Cullyn mit tödlichem Schweigen, wobei er auf den Schild des Feindes einschlug, bis dieser endlich einen Ausfall versuchte, der seine rechte Seite ungeschützt ließ. Cullyn fing den Schlag ab und traf seinen Gegner mit voller Wucht am rechten Arm. Blut drang durch das Kettenhemd, und er hörte einen Knochen brechen. Der Mann ließ sein Schwert fallen und versuchte, sein Pferd zu wenden. Cullyn ließ ihn gehen.

Weiter vorn bedrängte Sligyns Trupp Corbyn und einige von dessen Männern, die angestrengt versuchten, ihren Herrn zu verteidigen. Cullyn hetzte sein Pferd weiter, als mehr Männer mit grün-braunen Schilden eintrafen.

»Lord Sligyn! Die Flanke!«

Aber der Feind hatte es auf ihn abgesehen, nicht auf Sligyn. Cullyn riß sein Pferd herum, um sich ihnen zu stellen, aber schon hatten sie ihn von allen Seiten umstellt.

»Schnappt Euch den Silberdolch!«

Cullyn hatte keine Zeit, darüber nachzudenken, wieso sie sich auf einen Silberdolch stürzten wie auf einen adligen Herrn. Ein Schlag traf ihn an der linken Schulter, als der Mann vor ihm versuchte, ihn aufzuspießen. Cullyn konnte gerade noch parieren und sich abwenden. Sie kamen von allen Seiten, und er konnte sich nur drehen und ducken und ausweichen. Ein Schlag beschädigte seinen Schild, dann spürte er ein Brennen an seiner linken Seite. Über den Kampflärm hinweg konnte er Rhodrys Lachen näherkommen hören.

Keuchend vor Schmerz, tötete Cullyn den Mann vor sich mit einem Schlag gegen die Kehle, der dessen Luftröhre eindrückte und ihn vom Pferd warf, aber schon hatte ein weiterer Feind diesen Platz eingenommen. Ein weiterer Schlag ließ Feuer über Cullyns linken Arm laufen. Er drehte sich und versuchte zu parieren, aber der Schild zog seinen gebrochenen Arm nach unten. Mit einem Fluch ließ er ihn fallen und drehte sich abermals, um einen Schlag von rechts abzufangen. Rhodrys Lachen klang lauter, war aber immer noch zu weit entfernt.

Plötzlich schrie der Mann an Cullyns linker Flanke auf, und sein Pferd bäumte sich auf. Etwas schoß an Cullyns Gesicht vorbei.

Der Pfeil durchdrang das Kettenhemd des Mannes rechts von Cullyn, und Blut spritzte. Der Mann versuchte, sein Pferd zu wenden, aber ein weiterer Pfeil traf ihn im Rücken, und er fiel. Seine Kameraden versuchten zu fliehen, aber sie stießen dabei direkt auf Rhodrys Männer. In seinem letzten klaren Augenblick sah Cullyn Jennantar mit einem Bogen in der Hand auf sich zureiten. Cullyn ließ das Schwert fallen und versuchte, sich am Sattelknauf festzuhalten, aber seine Handschuhe waren glitschig von seinem Blut. Verblüfft starrte er sie an, dann überkam ihn die Dunkelheit, und er rutschte über den Hals seines Pferds.

Es war, als versuchte er, zur Oberfläche eines tiefblauen Flusses zu schwimmen. Hin und wieder kam er ihr näher, er konnte Licht erkennen und Nevyns Stimme hören, aber jedesmal zog ihn ein Wirbel wieder nach unten, wo er würgte und fast im Blau ertrank. Ganz plötzlich hörte er dann eine Stimme, die ihn verspottete, eine glatte kleine Stimme, die wie Öl in seinen Geist drang. Es schien, als käme sie aus dem Blau, das ihn umgab. An diesem Punkt erkannte er auch eine schimmernde Linie, die von seinem seltsam schwerelosen Körper nach unten zu führen schien. Er konnte nicht genau sehen, wohin. Wieder hörte er die Stimme, herausfordernd und spottend.

Und plötzlich sah er Nevyn – oder genauer, ein hellblaues Abbild des alten Mannes – ein Geist? Nevyn kam auf ihn zu, und er rezitierte etwas in einer seltsamen Sprache. Der Fluß wurde langsamer, schien stillzustehen. Nevyn streckte die Hand aus und griff nach Cullyns Hand.

Abrupt erwachte der Silberdolch. Ein ganz normaler, kein bißchen geisterhafter Nevyn beugte sich über ihn. Gegen seinen Willen stöhnte Cullyn laut vor Schmerz, der ihm Seite und Schulter zu verbrennen schien. Als er versuchte, sich zu bewegen, stieß die Schiene an seinem linken Arm gegen den Wagenboden.

»Immer mit der Ruhe, mein Freund«, sagte Nevyn. »Bleibt liegen.«

»Wasser.«

Jemand schob einen Arm unter seinen Kopf und hob ihn ein wenig an, dann spürte Cullyn einen Becher an seinen Lippen. Er trank gierig.

»Mehr?« fragte Rhodry.

»Ja.«

Rhodry half ihm, noch einen Becher zu trinken, dann wischte er ihm das Gesicht ab.

»Ich habe versucht, Euch zu erreichen«, sagte der junge Mann. »Bitte glaubt mir – ich habe es versucht.«

»Ich weiß.« Cullyn war verwundert darüber, daß dies Rhodry so wichtig war. »Was ist mit Corbyn?«

»Entkommen. Aber das sollte Euch jetzt nicht stören.«

Der sonnige Himmel drehte sich und wirbelte um ihn herum. Er fiel wieder ins Dunkel, aber diesmal war es nur Schlaf.

Während die Diener Cullyn wegtrugen und einen anderen Verwundeten in den Wagen legten, wusch sich Nevyn die blutigen Hände. Nur er wußte, wie schwer er um Cullyns Leben hatte kämpfen müssen; er war verblüfft, daß es ihm gelungen war, sich in Trance zu versetzen, ohne selbst umzufallen. Eine kleine grüne Fee hockte am Boden und sah ihm ernst zu, als er sich die Hände abtrocknete. Nevyn wagte es, ihr etwas zuzuflüstern.

»Es war gut von dir, daß du mich gewarnt hast. Ich danke dir und deinen Freunden.«

Die Fee grinste und zeigte nadelspitze Zähne, dann verschwand sie. Wenn ihn das Wildvolk nicht gewarnt hätte, wäre Nevyn nie aufgefallen, daß jemand auf den höheren Ebenen damit beschäftigt war, Cullyns ätherischen Körper von dem physischen wegzuzerren und die Silberschnur zu zerreißen, die ihn ans Leben band. Und das war nicht Loddlaen gewesen, sondern jemand, der nach dunklen Dingen stank, jemand, der hinter Loddlaen stand oder sich vielleicht sogar hinter ihm versteckte.

»Du hast dich bös überschätzt, mein widerwärtiger kleiner Freund«, sagte Nevyn laut. »Jetzt weiß ich, daß du da bist, und ich werde dich wiedererkennen, wenn wir uns begegnen.«

Jill erwachte kurz vor der Morgendämmerung, wälzte sich noch eine Weile gereizt herum und stand dann auf und zog sich an. Als sie in die große Halle hinunter kam, saß Lady Lovyan bereits am Kopf des Ehrentischs. Als Jill sich vor ihr verbeugte, forderte Lovyan sie mit einer Geste auf, sich neben sie zu setzen.

»Ihr konntet also auch nicht schlafen, Kind?«

»Es fällt mir immer schwer, wenn mein Vater im Krieg ist.«

Eine Dienerin setzte ihnen Schalen dampfender Gerstengrütze vor. Während Jill und Lovyan aßen, kamen die Männer der Festungswache in Zweier- und Dreiergruppen herein, gähnten und schäkerten müde mit den Dienerinnen. Einer von ihnen mußte gestolpert sein, denn hinter sich hörte Jill das Klirren einer Schwertscheide an einem Tisch. Sie wollte sich umdrehen und nachsehen, aber dann hörte sie denselben Laut immer wieder, wie eine Glocke, lauter und lauter, bis auch das von Schlachtenlärm übertönt wurde, vom Krachen der Schwerter auf Schilde, vom Wiehern der Pferde, dem Schreien von Männern. Sie hörte auch ihre eigene Stimme, wie sie berichtete, was sie sah.

Denn tatsächlich sah sie etwas, unter ihr auf der Wiese, als hinge sie über der Schlacht wie eine Möwe auf dem Wind. Rhodry versuchte, sich den Weg durch einen Trupp von Männern zu kämpfen, die einen einzelnen Reiter bedrängten, und er stieß ein seltsames, wildes Lachen aus und schlug mit blutigem Schwert zu. Der Mann, den die anderen umringten, konnte kaum das Schwert schwingen; verzweifelt drehte er sich im Sattel um. Cullyn. Jill hörte, wie ihre Stimme schriller wurde, als Jennantars Pfeile an ihrem Vater vorbeischossen und seine Feinde fällten. Endlich war auch Rhodry da und sprang gerade noch rechtzeitig vom Pferd, um den fallenden Cullyn aufzufangen.

Und der Schlachtenlärm verklang zum Geräusch ihres eigenen Schluchzens und Lovyans verängstigter Stimme, die den Dienern Befehle zuschrie. Jill blickte auf, sah Lovyans Gesicht dicht vor ihr und erkannte, daß die Herrin ihre Arme um sie geschlungen hatte. Über sie beide beugte sich Dwgyn, der Hauptmann der Festungswache.

»Euer Gnaden«, rief er erschrocken, »was ...«

»Dweomer, du Dummkopf!« sagte Lovyan. »Was sollte es sonst sein – immerhin ist sie eine Freundin von Nevyn!«

Jills Tränen versiegten bei der eisigen Erkenntnis, daß Lovyan die Wahrheit sprach. Sie fühlte, daß sie zitterte wie Espenlaub, und eine Dienerin brachte ihr einen Schluck Holunderwein. Lovyan zwang sie zu trinken.

»Jill, ist Euer Vater tot?«

»Nein, aber er könnte dem Tod kaum näher sein. Euer Gnaden, ich flehe Euch an, ich muß zu ihm reiten. Was, wenn er stirbt, und ich kann ihm nicht einmal Lebewohl sagen?«

»Ich fühle mit Euch, aber Ihr würdet die Armee niemals finden können.«

»Ach nein?«

Lovyan schauderte.

»Außerdem«, fuhr Jill fort, »war es eine schwere Schlacht. Lord Rhodry wird alle Verstärkung brauchen können, die die Festungswache entbehren kann. Ich weiß, ich kann die Männer direkt dorthin führen, ich weiß es. Sie sind nur zwanzig Meilen entfernt. Bitte, Euer Gnaden.«

Lovyan seufzte und fuhr sich mit zitternden Händen durchs Haar.

»Also gut«, sagte sie schließlich. »Dwgyn, dreißig Mann sollen sich bereithalten.«

Als Jill in ihre Kammer rannte, um ihre Ausrüstung zu holen, verfluchte sie ihr Wyrd, haßte sich selbst und den Dweomer, daß er sie einfach so überwältigt hatte. Aber um ihres Vaters willen würde sie jede Waffe nutzen, die ihr in die Hände fiel.

Es gab Zeiten, da war Rhodry selbst erstaunt, wie tief sein Stolz reichte. Sein Rücken schmerzte so sehr von den Tritten und Schlägen des Vortags, daß er kaum aufrecht stehen konnte, und nun, da die Berserkerwut von ihm gewichen war, spürte er alles wieder, aber er zwang sich, Sligyn bei einem Gang durchs Lager zu begleiten. Die Männer brachten die Toten vom Schlachtfeld. Überall hörte Rhodry, wie Männer fluchten oder klagten, als sie ihre toten Freunde erkannten. Es war notwendig, daß sie ihren Heerführer auf den Beinen sahen.

»Nennen wir das nun einen Sieg oder nicht?« fragte Rhodry.

»Corbyn ist geflohen, oder?«

In der Nähe des Trosses bewachten Jennantar und Calonderiel die Gefangenen, die in Zweier- und Dreiergruppen am Boden hockten. Die meisten waren verwundet, aber sie würden warten müssen, bis die Ärzte mit Rhodrys Leuten fertig waren.

»Gibt es Neuigkeiten von Cullyn?« fragte Jennantar.

»Immer noch dasselbe.« Rhodry rieb sich müde die Wange. »Ich wollte mich bei Euch bedanken.«

»Das ist nicht nötig. Er hat sein Bestes getan, einem meiner Freunde das Leben zu retten. Ich hätte öfter geschossen, aber ich fürchtete, Euch oder einen Eurer Männer zu treffen. Ich war nahe genug dran, Cullyn zu töten.«

»Besser Ihr als einer von diesem Abschaum.«

»Nun, Ihr habt ihn am Ende doch rausgeholt.« Sligyn legte Rhodry väterlich die Hand auf den Arm. »Und ist das nicht alles, was zählt? Jetzt liegt es bei den Göttern.«

Rhodry nickte. Er würde nie erklären können, wieso es so wichtig gewesen war, daß er selbst Cullyn rettete. Es war wichtig, vielleicht das Wichtigste in seinem Leben, daß sie einander nichts schuldig waren – und dennoch konnte er nicht sagen, warum.

Aderyn, das Hemd rot von Blut, kam mit ein paar Dienern vorbei, die Arzneien und Verbände trugen.

»Eure Männer sind alle versorgt, Lord Cadvridoc. Aber Nevyn läßt ausrichten, daß Lord Daumyr gerade gestorben ist.«

Rhodry warf den Kopf zurück und stieß einen Trauerschrei aus. Nun war auch ein Adliger um seinetwillen gestorben.

»Ich werde mich jetzt um die Gefangenen kümmern«, sagte Aderyn.

»Bei den Höllen«, sagte Jennantar. »Ich verstehe immer noch nicht, wie Corbyn davonkommen konnte. Ich war sicher, daß Ihr und Daumyr ihn in der Falle hattet.«

»Ich ebenfalls.« Sligyn schüttelte den Kopf. »Es war einfach Pech, das ist alles. So viele Kleinigkeiten, wie daß Daumyrs Schwert brach. Und dann fiel dieses Pferd direkt vor mir, und ich konnte ihn nicht erreichen. Pech, einfach Pech.«

Einer der Gefangenen lachte hysterisch. Als Rhodry ihn ansah, hob er abwehrend den Arm und wich zurück. Sein blondes Haar war blutverkrustet.

»Ich werde keinen Verwundeten schlagen«, sagte Rhodry. »Aber was gibt es da zu lachen?«

»Ich bitte um Verzeihung; das wollte ich nicht. Aber es war kein Glück, das unserem Herrn zur Flucht verholfen hat. Bei den Göttern, Ihr werdet Corbyn niemals töten können! Es ist dieser verfluchte Zauberer. Er hat eine Prophezeiung getan.«

»Eine was?«

»Loddlaen hat es prophezeit. Er hat es in seinem Stein gesehen.« Der Gefangene hielt inne, um sich die trockenen Lippen zu lecken. »Es heißt, Lord Corbyn könne im Kampf nur durch ein Schwert fallen, aber nie von der Hand eines Mannes. Das stimmt, Herr. Ihr habt gesehen, was heute geschah. Es muß wahr sein.«

Sligyn erbleichte. Aderyn wandte sich um, um zuzuhören.

»Aderyn?« fragte Rhodry. »Könnte es tatsächlich wahr sein?«

»Der Junge lügt Euch nicht an, Herr. Loddlaen muß diese Prophezeiung tatsächlich ausgesprochen haben.«

»Das meine ich nicht.«

»Will der Cadvridoc tatsächlich, daß ich ihm sage, ob die Prophezeiung der Wahrheit entspricht?«

»Ja.«

Aderyn seufzte. »Ich habe geschworen, niemals zu lügen, aber manchmal wünschte ich, ich hätte dieses Gelübde nie getan.«

Rhodry wandte sich ab und ging davon. Er spürte, daß sein Tod wie eine schwere Last auf seinen Schultern lag und ihn begleitete. Keuchend holte Sligyn ihn am Rand des Lagers ein.

»Ich glaube kein Wort davon. Und außerdem ist es gleich. Alles Unsinn.«

»Ach ja? Wenn Aderyn sich in eine Eule verwandeln kann, wieso sollte er dann nicht wissen, ob eine Prophezeiung der Wahrheit entspricht oder nicht?«

Sligyn setzte zu einer Antwort an, dann wandte er sich ab und begann, wild auf seinem Schnurrbart zu kauen.

»Es ist ein verdammt seltsames Gefühl, vom Dweomer verflucht zu sein«, fuhr Rhodry fort. »Und verflucht bin ich. Wenn Corbyn mich angreift, wird ihn niemand aufhalten können. Und wenn ich ihm ausweiche, werde ich ihn niemals töten können.«

»Da gibt es nur eine Möglichkeit. Wir schicken Euch zurück nach Cannobaen.«

»Niemals! Was soll mir ein Leben als Ehrloser nützen?«

Plötzlich spürte Rhodry sein Berserkerlachen aufsteigen. Er lachte, bis Sligyn ihn an den Schultern packte und schüttelte.

Am späten Nachmittag wußten es alle im Lager. Rhodry hatte nie zuvor erlebt, wie die Moral einer Armee zerbrach wie ein Klumpen getrockneten Schlamms, den man zwischen den Fingern zerreibt. Es war kein schöner Anblick. Obwohl die Adligen sich aufplusterten und fluchten wie Sligyn, starrten sie Rhodry mit einer Mischung aus Mitleid und Entsetzen an. Rhodry ging durchs Lager und versuchte, selbst mit den Männern zu sprechen, in der Hoffnung, Angst wegzuwischen, die so stark war, daß man sie riechen konnte. Zuerst versuchten einige, mit ihm Witze zu reißen, aber dann zogen sie sich zurück von ihm, als wäre er aussätzig – dieser Mann, den die Götter verflucht hatten.

Um ihnen seinen Anblick zu ersparen, ging Rhodry zum

Rand des Lagers, mit Amyr, dem einzigen, der sich über seine Gesellschaft freute. Amyr war erst sechzehn und neu im Kriegshaufen, ein grobschlächtiger blonder Junge, aber er hatte mehr Ehre als die meisten.

»Herr, wenn wir uns Corbyn wieder stellen, werde ich direkt neben Euch kämpfen. Ich habe geschworen, daß ich Euch in die Anderlande folgen werde, und das werde ich tun.«

»Dafür hast du meinen Respekt, aber das wird nicht notwendig sein. Ich werde Corbyn zum Zweikampf herausfordern und der Sache ein Ende machen.«

»Was?«

»Du hast gehört, was ich gesagt habe. Warum solltet ihr anderen für eine hoffnungslose Sache fallen? Wir werden Corbyn niemals töten können, und wenn er mich erst erschlagen hat, ist die Rebellion vorüber.«

Amyr sah ihn mit tränenfeuchten Augen an.

»Sprich gut von mir, wenn ich tot bin«, sagte Rhodry.

Vor sich hinmurmelnd, ging Amyr ein paar Schritte weg. Als Rhodry die Straße entlangschaute, sah er einen kleinen Trupp von Reitern aus dem Süden kommen. Als die Reiter näherkamen, konnte Rhodry ihre Schilde ausmachen, eine Mischung der Waffen seiner Verbündeten, und Jill, die sie anführte.

»Bei den Höllen, die Festungswache von Cannobaen! Was wollen die hier?«

Das erfuhr er von Jill, sobald sie abgestiegen war.

»Verstärkung, Herr. Ich hatte eine Vision der Schlacht, und ich weiß, daß ich nicht dumm bin – es gab eine Schlacht, nicht wahr? Bei der Göttin, wo ist mein Vater?«

Amyr fing an zu kichern, so laut und schrill, daß Rhodry ihn packte und schüttelte.

»Reiß dich zusammen! Wir haben schließlich schon genug Dweomer erlebt!«

»Das ist es nicht, Herr. Es ist wegen Jill.«

»Was ist denn mit ihr?«

»Seht sie Euch doch an. Corbyn wird also nicht von der Hand eines *Mannes* fallen?«

Die Daumen in den Schwertgürtel gehakt, starrte Jill sie stirnrunzelnd an, als hielte sie sie beide für verrückt. Ihre Haltung war so sehr die eines Kriegers, daß Rhodry plötzlich verstand, was Amyr meinte. Er warf den Kopf zurück und lachte, bis Jill es nicht mehr aushalten konnte.

»Bei allen Göttern und ihren Frauen! Bin ich in ein Lager von Verrückten geraten?«

»Verzeiht, ich bringe Euch sofort zu Eurem Vater, aber Jill, o Jill, ich sollte vor Euch zu Boden fallen und Euch die Füße küssen.«

»Ist mein Lord Cadvridoc auf den Kopf geschlagen worden? Was soll das alles?«

»Das werde ich Euch erklären, wenn Ihr Cullyn besucht habt. Silberdolch, ich habe einen Auftrag für Euch.«

Rhodry hatte dem Mann, der ihm das Leben gerettet hatte, sein Zelt überlassen. Als Jill hereinkam, schlief Cullyn in Rhodrys Decken gehüllt, den geschienten linken Arm herausgestreckt. Jill kniete sich neben ihn und brach in Tränen aus. Als sie ihm übers Haar strich, seufzte er im Schlaf und wandte ihr den Kopf zu.

»Jill?« Das war Nevyn, der sich unter der Zeltklappe duckte. »Ich habe gehört, daß Ihr hier seid.«

»Selbstverständlich. Dachtet Ihr, ich wüßte nicht, wenn mein Vater verwundet ist?«

Nevyn lächelte und kniete sich neben sie.

»Sagt mir ehrlich«, bat Jill, »wird er sterben?«

»Das bezweifle ich«, sagte der Kräutermann. »Ehrlicher kann ich nicht sein. Er wäre beinahe unter meinen Händen gestorben, aber das war der Schock, und der ist nun vorbei. Euer Vater ist ein sehr, sehr starker Mann, aber er hat eine tiefe Wunde an der Seite. Wenn sie sich entzündet ...«

Er brauchte nicht weiterzureden. Jill setzte sich auf die Hacken und fragte sich, warum sie sich so taub fühlte, als wäre ihr Körper überhaupt nicht mehr da.

»Er wird noch einige Zeit schlafen«, fuhr Nevyn fort. »Rhodry möchte mit Euch sprechen. Ich – nun, hört es Euch lieber von ihm an. Ich werde bis dahin bei Cullyn bleiben.«

Jill duckte sich aus dem Zelt und stand beinahe der gesamten Armee gegenüber. Alle starrten sie auf dieselbe seltsame Weise an – als wäre sie die Göttin Epona, die wie in den alten Legenden zu ihnen gekommen war. Aber keiner sagte ein Wort. Als Amyr sie zu Rhodry führte, folgten ihr die Männer so schweigend wie eine Armee von Toten. Vor Sligyns Zelt standen die Adligen und schauten sie so forschend an, daß Jill sich wünschte, sie könnte einfach wegrennen. Rhodry verbeugte sich.

»Ich bezweifle nicht, daß Ihr das Schwert, das Ihr tragt, auch führen könnt. Habt Ihr je daran gedacht, in eine Schlacht zu reiten?«

»Oft, Herr, aber Vater hat es mir immer verboten.«

»Diesmal wird er keine Gelegenheit dazu haben«, murmelte Edar.

»Bei den Höllen«, sagte Jill. »Seid Ihr so sehr in der Unterzahl?«

»Nein.« Rhodry hielt inne und kaute auf der Unterlippe. »Ich muß Euch etwas verflucht Seltsames erzählen.«

»Ich weiß nicht.« Sligyn trat vor. »Wie gut kann dieses Mädchen kämpfen? Ich werde keine hilflose Frau hinschlachten lassen. Es geht um die Ehre.«

Jill sah sich um und sah an der Seite die Diener, die schon das Essen für die Adligen vorbereitet hatten.

»Lord Sligyn ist ein ehrenhafter Mann«, sagte sie. »Aber wäret Ihr auch so freundlich, mir einen dieser Äpfel zu holen?«

Verwundert tat Sligyn, worum sie ihn gebeten hatte.

»Würdet Ihr Euch hinter mich stellen, Herr«, fuhr Jill fort, »und bei ›drei‹ den Apfel in die Luft werfen?«

Jill zog ihr Schwert und hielt es mit der Spitze nach unten, während sie abwartete. Bei »drei« fuhr sie herum, das Schwert blitzte auf, und zwei Apfelhälften lagen zu Sligyns Füßen. Die Männer drängten sich vor, jubelten und riefen ihren Namen, bis Rhodry ihnen befahl zu schweigen.

»Bei den Höllen!« stotterte Sligyn. »Das hätte ich nicht fertiggebracht. Also gut.«

»Ich danke Euch, Herr«, sagte Jill. »Aber laßt nicht zu, daß ich hochnäsig werde. Mein Vater kann einen Apfel auf dieselbe Weise vierteln.«

Rhodry lachte, aber ein seltsames Entzücken stand in seinem Blick.

»Und wieso wollt Ihr, daß ich mit Euch reite?« fragte Jill.

»Wegen des Dweomer, Silberdolch. Loddlaen hat prophezeit, daß Corbyn nur von einem Schwert fallen kann, aber nicht von der Hand eines Mannes.«

»Oho! Es heißt immer, daß Dweomerprophezeiungen wie eine Schwertklinge sind.« Jill hielt ihre flach vor sich. »Man kann nach zwei Seiten schneiden.«

Jill steckte ihr Schwert ein und wandte sich Rhodry zu, der eine Silbermünze in der Hand hatte, um den Handel zu beschließen.

»Wenn Ihr meine Münze nehmt, verpflichtet Ihr Euch, für mich zu sterben, wenn es nötig sein sollte. Wollt Ihr das wirklich, Jill? Ich werde Euch nicht darum anflehen.«

»Und genau aus diesem Grund nehme ich sie.« Jill streckte die Hand aus. »Aber wenn ich Corbyn töte, will ich eines dieser Pferde von den Westleuten, die ich in Eurer Herde gesehen habe.«

Lachend ließ Rhodry die Münze in ihre Hand fallen. »Ihr seid wahrlich ein Silberdolch!«

Als Jill die Münze einsteckte, sah sie Rhodry an, und ihre Blicke begegneten sich. Plötzlich wußte sie, daß sie ihn tief in ihrer Seele kannte, daß sie auf irgendeine merkwürdige Art dieses verrückte Berserkerlächeln schon tausendmal zuvor auf diesem Gesicht gesehen hatte. Und auch er schien sie erkannt zu haben, denn plötzlich verschwand sein Lächeln, und er starrte ihr tief in die Augen, als versuchte er, dort einem Geheimnis auf den Grund zu kommen. Abrupt wandte er sich ab und winkte die Diener heran.

»Bringt Met! Dann können wir auf meine Rächerin anstoßen.«

»Eure was?« fauchte Sligyn.

»Bei allen Göttern und den Ärschen ihrer Pferde«, sagte Rhodry, und wieder hatte er dieses dumme Grinsen auf den Lippen. »Glaubt Ihr etwa, daß ich mir von einem Mädchen das Leben retten lasse? Ich werde Jill den Weg zu Corbyn freikämpfen, und der wird mich zweifellos töten, und dann kann sie der Rebellion ein Ende machen, indem sie ihn tötet.«

Mit lautem Gebrüll versuchten die Adligen, Rhodry zu widersprechen, aber er gab nicht nach, den Wahnsinn im Blick. Jill packte seinen Diener am Arm. »Lauf und hol Nevyn.«

Während er dem Diener folgte, fluchte Nevyn laut auf Rhodry. Er schauderte beim Gedanken, daß Jill in die Schlacht reiten würde, aber er wußte, er würde sie nicht aufhalten können. Allerdings hatte er erwartet, daß Rhodry so vernünftig sein würde, sich von ihr retten zu lassen. Als er die Streitenden erreichte, stand Jill ein wenig seitlich von ihnen. Ihr Blick flehte ihn um Hilfe an.

»Was soll das alles, Dummkopf?« sagte Nevyn zu Rhodry. »Nutzt die Klugheit, die Euch gegeben worden ist.«

»Mit Klugheit hat das nichts zu tun. Es ist eine Sache der Ehre. Ich kann eine Frau bitten, den Rebell zu töten, den ich niemals selbst töten könnte, aber es würde mich beschämen, wenn ich sie bäte, mir das Leben zu retten. Lieber würde ich sterben.«

»Ich glaube, Lord Cadvridoc, Ihr betreibt Haarspalterei mit der Ehre.«

»Ach ja? Ich bin ein Maelwaedd, und die Ehre meines Clans ist für jeden in Deverry ein Begriff. Ich will verflucht sein, wenn ich zulasse, daß dieser Name beschmutzt wird.«

Als Rhodry die Hände auf die Hüften stützte und den alten Mann wütend anstarrte, stöhnte Nevyn.

»Ihr erinnert mich an ein altes Sprichwort. Wenn ein Maelwaedd um der Sache der Ehre Haare spaltet, braucht es drei Götter, damit er endlich den Mund hält.«

»Dann solltet Ihr Euch vielleicht an diese Götter wenden.«

Nevyn packte ihn am Hemd und zog ihn näher zu sich.

»Jetzt hört mir einmal zu, Rhodry Maelwaedd!« Er schüttelte ihn ein wenig. »Hier steht mehr auf dem Spiel als Eure verfluchte Ehre! Habt Ihr den Dweomer vergessen?«

Rhodry wurde ein wenig blasser.

»Aha. Euer Wyrd ist das Wyrd von Eldidd. Ihr seid schon bei Eurer Geburt vom Dweomer ausersehen worden, Dummkopf! Warum, glaubt Ihr, habe ich mich immer wieder in Eurer Nähe herumgetrieben? Ich werde nicht zulassen, daß Ihr jetzt Euer Leben wegwerft, und wenn ich Euch verzaubern muß!«

Rhodry begann zu zittern.

»Denkt doch nach!« fauchte Nevyn. »Was ist unehrenhafter – Jill tun zu lassen, wozu der Dweomer sie ausersehen hat, oder Eldidd dem Untergang zu weihen, weil Ihr zu störrisch wart, Euer Wyrd zu erfüllen?«

Rhodry drehte sich um und sah die anderen an, als erwartete er Hilfe von ihnen. Als Nevyn ihn losließ, trat er rasch zurück.

»Entweder Ihr schwört mir jetzt bei der Ehre der Maelwaedds, daß Ihr kämpfen werdet, um Euer Leben zu retten«, sagte Nevyn ruhiger, »oder ich muß sofort Maßnahmen ergreifen.«

»Ich schwöre es.«

»Bei der Ehre der Maelwaedds.«

»Bei der Ehre der Maelwaedds.«

»Gut. Dann solltet Ihr jetzt essen, Herr. Jill, Ihr kommt mit mir.«

Als Nevyn davonging, beeilte sich Jill, ihm zu folgen – viel zu verängstigt, um ihm nicht zu gehorchen.

»Ich bin froh, daß Ihr so klug wart, nach mir zu schicken.«

»Ich dachte, Ihr wüßtet, wie Ihr ihn überzeugen könnt, aber ich hätte niemals gedacht, daß Rhodry ein solches Wyrd hat. War es wirklich Dweomer, der mich hergeführt hat?«

»Selbstverständlich. Bezweifelt Ihr das etwa?«

Jill blieb unwillkürlich stehen.

»Ich weiß, daß Euch all diese seltsamen Dinge quälen, Kind. Aber Aderyn und ich sind hier, um uns darum zu kümmern. Geht zu Eurem Vater. Ich werde bald nachkommen.«

Jill rannte so schnell davon, daß er ihr die Angst deutlich ansah. Er hätte sie gern getröstet, aber er hatte noch viel zu tun.

Inzwischen war es Nacht geworden, und die astralen Gezeiten, die den Fluß der Kraft auf der ätherischen Ebene beeinflußten, hatten sich nach dem Wechsel von der Herrschaft des Feuers zur Herrschaft des Wassers beim Einbruch der Nacht beruhigt. Nevyn suchte Aderyn, und gemeinsam verließen sie das Lager. Etwa eine Meile entfernt befand sich ein kleines Gehöft, das ihnen die Abgeschiedenheit gab, die sie brauchten.

»Glaubst du, unser Feind wird wirklich versuchen, uns auszuspähen?« fragte Aderyn. »Immerhin hat er diesen Nachmittag schon einen Vorgeschmack deiner Macht erhalten.«

»Aber er hatte keine Gelegenheit, sich näher umzusehen. Er floh, sobald ich mit den Bannsprüchen begann. Ich kann es selbstverständlich nicht wissen, aber ich werde wachen.«

»Es ist zweifellos das beste. Du hattest also recht, und dunkler Dweomer ist in diese Angelegenheit verwickelt.«

»Ich weiß nicht, wie weit die Verbindungen gehen. Ich habe das Gefühl, dieser Bursche versucht, sich am Rand zu halten. Zumindest hat er es versucht. Heute nachmittag hat er sich verraten.«

»Und wieso sollte er ausgerechnet versuchen, einen Silberdolch zu töten?«

Nevyn zögerte. »Ich nehme an, es liegt daran, daß Cullyn so ein guter Leibwächter für Rhodry war. Und es war von Anfang an offensichtlich, daß es bei dieser Rebellion nur um Rhodry geht. Die Rebellen denken vielleicht, daß sie weniger Steuern zahlen müssen, wenn er aus dem Weg ist, aber sie sind nur Werkzeuge in den Klauen dieses finsteren Meisters. Ich bin ziemlich sicher, daß auch Loddlaen nur ein Werkzeug ist. Du hast den Jungen ausgebildet. Hat er die Macht, eine Prophezeiung über Corbyns Tod abzugeben?«

»Nein.«

»Woher hat er sie also? Ich wette, jemand hat es ihm gesagt. Und Loddlaen kann auch nicht wissen, wie wichtig Rhodry für das Wyrd von Eldidd ist, und er hat keinen Grund, ihn umzubringen. Ich glaube, unser wahrer Feind hat Loddlaen jetzt seit Monaten beeinflußt und benutzt ihn wie einen Stock, mit dem er in einem fauligen Teich den Gestank aufrührt.«

»Und wieso will dieser dunkle Meister Rhodry umbringen?«

»Das weiß ich nicht.« Nevyn lächelte grimmig. »Was das angeht, ist er uns einen Schritt voraus. Es ist der dunkle Dweomer, der immer über Wyrd und die Zukunft grübelt, nicht Männer wie wir, die auf das Licht vertrauen. Ich wäre zufrieden gewesen, auf weitere Vorzeichen der Großen über Rhodrys Wyrd zu warten. Aber ich wette, unser Feind hat versucht, sich Zugang zu Dingen zu verschaffen, die ihm verschlossen waren, und nun hat er einen sehr guten Grund, Rhodry aus dem Weg zu räumen.«

Aderyn nickte. Es war im Dunkeln unmöglich, sein Gesicht zu sehen, aber seine ganze Haltung drückte seine Trauer aus.

Als sie das Gehölz erreicht hatten, fanden sie eine Lichtung nahe dem Rand. Nevyn legte sich hin, ging in Trance und versetzte sich in den Lichtkörper. Langsam ließ er sich nach oben treiben, umkreiste den Wald, ein Glühen von Pflanzenauren, bis Aderyns goldene Aura nur noch ein Funke war. So weit von der Erde entfernt war die ätherische Ebene ein unheimlicher Ort. Nicht mehr verankert mit lebenden Wesen, wirbelte das blaue Licht frei umher; manchmal war es so dick wie Nebel an der Küste, dann wurde es plötzlich wieder dünn und gab den Blick frei zu den Sternen.

Endlich fand Nevyn, was er erwartet hatte. Weit im Osten erschien eine Ansammlung von Wildvolk, das sich um einen bestimmten Punkt scharte, als beobachteten sie einen Besucher auf ihrer Ebene. Dann verschwanden sie plötzlich – entweder vor Angst oder weil sie von jemandem verbannt worden waren, der dazu imstande war. Nevyn rief das ihm bekannte Wildvolk herbei und schickte es los, den möglichen Feind abzulenken – aber er warnte sie auch, sich in sicherer Entfernung zu halten. Dann folgte er ihnen. Der

Trick funktionierte. Nevyn war recht nahe herangekommen, ehe der Feind ihn bemerkte.

Und es war ein Feind. Nur ein dunkler Dweomermann würde einen solch angeberischen Lichtkörper bilden: eine Gestalt in einem schwarzen Kapuzenumhang, bestickt mit geheimnisvollen Symbolen und gegürtet mit einem Streifen Dunkelheit, von dem zwei abgeschlagene Köpfe herabhingen. Nevyn konnte unter der Kapuze ein Gesicht ausmachen, zwei glitzernde Augen und einen sich unaufhörlich bewegenden Mund. Wo immer sein Körper war, er sprach automatisch und übermittelte einem Zuhörer Informationen.

»Du bist ein Schüler, nicht wahr?« sprach Nevyn sein Gegenüber in Gedanken an. »War dein Meister zu feige, sich mir zu stellen?«

Die Gestalt floh vor ihm, aber als Nevyn ihr nachsetzte, blieb sie stehen. Aus dem Schrecken im Blick des Schülers konnte Nevyn erkennen, daß sein Meister ihn zwang, dem Feind gegenüberzutreten.

»Wer bist du?« dachte der Schüler bebend.

»Sag deinem Meister, daß ich als der Meister von Aethyr bekannt bin, aber auf der physischen Ebene bin ich Niemand.«

Nevyn sah, wie der Mund sich weiterbewegte, dann sandte der Schüler eine Gedankenwelle reiner Angst aus. Die Gestalt wich zur Seite, schwebte zurück und begann sich aufzulösen. Das schwarze Gewand verschwand, und vor Nevyn in der Luft hing nur noch der einfache ätherische Doppelgänger eines jungen Mannes, und die Silberschnur, die ihn an seinen Körper binden sollte, war zerrissen. Der Meister hatte lieber seinen Schüler getötet, als daß er riskiert hätte, daß Nevyn ihm zu ihrem Versteck folgte.

»Du armer kleiner Narr!« dachte Nevyn. »Siehst du jetzt,

welchem Meister du vertraut hast? Du hast eine letzte Chance, es wiedergutzumachen. Ich flehe dich an, entsage dem Dunklen Pfad und wende dich dem Licht zu!«

In Gedanken reiner Wut stürmte der Schüler davon, wirbelnd und taumelnd, aber er erhob sich immer höher in das blaue Licht. Nevyn ließ ihn traurig ziehen. Er hätte diese Seele gerne gerettet, aber die Herren des Wyrd würden sich des Schülers bald annehmen und ihn, wie sehr er sich auch wehren mochte, in die Halle des Lichts zerren. Welches Urteil dort auf ihn wartete, ging Nevyn nichts mehr an.

Nevyn kehrte in seinen Körper zurück, und als er sich aufsetzte, beugte sich Aderyn dicht zu ihm und lauschte angestrengt seinem Bericht.

»Ich habe den Eindruck, daß unser Feind jemand ist, der dich gut kennt«, sagte Aderyn.

»So scheint es. Nun, sein Schüler wird nicht tiefer in dieses schwarze Elend eindringen.«

»Das ist wahr. Wenn sein Meister solche Angst vor dir hat, wird er heute nacht wohl kaum zurückkehren.«

»Er wird es nicht können. Es ist ein harter Schlag für einen der Dunklen, einen Schüler zu verlieren. Die Meister leben von ihrer Energie. Ich wette, im Augenblick fühlt er sich sehr elend. Gut.«

Aderyn schauderte. Wie die meisten Dweomerleute im Königreich hatte er wenig mit den Meistern der dunklen Künste zu tun. Aber Nevyn war der Meister des Aethyr und stand Wache an der Grenze des Königreichs, wo er stets Ausschau nach unreinen Dingen hielt, von denen kaum einer von denen, die er bewachte, auch nur etwas ahnte. Er stand auf und wischte sich das Laub von den Kleidern.

»Laß uns ins Lager zurückkehren. Ich will ein besonderes Siegel auf Rhodrys Aura setzen.«

Einige Meilen entfernt lag Loddlaen in seinem Zelt und versuchte zu schlafen. Er drehte und wand sich und verfluchte die Männer, die draußen Lärm machten, und er dachte sogar daran, sich mit Met zu betrinken. Er war so erschöpft, daß er sich wie ein Sack mit Steinen fühlte, aber jedesmal, wenn er einschlief, riß ihn ein Gedanke oder ein Bild wieder hoch. Endlich gab er auf und beschwor die Dunkelheit herbei. Er stellte sich den schwarzen Punkt vor und wollte ihn wachsen lassen. Aber obwohl er es stundenlang versuchte, kam die Dunkelheit nicht.

»Wir sollten den Männern einen Tag im Lager gönnen«, sagte Sligyn. »Etwas anderes bleibt uns ohnehin kaum übrig. Und der Kampf gestern hat dieser Armee das Herz herausgerissen.«

»Ihr habt recht«, sagte Rhodry. »Aber es quält mich, einfach nur hier zu sitzen, wenn Corbyn so nahe ist.«

»Morgen wird sich das ändern«, warf Peredyr ein. »Corbyn kann sich ebensowenig rühren wie wir. Er hat noch schlimmere Verluste erlitten.«

In der kühlen, grauen Dämmerung hielten die Adligen beim Frühstück Kriegsrat.

Nach der Beratung fiel Rhodry die undankbare Aufgabe zu, einen Brief zu schreiben, der Lord Daumyrs Leiche begleiten solle. Seine Männer und alle anderen waren bereits auf dem Feld, auf dem sie gefallen waren, begraben worden. Als Rhodry den Brief zu Daumyrs Diener brachte, der die Leiche nach Hause begleiten würde, fand er dort auch die Männer von Daumyrs Kriegshaufen vor. Der Hauptmann Maer kniete sich vor ihn.

»Ich möchte Euch um etwas bitten, Lord Cadvridoc«, sagte Maer. »Von Rechts wegen sollten wir mit unserem Herrn nach Hause gehen. Laßt uns bleiben. Wir wollen Rache.«

Rhodry zögerte. Diese Männer standen jetzt theoretisch unter dem Befehl von Daumyrs neunjährigem Sohn, der zu dieser Frage gehört werden mußte.

»Bitte, Herr«, fuhr Maer fort. »Unser Herr wurde vom Dweomer getötet, und wir wollen dem Dweomer helfen, Corbyn zu besiegen. Ich weiß, Ihr denkt an den Jungen unseres Herrn, aber welcher Sohn würde nicht wollen, daß sein Vater gerächt wird?«

»Wahr gesprochen. Also gut. Reitet mit mir und meinen Leuten, und ihr werdet zu denen gehören, die Corbyn direkt angreifen.«

Die Männer jubelten.

Nachdem er Daumyrs Leiche mit ihrer ärmlichen Ehrengarde von zwei Verwundeten auf den Weg geschickt hatte, ging Rhodry zu seinem Zelt, um nach Cullyn zu sehen. Auf dem Weg begegnete er Nevyn, der Arzneien und Verbände trug.

»Ich will die Verbände an Cullyns Wunden wechseln«, sagte der alte Mann. »Ihr werdet warten müssen, wenn Ihr mit ihm sprechen wollt. Und ich will nicht, daß Ihr ihm sagt, was Jill vorhat. Er ist zu schwach dazu.«

»Also gut. Bei den Göttern, ich hatte nicht daran gedacht, was er davon halten würde.«

»Ach ja? Es wäre eine gute Idee, wenn Euer Gnaden hin und wieder einmal nachdenken würden.«

»Aber was wird Cullyn sagen, wenn sie am Tag der Schlacht nicht zu ihm kommt?«

»Oh, darum hat er sich schon selbst gekümmert. Dieser Mann ist so störrisch wie ein Bär. Als er heute morgen erwachte, war er dankbar, sie zu sehen, und im nächsten Atemzug hat er ihr schon befohlen, sofort nach Cannobaen zurückzukehren, damit ihr nichts passiert.«

»Das ist ehrenhaft von ihm. Immerhin liebt er seine Tochter.«

»Ja.« Seltsamerweise sah Nevyn bei diesen Worten beunruhigt drein. »O ja, das tut er.«

Rhodry folgte Nevyn zum Zelt, in der Hoffnung, daß Jill zum Frühstück herauskommen würde, und tatsächlich tat sie das. Zuerst gingen sie zu den Wagen, wo Rhodry ihr etwas zu essen beschaffte, dann wanderten sie vom Lager weg auf die sonnige Wiese hinaus. Als sie sich zusammen niedersetzten, wußte Rhodry, daß er noch nie eine Frau so begehrt hatte wie Jill.

»Wißt Ihr, Jill«, sagte er schließlich, »Ihr seid wahrhaftig ein Falke, und mein Herz ist ein kleiner Vogel in Euren Klauen.«

»Herr, Ihr kennt mich doch kaum.«

»Und wie lange braucht ein Falke, um niederzustoßen und sein Opfer zu schlagen?«

Jill starrte ihn an, als könnte sie ihren Ohren nicht trauen. Rhodry lächelte und rückte ein Stück näher.

»Ihr müßt doch wissen, wie schön Ihr seid! Ich wette, überall an Eurem Weg habt Ihr seufzende Männer zurückgelassen.«

»Wenn, dann haben sie nicht gewagt, mir das zu sagen. Dafür hat Vater schon gesorgt. Und zweifellos schmachteten noch mehr Mädchen nach Euch als Männer nach mir. Wie war das mit der Tochter des Seifenmachers?«

»Bei den Höllen, woher wißt Ihr das?«

»Eure Mutter hat es mir erzählt, als ich in Cannobaen war.«

»Verflucht soll sie sein! Was – warum ...«

»Sie hat mich ebenfalls darauf hingewiesen, daß ich schön bin, und ich glaube, sie kennt Euch sehr gut. Ich mag ein Silberdolch sein, Herr, aber ich verdiene mein Brot ausschließlich im Kampf.«

Rhodry spürte, wie er errötete.

»Ihr Götter«, sagte er schließlich. »Ihr müßt mich verachten!«

»Nein, aber ich will auch keinen Eurer Bastarde.«

Rhodry legte sich auf den Bauch und studierte eindringlich das Gras, das plötzlich sehr interessant geworden war.

»Nevyn hat mir gesagt, wenn wir weiterreiten, soll ich das Zelt mit Aderyn teilen«, meinte Jill, »und ich werde mich an seine Anweisung halten.«

»Ich habe schon verstanden. Ihr braucht nicht noch Essig in meine Wunden zu gießen.«

Rhodry hörte, wie sie aufstand und davonging. Lange Zeit blieb er im Gras liegen und fragte sich, wie er wegen eines Mädchens, das er kaum kannte, so nah ans Weinen geraten konnte.

Nevyn war auf dem Rückweg zu den Wagen, als er Jill begegnete. Ihm fiel auf, daß alle Männer im Lager aufblickten, wenn sie an ihnen vorbeikam. Einige standen auf und verbeugten sich, andere sprachen ihren Namen wie ein Gebet. Sie betrachteten sie als eine Art magischen Talisman, einen Dweomer, den sie, nach so vielen anderen Erlebnissen, wenigstens verstehen konnten. Nevyn wurde auch klar, daß er es nicht mehr wagen konnte, sie aus der Schlacht herauszuhalten, sonst würden die Männer meutern. Wenn nur Calonderiel oder Jennantar als Schwertkämpfer ausgebildet wären, dachte er. Aber er wußte, daß keiner der Bogenschützen gegen einen Krieger wie Corbyn eine Chance hatte, obwohl auch ein von einem Elfen geführtes Schwert Loddlaens Prophezeiung erfüllt hätte.

»Wolltet Ihr mit mir sprechen, Kind?« fragte Nevyn Jill. »Geht es um Euren Vater?«

Sie gingen an den Wagen vorbei auf die Wiese hinaus, wo niemand sie belauschen konnte. Jill schien ernstlich beunruhigt zu sein, und sie blieb lange schweigend stehen, bis sie schließlich erzählte, was ihr auf dem Herzen lag.

»Erinnert Ihr Euch, wie ich erfahren habe, daß Vater verwundet worden ist? Ich habe die ganze verfluchte Schlacht in einer Vision gesehen, die ganz plötzlich kam.«

Nevyn starrte sie überrascht an; er hatte angenommen, daß sie die Gefahr, in der ihr Vater sich befunden hatte, nur irgendwie gespürt hatte.

»Werden solche Dinge jetzt öfter passieren?« fragte sie mit zitternder Stimme. »Ich will das nicht. Ich will den Dweomer nicht. Er hat mich mein ganzes Leben lang verfolgt, obwohl ich nie darum gebeten habe. Für Euch mag das in Ordnung sein, aber ich will es einfach nicht.«

»Niemand kann Euch zwingen, den Dweomer anzunehmen.« Nevyn haßte jede der bitteren Wahrheiten, die er aussprach, aber seine Gelübde zwangen ihn dazu. »Ihr habt eine große Begabung, aber wenn Ihr sie nicht ausbildet, wird sie einfach vergehen, etwa so, wie Eure Beine schwach würden, wenn Ihr niemals gehen würdet.«

Sie lächelte mit einer Erleichterung, die ihm ans Herz ging, aber dann wurde sie plötzlich wieder ernst.

»Aber was ist mit dem Wildvolk? Werde ich sie dann auch nicht mehr sehen?«

»Ohne Zweifel. Viele Kinder können das Wildvolk sehen, aber sie verlieren diese Begabung, wenn sie etwa zehn Jahre alt sind. Es ist seltsam, daß Ihr es immer noch sehen könnt, ohne ausgebildet zu sein.«

»Ich will sie nicht verlieren. Sie waren lange Zeit die einzigen Freunde, die ich hatte.«

In ihrer Stimme schwang deutlich die Erinnerung an ihre Einsamkeit mit.

»Nun, Jill, es ist Eure Wahl. Niemand kann Sie Euch abnehmen, ich nicht und Euer Vater auch nicht.«

Sie nickte, dann drehte sie sich plötzlich um und lief ins Lager zurück. Nevyn, der ihr nachsah, verfluchte ihrer beider Wyrd. Dann ermahnte er sich, daß sie immer noch ein junges Mädchen war, überwältigt von diesem seltsamen Eindringen des Dweomer in ihr Leben. Obwohl seine Gelübde es ihm verboten, sie zu bitten, konnte er ihr Freund sein, und mit der Zeit würde sie vielleicht den Dweomer als etwas vollkommen Natürliches betrachten – das hoffte er zumindest. Er fühlte sich zutiefst erschöpft, als er ins Lager zurückkehrte, und fragte sich, ob er wohl jemals die Schuld abtragen konnte, daß er ihr den Dweomer und ihr wahres Wyrd gebracht hatte.

Als er das Lager erreichte, sah er sie bei Jennantar und Calonderiel sitzen. Wenn sie sich instinktiv an Elfen wandte, wenn sie Trost brauchte, dann bestand kein Grund zur Verzweiflung.

Entschlossen, ihr Gespräch mit Nevyn zu vergessen, sah Jill zu, wie Jennantar und Calonderiel ein kompliziertes Spiel spielten. Dazu benutzten sie winzige Holzpyramiden, die auf jeder Seite in einer anderen Farbe lackiert waren und von denen sie eine ganze Handvoll schüttelten und in einer Linie auswarfen. Die Reihenfolge und Anzahl der Farben entschied darüber, wer die Runde gewonnen hatte. Schließlich sammelte Jennantar die Würfel wieder ein.

»Wir sind schrecklich unhöflich zu Jill.«

»Ha«, erwiderte Calonderiel. »Du warst am Verlieren! Aber es ist gut, mit Euch sprechen zu können, Jill. Wie geht es Eurem Vater heute früh?«

»Nevyn sagt, er hält sich besser als erwartet.«

»Das sind gute Nachrichten«, sagte Jennantar. »Ich wünschte, ich hätte schneller in Schußweite kommen können.«

Jill nickte bedrückt und fragte sich, wie sie es schaffen würde, ihren verwundeten Vater anzulügen, obwohl sie niemals etwas in ihrem Leben mehr gewollt hatte als diese Gelegenheit, in den Krieg zu reiten.

»Aha«, sagte Calonderiel. »Hier kommt unser rundohriger Cadvridoc. Ich wette, es sind nicht wir, mit denen er sprechen will.«

Jill blickte auf, als Rhodry auf sie zukam. Tatsächlich war sie es, die er mit seinem liebenswerten Lächeln bedachte. Manchmal haßte Jill ihn, weil er so gut aussah. Sie und Jennantar standen auf, aber Calonderiel blieb im Gras sitzen. Rhodry wandte sich ihm zu, und sein Lächeln verschwand.

»Wenn der Cadvridoc mit Euch spricht, steht Ihr auf.«

»Ach ja?« sagte Calonderiel. »Wie kommt Ihr darauf, daß ich Eure Befehle befolge?«

»Ihr befolgt meine Befehle, oder Ihr verlaßt die Armee.«

Betont langsam stand Calonderiel auf, aber seine Haltung war alles andere als respektvoll.

»Jetzt hört mir einmal zu, Junge. Hebt Euch Eure Arroganz für andere Eurer elenden Art auf. Ich bin mit dem Weisen des Westens hergekommen, und nur, weil er mich darum gebeten hat.«

»Ich gebe keinen Schweinefurz dafür, wieso Ihr gekommen seid. Jetzt seid Ihr jedenfalls hier, und Ihr werdet meine Befehle befolgen.«

Jennantar seufzte gereizt, dann murmelte er etwas auf Elfisch, was Calonderiel ignorierte. Rhodry und der Elf versuchten, einander niederzustarren. Jill überlegte, ob sie etwas sagen sollte, aber dann wußte sie plötzlich auf eine Weise, die geradezu nach Dweomer roch, daß es ungemein wichtig für Rhodry war, sich Calonderiels Respekt zu erwerben, und das nicht nur aus Gründen der Armeedisziplin.

»Wenn Ihr etwas gegen mich habt, Rundohr«, sagte Calonderiel schließlich, »dann sollten wir das jetzt und hier austragen.«

Jennantar trat vor. »Er weiß nicht, wie sich Männer bei uns duellieren.«

»Ach nein?« sagte Rhodry mit schiefem Grinsen. »Mein Onkel hat die Westleute an seinem Hof stets willkommen geheißen, und Ihr seid nicht die ersten, die ich sehe. Also gut, Cal.«

Inmitten einer wachsenden Menschenmenge zogen sie ihre Hemden aus und bewaffneten sich, Calonderiel mit seinem Messer, Rhodry mit Jennantars, weil sein Dolch erheblich kürzer war.

Calonderiel begann, seinen Gegner zu umkreisen, und Rhodry bewegte sich mit – beide in tödlichem Schweigen. Rhodry griff zum Schein an; Calonderiel wich aus und stieß zu; Rhodry konnte gerade noch ausweichen. Wieder umkreisten sie einander, bis diesmal Calonderiel angriff. Rhodry wich gekonnt aus, dann stach er von der Seite her zu. Calonderiel riß den Arm hoch, aber Rhodrys linke Hand bewegte sich so schnell, daß Jill es kaum sah, und packte die Dolchhand des Elfen unter dem Gelenk, zwang sie nach oben, während das Messer in seiner Rechten in der Sonne glitzerte – und dann dunkel von Blut war. Calonderiel wich zurück; er hatte eine dünne Schnittwunde über den Rippen.

»Befolgt Ihr nun meine Befehle?« fauchte Rhodry.

»Ja.« Calonderiel senkte das Messer. »Lord Cadvridoc.«

Zum Jubel seiner Männer wischte Rhodry das Messer ab, reichte es Jennantar, hob sein Hemd auf und ging davon. Als Jill ihm nachsah, wurde ihr klar, daß sie Calonderiel zwar mochte, aber dennoch froh war, daß Rhodry gewonnen hatte. Sie fühlte sich seltsam schuldig, als sie sich wieder dem Elfen zuwandte, der sich das Blut abwischte, während Jennantar mit säuerlicher Miene zusah.

»Unser junger Herr ist für ein Rundohr ziemlich schnell«, stellte Calonderiel fest.

»Ja«, fauchte Jennantar. »Und jetzt wirst du vielleicht endlich den Mund halten. Aderyn hat uns doch gesagt, daß er keinen Ärger will, oder hast du das vergessen?«

»Nein, aber ich kann nicht den Befehlen eines Mannes folgen, der mich nicht im Kampf besiegen kann.«

»Selbstverständlich mußt du das so sehen.« Jennantar wandte sich Jill zu. »Unser Cal hier ist selbst so etwas wie ein Cadvridoc. Wenn man daran gewöhnt ist, Hunderte von Bogenschützen zu befehligen, ist es wahrscheinlich schwierig, einem anderen zu gehorchen.«

»Nur, wenn es ein Rundohr ist«, warf Calonderiel ein. »Mit deiner elenden Arroganz komme ich doch ganz gut zurecht, oder?«

Jennantar lachte.

»Cadvridoc oder nicht«, sagte Jill, »Ihr solltet diesen Schnitt von Aderyn behandeln lassen.«

»Ach, das ist nur ein Kratzer. Rhodry hat sich zurückgehalten. Er ist kein schlechter Mann – für ein Rundohr. Und die Eule ist unterwegs und späht unseren Feind aus. Es macht den alten Mann unruhig, die Feinde so nah zu wissen.«

Ein Fluß von Blut ergoß sich über Corbyns Lager, floß dick und träge um die Zelte, wirbelte um Männer und Pferde. Obwohl er wußte, daß es nur eine Vision war, brauchte Loddlaen lange, um sie zu bannen, und selbst als der Fluß verebbte, schien es, als bliebe ein rötlicher Schimmer auf allem zurück, das er berührt hatte. Loddlaen klemmte die Hände zwischen die Oberschenkel, um zu verbergen, wie sehr sie zitterten, während er versuchte, weiter dem Kriegsrat zu lauschen. Schließlich stand er auf und ging. Als er das Lager durchquerte, konnte er den Haß der Männer wie einen Dolch im Rücken spüren.

In seinem Zelt war es kühl und angenehm ruhig. Die Armee war zu bedrückt und erschöpft, um viel Lärm zu machen. Loddlaen legte sich nieder und versuchte, tief und gleichmäßig zu atmen, bis seine Hände aufhörten zu zittern. Er würde die Dunkelheit beschwören müssen. Obwohl sie nicht mehr zu kontrollieren waren, zeigten seine Visionen ihm doch, daß alles auseinanderbrach, und er wußte, daß irgendwo dort in der Dunkelheit eine Macht verborgen war, die ihm helfen konnte. Er schloß die Augen und versuchte es, aber nichts geschah. Er versuchte es abermals, aber er konnte nicht einmal den kleinen schwarzen Punkt sehen, der den Beginn der Dunkelheit ankündigte.

Ganz plötzlich wußte er es: Man hatte ihn verlassen. Sein seltsamer Verbündeter war verschwunden. Einen Augenblick lang war er so verwirrt wie ein Kind, das in den Armen seiner Mutter eingeschlafen ist, aber in einem fremden Bett aufwacht. Wie hatte er sich nur in diese kleinliche Rebellion verwickeln lassen können, wo er doch hätte fliehen und reisen können, bis er außer Aderyns Reichweite war? Plötzlich erinnerte er sich wieder an den Mord, den Elfen, den er wegen eines Steins getötet hatte. Aderyn war nur ein paar Meilen entfernt, und er wollte ihn bestrafen. Wie konnte er das vergessen? Er erinnerte sich jetzt wieder an den Mann aus Deverry, der sich unterwegs mit ihm angefreundet hatte. Er war es, der Loddlaen überzeugt hatte, in Dun Bruddlyn Zuflucht zu suchen – angeblich ein Kaufmann, der eines Abends tief in Loddlaens Augen gesehen hatte –, und an diesem Punkt verschwand die Erinnerung im grauen Nebel der Zauberei.

Erst jetzt wurde ihm klar, wie sehr er verzaubert worden war und wie lange. Er drehte sich auf den Bauch und schluchzte in die Decken.

Langsam wurde ihm bewußt, daß es draußen lauter wurde. Männer schrien wütend aufeinander ein, rannten herum, und Pferde wieherten aufgeregt. Ein Angriff? Loddlaen stand auf, und in diesem Augenblick kam Corbyn ins Zelt gestürmt.

»Da seid Ihr ja!« rief Corbyn. »Bei den Höllen, Ihr müßt mir helfen! Verkriecht Euch nicht hier wie ein kranker Hund!«

»Paßt auf, in welchem Ton Ihr mit mir redet! Was ist denn los?«

»Cenydd und Cinvan wollen die Rebellion verlassen.«

Fluchend folgte Loddlaen ihm nach draußen. Er war erschrocken, aber er wußte, daß er jetzt, nachdem die Dunkelheit ihn verlassen hatte, nichts tun konnte, um die Lords von ihren Plänen abzubringen.

Nevyn saß im Schatten des Wagens am Boden. Er hatte die Augen geschlossen und saß vornübergebeugt da, also nahmen die Diener an, der alte Mann hielte ein kleines Schläfchen, und unterhielten sich in seiner Nähe nur im Flüsterton. Sie hätten ruhig laut sprechen können, denn Nevyn meditierte, und nichts hätte seine geübte Konzentration stören können. In Gedanken hatte er das Bild eines sechszackigen Sterns geschaffen, und er benutzte es, wie ein ungeschickterer Dweomermann einen Stein benutzt hätte: zum Sehen. Inmitten des Sterns kamen und gingen die Bilder, geistige Spiegelungen der astralen Ebene, die die ätherische auf dieselbe Weise umgibt wie die ätherische die physische. Dort haben Gedankenformen und Bilder ein eigenes Leben, und dort bleiben Erinnerungen an jedes Ereignis erhalten, das jemals auf den Ebenen darunter geschehen ist.

Dieses gewaltige Lager durchsuchte Nevyn nun nach Spuren des dunklen Meisters, der ein solch gefährlicher Feind geworden war. Da das Ereignis erst vor kurzem stattgefunden hatte, war es leicht für Nevyn, die Bilder der letzten Schlacht zu finden. Er sah Cullyn, der verzweifelt gegen die Männer kämpfte, die ihn bedrängten. Nevyn ließ das Bild in seinem

Geist erstarren, dann benutzte er es als Ausgangspunkt für weitere Bilder, wie ein Staubkorn in der Luft der Ausgangspunkt für einen Regentropfen ist. Endlich fand er, was er suchte. Im Mittelpunkt des Sterns erschien eine Präsenz, eine Schwärze, die über der Schlacht im Ätherischen hing. Als Nevyn versuchte, sie sich näher anzusehen, verschwand sie. Der dunkle Meister hatte seine Spuren gut verborgen.

Nevyn brach die Meditation gereizt ab. Er hatte nicht erwartet, viel zu finden, aber er hatte sich dennoch Hoffnungen gemacht. Er stand auf und reckte sich, und in diesem Augenblick sah er Aderyn, der ins Lager gerannt kam und auf das Zelt der Adligen zulief.

Rhodry saß mit Sligyn und Peredyr vor Sligyns Zelt, als Aderyn herankam.

»Corbyn hat das Lager abgebrochen und marschiert nach Norden. Er ist gut zehn Meilen entfernt.«

»Verflucht soll er sein!« Rhodry kam auf die Beine. »Was hat er vor – will er sich in sein Dun verkriechen?«

»So sieht es aus, und er hat nur noch etwa hundert unversehrte Männer bei sich. Ich habe nur zwei Wappen gesehen – Corbyns grün-braunes und ein rotes mit einem schwarzen Pfeil.«

»Nowecs Männer«, erklärte Sligyn. »Also haben seine anderen Verbündeten ihn verlassen. Das ist das Beste, was ich seit Tagen gehört habe.«

»Es ist ziemlich sicher, daß er zu seinem Dun zurückwill«, meinte Rhodry. »Wir müssen ihn abfangen. Ich will verdammt sein, wenn ich zulasse, daß er jetzt um Frieden bittet und wir Dun Bruddlyn nicht einnehmen können. He, wenn wir den Troß zurücklassen, können wir ihn noch einholen.«

»Normalerweise würde ich zustimmen«, sagte Peredyr. »Aber Loddlaen wird wissen, was wir vorhaben. Das wird

Corbyn die Möglichkeit geben, sich eine gute Stellung zu suchen, und wir würden mit erschöpften Pferden angreifen.«

Rhodry hätte ihn am liebsten niedergeschrieen, aber es stimmte.

»Also gut. Wir folgen ihm heute und versuchen, ihn morgen früh einzuholen.« Dann bemerkte er Nevyn, der in der Nähe stand und zuhörte. »Guter Herr, Ihr und Aderyn solltet in meiner Nähe sein, wenn wir reiten.«

»Oh, Aderyn kann tun, was er mag«, sagte Nevyn, »aber ich werde die Verwundeten zurück nach Dun Gwerbyn bringen.«

»Was?«

»Junge, ich habe Euch schon einmal gesagt, Ihr habt einen schlimmeren Feind als Loddlaen. Sagen wir mal, ich werde es mit einem Rückzugsgefecht versuchen. Aderyn kann sich um Loddlaen kümmern, und das wird er auch tatsächlich selbst tun müssen.«

Nevyn drehte sich um und ging, ehe Rhodry ihm widersprechen konnte.

Es dauerte über eine Stunde, bis die Armee abmarschbereit war. Rhodry sattelte sein Pferd selbst, packte seine Sachen und schickte dann nach Jill. Er brachte sie zu einem Wagen, der mit den Rüstungen der Toten beladen war. Zu seinem Entsetzen erklärte sie, sie habe nie zuvor ein Kettenhemd getragen.

»Bei den Göttern, wie werdet Ihr kämpfen, wenn Ihr das Gewicht nicht gewöhnt seid?«

»Ich werde mich eben schnell daran gewöhnen müssen.«

»Beten wir, daß das möglich ist, aber es beunruhigt mich. Oh, beim schwarzen haarigen Arsch des Höllenfürsten, ich wünschte, Ihr würdet nicht mit uns reiten.«

»Es ist Euer Wyrd, und deshalb werde ich Corbyn töten, selbst wenn ich mit ihm sterben sollte.«

Jill war so ruhig, daß er am liebsten vor Scham geweint hätte, weil es sein Wyrd war, das sie in Gefahr brachte. Er überließ es ihr, ein Kettenhemd und einen Helm zu finden, und ging zur Pferdeherde. Unter den Ersatzpferden hatte er ein besonders gutes Pferd aus dem Westen namens Goldwolke. Er hatte es bisher nicht beim Kampf eingesetzt, weil es so wertvoll war, aber er war entschlossen, es Jill zu überlassen. Er sattelte das Tier mit einem Kampfsattel, dann führte er es zu Jill. Als er sie im Kettenhemd sah, das goldene Haar im Sonnenlicht schimmernd, zerriß es ihm fast das Herz. Sie war so schön, und es war gut möglich, daß sie wegen seines Wyrd in den Tod ging. Jill grüßte ihn mit einem Lächeln.

»Ihr hattet recht, was das Gewicht angeht. Ihr Götter, ich hätte nie gedacht, daß Kettenhemden so schwer sind.«

»Es sind über zehn Pfund.« Er reichte ihr die Zügel. »Hier, Silberdolch, das Pferd, das ich versprochen habe.«

»Euer Gnaden sind zu großzügig.«

»Nein. Wenn ich schon ein Mädchen als Leibwächter brauche, dann soll sie zumindest das beste Pferd in der ganzen Armee haben.«

Jill legte ihm die Hand auf die Wange.

»Rhodry, wenn Ihr Euch davon nicht entehrt fühlen würdet, würde ich Euch verachten, aber wenn Ihr mich nicht für Euch kämpfen laßt, seid Ihr einfach dumm.«

Er drehte den Kopf leicht und küßte ihre Finger.

»Dann werde ich tun, was meine Herrin befiehlt, und überleben.«

Er ging davon, hin- und hergerissen zwischen seiner Begierde und der Angst um ihr Leben.

Endlich war die Armee bereit zum Aufbruch. Rhodry ritt allein an der Spitze und führte seine Verbündeten nach Norden. Spät an diesem Nachmittag sah er zwei Leichen am Straßenrand – Reiter Corbyns, die an ihren Wunden gestorben waren. Rhodry ließ die Armee anhalten, und Sligyn ritt neben ihn.

»Arme Schweine«, sagte Sligyn.

»Ich frage mich, wieviel mehr wir noch finden werden. Corbyn muß verzweifelt sein.«

»Das ist sein gutes Recht. Schließlich sind wir hinter ihm her.«

Obwohl er schnell weiterkommen wollte, ließ Rhodry einige seiner Männer die Leichen in Decken wickeln und auf einen der Wagen laden. An diesem Abend, als sie ihr Lager aufschlugen, bestatteten sie sie.

Erst lange nach Sonnenuntergang traf Rhodrys Bote in Dun Cannobaen ein. Die Männer der Wache, die ebenso versessen auf Neuigkeiten waren wie Lovyan, drängten sich um sie, als der Schreiber die Depeschen vorlas. Als sie von Daumyrs Tod erfuhr, seufzte Lovyan laut.

»Das bedrückt mich sehr. Er war ein guter und treuer Mann.« Sie hielt inne und dachte nach. »Am Morgen werden wir reiten. Wenn Corbyn auf der Flucht ist, besteht die Gefahr, daß er uns hier belagert. Männer, ihr werdet mich und meine Frauen nach Dun Gwerbyn begleiten und dann der Armee nachreiten.«

Die Festungswache jubelte. Dannyan zog fragend die Braue hoch.

»Ich möchte dem Krieg näher sein«, sagte Lovyan. »Wenn Corbyns Verbündete ihn im Stich lassen, werden sie alle einzeln um Frieden nachsuchen müssen. Ich möchte in Dun Gwerbyn sein, um sie zu empfangen. Was wäre, wenn Rhys auf die Idee käme, ebenfalls nach Dun Gwerbyn zu kommen, damit sie sich direkt an ihn wenden können?«

»Das ist möglich. Ich hatte Rhys ganz vergessen.«

»Das kann ich leider keine einzige Minute dieses elenden Tages.«

Nachdem die Armee davongeritten war, ging Nevyn zu seinem Bett und schlief den ganzen Nachmittag. Er stand erst wieder auf, als es Zeit wurde, sich um die Verwundeten zu kümmern. Sobald es dunkel war, verließ er das Lager.

Versteckt im Wald, versetzte sich Nevyn wieder in Trance und schwebte hinauf zur ätherischen Ebene. Schneller als jeder Vogel flog er nach Norden, bis er die wirre Masse von Auren unter sich sah, die Rhodrys Armee anzeigte. Wie ein Wächter hing er über ihnen und kreiste nach allen Seiten, während die Stunden vergingen und sich um Mitternacht die Astralgezeiten wendeten und die ätherische Ebene zu wirbeln begann. Nevyn kämpfte und blieb, wo er war, wie ein Schwimmer, der in bewegter See Wasser tritt.

Wenn der dunkle Meister verzweifelt genug war, würde er jetzt angreifen. Nevyn hielt sich nahe der Erde, wo die Strömung nicht so heftig war. Langsam wurden die Wellen glatter und träger, die Wirbel verebbten. Als sich die Gezeiten endlich gewendet hatten, sah er, daß jemand auf ihn zukam, aber es war Aderyn, der sich in einem einfachen blauen Lichtkörper bewegte.

»Wie sieht's aus?« dachte Aderyn.

»Bisher kein Zeichen von unserem Feind.«

»Ich habe auch nichts gesehen. Ich bin in dieser Form zu Corbyns Lager gegangen. Loddlaen hat mich nicht herausgefordert.« Aderyns Trauer breitete sich wie eine Welle aus und war auf dieser Ebene beinahe sichtbar.

»Du solltest davon ausgehen, daß er tot ist.« Nevyn legte so viel Mitgefühl in den Gedanken, wie er konnte. »Trauere um ihn und laß ihn gehen.«

»Ich kann nichts anderes tun.«

Abrupt wandte sich Aderyn ab und folgte der Silberschnur zurück zu seinem Körper.

Nevyn hielt die ganze Nacht Wache, bis kurz vor der Dämmerung die Ätherflut kam. Da kein dunkler Meister bei den Gezeiten von Äther und Luft zaubern konnte, kehrte Nevyn zu seinem Körper zurück. Als er wieder ins Lager ging, dachte er über diese lange, langweilige Nacht nach. Es war möglich, daß der dunkle Meister nur abwartete, bis Nevyn unvorsichtig wurde, aber das war recht unwahrscheinlich. Er dachte weiter über seinen Gegner nach, versuchte alles zu berücksichtigen, was dieser tun konnte, aber er spürte keine Dweomerwarnung, nicht das geringste Zucken. Danach wußte er, daß der Meister das Feld verlassen hatte.

»Ich hätte das in der vergangenen Nacht tun und mir die Langeweile ersparen sollen«, sagte er laut. »Aber ich hätte nie gedacht, daß er so einfach aufgeben würde.«

Plötzlich mußte er lachen. Er hatte sich so sehr an seine Macht gewöhnt, daß er hin und wieder vergaß, wie erschrekkend sie für jemanden sein konnte, der Grund hatte, ihn zu fürchten.

Rhodrys Armee hatte ihr Lager auf einem Gemeindeanger etwa eine halbe Meile von einem Bauerndorf entfernt aufgeschlagen. Obwohl Rhodry alle schon vor Einbruch der Dämmerung weckte und ihnen befahl, sich zu beeilen, mußten sie noch eine Stunde bleiben, damit die Pferde grasen konnten. Jill nahm an, daß Corbyn bereits auf dem Weg war; er konnte es riskieren, seine Pferde anzutreiben, denn er war ganz in der Nähe seines Dun.

Als Jill sich ihre Rationen abholte, kam Aderyn zu ihr und bat sie, ein Stück mit ihm zu gehen. In der Nähe befand sich ein Weidengehölz an einem Ententeich, und dort gingen sie hin, um ein wenig Ruhe zu haben. Seufzend setzte sich Aderyn auf einen umgestürzten Baum.

»Ich hoffe, daß ich Euch nicht beleidige, aber glaubt Ihr wirklich, daß Ihr Corbyn schlagen könnt? Ich möchte nicht, daß Ihr für eine hoffnungslose Sache getötet werdet. Nevyn würde mir das nie verzeihen, und ich möchte mir auf keinen Fall seinen Zorn zuziehen.«

»Das kann ich mir vorstellen. Aber solange es um einen Zweikampf geht, kann ich es mit ihm aufnehmen. Nach dem, was Rhodry sagt, ist er alt und wird langsamer, und er ist ziemlich dick. Wenn ich ihn in Bewegung halten kann, wird er schnell ermüden.«

»Alt? Ich dachte, er wäre nicht älter als achtunddreißig.«

»Für einen Krieger ist das ziemlich alt.«

»Aha. Ich ...«

Plötzlich wurde das Licht im Gehölz dunkler. Aderyn sprang auf und fluchte, als eine Masse grauer Regenwolken aus dem ansonsten klaren Himmel auf sie zuraste. Eine Bö traf das Gehölz und riß Blätter von den Bäumen. Weiter entfernt war Donner zu hören.

»Steckt Loddlaen dahinter?« fragte Jill.

»Wer sonst. Ich werde mich darum kümmern. Lauf, Kind – die Pferde!«

Jill raste zurück ins Lager und fand ein Durcheinander vor. Männer fluchten, Hauptleute und Lords schrien Befehle, die angepflockten Pferde tänzelten. Als Jill die Herde erreichte, schlug der erste Blitz ein, krachend und blau und gefährlich nahe. Wiehernd und bockend rissen die Pferde an ihren Halftern. Wieder fuhr ein Blitz nieder, dann fielen große Regentropfen. Jill packte das Halfter des Pferdes, das ihr am nächsten war, und hielt es fest. Rhodry kam angerannt und packte das Pferd neben Jill.

»Haltet Euch bereit zu fliehen! Wenn sie durchgehen, rettet Euch und laßt sie laufen.«

Regen peitschte nieder und durchtränkte alle. Die Pferde tänzelten und warfen die Köpfe hoch, während die Männer sie festhielten und beruhigend auf sie einredeten. Aber es folgten keine Blitze mehr, als hätte der Gott Tarn Loddlaen seine Waffen wieder abgenommen. Innerhalb von ein paar Minuten war auch der Regen vorbei. Als Jill aufblickte, sah sie, wie die Wolken in einem heftigen Wind zerrissen. Einen Augenblick lang sah es so aus, als würden sie sich wieder sammeln, wie es bei einem echten Sturm geschehen wäre, aber der Streifen blauen Himmels blieb klar.

»Dweomer«, flüsterte Rhodry.

Die letzten Wolken lösten sich auf. Sie wurden nicht weggeblasen, sie wurden auch nicht dünner oder verschwanden langsam, sie lösten sich ganz plötzlich auf. Jill schauderte.

Aber obwohl Aderyn den Sturm vertrieben hatte, war es dem Feind doch gelungen, den Aufbruch der Armee zu verlangsamen. Naß gewordene Vorräte mußten neu gepackt, nasse Decken ausgewrungen, Rüstungen trockengerieben, nervöse Pferde beruhigt werden. Sie brachen eine gute Stunde später auf als vorgesehen – eine Stunde, die drei weitere Meilen zwischen ihnen und Corbyn bedeutete.

»Wir lassen die Wagen zurück«, fauchte Rhodry. »Jill, Ihr reitet neben mir. Wir werden den Bastard schon noch erwischen.«

Als Jill losritt, klopfte ihr das Herz bis zum Hals. Bei all ihrer Prahlerei gegenüber Aderyn wußte sie doch, daß das Kettenhemd sie langsamer machte, und bei jedem Kampf war Geschwindigkeit ihre beste Waffe. Ihre Schultern brannten von dem Gewicht wie Feuer. Aber sie wollte verflucht sein, wenn sie zeigte, daß sie Angst hatte!

Die Armee zog abwechselnd im Schritt und im Trab voran, was bedeutete, daß sie fünf Meilen in der Stunde schafften, Corbyn dagegen drei. Jill blickte immer wieder auf, und nach ein paar Meilen sah sie einen Habicht hoch über ihnen kreisen. Ihr Magen zog sich zusammen. Der Habicht flog nach Norden davon. Sie ritten weiter, vorbei an Bauernhöfen, die fest verrammelt waren, durch Felder und Wald. Jill kam zu der Ansicht, daß der Tod im Vergleich zu dieser Angst, die an ihr klebte, einfach sein mußte.

Und dennoch entkam ihnen Corbyn am Ende. Sie kamen zu einem Stoppelfeld, wo sie Wagen, zehn verwundete Pferde und vierzehn verwundete Männer fanden, die ihr Lord hier auf Gedeih und Verderb zurückgelassen hatte, um schneller vorwärts zu kommen.

»Verfluchter Pferdedreck!« zischte Rhodry. »Jetzt holen wir sie nicht mehr ein.« Einen Augenblick saß er zusammengesackt im Sattel, dann blickte er seufzend auf. »Nun, da kann man nichts machen. Sehen wir, was wir für diese armen Kerle hier tun können. Unsere Ärzte werden uns sicher bald einholen.«

Jill dachte, daß es bestimmt keinen zweiten so ehrenhaften Mann gab wie Rhodry. Zusammen gingen sie durch das improvisierte Lager, wo die Verwundeten zitternd in nassen Dekken am Boden lagen. Loddlaens Sturm hatte auch sie getroffen. Ein Mann stand gegen einen Wagen gelehnt, den Kopf in einen blutigen Verband gewickelt, den rechten Arm geschient. Als er Rhodry sah, liefen ihm die Tränen über die Wangen.

»Wie heißt du, Junge?« fragte Rhodry. »Und wie lange bist du schon hier?«

»Lanyc, Herr, und seit gestern abend. Wir haben alle hier gelagert, und dann haben sie uns zurückgelassen.«

»Hat euer Lord euch dabei eine Wahl gelassen?«

»Nein, ebensowenig wie den anderen. Ich sagte, ich würde bei ihnen bleiben, immerhin kann ich gehen, und ich habe versucht, für sie zu sorgen.« Lanyc hielt inne und sah Rhodry aus Augen an, die glasig vor Schmerz waren. »Es war der Zauberer, Herr. Lord Corbyn hätte uns nicht verlassen, aber Loddlaen hat ihn dazu gezwungen. Er hat ihn verzaubert, das habe ich gesehen. Ihr Götter, ich lasse mich lieber gefangennehmen, als weiter mit diesem stinkenden Zauberer zu tun zu haben.«

»Das kann man Euch nicht übelnehmen«, meinte Jill.

Beim Klang ihrer Stimme schluchzte Lanyc. »Ein Mädchen. Ein Mädchen mit einem Schwert.«

Dann brach er in Tränen aus.

Der Troß traf eine Stunde später ein. Rhodry schickte die beiden verbliebenen Ärzte aus, um für Corbyns Männer zu tun, was sie konnten, aber Aderyn schloß sich dem Kriegsrat an. Die Lords standen im Kreis und starrten bedrückt zu Boden.

»Nun, das war's wohl«, meinte Sligyn. »Wir können ebensogut weiterreiten und ihn belagern. Es geht schließlich um die Ehre.«

»Das stimmt«, sagte Rhodry. »Bei den Höllen, wahrscheinlich hat er schon einen Boten an Rhys geschickt und ihn angefleht, etwas zu unternehmen. Es wird weh tun, wenn mein häßlicher Bruder mich zurückpfeift wie einen Hund.«

»Ach ja?« meinte Aderyn. »Und was, wenn dieser Bote ihn niemals erreicht?«

Die Lords starrten den zerbrechlichen alten Mann an, der über eine Macht verfügte, von der sie nur träumen konnten.

»Loddlaen muß aufgehalten werden, und zwar jetzt. Glaubt Ihr, Gwerbret Rhys wird uns glauben, wenn wir ihm erzählen, daß Loddlaen diese Rebellion mit Dweomer in Gang gebracht hat? Und dann wird Loddlaen im Malover gut davonkommen, indem er einen Blutpreis für den Mann zahlt, den er im Westen getötet hat, und er wird frei sein, um noch mehr Unheil anzurichten.«

»Schön und gut«, sagte Rhodry, »aber selbst wenn wir die Boten abfangen, werden sie vor Rhys gegen uns sprechen, es sei denn, wir töten sie. Und ich werde keine hilflosen Männer töten.«

»Das würde ich auch nie von Euch verlangen«, meinte Aderyn lächelnd. »Überlaßt sie mir, Lord Cadvridoc. Ich werde ihnen nicht schaden, aber Rhys wird Corbyns Botschaft niemals erhalten, das kann ich Euch versprechen.«

Die Wagen, die die Verwundeten transportierten, ratterten langsam dahin und blieben oft stehen, damit die Männer sich ausruhen konnten. Gegen Mittag legten sie eine lange Rast ein, während Nevyn und der Arzt sich um die Männer kümmerten. Nevyn hatte gerade genug Zeit, etwas zu essen, als er spürte, daß Aderyns Geist nach ihm suchte. Er ging zu einem kleinen Bach und benutzte das Glitzern der Sonne auf dem Wasser als Konzentrationshilfe.

»Habt ihr Corbyn eingeholt?« dachte Nevyn.

»Nein. Wir werden ihn in seinem Dun belagern müssen. Schnell – sag mir eins. Du kennst die Politik von Eldidd erheblich besser als ich. Wenn Corbyn eine verzweifelte Botschaft an einen Verbündeten schickt, um die Belagerung zu brechen, wer würde das sein?«

»Glaubst du wirklich, er würde so dumm sein? Er sollte sofort einen Boten an Rhys schicken und um Frieden bitten.«

Aderyns Abbild hatte einen ungewöhnlich heimtückischen Blick.

»Zweifellos tut er das. Aber beantworte meine Frage trotzdem. Ich werde es dir später erklären, wenn ich mehr Zeit habe.«

»Laß mich überlegen. Er würde sich an Talidd von Belglaedd wenden, denke ich.«

»Danke.«

Und dann war das Abbild verschwunden, und Nevyn überlegte, was sein alter Schüler wohl vorhatte.

Weil Lord Corbyn für seine Brücke über den Delonderiel Zoll kassierte, war Dun Bruddlyn eine gut ausgebaute Festung, umgeben von Steinmauern und groß genug, einen Kriegshaufen von über hundert Mann zu beherbergen. Normalerweise haßte es Loddlaen, hier eingesperrt zu sein, aber an diesem Abend war er froh, daß sie die Festung erreicht hatten. Was von der Armee übrig war, schlurfte durch das Tor, und Loddlaen übergab sein Pferd einem Diener und eilte in seine Räume im obersten Stock des Broch. Er riß die Fensterläden auf und lehnte sich in die kühle Abendluft hinaus. Er war so erschöpft, daß er am liebsten geweint hätte.

Es war alles Aderyns Schuld, sagte er sich, weil er den Sturm zerstreut hatte. Nun, vielleicht hatte der alte Mann das erste Scharmützel gewonnen, aber es würde weitere Kämpfe geben.

»Noch bin ich nicht besiegt!« fauchte er auf Elfisch. »Nein, nicht ich, Loddlaen der Mächtige, Meister der Kräfte der Luft!«

Aber als er sich vom Fenster abwandte, sah er Aderyn mitten im Zimmer stehen. Das Bild war so klar und deutlich, daß Loddlaen aufschrie und einen Augenblick lang glaubte, der alte Mann stünde tatsächlich dort. Erst, als die Vision ein wenig verschwamm, erkannte er, daß es eine Projektion war und er vergessen hatte, das Astralsiegel über das Dun zu setzen.

»Junge, mein Sohn, bitte hör mich an. Du hast immer noch eine letzte Chance. Ich weiß, daß jemand dich benutzt hat. Ergib dich und nimm deine Strafe entgegen. Wenn noch mehr Menschen um deinetwillen sterben, wird es keine Vergebung mehr für dich geben. Ergib dich, solange ich dir noch helfen kann.«

Aderyn sah so bedrückt aus, daß Loddlaen laut schluchzte. Sein Vater bot ihm Vergebung an, sein Vater hatte die ganze Zeit gewußt, was er gerade erst entdeckt hatte: daß man ihn verzaubert hatte, daß er schwach und dumm genug gewesen war, sich von einem Feind benutzen zu lasen.

»Junge«, sagte Aderyn, »ich flehe dich an.«

Scham, Verlegenheit, Selbsthaß – all das erwachte in Loddlaen, schien ihn ersticken zu wollen, wurde plötzlich zu einem schmutzigen Rauch, der Aderyns Bild verdunkelte. Loddlaen wollte aufschreien, wollte seinem Vater die Hand entgegenstrecken, aber der Rauch würgte ihn, und plötzlich war er wütend, zitterte und schrie vor Zorn.

»Raus mit dir! Ich brauche deine Hilfe nicht!«

Loddlaen beschwor Macht herauf und schleuderte seinem Vater einen Strom reiner Kraft entgegen, aber lange bevor dieser treffen konnte, war Aderyns Abbild verschwunden. Loddlaen fiel auf die Knie und weinte, inmitten des wirbelnden, schmutzigen Rauchs, der sich langsam wieder verzog.

Es dauerte lange, bis er sich wieder beherrschen konnte. Er erhob sich und taumelte zu einem kleinen Tisch, goß sich einen Becher Met ein und kippte alles auf einmal herunter. Plötzlich konnte er es nicht mehr ertragen, allein zu sein. Den Kelch noch in der Hand, rannte er aus der Kammer und die Wendeltreppe hinunter.

Lord Corbyns große Halle war voller Männer, die an den Tischen saßen oder an den Wänden standen, sich laut unterhielten oder einfach so schnell tranken, wie die Diener nachschenken konnten. Loddlaen nahm seinen üblichen Platz rechts von Corbyn ein. Ihm gegenüber saß Nowec, dessen Augen sich verschleierten, als er ihn ansah. Er hatte die anderen zwar verloren, aber es war ihm gelungen, diesen Lord weiter durch seinen Zauber zu beherrschen. Corbyn schnitt sich mit einem fettigen Dolch ein Stück Schweinefleisch ab.

»Gut, daß Ihr heruntergekommen seid, Berater«, sagte Nowec. »Euer Herr und ich sprachen gerade darüber, eine Botschaft an den Gwerbret zu schicken und um Frieden zu bitten.«

»Er wird uns annehmbare Bedingungen anbieten«, meinte Corbyn, seine Stimme ein wenig zu laut in künstlichem Frohsinn. »Aber wir werden sie noch heute abschicken müssen. Ich wette, morgen wird Rhodry vor den Toren stehen.«

Beide Männer schauten Loddlaen erwartungsvoll an.

»Selbstverständlich«, zischte Loddlaen. »Man braucht keinen Dweomer, um das Offensichtliche festzustellen.«

Beide Lords nickten verlegen. Corbyn schnitt sich ein weiteres Stück Fleisch ab.

»Wir müssen genau wissen, wo Rhodry steckt«, sagte Nowec. »Der Bote darf ihm nicht in die Arme laufen.«

Corbyn nickte, dann rülpste er. Loddlaen konnte sie alle nicht mehr ertragen.

»Ich werde mich sofort darum kümmern.«

Als er wieder in seine Kammer eilte, schwitzte er vor Angst. Er fürchtete sich zu sehr vor Aderyn, um sich auf die ätherische Ebene zu wagen, und das bedeutete, daß er fliegen mußte. Einen Gestaltwechsel zu wagen, wenn man erschöpft war, war gefährlich. Als er sein Zimmer betrat, entzündete er mit einem Fingerschnippen eine Kerze. Daß die Flamme sofort auf seine Geste reagierte, beruhigte ihn ein wenig. Er hatte immer noch Macht, mehr Macht, als diese rundohrigen Hunde je erfahren würden – er, Loddlaen der Mächtige. Er riß sich die Kleider vom Leib und warf sie aufs Bett. Nicht einmal die mächtigsten Dweomermeister konnten tote Materie wie Stoff verwandeln.

Loddlaen stützte sich aufs Fensterbrett und starrte in den Sternenhimmel hinauf, bis er vollkommen ruhig war. Langsam spürte er, wie die Macht sich sammelte; vorsichtig beschwor er mehr davon herauf, bis sie seinen Geist durchströmte wie ein gewaltiger Fluß. Er stellte sich das Bild eines

Habichts vor, stolz und grausam und erheblich größer als in Wirklichkeit, und schob das Bild dann aus sich heraus, bis es zwischen seinen Händen auf der Fensterbank hockte. Zu diesem Zeitpunkt existierte das Habichtbild nur in Loddlaens Phantasie, und nur in seiner Phantasie übertrug er sein Bewußtsein in den Vogel. Intensiv auf den Vogel konzentriert, rezitierte er das Machtwort, ein einfaches hypnotisches Werkzeug, das ihm die Tür zur ätherischen Ebene öffnete. Als er das kalte blaue Licht sah, wußte er, daß er sein Bewußtsein auf eine andere Ebene erhoben hatte.

An diesem Punkt ging es über einfache Phantasie hinaus. Als er sich umsah, sah er seinen Körper, der auf dem Boden zusammengesackt war und durch eine Silberschnur mit dem Falken in Verbindung stand. Er hätte sich einfach den Lichtkörper eines Habichts schaffen können, aber er hatte einen gefährlicheren Plan. In Gedanken rezitierte er weitere Worte, wie sie nur die Elcyion Lacar kannten, und sah, wie sich die Lippen seines Menschenkörpers gleichzeitig bewegten. Als er die Habichtflügel spreizte, hoben sich die Arme des Menschenkörpers. Jetzt kam der schwierigste Teil. Der ätherische Doppelgänger einer Person ist wie eine Matrize, die das Fleisch hält und formt; wenn der Doppelgänger stark genug ist, wird das Fleisch folgen. Loddlaen rezitierte und konzentrierte seinen gesamten Willen auf die Vorstellung, die mehr als Phantasie war, bis zuletzt das Ätherische das Physische in eine neue Form zog.

Loddlaen der Mensch war aus dem Zimmer verschwunden. Nur noch ein Habicht hockte auf dem Fensterbrett und reckte stolz die Flügel. Mit einem schrillen Triumphschrei sprang Loddlaen in die Nacht hinaus und flog über die Festung. Er flog leidenschaftlich gern. Er genoß die Freiheit, sich auf dem Wind treiben zu lassen, und den Blick von hoch oben, der jede Festung und jedes Haus wie ein Spielzeug aussehen ließ. Selbst in der Gestalt des Habichts behielt Loddlaen den ätherischen Blick bei, der so wichtig für die Veränderung war. Das Land unter ihm schimmerte in der bläulichen Nacht von den rötlichen Auren lebender Pflanzen. Hier und da sah er goldgelbe Sprenkel, wo Pferde oder Kühe sich zusammendrängten. Loddlaen folgte dem kalten Schwarz der Straße, bis er die leuchtende Masse von Auren fand, die Rhodrys Armee sein mußte.

Er flog höher und kreiste über dem Lager. Sein Geist war wachsam und tastete die ätherische Ebene nach Spuren von Aderyns Dweomerarbeit ab. Als er keine fand, ging er davon aus, daß der alte Mann schlief oder seine Zeit damit verschwendete, sich um die Wunden anderer Männer zu kümmern. Dann hörte er einen Schrei, den leisen, klagenden Laut der Eule. Erschrocken flatterte er gegen den Wind an und flog noch höher. Er sah eine Bewegung unter sich, als die große Silbereule aus einem der Bäume aufflog. Voller Entsetzen schwang sich Loddlaen in den Wind und raste mit heftigem Flügelschlagen auf die Festung zu, bis er sicher war, daß die ungelenkere Eule zurückgeblieben war. Aber obwohl er die Festung sicher erreichte, glaubte er dennoch, den Eulenschrei noch im Ohr zu haben, als er sich auf der Fensterbank niederließ.

Gegen Nachmittag des nächsten Tages erreichte Rhodrys Armee Corbyns Ländereien. Überall waren die Bauernhäuser fest verschlossen, und sie sahen nicht einmal ein Huhn auf den Höfen. Aus bitterer Erfahrung wußten die Bauern, daß selbst die Armee eines Lords wie Rhodry alle frischen Lebensmittel stehlen würde, die sie finden konnte. Corbyns Dun stand auf der Kuppe eines niedrigen, künstlich aufgeschütteten Hügels inmitten einer großen Weide, aber auch dort waren keine Kühe zu sehen. Die Armee ließ die Wagen zurück, und die Männer ritten hinüber, vollständig bewaffnet für den Fall, daß Corbyn so dumm sein würde, einen Ausfall zu wagen, aber die schweren eisenbeschlagenen Tore waren geschlossen. Oben auf der Mauer standen Männer, halb verdeckt von Zinnen. Rhodry befahl seinen Leuten, auszuschwärmen und die Festung zu umstellen. Die Belagerung hatte begonnen.

Als die Wagen eintrafen, schickte Corbyn einen Herold, seinen alten Kämmerer Graemyn, der sich zitternd näherte, obwohl er den Stab mit den Bändern trug, der ihn selbst vor dem mörderischsten Lord in ganz Deverry geschützt hätte. Als Rhodry den dicklichen alten Mann den Hügel hinabschnaufen sah, stieg er ab und ging ihm ein paar Schritte entgegen – aber er achtete darauf, außerhalb der Reichweite der Bogenschützen zu bleiben.

»Ich grüße Euch, Lord Rhodry. Lord Corbyn verlangt, daß Ihr Euch von seinem Land zurückzieht.«

»Sagt Eurem Herrn, daß ich mich weigere, dieser Anordnung nachzukommen. Er ist ein Rebell und wird von mir verfolgt.«

»In der Tat?« Graemyn leckte sich nervös die Lippen. »Noch in diesem Augenblick sind Boten zu Gwerbret Rhys unterwegs, damit er in diese Angelegenheit eingreift.«

»Dann werde ich hier mit meiner Armee warten, bis Seine Gnaden eintrifft. Ihr könnt Euch als belagert betrachten, bis der Gwerbret mir persönlich den Rückzug befiehlt. Sagt Eurem Lord außerdem, daß er einen Mörder beherbergt, seinen Berater Loddlaen, und daß ich verlange, daß mir dieser Mann sofort übergeben wird, damit ich ihn vor Gericht stellen kann.«

Graemyn blinzelte und begann noch heftiger zu zittern.

»Ich habe Zeugen, die Loddlaens Verbrechen beeidet haben«, erklärte Rhodry. »Wenn Loddlaen mir nicht bis zum

Einbruch der Dunkelheit ausgeliefert wird, werde ich das als weitere Rebellion Eures Herrn betrachten. Und es gibt noch eine Sache, guter Herold. In bin zwar entschlossen, diesen Krieg gegen Corbyn weiterzuführen, aber ich werde Gnade gegenüber Nowec und seinen Männern walten lassen. Sie müssen nur herauskommen und darum bitten.«

Graemyn drehte sich um und floh; er trabte so schnell davon, wie es seine Kurzatmigkeit erlaubte. Rhodry lachte, dann kehrte er zu seinem Pferd zurück und gab Befehle, daß die Armee anfangen sollte, Gräben auszuheben.

Die Dunkelheit brach herein, ohne daß Loddlaen ausgeliefert wurde. Inzwischen hatte sich die Armee verschanzt. Die Wagen waren zu einem Kreis zusammengezogen und wurden von einem schmalen Graben geschützt, die Zelte waren errichtet und von einem breiteren Graben umgeben. Bewaffnete Patrouillen zogen ununterbrochen um die Festung, damit Corbyn nicht entkommen konnte. Als die Männer sich zu ihrem wohlverdienten Abendessen niederließen, machten Rhodry und Sligyn einen Rundgang durchs Lager.

»Ich frage mich, ob irgendwas davon uns wirklich nützen wird«, meinte Sligyn finster. »Es ist schön und gut, was Aderyn da erzählt, daß er die Boten aufhalten will, aber was will er tun? Ich kann mir nicht vorstellen, daß der Alte sie umbringt.«

»Nach all dem verfluchten Dweomer, den ich gesehen habe, bin ich bereit, alles zu glauben. Wir müssen einfach abwarten.«

Es sollte sich herausstellen, daß sie nicht lange warten mußten. Gegen Mittag des nächsten Tages kam ein Mann zu Rhodry und brachte die Nachricht, daß ein Lord mit einer Eskorte von zwölf Männern vor dem Lager wartete. Es stellte sich heraus, daß es Talidd von Belglaedd war, der dem Gwerbret direkt unterstellt war. Rhodry nahm an, daß er eine

Botschaft von Rhys brachte, und er fluchte innerlich, als er sich zum Gruß verbeugte. Talidd, ein fast vierzigjähriger Mann, betrachtete ihn mißtrauisch aus grünen Augen.

»Und was bringt Euch hierher, Herr?«

»Eine seltsame Angelegenheit.« Talidd zeigte auf seine Männer. »Bringt die Gefangenen her.«

Als sie herangeführt wurden, erkannte Rhodry zwei von Corbyns Männern. Sie knieten vor Rhodry nieder und starrten zu Boden.

»Wußtet Ihr, daß meine Schwester mit Corbyn verheiratet ist?« fragte Talidd.

»Nein. Sie hat mein ganzes Mitgefühl.«

Talidds Mundwinkel umspielte ein Lächeln.

»Ich sollte lieber sagen, daß sie mit Corbyn verheiratet *war.* Als sie zu Beginn dieses verfluchten Krieges mit ihren Frauen zu mir kam, habe ich geschworen, sie nicht wieder zu ihrem jämmerlichen Mann zurückkehren zu lassen, selbst wenn Ihr ihn nicht hängen solltet. Er hat sie schlicht in den Wahnsinn getrieben! Sie plappert die ganze Zeit von bösen Dweomermännern, die überall lauern, und bösen Geistern, von denen Corbyn besessen sei; ich kann es nicht mehr ertragen!«

»Bei den Höllen!« Rhodry bemühte sich, möglichst schokkiert auszusehen. »Wie schrecklich!«

»Das dachte ich auch. Nun, am gestrigen Abend kommen diese beiden hier mit einer Botschaft von Corbyn, in der er mich freundlich bittet, ihm mit meiner Armee gegen Eure Belagerung zu helfen.«

Rhodry zeigte sich empört über diese Unverschämtheit.

»Da habt Ihr verflucht recht!« knurrte Talidd. »Als ob ich den Frieden des Gwerbret brechen und mich in etwas einmischen würde, das mich nichts angeht, vor allem, nachdem er eine Verwandte von mir so behandelt hat! Wenn Ihr einverstanden seid, werde ich diese Reiter zu Rhys bringen und ihm die Angelegenheit vorbringen. Corbyn hat keinen Brief geschrieben, also werde ich ihr Zeugnis brauchen.«

»Nichts würde mich mehr erfreuen! Ich bitte Euch nur, daß ich sie vor der Festung vorführen kann, bevor Ihr geht, damit Corbyn weiß, daß mein Herold die Wahrheit sagt, wenn er behauptet, daß sie hier sind.«

Sie gingen in Corbyns Räume, um die Neuigkeiten ungestört zu besprechen. Nowec hockte sich auf die Fensterbank, Corbyn ging auf und ab, und Loddlaen setzte sich auf einen Stuhl und versuchte, kühle Verachtung für diese Wendung der Ereignisse auszustrahlen. Mit einem lauten Grunzen rieb sich Nowec den Schnurrbart mit dem Handrücken.

»Es war verflucht dumm von Euch, daß Ihr Euch an Talidd gewandt habt«, fauchte er.

»Das habe ich nicht getan!« gab Corbyn zurück. »Könnt Ihr das nicht in Euren dicken Schädel kriegen? Ich habe keine Botschaft an Talidd geschickt. Ich habe diese beiden Männer nach Aberwyn geschickt, damit sie den Gwerbret um Frieden bitten, genau, wie wir es abgesprochen hatten.«

»Ein Verräter«, sagte Corbyn. »Es muß einen Verräter in der Festung geben, und zwar einen, der gut genug wußte, wie Talidd reagieren würde.«

»Und wer soll das sein?« sagte Nowec. »Hier ist niemand außer uns und unseren Männern, und ich kann mir nicht vorstellen, daß Eure zwei Boten sich das selbst ausgedacht haben.«

»Kann schon sein.« Corbyn blieb stehen und wandte sich ihm zu. »Das habe ich mich selbst auch schon gefragt.«

Als Nowec die Hand auf den Schwertgriff legte, sprang Loddlaen auf und trat zwischen die Männer.

»Hört auf damit«, zischte er. »Es wäre ganz einfach für

Rhodry gewesen, die Boten auf der Straße abzufangen und sie zu bestechen.«

Corbyn seufzte und hielt Nowec die Hand hin.

»Entschuldigt. Ich bin einfach zu durcheinander.«

»Mir geht es nicht besser.« Nowec reichte ihm die Hand. »Nun, verschüttetes Bier kann man nicht mehr trinken. Die Frage ist nur, was sollen wir jetzt tun?«

»Ich habe die Hoffnung noch nicht aufgegeben«, sagte Corbyn mit einem schmeichelnden Lächeln zu Loddlaen. »Vielleicht gibt es andere Möglichkeiten, Botschaften zu senden – solche, für die man keine Pferde braucht.«

Loddlaen spürte, wie ihm der Schweiß ausbrach. Draußen wartete Aderyn nur darauf, daß er einen Fluchtversuch unternahm.

»Kann sein«, meinte er mit gezwungenem Lächeln. »Bisher wart Ihr mit meinen Tricks ganz zufrieden.«

Corbyn lächelte. Nowec begann, sich am Schnurrbart zu zupfen, als wollte er ihn ausreißen.

»Wenn Ihr gestattet, werde ich in meine Räume zurückkehren und über das Problem nachdenken.«

Loddlaen rannte die Treppe hinauf, verriegelte die Tür hinter sich und warf sich aufs Bett. All dieses Geschwätz darüber, daß Rhodry die Boten bestochen hätte, hatte nur dem Zweck gedient, die beiden Lords bei Laune zu halten. Er wußte, daß Aderyn hinter dieser Sache steckte. Es wäre für den alten Mann kein Problem, die Boten zu verzaubern und ihnen ein Bild in den Kopf zu setzen, eine deutliche Erinnerung daran, daß Corbyn sie zu Talidd geschickt hatte.

Er stand auf und ging zum Fenster. Vielleicht würde er den Gwerbret mit seiner Botschaft erreichen können. Er konnte Corbyns Brief und ein paar Kleidungsstücke in einen Sack tun, den der Habicht in den Krallen tragen konnte, dann mußte er nur noch irgendwie Aderyn ausweichen und nach Aberwyn fliegen. Irgendwie. Er lachte, ein hysterisches Kichern, denn er wußte, ganz gleich, wie schnell er flöge, Aderyn würde ihm folgen. Es sei denn, er tötete ihn zuerst. Er umklammerte die Kante des Fensterbretts mit beiden Händen. Den eigenen Vater umbringen – ihr Götter, war er so tief gesunken?

Da die Möglichkeit bestand, daß Corbyn einen verzweifelten Ausfall versuchte, nachdem man seine Boten festgenommen hatte, waren alle in Rhodrys Lager an diesem Nachmittag bewaffnet. Jill gesellte sich zu Jennantar und Calonderiel, die die Pferde bewachten und die Langbogen bereithielten.

»Wißt Ihr, Jill«, sagte Jennantar, »ich habe immer wieder über Lord Rhodry nachgedacht, seit er dieses kleine Scharmützel mit Cal hier hatte. Es ist etwas an der Art, wie er sich bewegt, und an seinem Tempo, das mich mißtrauisch macht. Würdet Ihr mir einen Gefallen tun? Seht, ob Ihr ihn dazu bringen könnt, Euren Silberdolch zu berühren. Ich wette, er wird aufleuchten.«

»Wie lautet noch die alte Redewendung?« meinte Jill. »Elfenblut in Eldidd-Adern?«

»Oho!« sagte Calonderiel. »Ihr denkt nach, Mädchen – anders als diese stinkenden Rundohren.«

»Würdest du bitte dieses Wort nicht mehr benutzen?« fauchte Jennantar. »Es ist ziemlich unhöflich, vor allem Jill gegenüber.«

»Nun, Jill mag runde Ohren haben«, Calonderiel zeigte mit dem Bogen auf eines davon, »aber deshalb ist sie noch lange kein Rundohr. Es gibt da gewaltige Unterschiede.«

Jennantar knurrte wie ein Hund.

»Also gut. Ich werde deine spitzen Ohren nicht mehr mit diesem Begriff beleidigen.« Cal duckte sich, als der andere Elf zum Schein angriff. »Aber Ihr solltet wirklich sehen, was passiert, wenn Rhodry Eure Klinge in die Hand nimmt, Jill.«

»Ich werde es versuchen«, versprach Jill, die tatsächlich neugierig geworden war. »Und zwar so bald wie möglich.«

Inzwischen war der Sonnenuntergang nicht mehr fern, und das schlechte Licht machte einen Ausfall unmöglich. Als Rhodry die Wachen zurückrief, kehrten auch Jill und die Elfen ins Lager zurück. Da alle eine lang andauernde Belagerung erwarteten, hatten die Elfen das Zelt errichtet, das sie mitgebracht hatten. Es war wunderschön, aus purpurn gefärbtem Leder und mit Hirschen bemalt, die so realistisch ausgeführt waren, daß Jill hätte schwören können, sie würden die Köpfe drehen und sich nach ihr umsehen. Während Jennantar ihre Rationen holen ging, half Calonderiel Jill aus ihrem Kettenhemd. Danach kam sie sich vor, als könnte sie fliegen.

»Ich bete zu allen Göttern im Himmel, daß Corbyn keinen Ausfall unternimmt, bevor ich mich an dieses elende Ding gewöhnt habe.«

»Ich ebenfalls.« Calonderiel schien ernstlich besorgt. »Ihr solltet Aderyn um eine Salbe bitten, wenn Eure Schultern schmerzen.«

»Ich glaube, das werde ich tatsächlich tun.«

Aderyn hatte tatsächlich eine Salbe, die ein wenig half. Jill ging ins Zelt und rieb sich mit der nach Minze riechenden Mixtur die Schultern und Oberarme ein, dann saß sie einfach eine Weile da, um sich auszuruhen. Jetzt, da sie der Wirklichkeit des Krieges gegenüberstand, hatte sie Angst und dachte, ihr Vater habe recht gehabt. Sie wußte nichts über das Gedränge, das Geschrei, den Tumult einer richtigen Schlacht.

»Jetzt ist es zu spät, sich davonzumachen«, sagte sie zu dem grauen Gnom. »Besser tot als ein Feigling.«

Der Gnom gähnte, als kümmerte ihn das alles nicht. Sie nahm an, daß er keine Vorstellung davon hatte, was Tod bedeutete.

»Jill?« Das war Rhodrys Stimme. »Seid Ihr da drin?«

»Ja. Ich komme raus.«

Aber Rhodry schlüpfte ins Zelt, als sie gerade ihr Hemd anzog, und er grinste triumphierend, als er sie alleine fand. Der Gnom öffnete den Mund zu einem lautlosen Fauchen, als Rhodry sich neben Jill setzte.

»Dieses Zelt ist großartig. Ich wollte es unbedingt einmal von innen sehen.«

»Ich hätte nie gedacht, daß sich der Lord Cadvridoc für Lederkissen und Zeltstangen interessiert.«

»Sehr!« Rhodry rückte ein wenig näher. »Ich finde, ich habe noch nie schönere Kissen gesehen als diese.«

Der Gnom sprang auf und schlug ihm ins Gesicht. Rhodry fluchte und sah sich wild um, aber der Gnom war ihm schon auf den Rücken gesprungen und riß an seinen Haaren. Rhodry schlug nach einem Feind, den er nicht sehen konnte.

»Hör auf!« fauchte Jill.

Mit einem hörbaren Zischen verschwand der Gnom. Rhodry rieb sich den Kopf.

»Im Namen aller Götter, was war das?«

»Ich weiß nicht. Habt Ihr Krämpfe? Vielleicht solltet Ihr mit Aderyn darüber reden.«

»Redet keinen Unsinn.« Rhodry packte ihre Handgelenke. »Ihr wißt verflucht genau, was passiert ist. Warum sonst habt Ihr ›Hör auf‹ gerufen?«

Jill entzog sich ihm und wollte aufstehen, aber er packte sie an den Schultern und zog sie zurück. Einen Augenblick rangen sie, dann fing Jill an zu kichern und ließ ihn gewinnen.

»Was war es?« fragte Rhodry noch einmal, aber jetzt lächelte er.

»Also gut – es war einer vom Wildvolk, und er war offenbar eifersüchtig.«

Rhodry ließ sie los und setzte sich zurück.

»Seid Ihr verrückt geworden?«

»Ihr habt doch gespürt, wie er Euch an den Haaren gezogen hat, oder?«

Rhodry sah sie dermaßen angewidert an, daß sie ihn plötzlich haßte. Sie zog ihren Silberdolch und hielt ihn dicht an ihn. Licht lief wie Wasser über die Klinge.

»Oho! Elfenblut in Eldidd-Adern, allerdings! Starrt mich nicht so selbstgefällig an. Ich sehe das Wildvolk, aber Ihr seid ein halber Elf.«

Als Rhodry ihr den Dolch abnahm, flackerte die Waffe auf wie ein Leuchter voller Kerzen. Fluchend drehte er den Dolch in alle Richtungen, während Jill ihn auslachte.

»Er ist verzaubert. Er leuchtet, wenn er in die Nähe der Elcyion Lacar kommt – genau das sind die Westleute nämlich. Und Ihr seid zur Hälfte einer von ihnen.«

»Haltet den Mund!« Rhodry warf den Dolch zu Boden. »Und hört auf, über mich zu lachen.«

Dieser Befehl führte natürlich dazu, daß sie nur noch mehr lachte. Rhodry packte sie an den Schultern und schüttelte sie so fest, daß sie ihm eine Ohrfeige gab.

Sie rangen wie wild, aber er war stärker, und ihre Tricks halfen ihr nicht. Endlich hatte er sie auf dem Rücken, lag halb auf ihr und lächelte, das Gesicht nur ein paar Zoll von ihrem entfernt.

»Gebt auf.«

»Nein.«

Er küßte sie. Es war der erste Kuß, den sie je bekommen hatte, und er schien auf ihren Lippen zu brennen, als stünde sie vor Durst in Flammen, und nur Rhodrys Küsse konnten diesen Durst stillen. Sie legte die Arme um seinen Hals und erwiderte den Kuß gierig.

»Verzeiht, Lord Cadvridoc«, sagte Aderyn. »Aber haltet Ihr das wirklich für weise?«

Mit einem leisen Aufschrei stieß Jill Rhodry beiseite und setzte sich. Die Arme verschränkt, stand Aderyn vor ihnen, und er lächelte nicht. Rhodry wurde dunkelrot und setzte sich ebenfalls.

»Von draußen klang es«, meinte Aderyn, »als fände hier ein Kampf statt. Was seid ihr beide, Katzen, die sich auf dem Heuboden raufen? Bei den Höllen, Jill, ich bin sowohl Nevyn als auch Eurem Vater gegenüber für Euch verantwortlich. Und ich lege keinen Wert darauf, daß einer von ihnen wütend auf mich ist.«

Jill ging es ebenso. Am liebsten wäre sie im Boden versunken. Rhodry lächelte verlegen und hob den Silberdolch auf, der prompt zu glühen begann.

»Ich weiß, was Ihr sagen wollt, guter Aderyn«, meinte Rhodry und spielte nervös mit dem Dolchgriff. »Und Ihr hättet recht. Es wäre schändlich von mir, die Frau, die ich liebe, mitten in einem Armeelager zu entehren. Ich hatte nichts dergleichen vor.«

»Es gibt Augenblicke«, sagte Aderyn, »da wünschte ich mir, ich könnte Menschen wirklich in Frösche verwandeln. Es fällt mir schwer, diese Worte zu glauben. Ich ...«

Plötzlich hielt Aderyn inne und starrte den Dolch an. Jill nahm an, daß er so an Dweomer gewöhnt war, daß es ihm gerade erst aufgefallen war.

»Aha. Nun, es ist seltsam mit dem Elfenblut in einem Clan. Es überspringt Generationen, und ganz plötzlich zeigt es sich.«

»Wie?« rief Rhodry. »Welchen verfluchten Unsinn ...«

»Kein Unsinn. Jill, nehmt den Dolch zurück. Ihr kommt mit mir. Und was Euch angeht, Herr, denkt einmal nach. Ich fürchte, es wird Euch erschrecken, aber Ihr seid ebenso mit den Elcyion Lacar verwandt wie mit dem Maelwaedd-Clan.«

An diesem Abend trafen die Wagen mit den Verwundeten und Gefangenen in Dun Gwerbyn ein. Die Festung stand auf einem Hügel und überragte die kleine Stadt, die rund um die Hauptresidenz des Tieryns gewachsen war. Innerhalb der Steinmauern standen ein dreistöckiger Broch und genügend Hütten und Häuser, daß sie ein ganzes Dorf ausgemacht hätten. Nevyn war froh zu hören, daß Lovyan bereits eingetroffen war, aber er hatte noch keine Zeit, mit ihr zu sprechen. Zusammen mit dem Arzt überwachte er die Verlegung der Verwundeten, wechselte Verbände und badete, bevor er sich in die große Halle begab.

Lovyans große Halle hatte einen Durchmesser von über hundert Fuß. Zwischen den Fenstern hingen Wandbehänge, und der Boden war mit geflochtenen Binsen bedeckt. Lovyan erhob sich, um Nevyn zu begrüßen, und gab ihm einen Platz rechts von ihr. Da alle anderen längst mit dem Essen fertig waren, brachte ihm ein Diener eine Platte mit Schweinefleisch und Kohl und einen Krug Bier.

»Nevyn«, sagte Lovyan, »wo ist Jill? Einige Leute haben mir gesagt, sie sei bei der Armee, aber das kann doch nicht sein.«

»Ich fürchte doch. Habt Ihr von der Dweomerprophezeiung gehört? Auch das entspricht der Wahrheit.«

»Ihr Götter! Ich dachte schon, alle wären verrückt geworden. Und ich mache mir ebensolche Sorgen um Jill wie um Rhodry. Es ist seltsam, sie war nur kurze Zeit hier, aber ich habe nie ein Mädchen so liebgewonnen.«

Nevyn lächelte nur und dachte, daß dies alles andere als seltsam war, wenn man bedachte, wie eng Lovyans Wyrd mit dem Jills schon in vergangenen Leben verbunden gewesen war.

Nachdem er aufgegessen hatte, ging er in seine Kammer in einem der Türme. Ein Page hatte ihm bereits einen Krug

Wasser gebracht und ein Feuer im Kohlenbecken entfacht. Nevyn öffnete die Fensterläden, dann beugte er sich über die glühenden Kohlen und dachte an Aderyn. Schon bald erschien das Bild seines alten Schülers über dem Feuer.

»Ich hätte mich später ohnehin mit dir in Verbindung gesetzt«, dachte Aderyn. »Ich habe gerade etwas Interessantes herausgefunden. Der junge Rhodry hielt Jills Silberdolch, und das Ding glühte wie Feuer. Das ganze Elfenblut im Maelwaedd-Clan zeigt sich in ihm.«

»Bei den Göttern! Aber selbstverständlich! Das hätte mir schon vor Jahren auffallen müssen. Das erklärt so manches, was den Jungen angeht.«

»Manchmal ist so etwas schwer zu erkennen. Ich nehme an, genau aus diesem Grund haben die Zwerge den Dweomer für ihr Silber entwickelt. Und mir ist es wichtiger als je zuvor, den Jungen am Leben zu erhalten. Wenn die Zeit für die Versöhnung zwischen Elfen und Menschen gekommen ist, wäre es sehr nützlich, wenn er Tieryn der Westgrenze wäre.«

»Wahrhaftig.«

»Ich frage mich, ob es Rhodrys Elfenblut ist, das ihn für unseren dunklen Feind so interessant macht.«

»Wieso denn das?«

Aderyn zögerte.

»Ich weiß es nicht«, sagte er schließlich. »Mir ist nur gerade der Gedanke gekommen.«

»Es ist eine Idee, über die man nachdenken sollte. Vielleicht hast du eine Botschaft erhalten.«

Später ging Nevyn in seinem Zimmer auf und ab und fragte sich, ob Rhodry tatsächlich der Mann sein konnte, der die uralte Fehde zwischen Elfen und Menschen begraben konnte. Es war ausgesprochen schwierig für die Großen – die Herren des Wyrd und die Herren des Lichts –, mit ihren Dienern auf Erden zu kommunizieren, einfach deshalb, weil diese Wesen eine Ebene weiter entfernt von den physischen Bewohnern sind, weit tiefer im Herzen des Universums, als es selbst die Astralebene ist. Wenn einer der Großen eine Botschaft senden will, muß er selbst Dweomer bewirken, zuerst eine Gedankenform entwickeln, die in etwa dem Lichtkörper eines Dweomermeisters entspricht, und diese benutzen, um zu den niedrigsten Ebenen vorzudringen, die ein solches Wesen erreichen kann. Von dieser Ebene aus kann er entweder die Elementargeister anleiten, bestimmte Effekte zu erzeugen, zum Beispiel Donner aus klarem Himmel, oder Bilder senden, Gefühle, und mit großer Anstrengung auch kurze Gedanken, die im Geist eines Menschen auftauchen, der im Dweomer geübt ist. Wenn einer der Großen sich solchen Mühen unterzogen hatte, um Aderyn eine Botschaft über Rhodrys elfische Abstammung zu schicken, dann stand tatsächlich etwas sehr Wichtiges auf dem Spiel.

Und es war durchaus möglich, daß der dunkle Dweomer ein gewisses Interesse daran hatte, daß niemals Friede an der elfischen Grenze einkehrte, einfach deshalb, weil jene, die den dunklen Künsten folgen, in unruhigen Zeiten sicherer sind, wenn man die Lords nicht noch mit Geschichten von seltsamen Leuten, die an abgelegenen Orten verdächtige Dinge tun, belästigen kann. Und dennoch schien der Grund nicht ganz ausreichend. Anders als die bösen Zauberer in den Bardenliedern, die Elend und Leiden um ihrer selbst willen hervorriefen, traten die Männer des dunklen Dweomer nie mit direkten Aktionen in die Welt, es sei denn, sie hatten einen sehr guten Grund dafür. Wenn ein dunkler Meister Rhodrys Tod wünschte, dann mußte Rhodry für ihn eine direkte Bedrohung darstellen. Es war verwirrend, und Nevyn wußte, daß ihm noch viele lange Stunden des Nachdenkens bevorstanden, wenn er dieses Rätsel lösen wollte. Es war gut möglich, daß die Wurzeln tief in seiner eigenen Vergangenheit und in den vergangenen Leben der anderen Beteiligten lagen.

Zum Glück hatte er zuviel zu tun, um dazusitzen und zu grübeln. Er suchte seine Arzneien zusammen und ging zu Cullyn, den er hellwach vorfand. Ein Diener hatte die Kerzen in einem silbernen Leuchter an der Wand entzündet.

»Nevyn«, sagte Cullyn aufgebracht, »ich habe es gerade erfahren – wie habt Ihr mich so belügen können?«

»Wer hat Euch gesagt, daß sie bei der Armee ist?«

»Dieser verdammte Arzt. Ihr Götter, er hatte Glück, daß ich zu krank bin, um mich regen zu können, sonst hätte ich ihm dafür den Kopf abgeschlagen. Wie konntet Ihr mich belügen?«

»Ich hatte keine andere Möglichkeit. Sie war entschlossen zu gehen, und ich wollte nicht, daß Ihr Euch aufregt.«

Cullyn knurrte leise. Er war den Tränen nahe.

»Hat dieser geschwätzige Arzt Euch auch von der Prophezeiung erzählt?«

Cullyn nickte.

»Sie wird Corbyn sehr wahrscheinlich töten«, fuhr Nevyn fort. »Die ganze Sache klingt für mich nach Wyrd, und immerhin ist sie Eure Tochter.«

»Sie war noch nie in der Schlacht. Wie kann Rhodry das tun – ich habe ihm das Leben gerettet, und so zahlt er es mir zurück. Ich schwöre, wenn sie stirbt, bringe ich ihn um. Es ist mir gleich, was sein Clan dann mit mir anstellen wird, ich bringe ihn um.«

Was bei einem anderen Mann Prahlerei sein mochte, war aus dem Mund Cullyn von Cerrmors einfach die Wahrheit. Nevyn spürte, wie Unheil über ihm zusammenschlug wie eine Woge.

»Ich hatte den Jungen gern«, fuhr Cullyn fort. »Wie konnte ich so dumm sein?«

»Still! Ihr könnt jetzt nichts dagegen tun, und es schadet Euch, wenn Ihr Euch aufregt.«

»Sei still, alter Mann! Ich gebe keinen Schweinefurz dafür, ob Ihr ein Dweomermann seid oder nicht. Seid einfach still.«

In diesem Augenblick klang er derart wie Gerraent, daß Nevyn ihn am liebsten geschlagen hätte. Er ermahnte sich zu bedenken, daß Cullyn nicht mehr Gerraent war als er Prinz Galrion.

»Ich werde mir jetzt Eure Wunde ansehen, ob Ihr das wollt oder nicht.«

»Wie Ihr wollt. Aber haltet den Mund.«

Als Nevyn seinen Arzneibeutel aufschnürte, dachte er daran, welchen Ärger es geben würde. Früher oder später würde Cullyn bemerken, daß Rhodry und Jill ineinander verliebt waren. Würde er in einem Wutanfall den wichtigsten Mann von Eldidd töten? Und was würde aus Jill werden? Würde er sie vom Dweomer fernhalten? Würde er eines Tages seine Ehre verlieren wie Gerraent?

»Nun«, fauchte Cullyn, »fangt endlich an!«

»Ja. Ich suche nur noch einen sauberen Verband.«

Nevyn war der schwersten Versuchung ausgesetzt, der er in seinem prüfungsreichen Leben gegenübergestanden hatte. Als er den Verband an Cullyns Seite abnahm, sah er sofort, daß sich die Wunde entzündet hatte. Die Zeichen waren noch gering – nur eine kleine Schwellung am Rand, nur eine schwache Rötung –, und sie wären keinem anderen aufgefallen. Er konnte sie einfach ignorieren, nur diese eine Nacht, und wenn der Arzt am Morgen wiederkam, würde sie sich so ausgebreitet haben, daß nicht einmal seine Kräuter etwas ausrichten könnten. Er konnte Gerraent einfach sterben lassen. Das Bedürfnis danach brannte in seinem ganzen Körper.

»Bei den Höllen!« stöhnte Cullyn. »Fangt endlich an!«

»Haltet den Mund! Ihr seid in Gefahr. Mir gefällt nicht, wie diese Wunde aussieht. Hat dieser Arzt denn nicht daran gedacht, sich seine stinkenden Hände zu waschen?«

Und der Augenblick der Versuchung war vorüber, aber Nevyn würde sich noch jahrelang an diesen Moment erinnern, in dem er beinahe jeden Eid gebrochen hätte.

»Nein«, sagte Cullyn. »Ich habe jedenfalls nichts gesehen.«

»Diese verfluchten Dummköpfe! Warum glauben sie mir nie, wenn ich ihnen sage, daß die schlechten Körpersäfte an ihren dreckigen Pfoten hängenbleiben? Es tut mir leid, Junge, aber ich werde die Fäden ziehen und die ganze Sache mit Met auswaschen müssen.«

Cullyn drehte sich um und sah ihn an, und er tat das letzte, was Nevyn je von ihm erwartet hätte – er lächelte.

»Macht schon. Wenn es weh tut, wird es mich wenigstens von Jill ablenken.«

»Wie lange wollen sie noch da drin hocken?« fragte Sligyn. »Verflucht, sie sollten sich entweder ergeben oder einen Ausfall versuchen.«

»Corbyn wird sich nie ergeben«, sagte Rhodry. »Er weiß, daß ich ihn an seinen eigenen Torpfosten hängen werde.«

Sie waren zum Rand des Lagers geritten und schauten zur Festung hinüber, wo die grüne Fahne in der morgendlichen Brise wehte.

»Ich bete zu allen Göttern, daß Nowec mein Friedensangebot annimmt«, fuhr Rhodry fort.

»Wenn dieser dreckige Zauberer ihn läßt«, erinnerte Sligyn ihn. »Aderyn sagt, er hält eine Art Wache. Er behauptet, er wird es sofort wissen, wenn Corbyns Leute sich auf einen Ausfall vorbereiten.« Sligyn schüttelte verblüfft den Kopf. »Und dann hat er sich über mich lustig gemacht. Ich sage zu ihm: Woher wißt Ihr das, schaut Ihr in einen Kristall oder so etwas? Und er antwortet: Nein, das Wildvolk wird es mir sagen. Das hat man davon, wenn man Zauberer fragt.«

Rhodry zwang sich zu einem Lächeln. Er wollte Sligyn lieber nicht von seinen Erfahrungen mit dem Wildvolk berichten. Am liebsten hätte er geglaubt, daß sich Jill und Aderyn nur einen Spaß gemacht hatten, aber er hatte tatsächlich gespürt, daß ihn etwas an den Haaren zog. Und als er länger darüber nachdachte, fiel ihm ein, daß Aderyn geschworen hatte, niemals zu lügen, was bedeutete, daß es einfach die Wahrheit war. Die Westleute waren die Elcyion Lacar der Legenden, und er selbst war mit ihnen verwandt. Elfenblut in Eldidd-Adern. Rhodry haßte diese Redewendung.

Der Tag ging vorüber, ohne daß Corbyn sich gerührt hatte. Am Abend aßen die Adligen zusammen und fragten sich, wieso Corbyn das Unvermeidliche hinauszögerte. Es gab nur eine Antwort: Er hoffte, daß sein Zauberer ihn doch noch aus dem Feuer ziehen würde. Es war schließlich durchaus möglich, daß Loddlaen Rhys auf magischem Weg eine Botschaft schickte.

»Aderyn würde ihn aufhalten«, sagte Rhodry.

»Das kann man nur hoffen«, meinte Edar finster. »Wer weiß, was Dweomer erreichen kann und was nicht.«

Niemand kam auf die Idee, Aderyn einfach zu fragen, und in unbehaglichem Schweigen trennten sie sich. Rhodry holte sich ein sauberes Hemd und ging zum Bach, um sich zu waschen. Er zog sich aus und tauchte ins kalte Wasser. Das beruhigte ihn ein wenig, aber als er sich anzog, sah er die beiden Westleute auf sich zukommen, die sich im Dunkeln ebenso sicher bewegten wie er. Calonderiel begrüßte ihn lachend.

»So sauber wie ein Elf, wie?«

»Bei den Höllen! Hat Jill ihr großes Maul aufgerissen und alles weitergetratscht?«

»Selbstverständlich«, meinte Jennantar. »Wir haben sie überhaupt erst auf die Idee gebracht. Mir ist das eine oder andere aufgefallen, und dann bin ich neugierig geworden, Junge.«

Rhodry sah ihn forschend an. Im Sternenlicht war er ebenso farbenblind wie jeder andere gewöhnliche Mensch, und die Einzelheiten gingen verloren, aber er konnte genug erkennen, um eine gewisse Ähnlichkeit in dem schlanken Körperbau und den schmalen Fingern zu bemerken, die er mit Jennantar gemeinsam hatte.

»Schmerzt es Euch festzustellen, daß Ihr wildes Blut in Eurem Clan habt?«

»Ich will nicht lügen und es abstreiten«, sagte Rhodry. »Aber das meine ich nicht als Beleidigung.«

»Schon gut«, sagte Calonderiel. »Ich habe lange nachgedacht und versucht, mich an diese alte Geschichte zu erinnern – eine unserer Frauen ist mit einem Maelwaedd-Lord namens Petryc durchgebrannt.«

»Das war der erste Maelwaedd, der Gwerbret von Aberwyn wurde«, sagte Rhodry. »Und das ist verflucht lange her. Ich wünschte, ich hätte besser zugehört, wenn der Barde all diese Geschichten erzählte. Plötzlich kommen sie mir nicht mehr so langweilig vor.«

»Kommt mit zu uns ans Feuer«, sagte Jennantar. »Wir haben noch einen Schlauch von unserem Met übrig. Und es scheint eine gute Gelegenheit, ihn anzubrechen.«

»Und ich wette, Ihr wart immer imstande, alle anderen unter den Tisch zu trinken«, warf Calonderiel ein.

»Ja. Habe ich das auch mit Euch gemeinsam?«

»Eine der besten Eigenschaften der Elcyion Lacar. Jedenfalls, wenn Ihr mich fragt.«

Der Elfenmet war doppelt so stark wie das Gebräu der Menschen und schmeckte sauberer, so daß man mehr davon trinken konnte. Die drei saßen am Lagerfeuer und reichten den Schlauch schweigend herum, als Rhodry feststellte, daß er seine neuen Verwandten mochte. Sein ganzes Leben lang hatte er gewußt, daß er sich irgendwie von den anderen Männern unterschied, und jetzt kannte er wenigstens den Grund dafür. Es war tröstlich zu wissen, daß es überhaupt einen Grund gab.

»Wo ist Jill?« fragte er schließlich.

»Steht Wache«, sagte Calonderiel.

»Bei den Höllen, das braucht sie nun wirklich nicht zu tun.«

»Sie hat darauf bestanden«, meinte Jennantar. »Es gehörte sich nicht für einen Silberdolch, sich mit den Herrschaften abzugeben, hat sie gesagt.«

»Und daher nehme ich an«, fuhr Calonderiel fort, »daß der Lord Cadvridoc bald die Wachen inspizieren wird, nur, um sich zu überzeugen, daß keiner im Dienst eingeschlafen ist.«

»Haltet den Mund«, sagte Rhodry, »es sei denn, Ihr wollt einen weiteren Kampf provozieren.«

»Nach all dem Met, den wir getrunken haben, werden wir nur ins Feuer stolpern«, meinte Calonderiel. »Es war nur ein Scherz, und ich bitte um Verzeihung.«

Wieder ließen sie den Schlauch herumgehen. Und was war mit Jill, fragte Rhodry sich. Was, wenn er sie wirklich verführte? Er würde sie niemals heiraten können; sie würde schwanger werden wie Olwen, und dann hätte er das Leben einer weiteren Frau zerstört. Und diesmal war es eine Frau, die ihr Leben für ihn aufs Spiel setzte. Vielleicht lag es am Met, aber er erkannte ganz deutlich, daß er sie viel zu sehr liebte, um sie auf diese Weise zu entehren – er liebte sie genug, um sie gehen zu lassen. Er würde sie behandeln wie eine der Mondpriesterinnen, die kein Mann berühren durfte.

Aber als er zurück zu seinem Zelt ging, sah er Jill von der Wache kommen. Einen Augenblick lang war seine Begierde so intensiv, daß er kaum Luft bekam. Er hatte immer über die Bardenlieder gespottet, die davon erzählten, daß ein Mann um der Liebe einer Frau willen starb, aber jetzt glaubte er sie beinahe. Er zwang sich, sich abzuwenden und in den Schatten zu treten, bevor sie ihn sah. Er wußte nicht, was er tun würde, wenn sie ihn ermutigen sollte.

Es gibt bei jeder Krankheit einen Zeitpunkt, an dem der Leidende erkennt, daß er zwar längst nicht geheilt ist, aber daß er gesunden wird, wenn nicht gleich, so doch mit der Zeit. Cullyn erreichte diesen Punkt an diesem Abend, als er erwachte und feststellte, daß sein Geist zum erstenmal seit seiner Verwundung wirklich klar war. Der Schmerz hatte nachgelassen, als befände sich seine verwundete Seite ein Stück weit weg von ihm, und der gebrochene Arm störte nur noch. Zum erstenmal bemerkte er auch den Luxus, der ihn umgab – ein Zimmer für sich, ein Bett mit bestickten Vorhängen, eine geschnitzte Truhe, auf die jemand sein Schwert und seinen Silberdolch gelegt hatte, als wäre er ein Lord. Alles, weil er Rhodrys Leben gerettet hatte. Er lag reglos und dachte darüber nach, ob ihm das nachträglich leid tat.

Schließlich kam Nevyn mit seinem Arzneibeutel herein.

»Werdet Ihr die Wunde noch einmal auswaschen müssen?«

»Ich hoffe nicht.« Nevyn lächelte dünn. »Langsam verstehe ich, wieso man Euch so rühmt. Ihr seid der erste Mann, den ich je behandelt habe, der nicht geschrien hat, wenn ich Met in die offene Wunde goß.«

Cullyn stöhnte bei der Erinnerung daran. Es hatte ihn seine gesamte Willenskraft gekostet, keinen Laut von sich zu geben.

»Erinnert Ihr Euch daran, Cullyn, wie ich Euch gestern abend beschimpft habe?«

»Ja, und ich habe Euch längst vergeben. Es ist nicht Eure Schuld, daß Jill in diesen verfluchten Krieg gezogen ist. He, ich kann diesen Kelch selbst halten.«

»Gut. Ihr braucht Bewegung, damit Ihr Eure Kraft zurückgewinnt.«

»Allerdings.«

Cullyn hörte die Bitterkeit in seiner eigenen Stimme. Als Nevyn ihm den Kelch gab, zog der alte Mann fragend die weißen Brauen hoch.

»Das mit Rhodry habe ich ernstgemeint. Das war nicht nur der Wutausbruch eines Kranken.«

»Das habe ich nie bezweifelt. Darf ich untertänigst vorschlagen, daß Ihr wartet, was ihr zustößt, bevor Ihr Eure Rache ausheckt? Es ist gut möglich, daß sie Corbyn besiegt. Ich hätte sie nicht gehen lassen, wenn ich das nicht glaubte.«

Cullyn trank gierig. »Wann werde ich wieder kämpfen können?«

»Es wird Monate dauern. Ihr müßt auch Euren Schildarm wieder trainieren, wenn er geheilt ist.«

»Pferdedreck. Und wann werde ich aufstehen und mich wieder selbst versorgen können?«

»Erheblich früher. Morgen werdet Ihr ein paar Schritte gehen, damit ich sehe, was das bewirkt.«

»Gut. Sobald ich kann, werde ich Rhodrys Gastfreundschaft verlassen. Ich will keinen weiteren Gefallen von ihm. Ich wünschte bei allen Göttern, daß sie mich zu den anderen Männern gelegt hätten.«

»Ihr Götter, Gerro, ich schwöre, Ihr seid der störrischste Mann der Welt!«

»Wie habt Ihr mich genannt?«

Er fand ein gewisses Vergnügen daran, den Dweomermann so verstört zu sehen. Selbst Nevyns Wangen waren ein wenig rosig geworden.

»Verzeiht. Ich habe schon so viele Männer verarztet, daß ich offenbar einen nicht mehr vom anderen unterscheiden kann.«

Sehr zu Cullyns Erleichterung stellte Nevyn fest, daß die Wunde nicht mehr entzündet war.

»Eins möchte ich wissen«, sagte Cullyn. »Ich bin ehrlich überrascht, daß Rhodrys Ehre es zugelassen hat, Jill für sich kämpfen zu lassen. Warum hat er sie mitgenommen?«

»Wegen des Dweomer. Und wegen Jill selbst. Nachdem sie die Prophezeiung gehört hatte, hätte der Höllenfürst selbst sie nicht davon abhalten können. Sie ist ebenso auf Schlachtenruhm versessen wie jeder junge Mann. Darüber solltet Ihr einmal nachdenken, ehe Ihr Rhodry den Kopf abschlagt.«

»Jill kann ein Biest sein. Ihr Götter, was habe ich auch erwartet, nachdem ich sie mit auf die Straße genommen habe? Also gut, ich werde darüber nachdenken, aber wenn sie umkommt ...« Er sprach nicht weiter.

Nevyn verdrehte die Augen, als riefe er die Götter als Zeugen für Cullyns Starrsinn an, dann packte er seine Sachen und ging ohne ein weiteres Wort. Cullyn lag lange Zeit wach und hoffte, daß die Belagerung andauern würde. Vielleicht würde er schnell genug gesund sein, um hinzureiten und Jill von dort wegholen zu können, bevor es zu einer Schlacht kam. Bei all seiner Wut würde er den jungen Rhodry ungern töten. Cullyn verzog das Gesicht, als ihm einfiel, wie hart Rhodry darum gekämpft hatte, ihn zu retten – ihn, einen elenden Silberdolch. Und dennoch, wenn Jill umkommen sollte –

Der Brief von Rhys war kurz und ärgerlich.

»Herrin«, begann er, »ich höre, daß Euer Cadvridoc immer noch Dun Bruddlyn belagert. Da Lord Talidd mir Beweise von Lord Corbyns anhaltendem Verrat unterbreitet hat, werde ich Euch die Angelegenheit mit dem Schwert regeln lassen, wenn Ihr das vorzieht. Laßt mich allerdings die Warnung aussprechen, daß Euer Sieg vielleicht nicht allen Unwillen gegen Euch beseitigt, solange Rhodry Euer Erbe bleibt.«

Lovyan knüllte das Pergament zu einem kleinen Ball zusammen. Am liebsten hätte sie es dem Boten ins Gesicht geworfen, aber schließlich war es nicht die Schuld des jungen Reiters, daß sein Herr ein so arroganter Schwachkopf war.

»Ihr seid verärgert?« fragte Nevyn.

Mit einem Schnauben strich Lovyan das Pergament wieder glatt und reichte es ihm.

»Ihr dürft gehen«, sagte sie zu dem Boten. »Trinkt ein Bier mit meinen Männern. Ich werde bald eine Antwort für Euch fertig haben.«

Der junge Mann erhob sich und eilte fort. Nevyn seufzte.

»Rhys hat unrecht. Rhodry hat sich in diesem Krieg bewährt.«

»Selbstverständlich. Rhys wollte mich nur ärgern, um seines verfluchten Stolzes willen, und das ist ihm auch gelungen.«

Sie saßen in der großen Halle, in der es seltsam leise war. Nur zehn Männer, einige von ihnen Verwundete auf dem Weg der Besserung, saßen in einem Raum, der Platz für zweihundert bot.

»Glaubt Ihr, ich sollte Rhys bitten einzuschreiten?« fragte Lovyan. »Es schmerzt mich, daran zu denken, daß wegen dieser Sache noch mehr Menschen sterben sollen.«

»Mir geht es ebenso, aber wenn Rhys Rhodry irgendwie enterbt, werden all diejenigen, die ihn jetzt bewundern, unzufrieden sein. Das könnte zu einer weiteren Rebellion führen, und dabei werden noch mehr umkommen.«

»Das ist wahr.« Lovyan faltete das Pergament ordentlich zusammen und steckte es ein. »Ich werde mich beruhigen und Rhys dann eine Antwort schreiben, die besagt, daß sein Einschreiten nicht erwünscht ist.«

Vor Dun Bruddlyn verfielen die Belagerer in eine Routine, die gleichzeitig angespannt und ermüdend war. Da sie jeden Augenblick mit einem Ausfall rechnen mußten, waren alle stets bewaffnet und bereit, aber es gab nichts zu tun, als Waffen, die bereits makellos waren, zu polieren, ziellos Patrouille zu reiten, um die Pferde zu bewegen, und endlos auf Würfelspiele zu setzen. Obwohl Jill versuchte, Rhodry aus dem Weg zu gehen, war das in einem so kleinen Lager schwer zu bewerkstelligen. Manchmal, wenn sie ihre Ration abholte, war er bei den Wagen, oder sie begegnete ihm, wenn sie ins Lager zurückkehrte, nachdem sie sich um ihr Pferd gekümmert hatte. Bei solchen Gelegenheiten sprach er wenig und versuchte nicht, sie aufzuhalten, aber hin und wieder, wenn sie einander ansahen, hatte sie das Gefühl, im Blau seiner Augen zu versinken.

Am siebten Tag der Belagerung hatte Jill das Gefühl, von dem endlosen Warten verrückt zu werden. Wie sie Aderyn gegenüber zugab, hatte sie einfach Angst.

»Vater sagt, jeder fürchtet sich vor einer Schlacht. Also kann ich mich vielleicht damit trösten. Wenigstens habe ich mich inzwischen an dieses elende Kettenhemd gewöhnt. Ich habe heute mit Amyr trainiert, und es verlangsamt mich nicht mehr.«

»Das ist gut. Darauf habe ich gewartet.«

Jill spürte, wie ihr ein Schauder über den Rücken lief.

»Loddlaen ist der Schlüssel zu allem«, fuhr Aderyn fort. »Corbyn ist schon so lange verzaubert, daß er ohne Loddlaen die Nerven verlieren wird, und dann wird er sich entweder ergeben oder angreifen. Ich habe bereits Jennantar und Calonderiel gebeten, mir dabei zu helfen, Loddlaen zu töten. Werdet Ihr mit uns kommen, wenn wir den Habicht jagen?«

»Ja, aber wie sollen wir das anfangen?«

»Ich werde ihn dazu bringen, daß er fliegt. Ich wette, ich kann ihn herauslocken, weil ich ihn sehr gut kenne. Es mag einige Zeit dauern, aber ich glaube, er wird am Ende herauskommen.«

Nachdem Aderyn gegangen war, saß Jill am Lagerfeuer und fragte sich, welch seltsamen Dweomer Aderyn wohl benutzen würde, um seinen Feind herauszulocken. Sie war immer noch in Gedanken versunken, als Rhodry so lautlos wie einer der Elfen aus dem Schatten trat und sich zu ihr setzte. Als sein Ärmel dabei den ihren berührte, begann Jills Herz, heftiger zu schlagen.

»Ich habe eine Frage. Seid Ihr sicher, daß Nevyn die Wahrheit gesagt hat, als er erklärte, mein Wyrd sei das Wyrd von Eldidd?«

»Ja. Rhodry, quält Ihr Euch wieder, weil ein Mädchen für Euch kämpft?«

»Welcher Mann würde das nicht tun? Aber es geht nicht nur um die Ehre. Ich kann den Gedanken nicht ertragen, daß Euch etwas zustößt. Ich würde mich lieber von den Barden verspotten lassen, als Euch der Gefahr auszusetzen, auch nur einen Kratzer davonzutragen.«

»Haben Euer Gnaden zuviel Met getrunken?«

»Ach, tu doch nicht so hochnäsig! Du weißt, daß ich dich liebe, und du liebst mich auch.«

Jill stand auf und warf einen Zweig ins Feuer. Sie beobachtete das Wildvolk, das in den Flammen tanzte. Dann hörte sie, wie Rhodry hinter ihr aufstand.

»Jill? Ich weiß, daß ich dir nur Kummer bringen werde. Du hast das Recht, kühl zu sein.«

Jill gab keine Antwort.

»Bitte«, fuhr Rhodry fort. »Ich will nur, daß du mir sagst, daß du mich liebst. Sag es ein einziges Mal, und ich werde zufrieden sein.«

Von hinten legte er die Arme um sie und zog sie an sich. Die Berührung stieg ihr in den Kopf wie Met.

»Ich liebe dich. Ich liebe dich aus ganzem Herzen.«

Er schlang die Arme fester um sie und ließ sie dann los. Sie starrte ins Feuer, während er davonging, denn sie wußte, wenn sie ihm nachschaute, würde sie weinen.

»Ich denke, wir haben nur noch eine einzige Hoffnung«, sagte Nowec. »Rhys haßt seinen verfluchten Bruder so sehr, daß er einschreiten könnte, nur um Rhodry zu beschämen.«

»Das könnte sein«, sagte Corbyn.

Als sie Loddlaen ansahen, zuckte dieser nur die Achseln. Sie wurden jetzt seit acht Tagen belagert, acht elende Tage in diesem heißen, trockenen Herbstwetter, acht Tage hinter Steinmauern – eine Folter für jemanden, der mit den Elcyion Lacar geritten war. Er hätte gern seine Qual mit ihnen geteilt, indem er ihnen die bittere Wahrheit sagte, aber er mußte einen Fluchtplan bereit haben, wenn er das tat.

»Selbstverständlich bin ich dabei, den Geist des Gwerbret zu beeinflussen«, log er. »Aber die Situation ist schwierig für ihn. Er hat Berater, die dagegen stimmen, daß er einschreitet.«

»Ihr Götter!« rief Nowec. »Wir müssen an die Moral der Männer denken. Geht es nicht ein wenig schneller?«

»Der Dweomer braucht seine Zeit.«

»Ach ja? Ihr habt uns schnell genug in den Dreck geritten!«

Loddlaen starrte ihn an. Aus seiner Aura sandte er einen Lichtfaden aus und schlug nach Nowec. Der Lord bekam glasige Augen.

»Ich mag es nicht, wenn man mich kritisiert.«

»Selbstverständlich«, flüsterte Nowec. »Ich entschuldige mich.«

Loddlaen wirbelte seine Aura noch einmal herum und ließ ihn dann gehen.

»Außerdem könnt Ihr davon ausgehen, daß ich die Frage der Moral nicht außer acht lasse. Ich kann dafür sorgen, daß die Männer weiter an unseren Sieg glauben.«

Er erhob sich, verbeugte sich und rauschte hinaus. Er mußte allein sein. Am liebsten hätte er Feuer auf die Festung herabbeschworen und das verdammte Ding bis auf die Grundmauern niedergebrannt. Er würde fliehen; er würde seine Kleidung und ein paar Münzen in einen Sack packen und dann davonfliegen. Irgendwo würde er schon einen anderen Lord finden, den er verzaubern konnte, irgendwo im Osten, wo Aderyn ihn nicht finden konnte.

»Ich werde dir folgen, Junge«, sagte Aderyn. »Bis zum Ende der Welt.«

Entsetzt fuhr Loddlaen herum, aber der Flur hinter ihm war leer.

»Früher oder später«, fuhr Aderyns Stimme fort, »werde ich dich holen, oder du mußt herauskommen. Früher oder später wirst du dich mir stellen müssen.«

Loddlaen eilte in seine Kammer und warf die Tür hinter sich zu. Er konnte nicht entkommen; Aderyn würde das nicht zulassen, und tief im Herzen hatte er das auch immer gewußt.

»Dann werde ich eben siegen müssen.«

Wenn Aderyn tot wäre, würde Loddlaen noch erheblich mehr tun können, als eine Botschaft zum Gwerbret zu bringen. Er konnte Rhodrys Zelte in Brand setzen, seine Vorräte verfaulen lassen, Männer und Pferde krank machen und in der Armee eine solche Panik verursachen, daß die Männer so schnell desertieren würden, wie Schnee in der Sonne schmilzt. Wenn Aderyn tot wäre.

Am Nachmittag ging Loddlaen ans Fenster und versuchte, einen Sturm heraufzubeschwören. Zumindest konnte er Rhodry und seine verfluchte Armee ordentlich durchnässen und hätte dann etwas, womit er Corbyn und Nowec gegenüber prahlen könnte. Er rief die Elementargeister von Luft und Wasser herbei und sah, wie die Wolken sich am Himmel sammelten. Welle um Welle rauschte der Sturm auf seinen Befehl heran. Aber ganz plötzlich erstarb der Wind wieder, und die Wolken begannen sich aufzulösen. Loddlaen verfluchte die Geister, bis er schließlich einen der Elementarkönige über den Himmel schreiten sah. Riesig und sturmzerzaust, hatte der König eine vage elfenhafte Gestalt und war von einer Säule spinnwebfeinen goldenen Lichts umgeben. Er hob eine Hand, und die Geister flohen. Loddlaen hatte nicht die Macht, sie wieder zurückzurufen.

Loddlaen stützte sich aufs Fensterbrett und weinte, denn er wußte, daß Aderyn den König herbeigerufen hatte. Einst hatte er an Aderyns Seite gestanden und war diesen mächtigen Wesen als Aderyns Nachfolger vorgestellt worden. Jetzt war er ein Ausgestoßener, und sie verachteten ihn.

Erst eine Stunde später fühlte er sich wieder kräftig genug, um das Zimmer zu verlassen. Als er die Treppe hinunterging, kam ihm Aderyn entgegen. Loddlaen erstarrte, die Hand fest am Geländer, als sein Vater näher und immer näher kam. Aderyn lächelte verächtlich, als wollte er ihm zeigen, daß er Loddlaens Siegel jederzeit brechen konnte. Dann verschwand die Vision.

Später an diesem Abend hockten Jill und die beiden Elfen über den Würfeln, als Aderyn zu ihnen kam. Er trug zwei lange Pfeile.

»Es ist Zeit. Welcher von Euch will diese Pfeile?«

»Ich«, sagte Jennantar.

»Die Rache steht dir zu«, erklärte Calonderiel. »Ich halte Pfeile mit Stahlspitzen bereit, um dich zu unterstützen.«

Erst jetzt fiel Jill auf, daß die beiden Pfeile silberne Spitzen hatten.

»Jill«, fuhr Aderyn fort. »Wenn Jennantar den Vogel abschießen kann, könnte es möglich sein, daß Ihr am Boden weitermachen müßt. Benutzt ausschließlich Euren Silberdolch.«

»Ja. Also stimmt die alte Geschichte – nur Silber kann Dweomerleute verletzen?«

»Oh, Stahl kann einen Dweomermann ebenso verletzen wie jeden anderen, und Stahl würde auch den Habicht treffen. Aber wenn Silber ihn tötet, wird sein Körper wieder Menschengestalt annehmen, nachdem er tot ist.«

Aderyn führte sie etwa eine Meile vom Lager weg. Sie kamen an zwei fest verschlossenen Bauernhäusern vorbei zu einer Weide, die von einer Reihe Eichen gesäumt war.

»Versteckt Euch unter den Bäumen«, sagte Aderyn. »Ich werde ihn herausfordern. Haltet Euch bereit. Er konnte immer schon schneller fliegen als ich.«

Aderyn kletterte auf den kleinsten der Bäume und zog sich aus. Jill konnte ihn kaum erkennen, einen dunklen Schatten zwischen den Blättern. Sie glaubte, das schimmernde Bild der Eule neben ihm zu entdecken, dann hüllte plötzlich blaues Licht sowohl die Eule als auch Aderyn ein. Der alte Dweomermann war verschwunden. An seiner Stelle saß die Silbereule und breitete die Flügel aus. Mit einem leisen Schrei flatterte der Vogel davon.

»Es überläuft mich jedesmal«, meinte Calonderiel. »Ganz gleich, wie oft ich es schon gesehen habe.«

Jennantar legte den ersten Silberpfeil auf. Langsam zog

der Mond seine Bahn. Jill behielt den Himmel in der Nähe des Dun im Auge, aber Calonderiel sah sie als erster.

»Da!«

Jennantar hob den Bogen und spannte die Sehne, aber es dauerte noch eine gute Minute, bis Jill einen dunklen Fleck sah, der sich vor den Sternen bewegte – die Eule, die so schnell flog, wie sie konnte. Ganz plötzlich entdeckte sie auch den anderen Vogel, der von hoch oben herabstürzte und die Eule beinahe erreicht hatte. Rasch und stetig flogen beide auf die Bäume zu, und der Habicht holte die Eule schnell ein. Jennantar wartetet nervös darauf, daß der Habicht in Schußweite kam. Dann schoß er, aber der Pfeil ging vorbei. Der Habicht stürzte sich auf die Eule, und sie kämpften in der Luft.

Es war, wie man es von Raubvögeln erwartete – sie stürzten sich hoch in der Luft aufeinander, kämpften und trennten sich dann wieder, um an Höhe zu gewinnen. Jill hörte den Habicht jedesmal vor Wut kreischen, wenn die Eule sich ihm wieder entzog. Hin und wieder segelte eine große Feder zum Boden und blitzte silbern im Mondlicht. Jill und Jennantar rannten hinaus auf die Wiese, aber Jennantar wagte nicht zu schießen, weil er befürchtete, die Eule zu treffen.

Langsam ermüdeten die Vögel und kamen dem Boden näher. Kreischend und einander mit den Klauen zerzausend, stürzten sie tief herab, nur um sich zu trennen und wieder aufzuflattern. Die Eule hatte kaum mehr die Kraft dazu.

»Aderyn!« schrie Jill. »Laßt Euch fallen! Kommt herunter!«

Der Habicht kümmerte sich nicht um sie, sondern stürzte sich wieder auf die Eule. Zusammen sackten sie nach unten, und diesmal versuchte die Eule nicht, sich loszureißen, sondern schlug mit dem Schnabel zu, während sie fielen. Jill rannte auf sie zu und wartete angespannt, den Dolch in der Hand – sie würde nur eine einzige Gelegenheit erhalten. Sie nahm Anlauf, sprang hoch und stach auf den Habicht ein. Der Schrei des Vogels zeigte ihr, daß sie getroffen hatte. Sie spürte das Flattern, als die Eule sich befreite, gerade noch rechtzeitig, bevor sie auf dem Boden aufprallte. Dann erklang Jennantars Bogensehne.

Ins Herz getroffen, schrie der Habicht ein einziges Mal auf und fiel. In einem Blitz blauen Lichts verwandelte er sich, so daß Jill einen Augenblick ein Wesen sah, das halb Habicht, halb Mensch war. Dann stürzte der Menschenkörper mit einem ekelerregenden Geräusch auf den Boden. Die Eule stieß einen lauten Klageschrei aus und hockte sich ins Gras. Sie verschwand, und Aderyn saß dort, blutend von Klauen- und Schnabelhieben. Jill rannte zu ihm.

»Wir müssen das Blut stillen!«

Aderyn schüttelte den Kopf und kam mühsam auf die Beine. Er stützte sich auf Jills Schulter und stolperte langsam zu den beiden Elfen, die sich über Loddlaens Leiche beugten. Dieser lag verrenkt auf dem Rücken, das Gesicht zerkratzt, eine Schnittwunde am Oberschenkel, den Pfeil in der Brust. Aderyn hob die Arme zum Himmel.

»Es ist vorbei. Laßt ihn in die Hallen des Lichts zurückkehren, wo man über ihn urteilen wird. Es ist vorbei.«

Drei Donnerschläge ertönten aus klarem Himmel. Jill schrie auf, und ihr wurde eiskalt. Langsam senkte Aderyn die Arme und starrte die Leiche an. Selbst in dem trüben Mondlicht konnte Jill sehen, welche Anstrengung es ihn kostete, sich zusammenzunehmen. Jennantar legte den Arm um die Schultern des alten Mannes, redete leise auf ihn ein und führte ihn zurück zu den Bäumen.

Als sie sich bückten, um die Leiche aufzuheben, hörte Jill Aderyns langgezogenen Klageschrei. Wieder und wieder ertönte er so quälend, daß sie froh war, als sie außer Hörweite waren. Sie wunderte sich, wieso Aderyn seinen Feind beweinte, aber sie nahm an, daß auch hier die alten Geschichten zutrafen, die besagten, daß gemeinsame Dweomerarbeit Menschen eng aneinander band.

Als sie mit ihrer Last ins Lager kamen, erkannte einer der Männer Loddlaen und rief seinen Namen. Daraufhin machte sich der Rest der Armee auf und drängte auf sie ein, als sie Rhodry die Leiche vor die Füße legten.

»Der Bastard blutet also wie jeder andere auch«, rief Rhodry. »Und, Männer, was haltet ihr jetzt von diesem verfluchten Dweomer?«

Seine Leute antworteten mit verächtlichen Schreien und Flüchen. Rhodry brachte sie mit einer Geste zum Schweigen.

»Es wäre nur ehrenhaft, dem Lord seinen Berater zurückzusenden, nicht wahr? Ich frage mich, was dieses kleine Wiesel tun wird, wenn er das hier sieht.«

Die Männer lachten und jubelten ihm zu. Jill schaute zu der Festung hinüber und fragte sich, ob Corbyn und seine Leute sie wohl hörten. Sie wußte, daß der nächste Tag die Schlacht bringen würde. Corbyn und Nowec konnten ihre verlorene Ehre nur noch retten, indem sie angriffen und starben.

Nevyn öffnete die Fensterläden und schaute auf die kleine Stadt Dun Gwerbyn herab, die in Dunkelheit und Schweigen gehüllt war. Irgendwo bellte ein Hund, und an einer anderen Stelle flackerte Laternenlicht auf, das aber bald wieder erlosch. Die schlafenden Städter würden nie erfahren, welche seltsamen Gefahren sie und ihre Herrscher bedroht hatten, und dafür war Nevyn zutiefst dankbar. In der vergangenen Woche hatte er sich mit anderen Dweomermeistern im Königreich in Verbindung gesetzt, die wie Knoten eines weitmaschigen Netzes über das Land verteilt waren. Einige hatten ebenfalls Spuren des dunklen Dweomer bemerkt, und nun waren alle wachsam geworden. Bald würde Nevyn von seinem fliehenden Feind hören – das hoffte er zumindest, denn er würde so bald wie möglich etwas gegen ihn unternehmen müssen.

»Und morgen wird dieser Krieg zu Ende gehen«, sagte er laut.

»Ihr Götter, sorgt dafür, daß meiner Jill nichts passiert.«

Rhodrys Armee wartete im hellen Morgenlicht vor Dun Bruddlyn. In einer letzten ehrenhaften Geste gegenüber dem Feind hatte Rhodry seine Leute weit genug zurückgenommen, daß Corbyn seine gesamte Streitmacht vors Tor bringen konnte, bevor der Kampf begann. Jill ritt zwischen Sligyn und Rhodry selbst. Hinter ihr warteten ausgewählte Kämpfer darauf, sie zu beschützen.

»Denkt an Eure Befehle«, sagte Rhodry zu ihr. »Ihr bleibt zurück und überlaßt es uns anderen, Euch den Weg zu Corbyn freizumachen. Dann gehört er Euch.«

Jill lächelte. Jetzt, da die Zeit gekommen war, war ihre Angst nur eine leichte Kälte in ihrer Magengrube. Goldwolke stampfte ungeduldig. Plötzlich trug der Wind die Töne von Silberhörnern heran, die im Dun geblasen wurden. Jill zog die Kapuze ihres Kettenhemds über, setzte den Helm auf und brachte ihren Schild in Position, als Speerspitzen in Rhodrys Linie aufblitzten.

Die Tore von Dun Bruddlyn gingen auf. Mit Lord Peredyr als Anführer drängte der größte Teil von Rhodrys Armee vorwärts, hielt einen Augenblick inne und griff an, als der Feind die Festung verließ. Speere flogen und Kriegsgeschrei erscholl.

»In Position!« schrie Rhodry.

Die Männer umgaben Jill, aber sie ließen ihr mehrere Schritt Raum, sobald der Kampf begonnen hatte. Sie stellte sich in die Steigbügel und spähte über das Feld, wo jetzt Staub in dicken Wolken aufwirbelte. Nowecs und Corbyns Leute kämpften tapfer, immer in Paaren, deren Pferde Nase an Schwanz standen, damit sich die Reiter nach allen Seiten verteidigen konnten. Jill sah, daß Nowec schwer von Peredyr und seinen Leuten bedrängt wurde. Der Krach war entsetzlich; sie hatte nicht erwartet, daß eine Schlacht so betäubend laut ausgetragen wurde.

»Da!« schrie Sligyn. »Er kommt heraus!«

Den grünen Schild vor sich, galoppierte Corbyn aus der Festung, umgeben von einer Gruppe seiner Männer. Mit einem Schrei winkte Rhodry seine Leute vorwärts. Und dann fing er an zu lachen, ein kaltes, dämonisches Lachen, das geradewegs aus der Zeit der Dämmerung zu stammen schien. Die Männer spornten ihre Pferde an und stürzten sich mitten ins Getümmel. Jill fühlte sich wie ein Blatt, das in der Strömung gefangen ist, als sie auf Corbyn und seine Leute zugetragen wurde.

Vor ihr heulte Rhodry sein Berserkerlachen, und Jill sah sein blutiges Schwert immer wieder im Sonnenlicht aufblitzten. Durch die sich hin und her bewegende Masse von Männern und Pferden konnte sie erkennen, daß zwei von Corbyns Männern ihn bedrängten, während Sligyn versuchte, ihm zu Hilfe zu eilen. Überall um sie herum kämpften Männer, und Pferde bäumten sich auf. Plötzlich wurde Rhodrys Lachen heller, und Jill wußte instinktiv, daß er in ernster Gefahr war. Sie wagte es, sich in die Steigbügel zu stellen und sah, wie Corbyns Männer ihrem Lord Platz machten. Corbyn würde einen letzten Versuch unternehmen, seinen Feind zu töten, und sie war die einzige, die ihn aufhalten konnte.

In diesem Augenblick wurde Jill selbst rasend. Ein blutroter Schleier legte sich über die Welt, und sie stieß einen

Kriegsschrei aus. Sie lenkte Goldwolke von den verblüfften Männern weg und galoppierte direkt auf Rhodry zu, während sie kreischend um sich schlug. Als sich ihr ein Mann auf einem Braunen entgegenstellte, preschte Jill einfach weiter, so daß er schließlich die Nerven verlor und auswich. Als Goldwolke sofort in die Bresche stürmte, landete Jill einen Schlag an der ungeschützten Seite des Reiters, der diesen im Sattel herumwirbelte. Bevor er parieren konnte, schlug sie ihn mit der Rückhand übers Gesicht. Schreiend fiel er unter die Hufe seines eigenen Pferdes.

Als der Braune stolperte und stürzte, wich Goldwolke ohne einen weiteren Befehl von Jill aus, und sie war an Rhodrys Seite. Direkt vor sich sah sie Corbyns silberumrandeten Schild. Als sie einen Angriff von der Seite abwehrte, erhaschte sie einen Blick auf Corbyns Gesicht; es war schweißüberströmt und verzerrt, als er auf Sligyn einschlug. Sligyn ließ das Schwert fallen und klammerte sich verwundet an den Sattel – ein leichtes Ziel für Corbyns nächsten Schlag. Jill schrie auf und verpaßte Sligyns Pferd einen Schlag, der es gerade noch rechtzeitig zurücktänzeln ließ. Einer von Sligyns Männern packte die Zügel und floh mit seinem Herrn.

»Corbyn!« schrie Jill. »Dein Wyrd hat dich eingeholt!«

An der Art, wie er den Kopf zurückwarf und sich ihr zuwandte, konnte sie erkennen, daß er sie gehört hatte. Sie war mit Staub und Schweiß bedeckt, aber er mußte erkannt haben, daß sie eine Frau war, denn er erstarrte einen Augenblick. Unter den schlimmsten Beschimpfungen, die sie kannte, wehrte Jill Schläge von der Seite ab und ritt direkt auf ihn zu. Plötzlich riß er den Kopf seines Pferdes herum und floh. Einer seiner Männer ritt Jill in den Weg, um den Rückzug des Lords zu sicher.

»Feigling!«

Dann war Jill so wütend, daß sie auch nicht mehr schreien

konnte. Wild um sich schlagend stürzte sie sich auf den Reiter direkt vor ihr. Der riß plötzlich sein Pferd herum, um so schamlos zu fliehen wie sein Herr vor ihm. Goldwolke sprang über ein totes Pferd, und dann hatten sie Rhodry und seine Männer hinter sich gelassen.

»Bastard! Goldwolke, ihm nach!«

Das Elfenpferd warf sich vorwärts, als hätte es ebenfalls die Beute entdeckt. Es sprang über Leichen, wich Kämpfenden aus, wagte sein Leben beim Galopp über die unebene Weide. Im Schlachtenlärm hörte Corbyn sie nicht, bis es beinahe zu spät war, aber als Goldwolke zum letzten Spurt ansetzte, brachte ein übelwollender Gott Corbyn dazu, sich umzudrehen. Er schlug sein Pferd mit der flachen Schwertklinge, und der Rappe schoß vorwärts.

»Feigling!« schrie Jill. »Stellt Euch Eurem Wyrd!«

Goldwolke streckte sich und versuchte, Schritt zu halten, aber er schwitzte grauen Schaum, und der Rappe gewann an Boden. Weinend vor Wut, zügelte Jill ihr Pferd. Corbyn würde entkommen, und das nur, weil er ein verfluchter Feigling war. Dann bäumte sich der Rappe auf, einen Elfenpfeil in der Kehle. Corbyn kam gerade noch rechtzeitig aus dem Sattel und taumelnd auf die Beine. Lachend sprang Jill vom Pferd und rannte auf ihn zu. Sie war sich nur vage bewußt, daß Calonderiel auf sie zuritt.

Das Schwert in der Hand, den Schild bereit, duckte sich Corbyn, um ihren Angriff abzufangen. Unter Schweiß und Staub war er kreidebleich. Mit einem Schrei führte Jill einen Scheinangriff und riß ihr Schwert hoch. Corbyn konnte den Schlag gerade noch abfangen.

»Ihr seht, ich kann kämpfen«, sagte Jill. »Ihr werdet sterben, Corbyn, und das wißt Ihr. Was haltet Ihr jetzt von Dweomerprophezeiungen?«

Als er zustach, wehrte sie den Angriff mit Leichtigkeit ab,

weil sie erheblich schneller war, und verwundete ihn an der Seite. Blut drang an seinem rechten Arm durch das Kettenhemd. Sie tänzelte zurück und parierte seinen ungeschickten Schlag. Mit der letzten Kraft, die er noch im linken Arm hatte, warf er den Schild nach ihr. Jill duckte sich einfach und griff wieder von der Seite an. Sie machte einen Ausfall, wich zurück, griff wieder an, so daß er keine Wahl hatte, als immer weiter zurückzuweichen, bis er zwischen ihr und seinem toten Pferd festsaß. Mit einem Schrei warf er sich zur Seite und stolperte. Jill brachte ihm einen Schnitt quer übers Gesicht bei.

»Für Rhodry!« Sie griff abermals an.

Sie traf Corbyn an der Brust, und sein Kettenhemd riß. Das Schwert drang tief ein, direkt unter dem Brustbein. Als Jill es wieder herausriß, fiel Corbyn auf die Knie und blickte zu ihr auf. Blut lief ihm aus dem Mund. Dann brach er zusammen und starb zu ihren Füßen.

»Gut gemacht!« rief Calonderiel.

Immer noch angespannt, fuhr Jill herum und sah den Elfen vom Pferd steigen. Er beobachtete sie forschend, eine Spur Angst in seinen violetten Katzenaugen, und er hielt Abstand.

»Jill, wißt Ihr, wer ich bin?«

»Ja. Ihr könnt näherkommen.«

Sie wandte sich wieder der Leiche zu und sah Corbyns Schatten. Eine bleiche, bläuliche Gestalt, ein nackter Körper mit Corbyns Gesicht, hing über der Leiche und starrte sie an. Die Lippen bewegten sich lautlos, in den Augen stand Staunen und Angst. Jill schrie auf.

»Was ist los?« Calonderiel packte sie am Arm.

»Sein Schatten. Könnt Ihr ihn nicht sehen?«

»Was? Es gibt nichts zu sehen.«

Corbyn betrachtete sie voller Widerwillen und Angst. Seinen Mundbewegungen nach zu schließen, versuchte er, sie etwas zu fragen. Calonderiel zog sie weg.

»Wir müssen Aderyn holen.«

So plötzlich, als würde eine Kerze ausgeblasen, verließ sie die Kampfeswut. Sie klammerte sich an Calonderiel und schluchzte in seinen Armen.

Die Schlacht war vorüber. Das Schwert in der Hand, ritt Rhodry über das Feld hin und her und rief seinen Männern Befehle zu. Sie stiegen ab, und einige führten die Pferde weg, während sich andere nach den Verwundeten zwischen den Toten umsahen. Peredyr und Edar tauchten an Rhodrys Seite auf.

»Habt Ihr Jill gesehen?« rief Rhodry ihnen zu.

»Ja«, sagte Peredyr. »Corbyn ist tot. Ich habe gesehen, wie dieser Calonderiel Jill zum Arzt brachte. Sie weinte, aber sie konnte laufen.«

»Bei den Göttern, sie ist verwundet!« Rhodry spürte, wie ihm Tränen in die Augen traten. »Und Ihr müßt mich für einen echten Mann halten, nachdem ich eine Frau für mich kämpfen ließ.«

»Ach, seid doch still«, meinte Edar. »Ihr hattet keine andere Wahl.«

»Lord Cadvridoc«, sagte Peredyr. »Kommt und seht Euch Corbyn an, und dann überlegt Euch noch einmal, wie beschämend es für Euch ist, daß Ihr dieses schwache kleine Mädchen habt für Euch in die Schlacht reiten lassen.«

Sobald er neben Corbyns Leiche vom Pferd gestiegen war, sah Rhodry, was Peredyr gemeint hatte. Jills Schlag hatte ein gut gearbeitetes Kettenhemd durchdrungen und Corbyn wie ein Hühnchen aufgeschlitzt.

»Bei den Höllen«, flüsterte Rhodry. »Hat sie das wirklich getan?«

»Ich habe es mit eigenen Augen gesehen – sonst würde ich es nicht glauben«, sagte Peredyr. »Und sie hat dabei gelacht.«

Rhodry fand Jill nahe Aderyns Wagen, wo der alte Mann sich um die Verwundeten kümmerte. Sie saß auf dem Boden, an ein Wagenrad gelehnt, und starrte ins Leere. Als Rhodry sich neben sie kniete, sagte sie kein Wort.

»Wo seid Ihr verwundet?«

»Ich weiß es nicht. Ehrlich, ich weiß es nicht.«

Eine andere Antwort konnte Rhodry nicht bekommen, bis Aderyn mit den Verwundeten fertig war. Immer noch erschöpft von seinem eigenen Kampf in der Nacht zuvor, stand der Dweomermeister steif an der Seite und sah zu, wie ein Diener eimerweise Wasser auf den Wagen schüttete, um das Blut wegzuspülen. Er griff nach Jills Hand und drückte sie.

»Seid Ihr verwundet?«

»Nein.« Plötzlich wurde Jill kreidebleich und begann, hastig zu sprechen. »Ich habe seinen Schatten gesehen – den von Corbyn. Ich habe ihn getötet, und dann sah ich ihn, direkt über seiner Leiche. Er war blau, und ihr Götter, dieser Blick!«

Rhodry spürte, wie ihm kalt wurde, aber Aderyn nickte nur.

»Ihr wart von Kampfeswut erfüllt. Ich habe gehört, wie Ihr Corbyns Kettenhemd durchtrennt habt. Könntet Ihr so etwas jetzt tun, Kind, vollkommen kaltblütig?«

»Nein. Ich kann kaum glauben, daß ich es überhaupt getan habe.«

»Das war die Kampfeswut. Ich verstehe es selbst nicht so recht, aber es muß irgendwie die Körpersäfte durcheinanderbringen – vielleicht ein Überfluß an feurigen Säften im Blut. Aber es hat Euch über alle Maßen Kraft gegeben, und Ihr habt Dinge gesehen, die Euch sonst verborgen sind.«

»Der Schatten war also wirklich da? Ich dachte, ich hätte den Verstand verloren.«

»Nein.« Aderyn wählte seine Worte mit großer Sorgfalt. »Was Ihr als den Schatten eines Menschen bezeichnet, ist sein wahres Selbst, das seinem Körper innewohnt und ihn am Leben erhält und seinen Geist und sein Bewußtsein beherbergt. Wenn der Körper tödlich verletzt ist, zieht sich dieser ätherische Doppelgänger, wie er im Dweomer genannt wird, zurück. Was Ihr gesehen habt, war Corbyn selbst, der vollkommen verwirrt darüber war, tot zu sein.«

Jill schien etwas sagen zu wollen, dann sprang sie auf und rannte wie ein verschrecktes Tier davon. Als Rhodry ihr folgen wollte, packte Aderyn ihn am Arm.

»Laßt sie gehen. Sie muß allein sein.«

»Zweifellos. Es hat mich schaudern lassen, Euch reden zu hören. Aderyn, ich weiß, was Kampfeswut ist, und ich habe noch nie einen Schatten gesehen.«

»Ihr gehört auch nicht dem Dweomer, wie Jill. Vergeßt das nicht, Rhodry Maelwaedd. Jill gehört dem Dweomer.«

Plötzlich fürchtete sich Rhodry vor diesem dünnen, müden alten Mann.

Beladen mit dem Kettenhemd und erschöpft von der Schlacht, konnte Jill nicht sehr weit laufen. Sie ließ sich in das hohe Gras am Bach fallen und holte tief Luft. Dann legte sie sich auf den Bauch und streckte die Arme aus, als könnte sie die sonnenwarme Erde umarmen wie eine Mutter. Wildvolk versammelte sich um sie; der graue Gnom strich ihr mit knotigen Fingern durchs Haar. Als Jill sich aufsetzte und über die Wiese hinweg zu Corbyns Dun schaute, wo die grüne Fahne nicht mehr wehte, hatte sie das unheimliche Gefühl, daß Corbyns Schatten dort durch die Hallen streifte und versuchte, wieder nach Hause zu kommen. Fast hätte sie sich übergeben.

»Das ist also Ruhm. Ich hoffe, daß ich nie wieder in eine Schlacht reiten muß.«

Sie zog Kettenhemd und Kleider aus und tauchte in den Bach. Während sie sich mit Sand abrieb, hockte der graue Gnom im Gras und beobachtete sie.

»Ich brauche mein frisches Hemd. Es ist in der Satteltasche.«

Der Gnom nickte und verschwand. Als er wieder auftauchte und das Hemd hinter sich herzog, war es nicht mehr unbedingt sauber, aber zumindest stank es nicht nach Schweiß und dem Blut eines anderen Menschen. Jill zog sich an und rollte das Kettenhemd zusammen. Sie hatte ihr Schwert zwar bereits einmal geputzt, aber jetzt tat sie es noch einmal, bis sie vollkommen überzeugt war, daß kein Flecken von Corbyns Blut mehr daran klebte. Dann blieb sie einfach mit dem Gnom im Gras sitzen, bis Jennantar kam, um sie zu holen.

»Ihr seid jetzt schon seit Stunden hier.«

Verblüfft stellte Jill fest, daß die Sonne tief am Himmel hing und die Schatten auf der Wiese lang geworden waren.

»Jill, quält Euch nicht wegen Corbyns Tod. Er hatte es wirklich verdient zu sterben.«

»Das ist es nicht. Es ist, weil ich ihn gesehen habe. Ach, beim schwarzen Arsch des Höllenfürsten, ich weiß nicht einmal, wovon ich rede.«

Jill warf ihr Kettenhemd in einen Wagen und ging mit Jennantar in die Festung, wo man, wie er ihr sagte, die Verwundeten bereits untergebracht hatte und die Sieger in der großen Halle Met tranken. Sie fühlte sich seltsam, als sie den Hof betrat. Tagelang war dieser Ort so unzugänglich wie der Mond gewesen, und jetzt war sie hier. In der Halle herrschte unglaublicher Lärm. Obwohl Jill versuchte, sich unbemerkt hineinzuschleichen, bemerkten ein paar Männer sie und machten ihre Kameraden darauf aufmerksam. Langsam wurde es still, als ein Mann nach dem anderen sich umblickte, um die Dweomerkriegerin zu sehen. Am Kopf des Ehrentischs stand Rhodry auf.

»Setzt Euch auf meinen Platz. Die von den Göttern Berührten verdienen jede Ehre, die ich ihnen geben kann.«

Jeder in der Halle jubelte Jill zu, als sie zu ihm ging. Von den Göttern berührt – so sahen sie sie jetzt, als Schützling der Götter, statt zuzugeben, daß sie einfach eine Frau war, die wie ein Mann kämpfen konnte. Aber es war ganz gleich; die Bewunderung, die sie ihr entgegenbrachten, war echt, und das ließ sie plötzlich laut auflachen. Die Adligen erhoben sich und verbeugten sich vor ihr, und Rhodry füllte einen Kelch mit Met und reichte ihn ihr wie ein Page.

»Soviel für die Rebellen. Ihr habt Euer Geld verdient, Silberdolch.«

Lachend hob ihm Jill den Kelch entgegen.

»Ich danke Euch, Herr, daß Ihr es mich habt verdienen lassen. Ich hätte mich ungern Nevyns Zorn gestellt, wenn ich ohne Euch zurückgekommen wäre.«

Verängstigt und bleich machten sich Corbyns Diener daran, aus den Vorräten ihres toten Herrn ein Festmahl zu servieren. Beim Essen sprachen die Adligen darüber, was Lovyan wohl mit Corbyns und Nowecs Land anfangen würde. Es gab im Clw Coc offenbar eine Menge landhungriger Herren. All diese Gespräche über jemandes Vetter interessierten Jill wenig. Sie konnte nur daran denken, daß Rhodry ihr so nahe war. Immer wieder sah er sie mit hungrigen Augen an. Jill begehrte ihn so sehr, daß sie sich dafür schämte und sich vorkam wie eine Schlampe, die nichts anderes als einen Mann im Sinn hatte.

Entschlossen stellte sie sich all den bitteren Wahrheiten. Er stand unerreichbar weit über ihr. Er würde sie nur schwängern und sie dann verlassen, und – was das schlimmste war – ihr Vater würde sie grün und blau schlagen. Aber plötzlich fiel ihr etwas anderes ein. Sie war die Siegerin dieses Tages. Sie hatte für diese edlen Herren ihr Leben aufs

Spiel gesetzt. Ein Pferd war schön und gut, aber warum sollte sie nicht haben, was sie wirklich wollte? Mit einer ganz eigenen Kampfeswut wandte sie sich Rhodry zu und lächelte ihn an, bis er ganz still wurde und jeder ihrer Gesten, jedem ihrer Blicke wie gebannt folgte.

Endlich hatten sich die Männer in taumelndes Schweigen gesoffen. Jill bat die Lords, sie zu entschuldigen, und verließ mit Aderyn die Halle. Sie brachte ihn zum Elfenzelt und überzeugte sich davon, daß er sich ausruhte, dann ging sie zu ihren eigenen Decken. Lange Zeit lag sie schlaflos und lauschte, wie die Männer nach und nach ins Lager zurückstolperten. Als sich im Lager nichts mehr regte, stand sie auf und schlüpfte aus dem Zelt, ohne daß Aderyn wach geworden wäre. Vor Rhodrys Zelt zögerte sie kurz, aber nur einen Augenblick, und ging dann hinein. Sie hörte, wie sich Rhodry verschlafen aufsetzte. Sie setzte sich neben ihn.

»Jill! Was machst du denn hier?«

»Was glaubst du denn?«

»Du bist verrückt! Mach, daß du rauskommst, bevor ich uns beide entehre.«

Als sie über seine Wange strich, erstarrte er.

»Hör auf! Ich bin auch nur aus Fleisch und Blut.«

»Genau wie ich. Können wir nicht einmal diese eine Nacht haben?«

Als er nicht antwortete, zog sie sich das Hemd über den Kopf und warf es auf den Boden. Rhodry zog sie an sich und küßte sie so gierig, daß sie einen Augenblick Angst bekam, weil er soviel stärker war als sie. Er strich ihr über den nackten Rücken, dann drehte er sie herum und küßte sie wieder und wieder. Sie fühlte sich so schlaff und schwach wie eine Stoffpuppe, aber als er sie streichelte, seine Hand bebend auf ihrer Brust lag, spürte sie, daß ihre Begierde der seinen in nichts nachstand. Sie schlang ihm die Arme um den Hals und ließ sich küssen, als er sie auf die Decken legte. Die letzte Angst verschwand wie ein Blatt, das im Feuer zu Asche verbrennt.

Im weit entfernten Dun Gwerbyn erwachte Nevyn aus tiefem Schlaf und wußte plötzlich, was geschehen war.

»Diese jungen Dummköpfe! Ich hoffe nur, sie sind so vernünftig, es vor Cullyn zu verbergen!«

ELDIDD, 1062

Kann ein Schmied ein Pferd ohne Nägel beschlagen? Kann ein Schneider ein Hemd ohne Faden nähen? Auf dieselbe Weise hält die Ehre das Königreich zusammen, indem sie die Menschen dazu bringt, jenen zu gehorchen, die über ihnen stehen, und ihre Untergebenen gut zu behandeln. Ohne Ehre würde das Königreich zusammenbrechen, bis niemand mehr dem König gehorchte und niemand einem hungrigen Kind auch nur ein kleines Stück Brot gäbe. Jeder Adlige sollte daher seinen Lehnsherrn in jeder Hinsicht ehren und jedes seiner Gesetze sorgfältig befolgen ...

Prinz Mael Y Gwaedd, Über Adel, 802

Und Jill hat Corbyn tatsächlich getötet«, sagte Lovyan. »Bei den Göttern, das hätte ich nie gedacht.«

»Ich schon«, meinte Nevyn. »Sie verfügt über eine Kraft, von der sie selbst nichts ahnt.«

»Das ist eine sehr rätselhafte Bemerkung.«

»So wird es leider auch bleiben müssen; ich bitte um Verzeihung.«

Lovyan lächelte resigniert. Sie saßen in dem kleinen Garten hinter dem Broch von Dun Gwerbyn, wo die letzten roten Rosen über den grauen Stein rankten.

»Wird Euer Freund aus dem Westen herkommen?« wollte Lovyan wissen.

»Nein. Ich hatte es gehofft, falls Rhys mehr über den Mord erfahren wollte, den Loddlaen begangen hat, aber sowohl er als auch die Westleute, die ihn begleiten, wollen so bald wie möglich wieder zu ihrem Volk zurückkehren.«

»Diese Westleute sind ein seltsames Volk. Es ist merkwürdig, viele verabscheuen sie, aber ich fand sie immer angenehm – nicht genug, um mit ihnen zu gehen, aber angenehm.«

Obwohl sie ganz beiläufig sprach, verspürte Nevyn einen seltsamen Zweifel.

»Lovva, dürfte ich Euch etwas fragen, das unglaublich beleidigend sein könnte?«

»Ja, aber vielleicht werde ich nicht antworten.«

»Also gut. War Tingyr wirklich Rhodrys Vater?«

Lovyan legte den Kopf schief und sah ihn beinahe übermütig an. Trotz ihres grauen Haars und der Altersspuren in ihrem Gesicht sah er deutlich, wie schön sie zwanzig Jahre zuvor gewesen sein mußte.

»Nein. Nicht einmal Medylla und Dannyan wissen das.«

»Euer Geheimnis wird bei mir sicher sein, das verspreche ich. Wann seid Ihr diesem Mann aus dem Westen begegnet?«

»Ihr habt scharfe Augen, mein Freund! Es war hier in Dun Gwerbyn, als mein Bruder noch Tieryn war.« Lovyan wandte den Blick ab, und ihr Lächeln wurde bitter. »In diesem Sommer hatte Tingyr Linedd zu seiner Mätresse gemacht. Ich war damals noch jung und verstand die Dinge nicht so wie heute. Also ritt ich davon und besuchte Gwaryc. Ich erinnere mich, daß ich in ebendiesem Garten saß und weinte, weil mein Stolz verletzt war. Und dann kamen, wie es hin und wieder geschah, einige Westleute vorbei, um dem Tieryn Pferde zu bringen, und es war ein Barde dabei, der schönste Mann, den ich je gesehen hatte – trotz dieser seltsamen Augen.« Sie hielt inne, und ihr Lächeln kehrte wieder. »Ich wollte mich rächen, und das habe ich getan. Verachtet Ihr mich jetzt?«

»Keinesfalls, und Ihr klingt nicht wie eine Frau, die sich schämt.«

»Nein, ich fühle mich eher selbstzufrieden.« Lovyan warf den Kopf zurück wie ein junges Mädchen. »Und irgendwie hat mein Barde mir deutlich gemacht, daß es nicht Tingyr war, den ich liebte, sondern die Macht, seine Frau zu sein. Wir hatten ein paar wunderschöne Wochen zusammen. Als ich zurückkam, sorgte ich dafür, daß die kleine Linedd erfuhr, wer am Hof von Aberwyn das Sagen hatte. Aber ich muß zugeben, daß ich nervös war, als der Tag der Geburt näherrückte. Als sie mir Rhodry an die Brust legten, habe ich mir als erstes seine Ohren angesehen.«

»Zweifellos.« Nevyn kicherte. »Werdet Ihr Rhodry jemals die Wahrheit sagen?«

»Nein, niemals, und das nicht um meiner eigenen Ehre willen. Aber jeder in Eldidd muß glauben, daß Rhodry ein Maelwaedd ist, oder er wird niemals in Dun Gwerbyn herrschen können. Ich bezweifle, daß mein dummer, ehrlicher Sohn dieses Geheimnis bewahren könnte.«

»Mir geht es ebenso. Der Junge hat wirklich Ehrgefühl. Und ich danke Euch, daß Ihr mir die Wahrheit gesagt habt. Aderyn hat schon öfter vom Blut der Westleute im Maelwaedd-Clan gesprochen, und wie es Generationen überspringt, um wieder zum Vorschein zu kommen, aber das schien mir ein wenig weit hergeholt.«

Lovyan nickte; aber dann wechselte sie das Thema auf eine Weise, die deutlich machte, daß sie es niemals wieder ansprechen würde. »Ich frage mich, wann Rhys hier auftauchen wird. Er wird meiner Beendigung der Rebellion seine Zustimmung geben müssen. Ich nehme an, er poliert schon seine Bosheit auf, um seinem Bruder den Sieg zu verderben. Ihr könnt Euch nicht vorstellen, wie schwierig es für eine Frau ist, wenn ihre Söhne sich derart bekriegen. Nevyn, wißt Ihr, warum Rhys Rhodry so sehr haßt?«

»Nein. Ich wünschte, ich wüßte es – dann könnte ich etwas dagegen tun.«

Diesmal fertigte er Lovyan nicht nur mit rätselhaften Bemerkungen ab. Im Lauf der Jahre hatte er häufig darüber nachgedacht, ob Rhys' Haß zu jener wirren Kette von Wyrd gehörte, die Nevyn und Rhodry teilten. Aber das war es nicht; es ging einzig und allein um eine dieser irrationalen Abneigungen, wie sie unter Blutsverwandten entstehen. Irgendwann würden Rhys und Rhodry dieses Problem lösen müssen, wenn nicht in diesem Leben, dann im nächsten, aber das war zum Glück nicht Nevyns Sorge.

Es gab andere Seelen, um die er sich mehr sorgte, und an diesem Nachmittag ging er zu Cullyns Kammer. Der Silberdolch war angekleidet und saß auf der geschnitzten Truhe am Fenster, den linken Arm in der Schlinge. Cullyn war bleich und hager, aber er war auf dem Weg der Besserung.

»Wie gut wird dieser verfluchte Arm heilen, was meint Ihr?« fragte Cullyn.

»Das kann ich wirklich nicht sagen. Wir werden warten müssen, bis wir die Schiene abnehmen können. Es war ein glatter Bruch, und Ihr wart anfangs zu krank, um Euch zu bewegen, also gibt es Hoffnung.«

»Wenigstens war es nicht mein Schwertarm.«

»Ihr grübelt doch nicht immer noch wegen Rhodry?«

»Seid nicht dumm, Kräutermann. Jill ist in Sicherheit, und das ist alles, was zählt.« Cullyn wandte sich wieder dem Fenster zu. »Aber ich muß mir immerhin meinen Unterhalt verdienen.«

So war es, und Nevyn spürte so etwas wie Mitgefühl mit seinem alten Feind, dessen Leben davon abhing, wie gut er sein Schwert und seinen Schild führen konnte.

»Nun«, meinte er schließlich, »Ihr habt immerhin den ganzen Winter, um wieder auf die Beine zu kommen. Rhodry wird Euch zweifellos bis zum Frühjahr hier wohnen lassen.«

»Das ist wahr. Unser junger Lord hat mehr Ehre als die meisten. Werdet Ihr ebenfalls hier überwintern?«

»O ja.«

Am liebsten hätte Nevyn hinzugefügt: »Aber ganz bestimmt!« Man würde ihn brauchen. Bald würden sie alle einen stürmischen Winter lang hier eingesperrt sein, und er bezweifelte, daß Jill und Rhodry in der Lage sein würden, ihr Verhältnis geheimzuhalten. Immerhin erinnerten sie sich an eine Leidenschaft, die sie schon in vielen Leben geteilt hatten. Und selbst ohne Schild würde Cullyn für Rhodry ein schwieriger Gegner sein, vor allem, da die Gesetze von Eldidd jedem Vater das Recht gaben, einen Mann zu töten, der seine Tochter entehrt hatte.

Die Armee blieb noch ein paar Tage in Dun Bruddlyn, um die Toten zu begraben und den Verwundeten vor dem langen Rückweg ein wenig Ruhe zu gönnen. Jill war froh, daß Rhodry Loddlaen aus Achtung vor dem Dweomer anständig begraben ließ – aber schließlich gefiel ihr alles, was Rhodry tat, als wäre er ein Gott, der unter den Sterblichen erschienen war. Die Erinnerung an ihre Nacht in seinen Armen suchte sie immer wieder heim. Diese Nacht hatte ihre Begierde nicht gestillt, sondern nur noch schlimmer werden lassen. Aber sie hielt sich an ihren Vorsatz und bemühte sich, ihm aus dem Weg zu gehen. Und noch ein weiterer Gedanke ließ sie nicht ruhen: Was, wenn Vater es herausfindet?

Endlich kam der Morgen, an dem sie nach Dun Gwerbyn aufbrechen sollten. Nachdem sie ihr Pferd gesattelt hatte, verabschiedete Jill sich von Aderyn und den beiden Elfen, die bei der Aussicht, nach Hause zurückkehren zu können, breit grinsten.

»Wenn Ihr jemals genug von Eldidd haben solltet«, meinte Calonderiel, »dann kommt zu uns in den Westen. Das Wildvolk wird Euch den Weg weisen.«

»Danke. Ich würde Euch gerne alle wiedersehen.«

»Vielleicht wird das eines Tages geschehen«, meinte Aderyn. »Und wenn nicht, so denkt hin und wieder an mich, und ich werde dasselbe tun.«

Als sie in den Sattel stiegen, hätte Jill am liebsten geweint. Niemals hatte sie jemanden so schnell liebgewonnen. Eines Tages werde ich nach Westen reiten, dachte sie, eines Tages. Aber sie verspürte eine gewisse Kälte um ihr Herz, die ihr sagte, daß dieser Tag noch in weiter Ferne lag, wenn er überhaupt je anbrechen würde. Sie wartete am Rand des Lagers, bis die drei außer Sichtweite waren, dann kehrte sie zu ihrem eigenen Volk und zu Rhodry zurück.

An dem Tag, da die siegreiche Armee nach Dun Gwerbyn zurückkehrte, saß Cullyn am Fenster, wo er eine gute Aussicht auf das Tor und den Hof hatte. Es war ein nasser Tag, und Nieselregen wusch das Kopfsteinpflaster so glatt und sauber wie Metall. Kalte Luft kam durch das offene Fenster, aber Cullyn hielt weiter Wache, bis er sie schließlich hereinkommen sah. Ganz vorn ritt Jill auf einem goldfarbenen Pferd. Mit erleichtertem Grinsen stützte Cullyn sich auf die Fensterbank und sah zu, wie sie abstieg, einem Diener die Zügel zuwarf und in den Broch rannte. Cullyn schloß die Fensterläden, und kurze Zeit später riß Jill die Tür auf. Atemlos blieb sie auf der Schwelle stehen.

»Bist du den ganzen Weg gerannt?«

»Ja. Ich wollte die Prügel schnell hinter mich bringen.«

Cullyn lachte und streckte den gesunden Arm aus.

»Ich bin noch zu schwach, um dich zu verprügeln. Und ich will es nicht einmal, so verdammt froh bin ich, daß du noch lebst.«

Als sie sich neben ihn setzte, umarmte er sie vorsichtig, weil die Wunde an seiner Seite immer noch schmerzte, und küßte sie auf die Stirn.

»Dein alter Vater ist dieser Tage ganz aufgeplustert. Mein Mädchen ist also die Heldin des Tages. Ich habe das Pferd gesehen. Ist es ein Geschenk des Cadvridoc?«

»Ja.« Jill grinste. »Und nach dem Kampf habe ich am Kopf des Ehrentisches gesessen.«

»Du solltest dich selbst hören, du kleine Katze!« Cullyn drückte sie an sich. »Aber ich warne dich, wenn ich je auch nur davon höre, daß du vorhast, wieder in die Schlacht zu ziehen, dann werde ich dich so verprügeln, daß du nicht mehr im Sattel sitzen kannst.«

»Mach dir keine Sorgen, Vater.« Ihr Lächeln verschwand. »Es ist großartig, hier zu sitzen und meinen Ruhm mit dir zu teilen, aber ich will nie wieder in den Krieg ziehen.«

»Dann ist es ja gut. Ich nehme an, du mußtest es selbst sehen. Du bist mir zu ähnlich, um anders als aus Erfahrungen lernen zu können.«

Als sie lachte, küßte er sie noch einmal, und dann bemerkte er, daß Nevyn in der offenen Tür stand und sie mit seltsam erschrockener Miene ansah. Cullyn ließ Jill los und rückte von ihr ab. Der Blick des alten Mannes war wie ein Spiegel, in dem er etwas sehr Häßliches sah, das er bis zu diesem Augenblick vor sich selbst verborgen hatte.

»Wie geht es Euch?« fragte Nevyn. »Der Cadvridoc will Euch sehen, aber ich wollte mich überzeugen, daß Ihr nicht zu müde seid.«

»Es geht mir gut.«

»Wirklich?« Nevyn zog eine Braue hoch. »Ihr seht blaß aus.«

»Es geht mir gut!« fauchte Cullyn. »Jill, laß uns allein.«

»Vater! Ich will hören, was Seine Gnaden sagt.«

»Ich sagte, geh.«

Wie ein getretener Hund stand sie auf und schlich davon. Cullyn wußte, wie weh er ihr getan hatte, und er hatte Angst, Nevyn wieder anzusehen.

»Wißt Ihr«, sagte der alte Mann, »es gibt mehr als eine Art von Kampf, der sich ein Mann stellen muß.«

Cullyn spürte, daß Scham ihn durchflutete wie kaltes Wasser, aber zum Glück ging Nevyn ohne ein weiteres Wort. Cullyn lehnte sich gegen die Fensterläden, und er spürte, daß er zitterte. Sobald es ihm besserginge, sagte er sich, würde er davonreiten und Jill in Lovyans Obhut lassen. Es würde ungeheuer schmerzen, aber so war es das beste. Er wußte, wenn die Zeit gekommen war, würde er es tun können, um ihretwillen, und wenn er in der nächsten Schlacht starb, irgendwo fern von Eldidd, würde sie es nicht einmal erfahren.

»Cullyn?« sagte Rhodry.

Cullyn blickte überrascht auf; er hatte nicht bemerkt, daß jemand hereingekommen war.

»Wie geht es Euch? Ich kann später wiederkommen.«

»Es geht mir gut, Herr.«

Rhodry hatte nie mehr wie ein Lord ausgesehen als an diesem Morgen, in seinem mit roten Löwen bestickten Hemd, dem Karoumhang, der mit einer edelsteinbesetzten Brosche zusammengehalten war, und den Händen am Griff seines Schwerts, aber Cullyn betrachtete ihn immer noch als einen Jungen, und zwar einen, den er wie einen Sohn hätte lieben können. Es würde auch weh tun, Rhodry zurückzulassen.

»Werdet Ihr mir verzeihen, daß ich Jill mit in den Krieg genommen habe?« fragte Rhodry. »Es hat weh getan, ein Mädchen für mich kämpfen zu lassen.«

»Was hättet Ihr schon gegen den Dweomer tun können? Wißt Ihr, seit Jill ein kleines Mädchen war, hat sie nur davon gesprochen, sich Ruhm im Kampf zu erwerben. Ich bin nicht überrascht, daß sie diese Gelegenheit ergriffen hat. Und sie konnte immer schon lügen wie ein Wiesel, wenn sie auf etwas versessen war.«

»Das mag sein.« Rhodry wandte den Blick ab. »Aber Ihr verzeiht mir wirklich? Es hat mich gequält, mich fragen zu müssen, was Ihr jetzt von mir haltet.«

»Junge, es steht einem Adligen nicht an, sich darum zu kümmern, was ein ehrloser Mann wie ich von ihm denkt.«

»Pferdedreck! Ihr müßt einmal etwas Unehrenhaftes getan haben, sonst würdet Ihr den Dolch nicht tragen, aber was interessiert es mich, was vor so vielen Jahren geschah? Ich wollte Euch einen Platz in meinem Kriegshaufen anbieten, und nicht nur einen einfachen Platz. Ich möchte Euch zum Hauptmann machen. Und das ist nicht nur meine Idee – Amyr und die Jungs haben immer wieder darauf angespielt, wie geehrt sie sich fühlen würden, mit Euch reiten zu dürfen.«

»Ihr Götter, das kann ich nicht annehmen!«

»Warum nicht?«

»Ich – äh – es ist einfach nicht angemessen.«

»Unsinn!« Rhodry warf den Kopf zurück. »Ich habe sogar Sligyn gefragt, was er darüber denkt, und er meinte, es sei eine verflucht gute Idee. Ihr braucht Euch also keine Sorgen machen, daß meine Vasallen auf Euch herabschauen.«

Cullyn öffnete den Mund, aber er konnte nicht sprechen. Er würde Rhodry niemals den wahren Grund dafür nennen können, weshalb er den großzügigsten Herrn, dem er je begegnet war, wieder verlassen wollte.

»Bei den Höllen, Cullyn, wollt Ihr wirklich ablehnen?«

»Ich will nicht, Herr.«

»Dann ist es ja gut. Wir heben uns das Knien und die gewaltigen Worte für später auf, wenn Ihr Euch besser fühlt. He, Ihr seid kreidebleich! Laßt mich Euch helfen, Hauptmann. Ihr solltet Euch lieber wieder hinlegen.«

Cullyn ließ sich zurück zum Bett führen. Nachdem Rhodry gegangen war, lag er dort und starrte an die Decke. Rhodry hatte ihm die Ehre und den Anstand zurückgegeben, die er für immer verloren geglaubt hatte, aber er selbst würde immer wissen, daß er unwürdig war. Jill, Jill, dachte er, wie konnte ich – meine eigene Tochter! Er drückte den Kopf ins Kissen und weinte zum erstenmal, seit er auf Seryans Grab gelegen hatte, und auch diesmal weinte er um sie und ihre Tochter.

Nachdem Cullyn sie weggeschickt hatte, war Jill schmollend in die menschenleere große Halle gegangen, aber bald wurde ihr klar, daß es vermutlich tatsächlich das beste war, bei dieser Begegnung zwischen Cullyn und Rhodry nicht anwesend zu sein. Jill goß sich einen Krug Bier ein und blieb an der Feuerstelle des Kriegshaufens stehen, wo ein Torffeuer entzündet war. Ein paar Minuten später kam Rhodry die Treppe hinunter und auf sie zu. Sie liebte es, seine Bewegungen zu beobachten, die anmutige Kraft eines jungen Panthers. Er verbeugte sich und sah sie dann mit so hungrigen Augen an, daß sie wußte, wie sehr er sich an ihre gemeinsame Nacht erinnerte.

»Ich habe gerade mit Cullyn gesprochen. Ich habe ihn zum Hauptmann meines Kriegshaufens gemacht.«

»Um seinetwillen, oder damit ich hierbleibe?«

»Um seinetwillen.«

»Dann danke ich Euch aus ganzem Herzen, Herr.«

»Es schmerzt, wenn Ihr mich so nennt.« Rhodry senkte den Blick und zog mit der Stiefelspitze eine Linie auf dem Boden. »Aber ich halte mich an unsere Abmachung. Eine Nacht und nicht mehr.«

»Dann ist es ja gut.«

Aber als sie einander wieder ansahen, wollte sie sich nur noch in seine Arme werfen und ihn küssen, ganz gleich, wer es sehen würde.

»Mutter wird Euch einen Platz in ihrem Gefolge anbieten«, sagte Rhodry schließlich. »Ich will verdammt sein, wenn ich zusehe, wie Ihr bei Tisch bedient oder in der Küche Rüben schneidet.«

»Würdet Ihr mir einen Platz in Eurem Kriegshaufen geben?«

»Wollt Ihr einen? Ja, selbstverständlich.«

»Nein. Ich wollte nur hören, was Ihr sagt.«

»Ich würde Euch alles geben, was Ihr wollt – wenn ich nur könnte. Jill, ich würde Euch heiraten, wenn sie es zulassen würden. Das ist mein Ernst.«

»Und ich würde Euch heiraten, wenn ich könnte.«

Rhodry traten Tränen in die Augen. Er ist tatsächlich ein Elf, dachte Jill, aber auch ihr war nach Weinen zumute. Ärgerlich rieb er sich die Augen mit dem Hemdsärmel und wandte den Blick ab.

»Ihr Götter! Und ich habe solche Achtung vor Eurem Vater! Ich glaube fast, das tut am meisten weh.«

Rhodry ging davon. Einen Augenblick lang dachte Jill daran, sich allein als Silberdolch auf den Weg zu machen, aber sie wußte genau, daß sie Lovyans Angebot annehmen mußte. Der lange Weg war zu einem Ende gekommen, hier in Dun Gwerbyn, wo sie in Rhodrys Nähe leben würde – und dennoch so weit von ihm entfernt. Ganz plötzlich sehnte sie sich nach ihrem Vater. Sie füllte den Krug wieder und brachte ihn nach oben. Als sie hereinkam, lag er auf dem Bett, und etwas in seinen Augen sagte ihr, daß er geweint hatte. Sie nahm an, er sei gerührt von der Ehre, die man ihm gerade erwiesen hatte.

»Ist dieses Bier für deinen alten Vater?« Cullyn setzte sich auf und lächelte. »Danke.«

»Lord Rhodry hat mir gesagt, wie er dich geehrt hat.« Jill reichte ihm den Krug. »Das ist großartig. Es war an der Zeit, daß jemand erkennt, was für ein Mann du bist.«

Cullyn verzog das Gesicht.

»Schmerzt die Wunde?«

»Ein wenig. Das Bier wird helfen.«

Jill hockte sich auf die Bettkante und sah ihm beim Trinken zu. Sie hatte das Gefühl, ihn niemals mehr geliebt zu haben, ihren wunderbaren Vater, der endlich seinen Stolz wiedergefunden hatte.

Später an diesem Tag rief Lovyan Jill in die Frauenhalle. Dieser Raum befand sich im ersten Stock eines der angebauten Türme und war eigentlich eine ganze Folge von Räumen – ein Zeichen, daß die Tieryns von Dun Gwerbyn ihre Frauen in Ehren hielten. Es gab Schlafzimmer für Lovyans Dienerinnen und einen großen, halbrunden Raum mit Teppichen aus Bardek, kleinen Tischen sowie geschnitzten und gepolsterten Stühlen. Lovyan begrüßte Jill freundlich und bot ihr einen Stuhl an, während Medylla ihr einen Teller mit Aprikosen in Honig reichte und Dannyan ihr einen Kelch Wein aus Bardek eingoß.

»Ich hätte niemals damit gerechnet, einmal einem Mädchen dafür danken zu müssen, daß sie meinem Sohn das Leben gerettet hat«, sagte Lovyan. »Aber ich danke Euch wirklich aus tiefstem Herzen.«

»Ich bin diejenige, die zu danken hat – Ihr habt mir mehr für meine Arbeit angeboten, als ich je verdient hätte.«

»Unsinn. Ihr müßt selbstverständlich noch viel über das Leben hier lernen, aber ich bin sicher, das wird Euch gut gelingen. Das erste ist, daß wir Euch ein paar schöne Kleider nähen müssen.«

Man konnte Jill ihr Unbehagen offenbar ansehen, denn die drei Frauen lachten freundlich.

»Kommt schon«, sagte Dannyan, »Ihr könnt nicht immer wie ein Junge herumlaufen.«

»Und außerdem« warf Medylla ein, »seid Ihr so hübsch, Kind. Wenn Euer Haar erst länger ist und wir Euch gut aufgeputzt haben, werden sich die Männer um Euch drängen wie Bienen um einen Rosenbusch.«

Jill starrte sie an.

»Kind?« fragte Lovyan besorgt. »Stimmt etwas nicht?«

»Euer Gnaden, ich will nicht unverschämt sein, aber erinnert Ihr Euch denn nicht, daß ich zwei Männer getötet habe?«

Alle schwiegen, als hätte sie der Dweomer in Stein verwandelt. Erst in diesem Augenblick wurde Jill klar, wie weit ihr siegreicher Kampf sie von anderen Frauen getrennt hatte. Nicht einmal die mächtige Lovyan würde je kennen, was sie erfahren hatte, den bitteren Ruhm, ihr Leben gegen das eines anderen zu setzen und zu gewinnen.

»Ja«, sagte Lovyan schließlich. »Ich hatte angenommen, daß Ihr das hinter Euch lassen wollt.«

»Ich will es ja, Euer Gnaden, aber ich kann nicht – es ist jedenfalls nicht so einfach.« Jill begann, sich wie ein Pferd in einem Schlafzimmer zu fühlen. »Ich wollte Euch nicht beleidigen, ganz gewiß nicht.«

»Selbstverständlich nicht, Kind«, sagte Lovyan. »Aber es stimmt, Geschwätz über Männer und hübsche Kleider wird Euch nicht so erfreuen wie uns drei hier. Das ist im Grunde sehr interessant, Jill. Habt Ihr je daran gedacht zu heiraten?«

»Nein, Euer Gnaden. Wer würde eine Frau ohne Mitgift heiraten? Ein Schankwirt?«

»Das ist jetzt anders.« Lovyan lächelte gutgelaunt. »Eure Schönheit und meine Gunst sind genug Mitgift für jedes Mädchen. Es gibt viele aufstrebende junge Kaufleute, die eine Frau von Eurem Geist bewundern werden, und außerdem so manchen landlosen Adligen, der auf mein Wohlwollen angewiesen ist. Ihr wärt nicht die erste Frau, die sich mit ihrem Aussehen einen Titel erwirbt.«

»Aha.«

»Aber wenn Ihr nicht heiraten wollt«, warf Dannyan ein,

»wird Euch niemand dazu zwingen. Es ist nur so, daß die meisten Mädchen danach streben.«

»Ich danke Euch, aber das kommt alles so plötzlich. Ich weiß nicht, was ich denken soll.«

»Selbstverständlich«, meinte Lovyan. »Es besteht kein Grund zur Eile.«

Obwohl alle sie anlächelten, wurde Jill klar, daß sie sie betrachteten wie eine seltsame Kranke, wie ein Opfer, das man wieder gesundpflegen muß. Sie begann, sich tatsächlich wie ein Falke zu fühlen, der daran gewöhnt ist, über die Wildnis zu fliegen, den man aber jetzt gefangen hat und der auf Befehl eines Herrn jagen muß.

Da Lovyan es ihr praktisch befohlen hatte, begann Jill an diesem Abend, Frauenkleider zu tragen. Sie nahm ein Bad mit parfümierter Seife, trocknete sich mit dicken Handtüchern aus Bardek ab und ließ sich von Medylla kämmen, bevor sie sich anzog. Erst kam das enge weiße Unterkleid mit schmalen Ärmeln, dann ein blaues Oberkleid, das an den Schultern gerafft war. Um ihre Taille wurde das Kleid mit einem Gürtel in Lovyans Karo gebunden, und diese Schärpe bildete auch eine Art Tasche, in der sie einen Tischdolch und ein Taschentuch mit sich tragen konnte. Medylla bot ihr einen zierlichen, edelsteinbesetzten Dolch an, aber Jill bestand darauf, ihren eigenen zu benutzen. Bei aller Ehre, so behandelt zu werden, konnte sie doch nicht alles ertragen. Sie machte ein paar Schritte und wäre beinahe gestolpert. Das Unterkleid war viel zu eng für ihren Gang.

Mit unnatürlich trippelnden Schritten folgte Jill den Frauen hinunter in die Halle, wo Lovyan bereits am Kopf des Ehrentisches saß. Da sie Rhys' endgültiges Urteil über den Krieg abwarten mußten, waren auch Rhodrys adlige Verbündete alle noch anwesend, selbstverständlich mit Ausnahme des verwundeten Sligyn. Die Herren erhoben sich und verbeugten sich eher zerstreut vor den Damen Ihrer Gnaden; dann lachte Edar laut.

»Jill! Ich schwöre, ich hätte Euch nicht erkannt!«

»Ich erkenne mich selbst kaum.«

Jill nahm am Fuß des Tisches Platz, zwischen Medylla und Dannyan. Obwohl alle auf Rhodry warteten, kam er nicht, und schließlich ließ Lovyan verärgert das Essen auftragen. Jill mußte sich auf ihre Manieren besinnen und sich ständig daran erinnern, daß sie sich nicht die Hände an dem geliehenen Kleid abwischen konnte.

Das Essen war beinahe vorüber, als ein Page an den Tisch eilte, um Lord Cinvan anzukündigen, den ersten von Corbyns Verbündeten, der um Frieden bitten wollte. Wie es sich gehörte, kam er allein und vollkommen unbewaffnet, und er kniete vor Lovyan nieder wie ein gewöhnlicher Reiter. Alle schwiegen, als Lovyan ihn kühl betrachtete. Die Adligen beugten sich vor, Edar mit einem verächtlichen Lächeln, die anderen mit ausdrucksloser Miene.

»Ich bin gekommen, um Eure Verzeihung und Eure Gnade zu erbitten«, sagte Cinvan mit vor Scham belegter Stimme. »Weil ich mein Schwert in Rebellion gegen Euch erhoben habe.«

»Ihr verlangt viel von mir. Welche Wiedergutmachung bietet Ihr?«

»Zwanzig Pferde, Geld für meinen Anteil am Lwdd für Daumyr und alle anderen Toten, und meinen kleinen Sohn als Geisel.«

Obwohl Jill der Ansicht war, daß das nach soviel Ärger recht wenig war, nickte Lovyan.

»Wenn der Gwerbret diese Bedingungen annimmt, werde auch ich mich daran halten. Ihr habt zweifellos nach dem langen Ritt Hunger. Setzt Euch zu meinen Männern, und ein Diener wird Euch etwas zu essen bringen.«

Cinvan verzog das Gesicht, aber als Zeichen der Unterwerfung setzte er sich an einen der Reitertische. Alle sahen durch ihn hindurch, als wäre er aus Glas. Als die Männer langsam wieder zu reden begannen, flüsterte Jill Dannyan zu: »Wieso hat die Herrin ihn so einfach davonkommen lassen?«

»Er ist ziemlich arm. Er wird sich von all seinen Verwandten etwas leihen müssen, um das Lwdd zu zahlen, und wenn unsere Herrin seinen Clan völlig ausplündern würde, würden sie sich irgendwann wieder erheben.«

»Außerdem«, wandte Medylla ein, »hat sie ihn mit ihrer Großzügigkeit angemessen beschämt. Das wird ihn mehr schmerzen, als noch mehr Geld zu verlieren.«

Die beiden nickten einander zu. Jill wurde klar, daß diese Frauen ihre Lehrerinnen in dieser neuen Welt sein würden, wo Intrigen so gefährlich waren wie tausend Schwerter.

So bald wie möglich verließ Jill den Tisch, um nach ihrem Vater zu sehen. Als sie den Flur entlangging, hörte sie Lachen aus seiner Kammer, und als sie die Tür öffnete, sah sie, daß Rhodry mit Cullyn aß. Der Anblick der beiden ließ sie erstarren. Das Laternenlicht schien aufzuglühen wie ein Feuer und ließ den Silberdolch in Cullyns Hand aufblitzen.

»Bei den Göttern!« sagte Cullyn. »Diese feine Dame kann unmöglich das Kind eines schäbigen Silberdolchs sein.«

»Vater, verspotte mich nicht. Es ist schon schlimm genug.« Sie gestattete sich einen Blick zu Rhodry. »Ich werde Euch wieder mit Eurem Hauptmann allein lassen, Herr.«

»Danke«, erwiderte Rhodry.

Jill ging hinaus und schloß die Tür hinter sich. Erst jetzt wurde ihr klar, wie beängstigend es für sie gewesen war, diese beiden auch nur zusammen zu sehen, als befürchtete sie, daß sie sich hinter ihrem Rücken gegen sie verschworen.

Tage vergingen ohne ein Wort von Gwerbret Rhys, der die Urteile beaufsichtigen mußte, die Lovyan den Rebellen auferlegte. Rhodry war wütend, weil er die Verspätung als persönliche Beleidigung betrachtete. Jills Gegenwart in der Festung war für ihn eine Qual; er konnte sie sich einfach nicht aus dem Kopf schlagen, und sie zu sehen, machte alles noch schlimmer. Er verbrachte soviel Zeit wie möglich allein, ritt stundenlang aus oder ging ruhelos im Hof umher.

Während einer dieser ziellosen Spaziergänge begegnete er Cullyn an der rückwärtigen Mauer der Festung. Obwohl sein linker Arm immer noch in der Schlinge war, trainierte Cullyn schon wieder mit einem der leichten Holzschwerter, die sonst kleine Jungen benutzten. Selbst schwach und verwundet war Cullyn mit der Waffe in der Hand ein wahres Wunder. Schließlich bemerkte er, daß Rhodry ihn beobachtete, und hielt inne, um sich zu verbeugen.

»Wie geht es Eurem Arm?« fragte Rhodry.

»Nicht allzu schlecht, Herr. Vielleicht werden wir morgen die Schiene abnehmen, meinte der Kräutermann.« Cullyn sah sich um und zeigte dann auf ein zweites Holzschwert, das an der Mauer lehnte. »Habt Ihr jemals versucht, so langsam zu trainieren?«

»Nein.« Rhodry griff nach dem Schwert. »Sieht aus wie ein interessantes Spiel.«

Um des Ausgleichs willen legte Rhodry den linken Arm auf den Rücken. Der Kampf schien zunächst eine wahre Parodie zu sein, weil sich beide bewegten, als wären sie in Trance. Aber es erwies sich auch als schwierig. Rhodry war sich niemals jeder noch so kleinen Bewegung dermaßen bewußt gewesen, ebenso jeder Bewegung seines Gegners. Es war anstrengend, sich so intensiv zu konzentrieren. Schließlich ließ er sich doch zu sehr ablenken, und Cullyn durchdrang seine Deckung und berührte sein Hemd mit der stumpfen Spitze des Holzschwerts.

»Bei den Höllen!« sagte Rhodry. »Ein Treffer, das ist nicht zu leugnen.«

Cullyn lächelte und grüßte ihn mit dem Schwert, aber Rhodry hatte ganz plötzlich das Gefühl, in ernster Gefahr zu sein – daß diese Klinge, hölzern oder nicht, ihn töten könnte, wenn sie in Cullyn von Cerrmors Händen lag, und daß Cullyn jetzt ebenfalls daran dachte.

»Ist etwas nicht in Ordnung, Herr?«

»Nein. Ich glaube, Ihr habt Euch heute genug angestrengt.«

»Ja. Ich gebe es ungern zu, aber ich bin müde. Ach, ich werde meine Kraft schon früh genug zurückbekommen.«

Wieder verspürte Rhodry einen Schauder, als hätte Cullyn ihn vorgewarnt. Hatte er bemerkt, wie Rhodry Jill ansah? Aber dann wäre er deutlicher geworden. Rhodry wollte etwas Tröstliches sagen, eine gute Lüge vorbringen, aber er war vernünftig genug zu wissen, daß er Jills Namen lieber nicht ins Spiel brachte.

»Es sieht ausgesprochen gut aus«, sagte Nevyn. »Ich bin zufrieden.«

Cullyn war froh, daß der Kräutermann zufrieden war, denn ihm kam sein Arm alles andere als erfreulich vor – weiße Haut, faltig und verzogen, und nach den langen Wochen in der Schiene war der Arm erheblich magerer als der rechte.

»Der Bruch ist gut verheilt«, fuhr der alte Mann fort. »Wenn Ihr langsam anfangt, sollte er wieder beweglich und kräftig genug für die Arbeit mit dem Schild werden. Aber schont ihn noch einige Zeit.«

»Ich danke Euch.«

»Das habe ich gern getan.« Nevyn hielt inne und dachte nach. »Wahrhaftig.«

Jetzt, da seine Wunden vollkommen geheilt waren, war es an der Zeit für Cullyn, in Rhodrys Dienst zu treten. An diesem Abend kniete er vor allen in der großen Halle Versammelten zu Rhodrys Füßen nieder. Rhodry beugte sich vor und nahm Cullyns Hände in seine. Im flackernden Feuerschein fiel Cullyn auf, wie ernst der junge Mann aussah. Aber dies war auch eine ernsthafte Angelegenheit.

»Werdet Ihr mir Euer ganzes Leben lang dienen?« fragte Rhodry.

»Ja. Ich werde für Euch kämpfen, und wenn die Not besteht, auch für Euch sterben.«

»Dann möge jeder Barde im Königreich mich verspotten und beschämen, wenn ich Euch jemals ungerecht behandle oder mich geizig zeige.«

Rhodry nahm von einem wartenden Pagen den Kamm entgegen und vollführte die rituellen Striche durch Cullyns Haar, um das Abkommen zu besiegeln. Als Cullyn sich zum allgemeinen Jubel des Kriegshaufens erhob, fühlte er sich seltsam leicht und frei, obwohl er gerade sein Leben verpflichtet hatte. Es war ein seltsamer Gedanke, aber er hatte das Gefühl, eine Schuld abgetragen zu haben.

Nun, da er offiziell Hauptmann des Kriegshaufens des Tieryn war, kehrte Cullyn in die Mannschaftsunterkunft zurück, aber er hatte ein eigenes Zimmer über dem Sattelraum dicht über den Pferdeboxen, mit einem richtigen Bett, einer Truhe für seine Sachen und sogar dem Luxus einer eigenen Feuerstelle. Als er einzog, trug Amyr seine Satteltaschen und die Bettrolle, und Praedd brachte einen Arm voll Feuerholz – schließlich wollten sie sich gut mit dem Mann stellen, der jetzt die Macht hatte, sie mit der Peitsche zu strafen. Cullyn hängte seinen neuen Schild mit dem roten Löwen an die Wand.

»Also gut, Leute. Wir werden bald die Pferde bewegen. Ich will sehen, wie ihr im Sattel sitzt, nachdem ich jetzt nicht mehr von Kleinigkeiten wie Dweomer abgelenkt werde.«

»Hauptmann?« fragte Amyr. »Werdet Ihr und Lord Rhodry bald beginnen, neue Männer anzuwerben?«

»Ja. Wir sind verdammt zu wenige.«

Von den fünfzig Mann, die Rhodry in Dun Cannobaen gehabt hatte, hatten nur siebzehn überlebt, und von den fünfzig aus Dun Gwerbyn zweiunddreißig. Aber Cullyn wußte, daß sich schon bald junge Männer am Tor einfinden würden, die einen Platz im Kriegshaufen suchten. Sie würden sich nicht darum scheren, wie es zu diesem Mangel an Männern gekommen war, sie wären genügend auf Ruhm und Ehre und nicht zuletzt auf die Möglichkeit versessen, den Bauernhof oder die Werkstatt ihres Vaters hinter sich zu lassen, um solche unangenehmen Tatsachen zu ignorieren. Schon an diesem Nachmittag, als Cullyn in den Hof ging, fragten ihn drei Speerträger aus Cannobaen, ob sie sich dem Kriegshaufen anschließen dürften.

»Zumindest wißt Ihr, wie es in einem Krieg zugeht. Ich werde mich bei Lord Rhodry für Euch einsetzen.«

Rhodry war nicht in der Halle zu finden. Cullyn suchte ihn im Hof, und als er an einem Vorratsschuppen vorbeikam, hörte er Rhodrys Stimme und das Lachen einer Frau – Jill. Cullyn hatte das Gefühl, als hätte er sich in einen Baum verwandelt und würde auf der Stelle Wurzeln schlagen. Es war unverzeihlich dumm gewesen, Rhodrys Angebot anzunehmen; Jill war eine schöne Frau, und Rhodry hatte bereits einen Bastard gezeugt. Da er nicht genau hören konnte, was sie sagten, trat er vorsichtig näher, bis er sie zwischen einem Stapel Feuerholz und der Mauer der Festung stehen sehen konnte. Sie standen nicht sonderlich nahe beisammen, aber sie lächelten hingebungsvoll und blickten nicht einmal auf.

Cullyns Hand glitt unwillkürlich zum Schwertgriff, aber er zwang sie weg. Er hatte Rhodry einen Eid geleistet; er würde mit Jill reden müssen. Als er weiterging, begegnete er Nevyn.

»Sucht Ihr mich?« fragte Cullyn.

»Nein, Jill. Ihre Gnaden möchte mit ihr sprechen.«

»Sie ist da hinten.« Cullyn wies mit dem Daumen in die Richtung. »Sie spricht mit Rhodry.«

Nevyn sah Cullyn forschend an. Cullyn erwiderte den Blick – ein Kampf der Willenskraft, den Nevyn schließlich gewann, als Cullyn es nicht mehr ertragen konnte, den Mann anzusehen, der den Grund seiner Eifersucht so gut kannte.

»Sagt dem Herrn, daß ich mit ihm sprechen möchte, ja?« Er ging davon. Sollte Nevyn doch denken, was er wollte.

Er war gerade dabei, sich in der Hütte, die als Waffenkammer diente, mit dem Schwert zu üben, als Rhodry hereinkam.

»Herr? Drei der Speerträger von Cannobaen möchten für Euch reiten. Sie behaupten, sich ein wenig mit Schwertern auszukennen.«

»Prüft sie. Wenn Ihr glaubt, daß sie genügen, werde ich sie aufnehmen. Das könnt Ihr immer so handhaben. Ich vertraue Eurem Urteil.«

»Danke.«

Einen langen, schmerzlichen Augenblick sahen sie einander an. Cullyn war es nicht gewöhnt, über seine Gefühle nachzudenken, und jetzt hatte er das Gefühl zu versinken. Wie konnte er Rhodry gleichzeitig bewundern und dermaßen hassen? Es war wegen Jill, aber es steckte noch mehr dahinter. Er verstand es einfach nicht. Seine wütende Verblüffung mußte offensichtlich sein, denn Rhodry wurde zusehends unruhiger, und das Schweigen wurde beinahe greifbar.

»Cullyn?« sagte Rhodry schließlich. »Ihr wißt, daß ich Euch ehre.«

»Das weiß ich, Herr, und dafür danke ich Euch.«

»Nun denn.« Rhodry drehte sich um und betrachtete eins

der vielen Schwerter, die an der Wand hingen. »Würde ich denn etwas tun, was Euch betrübt?«

Etwas. So deutlich, als wäre sie tatsächlich hereingekommen, konnte Cullyn spüren, wie Jill zwischen ihnen stand.

»Nun?« fragte Rhodry. »Schätzt Ihr mich so gering?«

»Nein, Herr. Wenn das der Fall wäre, würde ich nicht für Euch reiten.«

»Dann ist es ja gut. Erinnert Ihr Euch, daß wir einmal darüber gesprochen haben, eine Partie Carnoic zu spielen?«

»Ja, und ich muß ehrlich sagen, damals hätte ich nicht geglaubt, daß wir es je erleben würden.«

»Aber jetzt sind wir hier. Heute abend werde ich ein Brett an Euren Tisch bringen, und wir spielen.«

Nachdem Rhodry gegangen war, blieb Cullyn noch lange in dem Schuppen stehen, das Holzschwert in der Hand, und wünschte sich, besser denken zu können. Auf dem langen Weg hatte er mehr Adelshöfe von unten erlebt als die meisten, und nie war er einem Lord wie Rhodry begegnet, der so sehr dem entsprach, was jeder Lord sein sollte und was tatsächlich so wenige waren. Wenn nur Jill nicht gewesen wäre. Er fluchte laut und ging hinaus, um seine Unruhe abzuarbeiten.

Cullyn strengte sich ein wenig zu sehr an. Als ihm klar wurde, daß er lieber aufhören sollte, drehte sich die Welt schon vor seinen Augen. Nur langsam und indem er sich auf jeden Schritt konzentrierte, erreichte er seine Kammer, ohne um Hilfe bitten zu müssen, und warf sich mit Stiefeln, Schwertgürtel und allem aufs Bett. Als er aufwachte, stand Jill neben ihm, und das Licht vor dem Fenster sagte ihm, daß es kurz vor Sonnenuntergang war.

»Was machst du hier?« fauchte er. »Du solltest nicht einmal in die Nähe der Unterkünfte kommen.«

»Oh, das weiß ich, und ich hasse es. Vater, du fehlst mir.

Wir haben dieser Tage kaum Gelegenheit, miteinander zu reden.«

Als Cullyn sich aufsetzte, sich das Gesicht rieb und gähnte, setzte Jill sich neben ihn. In ihren neuen Kleidern sah sie ihrer Mutter so ähnlich, daß er hätte weinen können.

»Du fehlst mir auch, meine Süße, aber jetzt bist du eine feine Dame.«

»Pferdedreck! Lovyan kann mich mit Ehren überhäufen, soviel sie will, aber ich bleibe immer eine Gemeine und ein Bastard.«

Sie klang so verbittert, daß selbst Cullyn verstand, um was es ging.

»Es stimmt, Rhodry wird dich niemals heiraten. Und das solltest du nicht vergessen, wenn du mit ihm kicherst und ihn ermutigst.«

Jill wurde bleich.

»Ich habe gesehen, wie ihr euch beide anseht. Halte dich von ihm fern. Er ist ein ehrenhafter Mann, aber du wärst nicht die erste schöne Frau, die einen Mann dazu bringt, seine Ehre zu vergessen.«

Jill nickte, den Mund wie im Schmerz verzogen. Cullyn fühlte sich wie zerrissen. Sie tat ihm herzlich leid, und gleichzeitig hätte er sie schlagen können, nur weil sie einen anderen liebte.

»Komm schon«, sagte er. »Es gehört sich nicht, daß du dich hier aufhältst.«

Cullyn ging hinaus. Aber ihre Worte, daß er ihr gefehlt hatte, folgten ihm. Er fragte sich, wie er empfinden würde, wenn sie einen Mann heiratete, den Lovyan für sie aussuchte und mit dem sie davonzog. Er würde sie dann vielleicht noch ein- oder zweimal im Jahr sehen. Er dachte sogar daran, Rhodrys Dienst wieder zu verlassen und auf den langen Weg zurückzukehren, wo er nicht wußte und es ihm gleich sein mußte, wo Jill schlief, aber als er am Kopf des Tisches des Kriegshaufens saß, auf dem Platz des Hauptmanns, wußte er, daß er diese Stellung nicht aufgeben würde. Zum erstenmal im Leben hatte er etwas zu verlieren.

Später, nachdem der Kriegshaufen in die Unterkunft zurückgekehrt war und die Adligen in ihre Kammern, brachte Rhodry das Carnoic-Brett vorbei, das schönste, das Cullyn je gesehen hatte. In das dünne Ebenholzbrett war Perlmutt eingelegt, so daß man den Bahnen für die Züge selbst beim Feuerlicht leicht folgen konnte.

»Ich wette, daß Ihr mich überlegen schlagt«, meinte Rhodry.

Das tat Cullyn auch bei den ersten drei Spielen; er wischte Rhodrys Figuren beinahe schneller vom Brett, als der junge Lord sie aufstellen konnte. Leise fluchend begann Rhodry, angestrengter nachzudenken, und es wurde schwieriger, ihn zu besiegen – obwohl Cullyn auch die folgenden drei Runden gewann. Inzwischen war nur noch ein schläfriger Diener in der Halle, der ihnen Bier nachfüllte. Rhodry schickte den Mann ins Bett, hörte auf zu trinken und errang schließlich, nach vier weiteren verlorenen Spielen, ein Unentschieden.

»Ich werde heute abend mein Glück nicht mehr aufs Spiel setzen«, meinte er.

»Das war kein Glück. Ihr habt etwas gelernt.«

Cullyn fühlte sich seltsam getröstet. Hier saßen sie, zwei Männer, die nicht an ihr Überleben geglaubt hatten, sicher zu Hause am Feuer, mit genug Bier und in der Gesellschaft jeweils des anderen. Als Rhodry Brett und Steine wieder in die lackierte Schachtel zurückräumte, stand Cullyn auf und holte mehr Bier. Zuerst tranken sie schweigend und langsam und versuchten, den Augenblick aufzuhalten, während das Feuer niederbrannte und Schatten die Halle füllten. Cullyn stellte plötzlich fest, daß er glücklich war – ein Wort, das für ihn zuvor nie sonderliche Bedeutung gehabt hatte. Oder er wäre glücklich gewesen, wäre da nicht Jill, die er zu sehr liebte, aber auch genug, um sie ebenfalls glücklich sehen zu wollen. Vielleicht war es das Bier, vielleicht die späte Stunde, jedenfalls fiel ihm plötzlich eine einfache Möglichkeit ein, das ganze wirre Durcheinander zu lösen. Wenn er es tun könnte. Wenn er es wirklich ertragen könnte.

Ohne es zu wissen, gab Rhodry ihm das Stichwort, das er brauchte.

»Ich wünschte, Rhys würde endlich herkommen. Na gut, in gewisser Hinsicht tut er mir auch einen Gefallen. Sobald die Rebellion offiziell ein Ende hat, wird meine werte Mutter wieder ihre gesamte unermüdliche Energie daran setzen, mich zu verheiraten.«

»Es wäre auch an der Zeit dafür.«

»Ich weiß – das verfluchte Rhan braucht verfluchte Erben. Ihr Götter, Hauptmann, überlegt doch, wie mir zumute ist. Wie würde es Euch gefallen, wie ein preisgekröntes Pferd in die Zucht gegeben zu werden?«

Cullyn lachte.

»Das kann einen Mann krank machen, wie?« sagte Rhodry grinsend. »Und ich kann mir gut vorstellen, daß meine künftige Braut ein Gesicht und eine Laune haben wird, die dem Höllenfürsten in nichts nachstehen. Es ist ihre verfluchte Verwandtschaft, die zählt, nicht, was ich vielleicht von ihr halte.«

»Hm. Ich verstehe jetzt, wieso die Priester immer sagen, man solle die Adligen nicht beneiden.«

»Sie haben recht. Männer wie ich heiraten, damit der Clan zufrieden ist – nicht sie selbst.«

Dieser Satz rührte an etwas in Cullyns Geist, an einer längst begrabenen Erinnerung, die er nicht so recht wiederbeleben konnte. Er trank einen großen Schluck Bier und dachte über seine Idee nach. Ihm fiel keine Möglichkeit ein, das Thema vorsichtig anzusprechen.

»Eine Frage, Herr. Würdet Ihr meine Jill heiraten, wenn Ihr könntet?«

Rhodry erstarrte derart, daß Cullyn klar wurde, der Junge hatte ebensolche Angst vor ihm wie Jill. Es war irgendwie angenehm. Gemeiner oder nicht, er war immer noch Jills Vater und damit der Mann, der entscheiden würde, was sie tat oder ließ.

»Ja«, sagte Rhodry schließlich. »Das schwöre ich Euch bei der Ehre der Maelwaedds. Ich habe mir nie etwas so sehr gewünscht wie diese Heirat, aber es ist unmöglich.«

»Das weiß ich.«

Sie tranken weiter, aber Rhodry starrte Cullyn ununterbrochen an.

»Wißt Ihr, die Mätresse eines großen Herrn hat in seinem Rhan und an seinem Hof verflucht viel Macht.«

Rhodry riß den Kopf hoch, als hätte Cullyn ihn geohrfeigt.

»Ja, und niemand würde es wagen, sie zu verspotten.«

»Immer vorausgesetzt, daß er sie niemals entehrt, indem er sie verstößt.«

»Es gibt Frauen, die brauchen so etwas nicht zu befürchten.«

»Gut.« Zerstreut legte Cullyn die Hand auf den Schwertgriff. »Gut.«

Sie saßen weiter zusammen, aber keiner sagte mehr ein Wort, bis das Feuer so weit niedergebrannt war, daß sie einander kaum mehr sehen konnten.

Am häufigsten bekam Jill von den Damen zu hören, sie müßte lernen zu nähen. Lovyan mochte Tieryn sein und ziemlich wohlhabend, aber die meiste Kleidung, die die Leute im Dun trugen, wurde auch dort hergestellt, und sie schuldete jedem Reiter im Kriegshaufen und jedem Diener in ihrer Halle zwei Hemden und Brigga oder zwei Kleider im Jahr. Jede Frau im Dun, vom Küchenmädchen bis zu Dannyan und Medylla, verbrachte einen Teil ihrer Zeit damit, diesen gewaltigen Berg an Kleidung herzustellen. Selbst Lovyan nähte Rhodrys Hemden und bestickte auch die ihrer wichtigeren Höflinge wie das des Barden. Da es unter Frauen als ausgesprochen ehrenhaft galt, gut nähen zu können, strengte Jill sich an, aber sie haßte jeden ungeschickten Stich, den sie machte.

An diesem Morgen kam Nevyn in die Frauenhalle, die ihm wegen seines hohen Alters offen stand, und unterhielt sie mit Geschichten über Bardek, dieses geheimnisvolle Land weit im Südlichen Meer. Aus den Einzelheiten konnte man leicht erkennen, daß er dort viel Zeit verbracht hatte.

»Ich habe die Heilkunst dort studiert«, erklärte Nevyn, als sie ihn danach fragte. »Es gibt in Bardek viele merkwürdige Überlieferungen, und die meisten davon sind es wert, daß man sich damit befaßt. Es ist ein verflucht seltsamer Ort.«

»So hört es sich an. Ich wünschte, ich könnte es eines Tages sehen, aber das ist jetzt recht unwahrscheinlich geworden.

»Kind, Ihr hört Euch unglücklich an.«

»Das bin ich auch, und ich komme mir dabei sehr undankbar vor. Ihre Gnaden war so großzügig zu mir, und ich lebe viel besser, als ich mir je hätte träumen lassen, aber ich fühle mich wie ein Falke im Käfig.«

»Nun, in gewisser Weise sitzt Ihr tatsächlich in der Falle.«

Es war eine solche Erleichterung zu hören, daß jemand derselben Ansicht war, daß Jill fast geweint hätte. Unwillig warf sie die Näharbeit in den Weidenkorb.

»Nun, wenn Ihr dieses Leben wirklich haßt«, fuhr Nevyn fort, »solltet Ihr es vielleicht hinter Euch lassen.«

»Was soll ich denn tun? Als Silberdolch durch die Welt ziehen?«

»Das denke ich nicht, aber viele Frauen beherrschen ein Handwerk. Wenn ich mit Lady Lovyan sprechen würde, würde sie sicher Euer Lehrgeld zahlen.«

»Ach, und was sollte ich lernen? Ich mag nicht nähen, und kein Waffenschmied würde eine Frau als Lehrling annehmen, nicht einmal, wenn der Tieryn ihn darum bitten würde.«

»Es gibt alle möglichen Arten von Handwerk.«

Ganz plötzlich fiel Jill wieder ein, daß er ein Dweomermann war. Er war so freundlich zu ihr, so bemüht um ihre Freundschaft, daß sie diese erschreckende Wahrheit manchmal vergaß. Der graue Gnom blickte vom Boden auf, wo er sich damit amüsiert hatte, die Stickfäden zu verwirren, und grinste sie an.

»Herr«, sagte Jill mit zitternder Stimme, »Ihr ehrt mich zu sehr, wenn Ihr glaubt, ich könnte Euer Handwerk erlernen.«

»Vielleicht, vielleicht auch nicht, aber ich werde nicht mehr darüber reden, wenn Ihr nicht wollt. Ich dachte auch eigentlich nur an das Kräuterwissen, an das, was ich über Arzneien weiß. Ich habe in langen Jahren viel gelernt, und es wäre schade, wenn dieses Wissen mit mir sterben würde.«

»Das stimmt.« Plötzlich hatte Jill zum erstenmal seit Tagen wieder Hoffnung. »Und Ihr reist überallhin und lebt, wie ihr wollt.«

»Genau, und Ihr seid klug genug, alles zu lernen. Lovyan wird es verstehen, wenn Ihr wirklich gehen wollt. Sie wird wissen, daß Ihr bei mir sicher seid.«

»Aber was ist mit Vater? Ich bezweifle, daß er mich mit Euch gehen läßt, und wir beide haben zusammen so viel durchgemacht, daß auch ich ihn ungern verlassen würde.«

»Zweifellos, aber die Zeit dafür wird kommen. Denkt darüber nach. Ihr müßt Euch nicht gleich entscheiden.«

Nevyn überließ sie der undankbaren Aufgabe, die Wolle wieder zu sortieren, die der Gnom durcheinandergebracht hatte. Während sie daran arbeitete, dachte Jill über Nevyns Angebot nach. Sie konnte sich durchaus vorstellen, daß es viel einfacher war, mit einem Maultier durch das Land zu ziehen und Kräuterarzneien auszugeben, als einen landlosen Adligen zu heiraten. Es würde zwar weh tun, Cullyn verlassen zu müssen, aber sie konnte ja immer zurückkommen und ihn besuchen. Es wäre viel weniger schmerzlich, als hier in der Festung mit Rhodry und seiner neuen Frau eingeschlossen zu sein, ihn jeden Tag zu sehen und zu wissen, daß eine andere bekam, was für sie unerreichbar war.

So dachte Jill an diesem Morgen jedenfalls von ihm. Sie hielt ihn für unerreichbar. Gegen Abend ging sie hinaus auf den Hof, um Luft zu schnappen, und Rhodry folgte ihr und zog sie rasch hinter die Vorratshütten.

»Ihr solltet vorsichtiger sein«, sagte sie. »Was, wenn Euch jemand sieht?«

»Ach? Es geht Euch doch nicht um den Klatsch, oder?«

»Ja und nein. Was soll das?«

Rhodry lächelte sie so liebevoll an, daß sie ihm folgte, als er zu einem Schuppen an einer abgelegenen Stelle an der Mauer ging.

»Das wird fürs erste genügen«, sagte Rhodry. »Ich, äh ...«

Die Worte schienen ihm in der Kehle steckenzubleiben.

»Äh, ja«, begann er von neuem. »Weißt du, ich hatte – bei den Göttern, das klingt alles so verflucht kalt.«

»Ihr habt noch nicht viel gesagt, was nach irgend etwas klang.«

»Ich weiß. Also, es geht um dieses Abkommen, das wir geschlossen haben.«

»Das dachte ich mir. Ich habe es ernstgemeint.«

»Die Dinge haben sich ein wenig verändert. Ich ...«

Und wieder blieb er stecken und sah sie mit einem dümmlichen Lächeln an. Verärgert wollte Jill weitergehen, aber er packte sie an den Schultern. Als sie herumwirbelte, um sich loszureißen, stolperte sie über den Saum ihres Kleids und wäre ihm beinahe in die Arme gefallen. Er lachte und küßte sie und hielt sie fest, während sie versuchte, sich ihm zu entwinden, und dann küßte er sie wieder so liebevoll, daß sie ihn umarmte und den Kuß erwiderte und sich an ihn klammerte.

»Laß heute nacht deine Tür unverriegelt«, sagte Rhodry.

»Dummkopf! Wenn dich jemand sieht, wird man es bald im ganzen Dun wissen.«

»Wer soll denn mitten in der Nacht schon unterwegs sein?« Wieder küßte er sie. »Laß einfach die Tür offen.«

Als Jill ihn wegschob, grinste er.

»Du weißt, daß ich es tun werde«, sagte er. »Bis heute nacht.«

Erfüllt von Zorn und Begierde gleichermaßen, raffte Jill ihre Röcke und rannte, und als sie um die Ecke des Schuppens kam, wäre sie beinahe mit Cullyn zusammengestoßen. Erschrocken schrie sie auf. Er mußte es gehört, ja gesehen haben! Er stützte die Hände auf die Hüften und sah sie so friedlich an, daß sie sicher war, die schlimmsten Prügel ihres Lebens vor sich zu haben.

»Vater, es tut mir leid!« stotterte sie.

»Das sollte es auch, wenn du dich wie eine Dienstmagd herumtreibst, wo jeder dich sehen könnte.«

»Ich werde es nicht mehr tun. Ich verspreche es.«

»Gut. Schließlich hast du für so etwas dein eigenes Zimmer, oder?«

Jill wirbelte der Kopf schlimmer, als wenn er sie geschlagen hätte. Cullyn bedachte sie mit einem dünnen Lächeln und ging weiter. Er rief Rhodry zu, er solle auf ihn warten. Die beiden machten sich zusammen auf den Weg zum Broch, wobei sie über neue Männer für den Kriegshaufen redeten.

»Das hatte Rhodry mir also sagen wollen. Bei der Göttin!«

Sie kam sich verraten vor. Lange Zeit blieb sie stehen und dachte darüber nach, wieso sie sich so fühlte, wenn sie sich doch eigentlich freuen sollte. Cullyn hatte sie Rhodry als Mätresse übergeben, hatte sie einfach weitergereicht wie ein Pferd, und sie begehrte Rhodry zu sehr, um sich dagegen aufzulehnen. In diesem Augenblick sah sie deutlich, wie ihr Leben verlaufen würde, zwischen diesen Männern, die sie beide liebte, und doch fern von ihnen. Rhodry würde seine Frau und Cullyn den Kriegshaufen haben. Sie würde ihnen auf ihre Art wichtig sein, wie ein wertvolles Schwert, was sie aber nie in der Schlacht benutzen würden, eine Waffe, die man in der Kammer an die Wand hängte und mitunter bewundernd betrachtete. Das ist unmöglich, sagte sie sich, das werde ich nicht mitmachen! Aber sie wußte, daß sie es tun würde. Die Gitter ihres Käfigs bestanden aus Liebe, und sie würden sie festhalten, wie sehr sie auch daran rüttelte.

Den ganzen Abend dachte Jill darüber nach, ob sie die Tür für Rhodry auflassen würde oder nicht. Sie beschloß, sich ihm zu entziehen und ihm deutlich zu machen, daß er um sie werben müsse, daß sie keine Kriegsbeute war, die ihr Vater so einfach verteilen konnte. Also verriegelte sie die Tür, aber sie konnte nicht einschlafen. Sie nannte sich selbst Schlampe und Hure, aber dann stand sie auf und schob den Riegel zurück. Sie zog ihr Nachthemd aus, legte sich wieder ins Bett und spürte, wie heftig ihr Herz schlug. Nicht lange darauf kam er zu ihr, lautlos wie ein Dieb.

»Nur einmal, meine Liebste«, flüsterte er, »einmal möchte ich dich bei hellem Tageslicht haben. Ich will sehen, wie du aussiehst, wenn wir fertig sind.«

Jill kicherte und warf die Decken zurück. Er zog sich aus und legte sich zu ihr. Bei der Berührung seines nackten Körpers vergaß sie jede Sorge über Ehre und Verrat, aber sie tat so, als wollte sie ihn wegschieben. Er hielt sie bei den Handgelenken und küßte sie so lange, bis sie sich losriß, dann fing er sie wieder ein. Sie rangen ebensosehr miteinander, wie sie Zärtlichkeiten austauschten, bis sie schließlich zuließ, daß er sie niederdrückte, sie umschlang und sie mit schmerzend feuriger Freude erfüllte, die sie in seinen Armen schluchzen ließ.

Nevyn war an diesem Abend noch lange wach und dachte über den dunklen Meister nach und darüber, was er wohl vorhaben mochte. Bei all seiner Überwachung der ätherischen Ebene hatte er keine weiteren Spuren seines Feindes gefunden, und auch keinem anderen Dweomermeister im Königreich war dies gelungen. Nevyn dachte gerade, es wäre Zeit, ins Bett zu gehen, als Jills grauer Gnom auf seinem Tisch erschien. Das kleine Geschöpf war zornig, fauchte lautlos und riß an seinem eigenen Haar, während es auf und ab sprang.

»Schon gut, schon gut. Was soll das alles?«

Der Gnom packte ihn an der Hand und zog, als wollte er Nevyn vom Stuhl ziehen.

»Was? Ich soll mitkommen?«

Der Gnom nickte und zog abermals.

»Ist etwas mit Jill?«

Jetzt wurde der Wuttanz des Gnoms noch wilder. Nevyn zündete eine Laterne an und folgte dem Gnom, der ihn in die Frauenräume führte. Sobald der Gnom wußte, daß Nevyn tatsächlich den richtigen Weg eingeschlagen hatte, verschwand er. Dann bog Nevyn um eine Ecke und begegnete Rhodry, der barfuß, zerrauft und offensichtlich sehr müde war.

»Elender Dummkopf«, zischte Nevyn.

»Ich konnte nicht schlafen. Ich war nur frische Luft schnappen.«

»Ha! Kommt mit, Junge.«

Nevyn führte Rhodry zurück in seine Kammer und schubste ihn hinein. Rhodry sackte auf einem Stuhl zusammen und sah Nevyn müde an. Seine Lippen waren geschwollen.

»Woher bei allen Göttern wußtet Ihr, daß ich in Jills Bett war?«

»Was glaubt Ihr wohl?«

Rhodry wich zurück.

»Ich werde kein Dweomerfeuer auf Euch loslassen«, knurrte Nevyn gereizt. »Obwohl ich versucht bin, es zu tun. Ich will nur, daß Ihr einmal nachdenkt. Ihr werdet so etwas auf Dauer nicht geheimhalten können. Wie das Sprichwort sagt: Auch die schönsten Kleider können einen geschwollen Bauch nicht verbergen. Und was, glaubt Ihr, wird Cullyn dann tun?«

»Nichts. Wir haben darüber gesprochen, und er hat mich wissen lassen, daß Jill mir gehört, solange ich sie gut behandle, wie es die Mätresse eines Lords verdient.«

Nevyn fühlte sich wie jemand, der mit großer Geste das Schwert gezogen hat und nun feststellen muß, daß es direkt unter dem Griff gebrochen ist.

»Ich gebe zu, ich konnte es zunächst auch kaum glauben.« Rhodry sah tatsächlich immer noch verblüfft aus. »Aber ich schwöre, er hat es wirklich gesagt. Und ich schwöre auch, daß ich sie immer gut behandeln werde. Ihr Götter, Nevyn, seht Ihr denn nicht, wie sehr ich sie liebe? Habt Ihr jemals eine Frau so sehr geliebt?«

Nevyn war sprachlos über die Ironie der ganzen Angelegenheit – ja, er hatte eine Frau so geliebt. Dieselbe Frau. Ohne weitere Worte schob er den Erben des Tierynrhyn ziemlich unsanft nach draußen und schloß hinter ihm die Tür. Jills Gnom tauchte auf und verbeugte sich lächelnd.

»Tut mir leid, mein Freund, du wirst damit leben müssen, genau wie ich.«

Der Gnom zischte und verschwand. Nevyn fühlte sich ebenso elend. Sie war ihm in diesem Leben versagt, wie schon in so vielen anderen, dessen war er sich sicher. All die Freuden und Krisen eines großen Hofs würden sie beschäftigen, bis ihre Begabung zum Dweomer vergangen war. Er sah es genau vor sich. Obwohl Rhodrys Frau seine Mätresse würde akzeptieren müssen, würde sie Jill bald hassen, wenn die Vasallen Jill bewunderten und nicht sie. Der Kampf würde schärfer werden, wenn Jill erst ein paar von Rhodrys Bastarden hatte und versuchte, ihnen gute Positionen zuzuschanzen. Zweifellos würde Rhodry Jills Kinder vorziehen, und das würde dazu führen, daß seine Frau sie nur noch mehr haßte. Nichts davon würde auch noch Platz für Dweomer lassen.

Nevyns erster Impuls war, die Festung noch in dieser Nacht zu verlassen und weit weg zu reiten, aber Jill würde ihn brauchen. Die Aussicht, daß er wieder für die Zeit eines Menschenlebens davon abgehalten würde, sein Gelübde zu erfüllen, schmerzte, aber er würde bleiben. Einen Augenblick fühlte Nevyn sich so seltsam, daß er nicht wußte, was los war. Dann wurde ihm klar, daß er zum erstenmal seit hundert Jahren weinte.

Als der zehnte Tag verging, ohne daß sie von Rhys hörten, war Lovyan so wütend, daß sie alle Förmlichkeit aufgab und ihm eine Botschaft schickte. Sie formulierte den Brief zwar sorgfältig, so daß er höflich und untertänig klang, aber im Grunde teilte sie ihm mit, das gesamte Tierynrhyn würde in Aufruhr sein, wenn er nicht verflucht bald etwas unternahm.

Als der Schreiber es ihren ungeduldigen Vasallen vorlas, jubelten diese ihr zu.

Lovyan zog sich in die Frauenhalle zurück. Als Kind hatte sie hier schon gespielt, und der vertraute Raum hatte immer noch etwas Tröstliches. Als sie hereinkam, fand sie Dannyan, die versuchte, Jill beim Nähen zu helfen.

»Soll ich Euer Gnaden einen Becher Wein holen?« fragte Jill.

»Alles, um von der Näharbeit wegzukommen, wie?« sagte Lovyan lächelnd. »Ihr dürft den Stoff weglegen, wenn Ihr wollt, aber im Augenblick brauche ich nichts.«

Jill warf das Übungsstück mit solcher Wut in den Korb, daß Lovyan und Dannyan beide lachen mußten.

»Denn«, sagte Lovyan schließlich, »es wird Zeit, daß wir uns daranmachen, Rhodry zu verheiraten.«

»Das stimmt«, erwiderte Dannyan. »Ich dachte an die jüngere Tochter des Gwerbret von Camiwaen. Da Rhys und Rhodry sich ständig streiten, wäre es gut, wenn der Tieryn Verbindungen zu anderen Gwerbrethryn hätte.«

»Das ist eine gute Idee, und das Mädchen soll vernünftig sein.«

Jill war so still und reglos wie ein gejagtes Tier. Einige Beobachtungen, die Lovyan in der letzten Zeit gemacht hatte, trafen plötzlich in ihrem Kopf zusammen.

»O Jill, meine Liebe«, sagte sie. »Ihr seid doch nicht in meinen elenden Sohn verliebt?«

Jill wurde dunkelrot.

»Armes Kind«, meinte Lovyan. »Ihr habt mein Mitgefühl, aber ich kann niemals zulassen, daß Ihr Rhodry heiratet.«

»Dessen bin ich mir bewußt, Euer Gnaden«, sagte Jill mit beinahe unnatürlicher Beherrschung. »Darüber hinaus habe ich allerdings keine Zweifel daran, daß Lord Rhodry ein sehr schlechter Ehemann sein wird.«

Das war so perfekt ausgedrückt, daß Lovyan nur staunen konnte.

»Aha«, meinte sie mit einem freundlichen Nicken. »Ich bin froh, daß Ihr so vernünftig seid.«

Lovyan und Dannyan wechselten einen Blick und danach das Thema. Später schickten sie Jill auf einen Botengang und unterhielten sich ausführlich über die Angelegenheit. Sie waren sich einig, daß Jill, ob sie nun nähen konnte oder nicht, sehr gut an den Hof passen würde. Ohne daß ein offenes Wort gefallen war, wußten sie nun, wer Rhodrys Mätresse war, und sie konnten seine Frau entsprechend wählen.

Da Lovyan wußte, daß Nevyn an Jills Leben großen Anteil nahm, sprach sie auch mit ihm darüber. Wie erwartet zeigte sich Nevyn enttäuscht, aber er schien sich zu fügen.

»Immerhin werde ich sie oft sehen können.«

»Selbstverständlich, solange Euch das nichts ausmacht.«

»Lovva, habt Ihr etwa geglaubt, ich alter Bock würde mich wegen eines Lamms zum Narren machen?«

Lovyan spürte, wie ihre Wangen zu glühen begannen, aber Nevyn fand es eher komisch als beleidigend.

»Ich versichere Euch«, fuhr er fort, »ich bin mir meines Alters mehr als bewußt. Ich habe Jill gern, aber ich interessiere mich vor allem für ihre Begabung zum Dweomer.«

»Selbstverständlich. Es ist seltsam, aber ich vergesse immer wieder, daß Ihr ein Dweomermann seid – daß es so etwas wie Dweomer überhaupt gibt –, und dennoch war ich Zeugin, als Jill diese Vision hatte.«

Drei Tage später kam endlich eine Botschaft von Rhys. Lovyan hatte eine seltsame Vorahnung und beschloß, sie zunächst allein zu lesen. Ihre Entscheidung sollte sich als richtig erweisen.

»Verehrte Mutter«, schrieb er. »Verzeiht, daß ich mich erst so spät um Eure wichtigen Belange kümmere. Ich habe die

Zusammenhänge dieses Krieges ausführlich untersucht, um festzustellen, ob Lord Rhodrys Bericht auch nur im geringsten zutrifft. Hiermit befehle ich ihn und seine Verbündeten nach Aberwyn, damit sie mir über ihr Verhalten Rechenschaft ablegen. Ihr seid ebenfalls herzlich eingeladen. Euer demütiger Sohn Rhys, Gwerbret von Aberwyn.«

»Du kleines Miststück«, sagte Lovyan laut. »Du bist allerdings Tingyrs Sohn, daran besteht kein Zweifel.«

Nevyn war erfreut, als Lovyan ihn bat, sie nach Aberwyn zu begleiten. Er ließ sich sogar überreden, ein neues Hemd und neue Brigga anzunehmen, so daß er unauffällig als einer ihrer Berater auftreten konnte. Lovyan wollte Jill, Dannyan, ihre Schreiber, mehrere Diener und Cullyn als Hauptmann einer Ehrengarde von fünfundzwanzig Mann mitnehmen, fünfzehn für sie, zehn für Rhodry, wie es ihren Rängen zustand. Wie sie säuerlich anmerkte, konnte Rhys jetzt einmal einen Teil ihres Haushalts durchfüttern, nachdem er sie so lange gezwungen hatte, ihre Vasallen zu verköstigen.

»Ich bin überrascht, daß Ihr Jill mitnehmen wollt«, stellte Nevyn fest. »Sie ist nicht an einen so großen Hof gewöhnt.«

»Sie wird sich daran gewöhnen müssen, und außerdem wird Rhodry ruhiger sein, wenn sie in der Nähe ist.«

Am Abend, bevor sie nach Aberwyn zogen, suchte Nevyn Cullyn in seiner Kammer in der Unterkunft des Kriegshaufens auf. In einem neuen Hemd mit roten Löwen darauf saß Cullyn auf der Bettkante und polierte im Laternenlicht sein Schwert. Er begrüßte Nevyn freundlich und bot ihm den einzigen Stuhl an.

»Ich wollte nur ein kurzes Wort mit Euch reden. Über eine etwas delikate Angelegenheit.«

»Ich wette, Ihr redet von Jill.«

»Genau. Ich gebe zu, ich bin überrascht, daß Ihr zulaßt, was geschieht.«

»Ich dachte, Ihr würdet von allen am wenigsten überrascht sein. Immerhin wißt Ihr, warum ich sie gehen lassen mußte.«

Als er aufblickte und Nevyn in die Augen sah, mußte ihn Nevyn zum erstenmal seit vierhundert Jahren bewundern. All die Arroganz, die Gerraent zur Schau gestellt hatte, ein Leben nach dem anderen, war verschwunden und hatte nur eine gewisse stolze Demut hinterlassen, die daher rührte, daß dieser Mann sich den bitteren Wahrheiten des Lebens gestellt hatte.

»Es gibt mehr Arten von Ehre als den Ruhm der Schlacht«, sagte Nevyn. »Ihr habt Eure verdient.«

Schulterzuckend warf Cullyn das Schwert aufs Bett.

»Jill wird dabei verdammt gut wegkommen, nicht wahr? Sie wird ein besseres Leben haben, als ich es ihr je bieten könnte. Selbst wenn ich das Lösegeld eines Lords für sie als Mitgift hätte, welche Art Mann hätte ich für sie finden können? Einen Handwerker, vielleicht einen Schankwirt, und sie würde ihr ganzes Leben lang schwer arbeiten müssen. Für den Bastard eines Silberdolchs ist sie recht hoch aufgestiegen.«

»Das stimmt. So habe ich die Angelegenheit noch nie betrachtet.«

»Das mußtet Ihr wahrscheinlich auch nie. Wie lautet noch dieses alte Sprichwort: Es ist besser für eine Frau, ihre Armut zu bewahren, als ihre Tugend zu verlieren? Ich hätte Jill eher die Kehle durchgeschnitten, als sie zur Hure werden zu lassen, aber wenn man den langen Weg reitet, lernt man, es mit den Ausprägungen von Tugend nicht allzu genau zu nehmen. Ihr Götter, ich habe meine eigene Ehre tausendmal verkauft. Wer bin ich denn, auf sie hinabzusehen?«

»Das ist wahr, aber die meisten Männer wären nicht so vernünftig, wenn es um ihre eigene Tochter geht.«

»Ich will Euch etwas erzählen, das ich neunzehn Jahre lang keiner Menschenseele erzählt habe. Habt Ihr Euch je gefragt, wieso ich zum Silberdolch geworden bin?«

»Oft. Ich hatte nur Angst zu fragen.«

»Das war auch besser so.« Cullyn lächelte. »Ich war Reiter im Kriegshaufen des Gwerbret von Cerrmor. Und dort gab es auch ein Mädchen, das in der großen Halle diente: Seryan, Jills Mutter. Auch ein anderer Reiter begehrte sie. Wir haben uns um sie gestritten wie Hunde um einen Knochen, bis sie deutlich machte, daß sie mich vorzog. Aber dieser andere Bursche – die Götter mögen mich verfluchen, aber ich habe seinen Namen vergessen – kümmerte sich nicht um das, was sie sagte, und ließ sie nicht in Ruhe. Eines Abends stellte ich ihn deshalb zur Rede, und er zog sein Schwert. Also habe ich ihn getötet.« Cullyn senkte den Blick und starrte das Schwert an, das er sich quer über die Knie gelegt hatte. »Mitten in der Mannschaftsunterkunft des Gwerbret. Seine Gnaden wollte mich hängen lassen, aber der Hauptmann legte ein gutes Wort für mich ein und sagte, der andere habe mich angegriffen. Also hat Seine Gnaden mich rausgeworfen, und meine arme Seryan bestand darauf, mit mir zu reiten.« Cullyn blickte wieder auf. »Und damals habe ich geschworen, daß ich niemals wieder um einer Frau willen einen anderen Mann töten würde. Es würde weder mir noch ihr nützen.«

Nevyn war einen Augenblick lang sprachlos, einfach deshalb, weil Cullyn nicht ahnen konnte, wieviel von seinem Wyrd er mit dieser einfachen Wahrheit hinter sich ließ.

»Man lernt«, meinte Cullyn. »Ich war ein störrischer junger Hund, aber ich habe gelernt.«

»Wahrhaftig. Ich war selbst störrisch, als ich noch jung war.«

»Das glaube ich gern. Wißt Ihr, Kräutermann, wieso wir es so schwer miteinander haben? Wir sind uns zu ähnlich.«

Zu jener Zeit war Aberwyn die größte Stadt in Eldidd – über siebzigtausend Menschen lebten in diesem Labyrinth enger Straßen und dicht zusammenstehender Häuser. Die Stadt hatte keine Stadtmauer und erstreckte sich am Aver Gwyn entlang, beginnend am Hafen, wo die Flotte des Gwerbret neben Handelsschiffen aus Deverry und Bardek ankerte. Mitten in der Stadt lag die gewaltige Festung des Gwerbret, ein Symbol der Gerechtigkeit, das die Stadt überragte. Hinter der dreißig Fuß hohen Mauer dehnte sich ein Hof aus, der beinahe dreißig Morgen bedeckte, und dicht an dicht standen dort die üblichen Hütten, Unterkünfte und Schuppen. In der Mitte erhob sich ein Broch, der aus einem sechsstöckigen Hauptturm und drei dreistöckigen Nebentürmen bestand, aber das Erstaunlichste an dieser Anlage war, daß der Broch von einem Garten umgeben war: Wiesen, Rosenbeete, ein Brunnen, alles vom Hof durch eine niedrige Mauer abgegrenzt.

Überall konnte man den Drachen von Aberwyn mit seinem aufgerissenen Maul sehen: in die Außentore geschnitzt, auf den blausilbernen Fahnen, die von den Türmen hingen, und in Marmor mitten im Brunnen, auf den Türen, die in den Broch führten, und als Mosaik auf dem Boden der großen Halle, auf den Hemden jedes Reiters und Dieners, auf den Bettvorhängen und Kissen der luxuriösen Kammer, die Jill mit Dannyan teilen würde. Auf dem Sims ihrer Feuerstelle gab es sogar eine kleine silberne Statue des Drachens. Jill nahm sie in die Hand und betrachtete sie.

»Hübsch, nicht wahr?« sagte Dannyan. »Die Maelwaedds haben schon immer Silber gesammelt.«

»Ja. Es muß schwer für Euch gewesen sein, diesen Luxus hinter Euch zu lassen, als sich Ihre Gnaden nach Cannobaen zurückzog.«

»Das kann ich nicht leugnen. Ich muß auch zugeben, daß ich ganz froh war, als Lovyans Bruder getötet wurde. Schrecklich, aber wahr.« Dannyan schob das Thema mit einem Schulterzucken beiseite. »Jill, solange wir hier sind, werdet Ihr sehr vorsichtig sein müssen.«

»Das weiß ich. Dann, ich habe Angst.«

»Ach, am besten tut Ihr, was ich Euch vormache. Bleibt so nah bei mir wie möglich, und bitte, sagt nicht ›Pferdedreck‹ oder so etwas. Ihr seid nicht mehr im Kriegshaufen. Und jetzt wollen wir uns waschen und Euch aus diesen schrecklichen Brigga in ein schönes Kleid verfrachten.«

Da Jill nie im Leben seitwärts geritten war, hatte man ihr gestattet, auf dem Ritt nach Aberwyn ihre alten Kleider wieder anzuziehen. Sie war überrascht gewesen, wie gut sich das anfühlte und wie sehr sie es haßte, sie wieder ablegen zu müssen. Nachdem sie schließlich zu Dannyans Zufriedenheit gekleidet war, brachte Dannyan sie in die Frauenhalle, um sie der Frau des Gwerbret vorzustellen. Donilla war eine hübsche Frau mit dunklen Augen, dichtem rötlichbraunen Haar und der schlanken Figur eines jungen Mädchens. Sie bot ihnen einen Platz an und schickte einen Diener nach Wein, der in echten Glaskelchen gereicht wurde, aber sie schien unruhig, während sie mit Dannyan sprach, und die ganze Zeit wrang sie ein seidenes Tusch zwischen ihren Fingern. Jill war froh, als sie gehen konnten.

»Verdammt«, sagte sie, sobald sie in ihrem Zimmer allein waren. »Ist Ihre Gnaden krank?«

»Nein. Aber Rhys wird sie bald verstoßen, weil sie unfruchtbar ist. Sie tut mir wirklich leid.«

»Und was wird aus ihr werden?«

»Unsere Herrin wird sie mit einem ihrer verwitweten Vettern verheiraten. Er hat bereits Erben, also wird er froh sein, eine schöne Frau zu bekommen. Ansonsten müßte sie zu ihrem Bruder zurückkehren. Ich bezweifle, daß er sie gut empfangen würde.«

Jill war ganz elend zumute. Ihr war niemals zuvor deutlich geworden, wie sehr die adligen Frauen von ihren Männern abhingen. Plötzlich fragte sie sich, was aus ihr werden würde. Würde sie eines Tages darauf angewiesen sein, Rhodry zu schmeicheln, um sich seine Gunst zu erhalten?

»Donilla wird mit uns zurückreiten«, fuhr Dannyan fort. »Wir müssen alle sehr nett zu ihr sein. Das schlimmste ist, daß sie anwesend sein muß, wenn Rhys sie öffentlich verstößt.«

»Beim schwarzen Arsch des Höllenfürsten! Ist seine Gnaden denn so hartherzig?«

»Jill, Lämmchen, paßt auf, was Ihr sagt! Nein, es ist nicht Rhys selbst, es geht um die Gesetze. Rhys würde ihr das gern ersparen, da bin ich sicher, aber es ist nicht möglich.«

Als sie zum Essen in die große Halle hinuntergingen, war Jill erleichtert, als sie feststellte, daß sie nicht an Rhys' Tisch sitzen würden. Wo es in einem gewöhnlichen Dun nur einen Ehrentisch gab, hatte die Halle von Aberwyn sechs, einen für den Gwerbret und seine Familie und die anderen für Gäste und die adligen Höflinge. Jill und Dannyan saßen beim Seneschall, dem Stallmeister, dem Barden und deren Frauen. Von ihrem Platz aus konnte Jill Rhodry sehen, der links von seinem Bruder saß. Obwohl sie dieselbe Haarfarbe hatten und eine gewisse Ähnlichkeit am Kinn, die auch an Lovyan erinnerte, waren sie so verschieden, daß Jill kaum glauben konnte, daß sie Brüder waren; zweifellos ließ Rhodrys Elfenblut seine Züge so gemeißelt aussehen, wohingegen die von Rhys so plump wirkten. Aber der Gwerbret war auf seine Art immer noch ein gutaussehender Mann und nicht der Dämon, als den Jill ihn sich vorgestellt hatte.

Das Essen war vorzüglich, und Jill achtete streng auf ihre Manieren und sagte kein Wort, bis die Frau des Barden, eine blonde Frau mit runden Wangen namens Camma, sich ihr zuwandte und ihr einen abschätzenden Blick zuwarf.

»Ihr müßt zum erstenmal bei Hof sein«, sagte Camma.

»Ja. Es ist wirklich wunderbar.«

»Ja. War Euer Vater einer unserer Landadligen?«

Jill war vollkommen verblüfft. Dannyan beugte sich vor und bedachte Camma mit einem zuckersüßen Lächeln. »Jill ist ein sehr wichtiges Mitglied von Tieryn Lovyans Gefolge.« Dannyan warf einen kurzen Seitenblick auf Rhodry. »Sehr wichtig.«

»Aha.« Camma lächelte Jill an. »Ihr müßt mir erlauben, Euch einmal in meine Privaträume einzuladen.«

»Meinen Dank. Ich werde sehen müssen, wieviel Zeit mir meine Pflichten gegenüber Ihrer Gnaden lassen.«

Dannyan nickte Jill anerkennend zu. Jill stocherte in ihrem Essen herum und stellte fest, daß sie keinen Hunger mehr hatte. Obwohl sie sich als Falke betrachtete, hatte sie das Gefühl, mit Adlern zu essen, die sich jeden Augenblick gegen sie wenden konnten. Aus dem Augenwinkel beobachtete sie Rhodry, der sein Essen schnell und schweigend herunterschlang. Schließlich erhob er sich, sah zu ihr hin, warf den Kopf zurück und ging hinaus. Jill wandte sich an Dannyan.

»Ihr könnt ihm in einiger Zeit folgen«, flüsterte Dannyan.

Jill nippte also weiter an ihrem Wein und unterhielt sich noch ein wenig mit den Damen, dann entschuldigte sie sich und eilte davon. Sie fand einen Pagen, der wußte, wo Rhodry seine Räume hatte, und folgte ihm die Wendeltreppe und durch die verwirrenden Flure der miteinander verbundenen Türme, bis er ihr mit einem hinterhältigen, wissenden Lächeln die Tür von Rhodrys Zimmer zeigte. Jill eilte hinein und warf die Tür hinter sich zu. Die winzige Kammer war spärlich möbliert, und alles sah aus, als hätte man es aus anderen, luxuriöseren Zimmern entnommen. Das Fenster ging auf die Küchenhütte hinaus, und der Geruch von Fett hing in der Luft. Rhodry hatte Stiefel und Schwertgurt bereits abgelegt und saß auf dem Bett.

»Hat Rhys etwas über die Rebellion gesagt?«

»Nichts, kein verfluchtes Wort. Wir werden morgen darüber reden, sagt dieser elende Bastard, als wäre ich ein Verbrecher, der vor ihn gezerrt wird, weil er Pferde gestohlen hat. Aber ich will nicht darüber reden, meine Liebste. Ich will dich nur hier in mein Bett holen und dort behalten, bis du um Gnade flehst.«

»Ach ja?« Jill knotete ihre Schärpe auf. »Dann hast du eine lange Nacht vor dir.«

Kurz nach Morgengrauen erhielt Nevyn erste Nachrichten über den dunklen Dweomermeister. Unten in Cerrmor lebte eine Frau namens Nesta. Ihre Nachbarn hielten sie nur für die etwas exzentrische Witwe eines reichen Kaufmanns, aber sie hatte seit über vierzig Jahren den Dweomer studiert – und anderes. Ihr Mann hatte lange und erfolgreich mit Gewürzen aus Bardek gehandelt, und das hatte ihr auch über andere, weniger segensreiche Transaktionen mit diesem weit entfernten Land einige Informationen verschafft. Als Nesta sich an diesem Morgen mit Nevyn in Verbindung setzte, war ihr rundes Gesicht unter dem ordentlichen schwarzen Kopftuch beunruhigt.

»Ich bin nicht vollkommen sicher«, meinte sie, »aber ich glaube, der Mann, nach dem Ihr sucht, hat sich gerade nach Bardek eingeschifft.«

»Ja?« erwiderte Nevyn. »Ich hoffe, Ihr habt Euch selbst keiner Gefahr ausgesetzt, indem Ihr ihm nachspioniert habt.«

»Ich bin Euren Anweisungen gefolgt und habe Abstand zu ihm gehalten. Aber was haltet Ihr davon? Gestern früh kam das Wildvolk zu mir, und sie waren sehr beunruhigt über etwas Dunkles, das sie verängstigte. Ich dachte mir, Euer

Feind könnte in Cerrmor sein, also habe ich mich ein wenig umgesehen und seltsame Spuren im Ätherischen gefunden. Ich habe mich zurückgezogen, wie Ihr es wolltet.« Sie hielt inne und schürzte unwillig die Lippen. »Aber Ihr wißt, daß ich in Cerrmor viele Leute kenne, und über meine Verbindungen zu den Gilden könnte ich einiges herausfinden, ohne den Lichtkörper zu benutzen. Ich habe nach merkwürdigen Fremden in der Stadt gefragt und bin schließlich an einen der jungen Männer im Zollhaus geraten. Er hatte einen seltsamen alten Mann gesehen, der an Bord eines der letzten Handelsschiffe nach Bardek gegangen ist, und man hat den Verdacht, daß dieses Schiff in den Gifthandel verwickelt ist.«

Nevyn stieß einen leisen Pfiff aus. Nestas Abbild lächelte grimmig.

»Und dieses Schiff ist mit der Flut vor zwei Stunden ausgelaufen«, fuhr sie fort. »Jetzt ist das Wildvolk wieder vollkommen ruhig, und es ist keine Spur im Ätherischen zurückgeblieben.«

»Dann war es entweder mein Feind oder ein anderer seiner üblen Zunft. Er wird wissen, daß ich ihm nicht nach Bardek folgen kann, wenn der Winter erst angebrochen ist.«

»Er hatte Glück, daß er ein Schiff bekommen hat – es sieht beinahe so aus, als hätten sie auf ihn gewartet, nicht wahr?«

»Ja. Ich glaube, Ihr habt diese Ratte bis zu ihrem Loch verfolgt. Ich danke Euch, Nesta, und auch diesem klugen Zollbeamten.«

»Er ist ein guter Junge.« Sie kicherte. »Er hat bei mir und meinem Mann gelernt, und ich habe ihm beigebracht, seine Augen zu benutzen.«

Nachdem Nesta sich verabschiedet hatte, ging Nevyn lange Zeit nachdenklich in seiner Kammer auf und ab. Da es keine anderen Spuren des dunklen Dweomer gab, war er ziemlich sicher, daß Nesta tatsächlich den Feind gefunden hatte. Das war ärgerlich, denn mit einem Winter Vorsprung würde es unmöglich sein, ihn in Bardek zu finden, einem Land, das aus vielen Kleinstaaten bestand und das ständig in politischem Aufruhr war, so daß sich die Autoritäten wenig um anderes kümmerten. Selbst der größte Dweomermeister würde keine Projektion übers Meer schicken können, und Nevyn würde daher warten müssen, bis er Briefe an jene, die den wahren Dweomer in Bardek studierten, verschicken konnte, um sie vor dem Feind zu warnen. So sehr es ihn auch ärgerte, er mußte ihn zunächst entkommen lassen. Aber er würde ihn einholen, das sagte er sich immer wieder. Dann zwang er sich, die Angelegenheit beiseitezuschieben, und kleidete sich für die Anhörung des Gwerbret über die Rebellion an.

Die Anhörung wurde in der Gerichtskammer des Gwerbret abgehalten, einem gewaltigen halbrunden Raum im ersten Stock des Hauptturms. Genau mitten in der runden Wand waren zwei Fenster, zwischen denen das Drachenbanner von Aberwyn hing. Darunter stand ein langer Tisch, hinter dem Rhys saß, das goldene Zeremonialschwert von Aberwyn vor sich. Links und rechts von ihm saßen Belpriester, seine juristischen Berater. Ein Schreiber hatte einen kleinen Tisch rechts im Raum, und die Zeugen standen an der linken Seite: Rhodry selbst, seine Verbündeten, und Lovyan, der man einen Stuhl zugestanden hatte. Viele Neugierige drängten sich im hinteren Teil des Raums, so auch Nevyn, der dicht an der Tür stand und säuerlich zusah, wie sich die Verhandlung hinschleppte.

Einer nach dem anderen knieten Rhodrys Verbündete vor dem Tisch nieder und beantworteten Rhys' Fragen über jede Einzelheit des Krieges, über einen Tag nach dem anderen, bis Nevyn sich fragte, ob es etwa noch länger dauern würde, über den Kampf zu reden, als dieser selbst gedauert hatte.

Wieder und wieder beschworen die Verbündeten, daß Rhodry sich an alle Regeln der Ehre gehalten hatte und größtmögliche Gnade hatte walten lassen. Aber Rhys schickte auch noch nach Cullyn und fragte ihn aus, während Rhodrys Miene gefährlich mürrisch wurde und Sligyn vor Zorn rot anlief. Endlich rief Rhys Rhodry ein letztes Mal zu sich.

»Es bleibt nur noch eine Kleinigkeit, Lord Rhodry. Wie könnt Ihr erwarten, daß ich all dieses Gerede über Dweomer glaube?«

»Weil es der Wahrheit entspricht, Euer Gnaden«, sagte Rhodry. »Wie auch all meine Zeugen beschworen haben.«

»Ach ja? Ich frage mich, ob Ihr nicht alle eine wirre Geschichte erzählt, um Schlimmeres zu verbergen.«

Lovyan erhob sich und trat an den Tisch.

»Habe ich Eure Erlaubnis zu sprechen, Euer Gnaden? Werdet Ihr etwa behaupten, daß Eure eigene Mutter Euch anlügt?«

»Selbstverständlich nicht. Aber vielleicht hat man Euch angelogen.«

Sligyn gab ein Geräusch von sich, als würde er ersticken, und Edar murmelte etwas vor sich hin.

»Ich kann also davon ausgehen«, meinte Lovyan, »daß diese Berichte über Dweomer der eigentliche Grund des Malover sind?«

»Ja. Ich will die Wahrheit hören.«

»Dann sollt Ihr sie haben.« Lovyan drehte sich um und spähte in die Menge. »Nevyn, werdet Ihr mir bei dieser Sache helfen?«

Nevyn zögerte, weil er sich fragte, ob es gegen seine Gelübde verstieß, Dweomer vor einer solchen Menschenmenge vorzuführen. Dann dachte er, es sei vielleicht an der Zeit, daß die Menschen erfuhren, daß es den Dweomer gab; immerhin bestand ein Grund für das Blühen des dunklen Dweomer darin, daß die meisten gebildeten Menschen über diese

Vorstellung nur lachten. Er drängte sich durch die Menge und verbeugte sich vor dem Gwerbret, blieb aber stehen.

»Euer Gnaden, ich kann Euer Mißtrauen gegenüber solch seltsamen Ereignissen verstehen, aber ich versichere Euch, daß es tatsächlich Menschen wie mich gibt, die über jene Kräfte verfügen, von denen Lord Rhodry sprach.«

Die Menge murmelte aufgeregt und drängte nach vorn. Rhys lehnte sich zurück.

»Ach ja? Und das soll ich einfach so glauben, auf Euer Wort?«

Nevyn hob die Hände und rief im Geist das Wildvolk von Luft und Aethyr herbei. Plötzlich kam Wind auf und ließ das Banner flattern und die Pergamente von Priestern und Schreibern durch die Luft fliegen. Donner grollte, und winzige Blitze aus blauem Licht zuckten. Nevyn selbst glühte in goldenem Licht. Aufschreiend flohen die Zuschauer aus der Kammer. Rhys sprang auf, kreidebleich im Gesicht, und die Priester klammerten sich verängstigt aneinander, als der Wind sie umtoste und dabei ein seltsames leises Lachen erklang. Nevyn hob langsam den Arm und schnippte mit den Fingern. Wind, Feuer und Licht verschwanden.

»Nein, nicht auf mein Wort allein.«

Rhys sah sich nach allen Seiten um und bewegte angestrengt den Mund, als wollte er etwas sagen. Rhodry erhob sich und verbeugte sich vor ihm.

»Glaubt mein Bruder mir immer noch nicht?«

»Ich bitte Euch demütig um Verzeihung, Ihr Herren, daß ich jemals an Eurem Wort gezweifelt habe. Ich hoffe, Ihr könnt mir verzeihen, daß ich Eure Ehre in Zweifel zog, weil ich nie die Dinge gesehen hatte, die Ihr erlebt habt.«

Sligyn knurrte, aber Peredyr war schneller als er.

»Ihr braucht Euch nicht zu entschuldigen, Euer Gnaden. Anfangs ist es uns allen schwergefallen, das zu glauben.«

»Ich danke Euch.« Ohne Rhodry auch nur einen Blick zu gönnen, griff Rhys nach dem Zeremonialschwert und stieß den Knauf dreimal auf den Tisch. »Das Malover ist beendet. Der Gwerbret hat gesprochen.«

Da er nicht vorhatte, von Neugierigen umringt zu werden, blieb Nevyn nur lange genug, um Rhodry am Arm zu packen und ihn wegzuzerren. Sie eilten hinaus in den Garten, wo die kahlen Espen im rauhen Wind zitterten und der Marmordrache im Brunnen unter dem kalten Wasser zu schaudern schien.

»Ich danke Euch, Nevyn. Ich wußte den Anblick von Rhys' Schweinsgesicht zu schätzen, als das Feuer rund um ihn knisterte. Möchtet Ihr Corbyns Ländereien? Ich bin sicher, Mutter wird sie Euch gerne überlassen.«

»Spart Euch die Mühe, obwohl ich Euch für die Idee danke. Ich fürchte, ich werde mich für den Rest meines Besuchs hier in meiner Kammer verkriechen müssen.«

»Dann kommt mit mir. Ich werde mich schon morgen mit Jill und einigen der Männer auf den Weg machen. Ich will verflucht sein, wenn ich hier sitzen bleibe und mich weiter von Rhys beleidigen lasse. Ihr habt gesehen, daß er sich ausschließlich an Peredyr gewandt und mich übersehen hat.«

»Ja, und es ist Euer gutes Recht, darüber erzürnt zu sein, aber ich bitte Euch, Junge, reißt Euch zusammen. Laßt uns morgen reiten – und früh.«

»Gleich bei Anbruch der Dämmerung. Ich kann es gerade noch eine einzige Nacht lang ertragen.«

Rhodry schien ruhig zu sein, und sein Plan klang so vernünftig, daß Nevyn nicht spürte, daß Ärger im Anzug war. Später würde er sich dafür verfluchen.

In Lovyans riesiger Suite hatten sich die Lords, die mit Rhodry gekämpft hatten, versammelt. Peredyr versuchte, sie zu beruhigen, aber sie waren alle wütend über die Beleidigung. Vor allem Sligyn humpelte umher und schwor, wenn er nicht ein so gesetzestreuer Mann wäre, würde er auf der Stelle selbst rebellieren. Rhodry hockte auf dem Fensterbrett und wünschte sich, Sligyn würde genau das tun. Als Jill und Dannyan hereinkamen, um den Männern Bier zu servieren, gab Sligyn schließlich auf und sank in einen Sessel.

»Herr?« Jill bot ihm einen Krug Bier an.

»Danke.« Sligyn nahm den Krug entgegen. »Ich bin froh, daß Ihr nicht anwesend wart, um diese Farce mitzuerleben, Jill. Es hätte Euch nur gequält.«

»Das ist ohnehin seltsam«, warf Lovyan ein. »Warum hat er Jill nicht vorgeladen? Schließlich hat er jeden anderen ausführlich befragt. Es hätte mich nicht gewundert, wenn er auch noch die Fuhrleute und Speerträger hätte hören wollen.«

»Ich gebe zu, daß mich das ebenfalls erstaunt hat, Euer Gnaden«, sagte Jill. »Aber ich bin froh darüber.«

»Niemand läßt sich gern einen Lügner nennen«, meinte Sligyn und trank einen Schluck. »Es war gut, daß Nevyn dort war.«

Jill brachte Rhodry einen Krug, und als sie ihn anlächelte, beruhigte ihn das beträchtlich.

»Morgen werden wir nach Hause zurückkehren«, sagte Rhodry leise zu ihr. »Nevyn wird mitkommen. Ich habe mehr von meinem verfluchten Bruder gesehen, als ich ertragen kann.«

»Ich ebenfalls.«

»Wie meinst du das?«

»Es tut mir weh zu erleben, wie er dich behandelt. Das ist alles.«

Mit der freien Hand packte Rhodry sie am Arm, so fest, daß es schmerzte.

»Was hat Rhys zu dir gesagt?«

»Ich bin ihm nur im Flur begegnet, das ist alles.«

»Sag die Wahrheit.«

»Er hat sich verbeugt und gesagt, ich sei sehr schön. Nur ein höfliches Kompliment.«

Plötzlich wurde Rhodry klar, daß alle im Zimmer ihn anstarrten. Er ließ Jill los und stellte sich dem Blick seiner Mutter.

»Rhodry«, sagte Lovyan beunruhigt, »dein Bruder hat Jill zweifellos nur angesprochen, um dich zu ärgern. Er ist so bekümmert wegen seiner Frau, daß er im Augenblick gar nicht an andere denkt.«

»Das will ich hoffen, Mutter.«

Viel später, als es Zeit war, zum Abendessen in die große Halle zu gehen, hatte Rhodry die Gelegenheit, mit seiner Mutter unter vier Augen zu sprechen. Sie war mit seiner Idee, die Festung am nächsten Tag zu verlassen, vollkommen einverstanden.

»Der Rest der Verhandlungen wird ohnehin nur Rhys und mich betreffen. Du mußt nur noch eine Mahlzeit an seinem Tisch über dich ergehen lassen, also bitte, Rhoddo, hüte heute abend deine Zunge.«

»Das verspreche ich dir, Mutter.«

Als er seinen Platz zu Rhys' Linken einnahm, tat Rhodry sein Bestes, dieses Versprechen zu halten, indem er sich auf sein Essen konzentrierte und ausschließlich sprach, wenn er angesprochen wurde. Rhys sagte kein Wort zu ihm, da er mit Lovyan die Landverteilung diskutierte. Als schließlich der Met aufgetragen wurde, erhob sich Rhodry und verbeugte sich vor seinem Bruder.

»Wenn Euer Gnaden mich entschuldigen?«

»Aber selbstverständlich.« Rhys lächelte. »Ach, übrigens hast du da eine hübsche Mätresse gefunden, Bruder. Sie scheint mit dem Schwert ebenso geschickt zu sein wie bei anderen Dingen.«

Durch den roten Schleier seiner Wut hörte Rhodry Lovyan keuchen.

»Es wäre mir lieber, wenn Euer Gnaden nicht über Jill reden würden«, sagte Rhodry.

»Tatsächlich?« Rhys stand auf. »Du scheinst sie ja direkt mitten in die Schlacht geführt zu haben. Wie fühlt man sich, wenn man seine Kämpfe von einer Frau ausfechten läßt?«

Rhodry hatte das Schwert halb gezogen, bevor ihm klar wurde, was er da tat. Die Schreie der Frauen brachten ihn zur Vernunft, und er erstarrte, die Hände immer noch am Schwertgriff, die Klinge immer noch blank, etwa sechzehn Zoll kalten Stahls, die seinen Kopf in die Schlinge bringen würden. Rhys trat zurück und lächelte triumphierend.

»Du ziehst das Schwert gegen einen Gwerbret, in seiner eigenen Halle!«

Rhodry dachte einen Augenblick daran, ihn zu töten, aber Lovyan warf sich zwischen sie. Alle in der Halle starrten sie schweigend an. Als Rhodry sein Schwert wieder einsteckte, schien das Geräusch von der Decke widerzuhallen.

»Rhys!« sagte Lovyan. »Das hast du provoziert.«

»Das geht dich nichts an, Mutter.« Rhys packte sie am Arm und schob sie zur Seite. »Ruf deine Frauen zu dir und verlaß die Halle. Geh!«

Mit hoch erhobenem Kopf wandte sich Lovyan ab, als auf der Reiterseite der Halle das Geschrei ausbrach. Rhodry wich Rhys aus und rannte zu seinem Kriegshaufen, der ihm entgegenkam. Fluchend und drängend, versuchten Rhys' Männer die des Clw Coc zu umzingeln, aber es waren nur zwei von ihnen zwischen Rhodry und Cullyn. Sie wichen vor dem Blick des Silberdolchs zurück, und Rhodry befand sich zwischen seinen fünfundzwanzig Reitern. Cullyn lächelte ihm grimmig zu.

»Sollen wir kämpfen, Herr?«

Sie waren von zweihundert Mann aus Rhys' Kriegshaufen umgeben, die mit den Händen am Schwertgriff auf Rhodrys Antwort warteten. Rhodry wußte, daß seine Männer bereit waren, in einem letzten hoffnungslosen Kampf für ihn zu sterben. Er brauchte nur den Befehl zu geben, und in Rhys' großer Halle würde das Blut in Strömen fließen. Er könnte sauber sterben und nicht wie ein Pferdedieb. Das wünschte er sich so sehr, daß es in ihm brannte wie ein Fieber und seine Hand sich langsam zum Schwertgriff bewegte. Aber auch Jills Vater würde umkommen, und andere Männer, die nichts Schlimmeres getan hatten als dem Clw Coc zu dienen. Er riß die Hand zurück.

»Nein. Bleibt zurück und laßt sie mich mitnehmen. Cullyn, dient meiner Mutter treu.«

»Das werde ich, Herr, und wir werden uns wiedersehen.«

Die Bedeutung dieser Worte hing so eindeutig in der Luft wie die Schlinge – bevor sie dich hinauszerren und aufhängen. Noch einmal dachte Rhodry daran, das Schwert zu ziehen und zu kämpfen, aber er zwang sich, still stehenzubleiben, als seine Männer sich zurückzogen und die Leute des Gwerbret ihn an den Armen packten und entwaffneten.

Nevyn saß allein beim Essen in seiner Kammer, als Cullyn ihm die Nachricht brachte. Cullyn berichtete knapp, und sein Blick war so leer, daß Nevyn fürchtete, der Silberdolch würde Rhys umbringen, wenn nichts geschah. Als er dem Hauptmann zu Lovyans Räumen folgte, erinnerte sich Nevyn an Gweran den Barden, der vor langer Zeit eine ähnliche Falle gestellt hatte. Ich habe versucht, ihn zu warnen, dachte Nevyn, ich habe ihm gesagt, es würde eines Tages auf ihn zurückfallen. Erst jetzt wurde ihm die Bedeutung von Cullyns Worten wirklich klar. Der Mann, der das Wyrd von Eldidd in seinen Händen hielt, würde morgen früh aufgehängt werden.

In Lovyans Empfangszimmer drängten sich zornige Lords und verfluchten Rhys und seine Provokationen. Lovyan selbst lag mehr in ihrem Sessel, als daß sie saß, und Dannyan beugte sich über sie. Als Nevyn hereinkam, sah Lovyan ihn hilflos aus tränenverschleierten Augen an. Jill rannte zu ihrem Vater und vergrub ihr Gesicht an seiner Brust.

»Wenn Rhys Rhodry hängt«, verkündete Sligyn, »wird er eine Rebellion erleben, die die Wasser des Delonderiel rot färbt. Ich habe gehört, was er zu dem Jungen gesagt hat. Wir haben es alle gehört.«

»Genau«, meinte Peredyr. »Wir sollten lieber die Männer nehmen und heute nacht hier verschwinden, bevor er uns festhält.«

»Haltet den Mund!« fauchte Nevyn. »Solange wir keinen Grund haben, sollten wir nicht von Rebellion reden. Ich habe vor, selbst mit dem Gwerbret zu sprechen, und zwar sofort.«

Sie jubelten ihm zu wie ein Kriegshaufen seinem Hauptmann. Als Nevyn ging, kam Cullyn mit ihm.

»Ich habe mich so lange außerhalb des Gesetzes bewegt, daß ich mich nicht an viel davon erinnern kann, aber hat der Hauptmann eines Lords nicht das Recht, um das Leben seines Herrn zu bitten?«

»Ja.« Nevyn war überrascht, daß ihm das nicht selbst eingefallen war, aber er hätte auch nicht angenommen, daß Cullyn zu so etwas bereit gewesen wäre. »Ihr würdet wirklich um Rhodrys willen niederknien?«

»Ja, das werde ich, wenn Ihr mich mitkommen laßt.« Erst jetzt, angesichts von Cullyns müdem, traurigem Blick wurde Nevyn klar, daß Cullyn Rhodry so sehr liebte, wie Gerraent Blaern geliebt hatte, bevor Brangwen zwischen sie getreten war. Außerdem wurde ihm deutlich, daß er diesen hartgesottenen Silberdolch, der bereit war, sich für jene, die er liebte, zu demütigen, ausgesprochen achtete. So deutlich, als hätte er eine schwere Last abgeworfen, spürte Nevyn, wie die Ketten seines Wyrd brachen und er frei war. Cullyn würde niemals wieder Gerraent für ihn sein, nur noch er selbst – nicht einmal ein Mann, dem er einen Fehler verziehen hatte, sondern ein Freund. Einen Augenblick weinte er. Cullyn, der das falsch verstand, legte ihm wohlmeinend die Hand auf die Schulter.

»Mir ist auch nach Weinen zumute, aber wenn überhaupt, dann sind wir die Männer, die ihn aus der Schlinge ziehen können.«

Und gemeinsam, wie ein paar Krieger, die sich Treue geschworen hatten, gingen Nevyn und Cullyn zu Rhys' Privaträumen. Als Nevyn an die Tür klopfte, öffnete ein Page und verkündete, Seine Gnaden empfange keine Besucher.

»Dann sag ihm, daß Nevyn hier ist, oder ich werde mich mit einem Dweomersturm ankündigen.«

Entsetzt riß der Page die Tür weit auf und sprang aus dem Weg. Rhys saß in einem schweren, geschnitzten Sessel, und Donilla hockte auf einem Schemel zu seinen Füßen. Er erhob sich, um seinen ungeladenen Gästen entgegenzutreten, hakte die Daumen in den Gürtel und warf den Kopf zurück. Nevyn konnte ihm seine Bewunderung nicht versagen – immerhin ließ der Gwerbret sich weder vom besten Schwertkämpfer in Deverry noch von einem Mann beeindrucken, der sein Haus mit einem Fingerschnippen bis auf die Grundmauern niederbrennen konnte.

»Ich nehme an, Ihr kommt, weil Ihr um Rhodrys Leben bitten wollt.«

»Ja, Euer Gnaden«, sagte Nevyn. »Und wir werden beide dafür niederknien, wenn Ihr darauf besteht.«

Rhys betrachtete sie einen Augenblick und lächelte dann – ein kaltes Zucken seiner Mundwinkel.

»Ich habe nicht vor, meinen Bruder zu hängen. Ich wollte

nur sicherstellen, daß dieser Welpe seinen Platz kennt. Er muß mich nur in einem offenen Malover um Verzeihung bitten, das ist alles.«

Nevyn stieß einen erleichterten Seufzer aus.

»Habt Ihr denn tatsächlich geglaubt«, fuhr Rhys fort, »ich würde das meiner Mutter antun und außerdem den gesamten Westen von Eldidd in die Rebellion treiben?« Als sie zögerten, lächelte Rhys abermals. »Ihr habt es tatsächlich ernstgenommen.«

»Nun, Euer Gnaden«, meinte Nevyn, »Ihr habt in der Vergangenheit recht deutlich gemacht, was Ihr von Eurem Verwandten haltet.«

»Bei den Göttern!« Plötzlich brach es aus Rhys heraus, und er redete so schnell, daß es schwierig war, ihn zu verstehen. »Wie könnte ich ihn nicht hassen? Mein ganzes Leben lang mußte ich mir immer wieder anhören, wieviel Ehre Rhodry hat, was für eine verfluchte Schande es ist, daß Rhodry nicht der Erstgeborene ist, Rhodry, Rhodry, Rhodry!« Rhys' Gesicht hatte eine gefährlich rote Färbung angenommen. »Man könnte glauben, ich hätte dieses kleine Stück Dreck um sein Erbe gebracht, wo es die ganze Zeit doch mein Recht war!«

Donilla erhob sich anmutig und legte ihrem Mann die Hand auf den Arm.

Rhys versuchte angestrengt, sich zu beherrschen. »Verzeiht mir, Zauberer, und auch Ihr, Hauptmann. Seid versichert, daß ich Euren Herrn nicht töten werde.«

»Euer Gnaden, ich möchte Euch nicht beleidigen«, sagte Cullyn, »aber habe ich Euer geschworenes Wort darauf?«

»Ja«, sagte Rhys freundlich. »Ihr werdet es zweifellos brauchen, um Eure Männer zu beruhigen.«

»Ja. Ich danke Euch, Euer Gnaden, aus tiefstem Herzen.«

Aber bei diesen Worten sah Cullyn so betont gelangweilt aus, daß Nevyn sich fragte, was er diesmal vorhatte.

Da alle Gesetzesangelegenheiten in Aberwyn unter Rhys' Oberaufsicht standen, befanden sich im Hof der Festung auch ein richtiges Gefängnis mit einer Gemeinschaftszelle für die Säufer und Bettler und ein paar kleinere Zellen für wichtigere Gefangene. Es war immerhin ein Trost, dachte Rhodry, daß man ihn zu den letzteren zählte, obwohl seine Zelle nur sechs Fuß im Quadrat maß und nach Urin und Abfall stank. Unter dem winzigen vergitterten Fenster lag ein Haufen halbwegs sauberen Strohs. Dort setzte Rhodry sich hin, schlang die Arme um die Unterschenkel und stützte den Kopf auf die Knie. Er zitterte; er konnte einfach nicht aufhören zu zittern, vor Angst, nicht vor Zorn. Er hätte sich dem Tod stellen können, aber die Schande, daß er in Rhys' Hof wie ein gewöhnlicher Pferdedieb gehängt werden würde, wo ihn jeder beobachten und verspotten konnte, nagte an ihm.

All seine Ehre, all sein schwer erkämpfter Ruhm aus dem Krieg, all die Achtung, die ihm Männer entgegenbrachten, die einmal seine Vasallen gewesen waren – verloren durch eine Gedankenlosigkeit. Kein Barde würde je über Rhodry Maelwaedd singen, ohne seine Zuhörer daran zu erinnern, daß dieser Lord am Strick geendet war. Einem Gehängten verweigerte man sogar eine anständige Beisetzung bei seinen Ahnen. Ohne Ehre war er nichts, weniger als ein Unfreier, nicht einmal ein Mann. Er setzte seine gesamte Willenskraft ein, aber er konnte nicht aufhören zu zittern. Und was würde aus Jill werden? Der Gedanke, sie auf diese Weise zu verlieren, trieb ihm die Tränen in die Augen, bis ihm klar wurde, daß seine Tränen ihm noch mehr Schande machten. Er stand auf, wischte sich das Gesicht mit dem Ärmel ab, hockte sich wieder hin und zitterte weiter.

Er wußte nicht, wie lange er so dagesessen hatte, als er Cullyns Stimme am Fenster hörte, ein leises »Herr?« Eilig stand er auf und spähte hinaus.

»Hier! Hier drüben!«

Cullyn sah sich noch einmal um und kam dann näher zur Mauer.

»Ich danke den Göttern, daß ich Euch gefunden habe. Ich habe vor jedem dieser verfluchten Fenster geflüstert. Die Wachen wollten mich nicht mit Euch sprechen lassen.«

»Sie haben zweifellos Angst, daß Ihr sie umbringen würdet.«

»Das hätte ich auch gern getan. Aber Rhys hat nicht vor, Euch zu hängen. Nevyn und ich haben ihn gebeten, Euch am Leben zu lassen, und er hat einfach gesagt, er habe ohnehin nie vorgehabt, Eurer Mutter das Herz zu brechen. Er hat das alles nur veranstaltet, um Euch zu demütigen. Ihr müßt ihn nur im Malover um Verzeihung bitten, und alles ist in Ordnung.«

Rhodry umklammerte das Gitter so fest, daß ihm die Hände schmerzten.

»Seid nicht dumm«, fauchte Cullyn. »Gebt dem Bastard, was er will, und dann machen wir uns auf den Heimweg.«

Rhodry klammerte sich an die Gitter und warf sich vor und zurück, als wollte er sie aus der Wand reißen.

»Rhodry! Redet mit mir!«

Rhodry schaukelte weiter; er zitterte und schüttelte unaufhörlich den Kopf. Er wollte Cullyn antworten, aber es war, als hätte er vergessen, wie man spricht. Dann hörte er andere Stimmen – Wachen, die Befehle schrien. Als er endlich aufhören konnte, war Cullyn verschwunden.

Rhodry setzte sich wieder, aber diesmal streckte er die Beine aus und lehnte sich an die Wand. Rhys' kleiner Trick hatte etwas in ihm zerbrochen, hatte ihm einen Teil seiner selbst vor Augen geführt, den er niemals hatte sehen wollen, den er nun aber auch nicht mehr vergessen konnte. Diese Nacht, in der er wie ein verängstigtes Kind gezittert hatte, statt sich dem Tod wie ein Mann zu stellen, würde ihn sein ganzes Leben lang verfolgen. Ganz plötzlich schlief er ein, und er träumte die ganze Nacht von Jill.

Die Wachen weckten ihn früh und warfen ihm einen halben Laib altes Brot zu, das er ihnen ins Gesicht schleuderte. Über eine Stunde ging er auf und ab und konnte kaum denken. Endlich kamen die Wachen zurück. Sie fesselten ihm die Hände auf dem Rücken und führten ihn aus der Zelle.

»Kann ich keine sauberen Kleider haben? Ich stinke nach diesem Stroh.«

»Seine Gnaden haben befohlen, Euch sofort zu ihm zu bringen.«

Selbstverständlich, dachte Rhodry. Das gehörte mit zu Rhys' Plan, ihn auch noch dadurch zu demütigen, daß er schmutzig und stinkend niederknien mußte. Als sie durch die große Halle kamen, sahen ihn die Männer mit einem Mitleid an, das mehr schmerzte als Hohn. Sie gingen die Treppe hinauf, durch die letzte Tür, und da saß Rhys in seinem Gerichtssaal, die Priester und Schreiber neben sich. Die Zuschauer traten zur Seite, um Rhodry und die Wachen durchzulassen. Als sie den Tisch erreicht hatten, trat einer der Männer Rhodry in die Kniekehlen und zwang ihn niederzuknien. Rhys sah ihn an wie einen Fremden.

»Wir haben es mit einer schwerwiegenden Anklage zu tun. Dieser Mann hat gegenüber einem Gwerbret in dessen eigener Halle das Schwert gezogen.«

»Darauf steht der Tod durch Erhängen«, sagte ein Priester.

Alle hielten inne, um dem Schreiber Zeit zu geben. Als Rhodry sich umsah, entdeckte er Jill, die an der Seite stand, die Arme vor der Brust verschränkt. Daß sie ihn so entehrt sehen mußte, war ganz und gar unerträglich.

»Nun gut«, fuhr Rhys fort. »Aber ich bin entschlossen, Gnade zu zeigen. Ich gebe zu, Bruder, daß ich beleidigende Worte gesprochen habe. Dennoch ist der Verstoß schwerwiegend.«

Der Priester erhob sich und zitierte aus dem Gesetz.

»Kein Mann darf den Gwerbret angreifen. Warum? Weil der Gwerbret für das Gesetz selbst steht, und in seiner Halle darf es kein Blutvergießen geben. Warum? Weil kein Herr Recht sprechen würde, wenn er befürchten müßte, daß der Verurteilte sich mit der Waffe rächt.« Der Priester setzte sich wieder.

»Also muß ich Wiedergutmachung verlangen«, sagte Rhys. »Wenn Ihr niederkniet und meine Verzeihung erbittet, werde ich gnädig sein.«

Mühsam kam Rhodry auf die Beine.

»Niemals. Lieber lasse ich mich hängen.«

Aufschreie und Gemurmel aus der Menge – Rhodry hörte sogar, wie Jill ihn anschrie, er solle niederknien, aber er ließ seinen Blick nicht von Rhys weichen.

»Ich gebe Euch noch eine Chance. Kniet nieder und bittet um Gnade.«

»Nein.«

Rhys verzog den Mund zu einem blutrünstigen Lächeln. Rhodry war entschlossen, sich nicht brechen zu lassen. Diesmal würde er dem Tod wie ein Mann entgegentreten und sich nicht erniedrigen.

»Ihr laßt mir keine andere Wahl, als Euch zu hängen.«

Cullyn trat vor und warf sich vor dem Gwerbret auf die Knie.

»Euer Gnaden? Gestern abend habt Ihr mir geschworen, Ihr würdet meinen Herrn nicht töten.«

Rhys schnaubte. Cullyns Miene war so ausdruckslos, daß jeder, der ihn kannte, wußte, was geschehen würde, und vorsichtshalber die Hand an der Waffe hielt. Auch Rhys schien es zu wissen, so wie er sich zu Cullyn umdrehte und ihn mit einem Blick distanzierten, unpersönlichen Abscheus betrachtete.

»Allerdings. Und kein Maelwaedd bricht je sein Wort. Also gut, Hauptmann. Hiermit ändere ich die Strafe Eures Herrn vom Tod durch Erhängen in Exil um.« Jetzt sah er wieder Rhodry an. »Von nun an werdet Ihr von all meinen Ländereien und den Ländereien derer, die mir Treue geschworen haben, verbannt sein. Ihr verliert Rang und Stellung, Ländereien und Besitz, bis auf ein Pferd, einen Dolch, zwei Silberstücke und das an Kleidern, was jeder braucht. Niemals soll Euch gestattet sein, den Namen Maelwaedd wieder zu benutzen, denn das Oberhaupt Eures Clans hat Euch ausgestoßen.«

Als die Wachen Rhodrys Fesseln lösten, erklang kein Laut im Gerichtssaal; dann brach Lovyan die Stille mit einem Schluchzen der Trauer. Die Zuschauer begannen zu flüstern, sprachen schnell lauter, und die anschwellende Geräuschflut brachte Rhys auf die Beine. Er schrie die Versammelten an zu schweigen. Dann wandte er sich noch einmal Rhodry zu.

»Habt Ihr etwas zu sagen?«

»Ja. Du hast jetzt endlich bekommen, was du die ganze Zeit wolltest. Nach Mutters Tod wirst du sämtliche Steuern des Tierynrhyn erhalten. Ich hoffe, du überlegst dir gut, wofür du das verfluchte Kupfer ausgibst, Bruder. Ersticken sollst du an dem Essen, das du dafür kaufst!«

Rhys lief scharlachrot an. Hätte der Tisch nicht zwischen ihnen gestanden, wäre er seinem Bruder an die Kehle gesprungen, aber Rhodry trat einen Schritt zurück und lachte nur.

»Eines Tages werden die Barden darüber singen. Über den geizigen Gwerbret, der so versessen aufs Silber war, daß er das Leben seines einzigen Bruders zerstörte.«

Die Priester sprangen auf, packten Rhys an den Armen und rissen ihn zurück.

»Also gut«, fauchte der Gwerbret. »Du hast bis Sonnenuntergang Zeit, mein Gebiet zu verlassen. Und du solltest dich verflucht beeilen!«

Cullyn überließ die schluchzende Lovyan den Frauen und rannte hinter Rhodry her, als die Wachen ihn wegbrachten. Er holte sie am Tor der Festung ein, wo die Wachen Rhodry gegen die Mauer drückten und ihm befahlen, dort zu bleiben, während sie sein Pferd holten. Rhodrys Wut war von ihm gewichen, und er wandte sich Cullyn mit trübem Blick zu.

»Ich danke Euch und entschuldige mich, Hauptmann. Aber ich will verflucht sein, wenn ich vor ihm knie.«

»Ich hätte es auch nicht getan, Herr.«

»Nennt mich nie wieder Herr!«

»Also gut, Rhodry. Etwa zehn Meilen diesseits von Abernaudd gibt es ein Dorf mit einer Schenke, dem Grauen Bock. Reitet dorthin – der Besitzer kennt mich – und versteckt Euch dort eine Weile. Ich schicke einen der Männer mit Dekken und anderem, und mit ein wenig Geld, wenn ich es besorgen kann.«

»Wenn Rhys das herausfindet, wird er Euch umbringen.«

»Er wird es nicht erfahren. Ich habe ihn schon einmal überlistet, oder etwa nicht?«

Rhodry versuchte zu lächeln.

»Denkt nach, Junge. Wir haben nicht viel Zeit. Was wollt Ihr tun? Zu einem von Rhys' Gegnern reiten und dort Zuflucht suchen?«

»Lieber würde ich verhungern.«

»Das dachte ich mir. Dann gebe ich Euch meinen Silberdolch. Wenn jemand Euch fragt, wieso der Dolch mein Zeichen hat, sagt einfach, ich hätte Euch in die Bande aufgenommen.«

Rhodry starrte ihn an, versuchte zu sprechen und schüttelte dann den Kopf, wieder und wieder, als wollte er verzweifelt leugnen, was geschehen war. Cullyn packte ihn an den Schultern und schüttelte ihn, bis er aufhörte.

»Wenn Ihr nicht zu einem Feind Eures Bruders gehen wollt, was wollt Ihr dann tun? Oder habt Ihr vor, das zu tun, wozu ich zu stolz war – in Schenken und Ställen um Euren Unterhalt zu betteln?«

»Auch das könnte ich nicht, aber ...«

»Bei den Höllen, glaubt Ihr denn, ich wüßte nicht, wie schwer es ist, den verfluchten Dolch zu nehmen? Glaubt Ihr, ich hätte nicht geweint, als ich erkannte, daß mir nichts anderes geblieben war, als mich bei jedem Herren zu verdingen und mich von anständigen Männern anspucken zu lassen? Aber so hat ein Mann wenigstens noch die Möglichkeit, zu kämpfen und sich ein wenig Ruhm zu erwerben, solange er überlebt, und Ihr werdet überleben, ebenso wie ich. Ihr seid der erste Mann, der mir begegnet ist, der mir im Schwertkampf gleichkommt.«

»Denkt Ihr das wirklich?«

»Ja. Wollt Ihr den Dolch nun oder nicht?«

Rhodry zögerte, dann grinste er und warf den Kopf zurück. Ein wenig von dem alten Kampfgeist schimmerte in seinen Augen.

»Ich nehme ihn, und ich werde ihn so stolz tragen wie Ihr.«

»Gut. Wir werden hier alle dafür arbeiten, daß Ihr zurückgerufen werdet. Vergeßt das nicht, wenn der lange Weg mühsam wird.«

Da Jill als erstes Lovyan verpflichtet war, half sie Dannyan, ihre Herrin auf ihr Zimmer zu bringen, danach drängte sie sich durch die Menge fluchender Lords. Als sie in den Hof kam, war niemand mehr am Tor außer den Wachen. Als sie sie ansprach, sahen die beiden sie mitleidig an.

»Ist Rhodry schon weg?«

»Ja. Ihr geht lieber zurück zu Euren Leuten, Herrin, und vergeßt ihn, so gut Ihr könnt.«

Als Jill durch den Garten zurückging, blieb sie am Drachenbrunnen stehen. Sie beobachtete das endlose Steigen und Fallen des Wassers und fragte sich, warum sie nicht weinen konnte, obwohl Rhodry ohne einen letzten Kuß davongeritten war. Cullyn fand sie dort am Brunnen, aber selbst, als er sie in die Arme nahm, blieben ihre Augen trokken.

»Er wollte nicht warten, weil er nicht wollte, daß du ihn so beschämt siehst. Aber er hat mich gebeten, dir zu sagen, daß er dich immer lieben wird.«

»In meinen Augen ist er nicht ehrlos und wird es auch niemals sein.«

Zusammen gingen sie in den Broch zurück. Die Männer von Rhys' Kriegshaufen verfluchten Rhodry, weil er das Schwert gegen ihren Herrn gezogen hatte. Aber unter all dem Getöse lag ein zweifelnder Unterton, schwangen Fragen mit, die hastig geleugnet wurden, wenn sie auftauchten – hatte Rhodry nicht vielleicht doch recht gehabt, als er behauptete, Rhys ginge es nur um das Geld, welches das Tierynrhyn ihm einbringen würde? Mit der Zeit, so nahm Jill an, würde dieser kleine Zweifel wachsen, bis er überall in Eldidd als Wahrheit akzeptiert wurde. Bei diesem Gedanken mußte sie lächeln.

Das Empfangszimmer von Lovyans Gemächern war leer. Jill konnte Nevyn und Dannyan hören, die im Schlafzimmer mit Lovyan sprachen. Rhodrys adlige Verbündete, so hatte Cullyn ihr gesagt, packten ihre Sachen und wollten den Hof so schnell wie möglich verlassen. Zu Jills Überraschung blieb Cullyn in ihrer Nähe. Als sie sich hinsetzte, begann er, auf und ab zu gehen, wobei er mitunter stehenblieb, um zu lauschen, was sich hinter der Tür zum Flur tat. Endlich öffnete er sie lächelnd. Beladen mit Gegenständen schlüpfte Amyr herein, verstohlen wie ein Dieb.

»Ich habe alles bekommen, sogar sein Schwert. Ihr hattet recht. Silber macht die Leute vernünftig. Die Diener haben mir die Kleider für ein paar Kupferstücke überlassen, aber ich habe alle Münzen gebraucht, die Lord Sligyn mir gegeben hat, um diese stinkenden Wachen zu bestechen, daß sie mir das Schwert geben.«

»Das dachte ich mir«, meinte Cullyn.

»Reiten wir gleich los, Hauptmann?«

»Das hängt von Ihrer Gnaden ab.« Cullyn warf einen unruhigen Blick auf die Tür zur Schlafkammer. »Wenn wir noch bleiben, möchte ich heute abend am Tisch keinen Streit erleben. Vergeßt das nicht.«

»Dann sollten wir lieber in der Unterkunft essen, Hauptmann.«

Amyr ließ Rhodrys Sachen auf dem Tisch zurück und eilte davon, bevor ihn ein Diener hier entdecken konnte. Cullyn hob Rhodrys Schwert auf und zog es halb aus der Scheide, so daß Jill das doppelte Wappen sehen konnte, den Drachen von Aberwyn und den Löwen seines Adoptivclans, die beide in die Klinge graviert waren.

»Die Götter sollen mich verdammen, wenn ich zulasse, daß Rhys es als Zeichen von Rhodrys Schande in seinen Gerichtssaal hängt! Die Frage ist nur: Wie schmuggeln wir es nach draußen?«

»Ganz einfach, Vater. Ich werde es mitnehmen.«

»Was?«

»Wenn ich meine alten Kleider anziehe und Dann mir die

Haare schneidet, und wenn ich dann mit dem Kriegshaufen reite – wem wird das auffallen?«

Cullyn lachte leise.

»Niemand, nicht einmal dem Kräutermann. Gut, meine Süße. Du bist wirklich meine Tochter.«

Endlich kam Nevyn heraus und verkündete, Lovyan sei zu erschöpft, um noch an diesem Tag aufzubrechen. Als Cullyn darauf hinwies, es sei das beste, Rhodrys Kriegshaufen von Rhys' Männern fernzuhalten, stimmte Nevyn sofort zu.

»Ich muß selbst so schnell wie möglich hier heraus. Bald werden sich alle an meine kleinen Kunststücke beim Malover erinnern. Ich werde mit Dannyan sprechen, und Ihr sorgt dafür, daß die Männer sich bereit machen, bevor noch ein Streit ausbricht.«

»Ja. Und du, Jill, ziehst dich um.«

Da alle in der Festung Jill nur als Rhodrys schöne Mätresse gesehen hatten, nahm niemand Notiz von dem jungen Silberdolch, der mit den Männern des Clw Coc davonritt. Als sie Aberwyn verließen, drehte sich Jill noch einmal im Sattel um, um einen letzten Blick auf das blausilberne Drachenbanner zu werfen, das am Broch flatterte.

»Ich hoffe, daß ich Rhys' häßliches Gesicht niemals wiedersehen muß.«

»Noch ein einziges Mal«, meinte Amyr. »Wenn er bei einem öffentlichen Malover verkündet, daß er Lord Rhodry aus dem Exil zurückruft.«

Es war ein wunderschöner Herbsttag, und Jill war nach Singen zumute. Sie fragte sich, was das zu bedeuten hatte – sie empfand nichts als Freude! Aber dann wurde ihr klar, daß in dem ersten schrecklichen Augenblick, als Rhodry den Gerichtssaal betreten hatte, die Tür ihres Käfigs aufgegangen war. Jill mußte nur noch den Mut aufbringen, in die Freiheit zu fliegen.

Sobald er die Stadt hinter sich gelassen hatte, trieb Rhodry sein Pferd für die ersten paar Meilen zum Galopp und ließ es danach in einen schnellen Trab fallen. Immer wieder wechselte er die Gangart zwischen Schritt und Trab, um einen so großen Teil des Wegs wie möglich zurückzulegen, solange das Pferd noch frisch war. Das Gesetz sah vor, daß ein Ausgestoßener unter dem Schutz des Gwerbret stand, bis er das Rhan verlassen hatte, aber das Gesetz war schon häufig genug gebrochen worden. Einige von Rhys' Männern würden sich vielleicht die besondere Gunst ihres Herrn verschaffen wollen, indem sie den Mann töteten, der den Gwerbret in seinem eigenen Gerichtssaal verspottet hatte.

Die Straße zwischen Aberwyn und Abernaudd verlief geradeaus, während die Küste sich manchmal direkt daran entlangzog, manchmal eine gute Meile entfernt war. Rhodry entdeckte vor allem kleine Bauernhöfe, deren Besitzer sich zweifellos weigern würden, einem Mann Zuflucht zu gewähren, der von den Reitern des Gwerbret verfolgt wurde. Es gab allerdings auch Waldland. Wenn er sich dort versteckte, würden seine Gegner absteigen müssen, um ihn zu finden, und er würde wenigstens einen von ihnen mit dem Dolch töten können, bevor die anderen ihn in Stücke schnitten.

Manchmal dachte er auch daran, einfach anzuhalten und sich von Rhys' Leuten töten zu lassen, oder sein Pferd freizulassen und sich im Meer zu ertränken. Seine Schande ritt mit ihm, als säße sie hinter ihm auf dem Pferd und klammerte sich an ihm fest. Manchmal schaute er seine Brigga an, ein altes, schäbiges Ding, und das einfache blaue Hemd, Lumpen von Rhys' Kriegshaufen, so wie der Umhang. Als letzte Demütigung hatten sie ihm auch noch seinen karierten Umhang abgenommen, mitten im Hof. Der Tod erschien ihm verlockender als ein elendes Leben im Exil, ein Leben, das in ein paar Jahren in einer kleinlichen Fehde irgendeines unwichtigen Lords oder in einem Kampf in einer Schenke enden würde. Nur das Wissen, daß Rhys sich über seinen Tod freuen würde, hielt ihn noch aufrecht.

Gegen Mittag, als die Straße einen kleinen Hügel hinaufführte, sah Rhodry sich um und bemerkte weit hinter sich eine kleine Staubwolke, die sich zu schnell bewegte, als daß es normale Reisende hätten sein können. Er spornte sein Pferd an, galoppierte den Hügel hinunter und bog auf einen Weg ein, der zwischen weiten Feldern nach Norden führte. Verwunderte Bauern schrien ihn an, als er vorbeigaloppierte und ziellos über die Wiesen ritt. Immer, wenn er sich umsah, erblickte er die Staubwolke hinter sich. Immerhin ließ er eine leicht zu verfolgende Spur zurück, auch sein Pferd wirbelte Staub auf, und die Bauern verrieten den Reitern des Gwerbret gern, was sie gesehen hatten. Endlich kam er an ein Gehölz, das mehr war als nur ein paar Bäume für Feuerholz. Er trieb das erschöpfte Pferd ein letztes Mal an und suchte Zuflucht unter den Bäumen.

Als er am Waldrand angekommen war, erkannte er, daß dies ein alter Wald war, mit enormen Eichen und dichtem Unterholz. Er stieg ab und führte das schwitzende Pferd weiter. Sie hatten etwa eine Meile zurückgelegt, als er in der Ferne hinter sich Stimmen hörte. Er fand ein kleines Tal, versuchte, das verängstigte Pferd so gut wie möglich zu beruhigen, ließ es dort zurück und versteckte sich. Nach einigen Minuten hörte er die Stimmen direkt hinter sich und erstarrte zwischen zwei niedrig wachsenden Bäumen.

»Das muß sein Pferd sein.«

»Laß es hier. Er kann nicht weit gekommen sein.«

Die Stimmen klangen vage vertraut. Männer seines Bruders. Er hörte, wie sie im Unterholz ausschwärmten, mindestens vier von ihnen, nach dem Klirren der Waffen und Sporen zu schließen. Plötzlich hatte Rhodry genug davon, wie ein Hase gejagt zu werden; er entschied, es sei besser, sich rasch von ihnen finden zu lassen und endlich zu sterben. Er begann, sein Versteck zu verlassen, und stolperte.

Oder etwas hatte ihn zu Fall gebracht – es war so plötzlich geschehen! Als er stürzte, spürte er, wie ihn Hände packten. Unmengen winziger Hände, die ihn lautlos am Boden hielten. Er war zu verängstigt, um zu schreien oder auch nur klar zu denken, als ein Regen von Blättern und Zweigen auf ihn niederging. Die Männer kamen ungeschickt und laut näher.

Rhodry lag wie erstarrt, und er hörte rechts von sich andere Geräusche, wie von einem Mann, der durchs Unterholz floh. Mit großem Geschrei nahmen die Männer des Gwerbret die Spur auf. Eine kleine Hand tätschelte Rhodrys Wange, und ihm war so, als hörte er ein Kichern, den Hauch eines Flüsterns. Er konnte auch hören, wie die falsche Spur weiter ausgelegt wurde, hierhin und dorthin, und die Männer des Gwerbret im Kreis herumgeführt wurden. Endlich verklangen die Geräusche. Hundert kleine Hände zupften die Zweige und Blätter von ihm ab, dann griff eine nach seiner Hand und zog daran.

»Ich soll aufstehen?«

Wieder zog jemand an seiner Hand. Rhodry kam auf die Beine und sah sich um. Hier und da wackelte ein Zweig, und ein paar Blätter bewegten sich in der windstillen Luft.

»Ihr müßt das Wildvolk sein. Ich danke Euch.«

Dann waren sie verschwunden; irgendwie konnte er spüren, daß er wieder allein war. Als er sich vorsichtig zu seinem Pferd zurückschlich, fragte er sich, ob ihm wohl Nevyn diese unerwartete Hilfe geschickt hatte. Offenbar waren seine Jäger nun weit entfernt, denn er erreichte den Waldrand, ohne etwas von ihnen zu hören.

Auf der Wiese standen vier Pferde, die Sättel mit dem Silberdrachen von Aberwyn trugen. Eines von ihnen stampfte plötzlich auf, ein anderes warf den Kopf in plötzlichem Zorn zurück, dann wieherten und stampften alle voller Angst. Als Rhodry auf sein eigenes Pferd stieg, sah er, wie die Knoten in den Zügeln, mit denen die vier Tiere an ein Gebüsch gebunden waren, sich lösten. Die Pferde rannten davon, stürmten in blinder Panik nach Norden. Rhodry lachte und bedankte sich ein letztes Mal, bevor er nach Süden galoppierte, zurück zur Straße.

Nevyn ritt allein hinter dem Kriegshaufen, als zwei vom Wildvolk zurückkamen und am Kopf seines Pferdes und auf dem Sattelknauf auftauchten. Der fette gelbe Gnom war ausgesprochen zufrieden mit sich selbst, grinste von einem Ohr zum anderen und rieb sich den Bauch. Nevyn ließ sein Pferd noch langsamer werden, damit die Männer vor ihm ihn nicht hörten.

»Habt Ihr getan, was ich Euch aufgetragen habe?«

Der gelbe Gnom nickte und öffnete den Mund zu einem lautlosen Lachen.

»Und Rhodry ist in Sicherheit?«

Diesmal war es die blaue Fee, die nachdrücklich nickte. Sie schirmte die Augen mit einer Hand ab und führte eine Pantomime hilflosen, erfolglosen Suchens vor.

»Und Ihr habt die Pferde freigelassen?«

Beide nickten.

»Wunderbar. Ich danke Euch. Und sagt mir bitte, wenn Rhodry sich wieder in Gefahr befindet.«

»Der Kriegshaufen müßte inzwischen das Dun Eures Vetters erreicht haben«, meinte Dannyan.

»Das hoffe ich«, erwiderte Lovyan. »Es war sehr vernünftig

von Cullyn, die Männer wegzubringen. Rhodry hat mir wenigstens einen guten Hauptmann für den Kriegshaufen zurückgelassen.«

Seufzend setzte sie sich im Bett auf und fuhr sich durch ihr wirres Haar. Für heute hatte sie genug geweint; jetzt mußte sie neue Pläne schmieden.

»Dann, würdest du eine Dienerin um heißes Wasser für mich bitten?« sagte sie. »Ich werde mich jetzt waschen und anziehen, und danach muß ich mit dem Gwerbret sprechen.«

Am Ende war es allerdings Rhys, der zu ihr kam. Lovyan hatte sich gerade angezogen, als ein Page erschien und fragte, ob sie den Gwerbret empfangen würde. Lovyan setzte sich ans Fenster und richtete sich kerzengerade auf, als Rhys hereinkam. Er sah so verängstigt aus, daß Lovyan sich plötzlich daran erinnerte, daß er etwas unbedingt von ihr wollte.

»Mutter, ich bitte um Verzeihung. Ich wollte Rhodry nicht wegschicken, und niemals wollte ich ihn hängen. Ich war froh, als sein Hauptmann mich an mein Versprechen erinnerte. Aber verstehst du denn nicht – was sollte ich tun, nachdem er mir im offenen Malover getrotzt hatte? Mich vor meinen Leuten beschämen lassen?«

Lovyan wünschte, sie könnte ihm glauben. Im Lauf der Zeit würde sie sich vielleicht dazu überwinden können.

»Mutter, bitte! Ich habe mich bereits erniedrigt, indem ich meinen Fehler beim Malover zugegeben habe.«

»Ich bezweifle nicht, daß Euer Gnaden das so sehen. Ich hoffe, Ihr werdet irgendwann in der Zukunft eine bessere Wahl treffen.«

»Ich nehme an, du willst, daß ich ihn zurückrufe.«

»Muß Euer Gnaden das wirklich fragen?«

Rhys begann, auf und ab zu tigern. Lovyan überlegte, ob sie sich nicht weigern sollte, Donilla zu verheiraten, ehe Rhys seinen Bruder zurückgerufen hatte, aber sie kannte ihn zu gut. Voll zornigem Stolz würde er sich weigern, und dann müßte Donilla für die Fehler ihres Mannes leiden.

»Ich möchte den Hof morgen verlassen«, sagte Lovyan. »Wenn Donilla mit uns reiten soll, wirst du sie zuvor öffentlich verstoßen müssen. Es tut Euch beiden ohnehin nur noch mehr weh, es hinauszuzögern.«

»Ich danke dir«, sagte Rhys ehrlich erleichtert. »Ich fürchtete schon, daß du ...«

Er brachte es nicht über sich, den Satz zu beenden. Sie schwieg einfach, bis er den Blick senkte, beschämt von ihrer Großzügigkeit.

»Mutter, bitte. Willst du meine Entschuldigung nicht annehmen?«

»Mutter? Nennt mich niemals wieder so.«

Rhys zuckte zusammen, als hätte sie ihn geschlagen.

»Jedenfalls nicht, bis Rhodry wieder zu Hause ist.«

Rhys setzte zum Sprechen an, drehte sich statt dessen um und stapfte hinaus. Er warf die Tür so fest hinter sich zu, daß die silbernen Figuren auf dem Kaminsims klirrten. Lovyan lächelte.

»Ich bin die Frau und die Tochter eines Kriegers. Und der Krieg, Euer Gnaden, hat gerade erst begonnen.«

Die Sonne stand schon tief am Himmel, als Rhodry an dem Stein vorbeikam, der die Grenze zwischen den Gwerbret-Rhynnau von Aberwyn und Abernaudd kennzeichnete. Er zügelte sein Pferd und betrachtete den Drachen, der auf der Westseite, und den Greif, der auf der Ostseite eingemeißelt war, dann ritt er weiter. Was es ihm auch bringen mochte – zunächst einmal war er in Sicherheit. Rhys' Leute würden es niemals wagen, einen Krieg zu beginnen, indem sie ihn bis ins Rhan eines anderen Gwerbret verfolgten.

Als der Abendwind vom Meer heraufkam, schauderte er

in seinem dünnen blauen Umhang. Sein Magen knurrte; er hatte seit dem Vorabend nichts mehr gegessen. Ein paar weitere Meilen brachten ihn in ein großes Bauerndorf und zum Grauen Bock, einem strohgedeckten Rundhaus mit einem Stall dahinter. Als er abstieg, kam der Wirt heraus, ein kräftiger Mann, der nach Knoblauch roch. Mit kundigen Augen betrachtete er das Wappen auf Rhodrys Hemd und die abgewetzte Stelle an seinem Gürtel, wo eine Schwertscheide hängen sollte.

»Sieht so aus, als hättet Ihr ein wenig Ärger mit dem Hauptmann Eures Kriegshaufens gehabt.«

»Was geht es Euch an?«

»Nichts. Und ein Silberdolch in Eurem Gürtel? Wer hat Euch aufgenommen?«

»Cullyn von Cerrmor.«

»Oho!« Der Wirt grinste breit und enthüllte dabei seine Zahnstummel. »Dann seid willkommen. Ihr könnt hier arbeiten, wenn Ihr wollt, für Unterkunft und Verpflegung, während Ihr überlegt, was Ihr als nächstes tun wollt. Junge, seid Ihr ausgepeitscht worden? Meine Frau kann Euch einen Kräutertrank oder Salbe für Euren Rücken geben.«

»Nein, man hat mich nicht ausgepeitscht, aber ich danke Euch.«

»Gut, gut. Wenigstens scheint Euer Herr gnädig gewesen zu sein. Bringt das Pferd in den Stall. Ich heiße Gadd.«

»Und ich heiße Rhodry.«

Gerade noch rechtzeitig hielt er seinen Clan-Namen zurück. Daß er jetzt nur noch einen Namen haben sollte, war ein seltsames Gefühl, aber gleichzeitig war er erleichtert, daß Gadd ihm seine Rolle als entehrter Reiter sofort abnahm. Von Rhys' Gwerbrethryn einmal abgesehen, würde kein Adliger wissen, wer er war, und sobald er Eldidd hinter sich gelassen hatte, würde ihn auch kaum mehr jemand erkennen. Ohne seinen Namen und seine Clanzeichen würde er nur ein einfacher Silberdolch sein.

Offenbar schätze Gadd Pferde höher als Menschen, denn der Stall war sauber und gepflegt, die Tische im Schankraum dagegen strotzten vor Fett, und das Stroh auf dem Boden roch, als hätte es zuvor schon im Hundezwinger gelegen. Der Eintopf, den Gadd ihm vorsetzte, war allerdings dick und nahrhaft und das Brot frisch gebacken. Rhodry aß hungrig, während Gadd ihm einen Krug Bier brachte und ihm zeigte, wo das offene Faß stand.

»Holt Euch, was Ihr braucht. Ihr werdet Euch heute abend sicher betrinken wollen. Das ist in Ordnung, solange Ihr mir nicht in die Gaststube kotzt.«

Rhodry blieb allerdings einigermaßen nüchtern. Die Gaststube füllte sich mit Bauern und ihren Frauen, und er bemerkte, daß sie ihn mit der Neugier von Leuten betrachteten, für die es schon ein Ereignis ist, wenn im Wald ein Baum umfällt. Er blieb mit seinem Bier an der Feuerstelle sitzen und fragte sich, ob es Cullyn wirklich gelingen würde, ihm ein wenig Geld und sein Schwert zu bringen. Ohne Waffe würde er nicht kämpfen können, Silberdolch oder nicht. Die Ironie traf ihn schwer. Zuvor war er ein großer Herr gewesen und hatte Cullyn mit Ehrungen überhäufen können – aber wenn er jetzt am Leben blieb, dann nur, weil Cullyn sein Freund war.

Er hatte keine Hoffnung, daß Rhys ihn jemals zurückholen würde. Je mehr Druck ihre Mutter ausübte, desto störrischer würde Rhys werden – das wußte Rhodry genau. Wäre er der Gwerbret und Rhys im Exil gewesen, hätte er nicht anders gehandelt.

Er zog den Dolch heraus, um sich Cullyns Zeichen anzusehen. Als er die Klinge berührte, strahlte sie silbriges Licht aus. Er steckte sie schnell wieder ein und sah sich um, aber niemand hatte etwas bemerkt. Du bist mehr als ein Ausgestoßener, sagte er sich, du bist auch noch ein halber Elf. Ganz plötzlich wurde ihm schwindlig, weil er erkannte, daß er nicht mehr in seine Welt gehörte und auch nicht in die der Westleute, ein Mischling ohne Clan, ohne Rang, ohne Zuhause. Er legte die Hand auf den Dolchgriff und verstand nun, wieso die Silberdolche – Abschaum des Königreichs, der sie waren – sich an ihren Namen und ihre Bande klammerten. Er stand auf und holte sich noch einen Krug Bier, trank ihn schnell aus und ging dann zum Heuboden über dem Stall. Nie hatte er sich etwas mehr gewünscht, als einfach schlafen und die Welt vergessen zu können.

Aber er hatte eine unruhige Nacht, denn es war kalt. Er hatte keine Decken, aber er war zu stolz, Gadd um einige zu bitten. Er wickelte sich in den Umhang, im Stroh vergraben wie ein Hund, aber jedesmal, wenn er einschlief, erwachte er zitternd. Endlich setzte er sich hin, weil er vollkommen verkrampft war, und fragte sich, ob er den Gestank einer Satteldecke ertragen könnte. Sie war klein, aber besser als nichts.

Dann hörte er ein Pferd in den Stallhof traben. Da nächtliche Reisende sehr ungewöhnlich waren, hoffte er, daß es Cullyns Bote war. Er hatte vor allem warme Decken im Sinn, als er die Leiter hinunterkletterte und ins Mondlicht hinaustrat. Er erkannte das Pferd noch vor der Reiterin. Goldwolke warf den Kopf zurück und wieherte zum Gruß.

»Da bist du ja, Liebster«, sagte Jill. »Ich habe dein Schwert. Vater und Lord Sligyn haben die Wachen bestochen, und wir haben es direkt vor der Nase deines Bruders aus der Festung geschafft.«

Rhodry war sicher, daß dies ein Traum war, bis Jill zu ihm trat und ihm die Hände auf die Brust legte. Sie waren fest und warm.

»Hast du etwa geglaubt, ich lasse dich allein ins Exil gehen?«

»Ja. Verzeih mir. Du willst sogar deinen Vater für mich zurücklassen?«

»Ja.« Er konnte die Tränen in ihrer Stimme hören. »Aber es fällt mir schwer. Ich werde dich nicht belügen und dir etwas anderes erzählen. Aber ich mußte gehen. Ihr Götter, Roddo, ich liebe dich so sehr!«

Rhodry umarmte und küßte sie, und so blieben sie stehen, abwechselnd lachend und weinend, bis ein mürrischer Gadd auf den Hof kam, um nachzusehen, wer solchen Lärm machte.

Lord Petyn, der Vetter, bei dem Lovyans Kriegshaufen untergekommen war, war ein direkter Vasall des Gwerbret, und es war zweifellos unangenehm für ihn, die Männer des Clw Coc unter seinem Dach zu haben. Also weckte Cullyn seine Männer schon früh und sagte ihnen, sie sollten frühstücken und ihre Pferde satteln, so daß sie ihrer Herrin entgegenreiten und Petyn ihre Anwesenheit ersparen könnten. Er war gerade mit seinem eigenen Pferd fertig, als ein besorgter Nevyn zu ihm kam.

»Cullyn, wo ist Jill? Ich kann sie nirgendwo finden.«

»Das wundert mich nicht. Sie ist gestern abend noch losgeritten, um ihrem Rhodry zu folgen.«

Nevyn erstarrte und glotzte ihn an, den Mund weit aufgerissen.

»Ihr habt sie gehen lassen?« fragte der alte Mann schließlich.

»Was hätte ich denn tun sollen? Sie hätte sich davonschleichen können wie ein Dieb, aber sie hat mir die Ehre erwiesen, zu mir zu kommen und mir die Wahrheit zu sagen.« Er fürchtete zu weinen, also beschäftigte er sich mit dem Zaumzeug, das eigentlich keiner weiteren Aufmerksamkeit bedurfte. »Außerdem braucht der Junge sie. Er ist noch nie ohne eine ganze Meute von Dienern unterwegs gewesen. Glaubt Ihr, er könnte auch nur grünes Holz von trockenem unterscheiden, wenn er ein Feuer anzünden will?«

»Ganz bestimmt nicht. Wißt Ihr, mein Freund, Ihr seid ein verflucht starker Mann.«

»Nein, aber ich weiß genug über mich, um meine Schwäche weit von mir wegzuschicken.«

Als Cullyn einen Blick wagte, stellte er fest, daß der alte Mann freundlich und ungläubig lächelte. Er war überrascht, wieviel ihm Nevyns Hochachtung bedeutete.

»Ich lasse Euer Pferd von einem der Männer fertigmachen. Wir werden bald losreiten.«

»Ich danke Euch, aber würde es Euch etwas ausmachen, wenn ich Jill folgte? Ich möchte mich von ihr verabschieden.«

»Das stört mich nicht, und es steht mir ohnehin nicht zu, etwas dazu zu sagen.«

Cullyn begleitete Nevyn zum Tor und hielt die Zügel, als der alte Mann in den Sattel stieg.

»Sagt Lady Lovyan, daß ich bald nach Dun Gwerbyn zurückkehren werde«, sagte Nevyn. »Schon, um mein Maultier und meine Kräuter abzuholen.«

»Also gut. Ich freue mich darauf, Euch wiederzusehen.«

»Ach ja?« Abermals lächelte Nevyn. »Und ich freue mich ebenfalls. Habt Ihr eine Botschaft für Euren Silberdolch von einer Tochter?«

»Nein. Ich habe ihr gestern abend schon gesagt, daß ich sie liebe. Mehr gibt es nicht zu sagen.«

Cullyn lehnte sich an die Mauer und sah Nevyn nach, der in die Morgendämmerung hinausritt. Er spürte, daß er zitterte wie ein Bettler im Schnee.

»Jill. O ihr Götter, Jill, Jill, Jill.«

Aber nun würde sie niemals von seiner Schande erfahren,

niemals wissen müssen, daß er versucht gewesen war, sie beide zu entehren. Cullyn lächelte, als er in den Hof zurückging, wo seine Männer auf ihn warteten.

Da Nevyn häufig im Grauen Bock übernachtete, wenn er die Bauern der Umgebung verarztete, kannte Gadd ihn gut. Als er an diesem Abend in den Hof ritt, kam Gadd gleich lächelnd heraus, verbeugte sich und nahm sein Pferd.

»Wie? Kein Maultier? Ihr habt doch die Kräuterkunde nicht aufgegeben, oder?«

»Nein. Ich suche nur jemanden – einen jungen Silberdolch, die Tochter von Cullyn von Cerrmor. Wohin hat sie sich gewandt, als sie davongeritten ist?«

»Davongeritten? Hah! Sie sind schon den ganzen Tag auf meinem Heuboden. Ach, junge Leute! Ein alter Mann wie ich kann nicht mehr so lange durchhalten.« Gadd schüttelt betrübt den Kopf. »Es ist nur gut, daß ich um diese Jahreszeit keine anderen Gäste habe.«

»Das kann ich verstehen. Also gut, ich werde in der Schenke warten, bis sie hungrig genug sind, um herauszukommen.«

Nevyn hatte sich gerade hinter einer Schale von Gadds gutem Eintopf niedergelassen, als Jill ins rauchige Licht der Feuerstelle trat. Angespannt wie ein junges Reh, blieb sie in der Tür stehen und sah ihn mißtrauisch an.

»Seid Ihr hier, um mich zurückzuholen? Ihr werdet mich verzaubern müssen, um das zu tun. Rhodry mag ein Ausgestoßener sein, aber ich werde ihm überallhin folgen.«

Es brannte wie Feuer, sich daran zu erinnern, daß sie dieselben Worte über Prinz Galrion gesagt hatte. Aber sie ist nicht mehr Brangwen, mahnte Nevyn sich, und ich will verflucht sein, wenn ich jetzt Gerraent spiele.

»Das weiß ich, Kind. Es ist Eure Wahl. Ich wollte mich nur verabschieden, aber würde es Euch bekümmern, wenn sich unsere Wege wieder kreuzten? Es mag sein, daß ich hin und wieder denselben Weg habe wie Ihr.«

»Bekümmern? Niemals! Es würde mich bekümmern, wenn ich Euch nie wiedersehen würde!«

Und sie lief zu ihm und umarmte ihn. Einen Augenblick war er starr vor Überraschung, dann tätschelte er ihr großväterlich den Kopf.

»Dann werden wir uns wiedersehen, das verspreche ich Euch.«

»Großartig.«

Jill klang so ehrlich, daß Nevyn wieder Hoffnung spürte. Sie mochte ihn, sie vertraute ihm, und eines Tages würde er ihr zeigen, wo ihr wahres Wyrd lag. Immerhin hatte sie, indem sie Rhodry gefolgt war, auch ihre Freiheit für den Dweomer zurückgewonnen. Die Intrigen eines Hofs würden sie nicht länger beschäftigen, und die Gefahren eines unruhigen Lebens auf der Straße würden ihre Begabung schüren. Er dachte daran, jetzt gleich darüber zu sprechen, aber die Zeit war noch nicht reif. So kurz, nachdem sie Dweomer in seiner übelsten Ausprägung gesehen hatte, würde sie nur mit Angst reagieren. Er würde warten müssen, aber indem er sie gehen ließ, verlor er sie nicht.

Als sie sich wieder an den Tisch setzten, kam Rhodry herein. Mit dem Schwert an der Seite bewegte er sich, als wäre er immer noch ein Lord, aber Nevyn konnte die Veränderung in seinem Blick erkennen, dem Blick eines gehetzten und erheblich älteren Mannes.

»Ich glaube, ich verdanke Euch mein Leben«, sagte Rhodry.

»Wegen der Sache mit Rhys' Leuten gestern? Nun, daran war ich tatsächlich beteiligt. Zweifellos hätte Euer Bruder geweint und die Hände gerungen, wenn man Eure Leiche gefunden hätte – zumindest in der Öffentlichkeit.«

»Ganz bestimmt. Dieser elende Mistkerl.« Rhodry setzte sich neben Jill. »Nun, es sieht so aus, als müßte Eldidd sein Wyrd ohne mich bestehen.«

»Mag sein. Wir werden sehen, was die Götter für Euch vorgesehen haben.«

Während sie aßen, dachte Nevyn darüber nach, was die Großen nun wohl erwarteten, nachdem der Junge von dem Land, dem zu dienen er geboren war, weggeschickt worden war. Er fragte sich auch, ob Rhodry in Gefahr war. Ohne politische Macht war er für den dunklen Dweomer vielleicht nicht mehr von Interesse, aber das schien beinahe zuviel der Hoffnung. Aber während er darüber nachdachte, spürte er keine einzige Dweomerwarnung, nur die allgemeine und normale Angst, die daher rührte, daß Silberdolche häufig recht jung in der Schlacht starben. Das zeigte, daß Rhodry zumindest im Augenblick vor den Meistern der schwarzen Kunst in Sicherheit war. Nevyn würde ihn also einigermaßen beruhigt seiner Wege ziehen lassen können und aus der Entfernung zusehen, während er versuchte, Einfluß auf Rhys auszuüben, damit dieser seinen Bruder zurückrief.

»Wißt Ihr, Nevyn«, sagte Rhodry schließlich, »ich habe verfluchtes Glück, daß Jill mich so liebt, oder ich würde bald schon auf dem langen Weg umkommen.«

»Ach, Pferdedreck!« warf Jill ein. »Du bist kein Dummkopf. Du hättest schon gelernt, für dich selbst zu sorgen.«

»Davon spreche ich auch nicht.« Rhodrys Stimme wurde kalt und tonlos. »In jeder Schlacht wäre ich freiwillig an der Spitze des Angriffs gewesen. Es gibt viele Wege für einen Mann, sein Exil zu beenden.«

Das war ein Geständnis. Jill legte ihm die Hand auf den Arm.

»Aber jetzt nicht mehr«, fuhr er fort. »Nicht, wenn ich jemanden habe, für den ich leben will.«

Jill schlang ihm die Arme um den Hals und küßte ihn. Nevyn seufzte laut über diese Ironie, daß Jill, indem sie Rhodry am Leben erhielt, bereits dem Dweomer diente, ohne es zu wissen.

Am nächsten Morgen erwachte Jill in Rhodrys Armen. Graues Licht drang durch die Ritzen in den Stallwänden herein, und Regen trommelte aufs Dach. Sie legte die Hand auf Rhodrys Brust und lauschte dem Geräusch des Regens, das sich mit seinen Atemzügen mischte, während sie über den Gedanken lächelte, daß ihr Gadds Heuboden erheblich besser gefiel als ihr Federbett in Dun Gwerbyn. Als sie an Cullyn dachte, mußte sie die Augen schließen, um die Tränen zurückzuzwingen. Vater, es tut mir leid, dachte sie, aber du weißt, daß ich gehen mußte. Immerhin hatte sie ihn an einem guten Platz zurückgelassen, wo er niemals wieder im Regens schlafen mußte, ganz gleich, was aus ihr wurde. Bitter fragte sie sich, ob sie ihn wohl jemals wiedersehen würde, aber sie hatte ihre Wahl getroffen, und sie würde Rhodry für immer folgen, wenn die Götter ihr das erlaubten.

Und die Götter konnten tun, was sie wollten, dachte sie. Sie hatte immer einen Tag nach dem anderen gelebt, weil ihr gar keine andere Wahl geblieben war. Der lange Weg führt in den Nebel, hatte Cullyn immer gesagt, und niemand weiß, wo er endet. Sie hatte Rhodry und ihre Freiheit. Und das, dachte sie, bevor sie wieder einschlief, genügte ihr im Augenblick vollkommen.

INKARNATIONEN DER PERSONEN

1060	698	643
Jill	Lyssa	Brangwen
Cullyn	Tanyc	Gerraent
Rhodry	Gweran	Blaern
Nevyn	Nevyn	Galrion
Seryan	Cadda	Ysolla
Lovyan	Cabrylla	Rodda

GLOSSAR

Aber (deverrianisch) – Flußmündung, Delta.

Ätherische Ebene – Die Existenzebene direkt »oberhalb« der physischen. Mit ihren magnetischen Strömungen hält die Ätherische Ebene die Materie in einem unsichtbaren Muster und ist die wahre Quelle dessen, was wir »Leben« nennen.

Ätherischer Doppelgänger – Das wahre Wesen einer Person, die elektromagnetische Struktur, die den Körper zusammenhält, der eigentliche Sitz des Bewußtseins.

Alar (elfisch) – Eine Gruppe von Elfen, blutsverwandt oder nicht, die sich entschieden haben, einige Zeit zusammen zu reisen.

Alardan (elf.) – Treffen mehrerer Alarli; im allgemeinen Anlaß für eine Feier mit viel Alkohol.

Annwn (walisisch, wörtlich: nirgends) – Der Name der Welt, in welche die Deverrianer auswanderten.

Astralebene – Die Existenzebene direkt »oberhalb« oder »innerhalb« der Ätherischen Ebene. In anderen magischen Systemen wird die Astralebene oft der Akashische Bereich oder das Schatzhaus der Bilder genannt.

Aura – Das Feld elektromagnetischer Energie, das von jedem lebenden Wesen ausgeht und es durchdringt.

Aver (dev.) – Fluß.

Bara (elf.) – Ein Enklitikon in einem elfischen Kompositum, das anzeigt, daß das voranstehende Bestimmungswort der Name des Stammwortes ist, das dem Enklitikon folgt, wie bei Can + bara + melim = Rauher Fluß (Rauh + Enklitikon + Fluß).

Bel (dev.) – Der wichtigste Gott des deverrianischen Pantheon.

Bel (elf.) – Ein Enklitikon, dessen Funktion ähnlich ist wie die des Enklitikons *Bara.* Es zeigt an, daß das voranstehende Verb der Name des folgenden Stammwortes ist, wie in Darabeldal: Fließender See.

Blaues Licht – Ein weiterer Name für die Ätherische Ebene.

Brigga (dev.) – Weite Wollhose, die von Jungen und Männern getragen wird.

Broch (dev.) – Ein niedriger Turm, der als Wohnhaus dient. Früher hatten diese Türme eine einzige große Feuerstelle mitten im Erdgeschoß und eine Anzahl kleiner Räume oder Nischen an den Seiten, aber zur Zeit unserer Erzählung hat dieser alte Stil bereits mehreren Stockwerken mit Feuerstellen und Kaminen an zwei Seiten des Gebäudes Platz gemacht.

Cadvridoc (dev.) – Heerführer. Der Cadvridoc ist kein General im modernen Sinn, und es wird erwartet, daß er sich mit den Adligen, die mit ihm reiten, berät, aber er hat das Recht, die endgültigen Entscheidungen zu treffen.

Conaber (elf.) – Ein Musikinstrument, ähnlich der Panflöte, aber von geringerem Umfang.

Cwm (dev.) – Tal.

Dal (elf.) – See.

Dun (dev.) – Festung.

Dweomer (Übersetzung des deverrianischen *Dwunddaevad*) – Streng genommen ein magisches System, das der persönlichen Erbauung durch Harmonie mit dem Universum in all seinen Ebenen und Manifestationen dient; in allgemeinen Sinn Magie, Zauberei.

Elcyion Goecl (dev.) – Das Wildvolk.

Elcyion Lacar (dev.) – Die Elfen; wörtlich: »strahlende Geister«.

Fola (elf.) – Ein Enklitikon in einem elfischen Kompositum, das anzeigt, daß das voranstehende Nomen der Name des folgenden Stammwortes ist, wie in Corafolamelim: Eulenfluß.

Gedankenform – Das Bild einer dreidimensionalen Gestalt, die entweder aus ätherischer oder astraler Substanz besteht und von einem geübten Denker geschaffen werden kann. Wenn genügend fähige Leute gemeinsam an derselben Gedankenform arbeiten, kann diese – abhängig von dem Ausmaß der verwendeten Energie – einige Zeit unabhängig bestehen (dieser Prozeß der Zuführung von Energie ist als Beseelen bekannt). Manifestationen von Göttern und Heiligen sind für gewöhnlich solche Gedankenformen, die sehr intuitive Wesen wie Kinder oder solche, die mit dem Zweiten Gesicht begabt sind, wahrnehmen können. Es ist auch möglich, daß eine große Anzahl ungeübter Denker unklare Formen hervorbringt, die dann vielleicht als UFOs oder Erscheinungen des Teufels wahrgenommen werden.

Geis – Tabu, für gewöhnlich ein Verbot, etwas zu tun. Ein Geis zu brechen, führt zu Unreinheit und setzt den Schuldigen der Mißbilligung, wenn nicht gar der Feindschaft der Götter aus. In Gesellschaften, die wirklich an Geis glauben, stirbt eine Person, die es bricht, meistens sehr schnell, entweder an Depressionen oder einem selbstverursachten »Unfall«, es sei denn, er oder sie leistet rituelle Genugtuung.

Geister – Lebende, aber körperlose Wesen, die zu den diversen nichtphysischen Ebenen des Universums gehören. Nur die Elementargeister wie das Wildvolk (Übersetzung des dev. *Elcyion Goecl*) können sich direkt auf der physischen Ebene manifestieren. Alle anderen benötigen ein Werkzeug wie einen Edelstein, den Rauch von Räucherwerk oder den Magnetismus von frisch geschnittenen Pflanzen oder vergossenem Blut.

Gerthddyn (dev.) – Wörtlich ein Musiker, ein wandernder Sänger und Unterhalter von erheblich niedrigerem Rang als ein echter Barde.

Große – Geister, einstmals Menschen, die aber nicht reinkarniert sind und sich nun auf einer unglaublich hohen Existenzebene befinden. Sie haben sich der Erleuchtung aller fühlenden Wesen verschrieben. Den Buddhisten sind sie als Boddhisattvas bekannt.

Gwerbret (dev.) – Der höchste Adelsrang unterhalb der Königlichen Familie. Gwerbrets (dev. *Gwerbretion*) sind die obersten Gerichtsherren ihrer Bereiche, und selbst Könige stoßen nur ungern ihre Entscheidungen um, weil sie über viele, aus alter Zeit hergebrachte Vorrechte verfügen.

Hauptmann (Übersetzung des deverrianischen *pendaley*) – Der Mann, der – unter dem Befehl des Lords – einen Kriegshaufen anführt. Es ist interessant, daß das Wort *taley* (die Wurzel oder unveränderte Form von *-daley*) je nach Kontext entweder einen Kriegshaufen oder eine Familie bezeichnen kann.

Hiraedd (dev.) – Eine besondere keltische Form der Depression; eine tiefe, quälende Sehnsucht nach etwas, was man nicht haben kann (daher auch im besonderen: ausgeprägtes Heimweh).

Lichtkörper – Eine künstliche Gedankengestalt, die ein Dweomermeister schafft und die ihm oder ihr erlaubt, die inneren Existenzebenen zu durchwandern.

Lwdd (dev.) – Blutpreis; anders als das Wergeld ist Lwdd nicht gesetzlich festgelegt, man kann also darüber verhandeln.

Malover (dev.) – Förmliches Gerichtsverfahren, bei dem sowohl Belpriester als auch ein Gwerbret oder ein Tieryn anwesend sind.

Melin (elf.) – Fluß.

Mor (dev.) – Meer.

Pan (elf.) – Ein Enklitikon wie *Fola.* Es zeigt an, daß das voranstehende Nomen im Plural steht, ebenso wie das folgende Stammwort, wie in Corapanmelim: Flüsse der vielen Eulen. Man darf dabei nicht vergessen, daß das Elfische den Plural immer durch Hinzufügen eines halb unabhängigen Morphems anzeigt und daß sich diese Halbunabhängigkeit in den diversen syntaxtragenden Enklitika niederschlägt.

Pecl (dev.) – Weit entfernt.

Rhan (dev.) – Politische Region, daher Gwerbrethryn, Tierynrhyn: das Land, das von einem bestimmten Gwerbret oder Tieryn beherrscht wird.

Speer (Übersetzung des dev. *Picecl*) – Da die fragliche Waffe nur drei Fuß lang ist, könnte man sie auch als »Kriegs-Wurfpfeil« bezeichnen. Man darf sich diese Speere nicht wie die langen Waffen vorstellen, wie sie heutzutage bei den Olympischen Spielen verwendet werden.

Taer (dev.) – Land.

Tieryn (dev.) – Mittlerer Adel, unterhalb der Gwerbrets, aber ranghöher als ein einfacher Lord (dev. *Arcloedd*).

Wyrd (Übersetzung des dev. *Tingedd*) – Schicksal; die unausweichlichen Probleme, die auch Inkarnationen überdauern können.

Ynis (dev.) – Insel.

Zelter – Reitpferd der Damen und Geistlichen, das im Paßgang gehen mußte.

HISTORISCHE ANMERKUNG

Viele Leser und Kritiker haben angenommen, der Hintergrund der Deverry-Bücher sei eine Art alternatives Britannien oder daß die Deverrianer ursprünglich aus Britannien stammten. Da einige sogar, in völliger Mißachtung der geographischen Verhältnisse, davon ausgegangen sind, Britannien selbst sei Schauplatz dieser Handlung, sollte ich lieber ein wenig deutlicher werden.

Die Deverrianer wanderten aus dem nördlichen Gallien aus, aus »Gallia«, wie es im Text heißt, nachdem sie einige Jahre unter dem römischen Joch zugebracht hatten, aber noch bevor sich das Christentum ausbreitete. Was ihre neue Heimat Annwn angeht, so entstammt der Name dieses Landes dem Walisischen und bedeutet wörtlich »nirgends« – ein guter Hinweis, wie man annehmen sollte, auf die geographische Lage dieses Lands in unserer Welt. Spätere Bände dieser Reihe werden erklären, wie die ursprünglichen Einwanderer dieses neue Land erreichten, und über die Geschichte ihrer Ansiedlung informieren.